KB172365

한국학술진흥재단 학술명저번역총서

● 서양편 ●

한국학술진흥재단 학술명저번역총서

서양편 ● 60 ●

초록의 하인리히 2

고트프리트 켈러 지음 | 고규진 옮김

한길사

Der grüne Heinrich

by Gottfried Keller

Published by Hangilsa Publishing Co., Ltd., Korea, 2009.

• 이 책은 (재)한국학술진흥재단의 지원으로 (주)도서출판 한길사에서 출간·유통을 한다.

이 도서의 국립중앙도서관 출판시도서목록(CIP)은
e-CIP 홈페이지(http://www.nl.go.kr/cip.php)에서 이용하실 수 있습니다.
(CIP제어번호: CIP2009001445)

초록의 하인리히 2

초록의 하인리히 2

제3권

우울한 삶을 보상하는 회상의 미학 | 고규진

제1권

일러두기

1. 이 책은 Gottfried Keller, *Der grüne Heinrich*, Historisch-Kritische Ausgabe, Strœmfeld Verlag/Verlag Neue Zürcher Zeitung, 2006, Bd. I(1, 2권), II(3권), III(4권)을 번역한 것이다.

2. 이 책의 각주는 독자의 이해를 돕기 위해 옮긴이가 넣은 것이다.

3. 소설로 읽기에는 원문의 단락이 지나치게 길어 독자가 읽기 편하게 옮긴이가 단락을 나누었다.

4. 원문에 이탤릭체로 쓴 곳은 고딕으로 표기했다.

제 3 권

제1장 일과 명상

　나는 꿈도 꾸지 않고 정오까지 푹 잤다. 깨어났을 때는 여전히 따스한 남풍이 불고 비가 계속 내리고 있었다. 나는 창밖으로 계곡을 위아래로 내다보면서 수백 명의 남자들이 산 위의 눈이 모두 녹아 큰 홍수가 날 것에 대비해서 제방과 둑을 쌓느라 물가에서 일하는 모습을 관찰했다. 이미 작은 강물은 세차게 불어나서 흙탕물로 변했다. 외삼촌 집은 제방을 안전하게 쌓은, 물레방아를 돌리는 지류 옆에 있어서 전혀 위험하지 않았다. 그래도 남자들은 모두 목초지를 보호하기 위해 나갔기 때문에 나와 여자들만 식탁에 앉았다. 식사 후 나 역시 밖으로 나가서 남자들이 어제 즐기는 데 한껏 빠졌던 만큼이나 활발하게 열심히 일하는 것을 보았다. 그들은 흙과 나무 그리고 돌을 쌓느라 바삐 움직였고, 무릎 위까지 진흙과 물에 빠져 있었으며, 도끼를 휘두르는가 하면 편비내와 들보를 여기저기로 나르고 있었다. 여덟 명의 남자가 무겁고 긴 나무를 나르면서 앞으로 걸을 때는 마치 행진하는 것 같았다.

　어제와는 달리 담배 파이프는 보이지 않았다. 나는 많은 도움을 줄 수 없었고 사람들에게 되레 방해가 되었다. 그래서 멀리 떨어진 상류 쪽에서 거닐다가 마을을 가로질러 다시 돌아오면서 모든 일상적인 일들이 행해지는 것을 보았다. 강가에서 일하지 않는 사람은 숲 일을 빨리 끝내기 위해 그곳으로 들어갔고, 들판 위에서는 한 남자가 마치 축제 다음 날도 아니고 농지가 위험에 처하지도 않은 것처럼 조용하고 조심스럽게 밭을 갈고 있었다. 나는 혼자서만 한가롭고 하릴없이 돌아다니는 것이 부끄러워 어떤 확실한 일을 하기 위해 바로 도시로 돌아가기로 결심했다. 불행하게도 어떤 큰 용건이 있었던 것도 아니었고, 누구의 지도도 없는 불확실한 내 일이 이 순간 전혀 매혹적인 피난처가 되지 않는다는 것도 사실이었다. 반대로 그것은 맥 빠지고 무의미한 일로 여겨졌다. 그렇지만 늦은 오후에 비를 맞으며 진창 속을 빔늦도록 걸어살 수밖에 없었는데, 금욕적인 기분으로 이렇게 길을 가는 것이 고결한 행위로 여겨졌기 때문에 나는 친척들의 만류에도 불구하고 지체 없이 길을 떠났다.

가는 길은 비바람이 몰아쳐서 무척 힘들었다. 그런데도 나는 햇살이 비치는 정원의 오솔길을 따라 걸은 것처럼 상당한 거리의 여행을 마쳤다. 마음속에서 온갖 종류의 생각이 계속해서 깨어나 마치 황금구슬을 가지고 놀듯이 인생의 수수께끼들을 가지고 놀았기 때문이다. 그래서 나도 모르게 도시에 도착했을 때 적잖이 놀랐다. 우리 집 앞에 왔을 때, 나는 불 꺼진 창문을 보고 어머니가 이미 잠든 것을 알았다. 나는 때마침 귀가 중이던 한 세입자와 함께 집 안으로 들어가 내 방으로 올라갔다. 다음 날 아침 예기치 않게 내가 나타난 것을 본 어머니는 눈이 휘둥그레지셨다.

나는 우리 거실이 약간 바뀐 것을 금방 알아차렸다. 벽 옆에 소파 모양의 긴 의자가 놓여 있었는데, 어머니가 아는 사람이 이것을 더 이상 놓을 공간이 없어 어머니가 싸게 구입한 것이었다. 그것은 아주 단순하고 검소하게 만들어졌는데, 흰색과 초록색 짚으로만 엮었는데도 매우 멋있었다. 그 위에는 커다란 책 더미가 놓여 있었다. 똑같이 장정된 작은 책 오십 권은, 책표지의 빨간 라벨 위에 금색으로 제목이 새겨져 있었고, 여러 개의 튼튼한 끈으로 함께 묶여 있었다. 그것은 괴테 전집으로, 헌책과 누렇게 변색된 동판화를 가져와서 너무 어린 나이에 얼마간의 빚을 지도록 유혹하곤 했던 고물장수가 내게 보여준 뒤 팔려고 가져온 것이었다. 몇 년 전 독일 출신의 어떤 소목장이가 우리 거실에서 뭔가를 망치질하면서 우연히 "위대한 괴테가 죽었어"라고 말한 바 있었다. 이 말은 그 뒤로도 늘 내 귓전에서 맴돌았다. 미지의 이 고인(故人)은 모든 분야를 섭렵하고 관련 영역에서 큰 힘을 행사하며 주도적인 영향력을 발휘했다. 나는 책을 묶고 있는 볼품없는 노끈 매듭 속에 이러한 권능이 들어 있기나 한 듯이 그것을 급히 풀기 시작했다. 마침내 매듭이 풀리자, 80년 생애의 황금 열매들이 너무도 찬연히 무너져내려 긴 의자 위로 흩어지면서 의자 가장자리를 넘어 바닥으로 떨어졌다. 나는 그 귀중한 것을 한데 모아놓느라 두 손을 바삐 놀려야 했다.

이 시간부터 나는 의자를 떠나지 않고 40일 동안 책을 읽었다. 그동안 바깥세상은 겨울이 왔다가 다시 봄이 되었다. 그러나 하얀 눈은 꿈처럼 나를 지나쳐갔다. 나는 그것이 반짝이는 것을 곁눈질하며 건성으로 보았을 뿐이었다. 맨 처음에 나는 인쇄된 것으로 보아 희곡이 분명한 모든 것을 붙들었고, 다음에는 몇몇 운문 작품을, 그다음에는 소설을 또 그런 다음에는 『이탈리아 기행』을 읽었다. 양양한 물결이 잠잠해지고 그 물결이 일상생활의 근면과 개개인의 노력을 다룬 산문의 영역으로 흐르게 되었을 때, 나는 나머지를 그대로 놔두고 처음부터 다시 시작했다. 이번에는 서로서로 아름답게 자리 잡고 있는 전체 별자리와 『라이네케 여우』[1]나 첼리니[2]같이 그 사이사이에서 진기하게 빛나는 고독한 별들을

1) 중세 유럽에 널리 유포된 여우 이야기를 제재로 하여, 13세기 네덜란드의 시인

발견했다. 이렇게 나는 다시 한 번 이 하늘을 정처 없이 돌아다니면서 많은 것을 반복해서 읽다가 마침내 또 하나의 전혀 새로운 밝은 별을 발견했다. 그것은 바로 『시와 진실』이었다. 고물장수가 들어와서 다른 구매자가 나타났으니 내가 이 책들을 가질지 여부를 알아야겠다고 물어온 것은 이것을 막 다 읽었을 때였다. 이러한 상황에서 이 보물은 현금으로 사야 했지만 사실은 내 형편에 비해 지나친 것이었다. 어머니는 그것이 내게 뭔가 소중한 것이라는 사실을 잘 아셨지만, 내가 40일 동안이나 누워서 책을 읽었다는 사실 때문에 망설였다. 그러자 그 남자는 끈을 들고 그 책들을 묶더니 등에 둘러메고는 떠나버렸다.

마치 빛을 발하며 노래하던 영혼의 무리가 거실을 떠난 것같이 거실은 일순간 조용하고 텅 빈 것 같았다. 나는 벌떡 일어나 주위를 둘러보았는데, 만일 어머니의 뜨개질바늘이 친근한 소리를 내지 않았더라면 마치 내가 무덤 속에 있는 것 같은 생각이 들었을 것이다. 나는 야외로 나갔다. 언덕에 자리 잡은 오래된 도시, 바위, 숲, 강 그리고 호수와 갖가지 모양의 산맥들이 3월의 부드러운 햇빛 속에 놓여 있었다. 이 모든 것을 바라보고 있는 동안 나는 이전에 경험하지 못했던 어떤 순수하고 지속적인 기쁨을 느꼈다. 그것은 생성되고 존속하는 일체의 모든 것에 대한 헌신적인 사랑이었는데, 이 사랑은 삼라만상의 권리와 의미를 존중하고 세계의 연관성과 깊이를 깨닫게 하는 것이다. 이 사랑은 개개의 사물을 이기적 목적에서 훔쳐냄으로써 결국은 언제나 시시하고 괴팍해지는 예술적 활동보다 더 높은 위치를 차지하고 있다. 또한 이 사랑은

이 『레이네르트』라는 서사시를 썼다. 이것은 여러 사람이 수정·가필하여 영어·독일어로 번역, 보급되었다. 이 독일어 번역본을 바탕으로 괴테가 쓴 것이 『라이네케 여우』(1793)다.

2) 첼리니(Benvenuto Cellini, 1500~71)는 이탈리아의 조각가로 사회적·종교적 제한을 뛰어넘어 개성을 구현한 예술가로 여겨진다.

기분이나 낭만적 취향에 따라 즐기거나 분리시키는 것보다 높은 위치에 있다. 그래서 이 사랑만이 변함없는 영속적인 열정을 줄 수 있다. 모든 것이 새롭고, 아름답고, 진기하게 여겨져서, 나는 사물의 형식뿐만 아니라 내용과 본질과 역사까지도 보고 사랑하기 시작했다. 내가 곧장 이러한 의식을 완전히 갖추고 돌아다니기 시작한 것은 아니었다고 하더라도 점차로 깨어난 의식은 전적으로 그 40일의 산물이며, 마찬가지로 다음에 상술하는 결론에 도달한 것도 원래는 그 40일 동안의 전체적인 인상에서 기인한다.

동중정(動中靜)만이 세계를 지탱하고 인간을 만든다. 세계의 내부는 평온하고 고요하다. 따라서 세계를 이해하고 세계의 활동적 일원으로서 세계를 반영하고자 하는 남자 역시 평온하고 고요해야 한다. 평정(平靜)은 생명을 끌어당기고 동요는 그것을 쫓아버린다. 신은 쥐 죽은 듯이 고요히 존재한다. 세계가 그의 주위를 도는 것은 그 때문이다. 예술가에게 이러한 원리를 적용해본다면, 그는 사물들을 쫓아 동분서주하기보다는 오히려 수동적인 방관자로 남아 사물이 자신을 지나쳐가도록 해야 마땅하다. 축제 행렬에 참여한 사람은 길가에 서 있는 사람만큼 그 행렬을 묘사할 수 없기 때문이다. 그렇기 때문에 후자는 무익하다거나 태만한 사람이 아니다. 보이는 것의 생명은 보는 자가 있어야 비로소 살아난다. 그가 진정한 관찰자라면, 『맥베스』에서 자신의 거울에 많은 왕을 보이게 했던 여덟 번째 왕과 같이,[3] 황금거울을 가지고 행렬에 합세하는 순간이 올 것이다. 축제행렬의 구경꾼이 좋은 자리를 차지하거나 지키기 위해 상당히 애를 써야 하듯이, 평온하고 수동적인 사람이 바라보는 행위에도 외면적인 행동과 노고가 없는 게 아니다. 이러한 노력이 우리 눈

---

3) 셰익스피어의 비극 『맥베스』 4막 1장에서 마녀들은 맥베스 앞에 여덟 명의 왕을 출현시키는데, 이 왕들 가운데 여덟 번째 왕이 거울을 들고 있다.

의 자유와 완전무결함을 보전하는 것이다.

나아가 시적인 것에 대한 내 견해에도 변화가 생겼다. 언제 그렇게 되었는지는 알 수 없지만, 나는 삶과 예술에서 유익하고 선하며 아름답다고 판단한 모든 것을 다 시적이라고 부르는 버릇이 있었다. 내가 택한 직업의 대상들, 말하자면 색깔과 형태마저도 회화적이라고 하지 않고 시적이라고 했다. 나를 자극하면서 감동을 주었던 모든 인간적인 사건들도 마찬가지였다. 내 생각에 이제 이러한 것은 완전히 합당했다. 왜냐하면 여러 가지 사물을 시적으로 만들거나 존재의 반영을 가치 있게 하는 것은 동일한 법칙이기 때문이다. 그러나 내가 지금까지 시적이라고 칭했던 많은 것과 관련해서 나는 이제 파악할 수 없고 불가능한 것, 기괴하고 과도한 것이 시적이 아니라는 사실과 뭔가 시적인 것, 같은 뜻이겠지만 뭔가 생동적이고 이성적인 것을 창출해내기 위해서는 앞서 말한 바와 같이 움직임 속에서 평온과 고요가 넘쳐나야 하듯이, 빛과 형태의 중심에서는 소박성과 정직성이 결정적이라는 사실, 한마디로 말하면 이른바 예술의 무목적성이 근거 없는 것과 혼동되어서는 안 된다는 사실을 배웠다. 이것은 오래된 얘기이기는 하다. 이미 아리스토텔레스에게서 사람들은 산문으로 된 정치적인 수사학에 대한 그의 구체적인 고찰이 시인들에게도 역시 최상의 지침이라는 사실을 알 수 있다.

왜냐하면 내가 보기에는, 외관상 분리된 서로 다른 것들을 하나의 삶의 근원으로 단순화하고 소급하고 합치하는 데에 모든 올바른 노력의 목적이 있고, 이렇게 노력하는 가운데 필연적인 것과 단순한 것을 힘 있고 충만하게 그리고 그것의 온전한 본질 속에서 표현하는 것이 예술이기 때문이다. 그러므로 본질적인 것을 곧바로 꿰뚫어 보고 그것을 충만하게 그려낸다는 점에서만 예술가는 다른 사람들과 구별된다. 반면 보통 사람들은 이것을 재인식해야 하며, 그것에 대해 놀라워한다. 그러므로 어떤 예술가를 이해하기 위해서 어떤 특별한 미적 취향이나 예술 유파를 알아야 한다면, 그 예술가는 진정한 대가가 아니다.

나의 예술의 대상은 인간의 언어나 인간의 형상과는 관계가 없었다. 나는 가장 수수한 영역, 즉 인간이 활동하는 현세의 땅에 발을 디딤으로써 시적 세계에서 최소한 기본적인 객관성을 가질 수 있다는 사실 때문에 그저 행복하고 만족스러운 느낌이 들었다. 괴테는 풍경에 관한 문제를 애정을 갖고서 빈번하게 언급한 바 있었다. 이러한 교량을 수단으로 나는 최소한 그의 세계와 나를 어느 정도 연결할 수 있다고 믿었다.

나는 당장 시작하고자 했다. 이제는 사물들을 애정을 가지고 주의 깊게 다루고, 불필요하거나 무의미한 것 대신 전적으로 자연에 따르면서, 선 하나하나를 그을 때마다 매우 명료하게 그리고 싶었다. 이미 나는 머릿속에서 모두 아름답고 귀중하고 내용이 풍부해 보일 뿐만 아니라, 하나같이 의미 있는 부드럽고 강렬한 선으로 가득 찬 근사한 그림들이 내 앞에 잔뜩 쌓여 있는 것을 상상했다. 나는 이 걸작집의 첫 장을 시작하기 위해 야외로 나갔다. 그러나 내가 마지막으로 멈추었던 곳에서 계속할 수밖에 없다는 것, 그리고 갑자기 뭔가 새로운 것을 만들어내기는 절대로 불가능하다는 사실이 분명하게 밝혀졌다. 그렇게 하기 위해서는 우선 뭔가 새로운 것을 보았어야 했지만 본보기가 될 만한 대가의 작품이 내게는 한 점도 없었다. 상상 속에서 떠돌던 멋진 그림들은 종이에 연필을 대면 곧 바로 사라져버렸다. 경멸했던 옛날 방식에서 빠져나오려 했지만, 그러는 가운데 오히려 그것조차도 더 망치기만 하면서 나는 끼적거린 것 같은 가련한 졸작을 만들어냈다. 이런 식으로 나는 머릿속으로는 언제나 숙달된 좋은 그림을 보면서, 손으로는 어찌하지 못하고 여러 날을 괴로워하며 보냈다.

　나는 점점 두렵고 불안해졌다. 만일 성공하지 못한다면 지금 당장 그림을 단념해야만 한다는 생각이 든 나는 한숨을 쉬면서 신에게 이 곤경에서 구해달라고 기도했다. 나는 계속해서 같은 말을 반복하면서 10년 전에도 똑같이 사용했던 유치한 문구로 기도했는데, 낮은 목소리로 중얼거리고 있다는 것을 깨달을 때는 나 자신에게도 이상하게 생각될 정도였다. 이것에 대해 곰곰 생각하면서 나는 성급한 작업을 멈추고 멍하니 종이를 바라보았다.

제2장 기적 그리고 진짜 스승

그때 갑자기 조금 전까지 햇빛으로 빛나던 내 무릎 위의 하얀 종이가 그늘로 덮였다. 나는 깜짝 놀라 주위를 둘러보다 이상한 옷을 입은 멋진 남자가 내 뒤에 서 있는 것을 보았는데, 이 사람이 그림자의 원인이었다. 큰 키에 호리호리한 그는 진지하고 인상적인 생김새였고, 심한 매부리코에 정성스레 옆으로 감아올린 콧수염이 있었으며 매우 멋있는 셔츠를 입고 있었다.

표준어를 사용하며 그가 말을 걸었다. "젊은이, 잠시 자네의 그림을 보아도 괜찮겠나?" 반은 기쁘면서도 반은 당황한 채 나는 그림을 내밀었고, 그는 잠시 동안 그것을 세심히 살펴보았다. 그러더니 내 화첩 속에 그림이 더 없는지, 또 정말 예술가가 되고 싶은지 물었다. 물론 나는 자연을 스케치할 때면 수확이 없는 날에도 어쨌거나 뭔가를 들고 다니기 위해서 가장 최근에 그린 작품들을 늘 가지고 다녔다. 그것들을 차례로 꺼내면서 나는 지금까지의 내 예술 경력을 거리낌 없이 낱낱이 얘기했다. 이 낯선 사람이 내 그림들을 관찰하는 태도를 보고, 그가 예술가가 아니라면 예술을 이해하는 사람이라는 것을 즉각 알아챘기 때문이다.

또한 이러한 생각은, 그가 내게 중대한 오류를 깨우쳐주고, 내가 그리던 습작을 자연과 비교하면서 자연 자체에서 본질적인 것이 무엇인지

지적하며 그것을 보는 법을 가르쳐줄 때 사실임이 증명되었다. 그가 도화지 위에 그려진 이파리 몇 개를 실물과 대조하고 명암과 형태를 내게 설명하면서, 대가의 솜씨로 잎의 가장자리에 몇 차례 선을 그음으로써 내가 헛되이 시도했던 것들을 쉽사리 그려낼 때, 나는 더할 나위 없이 기뻐서 마치 기꺼이 호의를 받아들이는 사람이 그러하듯이 아주 조용히 있었다.

그는 반 시간가량 내 곁에 머문 뒤 말했다. "방금 전에 자네는 하버자트란 이름을 댔지. 나 역시 17년 전에 저주받은 그이 수도원에서 미슴 노릇을 했다는 사실을 알고 있나? 그러나 나는 너무 늦기 전에 도망쳐 나와 그때부터 줄곧 이탈리아와 프랑스에 있었다네. 나는 풍경화가라네. 이름은 뢰머야. 얼마 동안 고향에 머무를 생각이야. 뭐든 자네를 도울 수 있다면 좋겠군. 내 집에 그림이 많으니 한번 찾아오게. 괜찮다면 지금 당장 나와 함께 집에 가세!"

나는 급히 물건들을 챙겨서 엄숙한 기분으로, 적잖은 자부심을 지니고 그 사람을 따라갔다. 나는 종종 그에 관해 얘기하는 것을 들은 적이 있었다. 그는 수도원 식당의 위대한 전설 가운데 하나였고, 장인 하버자트는 한때 자신의 제자였던 뢰머가 로마에서 유명한 수채화가이며, 왕후들과 영국인에게만 작품을 판다는 말이 나오면 적잖이 우쭐댔기 때문이다. 가는 도중에 아직 야외에서 걷는 동안 뢰머는 자연의 온갖 훌륭한 것들을 가리켰다. 그가 우아하고 커다란 손짓으로 가리키는 곳을 나는 신이 나서 주의 깊게 바라보았다. 나는 내가 최근까지도 관찰했다고 믿었지만, 실제로는 본 것이 아무것도 없었다는 것을 알고는 놀랐고, 의미 있고 교훈적인 것들은 대부분 내가 지금껏 간과했거나 별 주의를 기울이지 않았던 현상들 속에서 찾을 수 있다는 사실을 알고 더욱 놀랐다. 그러나 동행자가 그때그때 하는 말을 그런대로 이해할 수 있다는 것과 나무의 강하면서도 분명한 그림자, 부드러운 색조 또는 나무가 아름답게 뻗어 있는 모습을 그와 함께 바라보는 것은 즐거웠다. 그래서 그와 몇 차례 산책한 뒤로 나는, 자연풍경 전체를 단순히 그 자체로 존재하는 어떤 것으로서가 아니라 그림의 보고(寶庫)로, 정확한 관점에서 보아야만 보이는 어떤 것으로 간주하고, 전문적인 표현으로 비평하는 데에 금방 익숙해졌다.

우리가 아름다운 집의 우아한 방 두어 개를 차지하고 있는 그의 숙소에 도착하자, 뢰머는 곧바로 자신의 화첩을 소파 앞에 있는 의자에 올려놓고는 자기 곁에 앉으라고 권하고 나서, 아주 크고 귀중한 습작 소장품을 하나하나 넘기며 보여주기 시작했다. 모두 다 이탈리아의 풍경을 매우 광대하게 그린 것으로, 두껍고 거친 종이에 수채물감으로 그려져 있었다. 그림들은 내게는 아주 생소한 방식으로 또한 내가 알지 못하는 대담하고 재기발랄한 기법으로 그려져 있어서, 명료함과 힘 못지않게 은은한 광채와 어스름한 안개도 보여주었다. 무엇보다도 붓질 하나하나에서 이 그림들이 살아 있는 자연 앞에서 그려졌다는 것이 증명되어 있었다. 나는 휘황하게 번쩍이며 기분 좋게 다가오는 대가의 솜씨와 그림의 소재 가운데 어떤 것을 더 기뻐해야 할지 알 수 없었다.

왜냐하면 로마의 장원(莊園)들 주위에 무리지어 있는 짙은 색의 거대한 실측백나무에서부터, 또 아름다운 사비너 산[4]부터 패스툼[5]의 폐허와 빛나고 있는 나폴리 만(灣)에 이르기까지, 그리고 마법처럼 멋진 해안선이 펼쳐진 시칠리 해안에 이르기까지 한 장 한 장 넘길 때마다 그림이 그려진 날과 장소 그리고 그림을 낳은 태양빛의 미려한 특징이 눈앞에 떠올랐기 때문이다. 멋진 산비탈 위의 아름다운 수도원과 성채들이

---

4) 로마 북동쪽에 있는 아페닌 산맥의 산들.
5) 옛 포세도니아.

이 태양빛 속에서 빛났고, 하늘과 바다는 짙푸른 색이나 밝은 은색으로 고요히 가로놓여 있었으며, 고전적으로 단순하면서도 완전한 형태의 화려하고 고귀한 식물세계가 이 밝은 세계에 그림자를 던져넣고 있었다. 뢰머가 대상들의 이름을 대고 그것의 성질과 상태에 대해 설명할 때는 이탈리아식 이름들이 노래를 부르며 울려 퍼졌다. 나는 그림 너머로 방 안을 여러 차례 둘러보았는데, 한쪽에는 나폴리에서 가져온 어부들의 빨간 모자가, 다른 쪽에는 로마의 주머니칼과 산호 목걸이 또는 은으로 된 화살 모양 머리핀이 보였다. 나는 나의 새로운 후원지의 얼굴과 그의 하얀 조끼와 커프스를 마음 깊은 곳에서 우러나오는 호감을 지닌 채 주의 깊게 바라보았다. 그러다 그가 종이를 넘기면, 그때야 내 시선은 다음 그림을 보기 전에 한 번 더 훑어보려고 다시 그림으로 향했다.

이 화첩을 다 보고 나서 뢰머는 다른 화첩 몇 권을 훑어보도록 했는데, 그 가운데 하나에는 채색된 세밀화가 많았고, 두 번째에는 엄청나게 많은 연필화 습작이, 세 번째에는 순전히 바다와 항해와 고기잡이에 관계된 것들이 그리고 마지막 네 번째에는 카프리 섬의 푸른 동굴, 특이한 모양의 구름, 화산폭발, 이글거리는 용암류(熔岩流) 등등의 여러 가지 현상과 색채의 기적이 들어 있었다. 그런 다음 그는 다른 방에서 자기가 현재 그리고 있는 화가(畫架) 위의 대형 그림도 보여주었는데, 그것은 빌라 데스테[6]였다. 바람에 나부끼는 포도나무와 월계수 그리고 대리석 분수와 꽃이 피어 있는 난간 위로 짙은 색의 거대한 실측백나무가 솟아 있었고, 유일한 인물인 아리오스토[7]가 검은 기사복 차림에 옆구리에는

---

6) 16세기 중엽에 추기경 이폴리토 2세(Ippolito II. d'Este, Ippolito von Este)를 위해 세운 화려한 정원이 있는 르네상스의 궁전으로, 로마 동쪽 티볼리 시에 있다.
7) 아리오스토(Ludovico Ariosto, 1474~1533)는 오랫동안 대주교 이폴리토 2세를 위해 봉사했던 이탈리아의 서사시인이자 드라마작가다.

칼을 차고 난간에 기대어 있었다. 중경부분에는 안개에 싸인 티볼리의 집과 나무들이 뻗어 있었고, 그 뒤로는 넓은 들판이 진홍의 저녁노을에 잠겨 있었으며, 들판의 맨 가장자리 지평선에는 베드로 성당의 둥근 지붕이 솟아 있었다.

"오늘은 이걸로 충분해!" 뢰머는 말했다. "내게 자주 들르게나. 자네가 좋다면 매일 와도 좋네. 자네의 도구를 가져오게. 자네가 더 쉽고 실제적인 기교를 얻을 수 있도록 자네에게 이런저런 것을 모사용으로 줄 수도 있으니까!"

더없이 감사한 마음과 존경심을 지니고 작별을 고한 나는, 걷는다기보다는 차라리 뛰다시피 집으로 돌아왔다. 나는 대단한 능변으로 운 좋은 만남에 대해 어머니에게 말씀드리며, 그 낯선 예술가 신사에게 내가할 수 있는 한 온갖 광채를 부여했다. 마침내 내 자신의 미래에 대한 일종의 위안으로서 찬란한 성공 사례를 어머니에게 보여줄 수 있어서 기뻤고, 특히 뢰머 역시 하버자트 씨의 비참한 양성소 출신이었기 때문에 더욱 그랬다. 그러나 어머니는 유난히도 이러한 성공이 있기까지 소요된 먼 이국에서의 15년 세월을 납득하지 못했다. 그뿐만 아니라 그 사람이 이방인처럼 그렇게 소문도 없이 홀로 고향에 온 걸로 보아, 그가 진실로 편안하게 잘 사는지는 아직은 전혀 알 수 없다는 견해를 표명했다. 그러나 나는 내 희망이 옳다는 것에 대한 또 다른 은밀한 징조를 가지고 있었다. 그것은 기도 후에 곧바로 뢰머가 갑자기 나타났다는 점이었다. 나는 교회에 반대하는 반항아였음에도, 개인적인 길흉화복에 관한 한 여전히 전적으로 신비주의자였다.

그렇지만 이 점에 대해서 나는 어머니에게 아무 말도 하지 않았다. 우선은 그러한 얘기가 우리 사이에서는 통상적인 일이 아니었기 때문이다. 다음으로, 어머니는 분명 신의 도움을 확고하게 믿지만, 만일 내가 이렇게 이상하고 극적인 경우를 자랑한다면, 좋아하지 않았을 것이기 때문이다. 어머니는 신이 날마다 끼니를 끊이지 않게 해주고, 커다란 고통을 받을 때나 생사가 걸린 경우에 도움을 준다면 그걸로 만족했다. 그래서 어머니는 아마도 상당히 비꼬는 말투로 나를 꾸짖었을 것이다. 그럴수록 나는 저녁 내내 그 일에 더 몰두했는데, 그러는 가운데 의심쩍은 느낌을 품었다는 것을 고백하지 않을 수 없다. 나는 어떤 긴 선이 있어서 내 기도를 들은 이 낯선 남자가 이 선을 따라 내게 왔다는 생각을 억제할 수 없었다. 반면 이 우스운 상상을 하면서도 나는 이 일이 우연이라고 생각하고 싶지 않았다. 당연히 그가 온 것 자체를 부정할 수 없었기 때문이다.

이때 이후로 나는 이와 같은 행운을 완전한 사실로 결말짓고, 이러한 일이 직접적으로 특별히 나를 위해 생긴 것인지 꼼꼼하게 생각하지 않고 신에게 감사하는 버릇이 생겼다. 반대의 경우도 마찬가지다. 나는 불쾌한 사건은 언제나 바로 직전의 나의 의식적인 실수에 대한 벌로 생각해야 한다는 강박감을 가지고 있다. 그렇지만 곤경에 빠져 어찌할 바를 모를 때마다 기도를 통해 어려움을 해결하려고 노력하지 않을 수 없으며, 운명의 채찍에 대해서도 나 자신의 실수 속에서 그 원인을 찾고 개선을 맹세하지 않을 수 없다.

나는 초조하게 하루를 기다렸다가 그다음 날 지금까지 그린 그림들을 모두 가지고 뢰머에게 갔다. 그는 나를 친절하고 상냥하게 맞아주며, 내 그림들을 주의 깊고 흥미롭게 살펴보았다. 그러면서 내게 계속 좋은 충고를 해주었고, 마침내 그림을 다 본 후에는 내가 무엇보다도 재료를 다룰 때 서투른 옛날 방식을 버려야 한다고 말했다. 그런 식으로는 아무것도 이룰 수 없기 때문이라는 것이었다. 그는 또한 당분간 부드러운 연필로 부지런히 자연을 스케치해야 하며, 집에서는 그의 기법을 연습해야 한다고 말하면서 기꺼이 나를 도와주겠다고 했다. 그뿐만 아니라 그는 연습 삼아 베껴보라고 하면서 자신의 화첩에서 단순하게 그려진 연필화와 채색화 습작품 몇 점을 찾아주었다. 이어 내가 작별인사를 하려 하자 그가 말했다. "오, 조금만 더 있게. 어차피 오전에는 더 이상 그림을 그릴 수 없잖아. 그러니 잠시 나와 얘기를 좀더 나누세!" 나는 기꺼이 이 말을 따랐다. 그 자신의 기법에 대한 설명을 주의 깊게 들으면서, 나는 처음으로 단순하고 자유로우며 정확한 예술가의 작업을 알게 되었다. 내 눈앞에는 새로운 광명의 빛이 떠올랐다. 지금까지의 내 방식을 생각해보니, 마치 뜨개질로 양말을 짜거나 그와 유사한 일을 해왔던 것 같은 생각이 들었다.

나는 뢰머가 준 그림들을 신속하게 베꼈다. 처음 출발할 때는 으레 그렇지만 아주 흥미로웠으며 또한 성공적이었다. 그것들을 가져가자 그가 말했다. "정말이지 훌륭하게 되어가는군, 아주 좋아!" 이날 그는 날씨가 좋으니 함께 산책하자고 청했다. 산책길에서 그는 내가 자기 집에서 이해했던 것과 살아 있는 자연의 관계를 보여주었다. 그는 또 화제에 오르게 된 다른 일이나 사람들 그리고 세간의 사정들에 대해 때로는 신랄하게 비판하는가 하면, 또 때로는 농담하기도 하면서 친밀하게 얘기했기 때문에, 나는 그를 믿음직스러운 스승이자 유쾌하고 사교적인 친구로 여겼다.

나는 늘 그의 곁에 있고 싶은 욕구를 느끼게 되어, 방문해도 좋다는 허락을 점점 더 자주 이용했다. 그러던 어느 날 그는 내 그림 하나를 철저하고 좀더 엄격하게 음미한 뒤 말했다. "얼마 동안 지도를 받는다면 자네를 위해서 좋을 것 같군. 자네를 돕는 것은 나로서도 즐겁고 기분 좋은 일이 될 걸세. 그런데 유감스럽게도 내 형편상 전혀 보수 없이 그런 일을 해줄 수는 없다네. 최소한 꼭 그래야만 하는 경우가 아니라면 말이지. 그러니 매달 일정 액수를 낼 수 있는지 자네 어머님과 상의해보게나. 나는 당분간 이곳에 있을 거야. 반 년 후에는 자네가 충분한 실력을 쌓아 돈벌이도 하면서 여행을 떠날 수 있을 정도까지 가르치고 싶네. 매일 아침 8시에 와서 온종일 내 곁에서 공부하면 되네."

나로서는 이 이상 바랄 게 없었다. 나는 어머니에게 이 제안을 전하기 위해 급히 집으로 달려갔다. 그녀는 나처럼 서두르지 않았다. 꽤 많은 돈이 걸려 있었고, 나도 하버자트에게 지불된 액수의 일부를 쓸데없이 낭비한 것으로 여기고 있었다. 그녀는 우선 조언을 구하려고 예선에 한 번 방문한 적이 있는 신분이 높은 신사를 찾아갔다. 그 사람은 적어도 뢰머가 내가 그토록 열렬하게 칭송하는 바와 같이 정말 존경받는 유명한 예술가인지 알고 있으리라 생각했던 것이다. 그 명사는 어깨를 으쓱하면서 뢰머가 예술가로서는 재능이 있고 외국에서 이름이 있다는 점은 인정했지만, 그의 인품에 대해서는 모호한 태도를 취했다. 뭔가 자세한 것을 얘기하지 못하면서도 평판이 좋은지는 잘 모른다고 하면서, 결국 우리가 조심해야 한다는 것이었다. 어쨌거나 우리 도시는 로마나 파리가 아닌데도 요구하는 액수가 너무 크며, 차라리 그 돈을 저축해서 여행을 더 빨리 시작함으로써 뢰머가 지닌 것을 스스로 보고 습득하는 것이 상책이라는 것이었다.

여행이라는 말이 여러 차례 언급되었던지라 어머니는 이 말을 들으며 내 여비를 위해 한 푼이라도 더 저축할 결심을 하셨다. 그녀는 인품과 관련된 말에 너무 큰 비중을 두지 않고 미심쩍어하는 의견을 전해주었는데, 나 역시 인품에 관한 말들은 화를 내며 일축했다. 뢰머의 수수께끼 같은 여러 가지 말에서 나는 그가 세상과 순조로운 관계가 아니며, 숱하게 부당한 일을 당했다고 추측했으므로 이미 그러한 말에 무장되어 있었던 것이다. 이 점에 관한 한 이미 뢰머와 나 사이에는 독특한 대화

방식이 형성되어 있었다. 나는 공손하게 공감하는 태도로 그의 불평을 받아들였고, 나도 이미 아주 쓰라린 경험을 한 것처럼 아니면 적어도 그러한 경험에 대비하며 결연히 기다리다가 나와 그를 위해 복수할 것처럼 대답했던 것이다. 만일 뢰머가 이러한 내 말을 꾸중하며, 내가 자기보다 인간에 대해 더 잘 알지 못할 거라는 점을 상기시키면, 나는 이것을 인정해야 했으며, 무엇이 문제인지 또 그러한 경험이 대체 어떤 것들인지 제대로 알지 못하면서도 어떤 것이 적절한 행동인지에 대한 가르침을 진지한 표정으로 듣곤 했다.

나는 오래전에 몰래 꺼내 쓰던 내 저금 상자에 아직 남아 있는 금화를 이번 일에 쓰겠다고 결심하고 어머니에게 말했다. 그녀는 아무런 반대도 하지 않았다. 나는 그 속에 함께 있던 금으로 된 메달과 두세 개의 금화를 꺼내 금세공사에게 가져갔고, 그는 그 값어치만큼 은화를 주었다. 이 돈을 뢰머에게 가져간 나는, 이것이 내가 낼 수 있는 전부이며, 그 대가로 적어도 넉 달 동안 교육을 받고 싶다고 말했다. 친절하게도 그는 그렇게까지 정확하게 계산할 필요가 없다고 말했다. 내가 미술학도다운 일을 한 이상 자기도 그에 뒤지지 않을 것이며, 이곳에 있는 동안에는 최선을 다 할 터이니, 당장 내일부터 시작하라는 거였다.

그리하여 나는 매우 만족스럽게 그의 집에서 배우게 되었다. 첫날과 둘째 날은 상당히 기분 좋게 지나갔다. 그러나 셋째 날부터 태도가 돌변한 뢰머는 너무도 갑작스럽게 호되게 비판하며 엄격해졌고, 내 그림을 가차 없이 깎아내렸으며, 내가 아직 아무 능력이 없을 뿐만 아니라 태만하고 부주의하다고 노골적으로 비판했다. 나는 어안이 벙벙했다. 나는 조금 더 정신을 집중했지만 그다지 큰 보답은 없었다. 반대로 뢰머의 질책은 점점 더 엄격하고 조롱하는 투가 되었으며, 질책할 때에는 사려 깊은 표현을 사용하지 않았다. 나는 더욱 진지하게 노력했지만 질책 또한 진지해지며 거의 감동적이기까지 했다. 마침내 나는 완전히 기가 꺾여서 겸허하게 그림을 그렸다. 선 하나를 그릴 때도 그것이 놓일 위치를 잘 관찰하면서 때로는 부드럽고 조심스럽게 붙여넣기도 하고 때로는 잠시 숙고한 후에 운명에 맡기고 주사위를 던지듯 던져넣기도 하면서, 결국 모든 것을 뢰머가 요구하는 방식과 똑같이 만들려고 애썼다. 마침내 나는 무난한 작품이라는 목표를 향해 아주 조용히 항해하게 해주는 어떤 항로에 도달했다. 그러나 내 속셈을 알아차린 여우가 돌연 과제를 가중시켰기 때문에 또다시 고난은 시작되었고, 내 스승의 비판은 그 어느 때보다도 더 아름다운 색채로 피어났다. 많은 노력 끝에 나는 마침내 다시 어느 정도 완벽에 가까울 정도까지 항해해 나갔지만, 내가 희망했던 대로 한 단계 더 높은 곳에 도달하여 잠시나마 월계관 위에서 휴식을 취하는 대신 또다시 어려워진 목표 때문에 뒤로 내팽개쳐졌다.

이런 식으로 뢰머는 몇 달 동안 나를 꼼짝없이 복종하게 만들었는데, 그러는 동안에도 예의 그 쓰디쓴 경험이나 이런저런 신비스러운 대화는 지속되었고, 하루 수업이 끝난 다음에나 산책길에서는 우리의 관계가 옛날 그대로 유지되었다. 그럼으로써 기묘하게도 슬프고 심오한 대화 도중에 뢰머가 느닷없이 불호령을 내리는 일도 생겼다. "자네 지금 뭘 해놓았나! 그게 도대체 뭔가! 오 하느님! 눈에 검댕이 끼었나?" 그러면 나는 갑자기 입을 다물고 그와 나 자신에 대한 분노로 가득 차 필사적으로 주의를 기울이며 다시 작업을 계속했다.

이렇게 해서 나는 마침내 진정한 일과 진정한 노력을 배웠다. 이것들은 언제나 새로운 원기와 자극으로 보상해주었기 때문에 나는 싫증을 느끼지 않았다. 나는 정식 그림이라고 불러야 더 적절할 법한 뢰머의 커다란 습작 하나를 골라도 될 정도가 되었고, 나아가서 스승이 이 방면에서는 이제 충분하다고, 그렇지 않으면 내가 그의 화첩 전체를 모사할지도 모른다고 언명할 만큼 모사 수준이 향상되었다는 것을 알게 되었다. 그는 또한 그것들은 자신의 유일한 재산이기 때문에 아무리 친한 사이라 할지라도 다른 사람의 손에 의해 정식으로 복제되는 것을 원치 않는다고 덧붙였다.

이러한 그림을 그리다보니 기이하게도 내 조국이 아니라 남쪽 나라가 훨씬 더 고향 같은 느낌이 들었다. 내가 그린 것들은 모두 다 넓은 하늘 아래서 매우 탁월하게 그려진 것들이었고, 내가 그리는 동안 뢰머의 이야기와 설명이 지속적으로 수반되었기 때문에, 나는 남쪽의 태양과 하늘 그리고 바다를 마치 본 것처럼 이해했다.

여기저기서 눈에 띄는 그리스 건축의 폐허들은 특히 매력이 있었다. 밝게 비치는 도리스식 신전의 대리석 횡재(橫材)를 파란 하늘과 두드러지게 대조시켜야 할 때면 나는 다시 시적인 감흥을 느꼈다. 평방(平枋), 띠 장식, 용마루 장식에 있는 수평선뿐만 아니라 원주의 좁고 긴 홈은 극도의 정확성과 진정한 경건함을 지닌 채 가볍게, 그러나 확실하고 우아하게 그려야 했다. 황금빛의 고귀한 이 돌 위에 드리워진 짙은 그림자는 순수하게 파란색이어서, 이 파란색을 계속 바라보고 있노라면 정말 실제 신전을 보고 있는 것 같았다. 하늘이 내다보이는 평방 속의 틈과 원주의 움푹 팬 곳도 모두 다 신성하게 보였으며, 나는 그것들의 아주 섬세한 형태까지 정확하게 그렸다.

아버지의 유품 가운데에는 건축에 관한 책이 한 권 있었는데, 거기에는 고대 건축양식의 역사와 그것에 대한 설명과 더불어 극히 상세히 그려진 도판이 들어 있었다. 나는 폐허를 더 잘 이해하고 그것들의 가치를 온전히 파악하려고 그 책을 꺼내서 열심히 읽었다. 또한 나는 괴테의 『이탈리아 기행』을 기억해냈고, 뢰머는 이탈리아 민족과 이탈리아의 풍속과 과거에 대해서 얘기를 많이 해주었다. 그는 독일어로 번역된 호메로스와 아리오스토의 이탈리아판을 제외하고는 거의 아무것도 읽은 적이 없었다. 그는 내게 호메로스를 읽어보라고 요구했고, 나는 이 말을 반복하게 하지 않았다. 처음에는 잘 읽히지 않았다. 물론 나는 모든 것이 매우 아름답다는 것을 알고 있었다. 그러나 그러한 단순함과 방대함이 아직은 매우 생소해서, 나는 오랫동안 끈기 있게 견딜 수 없었다.

그러나 뢰머는, 호메로스가 각각의 동작과 자세를 묘사할 때는 꼭 필요한 표현만 사용하고, 그가 묘사하는 기물과 의상 하나하나는 인간이 생각해낼 수 있는 가장 세련된 취향이며, 끝으로 그의 작품에 나타나는 모든 상황과 도덕적 갈등에는 거의 어린애다운 단순성에도 불구하고 가장 정선된 시(詩)가 스며 있다는 점을 환기시켜주었다. "오늘날 인간들은 항상 절묘하고 흥미롭고 자극적인 것을 열망하면서도 어리석게 호메로스의 단순한 고전미 속에 들어 있는 그의 착상보다 더 절묘하고 더 자극적인 것과 영원히 새로운 것은 전혀 있을 수 없다는 것을 모른다네! 오디세이아는 진흙 범벅이 되어 알몸으로 나우시카[8]와 그녀의 친구들 앞에 나타나지. 레, 나는 자네가 이러한 상황의 절묘하고 자극적인 진실을 경험을 통해서 배우기를 원치 않는다네![9] 이런 일이 어떻게 생기는지 알고 싶은가? 어디 한번 이 경우를 놓고 보세! 자네가 언젠가 고향과 사랑했던 모든 것을 떠나 이국땅에서 떠돌다가 많은 것을 보고 체험하면서 근심걱정이 많고 어쩌면 비참하고 외로운 상황에 처했다고 가정해보세. 그러면 자네는 분명 고향에 가까이 가는 꿈을 꿀 거야. 고향이 아름다운 색채 속에서 빛나며 반짝이는 것을 보겠지. 우아하고 품위 있고

---

8) 파이아케스인의 왕 알키노스(Alkinos)의 딸. 난파한 오디세이아를 구하여 아버지의 궁전으로 안내했다.

9) 오디세이아의 여섯 번째 노래 135행 이하의 줄거리. 오디세이아가 어떤 강 어구에서 빨래한 후 노예들과 놀고 있는 알키노스의 딸 나우시카를 만나는 장면이다.

사랑스러운 사람들이 자네를 향해 걸어오지. 그때 자네는 문득 자네 모습을 보게 되네. 상처투성이의 알몸으로 먼지를 뒤집어 쓴 꼴로 방랑하는 모습을. 자네는 뭐라 말할 수 없는 부끄러움과 두려움에 사로잡혀, 몸을 가리고 숨으려고 하다가 땀에 흠뻑 젖어 잠에서 깨어나게 되지. 인간이 존재하는 한, 내팽개쳐진 가련한 남자들은 언제나 이런 꿈을 꾸는 거야. 호메로스는 인간의 아주 깊고 영원한 본질에서 그러한 상황을 끄집어낸 거야!"

뢰머의 화집을 모사하는 동안에는 그의 관심과 나의 관심이 일치되어서 좋았다. 그런데 그의 요구에 따라 자연 앞에 나섰을 때, 나의 모든 모사 솜씨와 이탈리아에 대한 지식이 기묘한 허구로 바뀌는 것을 볼 수밖에 없었다. 모사본의 단 10분의 1에 미칠 정도의 그림을 완성하는 데에도 엄청난 끈기와 노력이 필요했다. 처음 시도한 것은 거의 완전히 실패했다. 그러자 뢰머는 심술궂게도 "그래, 이 친구야. 그게 그렇게 쉽사리 되는 게 아니야! 이렇게 될 줄 알았어. 이제는 스스로 서는 것이 중요해. 아니면 차라리 스스로의 눈으로 보든가! 좋은 습작 하나를 그럴싸하게 모사하는 것이 그렇게 큰 의미가 있는 건 아니야! 도대체 자네는 누가 다른 사람의 이익을 위해 땀을 뻘뻘 흘리리라고 생각하나?" 등등의 말을 했다. 꾸지람을 피하거나 그것을 악의적으로 조롱하려는 노력 사이에 새로이 전면전이 시작되었다.

뢰머도 함께 밖으로 나가서 그림을 그렸기 때문에 나를 언제나 감시했다. 뢰머는 바위와 나무 사이로 지켜보는 것 같았고, 한 획 그릴 때마다 그것이 정직하게 그려진 것인지 아닌지를 간파했기 때문에, 내가 하버자트 씨 밑에서 했던 것 같은 어리석은 행위와 속임수를 반복하는 것은 여기서는 성공할 가능성이 없었다. 그는 그려놓은 가지를 보고는 그것이 너무 굵은지 아니면 너무 가는지 말할 수 있었고, 만일 내가 나뭇가지가 결국에는 그렇게 자랄 수도 있다고 말하면 그는 이렇게 말했다. "그런 생각하지 말게! 자연은 현명하고 확실한 거야. 게다가 우리 같은 사람은 그런 종류의 술책은 잘 알아! 자네가 자연과 스승을 속이려는 최초의 마법사는 아니니까!"

제3장 안나

뢰머가 고향에 머무르는 동안에는 주어진 시간을 잘 활용해야 했기 때문에 나는 고향마을에서 여러 차례 인사와 소식을 전해 들었지만 그곳을 방문할 생각을 하지 못했다. 사정이 이러했기 때문에 나는 그림을 그릴 때나 초록빛 나무들이 주위에서 살랑거릴 때면 더욱더 열심히 안나를 생각했다. 이러한 배움이 그녀를 위한 것이며 이 해에는 지난해에 비해 경험이 아주 풍부해졌다는 것이 기뻤다. 나는 이렇게 함으로써 그녀의 호감을 사고, 내가 감히 품었던 희망이 그녀 고향에서 인정될 수 있는 진정한 가치를 얻기를 원했다.

가을이 왔다. 어느 날 낮에 점심을 먹으러 집에 가서 거실에 들어섰을 때, 소파 위에 검은 비단 외투가 보였다. 나는 몹시 기뻐서 외투가 있는 곳으로 급히 다가가 가볍고 산뜻한 이 옷을 들어 올려 자세히 살펴보았다. 그것을 들고 급히 부엌으로 간 나는 어머니가 보통 때보다 더 맛있는 음식을 부지런히 준비하는 것을 보았다. 어머니는 선생님과 그의 딸이 왔다고 알려주었으나, 뒤이어 심각하고 근심스러운 표정으로 유감스럽게도 놀러온 것이 아니라 유명한 의사에게서 진찰을 받기 위해 왔다고 덧붙였다. 어머니는 거실로 가서 식탁을 차리는 동안 안나에게 이상하고 걱정스러운 병세가 있어서 선생님이 무척 마음 아파하시고, 어머니 자신도 그에 못지않게 걱정된다고 간략하게 말했다. 안나의 모든 상태로 보아 이 연약한 아이가 오래 살지 못할 수도 있다는 거였다.

나는 소파에 앉아 외투를 손에 꽉 쥐고서, 너무도 뜻밖이고 낯선 말이라서 놀랍다기보다는 기묘하게 생각되는 이 말들을 어처구니없어하며 듣고 있었다. 이때 문이 열리더니 진실로 존경하고 사랑하는 손님들이 안으로 들어왔다. 깜짝 놀라 일어선 나는 그들에게 다가갔는데, 안나에게 손을 내밀려고 할 때에야 내가 아직 그녀의 외투를 손에 들고 있다는 것을 알았다. 내가 어쩔 줄 모르고 그렇게 서 있는 동안 안나는 얼굴을 붉히며 미소 지었다. 선생님은 여름 내내 한 번도 오지 않았다고 책망하셨다. 인사를 나누는 동안 나는 어머니가 전해준 말을 잊어버렸는데, 그 말을 내게 상기시켜줄 만한 특별한 점도 눈에 띄지 않았다. 함께 식탁에 앉아 어머니가 안나를 더 사랑스럽고 주의 깊게 대하시는 것을 보고서야 그 말이 생각났고, 이때서야 그녀가 예전에 비해 키가 조금 더 커 보이지만, 더 가냘프고 말라 보인다는 생각을 했다. 그녀의 얼굴색은 거의 투명한 것같이 변했고, 때로는 옛날의 어린애다운 열정을 비치며, 또 때로는 꿈꾸는 듯 깊은 생각을 하면서 눈빛은 더 밝게 빛났으나 눈 주위에는 뭔가 병자의 기색이 보였다. 그녀는 명랑했고 상당히 말을 많이 했는데, 그동안 나는 입을 다물고 들으면서 그녀를 바라보았다.

선생님 역시 쾌활했고 여느 때와 똑같았다. 가족이 불행한 운명에 처하거나 병에 걸릴 경우 우리는 슬퍼하는 모습을 보이는 대신 거의 첫 순간부터 당사자와 마찬가지로 냉정하게 처신하고, 희망과 두려움 그리고 환멸이 교차하는 행동을 하기 때문이다. 그러나 선생님은 딸에게 너무 많이 말하지 말라고 타일렀고, 이번에 짧은 여행을 왜 하는지 알고 있는지를 내게 물으며 덧붙였다. "그래, 하인리히! 안나가 아플 것 같구나! 그렇지만 용기를 잃지 말자! 의사선생은 현재로서는 얘기할 것도, 할 일도 많지 않다고 하더라. 우리에게 조심해야 할 점을 말해주고 시골 공기가 더 좋으니 여기로 이사 오지 말고 안심하고 집으로 돌아가 거기서 살라고 당부하더구나. 우리 마을 의사에게 전해주라고 하면서 편지 한 통을 주더라. 자기도 가끔 와서 살펴보겠다고 하더구나."

나는 이 말에 대해 전혀 대꾸도 할 수 없었고, 내 연민을 드러낼 수도 없었다. 오히려 나는 새빨개져서 내가 아프지 않은 것이 부끄러웠다. 반면, 안나는 선생님이 말씀하시는 동안 이렇게 고통스러운 사실을 들어야 하는 내가 가엾기나 한 듯이 미소를 지으며 나를 바라보았다.

식사가 끝난 후 선생님은 내가 하는 일을 알고 싶어하며 그림을 보자고 했다. 나는 잘 채운 화첩을 가져와서 내 스승에 대해 얘기했다. 그러나 그는 내 이야기를 오래 듣는 대신, 볼일을 보고 나서 물건을 사러갈 채비를 했다. 어머니가 그와 동행했기 때문에 나는 안나와 단둘이 남았다. 그녀는 내 그림을 계속해서 주의 깊게 관찰했다. 그녀는 소파에 앉으면서 모두 다 내놓고 설명해보라고 했다. 그녀가 풍경화를 내려다보는 동안 나는 그녀를 내려다보았다. 간혹 몸을 굽혀야 했고 때로는 둘이 함께 그림을 오랫동안 손에 들고 있기도 했지만, 각별한 애정 표현은 없었다. 나에게 그녀는 다시 다른 존재여서 내가 멀리서라도 그녀의 기분을 상하게 할까봐 조심스러워한 반면, 그녀는 오로지 내 그림에만 기쁨과 관심을 표하며, 나를 거의 쳐다보지 않고 그림에서 좀처럼 눈을 떼려하지 않았던 것이다.

갑자기 그녀가 말했다. "목사관 아주머니께서 네가 당장 우리와 함께 오지 않으면 화를 내실 거라고 전해달랬어! 그렇게 할 거야?" 나는 "그래, 지금 당장 갈 수 있어!"라고 대답한 후 덧붙여 말했다. "그런데 도대체 넌 뭐가 문제야!" "아, 나도 잘 몰라. 항상 피곤하고 가끔 조금씩 아파. 다른 사람들이 나보다 더 심각하게 생각하고 있어!"

어머니와 선생님이 돌아오셨다. 남몰래 한숨지으며 탁자 위에 내려놓은 생소한 약 꾸러미 외에도 선생님은 좋은 옷감과 커다랗고 따뜻한 숄 그리고 금시계 등을 안나의 선물로 사왔는데, 마치 그는 이 고가의 내구성 있는 물건들이 운명을 강제로 바꿀 수 있기를 바라는 것 같았다. 안나가 그것들을 보고 놀라자, 그는 이 물건들은 그녀가 진작 가졌어야 할 것들이고 또 여기에 든 약간의 돈이 그녀에게 작으나마 기쁨을 줄 수 없다면 그 돈이 그에게는 아무런 가치도 없을 것이라고 말했다.

선생님은 내가 함께 간다는 사실이 기쁜 것 같았다. 어머니도 좋아하시면서 내게 몇 가지 물건들을 준비해주었다. 그러는 동안 나는 마차가 놓여 있는 여관으로 가서 마차를 가져왔다. 따뜻하게 몸을 감싸고 베일을 쓴 채 선생님 곁에 앉은 안나는 그 어느 때보다도 더 아름답게 보였다. 나는 앞좌석에 앉아 벌써부터 조급하게 땅을 파헤치고 있는 잘 사육된 말의 고삐를 붙잡았다. 어머니는 꽤 오랫동안 마차 옆에서 뭔가를 돌보면서 선생님에게 뭐든 도와드리겠다는 제안을 되풀이했으며, 필요하다면 건너가서 안나를 간호하겠다고 말했다. 이웃들은 창문 바깥으로 얼굴을 내밀었다. 마침내 내가 사랑스럽고 점잖은 일행과 함께 좁은 길을 따라 말을 몰게 되었을 때, 나는 이웃들을 보면서 우쭐한 기분이 들었다.

들판에는 가을 오후의 햇볕이 내리쬐고 있었다. 우리는 마을과 들을 가로질러 지나갔고, 옅은 안개 사이로 비치는 관목 숲과 언덕을 보았다. 멀리서 들려오는 사냥꾼의 뿔 나팔소리를 들었고, 가을의 수확을 나르는 수많은 짐마차들을 여기저기서 만날 수 있었다. 어떤 곳에서는 포도를 수확하기 위한 통을 준비하거나 커다란 통을 만들고 있었으며, 또 어떤 곳에서는 들판에 줄지어 서서 무나 당근 따위의 뿌리채소를 뽑는 사람들이 있었다. 또 다른 곳에서는 땅을 갈고 있었는데, 그 옆에는 가족 전체가 가을햇살의 유혹을 받고 밖으로 나와 모여 있었다. 어디에서나 활기차고 즐거운 사람들의 움직임을 볼 수 있었다. 바람이 따뜻해서 안나는 초록빛 베일을 뒤로 젖히고 사랑스러운 얼굴을 드러냈다. 우리 셋은 모두 우리가 이 길을 가는 목적을 잊어버렸다. 선생님은 우리가 거쳐온 지역에 대해 많은 얘기를 하면서 유명한 남자들이 살고 있는 집들을 가리켜주었는데, 잘 정돈되고 깨끗한 그 농장들은 주인의 현명함과 재치를 보여주고 있었다. 이집 저집에는 예쁜 딸이 하나 둘씩 살고 있었는데, 우리는 지나가면서 그들을 엿보려고 애썼다. 그들을 보게 되면 안나는 대지의 꽃 자체인 사람들의 겸손하고 단정한 태도로 인사를 건넸다.

해가 진 지 한참 지나 우리는 목적지에 도착했는데, 어두워지자 마을에 올 때마다 유디트를 방문하기로 약속했다는 생각이 불현듯 떠올랐다. 안나는 다시 얼굴을 베일로 둘렀으며, 이제 길을 더 잘 아는 선생님이 고삐를 잡아서, 나는 그녀 곁에 앉았다. 어둠으로 대화가 뜸해졌기 때문에, 나는 무엇을 해야 할지에 대해 곰곰 생각해볼 시간을 갖게 되었다.

유디트와 한 약속을 지키는 것이 적절치 않아 보였고, 내 곁에서 살포시 나에게 기대어 있는 안나를 마음속에서나마 모욕하고 싶지 않았지만, 다른 한편으로는 유디트가 그날 밤 오로지 그 약속을 믿고 나를 보내주었기 때문에 결국은 내가 약속을 깨뜨려서는 안 된다는 확신이 더욱더 강해졌다. 그래서 나는 아무 망설임도 없이 약속을 깨는 것은 그녀를 모욕하고 그녀에게 상처를 주는 일이라고 상상했다. 나는 무슨 일이 있어도 유디트 앞에서는 두려움 때문에 약속을 하고, 두려움 때문에 그것을 저버리는, 남자답지 못한 모습을 보이고 싶지 않았다. 이때 내 생각으로는 최소한 나를 정당화할 수 있을 만한 매우 교묘한 구실이 떠올랐다. 오직 선생님 댁에서만 지내면 되는 것이다. 그러면 나는 마을에 없는 셈이

되며, 만일 낮에 그곳에 가더라도, 유디트가 마을에 머무를 때에는 꼭 밤에 몰래 오라고 요구한 이상 그녀를 볼 필요가 없었던 것이다.

선생님 댁에 도착하니, 외숙모가 아들 하나와 두 딸과 함께 우리가 도착하면 나를 데리고 가려고 기다리고 있었다. 이때 나는 나도 모르는 사이에 그냥 이곳에 있고 싶다고 얘기했다. 늙은 카테리네는 서둘러 내가 쓸 방을 준비했고, 아주 피곤해서 지쳤을 뿐만 아니라 기침까지 하던 안나는 곧바로 잠자리에 들어야 했다. 안나는 책과 작업도구, 종이와 필기도구가 놓여 있는 잘 정돈된 책상 곁으로 나를 데리고 가더니, 책상 위에 등불을 놓고 미소 지으며 말했다. "아버지께서는 저녁마다 내가 잠들 때까지 내 침대 곁에 계셔. 간혹 책을 읽어주시기도 해. 너는 그동안 여기서 하고 싶은 일을 할 수 있을 거야. 이것 봐, 너를 위해 이렇게 만들고 있어!" 그러면서 그녀는 작은 화첩에 조그맣게 수를 놓은 것을 보여주었는데, 그것은 몇 년 전에 내가 포도덩굴 아래 정자에서 그린 후 그녀에게 선물한 꽃그림을 본떠 만든 것이었다. 나의 소박한 그림은 그녀의 책상 위에 걸려 있었다. 그런 후 내게 손을 내민 그녀는 애처롭고 나직하면서도 친근한 목소리로 "잘 자!"라고 말했고, 나 역시 나직하게 "잘 자"라고 말했다.

그녀가 나가고 얼마 지나지 않아 선생님이 들어오셨다. 나는 그가 안나 방으로 가려고 다시 돌아설 때 아름답게 제본된 기도서를 들고 있는 것을 보았다. 나는 책상 위의 온갖 자잘한 물건들을 살펴보고 그녀의 가위를 가지고 놀았다. 하지만 안나에게 어떤 위험이 닥쳤는지는 전혀 진지하게 생각해볼 수 없었다.

제4장 유디트

　좋아하는 사람의 집에 손님으로 있었기 때문에 나는 아침에 다른 누구보다도 일찍 잠에서 깨어났다. 나는 창문을 열고 오랫동안 호수 위를 내다보았다. 나무가 무성한 호숫가 언덕은 아침노을로 붉게 물들어 있었고, 때늦은 달은 아직도 하늘에 남아 어두운 물속에서 상당히 뚜렷하게 비치고 있었다. 나는 이파리가 노란 나뭇가지 끝을 금빛으로 물들이고 점점 파란빛을 띠어가는 호수 위로 부드러운 빛을 던지는 태양 앞에서 달이 점차로 희미해지는 모습을 바라보았다. 그러나 그와 동시에 대기는 다시 흐릿해지기 시작했는데, 처음에는 희미한 안개가 은빛 베일처럼 모든 사물 주위를 에워쌌다. 그러더니 안개는 반짝이던 모습을 차례차례 가렸고 사방에서 번쩍거리던 빛은 연속해서 사라졌다. 그러는 동안 안개는 갑자기 짙어져서, 내 앞의 작은 정원만 보였는데, 마침내 이것마저도 가려버리고 축축하게 창가로 밀려왔다. 나는 창문을 닫고 침실을 빠져나와 늙은 카테리네가 부엌에서 포근하고 밝은 불 곁에 있는 것을 보았다.
　나는 그녀와 한참 동안 수다를 떨었다. 그녀는 안나의 심상치 않은 상태에 대하여 애정 어린 탄식을 늘어놓으며 그러한 상태가 언제부터 시작되었는지를 알려주었으나, 많은 경우 애매하고 이해할 수 없는 말로

에둘러 말했기 때문에, 나는 그 상태가 어떤지 확실하게 알 수 없었다. 이어서 그녀는 감동적이고 매우 적절한 말씨로 안나를 칭찬하면서 어린 시절부터 지금까지 안나의 삶을 회고하기 시작했다. 나는 세 살짜리 어린 천사가 카테리네가 자세하게 묘사해준 것과 같은 옷을 입고 이리저리 뛰어다니는 모습뿐만 아니라, 이 소녀가 여러 해 동안 누워 있게 될 너무 빠른 고통의 병상까지도 눈앞에 또렷이 그려볼 수 있었다. 결과적으로, 너그럽고 영리하며 여전히 미소 짓는 표정을 한 아주 하얀 작은 시신이 길게 늘어져 있는 모습까지도 떠올랐다. 그러나 병든 어린 가지는 다시 원기를 회복했고, 고통이 가져다준 때이른 현명함으로 생긴 이상한 표정은 미지의 고향으로 다시 사라졌으며, 마침내 내 눈앞에서는 마치 아무 일도 없었던 듯이 내가 처음 보았던 때 모습 그대로 장밋빛의 천진난만한 소녀가 피어올랐다.

이윽고 선생님이 나오셨다. 딸이 아침에는 침대에 누워 있어야 했고 보통 때보다 더 오래 잤기 때문에 그도 역시 일찍 일어나는 것에 신경을 쓰지 않았으며, 자기의 모든 시간을 병든 자식의 일과에 맞게 조절했다. 꽤 시간이 지난 뒤에 나타난 안나는 그녀를 위해 특별히 처방된 아침식사를 했고, 우리는 평상시처럼 식사를 했다. 이로써 식탁에는 어쩐지 슬픈 느낌이 퍼져 있었지만, 셋이 함께 계속 식탁에 앉아 대화를 나누게 되자 이러한 슬픔은 점차 진지한 명상으로 변했다. 선생님이 토마스 아 켐피스의 『그리스도의 후예』[10]라는 책을 들고 그 책의 몇 쪽을 낭독하는 동안 안나는 자수를 놓았다. 그런 다음 그녀의 부친은 읽은 부분을

---

10) 토마스 아 켐피스는 남부 독일의 신비주의자이자 아우구스티누스 수도참사회 회원이었던 켐펜(Thomas von Kempen, 1379/80~1471)의 라틴어 표기다. 그는 성직자와 작가로 활동했고, 4권으로 된 저서 『그리스도의 후예』에서는 세속에 대한 경멸, 참회, 수양, 예수에 대한 무조건적인 믿음 등이 그리스도의 후예로서 가야 하는 길로 강조되어 있다.

놓고 대화를 시작했는데, 나를 대화상대로 삼아 전통적인 방식대로 내 판단력을 시험하고 그것을 완화시키는 가운데 서로 마음의 양식을 얻기 위하여 유익한 일치점을 이끌어내려고 했다. 그러나 나는 지난여름부터 이러한 토론에 흥미를 거의 잃었다. 내 시선은 감각적인 현상과 형태를 향해 있었다. 그래서 경험에 대해 나와 뢰머가 나누었던 수수께끼 같은 의견조차도 철두철미 세속적인 의미에서 행해졌던 터였다. 그뿐만 아니라 나는 아주 사려 깊게 안나를 배려해야 할 것 같은 느낌이 들었다. 그래서 내가 궁지에 몰려 막 시작된 개종 작업의 대상이 되어 있음을 보고 그녀가 심지어 즐거워하는 것처럼 보인다는 것을 알게 되었을 때, 나는 반대의견을 내지 않으려고 조심했고, 진실을 담고 있거나, 심오하고 아름답고 강렬하게 표현되어 있는 부분에 대해서는 솔직하게 동의했으며, 그도 아니면 안나의 조그만 비단 실타래의 아름다운 색들을 응시하면서 느긋한 감미로움에 빠져들었다.

숙면을 취한 뒤여서 안나는 상당히 활기 있어 보였기 때문에 낮 동안에는 예전의 그녀와 그다지 큰 차이가 없어 보였다. 그것이 나를 아주 안심시켰다. 그래서 나는 유디트에게서 안전한 밝은 대낮에 목사관에 갔다 오기 위해 길을 나섰다.

짙은 안개 속으로 걸어 들어갔을 때 나는 기분이 썩 좋았으며, 내 기이한 술책을 생각하면서 웃지 않을 수 없었다. 더욱이 잿빛으로 뒤덮인 자연 속에 모습을 숨긴 채로 걷다보니, 내가 가는 길이 완벽하게 은밀한 샛길 같아서 더더욱 웃음이 나왔다. 나는 산을 넘어 곧 마을에 도착했다. 그러나 여기서 안개 때문에 방향을 잃은 나는 그물처럼 얽힌 좁은 정원 길과 풀밭 길로 들어섰다. 이 길들은 어느 때는 어떤 외딴 집으로, 또 어느 때에는 다시 곧장 마을 바깥쪽으로 나 있었다. 나는 네 걸음 앞을 볼 수도 없었다. 사람들이 보이진 않았지만 소리는 계속 들렸는데,

우연히도 내가 걷는 길에서는 아무도 만날 수 없었다. 그러다가 열려 있는 어떤 작은 문에 도착한 나는 그 문을 지나 모든 농장을 똑바로 횡단해서 다시 큰 길로 나가기로 마음먹었다. 나는 근사하고 커다란 과수원에 들어가게 되었다. 나무에는 모두 아주 예쁘게 잘 익은 과일들이 매달려 있었다. 그러나 언제나 나무 한 그루만 뚜렷이 보였을 뿐, 바로 옆의 나무들은 절반쯤 가려진 채 빙 둘러 서 있었고, 그 뒤에는 다시 하얀 안개 벽이 닫혀 있었다. 갑자기 나는 유디트가 내가 있는 쪽으로 오고 있는 것을 보았다. 그녀는 사과가 가득 담긴 커다란 바구니를 두 손으로 받쳐 들고 나르고 있었는데, 무거웠기 때문에 가지로 엮인 바구니가 나직하게 삐걱거리는 소리가 들렸다. 그녀가 유일하게 즐거운 마음으로 열심히 하는 일이 바로 이 과일 수확이었다. 그녀는 젖은 풀 때문에 치마를 약간 걷어 올렸던 터라 아주 예쁜 발이 드러나 있었다. 머리는 습기로 묵직했고, 뺨은 가을바람을 쐰 탓에 맑은 자줏빛으로 붉어져 있었다. 그렇게 눈길을 바구니에 향한 채 나를 향해 똑바로 다가오던 그녀는 갑자기 나를 보고는, 처음에는 얼굴이 창백해지면서 바구니를 땅에 놓더니, 가슴 깊이 우러나는 솔직한 기쁨을 드러내며 가까이 달려와 목을 끌어안고 대여섯 번 정도 내 입술에 키스를 퍼부었다. 나는 키스를 받아들이지 않으려고 애쓰면서 마침내 그녀의 가슴에서 억지로 몸을 떼냈다.

"그래, 잘 왔어! 이 영리한 녀석!" 그녀는 기쁘게 웃으며 말했다. "오늘 도착했구나. 밤이 되기 전에 날 찾아오려고 즉시 이 안개를 이용한 거고. 네가 그럴 수 있으리라고는 전혀 생각지 못했어!" "아니에요." 나는 땅을 바라보며 말했다. "어제 왔는데 안나가 아파서 선생님 댁에서 지내요. 이런 상황에서는 결코 당신에게 올 수 없어요!" 유디트는 팔짱을 끼고 잠시 침묵하더니 내 마음을 읽으려는 듯이 나를 뚫어져라 바라보았고, 나도 어쩔 수 없이 고개를 들어 그녀의 눈을 바라보았다.

 "물론 이건 내가 생각했던 것보다 더 영리한 일일 거야." 마침내 그녀가 말했다. "만일 이것이 네게 조금이라도 도움이 된다면 말이지! 그렇지만 우리가 사랑하는 그 가엾은 애가 아픈 만큼, 나는 무리한 요구는 하고 싶지 않아. 그러니 우리 약속을 바꾸고 싶어. 안개는 적어도 한 주일 동안 매일 이런 식으로 여러 시간 동안 낄 거야. 만일 네가 매일 안개가 낄 때 온다면, 밤에는 네 의무를 면제시켜주지. 네게 약속하는데, 난 너를 애무하지 않을 거고, 네가 만일 그러고 싶어하면 널 혼내줄 거야. 다만 넌 언제나 똑같은 질문에 거짓 없이 한 마디로 대답해야 해!" "어떤 질문인데요?" 내가 물었다. "곧 알게 될 거야!" 그녀는 대답했다. "이리 와, 예쁜 사과가 있어!"

 그녀는 앞장서서 가지와 잎이 다른 나무보다 더 멋진 품종으로 보이는 어떤 나무 쪽으로 가서 사다리를 몇 계단 오르더니 모양과 빛깔이 좋은 사과를 몇 개 따왔다. 그녀는 여전히 축축한 안개 속에서 빛나던 사과 가운데 하나를 하얀 이로 두 동강 내어, 반쪽은 내게 주고 다른 반쪽을 먹기 시작했다. 나 역시 바로 먹어치웠다. 그것은 아주 색다른 신선함과 향기를 품고 있었다. 나는 그녀가 두 번째 사과도 그렇게 해줄 때까지 기다릴 수 없을 지경이었다. 사과 세 개를 그렇게 먹고 났을 때, 내 입은 너무도 달콤하고 상쾌하게 되어 유디트에게 키스해서 그녀 입의 달콤함까지도 빨아들이고 싶은 욕망을 억제하지 않으면 안 되었다. 그것을 본 그녀가 웃으면서 말했다. "이제 말해봐. 내가 좋으니?" 이 말을 하면서 그녀는 나를 뚫어지게 응시했고, 나는 그 순간 생생하고 확고하게 안나를 생각하고 있었으면서도 달리 어찌할 수 없어서 그렇다고 말했다. 유디트는 만족스러워하며 말했다. "넌 이 말을 매일 내게 해야 해!"

 그런 다음 그녀는 다음과 같이 말했다. "넌 그 착한 아이가 어떤 상태인지 제대로 알고 있어?" 내가 잘 모른다고 대답하자 그녀는 계속 말을 이었다. "사람들이 그러는데, 이 가엾은 아이가 얼마 전부터 이상한 꿈을 꾸고 이상한 예감을 한대. 이미 몇 가지 예언을 했는데 그게 실제로 적중했다는 거야. 그리고 종종 꿈속에서나 깨어 있을 때 자기가 좋아하는 사람들이 먼 곳에서 그 순간 무엇을 하고 무엇을 하지 않는지, 또 그들이 잘 지내는지, 갑자기 환영을 보면서 예언한다는 거야. 지금은 무척 신앙심이 깊은 사람이 되어 있는데, 최근에는 가슴을 앓고 있다고 하던 걸! 나는 그런 것을 믿지는 않아. 그렇지만 그 아이가 아픈 것은 분명해. 나는 진심으로 낫기를 바란단다. 너 때문에 나도 그녀를 좋아하니까." 유디트는 또한 깊은 생각에 잠겨 이렇게 말했다. "그렇지만 운명으로 정해진 것은 누구나 다 감수해야 하는 법이야!"

내가 못 믿어하며 머리를 흔드는 동안 가벼운 전율이 내 온몸을 뚫고 지나갔으며, 내 마음의 눈앞에서 어른거리던 안나의 자태 주위에 이상하고 희한한 베일이 휘감기는 것 같았다. 그리고 바로 이 순간, 유디트 곁에 친근하게 서 있는 내 모습을 그녀가 지금 틀림없이 보고 있을 것 같은 느낌도 들었다. 그 생각에 화들짝 놀라서 나는 주위를 둘러보았다. 안개는 걷히기 시작해서 은빛 베일 같은 안개 사이로 이미 파란 하늘이 보였다. 햇살은 희미하게 빛나며 축축한 나뭇가지로 쏟아져 내렸고, 가지에서 떨어지는 물방울들은 햇빛을 받고 반짝거렸다. 어떤 남자의 푸른 그림자가 지나가는 것이 보였다. 마침내 주위가 온통 밝아지면서 우리 또한 밝은 햇빛 아래 서 있게 되었으며, 햇빛은 그렇게 서 있는 우리 두 사람의 뚜렷한 그림자를 흐릿하게 빛나는 초지 위에 드리웠다.

서둘러 그곳을 떠나 외삼촌댁으로 간 나는 여기서 유디트가 내게 전해준 말을 확인할 수 있었다. 활기찬 이 집에서 환영을 받고 친밀한 대화를 통해 위안을 얻게 된 나는, 대화를 나누면서 다시 믿을 수 없다는 듯이 미소를 지었으며, 그러한 일에 별로 개의치 않는 사촌들을 동지로 여길 수 있게 되어 기뻤다. 그러나 내 가슴속에는 여전히 어떤 복잡한 감정이 남아 있었다. 그러한 현상을 인정하는 성벽과, 그러한 것을 주장하는 것 자체가 벌써 가증스럽게 여겨졌으며, 또한 이 가증스러움의 원인을 결코 착한 안나에게 돌릴 수는 없을지라도 어쨌건 간에 지금 그녀가 보여주는 낯설고 달갑지 않은 행태를 무턱대고 부인할 수는 없었기 때문이다. 그래서 저녁이 되어 안나의 집에 돌아왔을 때, 나는 어느 정도 꺼림칙한 기분으로 그녀에게 다가갔지만, 그녀의 사랑스러운 모습을 보자 이러한 기분은 막바로 다시 사라져버렸다. 그리고 그녀가 부친이 있는 자리에서 며칠 전에 꾸었던 꿈에 대해 나지막한 소리로 말하기 시작함으로써 나를 이른바 그 비밀 속으로 끌어들이고 싶어하는 것을 알게 되었을 때, 나는 즉각 이 일을 믿고 존중하게 되었으며 조금 전까지의 의심 때문에 더욱더 사랑스럽게 느껴졌다.

혼자 있게 되자 나는 그것에 대해 더 곰곰이 생각하다가 그러한 것에 대한 보고를 읽었던 기억이 났다. 거기에는 불가사의하고 초자연적인 어떤 것을 인정하지 않으면서도, 인간의 지식이 미치지 않는 자연의 영역과 힘에 대해 암시되어 있었다. 신중하게 생각해보면 나 역시, 만일 내가 내 가능성 가운데 가장 큰 가능성인 신의 존재를 의심하고 신을 고독의 경지로 추방하고 싶은 생각이 없다면, 감추어진 많은 끈과 법칙들의 존재 가능성을 인정해야만 했다.

침대에 눕자 이러한 생각이 분명해졌다. 나는 이 생각과 더불어 역시 분명히 고려할 수 있을 안나의 순진함과 정직함을 생각했다. 이러한 생각이 들자마자 나는 만일 안나의 영혼의 눈이 혹 무의식적으로 나를 바라보더라도 체면을 손상당하지 않도록 몸을 단정하게 반듯이 뻗은 후 두 손을 우아하게 가슴 위에 포개 얹고 지극히 점잖고 이상적인 자세를 취했다. 그러나 잠이 들자마자 나는 이 익숙하지 못한 자세에서 벗어났으며, 아침에 보니 유감천만하게도 이 세상에서 가장 편하고 가장 평범한 모습으로 잠들어 있었다.

나는 재빨리 일어나, 사람들이 아침마다 얼굴과 손을 씻듯이 내 영혼의 얼굴과 손을 씻은 뒤 침착하고 신중한 척했으며, 내 생각을 통제하면서 순간순간 맑고 깨끗한 기분을 유지하고자 애썼다. 이런 식으로 나는 안나 앞에 모습을 드러냈는데, 이때에는 그렇게 정화되고 축제일 같은 분위기를 풍기는 태도가 어렵지 않았다. 사실 그녀 앞에서는 이떤 다른 태도를 취하는 것은 불가능했다. 아침은 다시 어제처럼 지나갔고, 창문 바로 앞의 안개는 나를 밖으로 불러내는 것 같았다. 그때 만약 유디트를 찾아가고 싶어 내가 동요했다면, 그것은 무절제한 우유부단이나 나약함 때문이라기보다는 그 매력적인 여자의 호의에 보답해야 한다는 선량한 감사의 감정 때문이었다. 그도 그럴 것이, 어제 그녀를 만났을 때 그녀가 놀라워하면서 즉각적으로 내비친 솔직한 기쁨으로 보아, 사실상 그녀가 나를 진심으로 좋아하고 있다고 생각해도 되었기 때문이다. 나는 그녀에게 아무런 문제없이 그녀를 사랑한다는 말을 할 수 있다고 생각했다. 이상하게도 그렇게 하더라도 안나에 대한 내 감정이 허물어지리라고 느낄 수 없었고, 이러한 사랑 고백이 그녀의 목을 와락 감싸안고 싶은 욕망에 대한 동의어와 별반 다르지 않다는 것을 나는 알지 못했다. 게다가 나는 유디트를 방문하는 것을 내 자제력을 시험하거나, 아무리 위험한 상황에서도 안나의 천리안 같은 꿈을 무서워할 필요가 없는 행동이 가능하다는 것을 증명할 수 있는 절호의 기회로 여기고 있었다.

나는 그러한 궤변으로 무장하고 길을 나섰는데, 의심의 낌새라고는 전혀 찾아볼 수 없는 안나에게 일말의 불안한 시선을 던지지 않을 수 없었다. 밖에서 나는 다시 한 번 망설였지만, 이번에는 헤매지 않고 곧장 유디트의 과수원으로 가는 길을 찾았다. 하지만 정작 한참 지난 후에야 그녀를 볼 수 있었다. 입구에서 나를 본 그녀가 몸을 숨기고 안개구름 속에서 이리저리 살금살금 걸어다니다 길을 잃고 결국은 멈춰 서서 나직하게 나를 불렀을 때에야 그녀를 찾을 수 있었기 때문이다. 우리 둘은 무의식중에 서로 부둥켜안는 몸짓을 했지만 뒤로 물러서서 서로 손만 잡았다. 그녀는 여전히 과일을 수확하고 있었는데, 작은 나무에서 자란 우수한 품종만 땄다. 나머지는 팔았기 때문에 구매자들이 손수 수확했다. 나는 한 바구니 가득 딸 때까지 그녀를 도우며, 그녀의 손이 미치지 않는 몇 그루의 나무 위로 올라갔다. 나는 장난삼아 키가 큰 사과나무의 맨 꼭대기에까지 올라가서 안개 속에 몸을 감추었다. 그녀는 아래서 내가 그녀를 사랑하는지 물었고, 나는 마치 구름 속에서 그러는 것처럼 그렇다고 대답했다. 그러자 그녀가 나에게 얼러맞추며 소리쳤다. "오, 아름다운 노래야, 정말 듣기 좋아! 그토록 멋지게 노래하는 어린 새여, 이리 내려와요!"

내가 외삼촌댁으로 갈 때까지 우리는 매일 한 시간씩 이런 식으로 지냈다. 우리는 여러 가지 얘기를 나누었고, 내가 안나에 대해 많은 것을 얘기하면 그녀는 모든 것을 열심히 들어야 했다. 내가 그곳에 머무르도록 그녀는 대단한 인내심을 발휘했던 것이다. 내가 안나에게서 나 자신의 더 훌륭하고 더 정신적인 부분을 사랑한 반면, 유디트는 유디트대로 내 청춘 속에서 세상이 지금까지 그녀에게 제공했던 것보다 더 나은 무언가를 찾았다. 그녀는 자기가 오로지 나의 관능적인 반쪽만을 유혹하고 있다는 것을 잘 알고 있었다. 그래서 그녀는 내 마음이 내가 알고 있는 것보다 더 깊이 빠져 있다는 것을 어렴풋이 느끼면서도, 이러한 그녀의 느낌을 눈치 채이지 않게 조심했으며, 내게 매일 던지는 질문에 대해서도 그것이 대수롭지 않다는 생각으로 대답하게 했다.

　때때로 나는 그녀의 삶에 대해 그리고 그녀가 왜 이렇게 외로운지에 대해 얘기해달라고 조르기도 했다. 그녀가 얘기해주면 나는 열심히 들었다. 그녀는 어린 나이에 지금은 죽고 없는 남편과 결혼했는데, 잘생기고 건장했다는 것이 결혼 동기였다. 그러나 그 남자가 멍청하고 좀스러울 뿐 아니라 수다스럽고 사사건건 간섭하는 우스꽝스러운 잔소리꾼이라는 점이 밝혀졌다. 이러한 특징은 모두 구혼 당시의 수줍은 침묵 뒤에 숨어 있었던 것이다. 그녀는 ㄱ의 죽음이 커다란 행운이었다고 거리낌 없이 말했다. 그 뒤로 그녀에게 구혼하는 남자들은 하나같이 그녀의 재산에 눈독을 들이다가, 다른 곳에 그녀보다 지참금이 몇백 굴덴 더 있다는 소문을 들으면 재빨리 그쪽으로 돌아서버리는 사람들뿐이었다. 그녀는 한창나이의 똑똑하고 건장한 남자들이 돈은 많지만 몸매가 완전히 뒤틀리고 코가 뾰쪽한 희멀건 여자들과 결혼하는 것을 보았다. 그래서 그녀는 남자들을 모두 비웃으며 경멸했다. "그렇지만 나 스스로도 속죄해야 해." 그녀가 덧붙였다. "내가 왜 잘생긴 얼간이를 택했는지 몰라."

제5장 스승과 제자의 어리석음

일주일이 지난 뒤 나는 도시로 돌아와서 뢰머와 다시 공부를 시작했다. 야외에서 스케치하는 계절도 지났고 더 모사할 것도 없어서 뢰머는 그동안 배운 지식을 이용해서 독자적인 그림을 완성해보라고 지도했다. 나는 내 습작품 가운데 어떤 하나의 모티프를 골라 그것을 적당하게 구획을 짓고 늘어서 작은 그림으로 만들어야 했다. "내 화첩 외에는" 그가 말했다. "여기에 아무런 자료가 없으니까 겨울 동안 내 화첩의 그림들을 자네 화첩에 옮겨보게. 그렇게 하는 것이 가장 좋을 것 같네. 물론 그렇게 하기에는 자네가 아직 어리기도 하고, 오래 남을 만한 그림을 그리게 될 때까지는 한두 차례 처음부터 새로운 경험을 쌓아야 할 거야. 하지만 다급한 경우에는 그림을 팔아서 돈을 벌 수 있도록 어쨌든 이런 식으로 화폭을 채워보도록 같이 애써 보세!"

첫 시도는 아주 잘 되었다. 두 번째와 세 번째도 마찬가지였다. 새로운 욕구, 제재의 단순함 그리고 뢰머의 확실한 경험 덕택에 배경으로 그려진 대상들은 서로 자연스럽게 어울렸고, 빛의 분포도 별 어려움이 없었으며, 모든 부분이 빛과 그림자 속에 합당하고 명료하게 채워졌기 때문에 무의미하거나 혼란스런 곳은 한군데도 없었다. 앞에 놓인 습작품에서 빛을 받고 있는 하나 또는 몇 개의 대상들을 새로 그리는 그림의 그림자 속으로 옮겨놓거나 그 반대로 해야 할 때면, 나는 고유의 색, 하루 중의 시간, 푸르거나 구름 낀 하늘 그리고 주변의 대상이 반사하는 빛과 색의 강약 등의 조건을 스스로 고려하고 계산하여 새롭고도 필연적인 정경을 만들고자 했다. 그럴 때는 아주 즐거웠다. 유사한 조건 아래서 자연 자체 위에 퍼져 있을 법한 그럴싸한 색조를 성공적으로 표현하면,——진실한 색조는 언제나 독특한 마력을 풍기기 때문에 금방 알 수 있다——마치 내 경험과 자연의 활동이 일치한 것처럼 생각되어 나는 의기양양한 감정에 사로잡혔다.

그러나 규모와 내용이 더 방대한 그림을 그릴 때나 이러한 작업을 통해 자극된 독창적인 욕구가 다시 넘쳐날 때는, 이러한 만족감을 얻기가 점점 더 어려워졌다. 구도라는 인상적인 단어가 과대망상적인 기분을 불러일으키며 귓전을 맴돌았고, 작품으로 완성할 그림을 정식으로 스케치할 때 나는 내 성향을 억제하지 못했다. 모든 곳에서 시적으로 보이는 모퉁이와 조그마한 장소를 표현하고, 기지가 넘치는 관계와 의미를 부여하려고 애썼는데, 이것은 그림에 요구되는 평온함이나 소박함과는 모순되었다. 뢰머는 이러한 스케치를 전혀 가감 없이 그대로 그림으로 완성하게 했다.

이유를 알 수 없지만 그 졸작은 내 마음에도 들지 않았다. 뢰머는 야심차고 기교적인 구도 때문에 각 부분에서의 전문적인 수단과 자연의 실상이 아무런 효과를 내지 못하고 전체적인 진실이 될 수 없다는 점, 눈부시게 아름다운 그림 둘레에는 마치 해골 둘레의 화려한 장식품 같은 것이 매달려 있다는 점, 아무리 선의라고는 하지만 압도적인 독창적 욕구와 오만한 유심론(그는 이렇게 표현했다) 앞에서는 자연의 신선함이 두려움을 느낀 나머지 붓끝에서 붓 대롱 속으로 다시 되돌아가기 때문에, 각 부분의 신선한 진실이 표현될 수 없다는 점을 의기양양하게 지적했다.

"물론," 뢰머는 말을 이었다. "직접적인 진실을 희생하는 대신 독창적인 것을 제일로 삼는 유파도 있지. 그러나 그런 그림들은 마치 정신적으로 울리는 말보다는 그림 같은 인상을 주려는 시도 있듯이, 진짜 그림같이 보이는 것이 아니라 오히려 씌인 시처럼 보인다네. 만일 자네가 로마에 가서 늙은 코흐[11]나 라인하르트의 작품을 본다면, 자네는 자네의 분명한 취향에 따라 열광적으로 그 늙은 괴짜들을 따르겠지. 그렇지만 자네가 그곳에 있지 않아서 다행이야. 이것은 젊은 예술가에게는 위험한 일이니까. 그 일에는 아주 견실하고 거의 과학적이라 할 수 있는 교육과 엄격하고 확실하고 세밀한 스케치가 필요한데, 이것은 나무와 가지에 대한 연구보다는 오히려 인체에 대한 연구에 바탕을 두고 있다네. 한마디로 말하면, 아주 풍부한 경험의 가치를 중시하고 있어서 평범한 자연의 진실이 내는 광휘를 무색하게 하는 스타일이지. 이런 그림을 그리면 평생 동안 미치광이 취급을 받고 비참하게 살게 될 거야. 당연하지. 이 모든 것은 옳지 않고 어리석으니까!"

나는 독창성이 그의 강점이 아니라는 것을 간파했기 때문에 이 의견에 찬성하지 않았다. 그는 내 그림의 배열을 수정하면서, 내가 특히 중요하게 생각해서 자신 있게 그린 산맥이나 삼림에 대해 단 한 번도 주의를 기울이지 않았고, 연필로 가차 없이 진한 선을 종횡으로 도배질함으로써 강렬하지만 아무 의미도 없는 배경으로 만든 적이 여러 차례나 있었기 때문이다. 설령 그 부분이 전체구도를 방해한다 해도, 내 생각에는 최소한 그것들에 주의를 기울이고 나를 이해하면서 어떤 말이든 해주었

---

11) 코흐(Joseph Anton Koch, 1768~1839)는 오스트리아의 화가이자 동판화가다. 몇 년을 제외하고는 1795년부터 로마에서 체류한 클로드 로랭을 주축으로 한 자연풍경을 이상화하는 유파에 속한다.

어야 옳았다.

　이런 이유에서 나는 내 그림에 힘과 자유가 없는 것은 그것이 수채화이기 때문이라고 감히 그의 의견에 이의를 제기하며, 모든 것이 저절로 적절한 형태와 명암을 갖게 되는 좋은 캔버스와 유화에 대한 열망을 토로했다. 나는 이러한 이의제기로 스승의 존재 자체를 공격한 셈이었다. 그는 하얀 종이와 몇몇 개의 영국제 물감 덩어리만으로도 완전한 예술가의 능력이 충분히 탁월하게 발휘되고 표현될 수 있다고 믿었고, 또 그렇게 주장했기 때문이다. 예술가로서 과정을 다 끝마친 그는 과거의 업적 이상의 것을 더 성취하려는 의지가 없었다.

　그러므로 그에게서 배운 것을 하나의 단계로만 여기고, 그것을 넘어서는 더 높은 어떤 것의 부름을 느끼고 있다고 했을 때, 이것은 그를 모욕하는 말이었다. 나는 희망을 단념하지 않고 유화에 대한 얘기를 고집스럽게 계속했으며, 나아가 일반적인 문제를 얘기할 때에도 그의 견해를 더 이상 무조건 받아들이지 않고 거리낌 없이 반박했다. 이렇게 되자 그는 계속해서 더 예민해졌다. 여기에는, 그의 다른 대화와 의견이 점점 더 상궤를 벗어나 어처구니없을 만큼 이상해졌고, 그의 판단력에 대한 내 존경심이 약해졌다는 저간의 사정이 근본적인 원인으로 작용했다. 많은 것이 그에 관해 떠돌던 어두운 소문들과 맞아떨어졌기 때문에, 나는 존경스럽고 믿음직스러운 스승이 아주 수수께끼 같은 괴상한 인물로 정체가 드러나는 것을 보면서 한동안 극히 괴롭고 불안한 상태에 빠졌다.

　이미 얼마 전부터 세상일에 대한 그의 발언은 점점 정치적인 문제에 치중되면서 갈수록 신랄하고 단호하게 변했다. 매일 저녁 우리 도시의 독서모임에 참여하는 그는, 그곳에서 프랑스와 영국의 신문을 읽었고, 많은 것을 메모했다. 그뿐만 아니라 집에도 온갖 종류의 비밀스러운 종이쪽지들을 모아두고 있었으며, 중요해 보이는 글을 쓰는 모습이 종종 목격되기도 했다. 주로 그는 주르날 데 데바[12]를 읽느라 바빴다. 그는 우리 정부를 미숙하고 편협한 시골뜨기 집단으로, 시의회는 경멸스러운 오합지졸이라고 칭했으며, 국내 정세가 온통 어리석고 무의미한 상태라고 주장했다. 그러한 주장에 대해 나는 아연실색하여 동의하지 않거나 우리나라의 상황을 옹호하면서, 그를 외국의 대도시에서 오래 살아 좁은 고향을 경멸하는 불평분자로 간주했다. 그는 자주 루이 필리프[13]에 관해 얘기했는데, 마치 비밀 지령이 정확히 수행되지 않은 것을 본 사람처럼 그의 조처와 대책을 비난했다. 어느 날 그는 몹시 투덜대며 집으로 돌아와 티에르 장관[14]의 연설에 대해 불평을 늘어놓았다. "이 기분 나쁜 녀석과는 아무것도 할 수가 없어!"라고 소리치면서 그는 오려낸 신문 조각을 구겨버렸다. "이 친구가 이렇게 제멋대로 주제넘은 짓을 할 줄이야! 내 제자 가운데 가장 영리한 줄 알았는데." "그렇다면 티에르 씨도 풍경화를 그리나요?"라고 내가 묻자 뢰머는 의미심장하게 손을 비비며 대답했다. "꼭 그런 건 아냐! 신경 쓸 것 없어!"

그 뒤 얼마 지나지 않아 그는, 유럽 정치의 모든 실마리는 자신의 수중에 장악되어 있다는 것, 그래서 자신의 체력을 완전히 소진시킬 것 같은 피곤한 정신적 작업을 단 하루 또는 한 시간이라도 게을리하면 즉시 정치문제의 전반적인 혼란으로 귀결된다는 것, 그리고 주르날 데 데바

---

12) 주르날 데 데바(Journal des Débats)는 1789년 파리에서 창간된 프랑스의 일간지다. 1800년부터는 공화주의적 이념을 대변한다.
13) 필리프(Louis-Phillippe, 1793~1830)는 상층 부르주아의 이해에 상응하는 정치를 한 프랑스의 시민왕이다.
14) 티에르(Adolphe Thiers, 1797~1877)는 프랑스의 정치가이자 역사학자로 루이 필립 왕 치하에서 장관을 역임했으며, 온건하고 자유주의적인 좌파를 대변했다.

의 겁먹은 것 같은 요령부득의 사설은 매번 몸이 편치 않거나 긴장이 풀린 나머지 자신이 조언을 주지 못한 결과라는 것을 내게 넌지시 알려주었다. 나는 스승을 진지하게 주시했다. 그는 천연덕스럽게 진지한 얼굴을 했고, 매부리코는 평상시처럼 얼굴 한가운데에 있었다. 그 아래에는 잘 손질한 콧수염이 있었으며, 눈에서는 그 어떤 불안한 경련의 기미가 조금도 보이지 않았다.

놀라움이 채 사그라지기도 전에 나는 뢰머에게 자신이 모든 국정의 막후 인물인 동시에 전대미문의 압제와 학대의 희생양이라는 말을 더 듣게 되었다. 꼭 정당한 권리 때문이라기보다는 더 많은 이유에서 만인이 지켜보는 가운데 유럽 최강국의 왕좌에 앉아 마땅한 그가 은밀한 압박에 의해 마치 추방당한 악마처럼 은둔과 빈곤 속에 억류되어, 압제자들의 허락 없이는 수족을 조금도 움직일 수 없는 반면, 그들은 사소한 세상 문제를 해결하는 데에 필요한 분량만큼 자신의 천재성을 매일매일 짜낸다는 것이었다. 물론 그가 자신의 권리와 자유를 얻는다면 바로 그 순간에 고약한 통치는 끝장날 것이고, 자유롭고 밝고 행복한 시대가 시작된다는 것이었다. 그렇게 한 방울씩 사용된 그의 미량의 정신은, 성질상 단 한 방울도 소멸되거나 제거될 수 없기 때문에 서서히 모여 전지전능한 힘을 가진 바다를 이루고, 그의 존재는 모든 것을 정복하는 그 바다에서 권리를 찾아 세계를 구제할 것인즉, 자신은 기꺼이 육체를 소모할 의향이 있다는 것이었다.

"이 저주받을 수탉이 우는 소리가 들리는가?" 그가 소리쳤다. "이것은 그들이 나를 괴롭히기 위해 사용하는 수천 가지 방법 가운데 하나일 뿐이야. 그들은 닭의 울음소리가 내 온 신경계통의 장애를 일으켜서 내 사색 능력을 빼앗는다는 것을 알고 있지. 그래서 그들은 나에게서 필요한 급보를 입수하면, 곧바로 내 정신의 톱니바퀴가 나머지 시간 동안에는 멈춰 있게 하려고 내 주위의 도처에서 닭을 키우는 거야! 자네는 여기 이 집에 종횡으로 비밀 관이 설치되어 있어서, 우리가 하는 얘기가 다 도청되고 우리가 하는 짓은 모두 감시된다고 생각하지 않나?"

나는 방 주위를 둘러보고 이의를 제기하려고 했으나 은밀하고 엄숙하며 꿰뚫어보는 것 같은 그의 시선과 말에 압도되어 못하고 말았다. 그와 얘기하는 동안에는 어떤 소년이 자기가 사랑하고 존경하는 어른이 꾸며낸 이야기를 반신반의하며 들을 때와 같은 야릇한 기분에 휩싸였다. 그러나 혼자 있을 때에는 지금껏 배운 것 가운데 최상의 지식을 광기의 손에게 받았다는 것을 고백하지 않을 수 없었다. 이런 생각은 나를 격분시켰다. 나는 사람이 어떻게 미칠 수 있는지 이해하지 못했다. 나는 어떤 무자비한 기분이 들어서 단 한 마디 분명한 말로 그 불합리한 구름 전체를 확실하게 일소하기로 결심했다. 그러나 정작 광인과 마주 서면 곧 그의 강함과 불가침성을 느껴야 했고, 이 병자의 혼란스러운 생각에 관심을 보이면서, 그의 고통을 조금이라도 완화해줄 수 있는 말을 찾아내면 기뻐할 수밖에 없었다. 나는 그가 정말 불행한 병자이고, 망상의 고통을 모두 실제로 느끼고 있다는 것을 부인할 수 없었다.

이렇게 탁월한 스승이자 예술가인 사람이 미친 것으로 밝혀지면 내 자신의 명예도 관련 있다고 생각했고, 또 그에 관한 좋지 못한 소문과 영합하는 것이 불쾌했기 때문에 나는 뢰머의 광기에 대해 오랫동안 어느 누구에게도, 심지어는 어머니에게도 발설하지 않았다. 하지만 정말이지 아주 우스꽝스러운 사건 때문에 나는 입을 열고 말았다. 그가 전보다 더 자주 때로는 부르봉 왕조의 가문에 대해서, 어느 때는 나폴레옹의 가문에 대해서 그리고 또 어느 때에는 합스부르크 왕조의 인물들에 대해서 의미심장하게 얘기를 한 뒤 생긴 일이었는데, 어떤 군주국의 황태후인 한 늙은 부인이 많은 하인과 함께 많은 짐을 싣고 와서 우리 도시에서 며칠 묵게 되었다. 곧바로 몹시 흥분한 뢰머는 우리의 산책길을 그녀가 묵고 있는 여관 앞을 지나도록 유도했다. 그리고 간사하기 그지없는 이 부인이 자기 때문에 이곳에 왔노라고 설명하면서 마치 그 부인과 중대한 회담이 있기나 한 것처럼 그 집 안으로 들어간 다음, 나를 문밖에서 오랫동안 기다리게 만들었다. 그러나 그가 묻혀온 냄새에서 나는 그가 마부들 방에만 있었고, 그곳에서 분명 마늘소시지에 포도주 한 잔을 곁들여 마셨을 거라는 것을 알아챘다. 그토록 고상하고 진지한 외모의 소유자가 저지른 이러한 허튼수작은 우스꽝스럽고 교활한 술책과 결부되어 있었기 때문에 나를 더욱더 화나게 만들었다. 그래서 나는 집에서뿐 아니라 다른 곳에서도 그 일에 관해 얘기하기 시작했는데, 놀랍게도 뢰머의 괴상한 짓이 잘 알려져 있다는 것을 알았다. 더구나 그의 기행은 동정과 호감을 일으키는 대신 일종의 악의적인 비행으로, 사람들을 속이고 그들을 이용해서 뭔가 못된 짓을 벌이려는 계획적인 속임수로 여겨지고 있었다. 먼 외국에서의 분별없는 짓이나 미풍양속을 해친 행동 또는 그가 갚을 수 없었던 채무 등은, 실제 사정이 어땠는지 정확히 알 수는 없었지만, 발병과 동시에 생겼음이 틀림없었다.

뢰머 때문에 손해를 본 피해 당사자는 원한 깊은 박해자의 모습을 보이고 싶지 않아서, 그 사실이 세상에서 잊히지 않도록 비밀 책략을 꾸미고, 때때로 소문에 기름을 끼얹을 뿐이었지만, 뢰머에 대해 더 많은 이야기를 듣게 되면서 병자 자신도 전혀 눈치 채지 못하게 하는 방식으로 그를 고립무원의 상태로 쫓아낼 수 있었다. 훨씬 실력이 뒤지는 수많은 화가들이 편안하게 먹고살 수 있었던 반면, 사람들은 마치 뢰머가 전혀 존재하지 않는 듯이 행동했고, 정신이 온통 혼란해졌을 때에도 결코 잠들 줄 모르는 그의 나무랄 데 없는 근면함에 대해 호의도, 가치의 인정도, 친절한 변호도 보이지 않았다. 나는 뢰머의 집에 출입하는 동안 그가 거의 굶다시피 했고 그러면서도 얼마 되지 않는 돈은 깔끔한 외모를 유지하는 데에 썼다는 사실을 나중에야 들어서 알았다.

이때 내가 주위에 떠도는 험담을 곧이곧대로 듣지 않고 소문에 대항하며 그 남자를 옹호했다손 치더라도, 이러한 소문은 스승에 대한 나의 신뢰와 청소년답게 스승을 존경하는 자세에 손상을 입혔으며, 화가로서 그의 가치를 이전처럼 높이 평가한다는 점만 다를 뿐, 나 역시 어느 정도는 다른 사람처럼 그에게 악의를 품었다.

넉 달 동안 그의 지도를 받은 뒤 이미 지불한 사례금만큼 공부했다고 생각한 나는 이제 그만 빠져나오려고 했다. 그러나 그는 그렇게 정확하게 따질 필요가 없고 또 그 이유 때문에 공부가 중단될 수는 없는 노릇이라고 되풀이해서 말했다. 오히려 자기는 우리의 교제를 즐겁게 계속하고 싶다는 것이었다. 그래서 나는 더 이상 그의 집에서 공부하지는 않았지만 수시로 그를 방문하여 조언을 받았다. 다시 넉 달이 그렇게 지났는데, 그 기간에 궁지에 몰렸기 때문이었겠지만 그런데도 가볍게 지나가는 말투로 어머니가 잠시 약간의 돈을 빌려주실 수 있는지 물었다. 그는 이미 받았던 것과 대략 비슷한 액수를 말했고, 나는 그날 당장 돈을 갖다주었다. 봄이 되어 마침내 그는 어렵사리 작품 한 점을 팔 수 있었고, 그 결과 좀 넉넉한 돈을 손에 쥐었다.

이 돈으로 그는 파리로 갈 결심을 했는데, 여기서는 그에게 좀처럼 행운의 꽃이 필 것 같지 않을뿐더러, 장소를 바꾸면 더 나은 운명을 쟁취할 수 있을 거라는 망상이 그를 몰아댔던 것이다. 왜냐하면 미쳐버린 불행한 사람의 모든 날카로운 본능에도 불구하고, 그는 자신의 진짜 운명이 스스로 상상하는 고통보다도 훨씬 더 나쁘다는 것과, 그의 비행에 대해서 세상이 그의 가엾고 아름다운 소묘와 그림들에게 앙갚음하기로 합의했다는 사실까지는 예상하지 못했던 것이다.

그를 찾아갔을 때, 그는 짐을 꾸리면서 몇 가지 계산서를 지불하고 있었다. 그는 다음 날 출발한다고 알려주었고, 여행 목적에 대해 몇 가지 비밀스러운 암시를 덧붙이면서 내게 친근하게 작별인사를 했다. 내가 이 소식을 어머니께 전하자, 그녀는 곧바로 그가 빌려간 돈에 대해서는 아무 말도 없었냐고 물었다.

나는 뢰머 곁에서 몰라보게 발전했고 실력과 시야를 넓혔다. 그의 도움이 없었더라면 내게 무슨 일이 있었을지 생각해볼 수조차 없었고, 더욱이 현재 나의 발전을 금전으로 환산할 수는 없었다. 그렇기 때문에 사실 우리는 그 돈을 사례금 정도로 간주해도 무방했을 것이고, 더구나 뢰머가 마지막 순간까지도 내게 변함없이 조언을 주었으므로 이런 생각은 더욱 당연했다. 그러나 우리는 오로지 예의 그 소문들의 진실이 증명되었다는 생각을 했고, 그 당시 그의 생활이 얼마나 참담했는지 알지 못했다. 그가 가난을 용의주도하게 숨겼기 때문에, 우리는 그가 상당한 재산을 소유한 것으로 믿었다. 어머니는 그가 빌려간 돈을 되돌려줘야 한다고 고집했고, 어린 자식을 위해 저축해놓은, 얼마 되지도 않는 돈의 일부를 누군가 아무렇지도 않게 가로채려 한다는 것을 알고는 화냈다. 내가 배운 것을 그녀는 전혀 고려하지 않았는데, 누구든 뭔가 좋은 것을 알고 있으면 내게 가르쳐주는 것이 모든 세상사람들의 당연한 의무라고 여겼던 것이다.

그와 달리 나는 결국 뢰머에 대해 편견을 갖게 되어 그를 일종의 사기꾼이라고 여겼고, 어머니께 그 돈을 빌려주라고 강력하게 설득한 원죄도 있었으며, 분별없고 어리석었던 탓에 어머니의 의견에 반대할 수 없었다. 오히려 모든 부정에 대해 복수한다는 어떤 만족감까지 느꼈다. 어머니가 그에게 편지를 쓸 때, 나는 만일 그가 애당초 돈을 갚을 생각이 없었다면 그의 눈에 별 볼일 없어 보이는 평범한 부인의 독촉을 무시할 것이라고 생각했다. 그래서 나는 그렇지 않아도 이렇게 이목을 끄는 이상한 사람에게 편지를 쓴다는 것 때문에 당황해하던 어머니의 편지를 폐기해버리고——부끄럽게도 나는 이것을 고백하지 않을 수가 없는데——목적에 지극히 딱 들어맞는 다른 편지를 작성했다. 나는 정중한 언어로 그의 고정관념과 긍지 그리고 명예심을 계산에 넣었으며, 겸손하게 빚 상환을 요구하는 이 편지가 무시당할 경우 비참한 꼴이 될 것이기 때문에, 비록 뢰머가 이 모든 것을 비웃는다 하더라도 결국에는 제대로 웃지 못하고 자신이 간파당하고 있었다는 것을 알 수 있게끔 작성했다. 그러나 그렇게까지 할 필요가 전혀 없었다. 그 졸렬한 편지를 보내자 심부름꾼이 즉시 돈을 가지고 돌아왔기 때문이다. 나는 조금 부끄러웠다. 어머니와 나는 단지 그가 그 딱한 은전 더미를 내주었다는 이유에서 그가 그렇게 나쁜 사람이 아니라는 등 그의 좋은 점만 얘기했다.

내 생각에, 만일 뢰머가 자신을 하마나 찬장이라고 상상했더라면 나는 그에게 그토록 무자비하고 배은망덕하게 굴지는 않았을 것이다. 그러나 그가 위대한 예언자인 척했고, 그로써 내 허영심은 상처를 입었으며 그래서 외견상 그럴듯한 구실로 나를 방어했던 것이다.

한 달 뒤 나는 뢰머가 파리에서 보낸 다음과 같은 편지를 받았다.

나의 소중한 친구에게!

자네의 지속적인 관심과 우정을 즐겨도 된다고 생각하고 싶기 때문에 근황을 전해야 할 의무감을 느끼네. 정말이지 내가 최종적으로 해방되고 자립하게 된 것은 다 자네의 은덕 때문이야. 돈을 되돌려달라는 (나는 이 돈을 잊었던 것이 아니라 더 적당한 때에 되돌려주려 했다네.) 자네의 요구를 계기로 마침내 선조들의 저택으로 들어와 나의 진정한 사명에 헌신하게 되었으니! 그렇지만 그 대가로 쓰디쓴 경험을 해야 했지. 나는 그 돈을 이곳에서 우선 당장의 체류비로 사용하려 생각했네. 그러나 자네는 그것을 되돌려달라고 했지. 여행비를 지불하고 나니 마차에서 내릴 때는 일 프랑밖에 남지 않더군. 마침 비도 엄청 쏟아져서 하는 수 없이 그 1프랑으로 마차를 타고 전당포로 가서 내 트렁크를 저당잡혔다네. 그 일 뒤로 곧 내 수집품을 푼돈을 받고 고물상에게 팔지 않으면 안 될 정도였지. 그때서야 비로소 나는 몸에 배어 있던 모든 예술가의 가면과 모든 회화 도구에서 행복하게 해방되어 굶주리면서 거리를 쏘다녔다네. 집도, 옷도 없었지만 자유를 환호하면서 말이지. 그때 고귀한 우리 가문의 충직한 하인들이 나를 발견하고 의기양양하게 나를 집으로 안내했다네.

그러나 아직도 수시로 감시당하고 있기 때문에 적당한 기회를 틈타서 이 서신을 보내는 것일세. 자네는 내게 잊지 못할 은인이 되었기 때문에 나는 자네 때문에 뭔가 좋은 것을 계획하고 있다네! 나는 자네로 인해 초래된 운명의 호의적인 전환에 대해서 자네에게 깊이 감사하고 있네! 부디, 나의 젊은 영웅이여, 지상의 모든 비참함이 자네의 심장 속에 박히기를! 굶주림과 의심 그리고 불신이 자네를 애무하고, 불행한 경험이 자네의 식탁과 침대에 함께하기를! 자네의 충실한 종으로서 나는 자네에게 영겁의 저주를 보내는 바이며, 이 저주와 더불어 당분간 자네에게 진심어린 작별을 고하겠네!

자네의 친구가.

급하게 겨우 썼네, 나는 너무 바쁘다네!

나중에야 나는 뢰머가 프랑스의 한 정신병원에 수용되어 소식이 두절되었다는 것을 알게 되었다. 어떻게 그렇게 되었는지는 위의 편지를 보면 분명히 상상할 수 있다. 나는 어머니에게는 이 모든 것을 숨겼다. 가족을 위해 세상사람들에게 속 좁고 분별없이 구는 다른 여자들과 다를 바 없는 그녀에게 죄를 씌울 수는 없었다. 반면 바로 그 당시에는 자신이 착하게 살려고 노력하는 사람이라고 믿었던 나는, 내가 얼마나 악마 같은 짓을 저질렀는지를 깨달았다. 나는 어린아이였을 때 그랬던 것과 같이 거짓말하고 중상모략하고 속이거나 훔치지는 않았지만, 표면적인 정의의 허울 아래 배은망덕하고 정의롭지 못했으며 인정이 없었던 것이다. 나는 그 독촉은 세상사람들이 모두 그렇게 하듯이 빌려준 돈을 돌려 달라는 단순한 요구에 지나지 않았고, 어머니도 나도 결단코 거세게 그것을 고집한 적이 없었다고 얼마나 오랫동안 나 자신에게 되뇌었는지 모른다. 나는 경험이 가장 훌륭한 스승이며, 자주 아주 쉽게 저지르는 이러한 종류의 과오를 제대로 통찰하고 피할 수 있는 가장 빠른 길은 체험밖에 없다는 것을 나 자신에게 얼마나 오랫동안 되뇌었는지 모른다. 나는 또한 내가 그런 태도를 취한 원인은 뢰머의 본성과 운명 때문이며, 이러한 사건이 없었어도 결국 똑같은 결과에 이르렀을 것이라고 얼마나 내 자신을 설득했는지 모른다.

그러나 이 모든 것들에도 뢰머의 모습이 뇌리에 떠오를 때마다 나는 부끄러워하며 스스로에게 극도로 가혹한 비난을 퍼붓지 않을 수 없었다. 그와 같은 행동을 영리하고 정당하다고 인정한 (정직한 사람들은 우리가 그 돈을 되받자 축하해주었다.) 세상을 저주한다 해도, 내가 조금의 고민도 없이, 말하자면 즉석에서 되는 대로 휘갈겨버렸던 그 편지만 생각하면 모든 책임이 다시 나 혼자에게만 되돌아왔다. 나는 곧 열여덟 살이 될 것이었는데, 소년시절의 비행과 위기를 경험한 이후로, 여섯 해 동안이나 얼마나 근심걱정 없이 평화롭게 살아왔던지를 그때야 새삼 깨달았다. 그러다가 갑자기 이렇게 못된 짓을 저지르다니! 결국 뜻하지 않았던 뢰머의 출현을 내가 신의 섭리로 여겼던 것을 고려해보면, 뢰머

의 등장에 대해 내가 감사했던 마음에 대해 웃어야 할지 울어야 할지 알
수 없었다.

그 섬뜩한 편지를 나는 감히 태워버리지 못했고, 그것을 지니고 있기
도 두려웠다. 그래서 그 편지를 어느 때는 눈에 띄지 않는 곳에 있는 잡
동사니 밑에 숨겨두기도 하고, 또 어느 때는 다시 끄집어내서 내가 가장
아끼는 문서 사이에 넣어두기도 했는데, 지금까지도 그것이 내 눈에 보
이기만 하면 나는 그것의 위치를 바꾸고 어딘가 다른 곳으로 옮기곤 하
기 때문에 그 편지는 영원한 방랑길에 있다.

제6장 병든 자와 살아 있는 자

　나를 의기소침하게 만든 이러한 일은 안나의 꿈과 예감 속에서 순수하고 선량하게 보이려고 겨울 내내 청교도같이 생활하면서, 외적인 태도뿐만 아니라 머릿속의 생각까지도 세심하게 감시함으로써 사람들이 언제 들여다보아도 부끄러울 것 없는 유리잔과 같은 존재가 되려고 노력하던 때에 일어났기 때문에, 나에게는 더 큰 타격이었다. 이러한 격심한 혼란을 겪으면서 그러한 생활 속에 얼마나 많은 겉치레와 자기도취가 포함되어 있었는지 알게 되었고, 내 자책감은 어리석음과 허영심을 반성하면서 더욱 가혹해졌다.

　안나는 겨울 내내 한 걸음도 방 밖으로 나가서는 안 되었고, 봄에는 침대에만 누워 있었다. 어머니를 모셔가기 위해 우리 집에 오신 가엾은 선생님은 거실에 들어오면서 눈물을 흘렸다. 우리는 집의 문을 걸어 잠그고 그와 함께 시골로 갔으며, 그곳에서 어머니는 마치 어떤 놀라운 대상이나 되는 것처럼 환영받고 존경받았다. 그녀는 그녀가 사랑하는 곳을 방문하거나 오랜 지인들을 보러가는 대신, 서둘러 아픈 아이 곁으로 갔다. 시간이 지나면서 서서히 적당한 기회를 이용했기 때문에, 그녀의 어린 시절 친구들이 대부분 근처에 살고 있었는데도 그들을 모두 보는 데에는 한 달이나 걸렸다.

나는 외삼촌댁에 머물면서 매일 호수 저편으로 건너갔다. 안나는 아침과 저녁 그리고 밤에 가장 고통스러워했다. 낮 동안에는 내내 졸거나 말없이 침대에 누워 있었다. 나는 무슨 말을 해야 할지도 모르면서 침대 곁에 앉아 있었다. 우리 관계는 가혹한 고통과 지금은 희미하게 가려져 있지만 언젠가 닥쳐올 슬픔 앞에서 표면상으로는 희미해졌다. 가끔 혼자서 15분가량 그녀 곁에 앉아 있는 기회에 그녀의 손을 잡기도 했는데, 그러면 그녀는 아무 말도 하지 않거나 기껏해야 물 한 컵 또는 어떤 물건을 가져오라고 말하면서 때론 진지하게, 때론 미소 지으며 내 얼굴을 바라보았다. 종종 나에게 그녀의 작은 상자와 작은 보물들을 침대로 가져오게 한 다음 이것들을 모두 끄집어냈고, 피곤해지면 모두 다시 집어넣게 했다. 이런 일은 우리를 거의 고요한 행복이라고 할 만한 느낌으로 채워주었다. 그래서 그녀 곁을 떠날 때는 어떻게 무슨 이유에서 내가 가혹한 고통을 겪을 안나를 내버려두고 떠날 수 있는지 이해할 수 없었다.

봄은 바야흐로 아주 찬연하게 피어나고 있었다. 그러나 그 가엾은 소녀가 창가로 옮겨지는 일은 아주 드물게, 어렵사리 있는 일이었다. 그래서 우리는 안나의 하얀 침대가 놓여 있는 거실을 꽃이 피어 있는 작은 화분들로 채웠고, 창문 앞에는 폭이 넓은 받침대를 설치하여 그 위에 좀 더 큰 화분들을 놓아 가능한 한 정원처럼 꾸몄다. 햇빛이 비치는 오후에 안나의 용태가 좋아서 오월의 따사로운 햇살에게 창문을 열어주면, 은빛 호수가 장미와 협죽도꽃 사이로 반짝이고, 하얀 환자복 차림의 안나는 그곳에 누웠는데, 그럴 때면 그곳에서는 마치 조용하고 슬픈 죽음의 의식이 치러지는 것처럼 보였다.

그럴 때면 안나는 상당히 쾌활해지면서 비교적 말을 많이 할 때가 종종 있었다. 우리는 그녀 침대 주위에 둘러앉아 사람들과 사건들에 관해서, 때론 유쾌하고 때론 진지하게 편안히 대화를 나누었는데, 그 덕에 안나는 우리의 작은 세계에서 일어나는 일들을 알 수 있었다. 어머니가 마을에 가서 계시지 않던 어느 날, 내가 대화의 주제가 된 적이 있었는데, 선생님도 안나도 흥미를 드러내며 이 화제를 이어가기를 원하는 듯이 보였기 때문에 더할 나위 없이 우쭐해진 나는 편안하게 감사하는 기분으로 아주 솔직한 얘기를 했다. 나는 이 기회를 이용하여 뢰머의 편지를 받은 이래 아무에게도 말하지 않았던 뢰머와 나 사이의 불행한 관계를 얘기했고, 그 사건과 내 행동을 가차 없이 매도했다. 그러나 선생님은 내 기분을 충분히 이해하지 못했다. 그는 그 일이 내가 생각하는 것의 반만큼도 나쁜 일이 아니라고 하면서 나를 진정시키려고 했다. 또한 뭔가 그 경우에 잘못된 점이 있었다면, 이 일을 계기로 우리 모두 죄인이며 구세주의 자비가 필요하다는 점을 내가 깨달아야 마땅하다고 말씀하셨다. 그러나 죄인이라는 말이 내게는 단연코 혐오스럽고 우스꽝스러웠으며 자비라는 말 역시 마찬가지였다. 오히려 나는 아주 무자비하게 나 자신과 싸워서 이 문제를 해결하고 싶었고, 종교적인 방식이 아니라 전적으로 속세의 법률적인 의미에서 나에 대한 판결을 내리고 싶었다.

그러나 지금까지 잠잠하던 안나가 내 이야기와 태도에 흥분되어 갑자기 격렬한 발작과 함께 경련하면서 괴로워해서, 나는 처음으로 이 가엾고 연약한 소녀가 절망적인 고통에 빠진 모습을 보았다. 두렵고 불안한 나머지 커다란 눈물방울이 그녀의 하얀 뺨 위로 흘렀지만, 그녀는 그 눈물을 억제할 힘이 없었다. 격렬한 고통에 정신을 완전히 빼앗겼기 때문에, 곧 모든 조심성과 자제력이 사라져버릴 수밖에 없었고, 때때로 낯선 고통의 세계에서 나오는 듯 보이는 짧고 혼란스러운 눈빛을 내게 보낼 뿐이었다. 그녀는 내 앞에서 그렇게 절제 없이 고통스러운 모습을 보여야 하는 것에 대해 민감하게 부끄러움을 느끼며 괴로워하는 것 같았다. 나는 이러한 수난의 전당의 성스러움 앞에서 그렇게 완강하고 꼴사나운 모습으로 서 있어야 한다는 사실 때문에 느끼는 당황감이 동정심 못지 않게 컸다는 점을 고백하지 않을 수 없다. 적어도 그녀에게 해방감을 줄 거라는 확신으로 나는 그녀를 그녀의 아버지 품에 맡기고는 어머니를 이곳으로 불러오기 위해 난처하고 무안해하며 서둘러 빠져나왔다.

어머니가 조카딸 하나를 데리고 병자를 돌보기 위해 떠난 뒤 나는 내 서투름을 스스로 책망하면서 그날의 나머지 시간을 외삼촌대에서 보냈다. 내가 뢰머에게 저지른 부정뿐만 아니라 그것을 고백한 것 그리고 오늘의 결과조차 나를 가증스런 기분에 휩싸이게 했으며, 나는 '내가 정말 행복해질 수 있는 착한 사람일까?'라는 의심이 고개를 드는 저 어두운 분위기 속으로 쫓겨난 느낌이 들었다. 이러한 분위기에서 사람들은 마음과 성격에 자신의 결점이 있는 것이 아니라, 명명백백한 악행보다 사람을 더 불행하게 만드는 잘못된 점이 머리나 운명 어딘가에 달라붙은 것 같은 암울한 기분이 드는 법이다. 시기가 좋지 않았던 솔직함과 마찬가지로 지속적인 침묵은 어쩐지 더 불안한 기분이 들게 했으므로, 나는 마음을 털어놓고 싶은 욕구 때문에 잠이 들 수 없었다.

나는 자정이 지난 뒤 침대에서 일어나 옷을 입고 집을 빠져나와 유디트를 만나러 갔다. 사람들의 눈에 띄지 않게 정원과 울타리들을 지나왔지만 그녀의 집은 불이 다 꺼진 채 잠겨 있었다. 나는 잠시 동안 결정을 내리지 못하고 집 앞에 서 있다가 마침내 울타리를 타고 올라가 창문을 조심스레 두드렸다. 아름답고 영리한 그 여자를 신비스런 밤의 장막 밖으로 불러내어 놀라게 할까봐 걱정스러웠기 때문이다. 그 소리를 듣고 내가 왔다는 것을 금방 알아챈 그녀는 일어나서 가볍게 옷을 걸친 다음, 창문으로 나를 들어오게 하고는 불을 켜서 방을 밝게 했다. 그녀는 내가 애무하고 싶은 속셈에서 왔다고 지레짐작했던 것이다. 그러나 내 이야기를 시작하자 그녀는 매우 놀랐다. 나는 처음에는 조용한 환자의 방에서 나 때문에 초래된 걷잡을 수 없는 혼란을, 다음에는 뢰머와 있었던 불행한 이야기를 처음부터 끝까지 낱낱이 설명했다. 내가 썼던 교묘한 독촉장과, 정신병원이 아니라 감옥에 수용되었을 거라고 추측한 점만 빼고는 내용으로 보아 뢰머의 운명을 충분히 예상하게 해주는 파리에서 온 편지에 대해 얘기를 마치자 유디트는 소리를 질렀다. "정말 가증스러운 일이야! 도대체 넌, 이 야비한 녀석아, 부끄럽지도 않아?" 그녀는 화가 나서 방을 이리저리 돌아다니면서 만일 파리에서 처음에 쓸 돈을 빼앗지 않았더라면 어쩌면 뢰머가 회복됐을지도 모르며, 살고 싶은 본능이 한동안 그를 분별 있게 만들었을지도 모르고, 그렇다면 어떤 식으로든 더 나은 변화가 가능했을지도 모른다는 것을 상당히 자세하게 묘사했다.

"아, 내가 그 가엾은 남자를 보살필 수 있었더라면," 그녀는 외쳤다. "분명히 낫게 했을 거야! 그를 놀려주거나 비위를 맞추어서 결국은 다시 정신을 차리게 했을 거야!"

그러더니 조용히 일어서서 나를 응시하면서 말을 이었다. "하인리히, 머리에 피도 마르지 않은 녀석이 벌써 한 인간의 삶을 궁지에 빠뜨리고 있다는 것을 알고 있니?"

나는 그때까지 이러한 생각을 한 번도 해본 적이 없었기 때문에 곤혹스러워하며 말했다. "사실 그렇게까지 나쁜 것은 아니에요! 아무리 나쁘게 생각했다 해도 그런 일을 야기하리라고는 전혀 예상할 수 없었던 우연한 불행에 지나지 않아요!"

"그래." 그녀는 온화하게 대답했다. "네가 그냥 돈을 요구했다면 좋았을 거야. 아니 퉁명스럽게 했더라도 괜찮아! 그렇지만 너는 그 고결한 악마 같은 주문(呪文)으로 사실상 그의 가슴에 비수를 꽂았어. 사람들이 말과 편지 따위로 서로 찔러 죽이는 이 시대의 유행에 맞게 말이야. 참으로 불쌍한 남자야! 그토록 부지런했고 궁지에서 빠져나오려고 무척 애썼건만 마침내 돈을 몇 푼 벌자 그것을 빼앗기다니! 노동의 대가로 받은 것을 생계에 사용하는 것은 지극히 당연한 일이야. 그렇지만 '돈을 빌렸으면 먼저 돌려주고 그런 다음 굶어 죽어라!'라는 말도 있긴 해."

우리 둘은 잠시 우울하게 깊은 생각에 잠겨 앉아 있었다. 그러다가 내가 말했다. "그건 아무 소용이 없어요. 한번 일어난 일은 돌이킬 수 없으니까. 이 사건은 내게 경종이 될 거예요. 그렇지만 이 일을 평생 동안 질질 끌고 다닐 수는 없어요. 내가 저지른 잘못을 깨닫고 후회하는 만큼 당신도 나를 용서하세요. 그리고 그 때문에 내가 당신에게 가증스럽고 혐오스러운 인간으로 보이지는 않는다는 확신을 주세요!"

요컨대 나는 그때서야 내가 바로 그 이유 때문에 왔고, 비록 선생님의 기독교적인 위로에는 저항했을지라도 마음을 털어놓고 다른 사람의 입을 통해 위안을 받음으로써, 나를 억누르는 감정을 해소하거나 용서를 구하고 싶었다는 것을 알았다. 그러나 유디트는 대답했다. "그건 안 돼! 너의 양심의 가책은 너에게는 아주 좋은 약이야. 너는 평생 그것을 씹어야 해. 나는 그 약에 용서라는 달콤한 감초를 바르지 않을 거야! 결코 그렇게 할 수 없을 거야. 돌이킬 수 없는 것은 바로 그 때문에 잊을 수도 없다는 생각이 들거든. 나는 이것을 충분히 경험했어! 말이 나온 김에 말하지만 유감스럽게도 네가 싫어졌다고는 느껴지지 않아! 사람을 있는 그대로 사랑해야 하지 않는다면 우리가 무엇 때문에 여기에 있겠어?"

유디트의 입에서 나온 이 이상한 말은 나를 깊이 감동시켰고 나에게 오랫동안 깊이 생각하게 만들었다. 생각해볼수록 유디트가 옳다는 것이 점점 더 확실해졌고, 이미 저지른 잘못에 대한 깨달음을 결코 잊지 않고 언제나 생생하게 품고 다니겠다는 결심을 함으로써 유일하게 가능한 타협안으로 보이는 결론에 이르렀다.

희한하게도 인간들은 자신이 저지른 커다란 어리석음만을 잊을 수 없다고 생각하면서, 그것이 기억날 때면 이마를 치면서 이제는 자신들이 현명해졌다는 증표로 그 일을 숨기지 않는다. 그러나 인간들은 불의를 차츰 잊을 수 있다고 스스로 설득하는데, 불의가 어리석음과 가까운 관계이고 유사한 성격이라는 바로 그 이유 때문에 실제로는 그렇지가 않다. 정말이지 내 어리석음이 용서될 수 없듯이 내 불의 역시 용서되지 않을 거라고 나는 생각했다. 뢰머에게 한 짓을 지금부터 결코 잊지 않을 것이고 내가 영원히 죽지 않는다면 그 불멸의 세계까지 그것을 가지고 갈 것이다. 그것은 나의 인격과 인생행로와 본질의 일부이며, 만일 그렇지 않다면 그런 일은 일어나지도 않았을 것이기 때문이다! 내가 유일하게 걱정해야 할 것은 내 존재가 그래도 견딜 만하게 될 수 있도록 앞으로 옳은 일을 많이 하는 것이다!

악행을 영원히 잊지 않겠다는 결심이 마치 중요한 사건처럼 생각되었기 때문에 나는 벌떡 일어나서 유디트에게 그녀의 단순한 말을 내가 이렇게 부연하여 적용했다는 것을 알렸다. 유디트는 나를 아래로 끌어당긴 후 귀에 대고 말했다. "그래, 그렇게 될 거야. 너는 이제 어른이 되었어. 이 일로 해서 벌써 도덕적인 동정을 잃은걸! 꼬마 친구, 이제는 그런 일이 되풀이되지 않도록 조심할 수 있을 거야!" 그녀가 사용한 익살스러운 표현 때문에 이 일은 우스꽝스럽게도 분명하고 새로운 빛을 띠었고, 그 결과 나는 엄청나게 화가 나서, 이렇게 몽매하게 사기를 당하는 엄청난 바보이자 애송이며 거드름만 잔뜩 피우는 꼭두각시라고 나 자신을 책망했다. 유디트는 웃고 나서 말했다. "가장 영리하다고 생각할 때야말로 가장 바보처럼 보이기가 쉽다는 것을 명심해!" "당신은 웃을 필요가 없어요!" 나는 화가 나서 대답했다. "방금 전에 여기에 왔을 때 당신에게 똑같이 불의를 저질렀으니까. 당신이 이 집에 낯선 남자를 들여놓았을지도 모른다고 염려했거든!"

그녀가 곧바로 내 뺨을 때렸지만 내가 보기에 그것은 분노보다는 즐거움에서 그런 것 같았다. 그녀는 말했다. "너는 정말 뻔뻔스러운 녀석이야. 그래서 너의 수치스러운 생각을 고백하기만 하면 내게서 용서받을 수 있으리라 생각했지! 물론 아무것도 털어놓지 않으려고 하는 사람들은 답답하고 멍청한 사람들뿐이야. 그렇다고 나머지 사람들이 고백을 통해 모든 것을 보상받는다는 뜻은 아니야! 이제 그 벌로 너를 당장 쫓아낼 테니 집으로 돌아가! 내일 밤에는 다시 와도 좋아!"

그때부터 밤이 되면 가능한 한 자주 그녀에게 갔다. 그녀는 낮 시간을 대부분 혼자서 외롭게 보냈던 반면, 나는 그림을 그리기 위해 멀리 쏘다니거나 고난의 도장인 선생님의 집에서 조용하고 진지하게 행동해야 했다. 우리는 많은 얘기를 나누며 종종 몇 시간씩 열린 창가에 앉아 있었는데, 그곳에서는 밤하늘의 빛이 여름이 된 바깥세상을 밝게 비추고 있었다. 그렇지 않을 경우 우리는 창문과 덧문까지 닫고 탁자에 앉아 함께 책을 읽었다. 지난가을에 나는 책을 한 권 갖다달라는 그녀의 요구에 응하여 『분노하는 롤랑』[15]의 독일어 번역판을 두고 갔는데, 나도 그것을 자세히 알지 못했다. 겨울 동안 자주 그 책을 읽은 유디트는 이 책이 이 세상에서 가장 아름답다고 칭찬했다. 유디트는 안나가 곧 죽을 것이라는 것을 더 이상 의심치 않았고 내가 동의하지 않았음에도 이것을 터놓고 얘기했다. 이러한 주제와 내가 전하는 병상 소식 때문에 우리는 각자

---

15) 16세기 초에 씌인 아리오스토(Ludovico Ariosto)의 서사시.

자기 방식대로 암울하고 슬픈 기분에 젖었는데, 아리오스토를 읽을 때는 모든 슬픔을 잊고 생기 있고 반짝이는 세계에 빠져들어갔다.

처음에 유디트는 그 책의 유래와 의미를 꼬치꼬치 캐보지 않고, 사람들이 대개 그러하듯이, 인쇄된 어떤 것으로만 여겼다. 그러나 함께 그것을 읽게 되자, 그녀는 많은 것을 알고자 했기 때문에, 나는 능력이 닿는 한 이러한 작품의 생성방식과 가치에 관하여, 시인의 의지와 의도적인 목적에 관하여 그녀에게 설명해주어야 했고, 나의 지식 범위 내에서 아리오스토에 관해 많은 것을 얘기해주었다. 그러자 그녀는 대단히 기뻐하며 작가를 영리하고 현명한 사람이라고 했으며, 곱절이나 흥미로워하면서 이 서사시를 읽었다. 이 쾌활하면서도 심오한 중세 모험시의 근저에는 유쾌한 의도, 즉 그 색다름이 있어 이것이 그녀에게는 마치 어두운 밤의 별처럼 빛나는 의지와 창조 그리고 형상뿐만 아니라 통찰과 지식이 들어 있다고 생각했던 것이다. 빛나는 아름다움을 지닌 인물들이 잇달아 미혹의 심연에 빠지면서 끊임없이 우리의 눈앞을 지나가고, 정열적으로 서로 쫓고 쫓으며 계속해서 한 사람이 다른 사람 앞에서 사라졌다가 다시 세 번째 인물이 등장하거나 또는 그들이 잠시 그들의 정열 때문에 벌을 받고서 슬퍼하거나 아니면 오히려 맑은 물가의 이상한 나무 아래서 이 정열 속에 더 깊이 빠지는 것처럼 보일 때면 유디트는 소리쳤다. "오, 영리한 남자! 맞아, 세상이 그래, 인간과 인간의 삶이 바로 이런 거야. 우리 자신이, 우리 바보들이 바로 그렇다니까!"

이러한 가공인물들과 마찬가지로 힘과 아름다움이 절정에 달해 있는 듯이 보이고, 편력하는 영웅들의 열정을 끊임없이 자극하는 데에 안성맞춤인 것 같은 여자 곁에 있을 때면, 나는 더욱더 내 자신이 풍자시의 대상이라는 생각이 들었다. 그녀의 얼굴과 자태의 모든 선에는 확고한 승리감이 각인되어 있었고, 그녀의 검소한 의복은 언제나 아주 말쑥하고 위엄 있게 주름 잡혀 있어서, 만일 내 기분이 고조되면 그 옷 아래로 황금버클이나 심지어 금빛으로 반짝이는 갑옷이 투명하게 비치는 것 같은 생각이 들었다. 그런데도 그 관능적인 시가 작품 속에 나오는 여자들의 장신구와 의상을 벗겨내고, 벗겨진 아름다운 육체를 명백한 고난에 빠뜨리거나 마음대로 유혹적인 상황으로 끌어들이는 데 반하여, 오로지 엷은 실을 사이에 두고 활짝 피어난 실제인물에서 떨어져 있는 나 자신을 보노라면, 내가 마치 완전히 우화의 어리석은 주인공이나 장난스런 시인의 노리개인 것 같은 느낌이 들었다.

종교적인 기도로 둘러싸인 고통의 병상에 누워 있는 약한 인간에 대한 플라톤적인 의무감과 신의뿐만 아니라 안나의 병적인 꿈에 의해 낱낱이 발각될지도 모른다는 두려움이 나의 관능적인 열망을 속박했던 반면, 유디트는 안나와 나에 대한 배려와 소년소녀의 귀여운 플라톤적 사랑의 묘미에 동참해보려는 욕구에서 자신을 억제했다. 우리 손은 우리도 모르게 자주 상대의 어깨나 엉덩이를 둘러 감기 위해 움직였지만, 중도에서 허공을 더듬다가 수줍어하면서 갑작스럽게 뺨을 어루만지는 것으로 끝이 났기 때문에 우리는 우습게도 앞발을 서로 차례로 내밀곤 하다가 전기가 통한 듯이 떨면서 함께 놀아야 할지 아니면 서로 쥐어뜯어야 할지 망설이는 두 마리 어린 고양이 같았다.

제7장 안나의 죽음과 장례식

이렇게 완전히 정반대인 낮과 밤의 자극 외에도 여름이 되자 아주 단조롭긴 하지만 인생의 유위전변과 그것의 끊임없는 유전을 명백하게 드러내주는 여러 가지 사건이 시골의 가정에서 일어났다. 물방앗간 젊은 주인은 가정형편상 결혼을 더 이상 미룰 수가 없어서 사흘 동안 결혼 축하연이 벌어졌는데, 축하연 동안 신부 집안이 원했던 미미하게 남은 도시의 관습은 비참하게도 시골의 화려한 풍습에 굴복해야 했다. 바이올린 소리는 사흘 동안 그치지 않았다. 나는 여러 차례 그곳에 가서 하객들의 물결 속에서 잔치 분위기에 맞게 잘 차려입은 유디트를 보았다. 나는 마치 낯선 사람인 듯이 한두 번 그녀와 공손하게 춤을 추었고, 시끌벅적한 밤이 지나가는 동안 사람들의 눈에 띄지 않게 서로 가까이 있을 수 있는 기회가 충분히 있었는데도 그녀 역시 행동을 자제했다.

결혼식이 끝나자마자 채 50세도 채우지 못한 외숙모께서 병이 나더니 3주 만에 돌아가셨다. 그녀는 매우 튼튼했기 때문에 그녀를 죽음으로 이끈 병마는 그만큼 맹렬했다. 진정으로 죽는 것을 받아들일 수 없었던 그녀는 격렬한 고통에 맞서 부단히 싸웠으나 죽음을 이틀 남기고는 비로소 자신을 포기했다. 그 집안에 퍼진 당혹감에서 사람들은 그들 모두에게 그녀가 어떤 존재였던지를 처음으로 알게 되었다. 그러나 명예로운 전장에서 훌륭한 용사가 쓰러지면 그 자리가 금방 메워지고 전쟁이 역시 용맹스럽게 계속되듯이, 이 씩씩했던 부인의 삶과 죽음의 방식도 가족이 비탄에 빠지는 대신 신속하게 빈틈을 채웠다는 사실을 통해 최고로 아름답게 증명되었다. 자녀들은 일을 분담하고 서로서로 보살폈으며, 아픔을 관조적으로 대하는 태도를 삶의 전환점이 더 두드러져 보이는 안식일까지 미뤄두었다. 외삼촌만 유일하게 깊은 비탄의 말을 몇 마디 표했으나, 이 말은 곧 '죽은 내 아내'라는 말로 압축되었으며, 기회 있을 때마다 그 말을 덧붙였다. 나는 장례식에서 모르는 여자들 사이에 유디트가 끼여 있는 것을 보았다. 그녀는 턱 아래까지 단추를 채운 도회지풍의 검은 상복을 입고 우울하게 땅을 보고 있었으나 걸음걸이는 당당했다.

이렇게 해서 짧은 시간 내에 외삼촌댁의 모양새는 변했고 여러 가지 일을 겪으면서 모두 더 나이가 들고 더 진지해졌다. 가엾은 안나는 병상이라는 슬픈 무대에서 이러한 변화를 보았지만, 그녀는 이미 육체적으로 떨어져 있는 것 이상으로 이러한 사건들에서 고립되어 있었다. 그녀는 상당히 오랫동안 같은 상태를 유지했고 그래서 모든 사람이 그녀가 언젠가는 다시 회복하리라는 희망을 가지고 있었다. 그러나 그러리라고는 조금도 생각하지 않았던 어느 가을날 아침, 선생님은 검은 상복을 입고 그 자신도 아직 상복 차림인 외삼촌에게 와서 그녀의 죽음을 알렸다.

일순간 외삼촌댁뿐만 아니라 이웃한 물방앗간까지도 비탄에 빠져들었으며, 지나가던 사람들이 이 비보를 마을 전체에 전했다. 안나의 죽음에 대한 생각은 거의 1년 전부터 커져왔던지라 이제 사람들은 본격적인 비탄과 애도 의식의 시기가 된 것으로 생각하는 것 같았다. 매력적이고 순진무구하며 존경받던 이 소녀의 죽음은 자신들의 가족을 잃었을 경우보다도 더 애도하기에 적합한 대상이었던 것이다.

나는 아주 조용하게 뒷전에 물러나 있었다. 나는 즐거운 일이 있을 때는 떠들썩해지기도 하고 뜻하지 않게 주제넘은 짓도 했지만, 그와는 반대로 슬픈 일이 있을 때에는 절대 앞으로 나서지 않고 무정하고 냉혹하게 보일까 싶어서 언제나 당혹스러워했다. 언제부터인가 직접적인 불행이라든가 죽음이 아니라 내가 저지른 죄와 사람들이 가했던 부당한 벌에 대한 언짢음 그리고 인간의 심금을 울리는 경우만 나에게 눈물을 흘리게 만들 수 있었다.

그러나 이때 나는 너무 때 이른 죽음에 대해 놀랐고, 죽어버린 가엾은 이 소녀가 내 사랑이었다는 사실에 더더욱 경악하여 깊은 사색에 빠졌다. 비록 머리에서는 이 사건을 속속들이 느끼고 있었지만 그렇다고 공포나 격렬한 고통은 없었다. 유디트에 대한 기억조차 나를 단 한 번도 불안하게 하지 않았다. 선생님이 만반의 준비를 마친 뒤, 함께 가서 얼마 동안 자기 집에서 살자고 요구하셨기 때문에 나는 마침내 뒷전에 숨어 있던 상태에서 벗어났다. 우리는 출발했고, 다른 친척들, 특히 아직 외삼촌댁에 살고 있는 딸들은 곧 뒤따라오겠다고 약속했다.

도중에 선생님은 마지막 밤과 아침 무렵에 찾아온 임종을 다시 한 번 설명하면서 슬픔을 드러냈다. 나는 모든 것을 말없이 주의 깊게 경청했다. 최후의 밤은 참혹하고 몹시 고통스러웠지만 임종 자체는 거의 알아차릴 수 없을 정도였고 또한 편안했다는 것이었다.

어머니와 늙은 카테리네는 이미 시신을 치장하여 그녀의 작은 방에 안치해둔 상태였다. 선생님의 뜻에 따라 시신은 언젠가 그녀가 아버지를 위해 수를 놓았고 이제는 그녀의 좁은 침대 위에 펼쳐져 있는 아름다운 꽃무늬 담요 위에 놓여 있었다. 선생님은 담요를 이렇게 이용한 다음에는 자신이 살아 있는 한 언제나 가장 가까운 곳에 둘 생각이었다. 이제는 벌써 온통 백발이 된 카테리네는 아주 격렬하게 정에 사무친 눈물을 흘렸다. 그녀는 시신 위쪽의 벽에 내가 언젠가 안나를 생각하며 그렸던 그림을 걸어놓았다. 맞은편에는 몇 해 전에 내가 하얀 벽에다 그렸던 이방인의 방이 있는 풍경화가 아직도 남아 있었다. 벽장에 달린 두 개의 여닫이문은 열려 있어서 그사이로 보이는 그녀의 청순한 소유물들은 고요한 슬픔의 방에 위안이 되는 생명의 빛을 부여했다. 선생님도 벽장 앞의 두 여자와 합세하여 고인이 아주 어릴 적부터 모아온, 아주 고상하고 우아하고 많은 추억이 서린 자잘한 물건들을 끄집어내어 살펴보는 것을 도와주셨다. 이 일은 그의 비통한 기분을 누그러뜨리긴 했지만 그래도 슬픈 일을 잊게 할 수는 없었다. 그는 심지어 자신이 보관하던 것 가운데에서 많은 것을 가져왔는데, 예를 들면 안나가 벨쉬란트에서 그에게 보냈던 편지 묶음 같은 것들이었다. 그는 벽장에서 찾은 자신의 답장과 나란히 이것들을 안나의 작은 책상 위에 올려놓았고, 그녀가 즐겨 읽던 책들, 완성되었거나 시작만 해놓은 세공품, 두어 개의 보석과, 예의 그 신부의 은관 등 다른 물건들도 책상 위에 올려놓았다.

심지어 몇몇 물건들은 그녀 곁의 담요 위에 놓였기 때문에, 뜻하지 않게도 시골의 소박한 사람들의 여느 관습과는 배치되는 옛 민족들의 풍습이 행해졌다. 그들은 마치 죽은 안나가 들을 수 있기나 한 듯이 계속해서 서로 이야기를 나누며 어느 누구도 이 방에서 떠나려고 하지 않았다.

나는 조용히 시신 곁에 머물면서 눈을 고정시킨 채 그것을 주시했다. 죽음을 가까이서 바라보았지만 나는 죽음의 비밀을 더 잘 이해할 수는 없었으며, 오히려 그전보다 흥분된 느낌이 더 가라앉았다. 눈이 감겨 있었고 꽃처럼 창백한 얼굴이 금방이라도 가볍게 홍조를 띨 것같이 보였다는 것만 달랐을 뿐, 안나는 내가 그녀를 마지막 본 때와 별로 다를 바 없이 거기에 누워 있었다. 그녀의 머리는 청결하게 금빛으로 빛났고, 하안 손은 백장미 한 송이를 쥔 채로 하얀 옷 위에 포개져 있었다. 나는 모든 것을 똑똑하게 보았으며, 이렇게 슬픈 자리에 있다는 것과 이렇게 시처럼 아름다운, 이제는 죽은 젊은 시절의 내 사랑을 앞에 두고 바라보고 있다는 것에 대해 일종의 행복한 자부심을 느끼기까지 했다.

누군가 망자 곁에 계속 머물러 있어야 했는데 지쳐 있는 다른 사람들이 잠시 물러나서 다소나마 원기를 회복할 수 있도록 내가 맨 먼저 지키고 있어야 한다고 합의되었을 때, 어머니와 선생님은 내게 죽은 자에게 가장 가까운 사람으로서의 권리를 암묵적으로 인정해준 것 같았다.

내가 안나와 단둘이서 함께한 시간은 길지 않았다. 얼마 지나지 않아 마을에서 사촌누이들이 도착했고, 그들에 이어 많은 부인들과 소녀들이 왔기 때문인데, 이 사람들에게는 아주 급한 일을 팽개쳐두고 인간 세상의 경건한 의무를 마다하지 않을 정도로 이렇게 심금을 울리는 사건과 이 평판 좋은 소녀를 조문하는 것이 그만큼 중요했다. 방 안은 여자들로 가득 찼다. 이들은 처음에는 엄숙하게 속삭이며 얘기를 하더니 나중에는 꽤 자유스럽게 잡담을 나누었다. 그들은 가까이 밀착해서 말없이 누워 있는 안나 주위에 서 있었는데, 젊은 사람들은 예의바르게 양손을 포개어 잡고 있었고, 나이가 든 사람들은 팔짱을 끼고 있었다. 방문은 오고 가기 편하게 열려 있었기 때문에 나는 기회를 틈타 밖으로 나와 들판을 걸어다녔다. 마을로 통하는 길은 보통 때와 달리 사람들의 왕래가 많았다.

이상하게도 그렇게 조정되었거니와, 어쨌든 내가 시신 곁을 지키는 순서는 자정이 넘어서야 돌아왔다. 이번에는 나는 아침이 올 때까지 그 방에 머물러 있었다. 그러나 그 시간이 마치 찰나인 듯 너무도 빨리 지나가버렸기 때문에 나는 내가 생각하고 느낀 것이 무엇이었는지 분명히 말할 수 없을 것 같다. 주위는 너무나 조용해서 나는 그 정적을 뚫고 울려나오는 영원의 속삭임을 들을 수 있을 것 같았다. 죽어 있는 창백한 소녀는 한도 끝도 없이 꼼짝 않고 누워 있었지만, 담요의 알록달록한 꽃들은 흐릿한 불빛 속에서 자라나는 것 같았다. 어느덧 샛별이 솟아올라 호수에 비쳤다. 나는 이 샛별이 유일하게 안나의 죽음을 지키는 등화가 될 수 있도록 이 별에게 경의를 표하려고 램프를 껐고, 어둠 속에서 구석에 앉아 방이 점점 밝아오는 것을 보았다. 여명이 황금빛의 서광으로 변해감에 따라 또다시 가만히 누워 있는 소녀의 주위에서 생기가 도는 듯했고, 그러다 마침내 소녀의 시신이 밝은 빛 속으로 뚜렷하게 떠올랐다. 몸을 일으켜 침대 앞에 선 나는 그녀의 얼굴 윤곽이 또렷해지자 이름을 불러 보았지만 숨만 토해냈을 뿐 소리는 나지 않았다. 죽음과 같은 정적은 계속 되었다. 두려워하면서 그녀의 손을 만졌을 때, 나는 마치 이글거리는 쇳덩어리에 닿은 것처럼 화들짝 놀라 손을 뒤로 뺐다. 그녀의 손은 마치 서늘한 점토 덩어리처럼 차가웠다.

내 온몸을 오싹하게 만든, 거부감을 주는 이 차가운 느낌은 갑자기 시신의 얼굴마저도 영혼이 없고 공허하게 보이게 했기 때문에 내 입에서는 하마터면 "내가 너와 무슨 상관이야?"라는, 두려움에 가득 찬 외침이 튀어나올 뻔했다. 그때 큰 방이 있는 쪽에서 부드럽지만 힘찬 풍금소리가 들렸는데, 그 소리는 때때로 애처로운 떨림 속에 흔들리다가 다시 기운을 차리며 강력한 화성으로 변했다. 이 이른 아침에 옛 노래의 선율을 통하여 자신의 고통과 비탄을 영생에 대한 찬양으로 진정하고자 애쓰는 사람은 선생님이셨다. 나는 그 선율에 귀를 기울였다. 그것은 나의 육체적 두려움을 쫓아주었고, 그것의 신비한 음조는 내 눈앞에 불멸의 영혼 세계를 열어주었기 때문에, 나는 영원히 잠든 소녀에게 다시 한 번 맹세함으로써 더욱더 견고하게 그 세계와 결속되었다고 생각했다. 내게는 이 일이 재차 의미심장하고 엄숙한 사건처럼 생각되었다.

그와 동시에 이제 죽은 사람의 방에 있는 것이 싫어져서 영생에 대한 생각을 지닌 채 생기가 넘치는 푸른 들판으로 나갔을 때 나는 기뻤다. 이날 관을 짜기 위해 마을에서 목수 한 사람이 왔다. 선생님은 당신 관에 사용할 요량으로 몇 해 전에 손수 훌륭한 전나무를 한 그루 베어놓은 바 있었다. 이것은 판자로 잘려서 집 뒤편의 처마 아래 놓여 보관되어 늘 벤치로 이용되었다. 선생님은 그 위에 앉아 독서를 했고, 그의 딸은 어렸을 때 그곳에서 놀곤 했다. 그런데 장차 아버지 관을 짤 부분을 손상시키지 않고서도 나무의 더 가느다란 위쪽 절반을 사용하여 안나의 작은 관을 짤 수 있다는 사실이 밝혀졌다. 잘 건조된 판자들이 꺼내져 차례로 두 조각으로 잘렸다. 그러나 선생님은 그곳에 오래 있고 싶어 하지 않았고, 집 안에 있던 여자들까지도 톱질 소리에 불만을 토로했다. 그래서 목수와 나는 판자와 공구를 작은 배에 싣고, 숲 속의 작은 천이 호수로 흘러 들어오는 호숫가 외딴 곳으로 노를 저어갔다. 그곳의 물가에는 어린 너도밤나무들이 숲의 밝은 입구에 서 있었는데, 목수가 쐐기를 이용하여 판자 몇 개를 작은 줄기에다 고정해 임시 작업대를 만들자 그 위로 너도밤나무의 우듬지가 아치 형태로 휘어졌다. 가장 먼저 관의 바닥을 짜 맞추어 아교로 붙여야 했다. 나는 처음에 나온 대팻밥과 마른가지로 불을 지펴서 아교 통을 그 위에 올려놓고 개천에서 손으로 물을 떠다가 그 속에 뿌려넣었다. 그러는 동안 목수는 힘차게 톱질과 대패질을 계속했다. 굴러다니는 대팻밥과 낙엽이 뒤섞이고 판자들이 매끄러워지는 동안 나는 그 젊은 직인에 대해서 좀더 자세히 알게 되었다.

그는 멀리 발트해안 출신의 북독일인으로 키가 크고 호리호리했다. 선이 굵고 아름다운 얼굴 생김새에 옅은 푸른색의 쏘는 듯이 보이는 눈과 숱이 많은 금발을 지녔는데, 그 머리가 훤한 이마를 지나 뒤로 쓸어

넘겨져 정수리에서 한 묶음으로 묶여 있는 것을 늘 본 것 같은 생각이 들게 할 정도로 그의 외모는 원시 게르만인의 풍모를 강하게 지니고 있었다. 일할 때 그의 동작은 우아했지만 그러면서도 어딘지 천진했다. 우리는 곧 친해졌고, 그는 나에게 자신의 고향과 북쪽에 있는 옛 도시들 그리고 바다와 세력이 강한 한자동맹에 관해서 얘기해주었다. 상당한 학식을 지닌 그는 과거에 대해서 얘기하며 그 해안지방의 풍속과 관습을 설명했다. 내 눈앞에는 그 도시들이 해적과 비탈리엔 형제들[16]에 대항해서 오랫동안 끈질기게 싸운 것, 그리고 클라우스 슈퇴르첸베허[17]가 많은 동료 패거리와 함께 함부르크인들에게 참수당하는 모습이 떠올랐다.

나는 다시 오월 첫째 날에, 가장 나이 어린 시의원이 전투복장을 갖춘 눈부신 청년 부대를 이끌고 슈트랄준트의 성문을 나와 화려한 너도밤나무 숲에서 오월제의 주역으로 선발되어 나뭇잎으로 만든 초록색 관을 쓰는 것을,[18] 또한 그가 저녁마다 아름다운 메이퀸과 춤을 추는 것을 그려보았다. 목수는 또한 포메른 지방의 오지에 사는 사람들로부터 아직도 남성적인 자유정신의 명성이 자자한 진취적인 프리슬란트 사람들에 이르기까지, 북쪽 나라 농부들의 집과 의복에 대해 묘사했다. 나는 그들의 혼례식과 장례식도 머릿속에서 떠올렸다. 마침내 그는 독일 국민의 자유에 대해 설명하면서 조만간에 훌륭한 공화국이 틀림없이 출현하게

---

16) 14, 15세기에 집단적으로 북해에서 활동한 해적의 명칭이다. 식량을 의미하는 비탈리엔이라는 명칭은 14세기 말 스웨덴 왕이 감금된 후 포위된 스톡홀름에 식량을 공급해주었던 일에서 유래했다.

17) 비탈리엔 형제의 지도자 가운데 한 사람으로, 1401년 함부르크인에게 체포되어 참수를 당했다.

18) 덴마크, 스웨덴, 한자동맹 등의 중세 동업조합(길드)의 봄 축제에서는 (오월의 신부나 오월의 왕과 마찬가지 맥락에서) 봄의 정신을 구현하는 오월제의 주역을 뽑아 왕관을 수여하는 관습이 있었다.

될 것이라고 말했다.

그사이에 나는 그가 가르쳐주는 대로 상당수의 나무못을 깎았다. 그는 벌써 겹대패로 판자 위를 마무리 손질하고 있었다. 얇은 대팻밥은 마치 광택이 나는 부드러운 비단 띠처럼 떨어져 나오며 나무들 아래서 묘한 노래로 들리는 밝게 울리는 소리를 냈다. 따뜻하고 온유한 가을 햇살은 물 위에서 한가로이 반짝이다가, 우리가 그 입구에 자리 잡고 있던 밀림의 푸른 안개 속으로 사라졌다. 이제 우리는 매끄럽고 하얀 널빤지들을 짜 맞추었다. 망치 소리가 숲 속으로 메아리치자 깜짝 놀라 위로 날아오른 새들은 거울 같은 호수의 수면 위로 날아갔다. 관은 곧 완성되어 수수한 모습을 드러냈다. 가늘고 대칭이었으며 덮개는 아름다운 궁륭 모양이었다. 목수는 두어 차례 대패질로 모서리 주위에 가느다랗고 예쁜 홈을 팠다. 나는 그 선들이 너무도 쉽게 부드러운 나무에 새겨지는 것을 놀라워하며 바라보았다. 그런 다음 경석 두 개를 꺼낸 목수는 그것들을 관 위에서 서로 마찰해서 하얀 가루가 관 위에 뿌려지게 했다.

나는 어머니가 설탕 덩어리 두 개를 비벼서 케이크 위에 뿌리는 것을 본 적이 있었는데, 그가 꼭 그렇게 노련하게 돌덩이를 가루로 만드는 것을 보며 웃지 않을 수 없었다. 그가 이 돌가루로 관을 완전하게 윤을 냈을 때 관은 눈처럼 하얗게 되어 사과꽃의 색조를 띠면서 전나무 목재의 불그스레한 기운은 조금만치도 비쳐 보이지 않았다. 그것은 색이 칠해지고 금가루를 입혔을 때 또는 놋쇠장식이 박혔을 때보다 훨씬 더 아름답고 고귀해 보였다. 목수는 관의 머리 부분에 관습대로 미닫이 뚜껑이 있는 창을 만들었는데 그것을 통해서 사람들은 관이 내려질 때까지 얼굴을 볼 수 있었다. 이제 창유리를 끼워넣어야 했는데 우리는 그것을 잊어서 나는 유리를 가지러 집으로 갔다.

나는 오래전부터 그림이 들어 있지 않은 작고 낡은 액자 하나가 벽장 위에 있다는 것을 알고 있었다. 나는 잊혔던 그 유리를 조심스럽게 나룻배에 싣고 되돌아왔다. 직인은 숲 속을 돌아다니면서 개암나무 열매를 찾고 있었다. 그러는 동안 나는 유리가 창에 잘 맞는다는 것을 확인했고, 유리가 먼지가 잔뜩 끼어 흐릿했기 때문에 맑은 시냇물 속에 담근 다음 돌멩이에 닿아 깨지지 않게 조심하면서 씻었다. 그런 다음 그것을 들어 올려서 맑은 물이 흘러 떨어지게 했다. 그런데 이 반짝이는 유리를 해가 있는 쪽으로 높이 치켜들고 비쳐보자 나는 지금껏 내가 본 것 가운데 가장 사랑스러운 경이적인 것을 보게 되었다. 음악을 연주하고 있는 천사 세 명의 모습을 보았던 것이다. 가운데에 있는 천사는 악보를 들고 노래하고 있었고 다른 둘은 고풍스런 바이올린을 켜고 있었는데 모두 기뻐하며 경건하게 하늘을 바라보고 있었다. 그러나 이 모습은 너무나 희미하고 어렴풋하게 비쳐서 나는 그것이 태양빛 속에 있는 것인지, 유리 속에 있는 것인지 그도 저도 아니면 단지 내 공상 속에서 떠다니는 것인지 알 수 없었다. 유리판을 움직여보면 일시적으로 천사들의 모습이 사라졌지만 다른 방향으로 돌려보면 갑자기 다시 천사들이 보였다.

이러한 일이 있고 난 이후에 나는 수년간 유리 액자 속에 그대로 끼워져 있는 동판화나 스케치는 그 긴 세월 동안 어두운 밤에 유리에 자신의 모습을 전한다는 것을, 말하자면 유리 속에 자신의 영상을 남긴다는 것을 알게 되었다. 나는 그 당시에도 옛 동판화의 선영(線影)과 그림에 나타난 반 에이크풍의 천사[19]를 알아보고, 그와 같은 어떤 것을 예측했다.

---

19) 옛 네덜란드 유파의 창시자인 네덜란드의 화가 허버트 반 에이크(Hubert van Eyck, 1370~1426)와 얀 반 에이크(Jan van Eyck, 1390~1441)가 그린 천사를 말한다.

문자가 보이지 않는 걸로 보아 그것은 아마도 구하기가 쉽지 않은, 시험적으로 인쇄된 그림이었을 것이다. 어쨌건 이제 그 진기한 유리판은 관속에 넣을 수 있는 가장 아름다운 선물로 여겨졌으며, 나는 그 누구에게도 이 비밀을 한 마디도 발설하지 않고 손수 그것을 관 뚜껑에 고정시켰다. 독일인이 다시 돌아왔다. 우리는 함께 모양새가 아주 고운 대팻밥과 그 속에 섞여 있는 붉은 이파리들을 모아서 최후의 침대를 장식하기 위해 그것을 관 속에 깔았다. 그런 다음에 관을 닫아 배에 옮긴 뒤 반짝이는 고요한 호수를 건넜는데, 여자들과 선생님은 우리가 그들 쪽으로 다가가 뭍에 내리는 것을 보고 큰 소리로 울음을 터뜨렸다.

다음 날 가엾기 그지없는 소녀는 집과 정원에 피어 있는 온갖 꽃에 에워싸인 채 관 속으로 옮겨졌다. 궁륭 모양의 관 덮개 위에는 교구의 소녀들이 은매화 가지와 백장미를 엮어 만든 묵직한 화환이 널따랗게 놓였고, 그밖에도 온갖 종류의 연한 색 가을꽃으로 만든 꽃다발이 많이 놓여서 뚜껑 전체가 그것들로 덮였으나, 오직 유리창이 있는 곳만 비어 있어서 사람들은 그것을 통해 시신의 하얗고 우아한 얼굴을 볼 수 있었다.

장례식은 외삼촌댁에서 시작하기로 했기 때문에, 안나는 우선 산 너머로 운반되어야 했다. 마을에서 온 청년들이 서로 번갈아가며 관대(棺臺)를 어깨에 메었으며, 몇 명 되지 않는 가까운 친척들이 이 행렬을 뒤따랐다. 양지바른 산꼭대기에서 잠깐 쉬게 되어 관도 땅 위에 내려졌다. 산 위는 그야말로 절경 그 자체였다. 사람들의 시선은 주변에 놓여 있는 계곡을 지나 계곡 저편의 푸른 산까지 두루 둘러보았으며, 온갖 색들이 화려하게 반짝이며 장관을 이루고 있는 들판이 우리를 둘러싸고 있었다. 가장 늦게 관을 들었던 건장한 네 청년은 두 손으로 턱을 받친 채 관대의 가장자리에 앉아 쉬면서 말없이 사방을 내다보았다.

파란 하늘 높이 반짝이며 지나가던 구름은 꽃에 덮인 관 위에 잠시 머물며 작은 창문을 호기심 있게 들여다보는 것 같았는데, 창문은 구름을 비추면서 은매화와 장미 사이로 장난하는 것처럼 반짝거렸다. 만일 이때 안나가 눈을 뜰 수 있었더라면 그녀는 의심할 여지없이 그 천사의 모습들을 보았을 것이고, 그러면 자신이 하늘 높이 떠다니고 있다고 믿었을 것이다. 우리는 되는 대로 자연스럽게 둘러앉아 있었다. 안나가 유명을 달리하여 마지막으로 이 아름다운 산을 넘어간다는 생각을 하자 나는 크나큰 슬픔에 사로잡혀 눈물을 몇 방울 흘렸다.

우리가 마을로 내려가자 장례를 알리는 종소리가 울리기 시작했다. 아이들은 떼를 지어 우리를 집까지 따라왔다. 집에 도착한 우리는 현관 앞의 호두나무 아래에 관을 내려놓았다. 죽은 소녀의 친척들은 큰 슬픔에 젖은 채 망자의 마지막 방문을 맞이했다. 바로 이 나무 아래서 우왕좌왕하며 즐거워하던 목동들의 축제 행렬이 찬탄과 기쁨으로 안나의 출현을 환호하던 때가 불과 1년 반 전의 일이었다. 이곳은 곧 고인을 마지막으로 보기 위해 몰려든 사람들로 가득 찼다.

이제 참석자 수가 대단히 많은 장례 행렬이 앞으로 나아갔다. 관 뒤를 바짝 따르던 선생님은 어린아이처럼 계속 흐느꼈다. 나는 그때서야 검은 예복이 없는 것을 창피스럽게 생각했다. 검은 상복 차림을 한 사촌들 속에서 초록색 복장을 한 채 걷고 있는 내 모습이 마치 이상한 이교도 같았던 것이다. 마을사람들은 교회에서 관례에 따른 예배를 마치고 찬송가로 마무리를 지은 다음 무덤 주위로 몰려나왔으며, 이례적으로 젊은 사람들은 모두 정성껏 연습한 만가(輓歌)를 낮은 목소리로 불렀다. 그러고는 관이 내려졌다. 무덤 파는 사람들의 우두머리가 화환과 꽃다발을 보관하라고 하면서 위로 올려주었고, 이제 애처로운 관은 축축한 땅속 깊은 곳에 휑뎅그렁한 모습으로 놓여 있었다.

노래는 계속되었지만 여자들은 모두 흐느껴 울고 있었다. 마지막 태양빛이 유리를 통과하여 그 아래 잠들어 있는 창백한 얼굴을 비춰주었다. 이때 느꼈던 감정은 너무나 기이해서 나는 그것을 독일의 학자들이 만들어낸 '객관적'이라는, 낯설고 차가운 용어로 표현할 수밖에 없었다. 나는 유리판의 마법에 걸린 것 같은 상태에서 고고하고 장엄한 기분으로 그러나 전혀 마음의 동요 없이, 유리판 아래 놓여 있는 귀중한 보물이 마치 유리와 창틀 뒤로 옮겨진 내 경험과 삶의 일부처럼 땅에 묻혀 떠나가는 것을 보고 있었다고 믿고 있다. 오늘날까지도 나는, 이 비극적이고 엄숙한 사건을 고통스러워하기보다는 오히려 즐겼고, 점점 진지해져 가는 삶의 변전을 보는 것을 거의 기뻐하기까지 했던 것이 나의 강함 때문이었는지 아니면 나약함 때문이었는지 알 수 없다.

미닫이 창문이 닫혔다. 무덤 파는 사람과 그의 조수들이 그 위로 올라갔으며 이내 갈색 봉분이 조성되었다.

제8장 유디트도 떠나다

다음 날 선생님이 이제는 자신의 고통을 신과 더불어 홀로 극복하고 싶다는 말씀을 하시자, 나는 어머니와 함께 도시로 돌아갈 준비를 시작했다. 그전에 나는 유디트에게 갔는데, 다시 과일을 수확하는 철이 돌아왔기 때문에, 유디트는 분주하게 과수를 검사하고 있었다. 하필이면 바로 오늘 처음으로 가을 안개가 끼어 과수원은 이미 안개의 은빛 천으로 덮여 있었다. 유디트는 비극적인 사건에 대해 어떤 태도를 취해야 할지 혼란스러웠던지 나를 바라보는 얼굴이 진지하면서도 약간 당황스러운 표정이었다.

그러나 나는 그녀에게 작별을, 그것도 앞으로 다시는 그녀를 볼 수 없을 터이므로 영원히 작별을 고하기 위해 왔노라고 진지하게 말했다. 깜짝 놀란 유디트는 미소 지으면서 그러한 일은 그렇게 못 박아 말할 수 있는 것이 아니라고 큰 소리로 말했다. 이렇게 미소 짓는 동안 그녀의 안색은 너무나 창백해졌지만 태도는 아주 친근했다. 그 마력에 끌려 나는 마치 사람들이 장갑을 뒤집듯이 하마터면 내 마음을 뒤집을 뻔했다. 그렇지만 나는 마음을 다잡고 계속 말을 이었다. 앞으로는 지금까지와 같은 일이 계속될 수는 없다고. 나는 안나를 어릴 적부터 좋아했고 그녀는 죽을 때까지 나를 진정 사랑하면서 내 신의를 확신했으며, 세상에는 신의와 믿음이 있어야만 한다고. 나는 또한 다음과 같이 말했다. 사람은 의지할 수 있는 어떤 확실한 것이 있어야 하며, 나는 불멸에 대한 서로의 믿음을 염두에 두고 평생 동안 죽은 자를 기억하면서 내 모든 행동의 지침이 될 그런 맑고 사랑스러운 별을 지니게 된 것을 내 의무이자 아름다운 행운으로 여긴다고.

유디트는 이 말을 듣자 더욱 놀라워하는 동시에 마음 아파했다. 그녀는 평생 동안 이런 종류의 말을 누구한테도 결코 들어본 적이 없다고 말했다. 그녀는 격하게 나무 사이를 이리저리 걸어다니고 나서 말했다. "나는 그래도 네가 나를 조금이라도 사랑한다고 생각했어!"

"그게 바로 내가 끝내려는 이유예요." 나는 대답했다. "당신을 생각하면 마음의 위안을 받으니까 끝내지 않으면 안 돼요!"

"아니야, 바로 그것이 네가 이제 나를 제대로 마음 깊이 사랑하기 시작해야만 하는 이유야!"

"굉장한 일이 되겠군요!"라고 나는 절규했다.

"그럼 안나는 어쩌지요?"

"안나는 죽었어!"

"그렇지 않아요! 죽지 않았어요. 나는 안나를 다시 보게 될 거예요. 나는 영원을 위해 살 거예요. 그러니 일개 연대나 되는 후궁들을 모을 수는 없단 말이에요!"

쓴웃음을 지으며 내 앞에 서 있던 유디트가 말했다.

"그건 물론 우스운 일이지! 그렇지만 도대체 영원이라는 것이 있는지 없는지 우리가 어떻게 알아?"

"하여튼," 나는 대답했다. "영원은 존재해요. 사상이라든가 진리가 영원히 살아 있는 것일 뿐이라고 해도 말이에요! 그래요, 죽은 소녀가 영원히 무로 소멸하고 이름마저 완전히 사라진다 해도 이것이야말로 죽은 사람에게 신의와 믿음을 지켜야 할 중요한 이유예요! 나는 그것을 맹세했고 그 무엇도 내 결심을 흔들리게 해서는 안 돼요!"

"그 무엇도라니!"라고 유디트는 소리쳤다. "오, 바보 같으니! 수도원으로 갈 작정이니? 나한테 네 말을 믿으라는 거야? 그렇지만 이 귀찮은 일로 더 이상 싸우지 말자. 나는 슬픈 일이 있은 뒤 곧바로 네가 찾아오리라고는 기대하지 않았고 너를 기다리지도 않았어. 도시로 가서 반년쯤 조용히 마음을 가라앉히고 지내봐. 그러면 일이 어떻게 될지 알게 될 거야!"

"난 이미 알 수 있어요." 내가 대답했다. "나는 두 번 다시 이곳에 오지 않고 말도 건네지 않을 테니까. 이 자리에서 맹세해요. 신과 신성한 모든 것들 그리고 나 자신의 선한 영혼에게 그리고……"

"그만해!" 유디트는 두려워서 손으로 내 입을 막으면서 외쳤다. "언젠가는 너 스스로에게 이런 잔인한 올가미를 씌운 것을 분명 후회하게 될 거야! 너와 같은 인간들의 머릿속에는 악마가 살고 있나봐! 게다가 자기들의 마음이 바라는 대로 행동한다고 주장하면서 자기를 속이고 있다니까. 사랑할 수 있는 마음이 있을 때에는 언제든지 사랑하는 사람을 사랑해야 마음이 진정으로 자랑스러운 거야. 대체 넌 이런 생각이 들지 않아? 넌 그렇게 할 수 있어. 그리고 그것도 은밀하게. 그러니까 아무 문제가 없을 거야! 만약 네가 더 이상 날 좋아하지 않는다면 그리고 세월이 우리의 마음을 갈라놓는다면 그 즉시 너는 나를 버리고 잊어도 돼. 이건 내가 책임질 거야. 지금은 헤어지자. 그렇지만 억지로 나를 떠나려고 하지는 마. 그것만은 나를 아프게 하니까. 단지 우리의 어리석음 때문에 1년이나 2년쯤의 행복이 허락되지 않는다면 그건 정말 나를 비참하게 만드는 거야!"

"2년 동안의 세월은," 나는 말했다. "어차피 그렇게 지나가야 해요. 또 그렇게 될 거고요. 그때가 되면 우리 둘 다 더 행복해지겠죠. 지금 헤어지면요. 후에 후회하지 않으려면 지금이 헤어지기에 가장 좋은 시간이에요. 터놓고 말할까요? 당신을 생각하면 언제나 나의 타락이 생각날 거예요. 하지만 당신에 대한 기억을 가능하면 순수하게 간직하고 싶어요. 그렇게 하려면 지금 이 순간에 바로 헤어져야 해요. 당신은 사랑의 고상하고 깨끗한 일면을 한 번도 함께 나누어본 적이 없다고 한탄했지요! 내가 존경과 애정으로 당신을 기억하고, 죽은 소녀에게 신의를 지킬 수 있도록 사랑의 힘을 빌려 자발적으로 내 마음을 편히 해준다면 그보다 더 좋은 기회가 어디 있겠어요? 그렇게 해서 다른 반쪽 면의 깊은 사랑을 맛보지 않을래요?"

"오, 그건 모두 쓸데없는 소리야!" 유디트는 절규하듯 외쳤다. "나는 아무 얘기도 안 했어, 기억하고 싶지 않아! 나는 너의 존경을 바라는 게 아냐. 가능한 한 오래 널 갖고 싶은 거야!"

그녀는 내 두 손을 움켜쥐었다. 나는 그녀에게서 손을 빼내려고 애썼지만 소용없었다. 그녀는 애원하는 눈빛으로 내 눈을 보면서 간절한 어투로 말했다.

"오, 사랑스러운 하인리히! 도시로 가거라. 하지만 그런 끔찍한 맹세로 억지로 너 자신을 옭아매고 속박하지 않겠다고 약속해다오! 제발……"

나는 그녀의 말을 중단시키려 했지만 그녀는 내 말을 막으며 계속해서 말했다.

"내 말은, 뜻대로 내버려두자는 거야! 나에게도 너를 속박해서는 안 돼. 너는 바람처럼 자유로워야 하니까! 네가 좋다면……"

그러나 나는 유디트가 말을 끝내도록 놔두지 않고 내 손을 뿌리치며 소리쳤다.

"두 번 다시 당신을 보지 않을 거예요. 명예를 걸고 맹세하는 거예요! 잘 있어요, 유디트!"

나는 서둘러 그곳을 빠져나왔지만 어떤 강력한 힘에 끌려 다시 한 번 뒤돌아보았다. 그녀는 말을 맺지도 못하고 내 손이 빠져나갈 때 두 팔을 뻗은 모습 그대로 서 있었으며, 마침내 햇빛을 품은 안개가 모습을 가릴 때까지 한 마디 말도 하지 못한 채 놀라고 슬프고 상심한 표정으로 내 뒷모습을 바라보고 있었다.

한 시간 뒤 나는 어머니와 함께 외삼촌의 아들 가운데 하나가 모는 미차에 올라 도시로 돌아왔다. 나는 누구와도 만나지 않고 겨울 내내 혼자 지냈다. 나는 좀처럼 화첩과 화구들을 쳐다볼 수 없었다. 그 물건들은 언제나 불쌍한 뢰머를 생각나게 했기 때문이다. 또한 나에게는 그가 내게 가르쳐준 것을 계속 공부하고 응용할 권리가 없는 것같이 생각되었다. 때때로 나는 독특하고 새로운 스타일을 생각해내려고 했지만 그때마다 내가 이용했던 판단과 방법조차도 뢰머 덕분일 뿐이라는 사실이 곧 드러났다. 그 대신 나는 아침부터 저녁까지 그리고 밤이 깊도록 책을 읽고 또 읽었다. 언제나 독일 책을 읽었는데, 아주 색다른 방식의 독서였다. 나는 매번, 저녁에는 다음 날 아침에, 아침에는 한낮이 되면, 책을 던져놓고 그림을 그리려고 결심했다. 한 시간 단위로 시간을 나누어보기도 했다. 그러나 책장을 넘기는 동안 나는 시간을 까맣게 잊었고, 그러는 사이 시간이 흘러갔다. 하루가, 일주일이 그리고 한 달이 아주 서서히 심술궂게 흘러갔거니와, 그 시간들은 마치 슬그머니 숨어 들어와 몰래 지나가며 나를 끊임없이 불안하게 만들면서 웃어대며 도망치는 것 같았다.

그러나 봄이 되자 강력한 구원이 나타나 나를 유쾌하지 못한 상태에서 해방시켜주었다. 만 18세가 된 나는 병역의무를 지게 되어 조국 수호의 비결을 배우기 위해 정해진 날짜에 병영에 가야 했다. 나는 와자지껄하게 떠들며 무리 지어 있는 온갖 계층 출신의 수백 명의 청년들과 마주쳤다. 그러나 곧 몹시 사나운 병사들이 나타나 우리의 대화를 금지시키고 우리를 분류하기 시작했는데, 그들이 우리를 제법 쓸 만한 것으로 모아놓을 때까지 우리는 여러 시간 동안 볼품없는 원자재처럼 이리저리 밀려다녀야 했다. 곧이어 다음 훈련이 시작되어, 조별로 경험이 풍부하고 노련한 상관들 앞에 처음으로 집합했을 때, 전혀 예상치 못했던 상태에서 내 긴 머리카락은 사람들의 폭소갈채를 받으며 바짝 잘려나갔다. 그러나 나는 지극히 만족스럽게 그 머리카락을 조국의 제단에 올려놓고, 깎인 머리 주위로 부는 신선한 바람을 기분 좋게 느꼈다.

다음에는 손이 깨끗한지 그리고 손톱이 단정하게 깎여 있는지 검사받기 위해 손을 내밀어야 했는데, 우직한 직공들이 많이 있던 줄에서는 요란한 꾸지람소리가 들렸다. 이어서 우리는 전체 시리즈 가운데 첫째 권인 작은 책자를 한 권씩 받았는데, 여기에는 신병들의 의무와 마음자세가 기발한 문장에 문답형으로 번호가 매겨져 인쇄되어 있었다. 그러나 규칙에는 간단한 이유가 덧붙어 있었는데, 이따금 이유가 규칙이 적힌 문장 속에, 규칙이 그 뒤에 적힌 이유 속에 들어가 있는 경우에도 우리는 모두 한마디 한마디를 경건하게 암기하며 그 과제를 더듬거리지 않고 암송하는 것을 명예롭게 생각했다. 부동자세를 취하는 것과 두세 걸음씩 걷는 것을 새로 배우려고 애쓰면서 결국 첫째 날의 나머지 시간이 지나갔는데, 이 훈련은 용기와 낙담이 교차하는 가운데 수행되었다.

군대에서는 쇠처럼 엄하고 혹독한 질서에 적응하고 만사에 정확성을 기하는 일이 필요했다. 비록 이것이 완벽한 자유와 독립심을 깨뜨리기는 했지만 사실 나는 당장의 사소한 목표가 우스꽝스럽다 할지라도 엄격한 규율에 나를 맡기고 싶은 진정한 갈증을 느끼고 있었다. 그래서 두어 차례, 그것도 단지 부주의했던 탓에 벌을 받을 뻔했을 때, 나는 동료들 앞에서 진정에서 우러나오는 수치감을 느꼈고, 그들도 그런 경우에는 나와 아주 똑같은 느낌을 받았다.

당당하게 거리를 행진할 수 있을 만큼 되었을 때, 우리는 날마다 연병장으로 나갔는데, 연병장은 시 외곽에 자리 잡고 있어서 국도가 그것을 가로지르고 있었다. 어느 날 내가 열다섯 명가량 되는 대열의 가운데에 서서, 두 손으로 박자를 맞추고 큰 소리로 호령하며 우리 대열 앞에서 지칠 줄 모르고 뒷걸음으로 걸어가는 교관의 명령에 따라 한두 시간 동안 그 넓은 운동장을 사방팔방으로 가로질러 다닐 때, 우리는 갑자기 국도에 바짝 다가가 그곳에서 멈춘 다음 국도를 정면으로 바라보며 서 있게 되었다. 횡대의 배후에 서 있던 교관은 우리를 잠시 부동자세로 서 있게 하더니 팔다리 자세를 비난했다. 그가 우리 뒤편에서 규칙과 관습이 허용하는 범위 내에서 큰 소리로 꾸짖는 동안 우리는 길 쪽으로 얼굴을 향한 채 그의 말을 듣고 있었는데, 마침 해외 이주자들이 항구로 이동할 때 사용하곤 하는 커다란 사두마차가 가까이 다가왔다.

엄청나게 많은 짐을 실은 이 마차는 미국으로 이주하는 여러 가족이 이용하는 것 같았다. 건장한 남자들이 말과 나란히 걸어가고 있었고, 네댓 명의 여자는 마차 위의 편안한 천막 지붕 아래에 앉아 있었는데, 그 밖에도 몇몇 아이들과 노인까지 한 명 앉아 있었다. 그런데 이 사람들 틈에 유디트가 끼여 있었다. 나는 우연히 그쪽을 바라보다가 여행복 차림의 그녀가 크고 아름다운 모습으로 여자들 사이에 앉아 있는 것을 보았다. 엄청나게 놀랐고 심장은 거칠게 뛰었지만, 나는 감히 이동하거나 움직일 수 있는 상황이 아니었다. 내 생각으로는 마차를 타고 지나가던 유디트가 흐릿한 시선으로 군인들의 대열을 바라보다가 그 대열의 가운데에 서 있던 나를 알아보고는 곧바로 나를 향해 손을 뻗은 것 같았다. 그러나 바로 그 순간 우리의 폭군은 "뒤로 돌아!"라고 명령했고, 마치 미친 사람처럼 속보 행진으로 그 넓은 연병장의 반대편 끝으로 우리를 끌고 갔다. 나는 규칙대로 양팔을 상체에 붙이고 '엄지손가락을 밖으로 향하게' 한 채로 계속해서 보조를 맞춰 뛰었는데, 이 순간 가슴속에서는 심장이 뒤집어질 듯이 격렬하게 흥분되어 있었지만 내색하지는 않았다. 지휘자의 뇌 속에서 갈팡질팡하는, 그러나 우리가 복종할 수밖에 없는 생각의 변화에 따라 마침내 다시 길 쪽으로 얼굴을 돌렸을 때, 마차는 막 먼 곳으로 사라지고 있었다.

다행히 그때 해산하게 되었다. 곧바로 사람들에게서 떨어져 나와 한적한 곳을 찾아가면서 나는 이제 내 삶의 첫 부분이 종결되고 다른 한 부분이 시작되는 것 같은 느낌이 들었다.

제9장 작은 양피지

앞부분을 쓴 지도 참으로 오랜 세월이 흘렀다. 나는 그때와 같은 사람이 아니고, 내 필적도 오래전에 바뀌었지만 그런데도 마치 어제 멈춘 지점에서 다시 계속 이어 쓰는 것 같은 기분이 든다. 변함없는 인생의 방관자에게는 행운도 불행도 똑같이 흥미로운 것이어서, 그런 사람은 그때마다 좌석을 바꿔가며 점점 줄어드는 수명이 다할 때까지 깊이 주의하지도 않고 수많은 세월을 보낸다.

청춘의 첫 시기가 흘러가고 유디트가 이민 감으로써 나도 모르는 사이에 다가온 삶의 전환기에서 미술수업을 일단락지어야 할 필연성이 대두되었다. 매일매일 수천 명의 청년이 떠나지만 그 가운데 너무도 많은 이들이 다시 돌아오지 못하는, 넓은 세계에 발을 디딜 시기가 도래했다. 이러한 일상적인 일이 내게는 자립할 특정한 날을 기대하며 일정 기간 생계 걱정 없이 열심히 그림공부에 전념하는 것을 의미했다.

몇 해 전에 아버지께서 물려준 약간의 유산이 법적인 규정에 따라 내 후견인으로 설정된 외삼촌의 관리 아래 있었다. 그는 내 일에 간섭하는 일이 거의 없었다. 그런데 문제의 돈은 내가 관례에 따라 선택한 미술학교[20]에 다니는 데에 사용되어야 했으므로, 그것을 현금으로 바꾸어 쓰기 위해서는 후견인과 협의가 필요했다. 이런 경우는 내가 사는 시골의 고향마을에서는 매우 새로운 사건이었다. 그래서 젊은 미술지망생이 자기 재산을 한데 꾸려서 글자 그대로 그것을 먹어치우기 위해 고향 밖으로 가지고 나가도 되는지 결정하기 위해, 한쪽 부모가 없는 아이를 관리하는 평의회의 순박한 농부들이 회의를 개최한 적이 있는지 기억할 수 있는 사람은 아무도 없었다. 그와는 반대로 그들 사이에는 몇 해 전부터 어떤 한 남자의 생생한 예가 있었는데, 이러한 일을 그들과 사전 협의 없이 처리했던 이 사람은 뱀 먹는 인간이라고 불렸다. 외딴 지역에서 경솔하고 무식한 부모 슬하에서 자란 그는 나처럼 화가가 되려 했고, 긴 곱슬머리에 벨벳 상의와 통 좁은 바지 차림을 하고 뒤꿈치에는 박차를 박고서 돈과 부모가 다 사라질 때까지 학교 근처에서 빈둥거렸다.

그 후 몇 년간 그는 각별히 잘 연주할 줄도 모르는 기타를 등에 메고 근근이 이것에 의지하여 살다가, 최근에 늙어가는 몸으로 고향마을로 추방되어 빈민구제소에 처박히게 되었는데, 한 무리의 늙은 여자들과 백치들 그리고 기운이 빠진 방탕한 밑바닥 인생들이 수용되어 있는 그곳에서 때때로 마치 연옥의 불길 위에 앉아 있는 듯이 소리를 지르면서 소란을 피웠다.

그의 과거는 마치 어두운 전설 같았다. 그가 한때 재능이 있었는지 그리고 어떤 능력이 있었는지 없었는지에 대해 그 누구도 정확한 것을 알지 못했고, 그 자신조차도 그것에 대한 기억을 더 이상 갖고 있지 않은 듯했다. 자신이 한때는 좋은 옷을 입었었노라고 간혹 자화자찬할 때를 제외하고는, 그의 말이나 행동으로는 그가 한때 학식 있는 사람들 틈에 있었고 예술에 정진했다는 사실이 전혀 드러나지 않았다. 그의 유일한

---

20) 19세기 전반기에 예술 지망생들은 루드비히 1세의 주도 아래 독일의 예술학교들 가운데 지배적인 지위를 차지하던 뮌헨의 예술 아카데미에서 교육받는 일이 많았다.

재주는 갖은 수단을 다 써서 브랜디 한 모금을 구하는 것과 뱀을 잡는 것이었는데, 이 뱀을 그는 마치 뱀장어처럼 구워서 맛있게 먹었다. 또 그는 겨울에 대비하여 다리 없는 도마뱀을 잡아 마치 그것이 맛있는 칠성장어라도 되는 양 한 단지 가득 저장했고, 그 보물을 같이 사는 동료들의 추적에서 지키기 위해 이 구석 저 구석으로 끌고 다녔는데, 이곳 패거리들도 역시 이기적인 점에서 순진하지 않기로는 한 차원 더 높은 방탕아들에 비해 뒤지지 않았던 것이다.

이러한 종류의 괴물 하나는 한 지역 전체를 곤혹스럽게 만들고, 모든 사람이 미술을 혐오하게 만들 수 있는데, 내게도 이렇게 뱀 먹는 이 인간은 좋지 않은 시간에, 말하자면 내가 앞서 언급한 회의에 참석하기 위해 출두할 때 마을에 나타났다. 그는 내 눈에는 마치 악마처럼 보였다. 나는 가던 도중에 길가에서 이페른의 죽음[21]처럼 보이는 지난해의 커다란 엉경퀴[22]를 작은 공책에다 그리고 있었는데, 이 녀석이 죽은 뱀 두 마리를 가는 막대기에 달아 어깨에 메고 가다가 잠시 멈추어 서서 나를 바라보더니, 마치 뭔가 야릇한 기억이 뇌리를 스치는 듯 히죽히죽 웃고는 머리를 흔들면서 계속 걸어갔던 것이다. 그는 한때 적갈색이었을 구멍 뚫린 긴 코트를 턱 아래까지 단추를 채워 입었고, 맨발에는 색 바랜 장미 수수가 있는 샌들을 신고 있었으며, 머리에는 오스트리아 군인 모자를 쓰고 있었다. 나는 지금까지도 그가 발을 질질 끌며 걸어가는 모습을 떠올릴 수 있다.

---

21) 이페른은 벨기에의 한 도시 이름인데, 이 도시의 교회에는 유럽에 페스트가 창궐했던 당시를 기억하게 하는 '메멘토 모리(memento mori) 상', 즉 '이페른의 죽음'이 전시되어 있다.
22) 민속신앙에서 엉경퀴는 무덤이나 죽음과 연관된 악마 같은 식물로 여겨진다. 더욱이 여기서 '지난해의 엉경퀴'로 묘사되는데, 이것은 엉경퀴 자체도 이미 죽어 있음을 뜻한다.

이 괴물은 분명 평의원 자격으로 책상 둘레에 모여 앉아 나의 사람됨
을 신중한 호기심으로 잠시 관찰한 서너 명의 교구 촌장들의 뇌리에 생
생하게 떠올랐을 것이다. 외삼촌은 필요한 경우 그가 말한 것을 내가 보
충하거나 더 자세하게 설명하도록 하기 위해 나를 데리고 가서 소개하
는 편이 낫겠다고 생각했다. 그러나 내가 보기에 그 남자들은 달갑지 않
은 일이 점차 다가오는 것을 보며 '이런, 이제 시작되는데 어쩌면 좋
지!'라고 말하는 표정을 짓는 것 같았다. 그들은 아마도 내가 이미 몇 해
전부터 여름마다 들판과 숲을 쏘다니면서 여기저기에 하얀 아마포 파라
솔을 펼치는 것을 놀란 눈으로 바라보았을 것이고, 이러한 것을 통하여
자신들이 사는 지역이 각별히 유명해진 것 같지도 않고, 평판이 좋은 토
지를 보기 위해 외지에서 여행객들이 찾아오지도 않는다고 생각했을 것
이다. 그들은, 특별히 자기들에게 직접적으로 피해를 끼치지 않았으므
로, 내가 정말 즐거운 이 일을 해서 돈을 벌어 먹고살 수 있는지에 대한
질문을 당분간 방치해두고 있었다. 그런데 이제 그 일이 거론되게 된 것
이다.

외삼촌이 이 일을 상세히 설명하실 때 그들은 처음에는 매우 삼가는
태도를 취했다. 아무도 먼저 이해와 통찰력의 결핍을 드러내거나 자신
이 알지 못하는 어떤 것을 경솔하게 무시하는 사람으로 보이고 싶지 않
았던 것이다. 그런데도 지금은 마치 아브라함의 품에 있는 라자로[23]처
럼 안전하게 금고 속에 있는 상당액의 유산이 정해진 기간 내에 분명 사
라질 것이라는 사실이 그들의 머릿속에 선명하게 새겨지지 않은 것은
아니었다. 그들은 즉각 각자 자신의 처지와 성격에 맞게 그러한 돈이 어

---

23) 『성서』의 「루가」, 16장 20절 이하. 라자로라는 거지는 죽어서 천사들의 인도
　　를 받아 아브라함의 품에 안겨 하늘로 올라가며, 그를 굶주려 죽게 만든 부자
　　는 죽은 후 고통을 당한다는 내용이다.

디에 유용하게 쓰일 수 있는지 상상하기 시작했다. 한 사람은 자손 대대로 물려줄 유산으로 두세 마리의 가축을 사육할 수 있는 목장을 매입하고 싶었다. 다른 한 사람은 최악의 경우에도 괜찮은 포도주를 생산할 수 있을 만한 포도밭 한 모퉁이에 눈을 돌렸다. 세 번째 사람은 머릿속에서 자기 소유의 밭을 종단하는 도로의 권리를 이웃 남자에게서 샀다. 마지막으로 네 번째 사람은 오래된 양피지 조각인 문제의 유가증권을 일종의 훌륭한 이자 같은 것으로 여기면서 결코 내놓지 않고 그냥 가지고 있겠다고 상상했다. 내가 목장, 포도밭, 도로의 권리 그리고 양피지를 포기하면서까지 원하는, 눈에 보이지도 않는 일에 그들이 그들 나름대로 기준을 적용함으로써, 이 미술수업이라는 것의 특성이 점차적으로 더 가시화되었지만, 그들에게 이것은 몽롱하고 무가치한 것으로, 이해할 수 없는 허세로 여겨질 뿐이었다. 그렇게 되자 가장 나이 든 사람이 용기를 내어 마른기침과 함께 의혹을 표명했고, 다른 사람들도 차례차례 그의 말을 이었다.

얘기인즉, 내가 목적을 달성하고 원하는 것을 정말로 배우게 되리라는 보장이 없기 때문에 손 안에 확실하게 소유하고 있는 얼마 안 되는 유일한 재산을 불확실한 것과 맞바꾸는 것은 바람직하지 않다는 거였다. 이런 경우에는 차라리 내가 그 돈이 없다고 생각하고 어떤 다른 방도로 꾸려나가는 편이 더 현명할 것이며, 언젠가 병이 들거나 위급할 때, 또는 가난해졌을 경우에 그 돈은 갑자기 반가워질 것이고, 슬기롭게 사용될 수 있을 거라는 얘기였다.

그들은 또한 들은 얘기라고 하면서, 매우 어린 나이에 외지로 떠난 유명한 학자나 예술가들은 끊임없이 일해서 스스로 생계를 유지하고, 그러면서도 학업을 계속하여 성공한 사람이 되어야 했다고 말했다. 아닌 게 아니라 그렇게 해서 몸에 익힌 부단한 활동성과 끈기는 그런 사람들에게 평생 동안 도움이 되어, 그들이 최고 경지에 우뚝 설 수 있게 해주었다는 것이었다. 나는 이러한 설교를 나의 짧은 생애 동안 두 번째로 듣게 되었는데, 여전히 내 마음에 들지 않기는 마찬가지였다.

둥근 탁자 주위에 둘러앉은 평의원들 앞에는 연하고 새큼한 포도주가 담긴 잔이 놓여 있었다. 반면에 회의 당사자인 나는 긴 탁자에 혼자 앉아 있었는데, 그 탁자의 끝부분은 문짝 근처의 어스름 속에서 잘 보이지 않았다. 눈에 띄지 않게 안으로 슬며시 들어온 뱀 먹는 인간이 이 어스름 속에 쪼그리고 앉아 있었다. 반면 나는 탁자 머리 쪽의 더 밝은 곳에서 색이 진한 적포도주 한 병을 앞에 두고 앉아 있었다. 비록 내가 사려 깊게 거절하지 못한 실수는 했어도, 회의 장소의 여주인이 내 앞에 포도주를 놓은 이상 여주인의 잘못이었지만, 어쨌든 그것은 두말할 것 없이 예의에 크게 벗어나는 일이었다. 촌장들과 함께 앉아 있던 외삼촌은 그들에게 위가 조금 아프다고 핑계를 대고 나와 똑같은 포도주를 마셨다.

농부들 가운데 흰 빵조각을 편도과자처럼 소중하게 다루면서, 탁자 위에 떨어진 조그만 빵부스러기를 마치 금가루인 양 조심조심 손가락으로 집어내던 사람이 말을 이었다.

자기는 이 문제에 대해 아무것도 모르지만, 자기가 보기에는, 만일 젊은이가 이 적은 유산에 의지하는 대신 어머니와 함께 지낸 몇 년 동안 돈벌이를 해서 이 세상에서 가장 편한 방법으로 지금 필요한 돈을 저축했더라면, 그것이 유산의 목적에 더 적합했을 것 같다는 것이었다. 그랬더라면 지금 벌써 미래에 대한 준비도 끝났을 터인즉, 원래 형편이 좋을 때 미리 장래를 생각하고 어떤 가치가 있는지 고려한 다음, 어떤 일에 착수하는 데에 익숙해진 사람은 평생 동안 이 습관을 절대 포기할 수 없고, 따라서 전쟁터의 군인처럼 언제라도 자신을 돌볼 줄 알기 때문이라는 것이었다. 또한 그것은 어릴수록 더 잘 배울 수 있는 좋은 기술이라는 것이었다. 그러므로 솔직히 말하건대, 소액의 여행경비와 세상의 거친 파도를 헤칠 결심만 갖고 용감하게 여행을 떠나라고 권하고 싶다는 것이었다. 그는 마지막으로 내가 분명 지난 몇 해 동안 뭔가 능숙한 기술을 습득했을 거라고 말했고, 혹 그렇지 않은 것 아니냐고 덧붙여 물었다.

적절하기도 하고 그렇지 않기도 한 이 질문에 모든 사람은 몸을 돌려 내가 있는 쪽을 바라보았다. 어두운 곳에서 조금씩 내 곁으로 슬금슬금 다가와 있던 뱀 먹는 인간은 내 포도주와 협의 과정을 함께 엿보고 있었다. 그래서 우리 셋, 즉 적포도주와 뱀 먹는 인간 그리고 내가 함께 시아에 들어왔고, 의미심장한 침묵이 시작되었을 때 나는 내가 포도주처럼 새빨개진 것을 느꼈다. 훌륭한 독한 음료는 내가 겸손하거나 절약하는 사람이 아니라는 증거였고, 내 곁의 동업자는 내 인생계획이 잘못되었다는 증거였던 셈인데, 너무나 분명한 증거였던지라 아무도 부언할 필요를 느끼지 않았다.

침입자를 쫓아낸 다음, 마침내 외삼촌이 좌초된 배를 다시 띄우기 위해 발언을 시작할 때까지는 꽤 한참 동안 침묵이 흘렀다. 외삼촌은 이 문제를 촌장님들이 생각하시는 바와 같이 볼 수는 없다고 말했다. 그것은 마치 농부가 한 말의 곡식을 파종하는 대신에 기근이 올 때까지 그것을 보관하려 하고, 그동안에는 다른 사람들에게 고용되어 일당으로 사는 것이나 마찬가지라는 거였다. 잘 아시다시피 시간도 돈이기 때문에, 한 젊은이가 소액의 유산을 투자해서 배울 수 있는 것을 여러 해 동안 고단하게 세파에 흔들리며 배우라고 강요하는 것은 온당치 않다는 것이었다. 또한 외삼촌은 아무 계획 없이 이 생각을 한 것이 아니며 처음부터 적당한 때가 되면 사용할 생각을 했다고 하면서, 조카 자신의 생각과 의견을 함께 들어보자고 말했다.

이 말을 듣고 의장은 내게 발언권을 주었다. 나는 반은 부끄럽고 반은 분개한 상태에서 호언장담을 늘어놓았다. 예술이 수공업과 결합되어 있어서 미술학도가 수공업 직인들처럼 이 도시에서 저 도시로 편력할 수 있던 시대는 오래전에 지나갔다. 현 시대에는 그런 단계적인 서열은 더 이상 존재하지 않으니까 초보자도 충분하게 준비된 단 하나의 처녀작으로 독립하지 않으면 안 된다. 하지만 이러한 일은 미술의 도시에 살아야 가능한 일이다. 거기에는 모든 종류의 예술수업에 필요한 본보기뿐만 아니라 교훈적인 자극이 되는 수많은 동료들과의 경쟁이 있고, 더욱이 가장 중요한 것은 신진을 발견하고 작품을 사주는 시장도 있어서 장래의 풍요로운 생활로 들어가는 문이 있다는 것이다. 예를 들면 조금 전에 여기에 있던 불쌍한 뱀 먹는 인간같이 소질도 없고 천재의 숭고한 불꽃도 지니지 못한 사람은 바로 이 문턱에서 주저앉아 멸망한다. 그러나 그밖의 사람들은 과감하게 문을 통과하여 곧장 부귀와 명예를 얻는다. 그러니 결과적으로 작품 한 점을 판매한 돈으로 그동안 투자했던 비용, 그러니까 목장, 포도밭 또는 밭의 가격에 맞먹는 돈을 벌게 되는데, 이 정도는 그나마 예술가들 가운데서도 시시한 예술가의 경우라고!

사람을 쉽사리 믿기 때문에 자신감이 가득한 인간의 허풍도 믿는 것이 선량한 시골사람들의 운명이듯이, 아마도 촌장들을 따분하게 만들었을 내 말은 그들의 확신을 흔들리게 했다. 다시 한 번 짧은 침묵의 순간이 계속되는 동안 그들은 자신들이 들은 것을 간단하게 헛기침으로 일축했는데, 느닷없이 의장은, 외삼촌이 후견인으로서 제안을 고집한다면 의견을 다시 고려해보겠노라고 말했다. 결국 이것은 외삼촌의 권한이고, 외삼촌이야말로 결정적인 말을 할 사람이기 때문이라는 것이었다. 외삼촌은 다음과 같은 말을 덧붙임으로써 자신의 생각을 다시 한 번 확신시켰다. 조카는 떠나야 하며, 그것은 필요하다. 그러나 앞일을 내다볼 수도 없고, 지금 상황에서는 조카가 학자금 없이 여행을 떠나거나 당장 호구지책을 세우는 것은 적절치 않다. 만일 재산이 없다거나, 조카가 천애고아에다 친지도 없다면, 조카는 용감하게 운명에 도전하리라고 믿는다. 그러나 각오가 안 된 젊은 아이에게 필요 없이 그런 것을 무리하게 강요할 수는 없다고.

의장이 돌아가며 질문하자, 다른 촌장들은 자기들은 이 일을 이해할 수 있는 범위 내에서 의견을 표명했고, 특별히 반대할 필요성을 느끼지 않는다고 말했다. 더구나 문제가 되고 있는 피후견인의 재능과 근면 그리고 방정한 품행을 믿고 싶고, 다만 엉달의 관문을 통과하려면 떨어져 앉아 더 좋은 포도주를 마시는 버릇을 당분간 버려야만 할 것이라고 말했다.

내가 이러한 암시를 삼키고 있는 동안 유산의 인도가 결정되어 기록으로 작성되었으며, 외삼촌이 서명했다.

후견인의 보호 아래 있는 사람들의 유가증권들이 보관된 금고는 다른 일 때문에 이미 이곳으로 운반되어 있었는데, 위원들은 그 증서를 바로 꺼내는 것이 좋겠다고 말했다. 그래야 이런 일로부터, 바라건대 영원히 면제될 수 있다는 것이었다.

자물쇠가 세 개 달린 나무 상자가 탁자 위에 놓였다. 의장과 출납계원, 서기가 각자 열쇠를 가방에서 꺼내서 각기 제 구멍에 꽂아 조심스럽게 돌리자 상자가 열렸다. 뚜껑이 열리자 과부와 고아들의 재산이 상자가 운반될 때마다 흔들렸던 상태대로 조그만 양떼 무리처럼 한 구석에 무더기로 쌓여 있었다. 여러 가지 서류뭉치의 제목을 읽으면서 서기는 "벌써 수많은 운명이 이 금고를 통과했지요!"라고 말했다. 모두 다 여자와 미성년자와 관련된 것은 아니어서 죄수와 방탕아 그리고 정신병자의 재산도 들어 있었다. 마침내 그는 작은 물품을 찾아 꺼내어 '고(故) 레, 하인리히, 루돌프'라고 읽고는 그것을 의장에게 건넸다. 의장은 반쯤 부서져 나간 잿빛 밀랍도장이 달려 있는 오래된 갈색 양피지를 벗겼다. 그는 놋쇠 안경을 쓰고 눈에서 멀리 거리를 두고 그 귀중한 서류를 펼쳤다. "이 토지저당권 증서를 작성한 지방서기는 이제 더 이상 치통을 앓지 않겠군!" 그가 말했다. "이건 1539년의 성 마르틴 축제일[24]로 날짜가 되어 있군요. 대단히 오래된 유가증권이오." 이 말과 함께 그는 진지한 시선으로 나를 보았는데, 글자를 읽을 때에만 편리한 그 안경으로는 내가 분명 안개처럼 뿌옇게 보였을 것이다.

"이 훌륭한 증서로 말하면," 그는 말을 이었다. "300년 전부터 대대손손 물려 내려온 거요. 해마다 5퍼센트의 이자를 냈지요!"

"그 이자를 가질 수만 있다면 좋겠군요." 외삼촌은 재차 나에게 향한 주의를 분산하기 위해 웃으면서 끼어들었다. "제 조카가 이 작은 증서를 소유한 지는 겨우 10년 정도 되었습니다. 삼십 몇 년 전만 해도 수도원 소유였는데, 수도원장이 혁명기에 팔았어요. 요컨대 그런 방식으로 계산할 수는 없는 법입니다. 그것은 이 세 노인의 나이의 합계가 270세라든가, 저 두 부부의 나이를 합치면 160세라고 말하는 것처럼 잘못된 것이니까요! 그래요, 그렇게 계산하면 안 됩니다. 그 노인들은 세 사람 모두 90세이고, 남편과 부인은 80세에 지나지 않아요. 그들은 모두 정확하게 같은 세월을 살아왔으니까요. 그러니 여기 이 젊은 예술가가 만일 그 증서를 판다면 300년 동안의 이자를 소비하는 것이 아니라 그 가운데 극히 적은 금액만을 쓰는 겁니다!"

그 남자들도 물론 그 사실을 잘 알고 있었다. 그러나 그들 각자는 자신의 농장에 상환의 가망이 없는 이런 종류의 오래된 빚을 짊어지고 있어서 자신을 영원히 이자를 지불해야 하는 사람으로 간주했기 때문에,

---

24) 11월 11일을 의미하는데, 전통적으로 이날 그해의 이자를 지불했다.

수시로 바뀌는 채권자들의 돈 받아가는 손 역시 마찬가지로 불멸의 것이라 여겼고, 그래서 문제의 문서에 실제 이상으로 신비스럽고 고귀한 가치를 부여했다. 그래서 결국 이 협의가 중요했다는 느낌이 나를 엄습하며 내 의식을 압박했다. 나는 진지하게 다른 사람의 의견을 듣는 법적 절차의 대상이 되었다는 사실을 직시하면서, 내 의견에 따라 뭔가가 행해졌거나 행해지려고 했던 것도 아니면서 피고와 같은 생각이 들었고, 동시에 책임감이 부담스럽게 생각되었다. 그래서 나는 그 부자유스러운 상황에서 벗어나기 위하여 두 배의 노력을 기울였다. "그들은 자유라고 불리는 악마를 안다네!"라고 미술학도는 속물들에 대해 생각하지만,[25] 이제 그 스스로 자유라는 것을 배우게 되리라고는 알지 못한다.

---

25) 라이프치히의 대학생들이 부르던 「건배」라는 노래를 응용한 것이다. 가사는 대략 다음과 같다. "건배! 라이프치히여, 영원하라! 속물들은 대개 우리에게 친절하지. 그들은 우리 대학생들에게서 자유가 무엇인지를 예견한다네. 대학생은 자유로워!"

제10장 두개골

그 오래된 양피지는 그런 종류의 물건을 수집하는 사람에게 유리한 조건으로 팔렸고, 이제 출발 시기가 정말로 눈앞에 다가왔다. 토요일이었던 4월의 마지막 날에 나는 가지고 갈 자질구레한 물건들을 꾸렸는데, 이 일은 우리 집 거실에서 지금껏 볼 수 없었던 광경을 연출했고, 그래서 어머니를 흥분시켰다. 지금까지 내 활동의 어설픈 열매들이 담긴 커다란 화첩이 이미 방수포에 포장되어 벽에 세워져 있었는데, 적어도 무게는 상당했기 때문에 다소 위안이 되었다. 거실 한가운데에는 전나무로 만든 상자형의 작은 트렁크가 열린 채 놓여 있었다. 트렁크 바닥에 나는 이미 책을 겹겹이 쌓았다. 그리고 그 책들을 이용하여 두개골이 들어갈 만한 튼튼한 굴을 만들어 그것이 안전하게 바닥에 보관되도록 했다. 이 두개골은 얼마 전부터 내 작업실의 장식용으로 이용되었을 뿐만 아니라 이제 막 시작한 인체 연구에 쓰였는데, 물론 아래턱에서 공부가 중단되었기 때문에 나는 아직까지 몇몇 머리뼈의 명칭만 알고 있을 뿐이었다. 나는 이것을 교회 묘지의 모퉁이에서 발견했다. 아마도 묘지기는 그 해골이 온전한 상태를 유지하고 있어서 그곳에 갖다둔 것 같았다. 젊은 남자의 두개골로, 모든 치아가 여전히 보존되어 있었던 것이다. 부근에는 오래된 묘석이 치워져 있었고, 80년 전쯤에 만들어진 이 묘석에는 그 당시에 죽은 알베르투스 쯔비한의 비명(碑銘)이 적혀 있었다. 그 두개골이 쯔비한의 것이라는 증거는 결코 없었지만 근처 납골당의 필사본 가족연대기에 따르면 아주 기묘하기 짝이 없는 짧은 이야기가 이 이름과 연관되어 있었기 때문에 나는 그것을 기정사실로 받아들였다.

얽힌 것을 풀어서 얘기해보면, 이것은 오랫동안 아시아에서 살다가 그곳에서 죽은 쯔비한이라는 사람이 내연의 처에게서 얻은 아들에 관한 이야기였다. 그러나 이미 쯔비한의 아들을 낳은 네덜란드 여자는 행방을 감춘 전 남편에게서 얻은 히로니무스라는 이름의 다른 남자 사생아를 기르고 있었다. 그녀는 어린 쯔비한보다도 이 아이를 더 사랑했다. 쯔비한은 그녀에 대한 사랑과 그녀의 설득에 못 이겨 이 다른 아이를 법적인 양자로 받아들였는데, 다른 한편으로 그는 그 여자와 나중에 정식으로 결혼하는 일도, 자기 자식을 호적상의 실제 아들로 만드는 일도 등한시했다. 그러나 입양된 사생아는 성인이 되자 가출하여 마치 자기 친아버지가 그랬던 것처럼 흔적도 없이 사라져버렸다. 마침내 늙은 쯔비한이 죽고 그 뒤로 얼마 지나지 않아 그의 내연의 처도 세상을 떠나자 상속권이 없는 아들 알베르투스 혼자서 주인 없는 집과 재산 곁에 남게 되었다. 그는 지체 없이 요령을 부려 유일하게 상속권이 있던 양자의 자리를 차지하고, 할 수 있는 한 죽은 아버지의 재산을 긁어모아 아버지의 옛 고향을 찾기 위해 재빨리 아시아의 식민지를 떠났다.

언젠가 그의 이복형제가 바다에 빠져 죽는 꿈을 꾸었던 그는 자신의 꿈을 확실히 믿고 있었기 때문에, 이 모든 일을 하면서도 양심의 가책을 느끼지 않았다. 그렇지만 그는 자기를 알아보는 사람이 없는 아버지의 옛 고향 도시에서 자신의 존재를 숨기고 가져온 서류들을 근거 삼아 자신이 다른 아들인 양 행세할 정도로 교활했다. 그는 조용하고 쾌적한 정원이 딸린 커다란 집을 샀으며, 이 정원에서 이리저리 거닐며 아주 신사인 척했다. 이곳에서 그는 이웃들의 호기심 어린 관찰의 대상이 되었지만, 그는 그것을 전혀 눈치 채지 못했고, 마치 어떤 섬에 표류된 여행자들 앞에 토착민들이 서서히 모습을 드러내듯이, 그가 통상적인 일상에 적응한 후에야 비로소 이웃들이 모습을 드러내기 시작했다. 상인들을 통해서 새로 이사 온 사람이 규정된 절차를 밟으며 매입과 투자를 상당히 하고 있다는 소문이 퍼졌다. 그렇게 되자 그는 길 여기저기서 벌써 친근한 인사를 받았다. 날씨를 보기 위해 창문에 모습을 드러내면, 그가 사는 골목길의 맞은편에서 그의 모습을 보려는 사람이 창문 앞에 나타나는 경우는 한곳에서만 그치지 않았다.

그의 집을 향해 있는 길게 튀어나온 좁은 창에는 온종일 젊은 여자가 거리 쪽으로 등을 돌린 채 물레에 앉아 있었는데, 결코 뒤를 돌아다보는 법이 없었기 때문에, 그는 한 번도 그녀의 얼굴을 볼 기회가 없었다. 태생부터가 정열적이어서 쉽게 사랑에 빠지는 성격이었던 그는 그사이에 그 물레 잣는 여인의 예쁜 등과 우아하게 머리를 기울이고 있는 자태에 사로잡혀 버렸다. 어느 날 이것에 대해 곰곰 생각하면서 자기 집의 다른 쪽에 있는 정원에 있을 때, 그는 갑자기 코넬리아라는 이름을 부르는 여자의 목소리와 이웃집 정원에서 또 다른 목소리가 대답하는 소리를 들었다. 이 일은 그다음 며칠 동안에도 여러 차례 반복되어, 마침내 알베르투스 쯔비한은 물레 잣는 여인의 뒷모습을 잊어버리고 눈에 보이지 않는 코넬리아의 아름다운 이름에 반해버렸다. 그녀는 재스민이 덤불을 이루고 있는 벽 뒤에 가려 있었던 것이다.

그러나 이 벽이 갑자기 젖혀지면서 지금까지 볼 수 없었던 작은 격자문을 통해 한 여자의 모습이 자기 집의 정원으로 건너왔을 때, 그는 얼마나 놀랐는지 모른다. 저쪽 편 정원이 딸린 집은 그러니까 같은 길에

접해 있는 것이 아니라 같은 구역의 다른 편에 있었고, 그래서 예로부터 일정한 목적이 있을 때는 정해진 일정한 시간에 양쪽 집에서 서로 정원과 현관 그리고 복도를 통과할 권리가 계약되어 있었던 것이다.

그가 이러한 사실을 모르고 있다는 것을 알아채고는 깜짝 놀란 남자 앞에 서서 현행법상의 지역권(地役權)에 대해 설명해준 이웃은, 꼭 미인이라고 할 수는 없었지만 눈웃음을 치는 키가 상당히 큰 여자였다. 그녀는 그도 역시 분명 그 작은 문의 열쇠를 가지고 있을 거라고 말했다. 그래서 그는 온갖 종류의 오래된 열쇠들이 들어 있는 상자를 가져왔고, 그녀의 도움을 받아 자물쇠에 맞는 열쇠를 찾아냈다. 그녀가 가늘고 흰 손가락으로 열쇠를 찾기 위해 애쓰는 동안, 그는 딱 달라붙는 옷 때문에 오히려 나긋나긋하고 풍만한 인상을 주는 가냘픈 몸매를 기분 좋게 바라보았다. 그녀는 그의 이름을 부르면서 말을 걸었고, 아름다운 가락처럼 울리는 예의 코넬리아라는 자기 이름을 알려주면서 자기 부탁을 말했다. 그녀는 반년마다 나오는 많은 빨래 세탁에 가장 중요한 물을 얻기 위해서 계약서에 기록된 관례에 따라 수량이 풍부한 그의 집 정원의 우물에서 그녀의 세탁장까지 이동식 관을 설치할 권리가 있다고 말하면서 이것을 정중하게 요구했다.

알베르투스가 역시 정중한 어투로 편리할 대로 하시라고 하자, 코넬리아의 신호를 받은 여러 명의 세탁부가 나무와 양철로 된 통과 관을 가지고 곧장 몰려와 그것들을 연결하여 공중에 매달린 수로를 만든 후, 역시 그것을 가지고 불쑥 튀어나왔던 덤불 속으로 다시 사라졌다. 코넬리아 역시 몸을 굽혀 인사한 뒤 미끄러지듯 그쪽으로 사라져버리자, 쯔비한 씨는 자기 집의 아름다운 우물물이 흐르는 곳에 홀로 서서 자기도 그쪽으로 건너갈 수 있다면 좋겠다고 생각했다.

다음 날 다시 나타나 수도관을 철거한 세탁부들은 작은 문을 통과하기 위해 애쓰고 있는 키가 크고 뚱뚱한 어떤 여자에게 길을 터주었다. 보기 좋게 날씬한 처녀들이 영양을 잘 섭취하면 시간이 지남에 따라 어떻게 될 수 있는지에 대한 위안의 견본이 될 만한 그녀는 코넬리아의 엄마라고 자신을 소개하며, 코넬리아가 이웃집 신사 분을 다시 귀찮게 할 용기가 나지 않는다고 말했다고 전했다. 내용인즉, 해가 온종일 비칠지 의심스러우니 빨래를 단번에 말리는 것이 좋은데, 그것은 빨래의 일부를 쯔비한의 정원과 뜰에 널도록 허락을 받아야만 가능하다는 것이었다. 그녀는, 수도관에 관한 권리처럼 그렇게 지역권으로까지 발전하지는 않았어도 매년 초에는 이런 일이 가끔 생기고 그래서 예의상 친절하게 편의를 봐줄 수 있는지 묻기 위해 이렇게 왔노라고 말했다.

몹시 기뻐하면서 알베르투스 쯔비한이 당장 그 부탁을 들어주자, 그 여자는 고맙다는 인사와 함께 물러났고, 대신에 처녀가 빨래 바구니 몇 개를 앞세우고 자신은 크랭크에 감긴 빨랫줄을 들고 재스민 덤불에서 걸어나왔다. 빨랫줄을 그곳의 기둥이나 갈고리 그리고 나뭇가지에 묶기에는 아무리 까치발을 해도 키가 모자랐기 때문에 알베르투스는 자연스럽게 도와주게 되었고, 그가 줄을 지그재그로 끌어다가 고정하는 동안 코넬리아는 그의 뒤에서 줄을 나르며 풀어주었다. 이러한 그녀의 동작이 아주 우아하고 사랑스러워서, 젊은 남자는 너무도 열중하여 그 모습을 보며 흥분한 나머지 가끔씩 자라란(紫羅欄)꽃과 패랭이꽃을 밟기도 했다.

마침내 세탁물을 널게 되었을 때, 그는 남자답지 않게 정원에 머물며 바구니를 끌고 다니고 다른 잔일도 해주면서 다시 그녀를 도왔다. 처녀는 남의 집 정원에 너무 초라한 것이 보이지 않게 하기 위해 자신의 가장 좋은 속옷가지를 이쪽으로 가져왔고 낡은 것은 자기 집 정원에 남겨두었다고 쾌활하게 설명했다. 그래서 마당 전체는 그녀의 슈미즈, 양말, 목도리 그리고 조그만 나이트캡 등으로 꽉 찼는데, 신선한 미풍이 일어서 꽃처럼 하얀 옷들이 제멋대로 나부끼기 시작했기 때문에 바람이 잘 통하는 돛과 같은 옷가지들을 붙들기 위해서는 모든 손을 다 사용할 수밖에 없었다.

일을 마친 뒤, 그는 몹시 흥분된 상태로 자기 방으로 돌아와 창문을 통하여 활기가 넘치는 정원을 끊임없이 감시했다. 이제 그곳에는 아무도 없었고, 사람의 목소리도 들리지 않았다. 다만 바람의 신에 의해 생명을 얻은 것 같은 여자들의 껍데기들만이 여기저기서 조용히 살랑거렸는데, 그러다가 갑자기 돌풍이 이것들을 날려서 올려보내자 기다랗고 하얀 양말은 마치 유령의 다리처럼 주위로 요동쳤고, 이미 줄에서 떨어져 나온 작은 나이트캡은 마치 작은 풍선처럼 지붕 위로 날아가버렸다. 그것을 보고 걱정에 싸인 알베르투스 쯔비한은 이미 자신의 피부보다 더 가깝게 있는 듯이 느껴지는 것들을 구하려고 급히 뜰로 내려왔다. 그는 용감하게 바람과 맞붙어 싸웠지만 양말은 그의 귀를 후려쳤고 슈미즈는 그의 머리를 휘감고 나부끼면서 그의 눈을 가렸다. 이렇게 그는 사나운 아마포와 맞서 허둥대고 있었는데, 그때 마침 여자들이 웃으면서 다가와 세탁물을 걷어갔다.

며칠이 지난 뒤 그는 그의 호의에 감사하려는 이웃집 여자들에게 커피를 마시러 오라는 초대를 정식으로 받았다. 처음으로 그는 이웃집 정원에 발을 디뎠고, 재스민 벽 뒤에 숨겨져 있던 작은 정자에 식탁이 차려져 있는 것을 보았다. 나이 든 어머니와 처녀는 전심을 다해서 그에게 친절을 베풀었다. 그런 후 그는 집 안으로 들어가자는 간곡한 청을 받아 조촐한 저녁식사까지 대접받았다. 그가 그러한 정중함에 보답하기 위해 자기편에서도 이웃집 여자들을 초대하여 늙은 하녀의 도움으로 최대한의 후대를 베풀고자 했던 것은 너무나 당연한 일이었다. 한마디로, 더 이상 지체 없이 양가 사이에는 빈번한 교제가 시작되었으며, 처녀뿐 아니라 알베르투스 쯔비한도 쪽문 열쇠를 항상 지니고 다녔다. 곧 어머니가 딸이 이웃집 남자와 단둘이 있도록 배려한 덕에, 이 두 사람은 수없이 많은 친밀한 대화 속에 빠져들었다. 코넬리아는 알베르투스가 지금껏 경험한 것이나 그에게 닥쳤던 모든 것에 대해 물었다. 이와는 달리 그는 이러한 호기심과 관심으로 자신이 존경과 호감을 받고 있다고 느끼고, 그녀의 우정에 보답하고 또 어느 정도는 자신의 진심을 드러내기 위해 모든 것, 즉 자신의 출생, 재산 그리고 마지막 비밀까지도 남김없이 털어놓았는데, 다만 비밀을 털어놓을 때 행방불명된 이복형이 꿈에서가 아니라 실제로 익사했다고 말한 점만 차이가 있을 뿐이었다.

새로 맺어진 우정은 두말할 나위 없이 세상에 알려졌고 세간에서는 이미 혼인이 약속되었거나 적어도 곧 약혼할 관계로 간주했다. 이러한 사실은 사랑에 빠진 이 남자가 차례로 받게 된, 그가 눈앞에 두고 있는 두 사람의 결합에 대해 경고하는 익명의 편지 몇 통으로 증명되었다.

편지의 내용인즉, 그 두 여자는 겉보기에만 유복해 보인다는 것이었다. 그녀들은 실제로는 빈털터리이며, 돈을 꾸는 데에 일가견이 있는 바, 돈을 빌리는 데에서 엄청난 부지런함 이상의 아무것도 가지고 있지 않다는 것이었다. 그녀들은 언제나 성품이 고결하고 입이 무거운 희생자를 고르고 위급한 경우에도 제3자를 희생시켜 때때로 조금씩 돈을 갚음으로써 사람들이 그것에 대해 얘기하지 않도록 일을 처리했다는 것이다. 그러나 그 일은 공공연한 비밀이기 때문에 훌륭한 집안과 교제할 수 있는 훌륭한 신사가 파멸의 심연으로 빠지는 것을 좌시할 수는 없다는 것이었다. 왜냐하면 한 가지 악덕이 존재하는 곳에서는 제이, 제삼의 악덕이 뒤따르고, 금전의 결핍은 모든 죄악의 원인이기 때문이라는 것이었다. 그 이상은 자신이 언급하고 싶지 않다는 것이었다.

이러한 편지들을 읽은 알베르투스는 우울해하거나 화가 나지도 않았다. 그것들을 질투의 소산이라 여기는 동시에, 사람들이 결혼을 진실로 받아들이면서 곧 닥칠 것으로 간주하는 만큼, 자기는 이제 손만 내밀면 된다는 징조로 받아들였기 때문에 오히려 즐거운 생각이 들었다. 애정 어린 동정심이 발동한 나머지 그는 감사해 마지않는 사랑의 품속에 자신이 구원자로서 포근히 둥지를 틀 수 있기 위해 사람들이 말하는 그 두 여자의 곤궁이 사실이기를 바랐다. 그들이 실제로 상당한 액수의 돈을 필요로 할 경우까지 대비해서 그는 자신의 자산을 필요에 따라 늘릴 계획을 당장 구상했다. 그렇지 않아도 그는 동양의 무역거래에 대한 지식을 이용해서 아주 서서히 신중하게 상사(商社)를 하나 차려 아직 젊은 나이에 적합한 활동을 개시할 생각이었다. 그러한 생각을 하면서 그는 흥분한 상태로 거실을 이리저리 걸으며 독장수셈법으로 사업계획을 세우는 한편, 빛나는 미래상을 그려보았는데, 이때 그의 마음은 영향력 있는 보호자이자 구원자이며, 은인이자 위대한 창조자로서의 느낌으로 점점 더 따스하게 부풀려졌다.

이렇게 행복한 감정의 파도 위에서 잠시 쉬기 위해 창문 곁으로 간 그는 까맣게 잊고 있었던 건너편 집의 물레 잣는 여인이 물레 앞에 앉기 전에 창으로 걸어와 그와 마찬가지로 우연히 자기를 바라보는 것을 보았다. 어느새 그녀는 평상시처럼 그에게 아주 익숙한 등을 돌렸는데, 이때 그녀는 다시 한 번 몸을 돌려 관찰하듯이 오랫동안 바라보았기 때문에, 그가 전에는 번개처럼 스치는 것밖에 볼 수 없었던 그 신비스러운 얼굴을 이번에는 완전하게 보여주었다. 거의 하트 모양에 가까운 얼굴은 작고 우아한 턱에서 마무리되었는데, 피와 살로 이루어졌다기보다는 하얀 상아 위에 세밀화가 그려진 것처럼 보였다. 다만 입은 개화하지 않은 장미 봉오리처럼 붉은색을 띠었고, 크고 검은 두 눈보다 훨씬 작아

보였으며, 이 아름다운 얼굴은 흰 삼베로 된 이상한 모양의 두건에 에워싸여 있었다. 마침내 그녀는 다시 몸을 돌려 물레를 돌리기 시작했다. 그러나 그녀는 마치 이웃 남자의 눈이 자기에게 쏠려 있는 것을 느끼기나 한 듯이 몸을 일으키더니 방 깊숙한 곳의 어둠 속으로 걸어갔다. 그곳에서 그녀는 문을 열고 저녁 햇살이 비치는 복도를 따라 걷다가 마침내 유령처럼 저편의 어둠 속으로 사라졌다.

이 일과 함께 그의 조금 전의 계획과 공중누각은 흔적도 없이 사라졌다. 알베르투스는 이 순간 몇 분이 아니라 백 년의 세월이 흘러간 듯이 어느새 그것들을 까맣게 잊었다. 그는 배경을 이루는 저녁 햇살이 점차로 희미해지고 황혼이 그 방을 채워 마침내 그의 거실처럼 그 방이 완전히 어두워질 때까지 선 채로 그쪽을 응시했다. 다만 그 신비스러운 눈빛만은 그의 뇌리에 여전히 남아 밤에 잠을 잘 때에도 잊히지 않았고, 샛별이 하늘에서 반짝일 때까지 계속 빛났거니와, 그가 잠에서 깬 바로 그 순간에 그 별을 본 것으로 보아 별빛이 아마도 그의 눈꺼풀에 와 닿았을 것이다. 그는 막 꿈을 꾸고 난 후였다. 꿈에서 그는 코넬리아네 작은 정자의 깊숙하고 외진 곳에서 코넬리아와 미지의 물레 잣는 여인 사이에 앉아 있었는데, 이 여인 역시 코넬리아처럼 그와 정식으로 결혼한 여자여서, 그는 양팔로 두 여인을 끌어안고 두 사람에게서 애무를 받고 있었다. 그것은 실로 기분 좋고 만족스러운 상태로 여겨졌던지라 그는 마치 바람이 팔랑거리지도 않는 재스민 덤불과 같이 아주 가만히 그대로 있었는데, 갑자기 미지의 여인이 일어서서 이루 형언할 수 없을 만큼 아름다운 눈짓으로 그에게 따라오라는 신호를 보냈다.

그러나 코넬리아가 너무 꽉 껴안고 있어서 움직일 수 없었던 그는 미지의 여인이 끝도 없이 기다란 가로수 길을 미끄러지듯 사라져가는 것을 바라볼 수밖에 없었다. 그녀의 손에 들린 밝은 등불은 그녀가 서둘러 급히 지나감에 따라 나무들을 차례차례 비추었다가 다시 어둠 속으로 사라지게 했다. 마침내 그녀가 푸른 밤 속으로 사라지고 그 등불만 걸려 있었는데, 그것이 바로 그가 잠에서 깨어나는 순간에 보았던 샛별이었던 것이다. 견딜 수 없는 동경에 사로잡힌 그는 그 미지의 여인에 대해 더 자세히 알아보고 그녀에게 접근할 길을 찾을 만한 적당한 시기가 될 때까지 기다릴 수 없었다. 이상하게도 그가 제일 먼저 한 일은 코넬리아의 집으로 통하는 쪽문 열쇠를 쥐고 그곳으로 가서 아침 방문을 한 것이었다. 그 집의 여인들은 일주일이나 2주일 예정으로 조그만 온천에 갈 계획이었던 터라, 그는 그들이 몇몇 개의 짐을 꾸릴 때 찾아가게 되었는데, 매년 그들을 그곳까지 태워다주는 낡은 임대마차가 이미 기다리고 있었다.

쯔비한이 물레 잣는 이웃집 여인에 대한 질문을 시작하자 코넬리아는 하던 일을 잠시 멈추고 트렁크 곁에 무릎을 꿇고 앉아서 의아해하며 묻는 사람의 얼굴을 바라보았다. "그 여자는 아마 아프라 찌고니아 마이루프트일 거예요!"라고 그녀는 놀랐다기보다는 당황스러워하며 말했다. 왜냐하면 이미 전에도 그녀는 그가 놀랍도록 아름다운 그 여자를 아직 모르고 있는 것 같아서 놀란 적이 있었기 때문이다. 그러나 쯔비한이 눈을 반짝이며 방금 알게 된 이름자를 되뇌는 것을 본 그녀는 그녀와 어머니를 요양지까지 데려다 달라고 갑자기 그를 초대함으로써 그를 방해했다. 또한 코넬리아는 얼굴을 붉히며 만일 그 여자에게 관심이 있다면 가는 도중에 더 많은 것을 애기해줄 것이며, 게다가 자기가 아는 바로는 그 여자 역시 친구들을 만나기 위해서 며칠 안에 온천에 올 거라고 덧붙였다. 그렇게 되면 이 아름다운 여인과 자유롭게 교제하고 사귈 수 있는 절호의 기회를 갖게 될 거라는 거였다. 알베르투스는 지체 없이 자기 집으로 달려가서 몇 가지 짐을 챙겨왔고, 한 시간 뒤에는 두 여자와 함께 여행마차에 앉아, 아프라 찌고니아 마이루프트 양은 원래 우리 도시 출신이 아니라 고아가 되어 얼마 전부터 이웃의 그 친척집에 머무르고 있는데, 말이 나왔으니 말이지만 신심이 깊은 성녀로 간주되고 있으며, 심지어 이미 반쯤은 헤렌후트로 불리는 복음동포교회[26]의 일원이라는 일설도 있다는 얘기를 얻어 들었다. 이 말이 끝나자 코넬리아와 그녀의 어머니는 이 사실에 대해 그가 질색할 것을 기대했기 때문에 그 효과가 있는지 보기 위해 쯔비한 씨를 자세히 관찰했다. 하지만 그는 달콤한 생각에 빠져 더욱더 꿈꾸는 것 같은 모습으로 앞을 바라보고 있었다. 말하자면 그가 들은 것은 오히려 그에게는 미지의 어떤 행복을 함께 맛볼 수 있는 매혹적인 가능성을 열어준 것같이 생각되었던 것이다.

온천에 도착하자 그의 이웃집 두 여자는 그의 주의를 돌리기 위하여 곧바로 온천 방문객들의 유쾌한 모임에 그를 끌어들였는데, 이 모임과는 별도로 수수한 복장을 한 소규모 남녀 집단은 건강을 돌보며 지내고 있었다. 그는 언제나 이 조용한 사람들이 낮은 목소리로 대화를 나누며 산책하는 길과는 다른 편 길로 이끌려 다녔다. 그러다보니 어느 날 저녁예의 그 아프라 찌고니아가 실제로 도착했다는 것을 알았는데도, 그는 그다음 날 아침 일찍 그녀가 두 명의 신자와 함께 여행마차에 올라탈 때에야 비로소 그녀를 발견했다. 그가 일단의 사람들이 엄격하지만 진정에서 우러나오는 애정을 표하며 여행복으로 감싼 여인을 에워싸고 배웅하는 것을 보는 순간, 마차는 벌써 출발하여 곧 시야에서 사라져버렸다. 뒤에 남은 그 사람들은 마음 한가운데에 자리 잡고 있던 중요한 일을 잘

---

26) 1722년 창시자 친첸도르프 백작의 작센 영지에 수공업 집단지구를 조직하여 이곳으로 이주한 교파. 원시 기독교의 형제애를 이상으로 삼고 자원봉사에 따른 공동체를 추구했다. 체코의 종교개혁가 후스를 지향하며 체코의 보헤미아와 모라비아에서 생긴 모라비아파의 후예로 볼 수 있다.

처리하고 난 사람들의 경건하고 만족스러운 표정으로 그의 곁을 지나갔다. "이제 사랑스러운 그 아이의 일은 안심해도 돼!" 그는 그들이 이렇게 말하는 소리를 들었다. "이제 그녀는 구원받을 것이고 곧 주님의 정원에서 걷게 될 거야!"

이 말을 듣자 뭐라 표현할 수 없는 예감이 그를 엄습했다. 그는 가슴을 죄며 방금 본 일의 의미를 묻기 위해 자기에게 친절을 베푼 두 여자를 황급히 찾아갔다. 그들은 미소 지으면서 그 소식은 지금 모든 곳에서 거론되고 있다고 그에게 알려주었다. 소문에 따르면 아프라 찌고니아는 복음교회에 입교하여 거기서 일생을 보내기 위해 작센으로 떠났다는 것이었다. "그것은 내가 꾼 꿈이야!"라고 그는 중얼거렸다. "그녀는 등불을 들고 샛별이 뜰 때까지 밤새 걸어다녔지. 하지만 이 코넬리아에게 붙잡혀 주저앉는 대신 이번에는 그녀를 따라갈 거야!" 겉으로는 태연한 척하면서 그는 며칠 더 온천에 머물렀다. 그러던 어느 날 아침 일찍 작별인사도 없이 집으로 돌아가 재산문제는 시의 공증인에게, 집 관리는 가정부에게 위임한 그는 충분한 여비를 마련한 다음, 꿈에서 본 환상을 찾아 그 도시에서 자취를 감추었다.

그러나 서양 지리에 익숙지 않았고 여행 목적지를 누구에게도 알리려 하지 않았기 때문에, 그는 길을 몇 차례 잃고 헤맨 다음에야 모라비아교가 있는 지역에 도달했다. 신자들이 집단으로 거주하고 있는 이곳 주위를 멀리서 맴돌다가 서서히 접근한 그는 마침내 그 속으로 뚫고 들어가 입회 허가를 받고자 했다. 그렇지만 그는 외모나 말, 눈빛이나 행동으로도 그가 얻기를 원한다고 주장하는 것에 대한 지식은커녕 그것과의 유사성도 보여주지 못했고, 전체적인 모양새로 보아 신앙세계를 모르는 구제 불능의 인간이었기 때문에 미심쩍고 의심스럽게 여겨질 수밖에 없었던지라 결국은 몇 가지 질문을 받은 뒤에 거절당하고 쫓겨났다.

그가 몹시 슬퍼하며 어찌할 바 모르고 그곳에 서서 여행이 수포로 돌아간 것 때문에 눈물까지 글썽이고 있을 때 한 무리의 미혼 여자들[27]이 그의 곁을 지나갔는데, 그 대열의 맨 끝에 있는 여자가 아프라 찌고니아였다. 그를 본 그녀는 그를 알아본 것 같기도 했고 아니면 어디서 이 남자를 보았는지 곰곰 생각하고 있는 것 같기도 했다. 그것은 그녀가 그를 자세히 관찰하며 잠시 멈춰 서 있었기 때문이었는데, 그는 그 기회를 놓치지 않고 그녀에게 예의바르게 인사하며 다가서서 자기는 열렬한 사랑 때문에 그녀를 따라왔지만 형제로 받아달라는 자기의 청이 거절당했다는 것을 더듬더듬 고백했다. 그가 보기에 당황한 것 같기도 하고 동정어린 애정을 품은 것 같이 보이기도 한 그녀는 그에게 마치 내면의 빛에 의해 부드럽게 빛나는 것 같은 눈길을 보냈고, 이어서 조용하지만 쾌활한 목소리로 그에게는 세속적인 사랑보다도 구세주의 사랑이 더 필요하다고,[28] 그러나 그가 쫓겨나서는 안 되며, 하루나 이틀 동안 여관에서 기다리는 것이 좋겠다고 말했다. 이 말을 마친 그녀는 다소 엄숙하게 인사한 후 자매들 뒤를 따라갔다.

바로 다음 날 아침 알베르투스는 교단 장로의 방문을 받아 다시 한 번 질문에 답하면서 시험을 받았다. 새롭게 그의 마음을 채운 꿈결같이 달콤한 희망이 그의 외관을 어느 정도 경건하게 보이게 했는지 아니면 마이루프트의 의견이 각별히 중요한 영향을 미쳤는지는 알 수 없었지만, 그는 시험적으로 입회를 허가받아 신참자들의 말석[29]에 합류하게 되었

---

27) 헤렌후트에서는 성과 계층에 따라, 구체적으로 말하면 기혼남자, 기혼여자, 과부, 총각, 처녀, 소년, 소녀, 아이들로 구분하여 대열을 편성했다.
28) 헤렌후트의 창시자인 친첸도르프 백작은 필연적인 감정과 사악한 욕망을 구분하고, 후자의 경우 세속적인 사랑을 성스럽게 그리스도에 대한 사랑으로 변화시킴으로써 피할 수 있는 것으로 간주했다.
29) 헤렌후트의 신참자는 마음의 상태, 즉 정신적인 단계에 따라 다음과 같은 식

는데, 어느 정도 시간이 흐른 후에 그의 최종적인 입회를 결정하는 제비뽑기에 승복해야 한다는 단서와 함께였다. 이것은 잘 알려져 있듯이 중요한 일이 있을 때면 직접적으로 신의 뜻을 알리기 위한 수단으로 사용되던 방법이었다.

이제 그는 올바른 방식으로 읽고, 기도하고, 노래하는 법을 배워야 했고, 겸손하고 정숙하고 부지런해야 했으며, 무엇보다도 가련하고 죄 많은 자신의 존재에 대해서 깊이 사색해야 했다. 그러나 이 모든 것에도 그는 내적으로 아무것도 느끼지 못했고, 자신이 사랑한다고 믿고 있는 아프라만을 생각했기 때문에 이 일이 매우 어려웠고, 결국 그는 매일매일 신앙심이 없는 자의 눈빛과 언사로 자신의 본색을 드러냈다. 그는 사랑하는 여인을 예배 모임이 있을 때에만 멀리 떨어진 곳에서 엿볼 수밖에 없었는데, 그녀는 미혼 여자들의 대열에 앉은 반면, 그는 독신 남자들의 무리에 섞여 한숨을 쉬었다. 그러나 그녀는 매번 눈으로 그를 찾으며 그가 여전히 그곳에 있는지 잠시 관찰하는 것 같았다. 그 눈은 여전히 그의 마음을 처음으로 그토록 급격히 뒤흔들었던 그 크고 어린아이 같은 눈빛을 담고 있었다. 그런 일이 있으면 그는 언제나 다시 용기를 내어 성자가 되는 길을 계속 걸었다.

그러나 결과가 너무도 보잘것없었기 때문에 몇 달이 지나자 그에게 더 이상 헛수고를 들이기 전에 신탁을 물으라는 지시가 내려졌다. 그와 유사한 몇 가지 경우들이 결정되어야 할 엄숙한 집회에서 기도와 찬송가가 실내를 채우는 동안, 그는 신비스러운 촛불의 희미한 빛을 받으며 다른 사람과 별도로 바닥에 무릎을 꿇고 앉아 있다가 추첨함에 인도되어 깊은 정적 속에서 제비를 뽑았다. 결과는 그에게 유리한 것이었다.

으로 위계질서가 있었다. ① 죽은 자, ② 깨어난 자, ③ 이해하지 못하는 자, ④ 의욕이 있는 자 등.

그는 약간 상급의 신참자 조에 들어가도록 결정되었다.

다시 동료들의 대열에 앉게 되었을 때, 그는 너무도 깊이 감동한 나머지, 여행경력이 많고 명망 있는 선교사가 조금 전 알베르투스 쯔비한이 차지했던 그 자리에 무릎을 꿇고 앉음과 동시에 새로 시작된 노래와 기도를 놓치고 말았다. 이 선교사의 경우, 자신이 그토록 갈망하는 바대로 건강에 극도로 좋지 않은 기후가 계속되는 아프리카의 포교소를 맡아도 되는지, 아니면 다소 소진된 그의 체력을 감안해서 교회에서 바라는 바대로 건강에 좋은 공기가 있는 곳에 만족해야 하는지 결정하는 것이 문제였다. 신탁은 그의 열망을 들어주었고, 그는 원래 자리로 되돌아가서 다시 한 번 무릎을 꿇었다. 노래가 다시 울려 퍼지기 시작했다.

그동안 다시 정신을 차린 알베르투스 쯔비한은 점점 고조되는 열광적 분위기를 이용해서 아직 보지 못한 아프라 찌고니아 마이르프트의 모습을 찾아보았다. 그는 보통 때 있던 자리에서 그녀를 찾지 못하고 이리저리 눈을 두리번거리다가 뜻밖에도 그녀가 선교사 옆자리에 조용히 무릎 꿇고 있는 것을 발견했다. 그녀의 경우, 그 선교사의 아내로서 선교사를 따라 뜨겁고 거친 황무지로 가는 것이 하늘의 뜻인지, 아니면 그녀의 사람됨이 너무나 섬세하고 부드러우며, 너무나 내향적이고 고귀해서 그렇게 하기에는 적합하지 않은지 여부가 결정되어야 했던 것이다. 그녀가 추첨함에 인도되었을 때 그녀의 소망 또한 이루어졌다. 그래서 이제 그녀는 선택된 남자와 서로 손을 잡고 곧 거행될 약혼식을 위해 앞으로 걸어갔는데, 평소에는 그토록 차분하던 그녀의 눈은 세속적인 일을 앞둔 사람으로서는 약간 정도를 넘은 것이 아닌가 싶으리만치 아주 밝게 반짝이며 즐거운 듯이 보였다.

알베르투스는 입을 벌린 채 죽은 사람처럼 창백한 얼굴로 앉아 있었다. 다만 숨을 쉬거나 한숨을 지을 기력조차 없어서 사람들의 주목을 받지 않았을 뿐이었다. 모든 것이 끝난 다음 그는 소리 없이 침대로 기어 올라가 끔찍한 밤을 보냈다. 교양 없고 무지한 그의 이기심은 마치 몸을 휘감는 뱀처럼 그의 심장을 조였다. 그러는 사이에 그는 끊임없이 선교 사와 손을 잡고 멀리 떠나가는 아프라의 모습을 보고 있었다. 말하자면 그것은 저 기만적인 꿈속에서 그녀가 손에 들고 있던 바로 그 등불이었 던 것이다! 다음 날 그가 너무나 초췌하고 풀이 죽은 모습으로 나타나자 사람들의 눈에는 그가 경건한 신앙생활을 할 수 있을 만큼 성숙한 것으 로 보였다. 활발한 활동을 통하여 생기를 되찾을 수 있도록 그는 그린란 드, 래브라도[30] 그리고 칼믹[31]의 포교소로 막 떠나려 하는 다른 선교사 예하의 조수로 임명되었다. 한 마디 반대도 없이 그는 그렇게 할 채비를 갖추었고, 아프라를 다시 보지 못한 채 자기의 정신적 스승과 함께 그곳 을 떠났다. 그녀는 다만 아름답게 장정된 작고 두꺼운 책 한 권을 그에 게 기념으로 보내주었을 뿐이었다. 그 안에는 1년 365일 동안 매일매 일 읽을 수 있는 격언이나 시가 들어 있었는데, 그 외에도 예언을 구하 고 싶을 때 책의 아무 부분이나 찔러보는 데에 편리하도록 가느다란 상 아 봉이 달려 있었다. 몇 달이 지난 어느 날, 그는 그 작은 책을 손에 들 고 세인트 장 부근의 그린란드 해변에 앉아 있었다. 흐릿한 햇볕이 바닷 물을 비추고 있었고, 이따금 바다표범 한 마리가 수면 위로 솟아오르기 도 했다. 이렇듯 졸음이 오는 나른한 상태에서 그는 책을 찔러보았다. 그는 서고와 사무실에서 하는 일로 다소 지쳐 있었고, 아직도 어느 정도 는 몽상에 빠져 세월을 보내고 있었기 때문이었는데, 이때 그는 다음과 같은 이상한 노래의 구절을 읽게 되었다.

---

30) 캐나다 동부, 래브라도 반도 북동부의 뉴펀들랜드 주에 속하는 지역.
31) 러시아연방에 속했던 카스피 해 서북 연안의 자치령.

그대가 아는 작은 꽃밭에,

영혼의 낙원이 만발하네.

정령은 샘에서 씻어주네.

비둘기의 하얀 날개를.

그곳에 재스민 향이 퍼지고,

영혼은 달콤한 기쁨 속에서

장미꽃 사이를 산책하는데,

그때에 신랑이 신부에게 입을 맞추네.

 뒷부분을 읽으면서 그는 처음에는 절반쯤 그리고 조금 지나서는 완전히 깨어났다. 갑자기 그는 자기 집 뒤에 있는 정원과 정원의 재스민 덤불 사이로 지나가는 날씬한 이웃 여인 코넬리아를 보았다. 비록 손에 들고 있는 작은 책이 오래전에 인쇄된 것이긴 했지만, 그래도 그는 이 시가 어떤 직접적인 하늘의 계시이거나 아니면 차라리 고향으로 돌아가 코넬리아와 결혼하라는 아프라의 신비스러운 권유라고 여겼으며, 이 일을 곰곰이 생각할 때마다 점점 더 코넬리아가 마음에 드는 것 같았다. 그는 아프라 찌고니아가 그보다 현명하며 결국에는 그가 결코 떠나서는 안 되었을 길로 그를 인도했다는 확신을 갖게 되자, 제비를 뽑는 모험을 했던 이래 처음으로 그녀에게 고맙다는 생각과 함께 호감을 느꼈다. 그것이 꿈속에서 그녀가 사라져간 것의 의미였고, 그녀가 그에게 비추어준 등불의 의미였다는 생각이 들었던 것이다.

 밤이 되자 소지품들을 챙겨 윗사람들에게서 도망친 그는 남쪽으로 가는 포경선을 타고 쉬지 않고 고향을 향해 급히 갔다. 어느 날 저녁 자기집에 도착하여 초인종을 울렸는데, 그때는 바로 그가 전에 가지고 떠났던 현금을 남김없이 다 써버리고 난 후였다. 그가 집을 비운 지도 벌써 열 달째였던 것이다. 밀려오는 어둠 속에 서서 오늘 당장 정원의 쪽문을 통해 다가가서 자기가 버리고 떠난 여자 친구를 기분 좋게 놀래주어야 할 것인지에 대해 고민하고 있던 바로 그때 현관문이 열렸는데, 그 앞에는 낯선 남자가 서 있었다. 그는 황갈색 피부에 마마 자국이 있는 남자로, 둥근 눈과 매부리코에 숱이 많은 콧수염을 기르고 있었고, 발에는 터키풍의 실내용 샌들을 신고 있었으며, 머리에는 지중해 연안국이나 선원들 사이에서 흔히 볼 수 있는 종류의 길고 빨간 두건을 쓰고 있었다. 그는 초인종을 울린 사람의 용건이 무엇인지 물었다.

"내 집에 들어가고 싶소!" 초인종을 눌렀던 사람은 놀라서 대답했다. "나는 히로니무스 쯔비한이오!"

"내가 바로 그 사람이오." 문을 열어준 사람은 무뚝뚝하게 말하고는 문을 닫아버렸다.

알베르투스는 몇 분 동안이나 그대로 서 있었다. 그러다가 마침내 누가 그의 집을 차지하고 있는지를 잘 알고 있을 공증인을 찾아가봐야겠다는 생각이 떠올랐다. 그러나 저녁식사 중에 방해를 받은 그 공증인은 눈을 동그랗게 뜨고 그를 빤히 쳐다보면서 그렇게 오랫동안 아무 소식도 없다가 이제야 나타났느냐고 소리쳤다(그 당시만 해도 행방을 알 수 없는 사람에게 소식을 전하는 공시수단이 발달하지 않았던 것이다). 그 집에는 다름 아니라 양자이자 죽은 쯔비한의 유일한 상속인이, 아니면 적어도 알베르투스가 그랬던 것처럼 자신이 그런 사람이라고 주장하면서 아주 똑같은 서류를 갖고 있는 사람이 앉아 있다는 것이었다.

사람들이 알베르투스의 약혼녀로 여기고 있던 코넬리아 아무개 양도 알베르투스가 바다에서 익사한 그의 이복형 히로니무스가 아니라 실제로는 쯔비한 노인의 내연의 처의 자식이라는 사실을 알베르투스에게 비밀리에 직접 들었다는 것을 이미 법정에서 증언했다는 것이었다. 이 증언을 토대로 자기들은 예기치 않게 나타난 히로니무스를 그 집에 우선 머물도록 허락했다는 것이었다. 사정이 그렇다면, 이곳의 상속법에 따를 때 사생아인 알베르투스가 아니라 양자가 합법적인 상속인이기 때문에 그럴 수밖에 없었다는 것이었고, 알베르투스는 어디든 가고 싶은 곳으로 갈 수 있다는 것이었는데, 그 말인즉, 알베르투스가 그렇지 않을 경우 신분을 사칭한 죄로 감옥에 가게 될 거라는 것이었다. 그러니 그가 여기에 대해 무슨 말을 하겠느냐는 것이었다.

알베르투스는 더 이상 자신의 꿈에 의지할 이유가 없기는 했다. 그러나 그는 냉혹한 필요성에서 어쩔 수 없이 이번에도 다시 히로니무스가 익사했다고 생각했다. 그는 당황하고 화가 난 나머지 이 모든 것이 사실이 아니고, 가능하지도 않으며, 쉽게 진상이 밝혀질 것이라고 떠듬거리며 말했다. 그러나 공증인은 어깨를 으쓱했을 뿐, 자신에게 맡겨진 재산 중에서 이 불행한 남자가 숙소라도 찾을 수 있도록 약간의 돈이라도 넘겨주려는 기미를 전혀 보이지 않았다. 이 일의 진상은 다음과 같았다. 소식이 두절되었던 형은 알베르투스가 떠난 직후에 느닷없이 동인도에 나타났고 알베르투스의 흔적을 좇아 스위스까지 왔다. 그 오랜 세월 동안 그가 어디를 돌아다녔는지는 분명하게 밝혀지진 않았지만 그가 해적 패거리였고 몇 자루 분량의 두카텐을 모았다는 설이 은밀히 주장되었다.

그리하여 이 두 명의 이복형제와 사생아 가운데 누가 이미 죽은 그 경솔한 아버지의 양자인지 재판으로 판가름 나게 되었다. 그들 각자에게는 자신들에게도 돌아올 전리품을 기대하며 열성을 다해 변론해줄 변호사가 있었는데, 원래 사건이 발생한 무대가 멀리 떨어진 곳인데다 증인도 부족해서 투쟁은 일시적으로 교착상태에 빠졌다. 그러던 중 히로니무스의 변호사가 코넬리아의 의견을 받아들여 죽은 쯔비한이 해외로 이주하기 위해 떠나기 전에, 말하자면 젊었을 당시의 쯔비한을 잘 알고 있는 지긋한 나이의 남자 몇 사람을 데려왔다. 이 남자들은 자기들이 기억하는 바로는, 계란이 서로 닮아 있는 만큼이나 알베르투스가 죽은 노인과 아주 닮아 보이기 때문에 알베르투스가 친아들임이 분명하다고 증언했다. 이로써 투쟁은 진짜 히로니무스에게 유리하게 결판이 났고, 그는 알베르투스가 가져온 모든 유산을 상속받도록 지정되었으며, 알베르투스는 신분사기죄로, 그나마 정상을 참작하여, 1년 동안의 징역형을 선고받았다. 이렇게 해서 알베르투스 쯔비한은 자신의 본래의 권리를 상실하고 거지가 되었으며, 생모의 비상식적인 잘못으로 생면부지의 야바위꾼의 자손이자 그 자신 역시 야바위꾼인 사람이 아버지가 모은 전 재산을 차지하는 것을 바라보았다.

반면 한때 아름답게 울리는 이름으로 단순한 알베르투스를 황홀하게 했던 코넬리아는 해적의 무례하고 거친 행동거지에도 놀라지 않고 지체 없이 그와 결혼했다. 코넬리아는 형기를 마친 불행한 알베르투스를 더 괴롭히려고 그를 집으로 데려오자고 남편에게 애원했고, 실제로 그렇게 실행되었다. 이제 알베르투스는 하인의 일을 했다. 아니 하녀의 일을 했다는 것이 더 나을 것이었다. 그도 그럴 것이 그는 우선 멀리 떠나거나 가게라도 차릴 만한 돈이 한 푼도 없었기 때문에 모든 것에 굴종해야 했던 것이다. 잡초 뽑기, 야채 씻기, 물 긷기는 안주인 코넬리아가 악의적인 미소를 지으며 규칙적으로 시키는 예의 그 수도관 설치작업과 빨래 널기보다는 그를 덜 화나게 했다. 그런데 가족연대기를 베껴쓰는 작업은 그에게 기분전환이 되었다.

이 연대기는 쯔비한 집안 출신의 어떤 노부인 소유물이었는데, 히로니무스 쯔비한에게 빌려준 것이었다. 히로니무스는 과거에는 상당했던 가문의 합법적인 마지막 적자로서 자기 조상들을 확인하려 했던 것인데, 고집스러운 그 노부인이 기록을 양도해주지 않았으므로 필사하는 방법을 선택했다. 그 자신은 독일어를 쓸 줄 몰랐고 유한마담인 코넬리아는 복사본 작성을 거절했다.

필사 작업을 하면서 알베르투스는 자기 가문이 신망이 있고 존경받는 집안이라는 것을 처음으로 알게 되었다. 그러나 그는 이 가문에서 추방된 처지였다. 단 한 장의 서류도 없어서 서자로서 자신의 혈통을 전혀 증명할 수 없었던 것이다. 이 가엾은 바보는 원래의 진짜 신분을 숨김으로써 스스로 호적 없는 신세가 되었고, 그에게서 상속재산을 빼앗아갈 정도로 아버지와 닮았다는 사실은, 거기에 대한 진술이나 메모가 전혀 없었기 때문에 그에게 아버지의 이름과 시민권을 부여해줄 만큼 충분한 증거가 되지 못했다.

그는 자신의 존재에 대해서 최소한 흔적이나마 남기기 위해 마침 연대기의 원본에 종이가 몇 장 비어 있는 행운을 이용하여 그곳에 은밀하게 자신의 운명을 써넣었고, 필사 작업이 끝나자 곧장 책자를 그 노부인에게 되돌려주었다. 그녀는, 특히 새로운 상속인이 마음에 들지 않았던 터라 비상한 관심과 함께 삽입된 이야기를 읽었다. 그리고 알베르투스 쯔비한이 그 직후에 자신의 존재, 그러니까 자신의 신원과 정체성이 말살당한 것에 대한 고통으로 화병이 나서 죽었을 때, 그녀는 그의 무덤에 비석을 세우게 하는 한편, 알베르투스와 더불어 진짜 쯔비한 가문의 혈통은 끊겼으며, 만일 장래에 이 집안 이름을 사칭하는 사람이 있다면, 그는 알 수 없는 떠돌이 해적의 자손이라는 것을 가족연대기에 기록했다.

그 당시 내가 어떤 장례식에 참석해서 보았던 그 두개골을 교회묘지의 담을 뛰어넘어 들어가 가져온 것은 어느 따뜻한 여름밤이었다. 그것은 높이 자란 초록색 잡초 속에 놓여 있었고, 그 곁에는 턱뼈가 있었다. 두개골 내부에서는 푸르스름하게 희미한 빛이 비치고 있었는데, 그 빛이 살며시 눈구멍으로 새어나왔기 때문에, 그것이 정말 알베르투스 쯔비한의 것으로 가정할 수 있는 한에서는, 마치 그의 텅 빈 두개골 속에 아직도 옛날에 꿈꾸었던 인물들의 영혼들이 살고 있는 것처럼 보였다. 실제로는 그 속에 개똥벌레 두 마리가 있었는데 아마도 짝짓기를 하고 있었던 것 같았다. 그러나 나는 그것이 코넬리아와 아프라의 영혼이라 여겼고, 집에 도착해서는 그것들을 영원히 죽여버릴 심산으로 알코올이 들어 있는 병에다 집어넣었다. 나는 신심 깊은 아프라 역시 뒷모습을 이용하여 의도적으로 그 의지박약한 남자를 유혹해서 미혹의 길을 걷게 했다고 확고하게 믿었던 것이다.

앞서 얘기한 대로 트렁크 바닥이 해골을 책으로 둘러싸는 식으로 채워진 뒤, 어머니가 오셔서 새 속옷들을 적절히 차곡차곡 넣으시며 이런 물건들을 다룰 때 주의해야 할 점들을 주지시켰다. 어머니가 가지고 온 것들은 모두 그녀 스스로 실을 자아 사람들을 시켜 짜게 한 것이었는데, 질이 좋은 셔츠 몇 장은 그녀가 젊었을 때 마련해놓은 것이었다. 아버지가 일찍 돌아가신 후 식구가 늘어나는 일은 일찌감치 중단되었던 터라, 그녀가 노력해서 모아놓은 물건들은 대부분 그대로 보관되어 있었던 것이다. 나 역시 그 가운데 일부만을 가져가게 되었고, 어머니는 당신 바람대로 내가 적당한 때에 돌아오면 새로 바꿔주려고 나머지를 보관해두었다.

그다음에는 예복이 나왔는데, 처음으로 점잖은 검은색 옷이었다. 예절에 어긋남으로써 출셋길에서 밀리는 일이 있어서는 안 되었던 것이다. 그뿐만 아니라 어머니는 안식일에 입는 예복을 갖게 되면 내가 신이 정한 세계질서와 조화롭게 살 수 있을 것으로 생각하셨고, 나아가서 내가 타국 땅에서 일요일이나 평일에나 똑같은 재킷을 입고 돌아다닐 수도 있다는 것을 상상하기조차 싫었던 것이다. 그래서 그녀는 짐을 꾸리는 동안 벌써 여러 차례 얘기했던 옷 보관에 관한 주의사항을 되풀이했는데, 단 한 차례만 소홀히 다루거나 잠깐만 거칠게 입어도 천이 일찌감 치 낡아버릴 수 있고, 처음부터 재킷을 조심스럽게 입어서 가능하면 오 랫동안 어지간한 상태를 유지하는 대신, 치워 두었던 재킷을 나중에 돈 이 없어서 다시 꺼내 입어야 한다면 그건 보기 흉한 일이라는 것이었다. 옷을 잘 갈무리하면 운명이 변할 수 있는 충분한 여지가 있지만, 옷을 빨리 망가뜨리면 옷이 다 해지거나 구멍이 나기 전까지 좋은 일이 생길 시간적 여유가 없어진다는 말씀이셨다.

끝으로 나머지 옷가지들과 작은 물건들이 넣어지고 온갖 종류의 보잘 것없는 초라한 일용품들이 그 사이사이에 끼워 넣어진 다음 우리는 트 렁크를 닫았다. 이윽고 어떤 남자가 와서 내가 다음 날 타고 갈 역마차 가 있는 곳까지 그 작은 가방을 날랐다. 자리에 앉아 있던 어머니는 하 루 종일 가방이 세워져 있다가 텅 비게 된 거실 바닥을 두려운 듯이 바 라보았다. 화첩도 이미 운반되어서 나와 관련된 모든 것 중에서 이제 오 로지 내 몸만 남았는데, 그나마도 짧은 밤이 지나면 나 또한 떠날 것이 었다. 그러나 어머니는 고독에 대한 예감에 오래 빠져 있는 대신 그날이 토요일이었던지라 다시 기운을 내어 벌떡 일어선 후 평소 때와 같이 야 무지게 방 청소를 시작했거니와, 모든 것이 다 끝나서 일요일 아침의 고 요한 청결함을 기대할 수 있을 때까지 쉬시는 법이 없었다.

오월 첫째 날 일요일 아침은 실로 쾌청했다. 어스레한 첫 여명과 함께 잠에서 깬 나는 그저 고향의 모습을 마지막으로 보면서 조바심을 누르 며 시간을 보낼 양으로 도시를 벗어나 근처의 언덕 위로 뛰어올라갔다. 나는 수풀 가장자리의 나무들 아래에 섰다. 숲 뒤편의 동쪽에서는 아침 노을이 희미하게 밝아오고 있었다. 그와 함께 남쪽지역에서 동쪽 방향 을 향해 있는 높은 산맥의 가장 높은 산봉우리와 산등성이 그리고 절벽 도 동시에 붉게 타올랐는데, 우연히도 나는 그런 광경을 한 번도 본 적이 없어서 별난 모습으로 보였다. 낭떠러지와 협곡들 그리고 높은 곳에 위치한 평원과 부락들이 서서히 모습을 드러냈는데, 그것들을 보게 될 줄은 상상하지 못했다. 마침내 눈 아래에 놓인 도시의 오래된 교회가 동쪽에서 어떤 산 틈 사이로 빛을 받아 반짝이고, 게다가 구름 한 점 없이 맑은 대기가 땅 위에 넘쳐흐르며 내 주위에서 새들의 노래가 울려 퍼질 때, 내 고향은 아주 새롭고도 낯설게 보여서 마치 내가 고향을 떠나는 것이 아니라 이제야 비로소 고향을 알게 된 것 같은 느낌이 들었다. 그것은 오랫동안 가까이 있던 것을 떠나려고 하는 바로 그 순간에야 비로소 우리가 몰랐던 그것의 매력과 가치가 드러나게 됨으로써 우리가 그동안 부주의하고 편협했다는 것을 고통스럽게 경험하게 만드는 경우 가운데 하나였다.

말하자면 풍경이 글자 그대로 다른 방향에서 비치는 것을 보고 있는 지금의 이 단순한 상황은, 나에게 이별의 괴로움뿐만 아니라 후회와 불안감을 충분히 느끼게 만들었으며, 또한 첫새벽에 일어나 집 밖으로 나가는 농부나 사냥꾼 또는 병사처럼 아침에 일찍 일어나서 촌각을 잘 활용하는 부지런한 사람이 되겠다는, 어찌 보면 모든 결심 중에서도 가장 헛된 결심을 하게 만들기에 충분했다. 결심과 충실한 의무감에 대한 증표로 나는 우리의 옛 스위스 연방의 깃발 색[32]을 담고 있는 어치의 하얗고 파란 줄무늬 깃털을 땅바닥에서 주워 내 벨벳 모자에 꽂았다. 그런 다음 서둘러 다시 도시로 내려오니 골목에는 이제 아침 햇살이 일렁이고 있었고, 때마침 교회의 첫 종소리가 울려 퍼지고 있었다. 어머니가 마지막 아침식사를 준비하는 동안 나는 각 층에 세들어 사는 한 지붕 사람들에게 작별인사를 하기 위해 이집저집을 차례로 들렀다.

---

32) 취리히를 일컫는다.

맨 아래층에는 함석이라는 유용한 금속을 가공하는 함석장이가 살고 있었다. 함석이라는 재료는 원래 그 자체로는 아무 가치가 없고 끊임없이 자르고 두드리고 땜질해야만 무엇인가 되며 두 번 다시 사용할 수 없는 것이다. 그런 만큼 함석장이의 일에서는 수천 종류의 우묵한 거푸집을 이용해 어떤 모양을 만들어내느냐가 가장 중요하다. 또한 아무도 싸구려 금속으로 만들어지는 제품에 돈을 많이 지불하려 하지 않기 때문에 필요한 만큼 수입을 올리려면 아침 일찍부터 밤늦게까지 쉬지 않고 계속 망치질해서 그만큼 충분한 제품을 만들어내는 방법밖에 없다. 이러한 악조건과 더불어 처마에 물받이를 설치하는 위험한 일은 끊임없이 조심성이 있어야 하기 때문에 이 장인은 약간 까다로운 형식주의자가 되어 있었다. 그래서 자기 밑에서 일하는 직공들에게 엄격했고, 아내나 아이들에게 웃는 낯을 보이는 법이 없었다. 그는 소극적이고 의심이 많아서 가게를 차린다거나 사업을 확장하는 모험을 하는 대신, 직공들이 이미 잠자리에 들었거나 술집에 있을 때에도 외딴 골목에 있는 어두운 공장에서 새벽부터 밤까지 일하는 것으로 만족했다. 집세도 언제나 정확하게 지불했으며, 어머니에게도 친절하고 예의바르게 처신했다.

그러나 평소에 그는 나를 본체 만체 하면서 의례적이고 무뚝뚝하게 대했다. 진작부터 눈치를 챘지만, 그는 지금까지 나의 자유롭고 근심걱정 없는 생활과 직업, 요컨대 내가 하는 모든 일을 사사건건 옳지 않다고 여겼다. 그랬던 그가 나를 쾌활하고 상냥하게 맞아들이자 나는 놀라지 않을 수 없었다. 게다가 갓 면도한 얼굴과 깨끗한 안식일 예복을 입어 그의 뜻밖의 명랑함이 더욱 두드러졌다. 그렇다고 해서 그가 달라진 것은 아니었다. 방문객이 있었는데도 아침식사를 하던 어린 아들이 우유를 더 달라고 하자 응당 그래야 한다는 듯이 아이 뺨을 후려갈겨 울음을 터뜨리게 만들었다. 곧바로 여자아이도 소리죽여 훌쩍이기 시작했다. 빵을 바닥에 떨어뜨리자 그가 갑자기 그 아이의 머리채를 잡아당겼기 때문이다. 남편의 엄한 눈길을 받은 부인이 아이들과 함께 부엌으로 들어간 다음, 그는 명랑한 목소리로 나의 여행과 내가 보게 될 도시들에 대해서, 내가 꼭 둘러보아야 할 도시의 명소에 대해서 얘기했고, 어디에는 남자 석상이 있고 어디에는 기울어진 탑이 있으며 그리고 또 어떤 시청 옆에는 원숭이 나무 모형이 있다는 등 견습공들이 편력하면서 서로에게 전해주곤 하는 여러 가지 것의 이름을 알려주었다. 이어서 그는 음식과 술을 화제에 올려 어떤 곳에서는 어떤 것을 마시고, 어떤 곳에서는 무엇을 피해야 하는지에 대해 얘기했고, 자기가 결코 잊을 수 없고 또 내가 먹게 될 각 지방의 독특한 맛을 지닌 명물 요리에 대해 설명했다. 그는 또한 내가 아무것도 놓치지 말았으면 좋겠다고 덧붙였다.

돌연 그는 생각에 잠겨 책상으로 걸어가더니 작은 종이에 말려 있던 브라반트 탈러[33]를 꺼내 건네주면서 변변찮은 여행 선물이라고 말했다. 이 돈으로 건강하고 즐겁게 먹고 마시라고 덧붙였다. 관습상 거절해서는 안 되었기 때문에 나는 공손하게 고마움을 표하며 그것을 받아들고 2층으로 올라갔다. 나중에야 나는 그의 친절이 무엇을 의미하는지 알았다. 내가 이제 인생과 노동이 무엇인지 배우게 될 것이고 또한 아주 천진스럽게 다가가고 있는 운명이라는 이름의 도장에서 그에 상응하는 훈련을 받으리라는 것을 확신하고 있어서, 그는 그렇게 명랑했고 겉으로 친절했던 것이다. 비록 그가 편력시절에 각 나라의 맛있는 음식을 즐긴 척했지만 실상 그 정도까지는 아니었기 때문이다. 그는 굶주림과 갈증을 겪었고 자신의 허물이 아니라 불운 때문에 온갖 고생을 겪었다. 그러

---

33) 크로이츠 탈러로도 불리는 은화. 1612년부터 브라반트 지방에서 유통되었고, 네덜란드의 무역거래에서 쓰임에 따라 북유럽에서 주된 화폐로 쓰였으며, 18세기에는 프로이센 등의 다른 국가에도 도입되었다.

니까 그의 유쾌한 고별인사는 말로는 나를 위한 척했지만, 실제로는 내 여행을 향해 보낸 일종의 저주였다.

내가 그다음으로 방문한 2층에는 몸집이 작은 기계공이 살고 있었다. 그는 저울, 자, 컴퍼스 등 사람들이 일반적으로 자주 쓰는 온갖 종류의 정밀 기구와 커피 가는 기계, 와플 굽는 틀, 사과 깎는 기계 등을 팔았고, 필요에 따라서는 늙은 직공의 도움을 받아 그것들을 수선하기도 하는 사람이었다. 동시에 그는 어떤 지역의 도량형기 검정관의 직책도 맡고 있어서 길이와 무게를 검사했고, 도량형기의 눈금을 새기거나 찍고 가는 일도 했다. 특히 그는 수많은 술집주인들이 유리 용기를 더 자주 교체하는 등 온갖 수단을 사용해서 법망을 피하려고 했으므로 연연세세 그들과 전쟁을 치러야 했다. 그런데 그는 너무도 열심이어서 용기의 검정(檢定)에 잘못이 없는지 감독하는 데에 그치지 않고 용기에 제대로 채워지는지도 감시했다. 요컨대 그는 술의 분량이 부족한데도 손님들이 침묵하는 곳이 없는지 조사하기 위해서 온 음식점을 찾아다녔다.

이럴 때마다 그는 자신의 주량을 제대로 측정하지 못하고 반잔씩 엄청 많이 마셔대곤 했는데, 마시기 전에 아주 정밀하고 예리하게 술이 담긴 컵을 관찰했지만 이러한 습벽에서 헤어날 수 없었다. 내가 방문했을 때 그는 아직 면도도 하지 않고 평상복을 입은 채 아내가 말없이 내놓는 모닝커피를 기다리고 있었다. 영리하게도 그의 아내는 그에게 반항할 힘을 줄 수도 있는 마지막 취기가 완전히 사라져서 무기력감만 남게 될 때까지 신랄한 설교를 보류했는데, 잔소리를 퍼부으며 무기력해진 남편을 날마다 박살내긴 했지만 실제로는 아무 소용도 없었다. 도량형기 검정관은, 아내가 질투에서인지 아니면 악의 때문인지는 몰라도 마지막 포도주잔을 부숴버렸다고 하면서 적은 양을 조정하거나 측정하는 데에 쓰이는 원통형의 작은 유리컵에 체리브랜디를 조금 부었다.

도량형기에 담긴 이 청량제를 나에게 권하며 그 자신은 꽤 큰 유리잔에다 상당히 많은 양의 술을 부었는데, 이것이야말로 자신의 항전상태를 어느 정도 연장해주는 절호의 방법이었다. 그는 헝클어진 머리를 긁적이고 충혈된 눈을 반짝이며 나를 바라보다가 한숨을 쉬었고, 언제나 토요일 밤 늦게까지 앉아 있다가 일요일 아침을 망치는 자신의 나쁜 버릇을 한탄했다. 그러더니 다음과 같이 말했다.

"레 군, 나는 자네 모친에게 지난달 집세도 아직 못 드렸네. 그러니 자네에게 아주 보잘것없는 선물이나마 내놓을 수 없다네. 그건 이율이 지 않는 일이니까. 대신 나는 자네의 여행에 대해 좋은 충고를 해주지. 자네가 잘 따른다면 유익할 거야. 언제나 좋은 친구와 사귀고 쾌활한 기분을 유지하게. 그러나 돈이 많든 적든, 바쁘건 한가하건, 솜씨가 있건 없건 간에 절대로 낮술을 마시지 말고 저녁이 올 때까지 기다리게! 나는 유감스럽게도 더 이상 그런 사람이 아니지만 그것이 예의바른 지식인의 기본이니까! 또 저녁에도 일찍 가는 것보다 늦게 가는 편이 낫지. 다른 술집들을 거쳐서 오는 경우만 아니라면 맨 나중에 나타나는 손님보다 더 평판이 좋고 유쾌한 사람은 없는 법이야. 물론 누구나 다 이 명예를 노릴 수는 없지. 누군가는 첫 손님이 되어야 하고 그다음에 오는 사람은 중간 손님이 되어야 하니까 말일세. 술집에서는 자네가 주문한 양만큼 지체 없이 마시고 결단력 있게 자리를 털고 일어나게. 아니면 적어도 빈 잔을 앞에 놓고 지루하게 수다를 떨며 웅크리고 있어서는 안 되네. 게으름뱅이가 신에게서 시간을 훔치듯이 술집주인에게서 그런 식으로 비열하게 밤을 빼앗으니 차라리 빈 잔을 다시 채우도록 하게! 자, 그럼 이제 작별인사로 자네가 매사에 절도를 지킬 수 있도록 자네에게 검정 표시를 해주겠네!"

그는 길쭉한 케이스를 가져와서 번쩍거리는 금속으로 세공된 공인 표준도량형기를 꺼내더니 그것을 내 목에다 갖다대고 말했다.

"행운과 불행, 기쁨과 슬픔, 즐거움과 고통은 여기까지만 올라와야 한다네. 그 이상 올라가서는 안 돼지! 가슴속에서는 폭풍이 일고 파도가 칠 수가 있어도 목에서는 호흡이 막히니까! 머리는 죽을 때까지 가장 위쪽에 있어야 하는 거야!"

반짝거리는 금속봉이 차가운 느낌이 들었기 때문에 목에서는 마치 강력한 영향이 실제로 작동하는 것 같은 느낌이 들었는데, 어쨌거나 나는 그의 말이 바보의 잠꼬대인지 현자의 예언인지 판단할 수 없었다. 그가 아침식사를 하기 위해 식탁에 앉고 내가 떠나게 되었을 때, 그도 역시 나처럼 웃었다.

이번에 찾아간 집은 짐작대로 문이 잠겨 있었다. 말하자면 거기에는 미혼의 하위직 공무원이 살고 있었는데, 그는 생각지 못했던 직무나 일 때문에 불려나가는 것을 피하기 위해 일요일이면 날씨가 허락하는 한 일찍 외출하여 온종일 밖에서 지냈다. 그는 평일에도 그런 식으로 매일 저녁 여섯시가 되면 아무리 다급한 일이 있어도 펜을 내던지고 관청 사무실을 떠났다. 현재의 직책을 얻기 위해 여러 해 동안 쫓아다니며 거의 무릎을 꿇고 빌 정도로 매달렸음에도 그는 자신의 직책을 끊임없이 저주했다. 스스로 '환멸된 원칙'의 희생자로 부르는 그는 자신의 상관들을 헐뜯는 무리만 찾아다녔으며, 그곳에서는 자기가 아부를 못해서 승진하지 못한다는 말을 퍼뜨렸다. 그가 출세하지 못하는 진짜 이유는 두말할 것도 없이 더 나은 자리를 차지할 능력이 없기 때문이었다. 그가 말하는 '환멸된 원칙'이라는 멋들어진 표현만 해도 그가 언어를 제대로 사용할 만한 지식조차 없다는 것을 증명했다.

그러나 불만이 그토록 많은데도 그는 마치 진드기처럼 자기 지위에 붙어 있었으며, 모르긴 몰라도 부젓가락으로 쑤셔대 제거하려고 해도 그 자리에서 움직이지 않았을 것이다. 수입이 대단하지는 않았지만 확실한데다 편히 살 수 있을 만큼은 되었기 때문이다. 게으름은 계획적인 것이어서 원한다면 자유자재로 조절할 수 있었기 때문에, 그는 해고당할 만큼 위험한 수위를 넘지 않으려고 조심했는데, 그러면서도 다른 한편으로는 주기적인 비난과 격려에 대해서는 별 신경을 쓰지 않았다.

내가 한 지붕 아래 같이 사는 이 사람을 더욱 싫어했던 이유는 그가 결코 모범이 될 만한 인물이 못되는데도 이따금 그를 본보기로 삼아 나에 대한 말없는 비난이 행해졌기 때문이다. 어머니는 걱정 없이 편안한 그의 생활을 염두에 두고서, 내가 먼 곳으로 떠나야만 하고 또 내게 어떤 일이 생길지도 모르는 것보다는 언젠가 참의원이 충고한 대로, 그와 같이 바보 같은 사람도 그렇게 편히 살 수 있는 직업을 택했더라면 더 좋지 않았을까 하는 마음 약한 질문을 이미 여러 차례 하셨던 것이다. 그러나 나는 더 고상한 것이라고는 아무것도 모르고, 인생에 대해 아무것도 경험하지 못한 그런 인간들의 가련한 모습을 지적하는 것으로 만족하곤 했다. 이름과 관직이 새겨진 작고 예쁜 주석판이 붙어 있는 그의 문 앞에 섰을 때, 나는 방 안에서 벽시계 추가 천천히 평화스럽게 왕복하는 소리를 들었다. 방 안은 너무 조용하고 평온해서 시계가 그 불평분자가 없는 것을 기뻐하는 것 같았다. 나는 문설주에 기댄 채 결코 동일한 순간을 두 번 재지 않는 그 시계의 단조롭지만 의미심장한 노래에 잠시 귀를 기울였는데, 그 노래에서 어떤 느낌을 받았지만 아직 어렸던 탓에 그것의 진정한 의미는 알 수 없었다. 마침내 나는 우리 집으로 뛰어올라 갔다.

어머니는 마지막으로 함께할 조촐한 식사를 마련해놓으시고 나를 기다리고 계셨다. 다음번 식사는 어머니 혼자서 드셔야 했다. 방에는 아침 햇빛이 넘쳐흐르고 있었다. 우리가 말없이 식탁에 앉았을 때, 나는 정적 때문에 낯선 느낌이 들어서 단순하고 하얀 커튼과 벽에 둘러진 오래된 널빤지들 그리고 가구들을 다시는 보지 못할 것처럼 관찰했다. 아침식사는 보통 때보다 다소 풍부하게 차려져 있었다. 주된 이유는 내가 아침식사 후 몇 시간 지나지 않아 다시 배가 고파서 돈을 쓰는 일이 없도록 하기 위해서였지만, 어머니가 남은 음식으로 나머지 끼니를 때우고 오늘은 더 이상 요리를 하지 않으려 한 이유도 있었다. 그녀가 무심결에 이런 말을 했을 때 나는 몹시 난처해져서 내가 슬픈 상상을 하면서 떠나지 않으려면 그녀가 그렇게 해서는 안 된다고 말하고 싶었다.

그러나 나는 그와 같은 말을 하는 데에 익숙지 않아서 아무 말도 하지 못했다. 그러는 동안 어머니는 보통은 아버지들이 해야 하는 마지막 충고의 말을 찾고 계셨다. 그러나 그녀는 세상을 몰랐고, 내가 뜻한 일과 앞으로 살아가게 될 방식도 몰랐다. 그런 중에도 뭐라고 꼭 집어서 증명할 수는 없지만 내 이야기와 희망 속에는 뭔가 옳지 않은 것이 있다는 것을 충분히 느끼고 계셨기 때문에 결국은 내가 신을 절대로 잊어서는 안 된다고 간단하게 훈계하는 것으로 그쳤다. 철두철미한 유신론적 신앙과 감정을 품고 있었던 나는 그녀가 내게 말해줄 수 있었을 모든 것을 포괄적으로 표현하는 이러한 일반적인 교훈을 침묵으로 받아들였는데, 이것은 자연히 그렇게 하겠다는 약속을 의미했다.

바로 그때 갑자기 교회의 종들이 울리기 시작하여 화음을 이루며 급속하게 울려 퍼졌다. 결국 그 말은 어머니와 나 사이의 마지막 말이 되었다. 내가 출발해야 할 시간이 된 것이다. 나는 벌떡 일어나서 외투와 가방을 들고 어머니에게 작별의 손을 내밀었다. 나는 거실 문에 서서 배웅하려는 그녀를 부드럽게 안쪽으로 밀고 문을 닫은 다음, 혼자서 서둘러 마차 타는 곳으로 갔고, 곧이어 매일 아침 산간도시의 포장이 불완전하고 가파른 골목길을 빠른 속도로 달려 내려가는, 다섯 마리의 말이 끄는 육중한 급행마차 가운데 한 대에 올라앉았다.

다섯 시간쯤 지나서 나는 긴 목재 다리를 건너고 있었다. 나는 마차 문 밖으로 몸을 내밀어 거대한 강물이 흘러가는 것을 보았는데, 원래부터 맑고 푸른 물이 강변의 비탈을 뒤덮고 있는 어린 너도밤나무 이파리와 5월 하늘의 짙푸른 색을 뒤섞어 반사하면서 너무나도 아름다운 청록색 빛을 내뿜고 있었다. 그 광경은 마법처럼 나를 사로잡았다. 그 풍경이 곧 시계에서 사라진 후 누군가 "라인 강이었어!"라고 말했을 때에야 비로소 내 심장은 거세게 뛰기 시작했다. 왜냐하면 나는 독일 땅 위에 있었고, 이제부터는 내 청소년기의 자양분이었고 아름다운 꿈의 원천이었던 책들에 사용된 언어로 말할 수 있는 권리와 의무가 생겼기 때문이다. 오랜 역사는 내가 단지 고대 알레만의 한 지역에서 다른 지역으로 건너갔고, 오래된 슈바벤 일각에서 마찬가지로 오래된 다른 슈바벤 일각으로 넘어갔다는 생각을 불가능하게 했다.[34] 그래서 라인 강의 장려한 청록색 반짝임을 보면서, 내가 발을 디딘 신비한 마법의 나라의 영혼이 내게 인사를 건네는 것처럼 느낀 것도 무리는 아니었다.

물론 나는 뜻밖의 일을 당하며 그러한 환상에서 깨어나야 했다. 그 뒤에 이어진 여행은 인간이 경험할 수 있는 가장 괴기한 속죄의 고행으로 변했다. 이 인접국의 첫 번째 환승역에는 왕관을 쓴 군주의 문장이 있는 세관이 있었는데, 다른 여행객들의 짐은 거의 열어보는 일도 없이 대충 조사받은 반면, 볼품없는 내 트렁크는 세관원들의 주목을 끌었던지라, 세세하게 조사를 받게 되는 일이 생겼다. 그들은 전날 저녁에 그토록 꼼꼼하게 꾸려졌던 것들을 무자비하게 모두 다 꺼내 바닥에 널브러뜨렸다. 밑바닥에 있는 책들도 예외는 아니어서 차곡차곡 쌓인 책들을 하나

---

34) 1499년 슈바벤 전쟁 때까지는 스위스 칸톤 지역들이 신성로마제국 영토의 일부였다. 말하자면 여기서는 스위스와 독일 지역이 한 국가에 속했다는 것을 말하고자 한다.

하나 들어냈다. 그러다보니 불쌍한 쯔비한의 두개골이 드러났다. 이것은 다시 다른 종류의 호기심을 불러일으켜 결국 내 가방 속에 들어 있던 모든 것이 이국 땅 위에 여기저기 흩어져 놓이게 될 때까지 검열이 계속 되었다. 군신(軍神)처럼 보이는 국경감시원들은 내가 속상해하며 소지품들을 허겁지겁 다시 트렁크 속으로 던져넣고 눌러대면서도 모든 것을 다 넣지 못해 쩔쩔매는 모습을 차가운 미소를 지으며 바라보고 있었다.

그러는 동안 나머지 여행객들이 벌써 새로운 마차에 타고 있었기 때문에 마부는 서두르라고 나를 채근했다. 그래도 그 마부는 내가 트렁크 뚜껑을 닫고 잠그는 것을 도와주었다. 일꾼들이 그 무거운 가방을 가져가자 그 자리에는 두개골이 덩그러니 남았다. 트렁크 뒤에 가려져 있어서 깜빡 잊고 넣지 않은 것이다. 설사 알았더라도 그것을 넣을 자리는 없었을 것이다. 그래서 나는 결국 그것을 집어 들어 팔에 끼고서 마차로 가져갔고, 혹시 밤에 추우면 목에 두르려고 가져왔던 스카프로 그것을 싸서 여행하는 내내 무릎 위에 얹어놓았다. 경솔하게도 교회묘지에서 그것을 훔쳐오긴 했지만 일단 그렇게 된 다음에는 일종의 자연적인 외경심이나 양심의 가책에서 그 불편한 물건을 도중에 요령껏 버리거나 남겨두고 떠날 수 없었다. 그건 마치 아주 못된 인간도 기기묘묘한 방법을 써서라도 자신의 인간성을 증명할 기회를 노리는 것과 같은 이치다.

둘째 날 해질녘에 나는 여행 목적지인 수도(首都)³⁵⁾에 도착했다. 거대한 석조건물들과 규모가 큰 나무 숲들이 있는 거대한 이 도시는 넓게 트인 평원 위로 뻗어 있었다. 나는 스카프로 감싼 두개골을 손에 들고 곧장 메모된 여관을 찾아가면서 이 도시의 꽤 많은 지역을 걸어 지나갔다. 그리스식 박공과 고딕식 탑들이 마지막 저녁 햇살 속에서 빛나고 있었

---

35) 이 작품에서 직접적으로 거명되지는 않지만 이 도시는 바이에른 왕국의 수도 뮌헨을 일컫는다.

고, 열을 지어 늘어선 원주(圓柱)들은 장식이 있는 머리 부분을 장밋빛 광휘 속으로 내밀고 있었다. 새로 만들어진 연한 색 청동상들은 황혼의 어스름 속에서 반짝이고 있어서, 마치 아직도 따뜻한 일광을 발산하는 듯이 보였던 반면, 아름다운 색으로 칠해진 공회당은 각등으로 환하게 밝혀져 있었고 성장한 사람들이 드나들고 있었다. 높은 첨탑 위에서 길게 대열을 이룬 석상들은 검푸른 하늘로 솟아 있었다.

온갖 양식으로 장려하게 새로 지은 궁전과 극장 그리고 교회가 함께 모여 장대한 광경을 연출했는데, 그 사이사이로 시청과 시민들이 사는 저택의 검은 반구형 천장과 지붕이 어두운 모습으로 밀집되어 있었다. 교회와 대형 음식점에서는 음악과 종소리 그리고 오르간과 하프를 연주하는 소리가 울려나왔다. 신비스럽게 장식된 예배당 문에서는 향을 태우는 연기가 거리로 밀려나왔다.

예술가들도 무리 지어 지나갔다. 어떤 사람은 아름다웠지만 또 어떤 사람은 기괴한 모습이었다. 레이스로 장식된 재킷에 은실로 자수를 놓은 모자차림을 한 대학생들이 몰려왔다. 광택 나는 철모를 쓰고 갑옷을 갖춰 입은 기병대가 거만한 모습으로 느릿느릿 야간순찰을 돌고 있었고, 요염하게 어깨를 드러낸 밤의 여인들은 팀파니와 트럼펫 소리가 울려나오는 밝은 댄스홀 쪽으로 몰려갔다. 뚱뚱하고 늙은 부인들은 주위에서 눈에 많이 띄는 검은 옷을 입은 깡마른 목사들에게 허리를 굽혀 인사했다. 그와는 반대로 피둥피둥한 시민들은 현관 입구의 열린 홀에서 새끼 거위를 구운 요리와 커다란 맥주 조끼를 앞에 두고 앉아 있었다. 또 흑인들과 사냥꾼들이 타고 있는 마차도 지나갔다.

한마디로 말해서 가는 곳마다 볼 것이 너무나 많아서 구경하느라 몹시 지친 나는 마침내 여관에 도착해 내 방에 들어가 외투와 두개골을 내려놓을 수 있게 되었을 때 기뻤다.

제11장 화가들

그 당시에 내가 어떤 식으로 살았는지 기억을 되살려보노라면, 예술의 도시에서 약 1년 반가량, 다소 차이는 있지만 이름 없는 생활을 하고 난 이후 어떤 시점에서부터 어느 정도 분명하게 윤곽이 잡힌다. 그도 그럴 것이 사전 준비도, 인생에 대한 지식도 나 자신의 활동을 조속하게 어떤 확고한 형식으로 이끌기에는 적합하지 못했기 때문이다.

이 어렴풋한 과도기를 더듬어보면 귀동냥으로 시작한 유화와 씨름하면서 사용한 팔레트와 화필을 씻고 있던 어느 날 오후의 내 모습이 보인다. 또 감상적인 벨벳 모자 대신 오래전부터 쓰고 다닌 단순한 모양의 챙 넓은 모자를 움켜쥐는 모습도, 새로 사귄 친구 집으로 걸어가는 모습도 보인다. 그때 우리는 함께 외출하기로 약속되어 있었는데, 나는 아직 일을 하고 있을 친구의 모습을 잠시 보기 위해 그에게로 갔다. 아무런 소개장도 없이 도착한데다 호화롭게 사는 성공한 대가의 스튜디오에 들어갈 수단도 없었기 때문에, 나는 예술의 전당의 현관 앞에 서서 여기저기 커튼 사이로 기웃거릴 수밖에 없었는데, 그것도 언제나 어려움이 따랐다. 평균치의 미술학도들에게서는 배울 것이 없었고, 작은 그림 한 점을 팔기 무섭게 자기가 신진대가인 척하는 것부터 배운 젊은 사람들은 입에 자물쇠를 채우고 자신의 예술의 비밀을 가르쳐주지 않았기 때문이다. 언젠가 나는 분명히 초대를 받고도 주저하면서 어렵사리 그런 부류의 어떤 화가를 찾아간 적이 있었는데, 그는 막 회견을 위해 찾아온 기자 '놈'에게 자신의 신작에 대한 비평을 한 수 가르치는 중이라고 하면서, 거만하게 사과하고는 문 앞에서 나를 퇴짜놓아 곧바로 쫓겨난 적이 있었다. 예술의 이상세계에도 역시 향료와 소금이 신찬(神饌)에 들어 있는 것보다 더 많고, 만일 사람들이 많은 화가나 시인 그리고 음악가의 머릿속이 얼마나 평범하고 시시한지 안다면, 그들은 그러한 족속에게 오직 해가 될 뿐인 어떤 편견을 버릴지도 모른다.

그러나 나의 새 친구인 오스카 에릭슨은 단순하고 대쪽 같은 성품을 지닌 사내였다. 키가 무척 크고 어깨가 떡 벌어진 그는 작은 그림 하나를 그리고 있었는데, 위에서 내리비치는 빛이 숱이 많은 그의 금발머리를 스치고 있었다. 널찍한 방에는 작은 스케치북 몇 권을 제외하고는 벽에 세워놓은 엽총 두세 자루, 바닥에 너부러져 있는 방수 장화 그리고 책 몇 권과 함께 책상 위에 놓여 있는 화약통과 산탄주머니 외에는 아무것도 없었다. 내가 들어섰을 때, 이 거인은 짧은 사냥꾼 파이프를 입에 물고 구름 같은 커다란 연기를 뿜어대며 의자에 앉아 몸을 앞뒤로 움직이며 투덜대고 있었는데, 갑자기 벌떡 일어섰다가 다시 앉아 파이프를 내던져버렸다. 그러자 아직 타고 있는 담뱃재가 사방으로 흩어졌다. 그는 화필로 그림을 겨누면서 띄엄띄엄 소리를 지르기 시작했다. "빌어먹을! 왜 화가가 될 생각을 했담! 이 원수 같은 나뭇가지! 여기에 이파리를 너무 많이 그렸잖아. 내 평생 동안 이렇게 많은 나뭇잎을 제대로 정돈해서 그릴 수 없을 거야! 무엇에 홀려서 감히 이렇게 복잡한 관목 숲을 그리려 했지? 오 신이시여, 오 신이시여! 멀리 도망쳐버리면 좋겠군! 어이구, 어이구! 어이구 골치야. 이번 한 번만 곤경에서 벗어날 수 있다면!"

갑자기 그는 절망감에서 고래고래 노래를 부르기 시작했다.

"오, 내가 높은 파도 위에 있다면
키를 꽉 잡고 있을 텐데!"

이 노래는 그가 난관을 타개하는 데 도움이 된 것 같았다. 제 위치를 찾은 화필이 몇 분 동안 차분하게 계속 움직였다. 그러는 동안에 노랫가락을 반복하는 그의 목소리는 점점 더 조용하게 낮아졌으며, 마침내 그는 입을 다물고 조용히 그림을 그렸던 것이다. 그러나 분명 너무 오래 신을 시험하지 않으려고 그랬을 터인데, 갑자기 벌떡 일어난 그는 한 걸음 뒤로 물러나 옛 데사우 사람의 행진곡[36]을 휘파람으로 불면서 몹시 만족해하며 자기 작품을 관찰했다. 그런 다음 담배를 피울 도구들을 다시 주워 모으며 휘파람으로 불던 곡을 가사를 붙여 불렀다. "그렇게 우리는 살아가네, 그렇게 우리는 살아가네, 그렇게 우리는 날마다 살아가네……" 그러다가 그는 마침내 내가 와 있는 것을 발견했다.

"보시오, 내가 얼마나 노예처럼 일하는지를!" 그는 스스럼없이 내게 악수하면서 말했다. "이렇게 불쌍한 장사꾼 그림쟁이가 260제곱센티미터의 캔버스를 현금으로 바꾸기 위해 신빙성 있는 수천 가지의 간색(間色)과 음영과 빛을 어떻게 처리해야 할지 모르고 헤매는 데 비하면, 당신은 그런 능력이 필요 없는 관학(官學)적인 구성화가이자 머리로 그리는 화가라는 점을 기뻐해야 할 거요!"[37]

---

36) '옛 데사우 사람'은 이 행진곡을 군가로 지정한 데사우의 군주 레오폴드 1세를 일컫는다. 18세기 초부터 불리기 시작하여 프로이센에서 가장 애창되는 군가가 되었다.
37) 미적인 고려를 바탕으로 개별적인 그림의 요소들을 구성하는 '학문적인' 화가와 머리에서 떠오르는 것을 그리는 이른바 '환상 예술가'는 가짜를 그려서는

이것은 결코 빈정대서 하는 말이 아니었다. 오히려 그는 자신의 작품을 불신하는 눈으로 새로이 관찰했고, 자신의 운을 조금 더 시험해보기 위해 다시 의자에 앉았다. 그동안 나는 그가 세심하게 주의를 기울여가며 커다란 팔레트에서 정확한 색을 골라내 그것들을 섞은 다음, 역시 세심하게 주의를 기울여 칠하는 것을 긴장된 기분으로 바라보았다. 훗날 우리가 좀더 친해졌을 때 그가 스스로에 대해 평가했듯이, 그는 어설픈 화가(그러기에는 그는 너무 지적이었다) 정도가 아니라 화가라는 말의 가장 본질적인 진정한 외미에서 볼 때 전혀 그림을 그리는 데에 적합한 인물이 아니었다. 독일인과 스칸디나비아인 사이의 경계지역 출신으로 북해의 자식인 그는 유복한 해운업자의 아들로서 어렸을 때부터 눈앞에 보이는 것은 무엇이든 연필로 솜씨 좋게 그려내는 매력적인 재능을 보였고, 특히 매년 있는 학교 시험에서는 검은 크레용으로 멋진 그림을 그려냈다. 원래의 의기가 모두 꺾인 채 생활의 궁핍을 과도한 열광으로 감추거나 미화하려고 열렬히 애쓰면서 어디서든 숙명적인 격려의 말을 해줄 용의가 있는 미술교사들이 있는 법인데, 에릭슨은 이러한 종류에 속하는 어떤 교사의 영향으로, 정작 본인의 충분한 각오도 없이 부유한 가정의 도량이 넓은 자유주의 기질에 따라 미술을 하도록 권유받았다. 물론 그 교사는 후한 식사대접을 숱하게 받았고, 충고하고 도와주는 대가로 상당한 보수를 챙길 수 있었다.

밝고 명랑한 기질을 지닌 이 젊은이에게도 평범치 않은 이 직업이 아버지 사무실에 앉아 있는 것보다 무한히 솟아오르는 자신의 힘과 더 어울리는 것같이 생각되었다. 그리하여 그는 여러 사람들의 찬성과 격려를 받으며 같은 경우의 다른 수많은 청년들과는 반대로 충분한 돈과 추

안 되고 모든 것을 아주 신빙성 있게 모사해야 하는 리얼리스트와 대립되는 개념이다. 하지만 후자의 그림만 상업적으로 유통되어 현금으로 팔렸다.

천장을 지니고 가장 유명한 미술학교로 유학을 떠났으며, 학생들을 위해 스튜디오를 열곤 하는 유명한 대가들에게 큰 환영을 받았다. 이 젊은 이는 도에 넘칠 정도로 열심히 노력한다기보다는 오히려 삶을 즐기는 편이었지만, 그래도 한 번도 제대로 쉬지 않고 부지런히 공부했다. 용모가 근사하고 성격이 명랑하고 쾌활한 그는 화실의 자랑거리여서 처음에는 빠른 속도로 막힘없이 발전에 발전을 거듭했다.

그러나 발전에는 한계가 있었다. 어느 수준에서 발전은 냉혹하리만치 멈추어버렸다. 특히 누구나가 다 그에게 최고의 희망을 품었고, 씩씩하고 차분한 그 문하생의 태도에도 아무런 변화가 없었던 터라 그것은 참으로 불가사의한 일이었다. 에릭슨은 맨 먼저 이러한 현상을 깨달았지만, 그것에 맞서서 싸우고 극복하고 방해가 되는 것을 제거해야 한다고 믿었다. 다른 도시를 찾아다니며 모든 분야에서 자신을 시험해보고 스승을 계속 바꿔보았으나 허사였다. 그는 자신의 창조력뿐만 아니라 실행력도 고갈되었다는 것과 분명히 알 수 있는 어느 한 점에서 마음의 눈이 그를 떠나버렸거나 기껏해야 주사위놀이에서 운 좋은 결과가 매번 나오지 않듯이 드문드문 나타난다는 것을 느꼈다.

그래서 그는 부끄러운 싸움을 멈추고 고향으로 돌아가기로 결심했는데, 그때 갑작스럽게 아버지의 파산소식이 그에게 급히 전해졌다. 적어도 다가올 몇 년 동안은 희망이 없을 정도로 완벽하게 몰락하여 아들의 귀향은 불행을 가중하는 것으로 간주되었다. 가족은 그가 지금껏 그토록 칭찬받아온 근면의 결과를 이용하여 계속 난관을 헤쳐나갔으면 좋겠다는 희망을 전해왔다.

그래서 그의 결심은 곧 바뀌었다. 그는 다른 사람들의 말에 현혹되지 않고 신중하게 자신을 비판하면서 자기의 역량 안에 있는 모든 분야를 샅샅이 검토하고 비교해보았다. 충분히 심사숙고한 다음 그는 주의 깊게 인물들을 배치한 가장 작은 크기의 지극히 단순한 풍경화를 어느 정도까지는 매력적일 정도로 솜씨 있게 그릴 수 있다는 결론에 도달했다. 그는 주저 없이 그 일에 착수했고, 작업에 임하여서도 정직하고 진실한 마음자세를 취했다. 요컨대 그는 기교적으로 유행을 좇는 졸렬한 그림, 말하자면 저절로 마구 휘갈겨지는 그림(바로 그런 그림이 다른 많은 사람들에게는 적합한 것으로 여겨졌다)과 거짓 효과를 목표로 삼는 대신, 진정한 신사로서 성실하게 준비하여 양심적으로 그린다는 원칙에 충실했다. 그렇게 함으로써 작은 그림 하나를 새로 시작할 때마다 그는 늘 고심할 수밖에 없었다. 다행히도 이 일은 성공했다. 그가 출품한 첫 작품은 곧 팔려나갔고 얼마 지나지 않아 수준 높은 전문가로 인정되는 수집가들이 에릭슨의 작품을 높은 가격으로 구하려고 애썼다.

에릭슨의 그러한 작품은 대략 전경에 밝은 백사장과 호박덩굴이 감긴 말뚝이 몇 개 있고, 중경에는 가느다란 자작나무 한 그루가, 그 뒤에는 광활하고 평탄한 지평선이 그려져 있었는데, 현명하게 고려하여 그려넣은 몇 개 안 되는 선들은 단순하게 처리된 대기의 색과 결합하여 소품의 주요한 효과를 냈다.

이런 식으로 에릭슨은 진정한 예술가로 간주되었지만, 그렇다고 자만심에 빠지거나 탐욕을 부리지 않았다. 금전문제가 해결되자마자 그는 기다렸다는 듯이 화필과 팔레트를 팽개치고 산속으로 들어가 사냥꾼들과 함께 살았으며, 심지어는 곰이 나타나면 곰 사냥에도 끼도록 허락받았다. 한 해의 대부분을 그는 도시에서 멀리 떨어져 이런 식으로 보냈다.

나는 자신을 대가로 여기지 않는 이 정직한 동료에게 작업의 비결을 열심히 얻어들어야 하는 어쩔 수 없는 상황에 처해 있었지만, 그에게서는 단지 평균적인 생활을 꾸려나가는 방법을 볼 수 있을 뿐이었다.

"자, 이제 충분해!" 에릭슨은 갑자기 큰 소리로 말했다. "이런 식으로 더 계속하면 끝이 없거든. 게다가 가는 도중에 동료 한 명을 더 불러낼 생각이니까. 당신은 그 친구에게서 더 나은 것을 볼 수도 있어요. 우리가 운이 좋다면 말이죠. 리스를 알아요? 네덜란드 사람인데."

"들어보기만 했습니다만," 나는 말했다. "뭘 그리는지 아무도 모른다는 그 괴짜 말인가요? 아무도 작업실에 들어오지 못하게 한다는?"

"나는 들어가게 해준다오. 나는 화가가 아니니까! 당신도 허락할지 몰라요. 당신도 아직 아무것도 할 수 없고, 화가가 될지 지금까지 아무것도 정해진 게 없으니까. 그렇다고 기죽지는 말아요. 당신도 물론 상당한 사람이 되긴 하겠지요. 지금도 벌써 상당하지 않소. 다행히도 리스는 그럴 필요가 없지요. 그 친구는 부자라오. 너무 큰 것만 아니라면 원하는 것은 다 할 수 있어요. 왜냐하면 그 친구는 거의 아무것도 하지 않거든요. 결국 그 친구도 화가라고 할 수 없어요. 최소한 정말로 그림을 그리지 않는 사람을 화가라고 해서는 안 되니까. 대성당의 천장에 탈러 은화를 던진 레오나르도처럼, 그도 어떤 이유로 방해받기 때문에 그림을 그리지 않고 있음이 틀림없을 거요."[38]

나는 서둘러 그가 화구들을 청소하는 것을 도와주었다. 그는 언제나 화구들을 장 정돈해두는 버릇이 있어서, 이때에도 내가 소제를 잘했는지 검사했다. "왜냐하면," 그는 말했다. "순수한 색조를 내고자 한다면 불순물이 섞인 채 칠해서는 안 된다오. 화구에 찌꺼기가 있거나 서로 조화되지 않는 것을 섞는 사람은 양념들 사이에 쥐약을 나란히 세워놓는 요리사와 같으니까. 붓들이 깨끗하군요. 고맙소! 이 점에서 보면 당신은

---

38) 레오나르도 다 빈치가 온갖 자연과학적 실험을 즐겨 했고 이것이 더 중요하다고 생각했기 때문에 그림 그리기를 주저했다는 것은 잘 알려져 있다. 여기서 천장에 탈러 은화를 던졌다는 것은 몸집이 컸던 레오나르도 다 빈치가 그 힘을 이용하여 어떤 자연과학적 실험을 했다는 것을 의미한다.

나무랄 데 없는 사람이라고 말할 수 있겠소! 당신 어머니는 분명 깔끔하신 분일 거요. 아니면 혹 돌아가셨소?"

몇몇 거리를 지나 우리는 그 신비한 네덜란드 사람이 사는 곳에 들어섰다. 그가 혼자서 사용하는 널찍한 한 층의 창문들은 탁 트인 지평선과 가로막히지 않은 하늘을 향해 나 있었고, 시내 풍경은 두어 채의 고상한 양식의 건물과 거대한 나무 숲들을 제외하고는 아무것도 보이지 않았다. 이 구역의 땅에 서 있으면 판자벽과 오래된 바라크 가건물 그리고 농사꾼들의 집 등 아직 완성되지 않은 도시의 변두리 풍경이 보였다. 그런 만큼 리스 씨는 세심하게 취향에 맞추어 창문 밖으로 황금빛 물결 속의 이상적인 풍물들이 보이는 집을 고른 것 같았다. 커다란 창문에서 훤히 바라다보이는 빛나는 전망은 분명 의도적으로 단순하고 차분하게 꾸민 것 같은 그 방의 실내 장식으로 효과가 배가되었다.

우리를 다정하게 맞아들인 리스는 놀랍게도 사람들이 상상하곤 하는 네덜란드 사람다운 면모를 전혀 지니고 있지 않았다. 중키에 마른 체격인 그는 스물여덟 살가량 되어 보였는데, 머리카락과 눈동자가 검은색이었고, 눈은 아름답게 미소 짓는 입과 마찬가지로 거의 우수에 찬 표정을 짓고 있었다. 나는 우리가 들어와 있는 방이 화가의 방 같은 흔적이 전혀 없고 오히려 학자나 정치가의 집같이 보여서 더욱 놀랐다. 커튼으로 가려진 커다란 서가에는 책이 많았는데 그중에는, 내가 나중에 알게 된 사실이지만, 희귀본과 초판본도 상당량 있었다. 벽에는 그림이나 습작품 대신 지도가 걸려 있었고, 탁자 위에 각국의 신문 잡지들이 한 무더기 쌓여 있는 걸로 보아 리스는 방금 전에 넓은 책상에 앉아 일을 하고 있었던 것 같았다.

"난 아직 오후 커피를 마시지 않았는데," 우리가 앉자 그가 말했다. "같이 드실 거요?"

"나쁜 커피는 아닐 테니 물론 마시지요!"라고 에릭슨이 우리 둘을 대표해서 말했고, 리스는 종을 울려 시중을 드는 젊은이를 불렀다. 그사이에 나는 예의 있는 태도는 아니었지만 계속해서 방을 둘러보았다.

"이분도 역시," 에릭슨이 말했다. "이 예술의 사원에 이젤과 그림들이 없어서 놀라고 있군요! 참으시오. 공부벌레 선생. 부탁만 잘하면 저 분이 보여줄 거요! 그렇지만 리스, 당신 집이 저널리스트나 장관의 서재처럼 보이는 것도 사실이오!"

약간 슬프게 미소 지으면서 그 네덜란드인은 오늘은 자기 그림을 보고 싶은 마음이 내키지 않는다고 대답했다. 그는 또한, 아무것도 그리지 못한 상태로 하인이 팔레트를 씻어야 하는 일이 오늘 저녁으로 벌써 사흘째 되풀이되고 있고, 이런 상황에서는 혼자서건 아니면 다른 사람하고건 아틀리에로 가고 싶지 않은 그의 기분이 용서될 수 있으리라고 덧붙였다. 하인이 커피 잔을 담은 쟁반을 들고 나타나자 그는 실제로 그에게 이와 같은 지시를 내렸다. 중국제 잔을 뺀다면 묵직한 쟁반과 커피 기구들은 전부 은빛으로 빛나는, 수십 년 전의 수수한 신(新)그리스풍[39]이었는데, 이것은 이 네덜란드인의 부모와 가족이 지상에서 사라졌고 유일한 생존자인 그가 몰락한 생가의 희미한 마지막 광채를 보존하기 위하여 가치 있는 상속물건들을 지니고 있다는 증거였다. 훗날 어떤 기회에 에릭슨은 아주 잘 알고 있다는 표정으로 리스가 자기 어머니가 쓰시던 금장식이 있는 교회 기념장을 책상에 보관하고 있다고 알려주었다.

갈색 음료는 넉넉하지 못한 나의 환경에서는 그때까지 마셔본 적이 없는 아주 훌륭한 것이었다. 그러나 선조로부터 물려 내려온 값비싼 기구들을 편력 중인 예술가가 일상적으로 사용하는 예사롭지 않은 모습을

---

39) 18세기 후반과 19세기 초의 신고전주의를 말한다.

본 나는 다소 주눅이 들었다. 다시 한 번 두리번거리는 내 시선을 눈치챈 리스가 내게 "그런데 레만 씨, 내 방의 화가답지 않은 모양새가 아직도 생소한가요?"라고 말을 걸었을 때 내 이름을 잊었거나 내 이름에 대해 부주의했던 것뿐 아니라 그의 그림을 보여주지 않은 것 때문에 자극을 받아서 나는 약간 공격적이 되었다. 그래서 나는 그의 방의 장식은 아마도 내가 얼마 전부터 관찰했던 어떤 다른 현상, 즉 상이한 예술의 전문적인 용어들이 서로 맞바뀌는 괴상한 유행과 관련이 있을 것이라고 말을 꺼냈다. 그리고 최근에 어떤 교향곡에 대한 비평을 읽었는데, 기기에는 온통 음색의 따스함, 빛의 분배, 저음부의 깊은 투영, 함께 연주된 성악부가 융합되는 지평선, 중음부의 투명한 박명(薄明), 마지막 악장의 대담한 윤곽 등에 대한 얘기뿐이어서 도대체가 미술비평을 읽는 것 같은 느낌이 들었다고 덧붙였다. 또한 나는, 그 뒤 얼마 지나지 않아 동물의 소화 작용을 묘사하는 어떤 박물학자가 그것을 웅대한 교향곡과 심지어는 『신곡』의 어떤 구절과 비교하며 미사여구로 장식된 강연을 하는 것을 들었고, 그런가 하면 어떤 음식점의 다른 탁자에서 화가 몇 사람이 유명한 미술학교 교장의 역사화의 새로운 구도에 대해 토론했는데, 그들은 논리적인 배치, 통렬한 언어, 개념 대립의 변증법적 구별, 전체적인 음의 긍정적 경향 속에서는 회의(懷疑)가 조화롭게 해결되는 논쟁술 등의 표현을 막힘없이 사용하더라고 말했다. 나는 마지막으로, 요컨대 어떤 전문 분야도 더 이상 자신의 테두리 안에만 갇혀 있지 않고 제각기 다른 전문 분야의 외형을 차용하고 싶어하는 것 같고 어쩌면 온통 학문과 예술의 새로운 내용을 탐구하여 확정하려고 아득바득하기 때문에 뒤떨어지지 않으려면 서둘러야 할 것이라고 덧붙였다.

"나도 알지요." 리스가 웃으면서 말했다. "우리가 적어도 아직까지는 색깔로 그림을 그린다는 것을 당신이 볼 수 있도록 어쨌든 화실로 건너가봐야겠군요!"

  그는 앞서 걸으며 줄지어 있는 방들의 문을 열었는데, 그 방 안에는 그가 그리고 있던 그림들이 한 방에 딱 한 점씩 빛을 가장 잘 받는 위치에 전시되어 있어서 보는 사람의 시선이 어떤 다른 것에 쏠리거나 분산되지 않았다. 창문 밖의 구름과 탁 트인 풍경 그리고 사원 같은 건물 위에 깃든 늦은 오후의 햇빛은 안으로 쏟아져 들어와 그림 위에서 반사되어 그렇지 않아도 빛을 발하는 그림들을 더욱 장려하게 보이게 했기 때문에 방의 고요한 정적 속에 놓여 있는 그림들은 진기하게도 엄숙한 인상을 풍겼다. 첫 번째 그림에는 『구약성서』의 아가를 짓고 '태양 아래 모든 것이 헛되고 헛되도다!'라고 썼다고 전해지는 독특한 아름다움을 지닌 남자 솔로몬 왕이 시바의 여왕과 함께 그려져 있었다.

  여왕은 여성의 자격으로 남성인 솔로몬과 동등한 자격을 지니고 있었다. 호화로운 옷을 입은 두 사람은 단둘이 외롭게 서로 마주보고 앉아 이글거리는 눈으로 상대편의 눈을 응시하면서 거의 적의를 품은 것 같은 열렬한 말들을 주고받으면서 서로에게서 존재와 지혜와 행복의 수수께끼를 탐지하는 것 같았다. 이 그림에서 특기할 만한 것은 잘생긴 솔로몬 왕의 얼굴이 미화되고 이상화된 리스 자신과 같아 보인다는 점이었다. 방에는 옛날 세공기술로 만든 광택 나는 놋쇠 주발 외에는 아무것도 없었는데, 아마도 우연하게 모퉁이의 작은 탁자 위에 놓여 있는 것 같은 이 그릇에는 오렌지가 두어 개 들어 있었다. 그림 속의 인물들은 실물의 절반 크기였다.

  다음 방에 있는 그림은 덴마크인 햄릿을 그린 것이었다. 비극의 어떤 장면을 그린 것이 아니고 훌륭한 화가가 그린 초상화와 매우 닮은, 국가의 관복을 입은 매우 젊은 한창때의 왕자 모습을 그린 것이었다. 하지만 그의 이마와 눈 그리고 입 주위에는 이미 베일에 싸인 미래의 운명이 서려 있었다. 이 햄릿도 마찬가지로 화가 자신을 생각나게 했는데, 너무나 솜씨 좋게 은폐되어 있어서 어떤 점이 그런 생각이 나게 하는지 딱히 알 수는 없었다. 방의 한구석에는 날밑이 강철과 은으로 화려하게 꾸며진 칼이 세워져 있었는데, 그것은 분명 모델로 사용되었거나 여전히 모델로 사용되고 있는 것 같았다. 외따로 떨어져 있는 이 물건은 그림의 고요한 빛에서 쏟아져 나오는 고독과 부드러우면서도 슬픈 인상을 더 고조시켰다. 덧붙이면 무릎까지 그려진 이 반신상은 완전한 실물 크기였다.

마지막으로 우리는 이 방에서 나와 홀이라고 불러도 될 만한 맨 끝 방으로 갔다. 이 방의 그림은 다른 그림들과 마찬가지로 화려하게 장식된 무거운 액자에 끼워져 있었는데, '조소하는 자들과 어울리지 않는 자는 복되리니!'라는 『성경』말씀40)에서 영감을 취한, 지금까지 본 그림들 가운데 구도가 가장 큰 그림이었다. 로마풍의 한 별장에 있는 포도나무 덩굴 아래서 18세기 의상을 걸친 너더댓 명의 남자가 대리석 탁자를 앞에 놓고 반원형의 돌 걸상 위에 앉아 있었으며, 탁자 위의 샴페인은 베네치아풍의 높은 잔 속에서 진주 같은 거품을 내고 있었다. 탁자 앞에는 관람객에게 등을 돌린 자세로 통통하게 살찐 한 어린 소녀가 호사롭게 꾸미고 혼자 앉아 류트를 연주하고 있었다. 그녀는 두 손으로 악기를 다루었기 때문에 가까이에 있는 남자들 가운데 채 열아홉 살이 될까 말까 한 애송이 사내아이가 입에 대준 술잔을 마시고 있었다. 귀찮은 듯이 잔을 들어주는 이 사내아이는 소녀를 쳐다보는 대신 관람객에게 시선을 고정시킨 채로 붉은 얼굴의 은발 노인에게 몸을 기대고 있었다. 역시 관람객을 바라보고 있는 이 노인은 한 손은 탁자 위에 받치고 있었지만 다른 한 손으로는 손가락을 탁탁 튕기며 방약무인하게 조소하는 표정을 짓고

---

40) 「시편」, 제1권.

있었다. 노인은 아주 야릇하게 은근한 눈짓을 하면서 열아홉 살짜리 젊은이에게나 어울릴 법한 방자한 표정을 짓고 있었던 반면, 오만해 보일 정도로 아름다운 입술과 흐릿한 빛을 내는 검은 눈 그리고 분이 닳아 벗겨진 부분이 흑단처럼 빛나는 헝클어진 머리카락을 지닌 청년은 경험이 많은 노인 같은 표정을 하고 있었다. 사람들 틈으로 예쁘게 조각된 높은 등받이가 보이는 걸상 한가운데에는 완벽한 건달 같은 멍청이가 앉아 있었다. 그는 코를 찌푸려 노골적인 조롱을 보내며 그림 속에서 바라보고 있었는데, 입 앞에 장미 한 송이를 들고 조롱을 은폐하며 선량한 사람 같은 인상을 주려고 함으로써 조롱을 더욱 모욕적인 것으로 만들었다. 그 옆에는 군복 차림을 한 위풍당당한 남자가 있었다. 이 사람은 거의 우울하다 싶으리만치 고요하지만 동정 어린 조롱이 섞인 시선을 하고 있었다. 마지막으로 청년의 맞은편인 반원형의 한쪽 끝에는 비단 법복 차림을 한 신부가 앉아 있었다. 마치 지금 막 관람객을 알아차리기나 한 것처럼 찌르는 것 같은 눈빛으로 관람객을 유심히 살펴보고 있던 그는 코담배 한 줌을 코로 가져가 그것에 몰두하느라 잠시 멈춰서 있었다. 이러한 그의 모양새는 관람객의 바보스러움이나 천박함 또는 위선에 놀란 그가 악의적인 익살을 부리려고 하는 것처럼 보였다.

그래서 소녀의 시선을 제외하고는 모든 시선이 그림 앞에 선 사람을 향하고 있었고, 피할 길이 없는 예리한 이 시선들은 이 그림을 바라보는 사람의 자기기만과 어설픔, 열정과 숨겨진 약점, 의식적이거나 무의식적인 허위의식을 집어내고 있는 듯했다. 그들의 이마 위와 입가에는 의심할 나위 없는 절망감이 서려 있기는 했으나 불그스레한 노인을 제외하고는 모두 창백하면서도 물속에 있는 고기처럼 넘칠 듯이 건강했기 때문에 그 자신을 완전히 의식하지 않은 관람객은 이 시선들이 너무나 혐오스러워 차라리 '조소하는 자들의 앞에 있는 자는 고통받으리니!'라고 외치고 싶은 유혹이 들 정도였다.

이 그림의 의도나 효과는 부정적인 성질의 것이었지만 그와 반대로 표현에는 극히 따스한 생명이 깃들어 있었다. 각각의 머리는 의미 깊은 진실한 개성을 보여주었고, 그 자체로 온전한 비극적 세계나 희극이었으며, 할 일 없이 빈둥거리는 예쁜 손들과 마찬가지로 명암과 색채가 탁월했다. 이상한 남자들의 수놓인 옷, 여자의 고대 로마풍 의상, 그녀의 눈부신 목덜미와 목에 걸린 산호 목걸이, 삼단 같은 검은 머리와 곱슬곱슬한 머리카락, 고대의 대리석 탁자에 새겨진 조각, 심지어 여자의 발이 누르고 있는 바닥의 빛나는 모래와 담홍색 신발 속의 복사뼈에 이르기까지 모든 것이 세밀하고 확실하면서도 매너리즘이나 오만함이 없이 지극히 천진난만한 기분에서 그려졌기 때문에 그림의 유쾌한 빛과 빈정거리고 있는 제재 간의 모순이 아주 묘한 효과를 자아냈다. 리스는 이 그림을 자신의 '고위 위원회'라고 칭했고, 그 자신도 때때로 두려운 마음으로 이 전문가 위원회 앞에 서 있노라고 말했다. 또한 그는 청정무구한 하늘에서 나는 목소리라고는 할 수 없을 것 같은, 말하자면 학자처럼 젠체하며 설교조로 말하는 불쌍한 죄인을 이 캔버스 앞으로 데리고 가서 당황스러워하는 얼굴 표정을 관찰했다.

우리는 이리저리 옮겨 다니며 그림들을 다시 보았다. 그러는 사이에 나 역시 그림 곁에 혼자 남아 있기도 했다. 나는 대화에 한 마디도 끼어들 수 없었고, 이렇게 확실한 재능이 그 재능을 평가하지 못하는 사람에게 주는 인상에 압도되어 아무 말도 하지 않았다. 반면, 자신의 분야를 아주 한정시켜 분수에 맞는 일을 하는 에릭슨은 아주 많은 것을 연습하고 본 경험이 있어서 홀가분한 기분으로 그림들을 비평할 능력이 있었다. 또한 그는 인정받을 만한 애호가나 수집가가 될 만큼 이제 그림을 충분히 이해하며, 만일 운이 좋아서 부자가 된다면 그 대가로 당장 그림을 그만둘 것이라고 말했다. 사실 그는 옛 그림과 현재 그림을 비평하고 평가할 수 있는 능력이 충분했으며, 이 점에서 그는 자신들의 경향에 속하지 않는 모든 작품을 헐뜯고 얕잡아보거나 고지식하게 이해하지 못하는 많은 다른 예술가들과는 달랐다. 야심과 만족이 행복하게 조화를 이루는 경우는 드물기 때문에 자기 자신의 능력이 미치는 분야를 고수해야 한다면, 다른 예술가들도 물론 에릭슨처럼 분수를 열심히 지킬 필요가 있다. 그 말에 대하여 리스는 전문적 지식에 신선한 피를 수혈하기 위해서는 이따금 자진해서 그림을 단념해야 마땅한 사람이 있다고 대답했다. 비평가들은 논리적인 것과 연대기적인 것, 도식적인 것과 전기적인 것을 확립하는 데에 유용하며, 나아가서 이미 확립된 것을 기록하는 역할을 해야 한다는 것이었다. 리스는 또한 새롭고 놀라운 모습으로 등장하는 당대의 그림 앞에서 비평가들은 대개 어찌할 바를 모르며 생산적이지 못하다고 말했다. 최초의 슬로건은 언제나 예술가들 자신에게서 나올 수밖에 없는 법이기 때문에 대개는 당파적인데, 마침내 그 작품들이 과거에 속하게 되어 이치에 맞게 자리매김 될 수 있을 때까지 이러한 당파적 슬로건은 처음의 망연자실한 상태를 극복한 비평가들에 의해 계속해서 널리 유포된다는 것이었다. 그건 번거로운 일이라고 리스는 덧붙였다. 자신이 알고 있는 화가들은 죽은 라파엘[41]을 불쾌한 놈이라고 비난하면서 자기들 스스로의 비평적 재능이 어느 정도 수준인지 자랑했다는 것이었다. 또한 미술 교수들의 강의를 들었는데, 그들은 옛날 그림에서 사용한 진짜 금과 그림에 그린 금을 구별할 줄 몰랐고, 기술적인 면에서는 그림 속의 얼굴에서 코의 그림자를 검은 점으로 여기곤 하는 어린이나 무식쟁이 수준에 있었다는 것이었다.

---

41) 르네상스의 예술적인 이상을 가장 순수하게 실현했다고 여겨지는 화가 라파엘로(Sanzio Raffaello, 1483~1520)를 말한다.

나는 리스가 자기 그림에서 위대한 이탈리아 거장들의 화풍을 처음부터 끝까지, 그러면서도 그 화풍을 모방하는 애당초 불가능한 일은 하지 않고 아주 독특한 방식으로 섭렵했다는 사실을 잘 알 수 있었다. 하지만 그가 이전에 엄밀한 독일풍의 소묘가로 교육받았고, 연필과 목탄을 정확하게 사용하는 데에서는 자기의 유명한 스승과 필적할 만한 경지이며, 색채를 다소간 필요악으로 여기는 사람이라는 것을 이제야 알게 되었다. 또한 그가 여러 해 동안 이탈리아에서 체류한 뒤 생각이 완전히 변하여 돌아와 지금은 옛날 방식을 경멸한다는 사실도 알게 되었다. 이것이 화제가 되고, 에릭슨이 다른 것으로 대체할 수 없는 국민의 보물이자 특징인 소묘라는 숭고한 독일 예술을 리스가 이렇게 완전히 팽개친 것에 대해 유감을 표하자, 리스는 이렇게 응수했다. "그게 아니오! 제대로 그릴 줄 아는 사람이 비로소 소묘도 제대로 할 수 있는 법이오. 그것도 원하는 것은 모두! 말이 나왔으니 말이지만 나는 아직도 가끔 그 연습을 하고 있어요. 물론 심심풀이이기는 하지만."

리스는 아주 최상급 종이로 된 꽤 큰 앨범을 하나 가져왔는데, 가죽으로 장정된 이 앨범에는 강철 자물쇠가 달려 있었다. 시계 장식에 매달려 있던 작은 열쇠로 앨범을 열자, 한 장 한 장 아름다운 세계와 그 아름다운 세계를 조롱하는 세계가, 이 두 세계가 이런 식으로 함께 모이기는 좀처럼 쉬운 일이 아닐 듯싶을 만큼 동시다발적으로 나타났다. 그것은, 마치 뒤러와 홀바인,[42] 오버베크[43]나 코르넬리우스가 『데카메론』의 삽화를 그리면서 동판으로 조각할 수 있도록 직접 소묘를 완성했던 것처

---

42) 그림 외에도 삽화로 유명한 한스 홀바인(Hans Holbein, 1497/8~1543)을 말한다.
43) 나사렛파의 창시자 가운데 한 사람인 오버베크(Johann Friedrich Overbeck, 1789~1869)를 말한다.

럼, 자신이 체험한 일련의 연애사건을 아주 섬세한 연필과 탄탄한 독일 풍으로 그려넣은 책이었다. 연애 이야기 하나하나는 그것의 지속기간에 따라 그림 숫자가 다소 차이가 있었다. 각각의 이야기는 연애 상대인 여자의 얼굴 소묘와 함께 시작되었는데, 상이한 관점에서 얼굴 모습을 서로 다르게 그린 그림들이 두세 장씩 있었다. 뒤이어 전신상이 나왔다.

그것은 어쩌면 시장이나 교회 또는 공원에서 아름다운 사람을 처음 볼 때의 모습이었다. 그런 다음에는 언제나 리스 자신인 주인공에 대한 마음의 동요와 관계의 발전 그리고 사랑의 승리와 환성을 그린 장면이 나타났으며, 뒤이어 말다툼과 일방 또는 쌍방의 부정으로 시작되어 마침내 상심한 주인공이 급작스럽게 단념하거나 아니면 두 사람의 우스꽝스러운 무관심으로 막을 내리는 불가피한 이별에 이르기까지 사랑의 몰락 장면이 이어졌다. 이야기가 진행되는 과정에서도 특히 부루퉁해 있거나 울고 있는 미인의 모습을 묘사한 상당수 그림들은 우아하게 엄밀한 양식의 진정한 작은 기념비로 여길 수 있을 만큼 빛을 발했다. 풀어 헤쳐진 머리카락과 어깨나 발 근처로 흩뜨려진 의상은 마치 찢어진 채 나부끼는 돛이 폭풍우를 이겨냈다는 것을 알리는 것처럼 언제나 격동적인 인상을 고조시켰다. 이 비극적인 상황이 경건하게 동정하는 손으로 그려졌는지, 아니면 거기에 은근한 비양이 들어가 있는지는 판단할 수 없었다. 그에 비해 승리의 정상에서 신화적인 형상으로 미화된 몇몇 여인의 찬란한 여성적 아름다움에 대해서는 의심의 여지가 없었다.

리스는 마치 나비도감을 보여주기나 하는 듯이 대수롭지 않게 한 장씩 차례로 넘겼고, 어쩌다 한 번씩 아름다운 여인의 이름을 얘기해주었다. 이건 테레사, 이건 마리에타, 이건 프라스카티 여인이고, 이건 플로렌츠의 여인, 이건 베네치아의 여인이라고!

한 장씩 넘길 때마다 그토록 많은 아름다움과 재능이 소용돌이치며 지나가는 것을 우리는 놀라서 말없이 구경했다. 에릭슨은 이따금 어느 한 면을 잠시 잡아두기 위해 그 위에 손을 올려놓았다. "나는 고백하지 않을 수 없는데요." 마침내 그가 말문을 열었다. "나는 이토록 천재적인 재능을 억누르거나 아니면 기껏해야 쓸데없는 사적인 일에 낭비하는 것을 도무지 이해할 수 없어요! 만일 당신이 이런 능력을 진지한 목적에 사용한다면 많은 사람이 즐거워할 텐데 말이지요!"

리스는 어깨를 으쓱했다. "천재? 그게 어디 있지요? 그게 바로 문제입니다! 이 여자들 가운데 가장 변변치 못한 여자도 혼자서 일할 때는 어린애처럼 온순하고 단순하지 않으면 안 됩니다. 아마도 내게는 경건한 마음이나 성실성이 없나 봅니다. 나는 혼자 있는 법이 없어요. 온갖 일에 쫓기며 산전수전 다 겪고 있지요!"

우리는 누구나 모든 것을 할 수 있다는 조금 전의 말과 모순되는 이 말을 특히 이해할 수 없었다. 나 자신도 그 문제를 어떻게 해석해야 할지 전혀 알 수 없었다. 나는 잘생기고 조용하고 진지하기까지 한 이 남자에게서 매력을 느꼈지만 반면에 이 책의 내용은 어떤 포악함을 암시하고 있었다. 사람에 따라서는 이러한 일에 양심의 가책을 느끼지 않을지도 모르지만 진정한 친구에게 이러한 결점이 인정되는 것은 좋지 않은 인상을 준다. 그것은 남성과 여성을 서로 적대적으로 대립하는 자연적 힘으로 보는 끔찍한 원리 같은 것이었는데, 여기서는 망치 아니면 모루가 되어 죽이지 않으면 죽어야 한다. 아니면 더 간단히 말해서 방어하지 못하면 늑대에게 잡아먹힌다는 식이었다.

어느덧 우리는 마지막 그림을 보고 있었다. 이 마지막 그림 뒤에는 그림이 그려지지 않은 종이만 몇 장 있었기 때문에 리스는 앨범을 재빨리 덮으려고 했다. 그러나 에릭슨은 그를 저지하면서 마지막 그림을 더 자세히 보자고 청했다. 지금까지 등장했던 모든 인물은 이탈리아 여인들이었지만 이 그림의 인물만은 분명 독일계 여성이었던 것이다. 다른 그림들처럼 맨 먼저 습작품풍으로 머리만 특별하게 그린 것이 아니라 마치 머리를 따로 분리할 수 없기나 한 듯이 가냘픈 어린 소녀가 서 있는 전신상이었다. 커다랗게 땋아올린 머리카락은 너무도 풍성해서, 섬세한 곡선의 목과 목덜미가 그저 자연스럽고 우아하게 약간 기울어져 있을 뿐인데도, 그녀의 머리는 줄기 위에 얹힌 패랭이꽃처럼 흔들리고 있는 것 같았다. 얼굴에는 천진난만하고 커다란 두 개의 별 같은 눈을 제외하고는 특별히 의미 있는 것이 아무것도 없었거니와, 얼굴의 부드러운 윤곽은 화가가 특별히 선택한 연필로도 쉽사리 암시할 수 없었던 것이다. 엄숙할 정도로 순결한 소녀의 모습은 계속해서 더 섬세한 손놀림으로 그려졌음에도 많지도 적지도 않게 그려진 의상의 엄밀한 주름을 통하여 더욱더 정확하고 확고하게 그려져 있었다.

"도대체가!"라고 에릭슨이 소리쳤다. "이 꽃은 어디 있지요?" "여기 이 도시에 있다오!" 리스가 대답했다. "그대들의 예절이 바르다면 그녀를 이따금 볼 수도 있을 거요!"

그러나 나는 이 피조물의 원초적인 순결에 감동해서 아무 생각 없이 애원하듯 외쳤다. "그녀를 괴롭히지는 않겠지요, 그렇지요?"

"오," 리스가 웃으며 내 어깨를 치면서 대답했다. "내가 어찌 그녀를 괴롭히겠소?"

에릭슨도 마찬가지로 웃었다. 그러는 가운데 우리는 이 네덜란드인과 함께 저녁 산책길에 나섰다. 방을 지나오면서 우리는 그 아름다운 세 점의 그림이 빛나는 모습을 한 번 더 보았는데 나로서는 그것이 마지막이었다. 훗날 다시 한 번 보긴 했지만 어스름한 새벽녘이라서 잘 볼 수 없었던 것이다. 나는 그 후 그것들이 어디에 있는지 모른다. 그 그림들은 한 번도 세간에 발표되지 않았고 리스마저도 천성적으로 마음이 잘 흔들렸기 때문에 그 후 그림을 멀리했다. 흔히 회자되듯이 어느 한순간 분명히 흔들려 보이는 별도 있게 마련이라면, 연약한 한 인간이 자신의 궤도에서 벗어나서는 안 될 이유가 어디 있겠는가?

우리 셋은 도시의 북부지역에서 서쪽 변두리를 향해 걸었다. 남쪽에서 도시로 흘러 들어오는 강변에서 우리가 편히 쉴 만한 곳을 찾기 위해서였다. 도중에 우리는 내가 살고 있는 집을 지나갔다. 나와 리스는 지나치려 했지만 에릭슨이 멈추라고 말했다. "이 친구 집에도 들러 뭘 하고 있는지 잠시 봅시다! 이 집의 서향 창문을 똑바로 비추는지는 해가 그를 구원할 거요. 말하자면 최소한 어떤 색깔이라도 볼 수 있지 않겠어요!" 나는 머뭇거리기는 했지만 그리 싫은 기분은 아니어서 문을 열기 위해 앞장섰다. 아닌 게 아니라 나의 기괴한 그림들이 불타는 도시에서와 같이 붉은 황혼 속에 놓여 있는 것을 본 우리는 모두 큰 소리로 웃어댔다. 거기에는 두 개의 커다란 판지가 있었는데, 하나는 다양한 형태의 거대한 계곡에서 고대 게르만족들이 들소사냥을 하는 그림이었고, 또 하나는 돌로 된 비석과 용사의 무덤 그리고 제단이 나란히 세워져 있는 게르만족 시절의 떡갈나무 숲을 그린 것이었다. 이 두 그림을 널따란 종이 위에 커다란 갈대 펜으로 밑그림을 그려 뚜렷하게 선영(線影)을 그린 나는 회색 수채물감으로 폭이 넓은 그림자 부분을 엷게 칠하고 판지에 온통 아교풀을 바른 다음 그 바탕 위에다 희미하고 검게 비쳐 보이는 부분이면 어디든 갈대 펜으로 그린 스케치가 투명하게 보이도록 유화물감을 마냥 신나게 칠했다. 나는 여기에 자연의 습작을 단 한 가지도 참고하지 않고 맨 처음의 선에서 맨 마지막 선에 이르기까지 자유분방한 창작열에 의지하여 마음대로 고안해냈다. 그런데 이런 종류의 작업은 쉽고도 즐겁게 진행되기 때문에 채색된 그 두 판지는 겉으로는 어느 정도 그럴싸하게 보였지만 결국 별로 대단한 것은 아니었다.

그도 그럴 것이 처음에는 내가 이런 종류의 그림을 정말 그릴 능력이 있는지 아무도 알 수 없었기 때문이다. 20센티미터[44] 크기의 인물들은 미술학교에 다니는 어떤 젊은 동향인에게 그려넣게 했는데, 그는 이미 대담하게 스케치하는 법을 알고 있었다. 그 인물들은 아직 색칠이 안 되어 있어서 하얀 유령처럼 숲 속을 배회하고 있었다.

하나가 무대의 측면장치처럼 다른 하나의 뒤에 반쯤 가려진 채 세워져 있는 두 점의 판지 그림 뒤에는 세 번째 그림이 벽에 기대어 그것들 위로 솟아 있었는데, 그것 역시 똑같은 방식으로 착수했으나 아직은 채색하지 않은 상태였다. 가지가 넓게 퍼진 커다란 보리수로 둘러싸인 작은 도시가 산기슭에 자리 잡고 있었는데, 나무줄기 사이와 우듬지 위로 보이는 이 도시에는 수많은 탑과 합각머리 가옥, 합각머리 벽과 첨탑 그리고 돌출창이 있는 건물들이 빽빽이 들어차 있었다. 좁고 구불구불한 계단 길과 분수가 있는 작은 광장들이 보였고, 성당의 종루 사이와 성당과 음식점 뒤편으로는 여름철의 밝은 구름이 지나가고 있었으며, 공중으로 윤곽을 드러낸 이 음식점의 바깥 홀에서는 내가 직접 조그맣게 그려넣은 남자들이 모여 앉아 술을 마시고 있었다. 건축술에 대한 책을 참고하여 이 기묘한 도시를 그린 나는 실제로 그런 도시가 있다고 여겨지지 않을 정도로 로마 양식과 고딕 양식의 건물들을 다양하게 배열하여 과장되게 그려넣었다. 동시에 나는 성과 교회의 아랫부분이 양식으로 보아 가장 오래된 것임을 나타나게 함으로써 건물이 지어진 연대를 암시했다. 보리수 위로 뻗어 있는 지평선은 농장과 방앗간, 숲과 교수대가 모여 있는 또 다른 넓은 지역과 경계를 이루고 있었는데, 이 처형장은

---

44) 여기서 사용한 정확한 단위는 촐(Zoll)인데, 1촐은 대개 18 내지 24센티미터에 해당한다.

음울하게 어두운 구석에 배치되어 있었다. 전경에는 중세풍의 결혼식 행렬이 열려 있는 도시의 성문을 나와 도개교(跳開橋)를 건너고, 성문을 향해 행군하는 도시의 무장 경비병 부대가 이 행렬을 스쳐 지나가는 장면을 그릴 생각이었다. 우선은 이 장면이 들어갈 자리가 비어 있었기 때문에 나는 이 군중을 설명하는 말을 적어놓았다.

"대단하군요!" 리스가 말했다. "점경(點景)[45]을 생각해내다니. 이것이야말로 이 그림에서 가장 경쾌하고 은은한 향기를 풍기는군요! 말이 나왔으니 말이지 당신이 그린 도시는 징그러운 나무딸기즙 같은 이 석양빛 속에서 마치 불타는 트로이처럼 이글거리고 있군요! 내 생각입니다만 건물의 벽은 모두 붉은 사암으로 해야 할 것입니다. 그렇게 하면 거대한 나무들 맞은편에서 하얗게 빛나는 구름과 더불어 독특한 효과를 낼 겁니다! 그런데 여기 이건 뭐지요?"

그가 말한 것은 벽에 기대어놓은 더 작은 판지로, 여기에는 민족대이동 시대의 내 고향이 회색 일색으로 그려져 있었다. 친숙한 지형 위로 원시림이 위아래로 나란히 겹쳐 있었고 그 사이사이로 멀리서 모병 부대 행렬이 이동하고 있었다. 어떤 산꼭대기에서는 로마풍의 망루에서 연기가 피어오르고 있었다. 그러나 리스는 벌써 몸을 돌리고 이른바 지질학적 경관이라고 할 수 있는 두 번째 스케치를 보고 있었다. 서로 정확하게 구별할 수 있는 후기 산맥들 사이에 왕관 형태의 원시 산맥이 솟아 있었는데, 이 두 산맥을 조화시켜 아주 아름다운 선을 만들어내려는 시도가 엿보였다. 이 엄숙하고 황량한 산간지대에 생기를 불어넣어 줄 만한 나무 한 그루나 잡목 수풀도 없었다. 다만 가장 높은 봉우리 위에서 떠도는 비구름의 어두운 그림자와 싸우는 일광이 약간의 생기를 부

---

45) 점경(staffage)은 특히 풍경화에서 평범한 상태를 생동적으로 하거나 상징적 의미를 주기 위해 동물이나 인간을 그려넣어 정취를 주는 것을 말한다.

여할 뿐이었다. 암석 사이에서는 모세가 십계명이 적힌 첫 번째 석판이 파괴된 후 신의 명령에 따라 십계명을 두 번째로 기록하기 위한 석판을 만드는 데에 몰두하고 있었다.

아주 진지하게 석판 위에서 무릎을 꿇고 있는 그 거인 뒤에는, 그가 알지 못하는 사이에 신의 아들로 예정된 아기예수가 벌거벗은 채 작은 손을 뒷짐지고 화강암 위에 서서 그에 못지않게 진지한 표정으로 거대한 석공을 바라보고 있었다. 맨 처음의 밑그림에 지나지 않았기 때문에 나는 인물들을 내 능력껏 직접 창조했다. 그로써 이 인물들이 선사시대에 좀더 가까이 다가간 결과가 되었다. 모세에게는 뿔 모양의 빛줄기가 그려져 있고, 아기예수 뒤에는 후광이 그려져 있어서 리스는 만족스럽게도 즉시 그 대상을 알아보고는 다음과 같이 말했다. "저게 바로 열쇠야! 그러니까 우리 앞에 있는 이 분은 무에서 세상을 창조해내는 유심론자인 셈이오! 당신은 아마도 신을 열렬히 믿나보지요?"

"물론입니다." 나는 그가 이제 무슨 말을 하게 될지 알고 싶은 호기심에서 이렇게 대답했다. 그러나 에릭슨이 우리 사이에 끼어들어 리스 쪽으로 돌아서서 말했다. "이보게, 친구! 늘 그렇게 신을 뿌리째 뽑아내려고 애쓰지 마시오! 사실 당신은 지독한 광신자가 신을 심는 것보다 더 지독하게 신을 뽑아내고 있다오!"

"무차별주의자는 조용히 하시게!" 리스가 말을 이었다. "그러니까 바로 그것이 문제요! 당신은 자연이 아니라 정신에 의지하고 싶은 거요. 정신은 기적을 행하고 일을 하지 않으니까 말이오! 유심론은 노동을 기피하는 거요. 이런 성향은 통찰력과 균형 있는 경험이 부족한 데서 생기는 것이지요. 또한 현실적인 삶에서의 노력을 기적을 행하는 활동으로 대체하지요. 밭을 갈고, 씨를 뿌리고, 이삭이 자라는 것을 지켜보고, 수확하고, 타작하고, 빻고, 굽는 대신 돌로 빵을 만들려고 한다고나 할까요. 사랑스러운 자연을 무시하면서 허구적이고 인위적이며 비유적인 세계를 꾸며내는 것은 바로 노동을 기피하는 것과 다를 바 없거든요. 그리고 온갖 종류의 낭만주의자들과 비유가들이 온종일 글씨를 쓰고, 시를 짓고, 그림을 그리고, 제작한다면, 이 모든 것은 사물의 법칙적이고 필연적인 성장과 동일한 종류의 활동과 상반되는 게으름일 따름입니다. 필연적인 것을 기반으로 하는 모든 창조는, 마치 피어나면서 이미 시드는 과정이 시작되는 꽃처럼 자기 자신을 소모하는 삶이자 노력입니다. 꽃이 활짝 피어나는 것이 진정한 노동이고 진정한 노력인 셈이지요. 변변치 않은 장미조차도 아침부터 저녁까지 온몸으로 열심히 피는 일에 몰두해야 합니다. 그에 대한 보상은 시드는 것이지만요. 그 대신 그 장미는 진정한 장미였다고 말할 수 있겠지요!"

그러나 나도 진정한 일을 했다고 확신하면서 그의 말을 절반밖에 이해하지 못했기 때문에 그에게 내 경우를 얘기했다.

"그건 이렇습니다." 그가 대답했다. "당신이 묘사하려는 지질학적 풍경을 당신은 한 번도 본 적이 없고, 장담하건대, 앞으로도 결코 보지 못할 것입니다. 당신은 그 그림에 두 인물을 그려넣어 한편으로는 천지창조와 조물주를 찬양했지만, 다른 한편으로는 그것을 비아냥거리고 있어요. 그건 훌륭한 격언적인 경구이지 그림이 아닙니다. 잘 아시다시피 당신 능력으로는 결국, 최소한 현재로서는 이 그림을 결코 스스로 완성해낼 수 없을 겁니다. 따라서 당신의 재치 있는 머리로 생각해낸 의미를 그 인물들에게 부여할 수 없을 거예요. 결국 당신의 모든 작업은 현실의 토대 없이 공중에 떠 있어요. 그것은 유희일 뿐 진정한 일이 아니오! 하지만 여기에 대해서는 이제 충분히 얘기했으니 그만둡시다. 당신에게 말하고 싶은 것은 내 설교가 당신이 아니라 유파 전체를 향하고 있다는 사실입니다. 그 자체로만 본다면 당신 그림들은 내 것과 대조되기 때문에 흥미롭거든요. 우리는 모두 결국은 바보 같은 이원론자입니다. 어느 쪽에서 보든 말입니다. 그런데 여기 있는 해골 바가지는 무엇이지요? 실습용 표본이 아닌 것을 보니 아마 땅에서 파냈나본데요?"

그는 바닥의 한쪽 구석에 놓여 있는 알베르투스 쯔비한의 해골을 가리켰다.

"어떤 의미에서 보면 이 두개골의 임자 또한 이원론자였지요." 이렇게 대답하고 나서 나는 산보 중에 쯔비한을 방황하게 만들었던 두 여자에 관한 이야기를 간단히 해주었다. "내 말이 바로 그 말이오!" 리스는 웃으며 말했다. "너무 욕심 부리다 패가망신 당하지 않도록 조심합시다!"

우리 셋은 밤늦게까지 함께 지냈고, 좀더 자주 만나자고 약속했다. 실제로도 그렇게 되었기 때문에 우리는 곧 친한 친구가 되었으며, 사람들은 어디서든 우리가 함께 붙어다니는 것을 볼 수 있었다.

제12장 다른 사람들의 연애

우리 고향이 각기 옛 독일제국 국경의 북쪽 끝, 서쪽 끝 그리고 남쪽 끝으로 공간적으로 멀리 떨어져 있다는 사실은 우리를 갈라놓기보다는 오히려 더 결속시켰다. 셋 모두 공통적인 혈통에서 나온 동일한 내면적 특성을 지녔고, 여러 민족이 모여 사는 커다란 국가의 내륙 중심지에 왔기 때문에, 우리 처지는 대접이 융숭한 대가족의 혼잡 속에서 아무런 주의를 끌지 못한 채 머리를 맞대고 마음에 드는 것과 들지 않는 것에 대한 칭찬과 비판을 서로 허심탄회하게 털어놓는 촌수 먼 종형제들의 관계와 같았다. 우리는 물론 한두 가지 선입견을 가지고 이 나라에 왔지만, 그건 우리 잘못이 아니었다. 그 시절에는 독일을 30~40명의 군주들[46]이 너무도 편협하고 미숙하게 통치했기 때문에 다수의 망명자들[47]이 국외로 유랑해 외국인들을 가르치기 위하여 그들의 조국을 욕하고 비판했다. 그들은 또한 이웃나라 사람들에게는 그때까지 알려지지 않았고 오로지 비판의 대상이 되는 나라의 내부에서만 생길 수 있는 조롱하

---

46) 1815년 빈 회의부터 1871년 통일된 제국이 건설될 때까지 독일 지역은 약 40여 개의 왕국, 군주국, 대공국, 자유도시로 이루어져 있었다.

47) 1848년까지 왕정복고시대에는 독일에서 자유를 얻으려는 노력은 잔인하게 억압되었으며, 이에 따라 많은 사람이 망명을 떠났는데, 스위스 특히 취리히가 주된 망명지였다.

는 말들을 유행시켰다. 이러한 현상은 결국 과장된 자조로 귀착되었으며, 자조의 재능은 독일 밖에서는 잘 이해되지도, 존중되지도 않아서 다른 나라 사람들은 그 왜곡된 관점을 결국 곧이곧대로 받아들여 스스로 그것을 이용하기도 하고 남용하기도 했다. 특히 그들은 조국을 비판함으로써 도움과 후원을 기대하는 세상물정 모르는 불행한 망명객들에게 환심을 살 수 있다고 생각했다. 우리는 각자 모두 그러한 것에 대해 들었고, 그것을 받아들였다. 그러나 시간이 지나면서 친밀한 대화를 나누다보니 우리는, 국외로 이주한 사람들과 국내에 머물러 있는 사람들은 언제나 서로 다른 사람들이며, 한 민족의 특성을 제대로 알려면 그 나라를 직접 찾아가서 보아야 한다는 결론에 도달했다. 또한 우리는, 머물러 있는 국민은 더 인내심이 많아서 떠나는 사람들보다 선량하고, 겉보기에는 반대로 보이지만 실제로는 떠나가는 사람들 아래 있는 인간이 아니라 위에 있는 인간이며, 궁극적으로는 이러한 외관상의 오해가 증명될 수 있다는 생각을 함께 나누었다.

　이 점에 관해서는 의심이 없었던 반면 다른 고약한 문제, 즉 남쪽 출신과 북쪽 출신 사이의 대립이 다시 고민거리였다. 더불어 하나의 전체를 형성해야 하는 민족공동체와 언어공동체의 경우, 서로 비난하고 풍자할 일이 있다면, 그건 정말 행복한 일이다. 왜냐하면 세상이나 자연계에서와 마찬가지로 여기서도 차별성과 다양성이 연결고리를 형성해주고, 서로 같지 않으면서 유사한 것들은 더 잘 결합하기 때문이다. 그러나 북쪽 사람들과 남쪽 사람들이 서로 비난하는 말들은 심하게 모욕적이고 무자비한 것이었다. 남쪽 사람들은 북쪽 인간들이 인정과 감정이 없다고 비난했고, 북쪽 사람들은 남쪽 인간들이 정신과 오성이 없다고 헐뜯었다. 어떤 근거도 없이 이렇게 비난하는 전통이 생겼지만, 그것을 믿지 않는 사람은 양쪽 모두 몇 안 되는 우수한 사람들뿐이었다. 그렇지 않더라도 하여튼 극소수의 사람들만, 그것도 친한 사람끼리 있을 때만 그런 종류의 구태의연한 말을 중단하는 용기가 있었다. 우리도 의당 필요성을 느꼈거니와 잃어버린 이상적 상태를 회복하기 위해서 만일 그러한 경우가 생기면 우리가 혼자서 있을 때나 함께 있을 때나 언제나 불편부당한 태도를 취하고, 우리 생각에 매도되고 있다고 여겨지는 쪽의 편에 서기로 약속했다. 때때로 우리는 비판하는 사람을 당혹스럽게 만들거나 심지어 호의적인 생각으로 바꿔놓기도 했다. 그와는 대조적으로 어떤 때에는 우리 자신이 이편이나 저편으로 분류되었고, 출신지에 따라 단순하고 정직한 사람이나 정만 많은 생각 없는 인간 또는 혹평하기 좋아하는 영리한 식객으로 불리기도 했다. 그러나 그것은 결코 우리를 불행하게 하지 않고 오히려 다시 명랑하게 해서, 적어도 얘기할 때 예리한 어조는 부드러워졌고 어느 정도 화해 분위기가 조성되었다.

그러나 우리의 중개자 역할은 어느 날 갑자기 소용없어졌고, 동시에 충분한 보상을 받았다. 그때는 다가오는 사육제를 축하하기 위하여 온갖 종류의 예술가들이 전부 함께 모여 아마포나 화필, 끝이 아니라 몸으로 직접 나서서 대규모의 아름다운 축제 행렬에 참여하여 지난날의 영화를 보여주려고 했던 때였다. 최후의 기사인 막시밀리안 1세 황제[48]가 축전을 거행하고, 최고의 신민(臣民)인 뒤러[49]에게 명예로운 문장을 수여하던 당시의 옛날 뉘른베르크 시를 인간의 움직이는 몸을 이용하여 보여줄 수 있는 범위 내에서 재현하기로 계획되어 있었다. 한 개인의 머리에서 떠오른 이 생각은 즉각 800여 명에 달하는 나이 든 남자들과 젊은이 그리고 정도는 다르지만 모두 예술을 위해 정진하는 사람들의 지지를 받았고 마치 후세를 위한 작품이 제작되거나 하는 듯이 중지를 모

---

48) 프리드리히 3세의 아들로 1486년 로마 황제로 추대되었다.
49) 뒤러(Albrecht Dürer, 1471~1528)는 뉘른베르크 출신의 화가다.

아 공들여 수행되었다. 그리고 전문가들이 모든 방면에서 준비하다 보니 즐겁고 사교적인 분위기가 형성되었는데, 강도에서는 축제일 당일의 기쁨보다는 못했지만, 축제의 전 과정을 통해 가장 즐거운 기억으로 남았다.

축제행렬은 크게 세 부분으로 이루어졌는데, 첫 번째는 뉘른베르크의 시민들과 미술가 그리고 공예가 그룹으로 이루어졌고, 두 번째는 황제를 비롯하여 영주, 직할부대의 기사들과 병사들이었으며, 세 번째는 중요한 제국직속시[50]가 황제 앞에서 공연하던 옛날의 가장행렬이었다. 우리 셋은 환상적인 모습으로 과거의 환영적인 이미지를 배가시키며 함께 행진하기 위해 꿈속의 꿈이라 불러도 손색이 없을 이 마지막 행렬에서 우리 자리를 선택했다.

처음부터 진지하고 성대하게 계획된 화려한 이 행사에는 여성들도 참여할 수 있었다. 그에 따라 예술가의 아내와 딸, 약혼녀 그리고 다른 계층 출신인 그들의 여자친구들도 가장행렬 복장을 준비했다. 그래서 벨벳과 금사 직물, 무거운 금란(金襴) 비단과 안개 같은 얇고 성긴 옷감이 날씬한 몸매에 잘 맞게 재단되고 봉합되는지, 머리가 알맞게 땋아졌거나 풀어졌는지, 깃털로 장식된 모자, 챙 없는 모자, 온갖 종류의 두건과 부인용 모자 등의 모양과 양식이 잘 갖춰지고 잘 맞는지 등을 옛날 복장에 관한 책을 참고하여 지도, 감독하는 것이 남자들에게는 축제 전에 즐기는 적지 않은 기쁨이었다. 이 행복한 사람들 가운데에는 각자 나름대로 사랑의 길을 걸은 내 친구 에릭슨과 리스도 끼어 있었다.

매년 미술전람회에서는 출품된 작품을 추첨하여 매각하는 전통이 있었는데, 여기서 에릭슨의 작은 그림들 가운데 한 점이 팔린 적이 있었

---

50) 지리적으로 속해 있던 지역의 왕이나 군주 대신 황제가 직접 통치하던 도시를 말한다.

다. 그 그림은 맥주 양조업을 대규모로 하던 사람의 미망인 손에 들어갔는데, 그녀는 미술 애호가라는 소문은 없고 오히려 체면을 유지하려는 부자의 의무감에서 그 일에 참여한 것이었다. 그런 식으로 추첨되어 팔린 그림들은 흔히 집요한 미술상들에게 헐값으로 넘겨지기 일쑤여서, 화가들은 그런 경우 스스로 이익을 챙기기 위해 자기 작품을 다시 찾으려고 애를 썼다. 에릭슨도 이런 기회가 오자, 그 그림을 할인된 가격으로 구입해서 다시 한 번 판매함으로써 머리를 짜내 새로운 작품 하나를 그리는 수고를 잠시라도 덜어보고자 했다. 그는 겸손한 사람이어서 자기가 부지런하게 끊임없이 그림을 그려야 세상이 유지된다고는 생각하지 않았다. 그래서 그는 망설이지 않고 그 부인의 집을 찾아가 그 저택의 현관홀에 서 있게 되었는데, 집이 무척 호화스러워서 죽은 양조업자가 부자였다는 소문을 확인해주는 것 같았다. 찾아온 용건을 들은 늙은 하녀는 조금도 망설이지 않고, 마님께서는 그 그림을 기꺼이 넘겨주겠지만 그가 다시 한 번 방문해주었으면 한다고 전했다.

그렇게 쉽게 그림을 넘겨주겠다니 경멸적인 기분이 들었을 법도 했지만 에릭슨은 개의치 않고 그 집을 두 번 세 번 찾아갔다. 세 번째로 찾아갔을 때 여자 하인은 마침내 소탈하신 마님께서 명세서의 4분의 1 가격에 그림을 팔 것이고, 그 돈을 가난한 사람들에게 기부할 것이라고 전했거니와 에릭슨은 그때야 비로소 당황스러워서 화가 났다. 그는 하녀에게, 화가 선생이 더 이상 수고를 하고 싶지 않으니 내일 돈을 가지고 그림을 가지러 오겠노라고 부인에게 전하라고 했다. 그러면서 그는 어쨌든 석 달 동안은 그림을 그리지 않아도 된다는 사실에 만족했다. 그는 사냥하기에 날씨가 좋을지 하늘을 살펴보며 네 번째로 그 집으로 향했다.

방문할 때마다 마주칠 수밖에 없는 늙은 하녀는 그를 자기의 작은 하인방으로 데리고 가서 그림을 가져올 때까지 기다리게 했다. 그러나 그림은 어디서도 찾을 수 없었다. 식모와 시녀, 머슴과 마부 등 점점 더 많은 하인이 이리저리 뛰어다니며 부엌과 지하실, 창고와 마차의 차고를 뒤졌다. 마침내 소란스러운 소리에 미망인이 나왔는데, 그림의 크기로 보아 화가 역시 왜소하고 초라해 보일 걸로 추측했던 그녀는 떡 벌어진 어깨 위로 금발머리가 반짝이며 흘러내려온 건장한 에릭슨이 서 있는 것을 보고는 몹시 당황했다. 더구나 에릭슨 또한 잔잔한 미소를 띠면서 마치 유령을 보듯이 눈을 크게 뜨고 그녀를 뚫어지라 바라보았던 것이다. 실제로 그녀는 아주 오랫동안 바라볼 만한 가치가 있었다. 건강하고 생기 있는 장밋빛 피부, 놀랄 만큼 균형 잡힌 육체와 팔다리, 비단결 같은 갈색머리와 웃음 짓는 갈색 눈동자에 스물네 살가량의 그녀는 한 마디로 가장 좋은 의미에서 아프로디테 같은 여자였는데, 본인 또한 이러한 사실을 의식하고 있었던지라 그러한 아름다움은 고상한 습관으로 나태해지지 않고 그녀 스스로 연마한 것이었다.

서로 경탄하며 당혹스러워하는 상황을 끝내려고 얼굴이 빨개진 부인은 정신을 가다듬고 화가에게 들어오라고 청했고, 그녀와 함께 방 안으로 들어간 에릭슨은 미망인의 책상 아래서 발판으로 쓰이고 있는 작은 그림상자를 발견했다. 그녀는 이것을 무시했거나 잊고 있었던 것이다.

"아니, 여기 있군요!" 이렇게 말하면서 에릭슨은 그 작은 상자를 끌어냈다. 상자는 아직 한 번도 개봉된 적이 없었다. 뚜껑이 아직도 나사로 가볍게 조여져 있었던 것이다. 에릭슨이 별로 힘들이지 않고 뚜껑을 열자, 옛날의 훌륭한 견본을 본떠 만든 액자 속의 작은 그림은 대낮의 밝은 빛 속에서 아주 신선한 빛을 발했다. 그러는 사이에 사태를 신속하게 파악하려고 애쓰던 젊은 부인은 다른 무엇보다도 미술품을 소홀히 취급한 부끄러움을 모면하고 싶었다. 다시 얼굴이 붉어진 그녀는 그림이 여기에 있는 줄은 정말 몰랐다고 하면서, 비록 그림은 잘 모르지만 이 작은 그림은 특별히 훌륭해 보이므로 최소한 구매 가격의 절반을 받지 않는다면 이 그림을 그린 화가에게 실례가 될 것 같다고 말했다. 그녀가 다시 더 높은 가격을 요구할지 걱정이 된 에릭슨은 급히 지갑을 꺼내 금화를 내놓았는데, 그사이에 부인은 조그맣고 단순한 풍경화를 점점 더 열심히 관찰하면서 마치 나폴리 만의 땅과 바다 풍경이 자기 앞에 펼쳐져 있기나 한 듯이 아름다운 두 눈으로 그림 속의 햇빛 찬란한 광야를 바라보았다. 그러더니 겁먹은 듯이 보이는 표정으로 거인 같은 에릭슨을 올려다보며, 그림을 보면 볼수록 마음에 드니 이제 원래 가격을 다 받아야겠다고 말하는 것이었다.

조금이라도 건지기 위해 에릭슨은 한숨을 쉬면서 4분의 3에 해당하는 돈을 내놓았다. 그러나 그녀는 자신의 식언을 전혀 부끄러워하는 기색도 없이 전액을 요구하면서, 제값을 받지 못하니 차라리 그림을 갖고 있겠노라고 말했다. "이런 경우에," 에릭슨이 대답했다. "나의 소품을 이렇게 훌륭한 저택에서 무리하게 빼내는 것은 나로서도 내 그림에 대한 온당한 대우가 아닐 듯싶군요. 또 내게 이득이 없는 이상 거래를 고집할 이유도 더 없군요!"

이 말과 함께 그는 돈을 다시 쓸어넣고 떠나려고 했다. 그러나 아름다운 여인은 시선은 그림에 그대로 두고 다소 당황하면서 잠시만 더 있어 달라고 부탁했다. 그때야 비로소 그녀는 이와 같은 남자에게 가해진 모욕을 충분하게 보상할 시간을 얻으려고 그에게 의자를 권했다. 마침내 아주 재치 있는 돌파구를 생각해낸 그녀는, 자신의 책상 위에 걸어두고 책상에 앉을 때마다 두 눈이 각각 편히 쉴 수 있는 곳을 찾을 수 있도록, 이 그림과 마찬가지로 친근하고 부드러운 느낌을 주는 그림 또 한 점을 주문해도 되겠느냐고 정중하게 물었다. 시각에 관한 이런 얼토당토않은 말을 듣고 마음이 즐겁고 명랑해지는 느낌이 든 화가는 방문 목적이 일을 늘리기 위해서가 아니라 줄이기 위한 것임을 잠시 망각하고 정중하게 의뢰를 수락했는데, 그의 대답을 듣자 미망인은 갑자기 대화를 중단하고 건성으로 듣는 둥 마는 둥 하면서 화가를 떠나보냈다.

그날 저녁에 에릭슨은 아름다운 모험이라고 하면서 여기까지의 과정을 스스로 털놓고 얘기했다. 그러나 그 이후로 그는 더 이상 그 얘기를 꺼내지 않고 그 일에 대해서 조심스런 침묵으로 일관했다. 그런데도 어느 날 그가 완성된 두 번째 그림에 대해 이야기하며 불가피하게 그림을 주문한 부인을 언급해야 했는데, 그때 그가 부주의하게도 그녀 이름을 로잘리에라는 세례명으로 부르는 것을 듣고, 우리는 상황을 미루어 짐작했다. 리스와 나는 말없이 서로 얼굴을 바라보았다. 우리는 그를 좋아하는 진정한 친구로서 그의 연애를 방해하고 싶지 않았다.

자신도 부유한 양조업 집안에서 태어난 그녀는 나이 어린 처녀의 몸으로 오래된 집안 규율에 따라 양조장 주인과 결혼했다. 전형적인 민속주를 생산하는 양조업은 그 자체로서 사회적 의미가 있었고, 그러한 전통을 이어나갈 정도로 중요했다. 그러나 튼튼했던 양조장 주인이 뜻밖에도 치명적인 열병으로 죽게 되자 미망인은 졸지에 자신이 완전히 자유롭고 독립적인 처지에 놓였다는 것을 깨달았는데, 이러한 처지와 더불어 그동안 성숙해진 자신의 가치에 대한 의식이 그녀의 행동 지침이 되었다. 드물긴 하지만 완벽한 모습으로 나타나곤 하는 출중한 미모를 갖춘 데다 마음은 조화로운 삶에 대한 욕구로 가득 차 있던 그녀였지만 우선은 차분하게 다른 마음을 품지 않기 위해 체념이라는 가벼우면서도 강한 울타리로 자기의 신변을 에워쌌다. 그래서 그녀는 후회를 불러올 조급한 행동이나 무리한 행동을 일체 피했지만 적절한 때가 오리라는 것을 염두에 두고, 자신의 길을 선택할 수 있는 권리를 유보하고 있었다.

그런데 이 결정적인 시기가 에릭슨의 등장과 함께 예기치 않게 닥쳤다. 그것을 깨달았는지 아니면 예감했는지는 몰라도 로잘리에는 첫 순간을 놓치지 않았다. 하지만 그 이후에도 그녀의 처신은 너무도 침착하고 신중했다. 그녀는 에릭슨이 온갖 충고를 가지고 그녀의 집에 오도록 차근차근 기회를 제공할 줄 알았다. 실제로 그녀는 우연하게 그러모은 온갖 종류의 물건들과 저택의 가구들을 검소하면서도 깊은 분위기로 바꾸려던 참이었기 때문에, 그것은 무리 없이 자연스럽게 진행되었다. 에릭슨이 침착하고 확실하게 상담에 응하며 도움을 주는 모습과, 이러한 일이 자기 성질에 맞기라도 하듯이 가재도구와 공간을 적절하게 배치하는 모습을 보면서 그녀는 내심 기쁨을 억누를 수 없었다. 또한 자신의 경험에 비추어보아 그가 훌륭한 가정에서 교육을 충분히 잘 받고 자랐다는 것을 알 수 있었다. 그래서 그녀는 그 곰을 잡으려는 의도로 한 걸음 한 걸음 전진했지만, 실상 그녀 자신이 이미 곰의 포로가 되어 있었다. 그녀는 그를 더 자주 초대하여 함께 식사하려고 더 많은 손님을 치르게 되었다. 그뿐만 아니라 그녀는 그에게 친구들까지 집으로 데려오도록 했기 때문에 나 역시 한두 차례 그 집에 갔는데, 어머니의 권유대로 조심해서 간수한 예복을 갖추고 있었던 것이 이때 내게 도움이 되었다.

반면 그는 우리의 친구 리스는 단 한 번도 데려가지 않았는데, 그가 털어놓은 바에 따르면 예의 자물쇠가 채워진 앨범 때문이었고, 나 역시 진지한 표정을 지으며 그 의견에 찬성을 표했다. 지금 생각해보면, 특별대우를 받은 것에 대해 나는 일종의 바리새인[51]과 같은 허영심을 품고 있었으며, 그때까지 한 번도 부나 자유, 세상 경험이나 적절한 개성을 통해 나 자신의 미덕을 증명할 수 있는 기회가 없었던 탓에 그 상황에 대해 어느 정도 과장된 느낌을 가졌던 것 같다. 나는 지난날 유디트와의

---

51) 성경의 「누가복음」 18장 11절 이하에서 바리새인은 자만심이 강하고 오만한 위선자로 간주된다.

일을 전혀 고려하지 않았다. 나는, 이른바 어릴 적 소행을 이미 오래전에 망각하고, 아직 체험하지 않은 모든 일을 독선적인 준엄함으로 비난하는 나이에 들어섰던 것이다.

예술가들의 축제가 준비되고 있을 당시, 로잘리에와 에릭슨의 관계는 가장무도회의 초대에 응하는 것처럼 자연스럽게 그녀가 에릭슨의 파트너로 축제에 참석할 수 있을 만큼 진전되었다.

축제 파트너를 데려오기 위해 리스는 다른 방법을 택했다. 구시가지의 고풍스런 한 지역의 작은 광장에는 검은 벽돌로 지은 4층 건물이 한 채 있었는데, 이 건물의 폭은 창문 하나의 넓이밖에 되지 않았다. 물론 그 창문은 꽤 컸다. 창문들은 훌륭한 창틀을 통해 서로 분리되어 있었지만 상하로 나란히 서로 장식으로 연결되어 있었는데 이 장식은 세월 앞에서 흐릿해진 벽화의 테두리였다. 그래서 이 집은 작은 탑처럼 보이거나 아니면 수세기 전의 예술가들이 각별한 애정을 가지고 자신들을 위해 지었을 법한 기다란 기념비 모양을 하고 있었다. 도금된 반달 받침대에 세워진 검은 대리석 마리아상이 현관 문 위로 이층 높이까지 닿아 있었고, 문에는 아직도 대담하게 밖으로 몸을 내민 인어 모습의 옛날 노커가 반짝이고 있었다. 첫 번째 창문의 아랫부분 그림은 페르세우스가 안드로메다를 용에게서 해방시키는 내용을 담고 있었고, 두 번째 창문 위의 그림에는 비룡의 폭력에서 리비아 왕의 딸을 구하는 성 게오르크의 투쟁이, 맨 꼭대기 박공벽에는 현관 문 위의 동정녀를 위해 창으로 괴물을 퇴치하고 있는 천사 미카엘이 그려져 있었다. 수년 전 작고 예쁜 이 집과 같은 기념건축물들을 경멸하면서 철거하거나 석회로 덧칠하던 시절에, 어떤 작은 건축 기술자가 이 집을 헐값에 사들여 정성들여 보존하다가 아들에게 물려주었는데, 평범한 초상화가였던 이 아들은 체격이 건장해서 국왕 친위대의 보충병이기도 했다. 화가이자 친위대였던 이 남자의 미망인은 딸과 함께 이 오래된 집에서 살고 있었는데, 소액의 과부보조금과 관청의 허가 없이는 이 집을 팔거나 정면을 손상하거나 고치지 않는다는 조건으로 해마다 관청에서 지급하는 일정액의 보조금으로 생계를 유지하고 있었다.

아그네스라는 이름의 그 딸은 탐미주의자인 리스의 앨범에 있는 마지막 소묘의 실물이었다. 리스는 처음에는 집을, 그다음에는 그 집의 내부를 관찰하다가 작은 상자 같은 이 집에 숨겨져 있던 보물을 발견했던 것이다. 아름다운 딸과 아름다운 집의 수호자인 어머니는, 자기 모습이 죽은 남편이 그린 등신 초상화에서 찬연하게 빛나고 있는 한, 그녀 자신의 아름다움을 지키는 수호자이기도 했다. 커다란 빗으로 머리를 높게 올리고 양쪽 이마 곁으로는 각각 세 가닥의 고수머리를 비스듬하게 땋아 내린 모양새를 한 그녀는 새색시의 화려함으로 방 안을 지배했으며, 초상화 앞에는 늘 아직 한번도 불을 붙여본 적이 없는 장밋빛 양초가 두 개 세워져 있었다. 초상화는 깊이도 없고 빈약하기 짝이 없었지만 그 당시의 아름다움만은 엿볼 수 있었다. 어찌 보면 영혼이 없어보이는 것 같은데, 이것이 화가의 재능부족 때문이었는지 아니면 여자가 원래 그런 사람이어서 그런지는 판단할 수 없었다. 그런데도 그녀는 이 그림으로 여태까지 집을 다스리고 있었고, 딸의 아름다움이 자기보다 못하다는 확신을 확인하려면 그림 곁을 지나가며 단 한 번의 눈길만 주면 그걸로 그만이었다. 이 눈길은 낮 동안에는 거실 문 옆에 있는 작은 성수반에 그녀의 손가락 끝을 담그는 횟수만큼 규칙적으로 반복되었다.[52]

---

52) 이 방 자체가 성스러운 공간으로 묘사되어 있기 때문에 출입할 때마다 매번 성수를 긋는다는 것이 가정되어 있는데, 이것은 또한 그녀가 자신의 초상화를 보는 횟수가 그만큼 빈번하다는 것을 암시한다(오늘날에도 일부 구교 지역에서는 성수가 담긴 조그만 접시를 침실문에 갖다놓고, 아침저녁으로 성수에 손가락을 적신 후 성호를 긋는 관습이 남아 있다).

그러나 세월이 지나는 동안 끊임없이 그녀에게서 빠져나온 영혼 가운데 일부는 그녀의 딸에게서 나타났는데, 물론 딸의 영혼은 영혼이 깃들어 있는 육체의 모습과 마찬가지로 동요와 정적을 함께 품고 있는 자연 그대로의 모습이었다.

세련되고 상냥한 태도로 이 집에 접근한 리스가 앞서 언급한 앨범이 아니라, 우선 별도의 습작용 종이에 꽤 큰 크기로 딸의 모습을 그리도록 허락받게 되었을 때만 해도 그는 보통 때와 같은 사랑의 순환과정을 밟아갈 용기도 기회도 얻지 못했다. 그래서 그녀의 그림은 그가 먼저 습작한 후에 애정을 가지고 신중하게 앨범에 그려넣은 유일한 것이었다. 그는 가끔 저녁을 그 여자들 집에서 보냈고, 때로는 두 사람을 극장이나 유원지에 데리고 갔는데, 그들이 가는 곳에서는 아그네스의 색다른 모습이 모든 사람에게 한결같이 순수한 호감을 주었기 때문에 험담이나 악의적인 말을 하는 사람은 전혀 없었다. 그녀의 차분한 동작은 모두 꾸밈이 없고 어떤 목적을 추구하지 않아서 보기에 아주 사랑스러웠다. 매력 있는 어떤 것에 끌리면 그녀의 두 눈은 한 번도 가혹한 일을 당한 적이 없는 어린 짐승의 천진한 기쁨으로 빛나서, 리스는 옛날의 바람기가 발동되는 대신 본의 아니게 정직하고 진지한 교제에 빠져들었거니와, 이러한 교제는 그가 지금껏 알지 못했던 마음의 욕구가 되었다.

딸이 없는 자리에서 어머니는 딸이 착하다는 것을 자랑했다. 딸은 장난으로라도 사소한 거짓말을 할 줄 몰랐고, 아주 어렸을 때에도 잘못한 것은 뭐든 자진해서 털어놓았으며, 그것도 너무도 차분하게 얘기했기 때문에 벌을 줄 수도, 그럴 필요도 없어보였는데, 그러한 차분함도 결코 효과에 대한 호기심 때문은 아니었다는 것이다. 이런 이야기를 들을 때면 리스의 당혹감은 더욱 커졌다. 어머니는 그녀의 방식대로, 말하자면 자신이 영리하다는 것을 드러내려고, 딸아이가 특별히 영리하다고 할 수는 없겠지만 그 대신 그만큼 더 성실하고 아주 정직하다는 점을 암시하지 않을 수 없었다. 그러나 리스는 아그네스 스스로는 아직 이러한 사실을 모르고 있지만, 그녀가 자기 어머니보다 더 영리하다는 것을 이미 알고 있었다. 마찬가지로 아그네스는 손재주도 어머니보다 나았다. 그녀가 집안일을 할 때에 아무것도 깨뜨리지 않고 신속하고 소리 없이 해치우는 데 반해, 어머니는 여봐라는 듯이 부산을 떨며 끊임없이 말을 해댔을 뿐만 아니라 온통 덜커덩거리는 소리를 냈고, 그릇 깨는 소리로 일을 끝마친 때가 드물지 않다는 것을 그는 알아챘다. 그럴 때미디 딸은 필요한 경우 이유를 설명하거나 어머니를 위로하는 말을 했는데, 아주 애교가 넘치는 위트 같았지만, 실은 진지하게 정곡을 찌르는 얘기였다. 그러나 리스는 이 피조물의 정신이나 기질이 어떠한지는 알 수 없었다. 그래서 사람들이 아그네스를 찾아낸 것을 축하하면서 그녀가 조용하고 조화로우며 아름다운 동작을 하는 마르지 않는 샘물과 같은 존재로서 최고의 화가 아내가 될 거라고 얘기하면, 그는 머리를 흔들면서 자신은 매력적인 자연현상과 결혼할 수 없다!라고 말했다.

그런데도 그는 이 가느다란 사람이 사는 가느다란 작은 집을 계속 방문했으며, 다만 연애에 빠진 행동과 말을 하지 않으려고 조심했다. 그가 보기에, 소녀의 눈은 저항력이 전혀 없지만 깊은 곳에 어떤 식물이나 동물이 숨어 있는지 알 수 없는지라 수영을 잘하는 사람에게조차 위험한 잔잔한 물과 같았다. 그러한 위험을 막연하게 예상할 때마다 마음이 짓눌린 그는 평소와는 달리 불안해하며 자기도 모르는 사이에 때때로 한숨을 쉬었다. 그러나 이 한숨은 갓 열일곱 살이 된 소녀의 가슴속에서 오래전부터 이글거리던 은밀한 열정을 찬연한 불꽃으로 활활 타오르게 부채질했다. 누구든 그 사랑스러운 불꽃을 분명히 볼 수 있었다. 리스는 종종 그녀들의 집에서 저녁식사를 함께 할 계획을 세웠는데, 혼자서 그곳에 가는 것도 꺼려지고 그렇다고 그 집을 기피할 수도 없어서 그때마다 우리를 초대했다. 그 기회에 에릭슨과 나도 그 불꽃을 확인할 수 있었다. 우리는 그녀의 눈길이 줄곧 리스를 향해 있는 것을 보았다. 그녀의 그 눈길은 때론 슬픈 듯이 외면하기도 했지만 또다시 그를 향해 다가간 반면, 리스는 억지로 모른 척하면서도 분명 그녀의 몸을 만지지 않으려고 떨리는 손을 수도 없이 억제하고 있었다. 그와 달리 아버지처럼 구는 리스의 냉랭한 태도를 이해하고 존중하는 척하면서 그의 어깨에 잠시 손을 올려놓게 되거나 천진난만한 아이처럼 한순간이나마 그에게 몸을 기댈 수 있게 되면, 그녀의 눈에서는 행복의 빛이 반짝였으며, 그녀의 기분은 저녁 내내 기쁘고 만족스러웠다.

우리는 모두 이러한 관계를 곤란하고 걱정스럽게 여기기 시작했으나 어머니만은 예외였다. 그녀는 자신의 집이 방문객들로 활기를 띠는 것을 기뻐하는 한편, 리스가 아주 신중한 남자여서 자제하고 있을 뿐 언젠가는 틀림없이 청혼하러 오리라는 것을 믿어 의심치 않았다. 에릭슨 또한 달리 신경쓰는 일이 있어서 그 일에 특별히 애를 쓰지 않았으며, 특히 우리가 그 예쁜 집에서 함께 나오면 지체 없이 자기 애인의 집으로 가버렸다. 반면 나는 리스와 함께 그의 집까지 가기도 했고 때론 우리 집으로 오기도 했다. 그럴 때마다 우리는 문 앞에 서서 몇 시간 동안 의논하면서 다투기도 했다. 그러나 나는 그 소녀에 관한 일로 그를 힐책할 용기가 없었다. 그는 이 문제에 관한 한 아주 간단하고 무뚝뚝하게 응답했을 뿐만 아니라 그 자신이 우유부단하게 느껴질수록 무엇을 하고 있고 무엇을 해야 하는지 알고 있는 사람보다도 더 단호한 척했기 때문이다. 대신 나는 우회로를 선택하여 겉보기에는 형이상학적인 논쟁인 것처럼 가장했다. 요컨대 나는 그의 경솔함에 진정으로 유감을 표하며, 이러한 경솔함을 그의 무신론과 함께 싸잡아 비난했다. 그는 지칠 줄 모르는 내 공격에 맞서 무신론을 변호했는데, 야심한 시간이었는데도 나의 공격과 그의 수비가 미친 듯이 열렬하기는 매한가지였다. 고요한 밤에 너무 오랫동안 큰 소리로 논쟁하다보니 야경꾼들이 찾아와 잠자는 시민들을 방해하지 말라고 경고한 적도 종종 있었다. 그런데 예술가들의 축제가 준비되던 어느 날 한번은, 어느 방향으로 흘러갈지 뻔한 내 말을 갑자기 중단시킨 리스가 차분한 어조로 아그네스를 축제 파트너로 초대하여, 축제가 끝날 때 아그네스와 영원히 결합할지 결정하겠다는 계획을 알려주었다. 또한 그는 축제와 같은 기회에는 공평무사한 사람들도 본심을 드러내곤 하며, 보통 때보다 더 운명과 직면할 용기가 생기곤 한다고 말했다. 희망의 힘과 실패에 대한 걱정이 완전히 반반인 만큼 자기로서도 우연한 결정이 필요한 상황이라는 것이었다.

애인에게 구원의 말을 들은 아그네스의 얼굴은 순간적으로 새로운 희망의 빛으로 반짝였다. 그도 그럴 것이 그녀는 그의 곁에서 저 빛나는 축제의 기쁨에 동참할 수 있다는 생각을 단념하고 말없이 슬픔에 빠져 있었던 것이다. 그러나 그녀는 이 행운을 예단함으로써 화를 부르고 싶지 않아서, 그녀의 가냘픈 육체를 감싸고 몸매를 청순한 아름다움으로 연출해낼 의상을 만들기 위해 리스가 훌륭한 옷감들을 가지고 왔을 때, 말없이 겸손하게 그의 모든 지시를 받아들였다. 리스는 다른 여자의 세 배는 될 법한 그녀의 풍성하고 굽이치는 검은 머리카락을 두 손으로 훑어내리며 새로운 모양으로 묶었고, 그녀는 말없이 머리를 내맡겼다. 그러는 동안 바로 이 어린아이의 머리에서는 적당한 순간이 오면 그를 품에 안고 자기의 일생과 그의 일생을 영원히 결합하기 위해 노력하겠다는 결심이 말없이 엄숙하게 이루어지고 있었다. 이 대담한 계획은 어린애처럼 단순하면서도 흥분되어 있는 사람에게서만 나올 수 있는 것이었다.

제13장 또다시 사육제

홀로 바뀐 수도의 가장 큰 극장에는 등불이 환하게 밝혀져 있었고, 축제의 두 주체인 행렬하는 사람들과 관람객들이 이미 들어와 있었다. 일반석과 특별석에서 기다리고 있는 관람객들이 서로 화려한 옷차림을 바라보고 있는 동안, 관람석 밖의 홀과 복도에서는 줄을 맞추고 있는 예술가들의 무리가 가득 밀집해서 웅성거리고 있었다. 여기서는 온갖 색채가 서로 뒤섞여 반짝이며 일렁거렸다. 누구나 다 의미 있는 인물들로 가장(假裝)한 상태였다. 그들은 자기 자신의 훌륭한 모습을 당당해하면서, 그렇게까지는 생각지 못했는데 아름다운 의상을 입으니 역시 주의를 끌만큼 훌륭하게 보이는 옆사람을 기쁜 마음으로 바라보았다.

그러나 축제 행렬의 핵심은 겉보기에만 근사한 단역이나 난봉꾼들이 아니라 재능을 타고난 활기 찬 젊은이와 오랫동안 견실한 일을 해오면서 원숙한 경지에 도달한 연장자들이었다. 이들은 당연히 옛날의 유명한 장인의 역을 맡을 권리가 있었다. 이 대열에는 화가와 조각가 외에도 건축가, 놋쇠 세공인, 유리와 도자기 도안가, 목판 조각가, 동판화가, 석판화가, 메달 제작자, 예술의 광범위한 각 분야에 속해 있는 수많은 사람이 섞여 있었다. 주물공장에는 불속에서의 금도금 작업을 끝으로 막 완성된, 높이가 366센티미터에 달하는 12명의 역대 제왕의 동상이 나란히 세워져 있었다. 말을 타고 있거나 걷는 모습을 한 자국과 타국의 국왕과 종교 지도자들의 수많은 입상이 조각을 새긴 대좌와 더불어 완성되어 각국으로 발송됨으로써 웅대한 계획이 이미 착수되어 있었다.

주물공장에서는 마치 벤베누토가 페르세우스 상을 주조할 때의 화로에서처럼 아주 분주하고 활력 있게 작업이 진행되었다. 수많은 벽에는 벌써 프레스코 벽화와 밀랍으로 된 벽면이 그려져 있었다. 집 높이 크기의 색유리창들이 소각되면서 오색 불꽃을 만들어냈는데, 이 불꽃은 쇠락한 예술의 부활을 축하하는 축제에 적절할 만큼 현란한 광채를 발했다. 숙련된 직인들은 상하기 쉬운 캔버스에 그려진 미술작품, 요컨대 무엇과도 바꿀 수 없는 희귀한 보물에 그려져 있는 표현을 부지런히 도자기와 고급 그릇에 계속 재현하여 보존했는데, 이러한 기술은 불과 몇 년 전에야 현재와 같은 정도의 수준에 이르렀다. 이 예술계의 양대 주축인 크고 작은 장인들, 직인과 도제들이 옛날보다 더 높은 가치를 부여받은 이유는, 그들이 옛 시대의 최초의 젊은 원숙미를 더 순수하게 비춰주었기 때문이다. 동시대에는 그러한 시대의 이상적인 환희가 좀처럼 반복되지 않고 퇴화와 퇴폐의 어렴풋한 그림자 속에서 여기저기로 떠돌 뿐이다. 나이를 더 먹은 사람들을 포함하여 모든 사람이 아직 젊다고 할 수 있었다. 시대 전체가 젊었고, 감정이 수반되지 않은 단순한 손재주의 흔적이 아직까지는 매우 적었기 때문이다.

이제 문이 열렸다. 선두에서는 나팔수와 고수들이 웅장하게 연주했는데, 그들의 대열 뒤쪽으로는 엄청나게 운집된 행렬이 가려져 있어서, 사람들은 이 연주자 대열이 빨리 통과하여 화려한 행렬이 펼쳐지기를 학수고대했다. 악대 뒤에는 희고 붉은 상의에 뉘른베르크 문장인 새끼독수리가 그려진 옷을 입은 두 명의 선도대원이 따라왔다. 이 사람들 뒤에서는 화려한 직장가인(職匠歌人) 조합의 선도자가 머리에는 큼직한 이

파리 관을 쓰고, 손에는 금색 지팡이를 든 채 날렵하고 아름다운 모습으로 걸어 들어왔다. 이 조합에 소속된 사람들은 모두 이파리 관을 쓰고, 금언이 적힌 판을 들고 있었는데, 짧은 옷차림으로 편력여행을 즐기는 젊은이들이 선두에 섰고, 존경받는 한스 작스[53]를 에워싸고 있는 어른들이 그 뒤를 따라왔다. 짙은 색 모피외투를 입은 한스 작스는 백발의 머리 둘레에 영원한 청춘의 햇빛을 연출함으로써 성공한 일생을 표현했다.

그 당시 도시사람들에게는 노래가 풍부하게 넘쳐흘렀기 때문에, 각각의 조합은 고유한 노래를 부르며 입장했다. 특히 면도칼과 금속 대야를 들고 깃발을 앞세운 채 뒤따라 들어오는 이발사 조합에서는 장관이었다. 여기에는 한스 로젠블뤼트가 있었는데, 사혈(瀉血) 전문가였던 이 사람은 여행을 많이 한 골계시인이자 문장(紋章)시인이었으며, 팔에는 커다란 관장(灌腸) 기구를 낀, 등이 굽은 유쾌한 남자였다. 유명한 이발사이자 사육제극과 익살극의 작가이며, 작가로서 로젠블뤼트의 동지이자 한스 작스의 선구자인 보름스의 한스 폴츠[54]가 긴 다리로 성큼성큼 뒤따라왔다. 두 명의 이발사와 구두장이가 그렇게 독일 연극의 어린 싹을 가꾸었던 것이다.

노래가 많기는 다른 모든 조합도 마찬가지였다. 그들은 각기 고유한 색의 옷을 입고 고유한 색깔로 된 깃발을 들고 있었다. 통 제조업자와 술 제조업자, 가장자리를 여우 털로 장식한 빨갛고 검은 조합 단체복을 입은 푸주한, 청회색과 백색옷을 입은 빵 제조업자, 초록색과 흰색 그리고 빨간색으로 아름답게 치장한 양초 제조업자들이 등장했고, 유명한

---

53) 직업이 구두장이였던 한스 작스는 직장가인 가운데 가장 위대한 작가로 여겨진다.
54) 폴츠(Hans Folz, 1450~1515)는 사육제극의 초기 개척자이며, 좀더 자유로운 규칙을 도입하여 새로운 곡을 작곡했다.

비스킷 제조업자들은 담갈색과 심홍색 차림이었다. 또한 불멸의 공적을 쌓은 구두장이는 불행한 처지와 희망을 상징하는 검정과 초록색 옷을 입었고, 재단사는 알록달록한 헝겊으로 기운 옷을 입고 있었다. 능직물과 양탄자를 짜는 사람들과 함께 더 고급스러운 직물업을 하는 저명한 장인들이 나타났다. 그들은 대상인과 명문 집안들의 저택을 장식하는 호화로운 카펫과 천을 생산했다.

지금 등장하는 조합들은 강건하고 창의력이 풍부한 수공업자들과 공예가들을 망라했다. 장인들에게도 그러하듯이 재능 있는 많은 도제를 지도해야 하는 직인 가운데에도 솜씨가 좋은 사람이 많았다. 이미 선반공도 등장하고 있었으며, 어린아이 같은 경건함으로 신을 찬미하기 위한 작은 세공품을 만들었던 히로니무스 게르트너는 동업자들의 행렬 가운데에 있었다. 요컨대 그는 작은 나뭇조각으로 꽃줄기 위에서 흔들리는 벚꽃 한 송이와 그 위에 앉아 있는 파리 한 마리를 조각해냈는데 파리는 어찌나 섬세했던지 입김으로 불면 날개와 다리가 움직일 정도였다. 동시에 그는 수력기계와 교묘한 분수를 만드는 노련한 장인이기도 했다.

거의 모두 사랑스러운 전설을 갖고 있는 잡다한 많은 사람이 등장했는데, 지금도 내 기억 속에 살아 있는 사람도 많다. 하지만 전체와 비교하면 그 숫자는 소수에 지나지 않는다. 불과 석탄같이 붉고 검게 입은 제철공들 행렬에는 스스로 고안하여 철로 된 뱀 모양의 커다란 대포를 제작한 장인 멜키오가 걸어갔다. 소총 제작자 사이에는 이미 그 당시에 마치 부드러운 목재를 취급하는 것처럼 금속의 얇은 조각을 만들어낸, 발명의 귀재인 한스 다너와 벽을 뚫는 나사 모양 지레를 발명한 그의 형제 레온하르트도 있었다. 그곳에는 화승총 발화기의 발명가인 장인 볼프 다너도 있었고, 그의 곁에는 번쩍거리고 아름답게 장식된 포신과 캐

넌 포(砲) 그리고 메츠 포[55]와 요새(要塞) 포를 만들어 전 세계적으로 유명해진 대포 주조자들의 거장 뵈하임이 걸어갔다.

칼 대장장이와 병기(兵器) 대장장이 조합만도 온갖 종류의 정교한 금속공들의 전문 분야를 포괄하고 있었다. 칼 대장장이와 갑옷 대장장이 그리고 투구 대장장이들은 그들의 이름에 걸맞게 매우 튼튼한 전문적인 전쟁 장비의 각 부분을 생산해냄으로써 공예가로서 불멸의 명성을 지니고 있었다. 놀라운 것은, 분야가 그렇게 엄격하게 나뉘어 있었지만 그들의 재능은 자유스럽게 다방면에서 수용됨으로써 이 소박한 조합원들은 다시 지극히 중요한 활동과 발명을 할 수 있게끔 발전했고, 흔히 읽고 쓰지 못하면서도 모두 만능 직인이 되었다는 사실이다. 태양계가 있는 커다란 시계장치 제작자인 땜질공 한스 불만, 산책용 지팡이의 손잡이 부분에 들어갈 정도로 아주 작은 시계를 만들어낸 시계의 완성자 안드레아스 하인라인 그리고 땜질공 장인이라는 확실한 이름 아래 행진하고 있는 회중시계의 원래 발명가 페터 헬레가 그런 경우였다.

나는 목판 조각가들 사이에서 작은 고양이털 외투를 입고 있던 왜소한 히로니무스 뢰쉬도 여전히 기억하는데, 고양이를 사랑했던 그의 조용한 작업실에는 온통 그르렁거리는 고양이들이 앉아 있었다고 한다. 그리고 검은 잿빛의 이 고양이 인간 바로 뒤에서는 하늘색과 장미색 옷 위에 하얀 망토를 걸친 은세공사의 밝은 모습과, 진홍빛 옷과 금사로 화려하게 수놓은 검은 능직 외투를 입은 금세공사의 모습도 보인다. 그들 앞에서는 부조된 은판과 금으로 세공된 그릇이 운반되고 있었다. 조각술은 여기서 자신의 은으로 된 요람에서 웃고 있었고, 새로 탄생한 동판

---

55) 옛날에는 미혼녀, 오늘날에는 창녀라는 뜻으로 쓰이지만 원래는 메히트힐트라는 여성 이름의 애칭이다. 무기에 여자 이름을 붙임으로써 의인화하던 전통에서 비롯된 대포 이름이다.

조각은, 거무스레한 인쇄술과 함께 다른 대열에서 행진하는 목판조각과는 달리, 같은 금속이라는 점에서 여기가 바로 근원이었다.

또 구리 세공사들 가운데 특히 나를 감동시켰던 전설의 주인공인 아름다운 남자 세바스티안 린덴아스트도 기억나는데, 그가 구리 기물과 접시를 어찌나 아름답고 멋지게 만들었는지 황제는 당시에 금지되어 있던 구리 도금을 그에게만 특별히 허락했다고 전해지고 있었다. 세공품의 모습을 고귀하게 보이기 위해 하찮은 금속을 황금의 위치로 격상시키는 권능을 주었다니! 이 공예인과 국가 원수 사이의 관계는 얼마나 아름다웠겠는가!

바로 이 사람 곁에서 나는 기괴한 이중성격의 소유자인 바이트 슈토쓰를 보았다. 그는 너무도 경건한 마리아상과 천사상을 나무로 조각했고 그것들을 아주 아름답게 색칠하고 금발과 보석으로 예쁘게 치장했던 터라, 그 당시 시인들은 열광적으로 그의 작품들을 찬미했다. 게다가 그는 절도 있고 조용한 남자여서 술도 전혀 마시지 않았으며, 제단을 장식할 신성한 조각상들을 새로 만드느라 부지런히 일에만 전념했다. 그러나 그는 밤이 되면 재산 증식을 꿈꾸며 부지런히 위조지폐를 만들었다. 마침내 그의 소행이 발각되었을 때 사람들은 공개석상에서 벌겋게 달군 쇠꼬챙이로 그의 두 볼을 꿰뚫었다. 그러한 치욕으로 의기가 꺾이기는커녕 그는 유유자적 95세까지 살면서 틈틈이 도시와 산맥 그리고 강이 포함된 입체지도를 제작했다. 나아가 그림도 그리고 동판조각도 했다.

이제 놋갓장이라는 비하된 명칭 아래 실로 전형적으로 흠절 없는 인물인 페터 피셔가 번쩍거리는 놋쇠 세공사인 다섯 아들과 함께 걸어 들어왔다. 힘 있게 말린 코밑수염에 둥근 펠트 모자를 쓰고 가죽 앞치마를 두른 그는 마치 용감한 대장장이의 신인 헤파이스토스처럼 보였다. 다정하고 커다란 그의 두 눈은, 그가 수년 동안 숱한 작업 끝에 성(聖) 제발두스의 무덤에 그리스의 삶이 반영된 불멸의 기념비를 축조하여, 밝은 방에 그 성인의 은으로 된 관을 지키는 수많은 조각 작품들의 거처를 만드는 데 성공했다는 것을 득의만면한 표정으로 알리고 있었다. 이 장인 스스로도 이렇게 다섯 아들과 그들의 가족과 더불어 한 집에 살면서 언제나 새로운 작품의 광휘를 받으며 똑같은 일터에서 굼닐거렸다.

그에 못지않게 내 마음에 드는 사람은 미장이와 목수 대열에 섞여서 큰 키로 힘차게 걸어 들어오는 게오르크 베버였다. 그의 잿빛옷을 만드는 데에는 엄청나게 많은 양의 천이 필요했다. 그는 당연히 숲의 파괴자다. 왜냐하면 그가 뽑은 직인들은 모두 자기처럼 그렇게 키가 크고 힘센 사람들이었는데, 그는 이 거인들과 함께 나무와 각재 사이에 서서 다른 사람들이 미치지 못할 정도의 독창성과 기술로 힘차게 일했기 때문이다. 다른 한편으로 그는 반항적인 인망가여서 농민전쟁[56] 당시에는 농부들에게 푸른 숲의 나무들을 베어 대포를 만들어주었다. 그로써 그는 딩켈스뷜에서 참수당하게 되어 있었는데, 그의 기술과 솜씨를 아까워한 뉘른베르크 시의회가 돈을 주고 그의 신병을 인도받아 그를 시의 도편수로 임명했다. 그는 아름답고 튼튼한 서까래와 들보만 짜맞추는 것이 아니라 방아 찧는 기계와 기중기 그리고 무시무시하게 큰 짐수레도 만들었다. 어떤 장애나 무거운 물건 때문에 곤란한 일이 생길 때마다 그의 단단한 두개골 속에서 대책이 마련되었다. 이 모든 것에도 불구하고 그는 읽을 줄도 쓸 줄도 몰랐다.

이 행렬은 한 시대 전체를 포괄했기 때문에 세상에서 일로 성공한 중요한 인물들의 무리가 계속 이어졌는데, 알브레히트 뒤러가 선두에 선 화가와 조각가 조합의 등장과 함께 이 행렬의 일부가 끝났다. 뒤러의 바

---

56) 1524~25년에 토지귀족들에게 대항해 남부독일과 중부독일에서 있었던 농민 봉기.

로 앞에는 청색 바탕에 은 방패가 세 개 그려진 문장 방패를 든 시동이 걷고 있었는데, 이 문장 방패는 막시밀리안 황제가 미술가 전체를 대표하는 의미에서 이 거장에게 하사한 것이었다. 뒤러 자신은 스승 볼게무트와 아담 크라프트 사이에서 걷고 있었다. 뒤러로 분장한 남자의 밝은 곱슬머리는 유명한 뒤러의 자화상에서와 같이 양쪽으로 가르마를 타서 모피로 감싼 넓은 어깨 위로 내려뜨려졌는데, 몸이 유연한 이 남자는 우아하고 영리하게 자신에게 부과된 엄숙한 품위를 연출했다.

한 도시를 건설하고 장식하는 행렬이 지나가고 나자, 이제 말하자면 도시 자체가 등장했다. 선두에는 도끼 창으로 무장한 두 명의 털북숭이 병사의 호위를 받으며 커다란 깃발이 등장했다. 여러 방향으로 갈라져 너풀거리는 긴 코트를 입은 용감한 기수는 왼쪽 주먹을 당당하게 옆구리에 받치고 바람에 펄럭이는 깃발을 들고 있었다. 그런 다음에는 빨간색과 검은색으로 화려하게 꾸민 군복 차림에 흉갑을 입은 시의 경비대장이 깃털이 나부끼는 넓은 베레모를 쓰고 등장했다. 그의 뒤를 시장, 법률 고문 그리고 시의회 의원들이 따라왔으며, 그 가운데에는 나라에 널리 이름이 알려진 유능한 사람들도 몇몇 끼어 있었다.

그리고 마침내 명문가의 화려한 대열이 이어졌다. 여기서는 풍족한 비단과 황금 그리고 보석들이 휘황찬란하게 반짝거렸다. 재산이 모든 대상을 건너다니는 상업에 종사하는 문벌가들은 스스로 제작한 내포토의연하게 도시를 방어하고 독일의 전쟁에 가담하기도 했는데, 호사스러움과 부유함에서뿐만 아니라 공공심과 도덕적 품격에서도 중급이나 하급 귀족을 능가했다. 그들의 아내들과 딸들은 마치 살아 있는 커다란 꽃송이들처럼 옷을 스치는 소리를 내며 들어왔다. 몇몇은 아름답게 땋은 머리 주위에 금사로 된 망과 작은 모자를 썼다. 다른 사람들은 깃털이 물결치는 모자를 썼다. 결이 아주 고운 아마포를 목에 두른 사람이 있는

가 하면, 드러난 어깨를 고가의 모피로 둘러싼 사람들도 있었다. 이 찬란한 대열의 한가운데에서는 손님인 것 같은 베네치아의 신사들과 화가들이 남국풍의 자주색 외투나 검은색 외투를 입고 시적인 분위기를 자아냈다. 이 인물들은 사람들의 환상을 석호(潟湖)의 도시인 베네치아로, 그리고 그곳에서부터 다시 지중해의 모든 해안으로 이끌어갔다.

나팔수와 고수로 이루어진 넓은 두 번째 대열의 선두에는 신성로마제국의 머리가 두 개인 독수리 문장의 깃발이 우뚝 솟아 있었고, 마침내 이 대열의 팡파르 연주를 시작으로 용맹성과 광휘에서 황제의 주위에 포진할 만한 자격이 있는 대표자들과 함께 독일제국이 등장했다. 골격이 당당한 대장이 인솔하는 한 무리의 독일 용병들은 즉시 옛날 전란의 시대와 노래를 좋아하고, 거칠고 사나웠던 그 당시의 민족성을 생생하게 보여주었다. 그들은 548센티미터에 달하는 긴 창을 들고 행진해 들어왔는데, 이 창들이 이룬 숲 사이로 마음의 눈에서는 산과 계곡, 숲과 광야, 성채와 요새, 독일의 국토와 남국의 국토가 전개되었거니와, 내가 지금 볼 수 있는 성벽과 호화로운 건물로 둘러싸인 도시와 대조적이었다. 젊은이들과 두세 명의 나이 든 얼뜨기들로 구성된 전사들의 무리가 고증된 그 당시의 의상과 풍습과 노래에 너무도 열중한 결과 이 축제에서부터 말과 외모가 독특한 독일 용병들의 모습이 전통으로 굳어지게 되었으며, 나는 그 후로도 오랫동안 깃이 없는 옷으로 볕에 그을린 용병들의 검은 목, 그들의 갈기갈기 찢겨진 헐렁한 옷 그리고 짧은 칼을 어디에 가더라도 볼 수 있었다.

그러나 다시 걸어오는 대열은 이제 더 엄숙하고 조용했다. 부르고뉴, 네덜란드, 플랑드르 그리고 오스트리아의 문장 방패를 든 네 명의 시동에 이어 스티리아, 티롤, 합스부르크의 깃발과 황제의 깃발을 든 네 명의 기사 다음에는 커다란 칼을 든 사람과 두 명의 의전관이 등장했다.

장검을 찬 황제의 호위병이 나타난 다음, 짧은 금실 무늬 저고리를 입은 시동 무리가 다리가 긴 황금잔을 들고 들어와 독이 있는지 시험하는 황제의 음료 담당관 앞에 섰으며, 마찬가지로 사냥 담당관과 매 담당관이 수렵담당 대장 앞에 섰다. 격자형 마스크로 얼굴을 보호한 횃불 든 사람들이 황제 주위를 둘러싸고 있었다. 검정 바탕에 금사를 섞어 짠 상의와 담비모피로 만든 외투를 입고 황금 흉갑으로 무장한 막시밀리안 1세가 황제를 상징하는 금테가 둘러진 베레모를 쓰고 용감하고 총명한 기사다운 표정과 함께 위풍당당하게 걸어 들어왔다. 사람들에게는 황제의 초상화가 걸어나오는 것처럼 생각될 수 있었다. 그도 그럴 것이 황제의 모습을 재현하기 위해서 옛날 제국의 변경에서 온 젊은 화가를 찾아냈거니와, 그의 태도나 용모는 아무런 분장을 하지 않아도 이 역할에 안성맞춤이었다.

황제 바로 뒤에는 황제를 즐겁게 해주는 시종인 쿤츠 폰 데어 로젠이 따라갔다. 그는 익살광대가 아니라 재치와 지혜를 갖춘 현명하고 용감한 영웅 같은 모습이었다. 그는 몸에 꼭 끼는 장미색 벨벳 옷을 입었는데, 옷소매만은 폭이 넓은 가리비 모양이었다. 또한 차양이 있는 작은 하늘색 모자를 쓰고 있었는데, 이 모자에는 장미꽃과 금방울이 교대로 장식된 화관이 둘러져 있었다. 그렇지만 엉덩이에는 훌륭한 강철로 만든 폭이 넓고 긴 칼이 장밋빛 벨트에 매달려 있었다. 그의 주인인 황제와 마찬가지로 그는 시인이라기보다는 오히려 시 자체였다.

다음에는 뤼네부르크 황야에서부터 옛 로마에 이르기까지, 피레네 산맥에서부터 터키 지역의 도나우 강에 이르기까지 종횡무진하며 피 흘려 싸웠던 제국의 빛나는 지휘관들이 강철 갑옷과 투구로 무장한 채 무기를 덜커덩거리며 걸어 들어왔다. 세습 음료시험관이자 총독이었던 지그문트 폰 디트리히슈타인, 임시 사령관이었던 법률가 울리히 폰 쉘렌베르크, 게오르크 폰 프룬스베르크, 에리히 폰 브라운슈바이크, 프란츠 폰 지킹엔, 단짝이었던 로겐도르프와 잘름, 안드레아스 폰 존넨부르크, 루돌프 폰 안할트 등이 그들이었다. 전투 이름과 포위한 도시 이름이 적힌 깃발에 묻혀 등장한 이들과 함께 무기와 전리품을 들고 있는 수행원과 대담무쌍하고 고귀한 표어가 적혀 있는 방패가 함께 등장했다. 이 행렬에서는 특히 아름답고 건장한 남자들이 보였다. 그것은 난관을 극복하며 운명을 개척하여 인생에서 성공의 정상에 서 있는, 그래서 어느 모로 보아도 가장 유능한 사람의 역할을 해내는 데 적합한 사람들이 대부분이 행렬에 가담했기 때문이다. 잘 보이지 않는 곳에 있던 나는 우리 앞으로 지나가는 것을 좀더 잘 보려고 사람들 사이를 뚫고 약간 앞으로 나가서 마치 천리안을 가진 사람처럼 두 눈으로 모든 것을 빨아들였고, 나와 같은 조에 있던 사람들을 까맣게 잊고 이 장관을 보고 즐겼다.

마치 이미 사라진 제국시대 사람들의 후예나 되는 것처럼 나는 득의양양하게 기쁨의 한숨을 몰아쉬었으며, 이른바 슈바벤 전쟁[57] 때 막시밀리안 황제의 소환에 응해 뉘른베르크의 원정군을 이끌고 스위스 군대와 싸웠고 당시의 전쟁을 책으로 기록했던 유명한 빌리발트 피르크하이머가 황제의 박학한 고문관들과 함께 등장하자, 그 기쁨은 한껏 고조되었다. 왜냐하면 최후의 기사로 불리는 이 황제가 장군들과 함께 내 조국을 제국 영토로 병합하려 했지만, 선조들을 토벌하기 위해 앞세웠던 제국의 깃발을 내려야만 했으며, 스위스인의 손을 빌리지 않고는 스위스

---

57) 스위스 동맹이 신성로마제국에서 점차 이탈하려는 기색을 보이자 독일황제였던 막시밀리안 1세가 스위스 동맹을 다시 제국에 병합하기 위해 일으킨 1499년의 전쟁. 스위스 동맹은 주로 슈바벤 연방이 주도했기 때문에 슈바벤 전쟁으로 불린다. 스위스 동맹이 승리를 거둠에 따라 스위스는 실제적으로는 신성로마제국에서 이탈했지만, 1648년 베스트팔렌 조약에서 비로소 독립국가로 인정되었다.

인을 물리칠 수 없다고 한탄하면서 아무런 성과 없이 퇴각했다는 생각이 갑자기 떠올랐기 때문이다. 그래서 나는 더욱더 거리낌 없이 민족적인 자기만족감에 빠질 수 있었다. 따라서 운명의 두레박이 쉬지 않고 오르내린다는 것과 원래 내 옛 동맹자들이 용기는 높이 평가되었지만 주변국의 사랑과 존경을 받지 못했다는 사실을 생각하지 못했다.

또한 나는 최후의 기사의 호화롭고 긴 행렬이 끝나간다는 사실을 거의 놓칠 뻔했다. 지금까지 지나갔던 무리가 커다랗게 원을 그리며 서로 엇갈리는 동안 이미 가장행렬이 소란스럽게 등장하고 있었는데, 여기서는 도에 지나칠 정도로 흥겨워하는 괴짜, 익살꾼, 단역 배우 그리고 혜성같이 나타나는 사람 등 모든 예술가가 총망라되어 있어 실로 괴기스러운 장면을 연출했다.

고집 센 당나귀를 탄 가장행렬의 지휘관이 이 꿈같은 행렬의 선두에 있었다. 그의 뒤에서는 알록달록한 옷차림을 한 어릿광대인 길리메, 푀크 그리고 구게릴리스와 개구쟁이인 난쟁이 메테르쉬와 두바인들 그리고 다른 많은 어릿광대가 춤을 추며 들어왔다. 역시 어릿광대 역을 맡은 나는 조용히 뒤쪽에 처져 있었다. 그다음에는 주신(酒神) 바쿠스의 지팡이를 들고 이파리로 만든 관을 쓴 남자가 등장했다. 그는 털과 뿔과 꼬리로 장식한 악대를 지휘했다. 산양 가죽을 입은 악사들은 자기 음악에 맞추어 껑충껑충 뛰었고, 8도 음정과 5도 음정, 고음과 저음을 번갈아가며 삑삑대면서 날카롭고 으르렁거리는 것 같은 옛날의 기묘한 음색을 만들어냈다.

바쿠스 행렬은 이파리로 장식한 금지팡이를 든 남자가 선도했다. 푸른 포도송이로 된 관이 그의 뜨거운 이마 위에 그늘을 드리웠다. 알록달록하고 가느다란 비단리본이 그의 어깨에서부터 발끝까지 가볍게 나풀거리며 물결쳤고, 바람에 나부낄 양이면 그의 날렵한 몸은 온통 이 리본으로 감싸졌다. 다만 두 발에는 금색 샌들이 신겨져 있었다. 반은 중세풍이고 반은 고대풍인 앞치마를 두른 포도 따는 사람들이 약속의 땅에서 온『성경』속의 정찰대 주위에 몰려들었는데, 이 정찰대들의 크게 휜 지팡이에는 커다란 포도송이가 꿰어 매달려 있었다. 더 늠름해 보이는 네 명의 남자가 네 그루의 반듯한 가문비나무 막대기에 더 많은 포도를 꿰어 둘러메고 이 정찰대를 수행했다.[58] 양푼, 접시, 지팡이를 들고 바쿠스의 소란스런 행렬을 따르는 다른 모든 사람은 담쟁이덩굴 관을 쓴 주신의 수레를 끌고 밀었으며, 주신의 머리 위쪽의 포도들은 짙푸른 하늘의 둥근 천장을 묘사했다.

그 뒤에 이어질 비너스의 개선마차 앞에서는 군신(軍神)의 시동인 두 명의 예쁜 소년이 북과 피리를 들고 독일 용병 복장으로 걸어 들어왔다. 그들의 등에는 눈금이 새겨진 새털모자가 얹혀져 있어서 알록달록한 깃털들이 땅바닥에 질질 끌렸다. 그들은 익살스러운 엄숙한 표정으로 행진곡을 연주했으며, 날카롭다기보다는 부드러운 소리를 내는 피리는 꿈결 같은 동일한 곡조를 계속 되풀이했다. 왕관을 쓰고 홀(笏)을 든 왕, 식량 배낭을 멘 넝마차림의 걸인, 승려와 유대인, 터키인과 무어인, 젊은이와 노인들이 수레를 끌고 왔다. 마차의 투명한 꽃 천개(天蓋) 아래 장미침상 위에서 반쯤 누운 자세로 쉬고 있는 비너스는 다름 아닌 아름다운 로잘리에였다. 그녀의 옷은 자줏빛 비단이었지만, 알브레히트 뒤러가 신화의 인물을 그릴 때 즐겨 사용하던 것과 같은, 그 당시 문벌가들의 예복 드레스 형태로 재단되어 있었다. 무거운 옷감은 넓고 긴 소매와 호사스러운 옷자락에 잡힌 화려한 주름까지 충실하게 보여주었고, 챙 넓은 자주색 벨벳 모자의 테두리는 하얀 깃털로 장식되어 있어서 위에서 내리

---

58)『구약성서』,「민수기」, 13장 21절 이하를 참조하시오.

비치는 금빛 별의 찬란한 빛을 받아 머리에 수평의 그늘을 드리우고 있었다. 그녀의 손에 들려 있는 금빛 지구본 위에는 날갯짓하며 서로 부리를 비비는 비둘기 두 마리가 앉아 있었다. 그녀의 죄수들 사이에 섞여 있는 이교도 철학자 아리스토텔레스와 기독교도 시인 단테는 수레 양쪽에서 신성한 태도로 그녀를 보호하고 도와주면서 함께 걸었다.

그러나 그녀의 마차 바로 뒤에는 야만인으로 분장한 건장한 에릭슨이 허리와 이마는 떡갈나무 이파리로 가리고 어깨에는 곰 가죽을 걸친 채 다이아나[59]의 대열을 이끌고 들어오고 있었기 때문에 그녀는 이따금 뒤를 돌아다보았다. 모자와 두건에 초록빛 가지를 꽂고 커다란 뿔피리를 나뭇잎 장식으로 감싼 사냥꾼들이 스컹크 가죽, 살쾡이의 머리, 노루의 발 그리고 멧돼지의 이빨로 사냥복을 장식하고 그의 뒤를 따라왔다. 몇 사람은 사냥개와 그레이하운드를 끌고 왔고, 허리띠에 아이젠을 단 몇몇은 등에 알프스 영양을 지고 있었다. 다른 사람들은 뇌조와 꿩 묶음을 그리고 또 다른 사람들은 들것 위에 산돼지와 사슴 그리고 은도금된 멧돼지 어금니와 사슴뿔을 나르고 있었다. 그다음에는 야만인들이 잎이 무성한 여러 종류의 나무로 이루어진 움직이는 숲을 날랐는데, 숲 속에서는 작은 다람쥐들이 기어오르고 새들이 둥지를 틀고 있었다. 이 숲의 나무기둥 사이로 벌써 다이아나의 은빛 모습이 빛났다. 그녀는 바로 리스가 옷을 갖추어주고 치장해준 호리호리한 아그네스였다. 온갖 사냥감으로 뒤덮인 그녀의 마차에는 야생 동물들의 머리가 관 모양으로 동그랗게 걸려 있었고, 사이사이에 금도금된 뿔과 아름다운 깃털들도 꽂혀 있었다. 그녀 자신은 활과 화살을 들고 종유석 웅덩이로 흐르는 샘이 솟아나는 바위 위에 앉아 있었다. 야만인, 사냥꾼 그리고 물의 요정들이 갈증

---

59) 다이아나는 사냥과 달의 여신이다.

을 해소하기 위해 밀려들면서 온갖 색이 다채롭게 뒤범벅되었다.

아그네스는 엉덩이 있는 데까지 착 달라붙는 은사 의상을 입고 있어서 유연한 몸매의 곡선이 마치 은으로 주조된 것처럼 보였다. 작고 윤곽이 깔끔한 가슴은 마치 은세공사가 예쁘게 빚어낸 것 같았다. 초록색 띠가 여러 번 둘둘 감긴 허리 아래쪽으로는 옷자락이 여러 곳에서 주름으로 접혀 있었지만 발치까지 넓게 흘러내렸고, 은색 샌들이 신겨진 두 발은 수줍은 듯이 드레스 밖으로 삐져나와 있었다. 그리스풍으로 묶어 올린 검은 머리 속으로 하얗게 빛나는 초승달이 간신히 보일 듯 말듯 했고, 그녀의 머리가 조금만 움직여도 달은 머리다발에 가려 순간적으로 완전히 모습을 감추었다. 아그네스의 얼굴은 달빛처럼 희었고 평소보다 더 창백했다. 은빛으로 반짝이는 가슴속에서 그녀의 대담한 계획이 심장을 뛰게 하는 동안, 그녀의 눈은 까맣게 빛나며 애인의 모습을 찾고 있었다.

그러나 다이아나 곁에서 걸으려고 사냥에 몰두하는 늙은 아시리아 왕의 대열을 선택했던 애인 리스는 비너스 역의 로잘리에를 보자마자 다이아나를 떠나 로잘리에의 개선행렬에 끼어들었다. 그리고 마치 몽유병자처럼 멍하니 그녀를 쳐다보면서 자신의 행동을 전혀 의식하지 못하고 그녀의 마차에서 한 발짝도 떨어지지 않았다.

나는 내 옛 별명에 걸맞게 초록 잎으로 덮인 어릿광대 의상을 입고, 방울모자 주위에는 엉겅퀴와 빨간 열매가 달린 감탕나무 가지를 엮어 감았다. 이러한 상황을 파악한 나는, 차라리 앞으로 일이 어떻게 진행될지 감을 잡았다는 편이 더 나을 터인데, 사냥복과 유사한 내 복장을 이용해서 수시로 재빨리 움직이는 숲을 뚫고 지나가, 호위하는 사람이 아무도 없는 가엾은 다이아나 곁에 섰다. 더욱이 야만인으로 분장한 에릭슨은 크게 마음의 평정을 잃은 것은 아니었지만, 리스와 로잘리에의 행동을 주목하고 있었다.

남국 그리스의 광경에 이어, 북국의 게르만 전설을 보여주는 산〔山〕의 왕 행렬이 등장했다. 광석의 표본과 수정으로 이루어진 거대한 산이 그의 마차 위에 세워져 있었고, 그 위에는 잿빛 모피외투를 입고, 눈처럼 흰 수염과 긴 머리가 엉덩이까지 늘어뜨려져 엉덩이를 가리고 있는 거인이 앉아 있었다. 그는 머리에 끝이 뾰족한 긴 금관을 쓰고 있었다. 그의 주위에서 미끄러져 내려와 동굴과 갱도를 파고 있는 작은 땅의 신령들은 실제로는 작은 사내아이들이었다. 그러나 머리에 갱도용 안전 램프를 달고, 손에는 망치를 들고 마차 맨 앞에 서 있는 작은 산신령은 세 뼘이 채 안 되는, 완전히 다 자란 예술가였다. 그렇긴 하지만 그의 몸은 멋지게 균형 잡혀 있었고, 작은 얼굴은 남자답게 정연했으며, 눈은 푸른색이었다. 또한 쐐기 모양의 코밑수염은 금색이었다. 동화에 나오는 인물 같은 이 작은 남자는 결코 기형아가 아니라, 견실하고 명예로운 화가였는데, 이 훌륭한 예술가 집단은 위대한 민족의 온갖 부분을 포괄하고 있을 뿐만 아니라, 인간 육체의 모든 형태까지도 포괄하고 있다는 것에 대한 살아 있는 증거였다.

같은 마차 위 산의 왕 뒤편에서는 조폐담당 대신이 은과 빛나는 구리로 이 축제를 기념하는 동전을 주조하고 있었다. 한 마리 용이 그것들을 쨍그랑거리는 통 속에 토해내면, '금'과 '은'으로 불리는 두 시동이 반짝이는 동전들을 구경꾼들에게 던졌다. 맨 끝에서 혼자 외롭게 따라 들어온 어릿광대 퀼리히쉬는 슬픈 표정으로 텅 빈 돈주머니를 흔들어 보였다.

물론 절뚝거리며 걷는 어릿광대의 뒤에서는 맨 처음의 호화로운 행렬이 뒤따라나왔다. 다시 각종 조합과 옛날의 뉘른베르크, 황제와 제국 그리고 신선의 세계가 통과했고, 그런 식으로 모두 세 번 반복되었다. 리스는 계속해서 비너스의 수레 곁을 지키고 있었고, 에릭슨은 그 뒤에서 방심하지 않고 따라 걸으며 아그네스를 바라보았다. 그녀는 숲 속에 들어 있어서 어떤 일이 일어나고 있는지 볼 수 없었기 때문에 어리둥절한 표정으로 주위를 둘러보기도 했고, 또 슬픈 듯이 두 눈을 감기도 했다.

축제 행렬 전체는 이제 질서 있게 집결하여 큰 소리로 축제의 노래를 합창했다. 이 모든 꿈의 세계 전체를 통치하는 현실의 왕에게 경의를 표하기 위해서였다. 그런 다음 이 긴 대열은 귀빈석의 국왕 가족 곁을 통과하여 가려져 있는 길을 걸어 왕궁으로 들어간 다음, 구경꾼들이 운집해 있는 몇몇 개의 홀과 복도를 지나갔다. 소란스럽고 다채로운 축제의 기쁨이 어느 정도는 자신의 공적에 대한 보은으로 여기면서 만족하고 있는, 정말이지 기뻐 보이는 국왕은 가족 한가운데에 놓인 황금 안락의 자에 앉아 물결처럼 일렁이며 지나가는 대열의 이런저런 모습을 가까이에서 보면서, 많은 사람에게 재미나는 말을 던졌다.

그의 곁에 가까이 간 나는 왕에게 당한 일을 되갚아야 할 필요성을 느꼈다. 다음과 같은 일이 있었던 것이다. 얼마 전 내가 애주가인 도량형기 검정관의 충고에 따라 조촐하게 한잔할 생각으로 저녁노을 속에서 조용한 길을 지나갈 때, 키가 크고 마른 어떤 남자와 만났는데, 그 사람은 갑자기 빠른 걸음을 멈추더니 별로 신경쓰지 않고 지나가던 내게 왜 자기에게 마땅한 경의를 표하지 않느냐고 물었다. 나는 놀라서 그를 바라보았다. 그러나 이미 내 모자를 머리에서 벗긴 그는 모자를 내 손에 건네주면서 "그대는 나를 모르오? 나는 왕이오!"라고 말했다. 그 말과 함께 그는 어둠 속으로 계속 걸어갔다. 나는 내 모자를 원래 자리로 되돌려놓고 그림자처럼 멀어져가는 그 사람의 뒷모습을 한층 더 놀란 눈으로 바라보면서 이 일을 어떻게 판단해야 할지 알 수 없었다. 그러다 마침내 나는 스스로에게 말했다. 만일 이것이 익살꾼의 농담이었다면 명예에 관한 한 아무 문제가 없다. 그러나 그가 진짜 왕이었다 해도 역시 문제될 게 없다. 왜냐하면 만일 왕에게 무례를 범해서는 안 된다면, 왕도 역시 무례를 범하거나 모욕할 수 없기 때문이며, 그들이 절대적인 자의에 따라 행동한다면 국왕의 위엄은 사라지기 때문이다. 오늘 왕 앞을 지날 때 나는 왕이 그때 그 사람이었다는 것을 즉각 알아보았다. 어릿광대의 자유를 이용해서 대열에서 뛰쳐나온 나는 그의 앞으로 걸어가서 머리를 쭉 내밀며 유쾌하게 외쳤다. "헤이, 국왕 친구여! 왜 내 모자를 벗기지 않소?" 나를 주의 깊게 바라본 그는 분명 나를 기억해낸 듯했으며, 내가 그의 손을 다치게 할 수도 있는 엉겅퀴와 감탕나무 줄기로 장식된 모자를 쓰고 그를 놀리고 있다는 것도 이해했다. 그러나 그는 말을 하는 대신 미소와 함께 손가락 끝으로 내 모자 위에 달린 방울 두 개를 붙잡아 아주 천천히 들어올려 나를 잠시 맨머리로 서 있게 한 뒤 그것을 다시 천천히 내려놓았다. 나는 여기서 이 남자를 감당할 수 없으리라는 것을 깨닫고 겨루기를 포기한 채 슬며시 이 자리를 도망쳐나왔다.

호사스러운 계단을 내려가 아치형 천장의 복도와 원주가 있는 홀을 통과하여 가득 들어찬 시민들이 파도처럼 물결치고 있는, 역청 불꽃으로 밝혀진 광장 위를 지나는 동안 예술가들은 어디서나 그들 자신의 작품을 볼 수 있었다. 마침내 이 행렬은 앞으로 더 진행될 행사에 대비하여 방마다 준비되고 장식된 커다란 축제 건물로 흘러 들어갔다. 제일 넓은 방은 연회와 오락 그리고 무도에 적합하도록 설비되었고, 더욱이 개개 조합과 단체들이 휴게소로 사용할 수 있도록 벽감(壁龕)과 곁방을 홀좌우로 설치하고 정원처럼 장식함으로써 모든 것이 오늘의 축제 대상인 막시밀리안 1세 시대의 양식과 완전히 일치했다. 참가자 전체의 유쾌한 연회가 진행되면서 도처에서 지체 없이 춤과 온갖 오락이 시작되었다. 직장가인들은 그 가운데 작은 방에서 문을 열어놓고 음악회를 개최했다. 조합의 관례에 따라 노래 경연도 열렸고, 후원자나 가수가 장인 칭호를 수여받았다. 낭송된 시들의 내용은 대개 예술의 여러 유파 상호간의 혹평, 개인이나 유파의 교만이나 고집에 대한 경멸, 사회적인 폐단에 대한 불만이었지만, 그런 다음에는 일반적으로 용인되고 비난 여지가 없는 것에 대한 찬미도 있었다. 이것은 모든 유파와 그 유파의 거물들이 단구(短句)를 준비한 자신들의 대표를 가수로 내보내는, 말하자면 전반적인 총결산이었던 셈이다.

활달한 풍자시 내용이 표출되는 형식은 아주 희한했다. 왜냐하면 모든 가수가 천편일률적이고 통나무처럼 건조한 똑같은 4강 운문을 명목상의 전절(前節)과 후절(後節)로 나누어 부른 반면, 각각의 개인은 새로운 방식을 선보인다는 전제 아래 호명되었기 때문이다. 그들은 오르페우스의 동경에 찬 비가 스타일, 황색의 사자 가죽 스타일, 검은 옥돌무늬 스타일, 고슴도치 스타일, 잠근 투구 스타일, 높은 산악 스타일, 굽은 쇠스랑 스타일, 매끄러운 비단 스타일, 지푸라기 스타일, 구두장이의 대침(大針) 스타일, 뭉툭한 화필 스타일, 푸른 베를린 스타일, 라인 강의 겨자 스타일, 반짝이는 수탉 풍향계 스타일, 시큼한 레몬 스타일, 끈적거리는 꿀 스타일 등의 방식으로 노래를 불렀는데, 일단 이렇게 주목을 끄는 스타일의 노래가 끝난 다음에 계속해서 옛날의 단조로운 노랫소리가 뒤따르면 청중은 크게 웃음을 터뜨렸다. 몇몇 가수들은 현재의 순간에서 직접 노래 대상을 포착하기도 했다.

그래서 어떤 구두장이는 귀부인으로 분장한 어떤 여자가 그녀 역할에 충실하려고 했던 나머지 그의 춤 제의를 거절한 것을 두고, 접근하는 방법만 잘 알면 진짜 귀부인보다도 더한 여자들에게서도 호의를 끌어낼 수 있다는 내용을 큰 소리로 찬미함으로써 이 여자의 오만을 앙갚음했다. 여기에 대해 어떤 무두장이는 목적을 달성하려면 뻔뻔해야 하는가 아니면 겸손해야 하는가라는 오래된 질문으로 대답을 대신했고, 마침내 양초제조인은 여자들이란 언제나 다른 한쪽을 가질 수 없으면 또 다른 한쪽을 선택하는 존재라고 단언했다.

자신의 일부 수행원과 함께 음악회의 청중으로 참석했던 비너스는 그런 거친 말들을 들어서는 안 될 입장이었다. 격노한 척하면서 자리를 털고 일어난 그녀는 어떤 곁방으로 들어가 그곳에서 몇몇 기품 있는 여자들이 합세한 추종자들과 함께 있었다. 온통 초록색으로 치장한 인접한 벽감에는 사냥꾼들이 자리를 잡고 앉아 있었고, 몇몇 젊은 물의 요정들이 다이이니를 상대해주고 있었다. 그러나 그녀들은 대부분 다이아나를 혼자 앉아 있게 내버려두고 야성적인 사냥꾼들과 춤을 추기 위해 몰려나갔다. 그래서 나는 좀더 자주 그녀 곁에 앉아 대화를 나누고 치다꺼리를 함으로써 가능한 한 그녀가 버림받은 상황이 눈에 띄지 않도록 애쓰며 상황이 호전되기를 기다렸다. 에릭슨은 왔다갔다 했다.

그는 야만인 복장 때문에 춤을 잘 출 수도, 여자들 곁에 너무 가까이 앉을 수도 없었다. 그 역할은 갑작스런 돌발 사태로 불과 며칠 전에야 그에게 떠맡겨진 것이었는데, 그 역할을 하면 어느 정도 로잘리에에게서 떨어져 있게 되어 그들 사이의 관계가 너무 일찍 공개되지 않을 수 있을 뿐만 아니라, 로잘리에도 찬성한 터여서, 그는 싫은 기색 없이 그 역할을 받아들였던 것이었다. 그런데 리스가 계속해서 그녀 곁에 바짝 붙어 있고, 그녀는 그녀대로 호의적이고 도발적인 애교를 떨면서 웃고 농담하는 가운데 자기를 열심히 즐겁게 해주는 부정한 친구를 유쾌하고 순진한 질문으로 감동시켜, 감동에 현혹된 리스에게 그녀의 확실하고 아름다운 삶의 방식을 전혀 짐작조차 못하게 만드는 것을 본 에릭슨은 자기 선택을 거의 후회할 정도였다. 에릭슨이 이따금 약간 떨어진 곳에서 지나갈 때마다 리스와 대화를 나누던 그녀가 겉보기에는 우연히 스치는 것 같지만, 다른 한편으로는 아주 만족스러운 시선으로 야만인 차림의 에릭슨의 뒷모습을 쫓고 있는 것을 에릭슨도 리스도 눈치 채지 못했다.

아그네스는 이미 오래전부터 말없이 내 곁에 앉아 있었다. 그러는 동안 귀중한 시간은 속절없이 계속 흘러갔다. 가슴이 들썩일 정도로 격한 감정에 사로잡힌 그녀는 말아올린 검은 머리를 흔들었다. 그녀는 이따금 리스와 로잘리에를 향해 불타는 것 같은 시선을 보낼 뿐이었다. 또 다른 경우에는 말없이 놀라워하며 그쪽을 바라보았지만, 그녀가 볼 수 있었던 것은 언제나 똑같은 장면이었다. 결국 나도 침묵했고, 존경하던 친구가 그토록 커다란 약점을 가지고 있다는 생각에 우울해졌다. 뻔뻔할 정도의 이러한 무분별한 변덕은 마치 사악한 자연현상처럼 나를 불안하게 만들었다. 나는 꿈속에서 제정신이 없는 어떤 사람이 심연으로 추락하는 것을 보는 것과 같은 인상 때문에 괴로웠다.

깊은 한숨이 생각에 빠져 있던 나를 깨웠다. 리스가 로잘리에와 함께 가까운 큰 홀에서 소란스럽게 일렁이는 무도회를 향해서 걸어가는 것을 아그네스가 보았던 것이다. 갑자기 그녀는 자기와 그 홀로 가서 춤을 추자고 내게 요구했다. 곧 형형색색의 빛을 발하는 무리와 섞여 춤을 추게 된 우리는 장밋빛의 비너스와 두 차례 마주쳤는데, 바람에 날리는 그녀의 심홍색 의상은 그녀와 춤을 추던 리스의 모습을 반쯤 가려 주곤 했다. 리스는 서로 사이좋게 놀고 있는 것처럼 보이는 어린애들에게 인사하듯이 우리에게 만족스러운 표정으로 유쾌하게 인사를 건넸다. 왈츠가 끝날 때쯤 우리는 다시 한 번 만났다. 로잘리에는 이 아름다운 소녀가 마음에 들어 그녀 곁에 두고 싶어했지만, 나는 무도회 다음에 이어질 어릿광대의 막간극에 참여해야 했다.

쿤쯔 본 데어 로젠은 그곳에 있던 어릿광대들을 불러모아 모두 기다란 밧줄을 잡게 한 다음 군중 사이로 데리고 다녔다. 어릿광대들은 모두 자기가 어떤 바보인지를 적은 판을 들고 다녔는데, 황제를 즐겁게 해주

는 시종인 쿤츠는 흠이 경미한 바보와 흠이 많은 아홉 명으로 바보를 구
분한 다음, 이 아홉 명으로 구주희의 핀 역할을 하도록 황제 앞에 세워
놓았다. 그리하여 모든 사람이 보는 가운데 오만, 질투, 무례, 허영, 아
는 척하기, 비교(比較) 광(狂), 자만, 고집 그리고 변덕이라는 바보들이
서 있게 되었다. 많은 기사와 시민들은 나머지 어릿광대들이 우스꽝스
럽게 격렬한 몸짓으로 가지고 들어온 커다란 공을 아홉 명의 바보들에
게 굴렸지만 하나도 꿈쩍하지 않았는데, 마지막으로 전 국민의 상징인
용감무쌍한 막스[60]가 단 한 번만에 구주희 핀을 모두 쓰러뜨리지 비보
들은 서로 몸 위로 차곡차곡 곤두박질했다.

쓰러졌던 어릿광대들은 다시 익살스럽게 부활했다. 황제의 승리를 축
하하기 위해 고대 세계의 조각 작품을 보여주고자 한 쿤츠가 우선 넘어
진 바보들을 니오베의 아들딸 역할을 하도록 일으켜세웠던 것이다.[61]
물론 니오베의 아들딸들은 막시밀리안 시대에도 여전히 땅 속에 매장되
어 있었긴 하지만 말이다. 이 비극적 군상[62]은 돌연 예쁘장한 세 명의

---

60) 막스밀리안 1세 황제를 말한다.
61) 그리스신화에 따르면 니오베는 탄탈로스의 딸이자 테베의 왕 암피온의 아내
　다. 당시 테베에서 숭배받던 여신 레토가 아폴론과 아르테미스라는 두 남매밖
　에 없었던 데 비해 7명의 아들과 7명의 딸을 둔 니오베는 그것을 무척 자랑스
　러워했다. 그래서 화가 난 레토는 아폴론에게는 니오베의 아들들을 죽이게 하
　고, 아르테미스에게는 그녀의 딸들을 죽이게 했다. 한꺼번에 모든 자식을 잃
　고 비탄에 빠져 울며 세월을 보내던 니오베는 고향인 리디아의 시필로스 산
　위에서 밤낮 울며 탄식하다가 돌이 되고 말았다. 그녀는 돌이 되어서도 계속
　눈물을 흘렸다고 한다.
62) 라오콘은 아폴론을 섬기는 트로이의 신관(神官)이다. 트로이 전쟁 때 그리스
　군의 목마를 트로이 성 안에 끌어들이는 것을 반대했기 때문에 신의 노여움을
　사 바다의 신 포세이돈이 보낸 두 마리의 큰 뱀에게 두 자식과 함께 졸려 죽었
　다. 로마의 바티칸 미술관에 소장된 조각 작품은 큰 뱀에게 졸려 막 죽으려고
　하는 라오콘과 두 아들의 마지막 고통을 표현했다.

어린 어릿광대로 이루어진 우미의 세 여신으로 변했고, 그들이 한차례 몸을 돌리자 또 한 사람이 없어지고 에로스와 프시케가 남아 서로 포옹하고 있었는데, 이들 역시 마침내 서로 떨어지더니 마지막으로 나르시스만 남았다. 그러나 나르시스 역시 사라져버리고, 그가 있던 자리에서 예의 그 가장 작은 난쟁이가 바닥에 누워 죽어가는 검투사 연기를 너무도 탁월하게 해냈던지라, 모든 구경꾼은 감동하여 커다란 박수를 보냈으며, 어릿광대들은 모두 그쪽으로 몰려가 뒤집어진 생선 접시 위에 누워 있던 그를 쟁반째 들어올려 의기양양하게 데리고 갔다.

이들이 신기루처럼 사라지자 라오콘 군상이 보였다. 철사와 아마포로 만들어진 두 마리의 큰 뱀을 이용하여 에릭슨과 두 명의 사티로스[63]가 이 역할을 맡았다. 근육을 팽팽하게 당긴 모습으로 규정된 자세를 유지하기란 여간 힘든 일이 아니었다. 에릭슨은 안간힘을 다해 목을 뒤로 젖힌 상태에서 한순간 곁눈질을 했는데, 바로 그 순간 리스의 팔짱을 낀 로잘리에가 서로 미소 지으며 지나가다가 그를 힐끔 쳐다보고는 다시 자신의 파트너와 함께 재잘거리면서 군중 속으로 사라져가는 것이 보여서 이 역할은 더욱 어려워졌다. 그뿐만 아니라 그는 가까이서 누군가 이런 얘기를 하는 것을 들었다. "플레밍 사람인지, 프리슬란트 사람인지 잘 모르겠지만 여하튼 간에 아름다운 비너스가 줄곧 돈 많은 저 작자하고만 붙어다니는구먼! 게다가 저 사람 외모도 출중하네그려. 그러니까 그녀는 아마도 '빼어난 용모와 많은 재산은 둘 다 균형잡혀야 한다!'라고 생각할 거야."

뱀에서 벗어나 자유로워지자마자 에릭슨은 급하게 뛰어다니면서 술을 마시고 있는 지인들에게서 그들에게 필요 없는 의상들을 빌렸다. 주교와

---

63) 반인반수인 주신 디오니소스의 시종.

사냥꾼 그리고 야만인 복장이 부분적으로 섞이고 머리는 아직도 초록색 이파리에 덮인 기상천외한 차림새로 사라진 두 사람을 찾아 나선 그는 주신 바쿠스의 종자들과 비너스의 추종자들 그리고 사냥꾼들이 서로 모여 있는 꽤 큰 모임 속에서 그들을 찾아냈다. 그는 질투하지 않았고, 혹 그가 질투할 수도 있다는 생각조차도 부끄러워했다. 근거가 있든 없든 질투는 진정한 사랑에 필요한 품위를 손상하기 때문이었다. 다만 그는 이 세상에서는 모든 것이 가능하고, 불필요하게 일을 뒤죽박죽 만드는 사소한 부주의가 원인이 되어 아주 중대한 결과가 초래된다는 것을 알고 있었다. 게다가 그는 이 시점에서 차분한 태도와 불안해하는 태도 가운데 어떤 것이 더 로잘리에게 모욕적일 수 있는지 확신이 서지 않았다. 만일 그녀가 이렇게까지 공공연한 네덜란드인의 구애를 참고 들어주려고 애쓰며 은밀한 의도를 감추고 있는 것이라면, 에릭슨 역시 점잖게 그러한 사정을 이해하기 위해 노력해야 했기 때문이다.

찾고 있던 두 사람이 신화 세계의 한가운데에 앉아 있는 것을 본 에릭슨은 그사이에 평정심을 되찾았다. 그는 태연하게 가까운 자리에 앉았으나 곧 마음이 다시 긴장되었다. 리스는 전혀 무해한, 정말이지 대수롭지 않은 것들에 대해 얘기했지만, 그러한 정복자들이 때가 되면 드러날 수밖에 없는 일에 대해 미리 세상사람들을 익숙하게 길들이는 데에 사용하는 친숙한 어투로 직접 로잘리에를 향해서 말하고 있었다. 에릭슨은 리스에 대한 판단을 유보하며 그의 많은 점을 지그시 참아냈다.

그러나 이제는 혹 이 친구가 금시계를 훔치거나 다른 남자의 아내를 빼앗는 데에만 주된 관심을 두는 멍청이들 가운데 하나일지도 모른다는 생각이 고개를 들었다. 그는, 남녀를 불문하고 타인의 행복을 파괴해야만 비로소 행복감을 느끼는 맹수나 아메바 같은 인간도 있지! 물론 그들은 손에 넣을 수 있는 정도만 취하고, 전리품도 대개는 뻔해! 그러나 이

번 경우는 정말 유감스럽군!이라고 혼자 생각했다. 그래서 그는 로잘리에가 계속 호의를 보이며 리스의 말을 경청하면서 리스를 황홀하게 하는 미소를 지음으로써, 리스가 능숙하고 기대에 찬 말을 계속하게 만드는 것을 관찰하며 다시 근심스러우면서도 찬탄할 수밖에 없었다. 그렇게 몰두해 있던 에릭슨은 아그네스에게 무슨 일이 일어나는지도 몰랐고, 내가 아그네스의 사자(使者)로서 재차 리스에게 다가가 단 한 번만이라도 좋으니 아그네스와 춤을 추라고 나지막하지만 간곡하게 부탁하는 것을 볼 수 없었다. 리스는 그때 마침 잠시 쉬고 있었기 때문에 내 말을 듣고 마치 교미기의 뇌조가 짝을 찾는 소리를 들은 것처럼 화들짝 놀랐으나 곧장 날아올라 자리를 뜨는 대신 낮은 목소리로 나를 꾸짖었다. "어린 아가씨가 왜 그리 무례하지? 둘이서 춤춰, 나를 훼방놓지 말고!"

나는 비통해하며 흥분해 있는 그녀를 가능한 한 정성껏 위로하고 달래줄 생각으로 그녀에게 돌아갔다. 그런데 에릭슨이 나보다 먼저 와 있었다. 내가 리스와 얘기하고 있던 동안 로잘리에는 에릭슨에게 몇 마디 속삭였는데, 그 말이 그의 기분을 풀어준 것 같았다. 에릭슨은 반짝거리는 옷을 입은 아그네스를 무도대열로 데리고 가서 그녀와 함께 가볍고 힘차게 빙빙 돌며 춤을 추었고, 아그네스는 마치 그녀의 섬세한 관절이 강철로 되어 있기나 한 듯이 힘찬 발걸음으로 그와 함께 또 그의 주위를 날아다니듯 빙빙 돌았다. 그런 다음 그녀는 아직은 갑옷 궤짝 속에 묻힐 의사가 없는[64] 프란츠 폰 지킹엔에게서 춤추자는 요구를 받았다. 이제 시작된 피겨 댄스[65]에서도 그녀는 또다시 아주 이상야릇한 매력을 풍겼

---

[64] 프란츠 폰 지킹엔에 대한 앞부분의 묘사에는 이 구절과 연관되는 설명이 없지만, 이 작품의 초판에서는 지킹엔이 다음과 같이 묘사되어 있다. "그(지킹엔)는 마치 거칠고 피비린내 나는 공격 중에 죽어서 갑옷 궤짝 속에 매장된 사람처럼 보였다."

[65] 발동작과 자세의 연속동작이 확고하게 정해진 춤이다.

다. 그래서 대가 뒤러가 몸소 그녀의 길을 막고 서서, 자신의 역할에 충실하게 그녀에게서 잠시도 눈을 떼지 않고 작은 화첩을 꺼내서 스케치하기 시작했다. 이 애교 있는 착상은 엄청난 갈채를 받았다. 사람들은 멈춰 섰고, 마치 옛 거장이 실제로 나타나서 그림 그리는 모습을 보이고 있기나 한 듯이 거의 외경심을 내비치며 찬탄하는 무리가 모여들었다.

그렇지만 아그네스가 이날 체험한 명예가 이것으로 정점에 다다른 것은 아니었다. 이곳을 지나다 수행원들에게 이 장면을 보고받은 하얀 황제[66]가 날씬한 디이이니를 소개히게 힌 다음, 그녀를 대동하고 홀을 한 바퀴 도는 동안 그녀를 자신에게 넘겨달라고 폰 지킹엔에게 정중하게 부탁했던 것이다. 오케스트라가 큰 소리로 연주를 시작했고, 그녀는 아름답게 꾸민 꿈의 세계의 황제 손에 이끌려 큰 홀을 한 바퀴 돌았는데, 그녀가 가는 곳에서는 어디서든 기사와 귀부인 그리고 명문가의 부인들이 허리를 숙였으며, 시민들은 모자를 벗어들었다.

그녀는 황제의 손에서 폰 지킹엔에게 넘겨졌고, 폰 지킹엔은 격식을 갖추고 그녀를 다시 에릭슨에게 넘겼는데, 그토록 큰 영광을 누리고 에릭슨에 의해 다시 자리로 이끌려온 그녀의 얼굴은 흥분과 희망으로 붉은 꽃처럼 홍조를 띠고 있었다. 그러나 그녀의 애인 리스는 그 모든 것을 전혀 보지 않았으며, 그녀가 돌아온 것조차 모르고 있었다. 이런 일이 진행되는 동안 챙이 넓은 깃털 모자를 벗어 리스에게 들고 있으라고 주었던 로잘리에가 이제 머리에 아무것도 쓰지 않은 채로 앉아 자기의 감미로운 향내가 나는 머리를 하얀 손가락으로 가다듬자 리스는 또다시 그녀의 아름다움에 현혹되었다.

---

66) 막시밀리안 황제를 일컫는다. 마르크스 트라이츠자우어바인(Marx Treitz-sauerwein)이 쓴 막시밀리안 황제의 자서전 제목은 『하얀 왕』인데, 이 제목은 막시밀리안 황제가 전쟁할 때 하얀 갑옷을 입은 데서 유래했다.

그것을 보고 창백해진 아그네스는 나에게 몸을 돌리고 자기를 이제 집으로 바래다주었으면 좋겠다고 리스에게 말해달라고 부탁했다. 곧장 다가온 리스는 소녀의 따뜻한 망토와 덧신을 챙겨주고 그녀의 채비가 끝나자 내게 따라오라고 눈짓하면서 그녀를 정원으로 데리고 갔다. 거기서 그녀의 팔을 내 팔에 끼워준 리스는 다정스러운 아빠처럼 아그네스에게 작별인사를 하며 자기의 피보호자인 이 작은 소녀를 정말 조심해서 집까지 바래다달라고 내게 부탁했다.

그는 우리 둘과 작별의 악수를 나눈 다음 곧장 넓은 계단을 오르내리고 있는 군중 속으로 사라졌다.

우리는 밖으로 나왔다. 아그네스가 사랑의 고백을 다짐하며 타고 온 마차는 보이지 않았다. 노래와 음악소리가 울리고 있는 밝은 건물을 슬픈 표정으로 올려다본 다음 더욱 슬픈 표정을 지으며 몸을 돌린 아그네스는 내 팔짱을 끼고 동이 트기 시작하는 조용한 골목길로 집을 향해 나섰다.

그녀는 작은 머리를 깊숙이 숙이고 있었다. 그녀의 손에는 경황이 없었던 리스가 내게 맡기는 대신 그녀에게 슬쩍 쥐어주었던 옛날 세공품인 커다란 현관 열쇠가 무의식중에 들려 있었다. 그녀는 자기에게 차갑고 녹슨 이 쇳덩어리를 준 사람이 다름 아닌 리스였다는 어두운 느낌과 함께 그 열쇠를 꼭 쥐고 있었다. 어쨌거나 그에게서 뭔가 받긴 받은 셈이었다. 이것을 뺀다면 리스가 오늘 그녀에게 바친 것은 그다지 많지 않았다. 연회 때에도 그녀는 거의 아무것도 먹지 않았고, 지금까지 그녀의 입술을 축인 약간의 음료도 내가 권한 것이었다.

집 앞에 왔을 때 나는 종을 당겨야 하는지 아니면 예쁜 인어 노커를 두드려야 하는지 여러 번 물어보았으나, 그녀는 아무 말 없이 서서 미동도 하지 않았다. 내가 그녀 손에 있는 열쇠를 발견하고 그것으로 문을 연 다음 들어가라고 권했을 때에야 비로소, 그녀는 천천히 두 팔로 내 목을 얼싸 안았는데, 처음에는 꿈을 꿀 때 그러는 것 같은 신음을 내더니, 나중에는 눈물을 삼키듯이 눈을 껌벅이기 시작했으나 눈물은 솟아나지 않았다. 그녀의 어깨에서 망토가 흘러내렸다. 나는 그것을 잡으려고 했으나 그렇게 하는 대신 여동생을 안듯이 그녀를 안았고, 그녀의 뺨은 감춰져 있어서 대신 머리와 목을 쓰다듬었다. 내 몸에 닿은 섬세한 은빛 가슴속에서 한숨이 쏟아져나오고 심장이 뛰는 것을 듣고 느낄 수 있었다. 그것은 숲 속에 누워 땅에 귀를 대면 들리는, 숨겨진 샘물이 중얼거리는 소리 같았다. 그녀의 뜨거운 숨결이 내 귓속으로 흘러들었다. 나는 마치 옛 노래에 나오는 감미롭고 슬픈 동화를 실제로 체험하는 것 같은 기분이 들어서, 나도 모르게 역시 한숨을 쉬었다. 마침내 가엾은 소녀는 눈물을 흘리며 비통하게 흐느끼기 시작했다. 어린아이의 애처로운 울음소리처럼 결코 아름답지는 않지만, 한없이 감동적인 처량한 자연의 소리는 그녀의 섬세한 목에서 쏟아져나와 내 귓전에서 부서졌다. 그녀는 고개를 들어 내 한쪽 어깨 위에 올려놓았고 나는 그녀의 슬픔을 잘 알고 있다는 것을 보여주려고 무심코 내 머리를 그 위에 올렸다.

그러자 내 모자의 엉겅퀴 잎과 감탕나무가 그녀의 목과 뺨을 찌른 탓에 뒤로 물러서며 정신을 차린 그녀는 자기가 어떤 남자와 함께 있는지 갑자기 깨달았다. 두 번이나 실망한 소녀는 어찌할 바 모르고 선 채로 울면서 옆쪽을 바라보았다. 나는 단지 그녀가 무슨 일이든 해야 한다는 생각에서 망토를 그녀의 팔 위에 얹어주고 다정스러운 태도로 그녀를 계단으로 데리고 간 다음, 밖으로 나오며 문을 닫았다. 집 안은 여전히 고요했고 어머니는 깊이 잠든 것 같았다. 나는 아그네스가 한숨지으며 계단을 올라가다가 여러 차례 층계에 몸을 부딪치는 소리만 들을 수 있었다. 마침내 나는 그곳을 떠나 천천히 축제가 벌어지고 있는 홀로 돌아갔다.

제14장 어릿광대들의 결투

홀에 들어섰을 때는 막 해가 떠오르고 있었다. 여자들과 나이 든 사람들은 이미 모두 떠나고 없었다. 하지만 극도로 흥에 취해 우왕좌왕하던 젊은이들은 쉬지도 않고 곧바로 야외로 나가 넓은 계곡물이 흘러 들어오는 강변에 위치한 산림감독관의 작은 관사와 숲 속 공원에서 술자리를 계속하기 위하여 마차에 올라타고 있는 참이었다.

그 부근에 별장이 있는 로잘리에는 가장행렬에 참가한 유쾌한 사람들을 오후에 그곳으로 모이라고 초대했고, 자기도 역시 그 시간까지는 주인으로서 채비를 마치고 가겠노라고 했다. 특별히 몇몇 부인들도 초대받았는데, 그들은 사육제 기간인 만큼 전통 의상을 입고 그곳으로 가기로 합의했다. 그들 역시 근사한 예외적 상황을 되도록 오랫동안 즐기고 싶었던 것이다.

에릭슨은 평상복으로 갈아입기 위하여 집으로 떠난 후였다. 후에 그는 평상복이긴 했지만 보통 때보다 더 신중하게 고른 옷을 입고 나타났다. 그런데 오후에 나타난 로잘리에 역시 계절과 날씨에 어울리는 현대 의상 차림이었던 것을 보면, 여기에는 두 사람 사이에 양해가 있었거나 서로 기분이 일치했을 거라는 추측이 가능했다. 어쨌든 두 사람의 복장은 냉정한 관찰자의 눈에는 간과할 수 없는 눈에 띄는 징후였다.

리스 역시 급히 집으로 갔는데 그들과는 정반대 생각을 했다. 언젠가 그는 솔로몬이 있는 그림의 밑그림을 그리기 위해 시험적으로 옛 동양의 왕들이 입던 의상을 주문한 적이 있었다. 얇고 흰 고급 삼베로 만든 긴 옷은 주름이 많이 잡혀 있고 자주색과 파란색 그리고 황금색 레이스와 장식용 술로 치장되어 있었다. 머리와 발의 덮개 역시 고대 소아시아 양식과 비슷했다. 그는 그림을 그릴 때는 이 옷의 습작을 이용하지 않았다. 그런데 이제 그에게는 이 옷을 입고, 말하자면 사냥을 즐기는 어제익 아시리아 왕처럼 궁정 복장을 갖추고 사랑의 여신의 이전에 나다나면, 분위기를 돋우리라는 생각이 들었다. 그렇게 하기 위해서 그는 인두와 향유로 머리와 수염의 모양을 꾸민 다음, 드러난 팔과 손에는 희한해 보이는 팔찌와 반지를 꼈다. 혼란스러운 격정으로 잠도 충분히 자지 못한 채 이 모든 치장을 마치고 나자 시간은 이미 정오가 되었다.

나는 잠을 전혀 자지 않고 새벽 즈음에 본대에 섞여 마차를 타고 거리로 나갔다. 용병을 가득 태워 그들의 창이 숲을 이루고 있는 대형 마차들이 앞장서 달렸고, 그 뒤를 따라 온갖 종류의 마차들이 긴 행렬을 이루며 옆으로는 아름다운 너도밤나무 숲이 있는 높은 강 언덕 위에서 밝은 아침 햇살 속으로 질주해갔다. 번쩍거리는 강은 잔돌멩이가 많은 강가나 무성한 덤불 주변을 찰랑대며 흐르고 있었다.

2월이었지만 날씨는 포근하고 하늘은 푸르렀다. 나무들 사이로 햇살이 뚫고 들어왔고 낙엽수 가지 아래 바닥에서는 부드러운 이끼가 더욱 푸른빛으로 빛났으며, 낮고 깊은 곳에서는 푸른 계곡물이 반짝거렸다.

형형색색의 복장을 한 사람들은 강 언덕에 숲으로 둘러싸여 그림같이 모여 있는 집으로 쏟아져 들어갔다. 산림감독관의 집과 고풍스러운 음식점 그리고 거품이 일고 있는 개울 곁의 물레방앗간은 곧 하나의 공동 연회장으로 변하여 서로 긴밀하게 연결되었다. 떠들썩한 소리에 놀라 유명한 사육제의 본 모습을 보게 된 그곳의 조용한 주민들은 그토록 갑작스럽게 온갖 모습으로 사방팔방에서 그들을 에워싼 것들을 보고 듣고 감탄하고 웃느라 바빴다. 그러나 신선한 자연과 깨어나고 있는 봄을 본 예술가들의 마음 깊은 곳에서는 익살스러운 기분이 발동되었다. 신선한 공기는 아주 예민한 환희의 촉각을 자극했다. 사라진 지난밤의 즐거움이 약속과 사전 계획에 바탕을 둔 것이었다면, 사람들은 오늘은 차제에 마치 나무에 매달린 과일을 따는 것처럼 형식에 구애받지 않고 자유스럽게 즐거움을 만끽하고 싶어했다. 즉흥적인 감정과 향락에 어울리는 복장은 이제 더 이상 바꿀 수 없는 평상복처럼 생각되었고, 행복에 취한 사람들은 이러한 복장을 즐거워하며 재치 있고 천진난만한 장난과 오락 그리고 어릿광대짓을 숱하게 새로 생각해냈다.

그러다가 나무 밑이나 선술집 그리고 방앗간의 딸을 동그랗게 에워싸고 있는 용병들 쪽에서 들려오는 가락이 아름다운 힘찬 노래 때문에 갑자기 중단되는 일도 종종 있었다. 그러나 자신을 망각한 와중에도 사람들은 원래 그 모습 그대로였기 때문에 영원히 변치 않는 인간적 본성으로서 약점이 마치 옅은 그늘처럼 즐거워하는 사람들의 얼굴 위를 스쳤다. 불평가는 때에 따라 인상을 썼고, 방자한 사람은 쉽게 감정을 상하는 사람을 화나게 만드는가 하면, 낙천적인 사람은 잔소리꾼을 건드려 자잘한 싸움을 일으켰다. 또한 사소한 일에도 신경을 많이 쓰는 사람은 부지중에 한 번씩 고민을 떠올리고는 깊은 한숨을 쉬었다. 소심하고 쫀쫀한 남자는 남몰래 현금이 얼마나 남았을지 검산해 보았는데, 가진 돈을 다 써버린 경박한 사람은 돈을 꿔달라는 말로 이 남자를 소스라치게 만들었다. 그러나 이 모든 것은 마치 반짝이는 수면 위의 미풍처럼 사람들의 마음속에 잔물결을 일으키며 순간적으로 지나갔다.

나 역시 구름이 만든 그늘 같은 어두움에 잠시 빠졌다. 나는 물레방앗간으로 흘러 들어오는 물줄기를 따라 숲 속으로 들어가 맑고 시원한 물로 세수했다. 그런 다음 수문의 나무판 위에 앉아서 지난밤의 일과 아그네스의 집 현관에서의 묘한 경험에 대해 곰곰 생각했다. 부드럽게 졸졸거리는 물소리 때문에 나는 반수면 상태에 빠져들었는데, 그러는 가운데 내 생각은 꿈을 꾸는 듯이 먼 고향을 향해 날아가고 있었다. 나는 텔을 공연할 때의 복장으로 죽은 안나와 나란히 고요한 숲의 호숫가에 앉아 있는 것 같았다. 그런 다음 그녀와 나란히 말을 타고 저녁들판을 달리는 모습이 눈앞에 떠올랐는데, 이미 완결되어 더 이상 변할 수 없는 과거의 환영을 보듯이 나는 이 모든 것을 아무런 마음의 동요 없이 바라보았다. 그러나 함께 어두운 밤을 배회했던 유디트의 모습 앞에서 그 환영들은 불현듯 희미하게 사라졌다. 나는 승려들이 진을 치고 있던 그녀의 집에 있었다. 그녀가 과수원에서 가을안개를 뚫고 걸어나오는 것과 마침내 이주민들의 마차 위에 앉아 멀리 사라져가는 것이 보였다. 그녀는 어디 있는가? 그녀는 어떻게 되었을까? 나는 마음속으로 절규했다. 그녀에 대한 그리움이 갑자기 나를 잠에서 깨게 만들었다. 내 눈앞에서 그녀가 찬란한 한낮의 햇빛 속에 서서 걸어가는 모습이 보였다. 하지만 그녀의 예쁜 발밑으로 땅이 보이지 않았다. 그래서 나는 마치 지금껏 가져보았고 또 가져볼 수도 있을 최고의 것을 유디트와 함께 강제로 빼앗기고 다시는 되찾을 수 없을 것 같은 기분이 들었다.

도둑이 잽싼 발걸음으로 사라지듯 순식간에 흘러가는 시간을 생각하면서 나는 한숨지으며 살며시 고개를 흔들었다. 그러다가 두건의 방울이 울리는 소리에 비로소 완전히 꿈에서 깨어나 마음을 가다듬은 나는 마침내 어머니에 대해서도 생각하게 되었다. 내가 그녀를 생각하는 방식은 물론 집에서 구운 맛있는 빵처럼 당연하고 잃어버릴 수 없는 어떤 것을 생각하는 것과 같았다. 그러한 것이 언젠가는 홀연히 사라져버릴 수도 있다는 것을 나는 그때까지 경험하지 못했다. 그런데도 나는 조용한 방에 앉아 있을 어머니에 대해 상당히 진지하게 생각했다. 이미 나는 만 스물두 살이 되었지만 아직도 그녀에게 나의 경제적인 가능성과 세상살이에 대하여 명확하게 설명해줄 수 있는 형편이 아니었다. 나는 재빨리 혁대에 매달린 작은 가방을 앞쪽으로 끌어당겼다. 그 속에는 손수건을 비롯한 다른 물건들과 함께 아직 더 쓸 데가 있는 현금이 들어 있었는데, 이것은 얼마 전에 어머니가 다른 때와 같은 액수를 챙겨 제날짜에 정확하게 송금한 돈 가운데 사용하고 남은 것이었다. 물론 이때 돈을 세어볼 필요가 없어서 그 가방을 다시 원래 위치로 밀쳤지만, 고향에 남아 있는 어머니의 초라한 살림살이에 비추어 보면 축제에 참가하는 것이 허락될 수 없으리라는 사실을 숨길 수는 없었다. 어릿광대의 의상이 그렇게 비싸지는 않았고, 내가 그 역을 택한 가장 큰 이유도 그것 때문이었다. 그런데도 이 얼마 안 되는 돈이 없어서 엄청나게 시련을 겪어야 할 시간이 올 수도 있었다. 그렇지만 나는 지금, 특히 즐거운 연회장에서 기운 찬 음악소리가 들려오는 이런 때에 젊은 학생에게 무엇이 필요하고 무엇이 유익한지 어머니보다 더 잘 알고 있었다. 다시 한 번 머리를 흔들자 방울이 울렸고 나는 벌떡 일어나서 그곳을 떠났다.

나는 즐겁게 쏘다니며 때로는 다른 사람들과 함께 때로는 나 혼자서 자연 속을 걸어다녔다. 정오 무렵에 나는 시내에서 걸어서 막 도착한 당당한 모습의 에릭슨을 만났다. 우리의 첫 대화는 우리의 친구 리스의 행동에 관한 것이었다. 에릭슨은 어깨를 으쓱하고 별 말을 하지 않은 반면, 나는 놀라움을 표하며 그가 어떻게 그토록 창피한 짓을 할 수 있는지 장광설을 늘어놓았다. 나는 더할 수 없이 날카로운 비난을 퍼부었는데, 지난밤 아그네스가 혼란스러웠던 나머지 내 목을 껴안았을 때 내가 결코 허락되지 않은 가당찮은 정열[67]에서 겨우 벗어났다는 어두운 느낌이 들자 내 목소리는 더욱 커졌다. 나의 독선은 물론 확고한 토대를 가지고 있었다. 유디트에 대한 기억이 되살아나 그녀에 대한 커다란 그리움을 느낌으로써, 이제 나 자신이 흔들리지 않는다는 확신감이 생겼기 때문이다. 하지만 지난날 내게 위험스럽고 부적절했던 체험이 이제는 현재의 유혹에서 나를 지키는 역할을 해야 한다는 것은 정말 이상한 일이라고 하지 않을 수 없었다.

"내가 장담하는데," 에릭슨이 나를 중단시키며 말했다. "리스는 그 가엾은 애를 그냥 버려둘 거야. 오늘 데리고 오지 않을 기린 말일세. 이 친구가 제정신을 찾도록 우리가 장난 한번 쳐보세. 자네가 마차를 한 대 대절해서 시내로 들어가 상황을 살펴보게! 그 정신 나간 친구가 자기 집에도 없고 그 아가씨 집에도 없으면 당장 그 아가씨를 데려와. 그 아가씨의 어머니가 반대하지 않도록 로잘리에가 부탁해서 데리러 온 것처럼 해. 내가 책임질 테니까. 어젯밤에 리스가 그렇게 끈질기게 이 아름다운 아가씨를 자네에게 맡겼으니까, 리스에게는 나중에 이 명령을 지키는 것을 자네의 의무로 생각했다고 간단히 얘기하면 될 거야."

나는 이 생각이 옳다고 인정하고 곧바로 시내로 갔다. 도중에 리스를 만났는데 그는 따뜻한 망토를 두른 채 마차에 혼자 앉아 있었다. 하지만 장식품이 달린 원추형의 왕 모자와 기묘하게 꼬부라진 검은 수염은 그가 축제에 열광하는 사람이라는 것을 드러내기에 부족함이 없었다.

"어딜 가나?" 그가 나를 향해 말했다. "자네를 찾아보라고 하던걸?" 나는 대답했다. "자네가 착한 아그네스 아가씨를 데리고 오는지 살펴보라고 하더군. 자네가 그렇게 하지 않으려고 할 때를 대비해서 말이야! 지금 보니 그런 것 같으니까 자네가 반대하지 않는다면 내가 그녀를 데

---

67) 여기서는 "허락되지 않은 [······] 정열"이 구체적이지 않으나 이 작품의 초판에서는 하인리히가 아그네스와 키스하며 흥분하는 것으로 묘사되어 있다.

리러 가겠네. 그것도 자네의 이름으로. 에릭슨의 아름다운 미망인이 그러기를 바란다네.”

“그렇게 해!” 리스는 눈에 띌 정도로 놀란 것 같았지만 아주 태연한 척하며 대답했다. 그는 망토로 몸을 더 단단하게 감싸면서 마부에게 어서 가자고 거칠게 명령했다. 얼마 지나지 않아 나의 마차는 아그네스 집 앞에서 멈추었다. 말발굽소리와 바퀴 구르는 소리 그리고 갑자기 조용히 멎는 소리가 작고 후미진 조용한 광장에서 이상하게 메아리쳤기 때문에 아그네스는 바로 그 순간 눈을 반짝이며 창가로 달려왔다. 내가 내리는 것을 보고 그녀는 다시 시선을 거두었으나 내가 거실로 들어서자 아직 기대에 부풀어 기다리고 있었다.

방에 함께 있던 그녀 어머니는 오래된 타조의 깃으로 그녀의 제단과 그 위에 걸린 그림, 도자기 찻잔과 화려한 유리잔 그리고 양초의 먼지를 털고 닦고 다니며 전후좌우에서 나를 관찰하다가 수다를 늘어놓기 시작했다. “어유, 우리 집에도 사육제 말단 단역이 납시었네. 이런 고마울 데가! 신사양반은 완벽하게 사랑스러운 어릿광대로 보이는구려! 그런데 도대체 무슨 짓들을 하는 거죠? 리스 씨가 내 딸에게 무슨 짓을 했어요? 저 애가 아침 내내 저기에 앉아 먹지도 않고 자지도 않고 웃지도 않고 울지도 않으니! 이것이 20년 전의 내 모습이라오, 신사양반! 당신도 이미 보았을 거라는 생각이 들긴 드는구려! 아직도 이것을 볼 수 있다니, 주님 감사드리옵니다! 말해봐요, 저 아이에게 무슨 일이 있죠? 분명 리스 씨가 꾸짖었을 거야. 내가 언제나 말하지 않던가요? 저 애는 그 양반 같은 훌륭한 신사에게는 너무 아둔하고 미숙하다고! 아무것도 배우지 못해서 하는 짓거리가 서투르기 짝이 없다오. 그래, 아그네스, 넌 조심 좀 해야 돼! 그런 걸 나한테서 배우진 않았을 텐데! 내가 젊었을 때 얼마나 기품이 있었는지 이 그림을 보면 모르겠어? 귀족 집안 부인처럼 보이지 않아?"

나는 이 모든 말에 대해서 리스와 로잘리에 부인의 이름으로 초대를
함으로써 대답을 대신했다. 내가 또 리스가 몸소 올 수 없는 몇 가지 이
유를 전하자, 아그네스의 어머니는 흥분해서 계속 큰 소리로 외쳤다. "어
서 서둘러, 아그네스! 어서 서두르라니까! 오, 예수님, 마리아님, 부자들
이 모여 있대요! 이 존경하옵는 부인께서는 체구가 너무 작긴 해. 작은
감이 있긴 하지만 매력은 충분하다니까! 이제 어제 놓쳐서 망쳐버린 것
을 만회할 수 있겠구나! 어서 기, 이 배은망덕한 것아. 리스 씨가 선물한
비싼 것들로 치장해! 반달이 바닥에 떨어졌구나! 하지만 우선 네 머리부
터 손질해줘야겠다. 이 신사양반에게 실례되지 않는다면!"

거실 한가운데에 앉은 아그네스의 뺨은 다시 싹트는 희망으로 살포시
홍조를 띠었다. 아그네스의 어머니는 매우 노련한 솜씨로 아그네스의
머리를 손질했다. 빗질하는 그녀의 모습에 기품이 아주 없지는 않았는
데, 큰 키에 아직도 아름다운 얼굴 윤곽과 생김새로 보아 그녀가 옛날에
허영심을 가질 만도 했다는 점을 나는 인정해야 했다.

아그네스의 드러난 목은 풀어헤쳐진 검은 머리에 가려 있었다. 그녀
의 어머니가 치렁치렁한 머리를 빗고, 기름을 바르고 묶으면서 뒤로 멀
찍이 물러서는 모습이 내겐 참으로 매력적이고 평화롭게 보였다. 아
그네스의 어머니가 끊임없이 얘기하는 동안 우리 둘은 침묵했는데, 그
이유야 우리는 서로 마음을 통해 알고 있었다. 아그네스의 어머니가 하
는 말에서 나는 아그네스가 어젯밤의 슬픈 일에 대해 어머니에게 조금
도 털어놓지 않았다는 것을 알게 되었으며, 이러한 사실로 미루어보아
어제의 일이 얼마나 무자비하게 그녀의 가슴을 짓눌렀는지 쉽게 추측할
수 있었다.

마침내 머리가 어제와 엇비슷한 모양새로 완성되었다. 아그네스는 다

이아나 복장을 다시 입으려고 어머니와 함께 그들의 공동 침실로 갔다. 그러나 어머니가 계속 말을 붙이면서 축제에서 있었던 일을 가능한 한 전부 알리려고 성화를 대서, 아그네스는 옷을 대충 걸치고는 바로 밖으로 나와 내가 보고 있는 앞에서 어머니의 도움을 받으며 옷매무새를 마무리했다. 그런 다음 어머니는 재빨리 초콜릿을 진하게 끓여 가지고 왔다. 그녀는 아시리아 왕이 올지도 모른다고 기대하면서 이른 아침부터 케이크와 함께 그것의 재료를 준비해놓고 있었는데, 이 초콜릿 음료야말로 그녀가 가장 좋아하는 음식이었다.

이 알뜰한 부인은 이제 이 향기로운 음료로 점심을 때워야 했다. 충분한 양을 끓였던 터라 그녀는 열심히 마셔댔다. 아그네스도 두 잔을 마셨고 상당히 크게 자른 케이크도 다 먹었다. 나는 이미 이것저것 먹은 뒤였지만 즐거운 마음으로 그들과 함께 음식을 먹었다. 이렇게 인간은 한창때에는 여러 곳에서 신세를 지곤 한다. 예전에 그런 차림으로 그렇게 정교하고 예쁜 기념건축물 안에서 다이아나와 늙은 무당 사이에 앉아 평화스러운 아침식사를 했다는 사실이 내게는 지금도 믿겨지지 않는다.

날씨가 매우 좋았던데다 아그네스의 어머니가 이웃들에게 자랑하고 싶어해서 우리는 마차 덮개를 내리고 출발했다. 그녀는 창문 밖으로 손수건을 흔들어댔으며, 큰 소리로 작별인사를 하면서 행운을 빌었다. 그러나 몰래 한숨 짓던 아그네스는 우리가 성문을 지날 때에야 비로소 편안하게 숨을 내쉬었다. 그녀는 어젯밤의 일에 대해서는 한마디도 언급하지 않고 말을 하기 시작했다. 나는 오늘의 즐거운 모임이 어떤 계기로 생긴 것이며, 밖에서 누구를 만나고 언제 돌아오는지 대답해야 했다. 그녀는 내가 아니라 리스와 함께 되돌아오고 싶다는 희망을 감히 터놓고 얘기할 자신이 없었던 것이다. 하지만 나도 더 이상은 설명할 수 없어서 모인 사람들이 모두 함께 해산할 것인데, 내 생각에는 사람들이 오늘도 집에 들어가지 않을 거라는 막연한 추측을 말해주었다.

마치 진심으로 바라고 있던 것을 내가 말했다는 듯이 그녀는 즐거운 말투로 자기도 함께 있겠다고 말했다. 약간 떨어진 곳에서 하얗게 빛나는 별장이 보이자 아그네스의 마음은 다시 동요하기 시작했다. 그녀는 얼굴이 붉으락푸르락했는데, 마침 길가의 작은 언덕에 있는 예배당이 보이자 마차에서 내려달라고 요구했다.

그녀는 은빛 외상을 걷어들고 계단을 급히 올리기 작은 교회 안으로 들어갔다. 모자를 벗어 자기 옆자리에 내려놓은 마부는 성호를 그으면서 짬을 이용하여 경건하게 주기도문을 암송했다. 나는 당황스러워하며 예배당 입구까지 다가가서 예상치 못한 막간극이 끝나기를 기다리는 수밖에 없었다. 현관의 어떤 기둥에는 인쇄되어 유리액자에 넣은 기도문이 걸려 있었는데, 표제는 대략 다음과 같은 것들이었다. 지극히 경애하시며, 지극히 복 받으시며, 지극히 희망에 넘치시며, 은혜가 충만하시며, 구원을 주시는 신의 중재자 성모 마리아에게 드리는 기도. 마음이 괴로운 여인들에게 영험이 있는, 주교님이 윤허를 내리신 기도문 등. 그뿐만 아니라 성모 마리아와 다른 성구(聖句)들이 몇 번 암송되어야 하는지 상술한 기도 지침이 첨부되어 있었다. 판지에 적힌 것과 똑같은 기도문이 주위에 있던 몇 개의 낡은 나무걸상 위에 놓여 있었다.

예배당 내부에는 흐릿해진 보라색 덮개가 드리워진 수수한 제단밖에 없었다. 재단에는 투박한 솜씨로 마리아를 축복하는 천사[68]가 그려져 있었고, 그 앞에는 테를 넣어 부푼 비단 치마를 입고 온갖 색상의 금속 박으로 장식된 조그만 마리아상이 서 있었다. 제단 주위의 벽에는 밀랍

---

68) 천사 가브리엘을 통해 예수의 탄생을 알리는 장면을 말한다.

으로 된 심장이 봉헌되어 있었는데, 크기도 모두 달랐고 하나같이 다르게 장식되어 있었다.[69] 어떤 것에는 비단으로 만든 작은 꽃이 꽂혀 있었고, 다른 것에는 금박으로 꾸민 불꽃이 있었으며, 세 번째 심장에는 화살이 관통되어 있었다. 또 다른 어떤 것은 완전히 붉은 비단조각으로 싸여 금사로 묶여 있었으며, 어떤 것에는 봉헌자의 고통스러운 아픔을 나타내려는 듯 커다란 핀들이 꽂혀 있어서 마치 바늘꽃이처럼 보였다. 그와는 대조적으로 초록색 바탕에 수많은 빨간 장미가 그려져 있는 심장은 소원이 이루어져 구원받은 것을 보여주는 것 같았다.

유감스럽게도 나 자신은 기도문을 읽을 만한 여유가 없었다. 이마 위에 순결한 반달을 꽂고 이교도 여신의 옷을 입은 채, 밀랍 마리아상 앞의 제단 계단 위에 무릎을 꿇고 기도하는 여자를 바라보아야 했기 때문이다. 떨리는 입술로 판지의 기도문을 읽은 그녀는 두 손을 모은 다음 마리아상을 올려다보았고, 다행히 그리 많지는 않았지만, 규정된 횟수만큼 다른 성구를 낮은 목소리로 속삭이고 있었다. 깊은 정적 속에서 이러한 광경을 보고 있노라니 시대를 착각할 정도가 되어, 나는 마치 2,000년 전에 살면서 고대의 자연 속 어딘가에 있는 작은 비너스 사원 앞에 서 있는 것 같은 느낌이 들었다. 그러나 실로 이 정경이 우아하긴 했지만 나 스스로는 이것보다 무한히 높은 어떤 경지에 있는 것처럼 생각되어, 내 가슴을 자유와 긍지의 감정으로 채워준 조물주에게 감사드렸다.

마침내 아그네스는 하늘나라 여왕의 가호를 충분히 확신한 것 같았다. 한숨을 한 번 내쉬며 일어선 그녀는 내 근처에 걸려 있던 성수반 쪽으로 걸어갔다. 그때 내가 출입구에 기대어 서서 그녀를 주의 깊게 관찰

---

69) 병 치료나 소원 등을 빌기 위한 기독교적 관습이다.

하고 있는 것을 본 그녀는 내 태도를 보고는 내가 신을 믿지 않는 사람이라고 생각했던 것 같았다. 불안해하며 솔을 성수반의 물속에 충분히 적신 그녀는 그것을 들고 나를 향해 서둘러 다가오더니 그 솔로 십자가를 무수히 그려대면서 내 얼굴에 온통 물을 뿌려댔다. 결국 그녀는 열두 시간이 채 지나기도 전에 두 번째로, 처음에는 그녀의 눈물로 그리고 이번에는 성수로 나를 흠뻑 젖게 만들었다. 물기가 목으로 흘러들어서 나는 약간 불쾌한 기분이 들어 목을 이리저리 젖혔다. 그러나 이중적 의미에서 신화 세계에 살고 있는 이 소녀는 이교도인 내가 이제는 골탕을 먹이지 못하리라고 안심했다. 그녀는 이번에는 내 팔을 붙잡았다. 그런 상태로 나는 그녀를 다시 마차로 데려갔는데, 마부는 정신적인 원기를 주는 기도를 이미 오래전에 끝내고 출발할 준비가 되어 있었다. 내 얼굴을 본 그는 야릇한 미소를 지었다. 당연히 그는 작은 성지(聖地)에 관해서 전해 내려오는 민간신앙을 잘 알고 있었던 것이다. 마치 대주가가 달콤한 리큐어가 담긴 눈앞의 조그만 술잔을 불쑥 마시는 것처럼 어쩌면 그 사람도 여인의 사랑의 축복을 맛보았는지 몰랐다.

별장에는 벌써 사람들이 꽤 많이 모여 있었다. 건물은 정원 같은 넓은 지역에 있었는데, 여러 건축양식이 혼합되어 있는 걸로 보아, 원래는 음식점으로 사용하다가 최근에야 가족의 여름 별장으로 개축을 시작하여 현재까지도 진행 중이고, 소작인이나 관리인이 온갖 집안 살림을 관리하고 있다는 것을 알 수 있었다. 이제 로잘리에 부인이 손님들에게 대접할 커피를 내놓았는데, 특히 고급 크림은 손님들의 원기를 북돋우는 데에 도움이 되었다. 햇볕이 상당히 따뜻해서 꽤 많은 사람이 바깥으로 나가, 정원이 훤히 내려다보이는 위치에 새로 만든 방의 문 앞에서 커피를 즐겼고, 다른 사람들은 실내의 벽난로나 아예 음식점으로 사용하던 시절의 옛날 손님방의 뜨거운 스토브 곁에 앉아 있었다.

나는 내 보호를 받고 있는 소녀보다 훨씬 더 용감하지 못해서 그녀와 함께 눈에 띄지 않게 살며시 들어갔다. 그러나 아름다운 여주인은 곧 우리를 발견했다. 더 화려한 비단옷을 입고 활달하게 손님들 사이를 다니던 그녀는 지체 없이 아그네스를 집 안으로 데리고 들어갔다.

"신들의 의상은," 그녀가 말했다. "우리 기후와는 맞지 않아요. 특히 우리 같은 여자들에게는! 따뜻한 불이 있는 안으로 들어갑시다! 바빌론의 왕, 아니면 니네베[70]의 왕인가요? 어쨌거나 리스 씨도 안에 있답니다. 여기서는 아마 그분은 얼어 죽을걸요."

리스는 실제로 맨팔에 삼베 옷차림으로는 바깥의 추위를 견딜 수 없어서 커다란 스토브 곁에 앉아 있었는데, 그다지 기분이 좋아 보이지는 않았다. 다른 사람들에게는 정말 훌륭했던 커피도 그의 이마에 깔린 우울한 근심의 구름을 걷어낼 수 없었다. 예상 밖으로 비너스 부인뿐만 아니라 에릭슨까지도 평상복 차림으로 나타난 것이 그의 근심을 불러온 첫째 원인이었다. 그뿐 아니라 마치 일당을 받고 일하는 듯이 고급 맥주가 들어 있는 큰 통을 정원을 가로질러 굴리거나 빵을 자르는 등 분주하게 일하는 모습을 보인 친구 에릭슨의 왕성한 활동이 리스의 근심의 구름을 더욱 짙게 만든 또 다른 원인이었다. 그러한 상태에 있는 우울한 아시리아 사람에게 아그네스의 출현은 반갑지 않을 수 없었다. 그는 고독한 시간 또는 로잘리에가 없는 혼자 있는 시간에 절호의 말상대를 찾았다고 생각하고 즉시 아그네스에게 다정스럽게 팔을 내밀었다. 로잘리에는 숲을 건너오는 축제 동료들뿐만 아니라 그녀가 급히 서둘러 소집한 친척이나 친구들을 맞이하기 위해서 집 앞에 나가 있었다. 리스가 전쟁터의 용사처럼 두 배나 신중하게 된 것은 실제로는 그를 엄습한

---

70) 니네베는 바빌론의 군대가 정복할 때까지 아시리아의 수도였다.

이례적인 정열의 격렬함 때문에 부적절한 의상을 선택한 데에 이유가 있었다. 그렇기 때문에 위험한 감기나 심지어는 치명적인 병에 걸릴 수 있다고 핑계를 댈 수는 없었고, 다만 옷차림의 어리석음은 조심스럽게 삼가는 행동으로 만회해야만 했다. 바로 이때 자신이 선물한 은빛 의상을 입고 나타난 다이아나는 자신의 입장을 은폐할 수 있는 절호의 기회였다.

그리하여 이제 다이아나는 사랑의 고향인 그의 곁에 앉게 됨으로써 당연한 권리를 찾은 듯했다. 그러나 그녀는 승리감이나 자만심을 내비치는 대신 가슴속에서 이글거리는 불꽃을 최대한 숨기며, 다만 좀더 평온하게 호흡했을 뿐이었다. 그도 그럴 것이 그녀는 벌써 잊기에는 너무도 불쾌한 일을 불과 몇 시간 전에 경험했다. 오히려 아름다운 대왕의 팔을 끼고 방마다 돌아다니는 그녀의 얼굴에는 아주 혼신을 다하는 것 같은 진지함이 배어 있었다. 리스는 장난스럽게 고대의 니므롯[71]을 자칭하면서 모두가 잘 알고 있는 행운 덕분에 수렵의 여신을 붙잡았다고 주장했다. 함께 커다란 거울 곁을 지날 때에야 그녀는 딴사람이 된 것처럼 번쩍이는 애인의 의상과 모습을, 그 곁에 있는 자신의 모습을, 참으로 눈부신 한 쌍을 놀라운 눈으로 쳐다보고 있는 다른 사람들의 시선을 보았다. 그때 그녀의 하얀 얼굴에는 밝은 홍조가 가볍게 스쳐 지나갔다. 그러나 그녀는 다부지게 마음을 가다듬고 평온하고 침착한 태도를 잃지 않았다. 리스는 생각이 혼란스러웠던 나머지 야시시한 자신의 복장이 유혹적인 힘을 발휘하기를 바랐거니와, 이 집에서 그 옷의 영향을 받은 유일한 사람은 아그네스뿐이었다.

---

71) 『성경』에서 니므롯은 바벨, 니네베 등 아시리아의 여러 도시를 세운 인물로 언급되며, 특히 '세상에 처음 나타난 장사' '가장 힘센 사냥꾼'으로 묘사된다. 『구약성서』, 「창세기」, 10장 8절을 참조하시오.

그러는 사이에 약간 떨어져 있는 방에서는 젊은이들을 끌어모으기에 부족함이 없을 정도로 유혹적인 무도곡이 울려 나왔는데, 사육제 기간에는 꼭 듣게 되는 음악이었다. 옛날에 음식점의 홀로 쓰이던 방에는 화려한 벽걸이 융단과 화분으로 장식된, 악대를 위한 작은 연단이 아직도 남아 있었다. 연단 위에는 악기를 가지고 온 예술가가 네 명 있었다. 취미 생활을 위해 뭉친 친구들인 그들은 저녁이면 자주 함께 연주하곤 했다. 그들은 취미로 연주하기도 했지만, 약간의 부수입을 올리기 위해 일요일마다 도시의 수많은 교회 가운데 한곳의 성가대석에서 연주하기도 했기 때문에 경건한 4인조 바이올리니스트라고 불렸다.

그들의 악장은 약간 땅딸막한 체구에 머리카락이 갈색인 잘생긴 라인란트 사람으로, 눈은 애교가 있었고, 곱슬곱슬한 수염으로 둘러싸인 입은 정직해 보였다. 예술인들 사이에서 그는 신(神)을 만드는 사람이라고 불렸다. 그 이유는 그가 교회에서 사용하는 은 도구들을 멋지게 세공할 뿐만 아니라 십자가에 못 박힌 예수상과 마리아상을 상아에 솜씨 있게 조각했고, 또 이러한 기술을 더 쌓기 위해 라인지방에서 이 도시로 왔기 때문이다. 어디를 가도 사람들의 인기를 끄는 그는 결코 광신자 같은 의견을 표출한 적이 없었으며, 성직자들에 관한 우스운 일화를 많이 알고 있었다. 그런 식으로 그는 가톨릭 기질과 더불어 결코 바뀔 수 없는 옛날 관습 안에서 살면서 그것에 대해서는 한 번도 깊이 생각한 적이 없었다. 그에게는 언제나 고향에서 만든 포도주를 담은 통이 하나 있었으며, 만일 다 마시면 이 통을 최대한 빨리 채우기 위해 고향으로 보냈다.

신을 만드는 사람은 첼로를 연주했는데, 바쿠스 행렬의 포도 따는 사람 복장이었다. 제1바이올린은 키가 큰 산의 왕이 연주했다. 수염을 떼어낸 그는 이제는 원래대로 젊은 조각가의 모습이었다. 사람들 말로는 이 조각가가 2년 전부터 십자가를 짊어진 예수 모형을 만들고 있는데, 유명한 고전적 본보기에서 빠져나오지 못하고 있으며, 그 대신 바이올 리니스트로서 더욱더 능숙한 솜씨를 보인다는 것이었다. 가운데 연주자 는 둘 다 스테인드글라스 화가였다. 그들은 교회의 창에 화려한 태피스 트리 무늬를 그리고, 그에 수반되는 다른 일들을 했는데, 서로 떨어져 다니는 법이 결코 없었다. 그들은 뉘른베르크 조합이 행진할 때 직장가 인들과 함께 걷다가 우리 대열에 끼었었다. 나는 점심식사 때 자주 이용 했던 저렴한 음식점에서 이들을 만나서 알고 있었다. 동료 예술가들이 날마다 번갈아가며 찾아와서 그 음식점의 테이블은 언제나 손님들로 가 득 찼다. 두 스테인드글라스 화가는 유일하게 끈으로 단단히 조인 작고 둥그스름한 가죽주머니에 돈을 넣고 다니는 사람들이었다. 그들은 많지 는 않지만 안정된 수입에 만족하며 검소하게 살았고, 일요일마다 교회 에서 연주함으로써 별도로 부수입을 올렸다.

하지만 오늘 이 네 사람은 너무 즐거워서 필요 이상의 흥겨운 동작과 함께 실로 황홀한 곡을 연주함으로써 사람들이 춤을 추지 않을 수 없게 유혹했다. 곧 여섯 쌍이 넓은 홀을 천천히 돌며 춤을 추었는데, 그 속에 는 아그네스와 리스도 끼어 있었다. 리스의 팔에 안긴 아그네스는 축제 가 시작된 후 처음으로 싹트기 시작한 행복감에 젖어 둥실둥실 떠다녔 다. 예배당에서 드린 기도가 노움이 된 것 같다. 경긴힌 연주지들외 열연이 한몫한 것도 물론이다. 특히 눈을 반짝거리며 아그네스의 모습 을 쫓던 신을 만드는 사람은 그녀가 가까이 다가올 때마다 첼로의 활을 강렬하면서도 부드럽게 놀리며 연주함으로써 자신의 호의를 최고로 아 름답게 표현했다. 나는 신선한 맥주가 담긴 작은 맥주 조끼를 작은 테이 블 앞에 올려놓고 쉬면서 흐뭇한 마음으로 그를 관찰했는데, 그녀의 사 랑스러운 자태가 은과 상아 세공을 하는 이 직인을 얼마나 기쁘게 하는

지 확실하게 알 수 있었다.

두세 시간 동안은 모든 것이 아그네스의 소망대로 진행되었다. 경건한 바이올리니스트들은 직업 연주자들이 아니어서 너무 자주 연주하지는 않았기 때문에 누구도 피곤해하지 않았으며, 차분하게 대화를 즐길 만한 시간이 충분했다. 태양은 일몰을 향해 가고 있었고, 집 안에는 황혼이 깃들기 시작했다. 에릭슨은 마치 집사처럼 구석구석 찾아다니면서 필요한 장소에 등불을 걸거나 세워놓았다. 그런 다음 그는 싹싹한 미망인이 신축한 홀에서 손님들에게 접대하기로 한 간소한 저녁식사가 잘 준비되고 있는지 살펴보기 위해 다시 밖으로 나갔다. 바쁘게 쫓아다니는 와중에서도 그는 그것이 마치 자기 일이나 되는 것처럼 급히 준비시키고 있노라고 정중하게 인사했다.

그동안 리스는 다른 방들을 둘러보며 왔다갔다 하더니만 아예 돌아오지 않았다. 우리는 거의 한 시간이나 그를 기다렸다. 내가 말을 걸었지만 아그네스는 입을 다물고 아무런 대답도 하지 않았다. 그뿐 아니라 다른 사람과도 얘기를 나누려 하지 않았고, 춤도 추려고 하지 않았다. 그녀가 기다리다 지쳐서 다시 비관하는 것을 본 나는 마침내 그녀에게 다른 방으로 가서 그곳에서는 무슨 일이 일어나는지 보자고 제안했다. 그녀는 찬성했다. 나는 그녀를 데리고 사람들이 끼리끼리 모여 놀고 있는 여러 방을 천천히 돌아다니다가 어떤 골방에 들어갔는데, 그곳의 두세 개의 작은 탁자에서는 사교적인 카드놀이가 벌어지고 있었다. 리스는 그 가운데 한 탁자에 앉아 휘스트 놀이를 하고 있었는데, 맞은편에는 여주인이 그리고 좌우에는 두 명의 신사가 앉아 있었다. 로잘리에는 친척인 두 신사가 가능하면 유쾌한 시간을 보내기를 원했다. 리스가 서둘러 달려와 그녀와 함께 희생정신을 발휘한 것은 너무나 당연했다. 그는 행복에 취해 자기 역할에 몰입해 있어서 우리가 그 카드놀이를 구경하고 있는 것도, 다른 구경꾼들이 모여드는 것도 전혀 눈치 채지 못했다.

카드놀이가 끝났다. 리스와 로잘리에는 노신사들에게 루이 금화를 몇 개 땄다. 구제불능의 리스는 이것을 길조로 여기고 너무 흥분한 나머지 기쁨을 억제할 수 없었다. 그러나 로잘리에는 카드를 모두 모은 다음, 탁자 주위에 모여 있던 사람들에게 잠시 자신의 말을 경청해달라고 부탁했다. "저는 지금껏," 그녀는 기품 있는 어조로 말하기 시작했다. "예술가들에게 큰 죄를 졌습니다. 부를 누리는 축복을 받았음에도 예술을 위해서는 거의 아무것도 한 일이 없거든요! 더구나 제가 이렇게 예술가 여러분 사이에서 즐거운 시간을 갖다보니 더더욱 부끄러운 생각이 듭니다. 그래서 만일 제가 뭔가 보탬이 될 일을 시작한다면, 이토록 유쾌한 뮤즈의 후손들이 참석해주신 것을 영광으로 여기고 깊이 감사드리는 것이 최상의 방법이라고 생각합니다.

그런데 잘 알고 계시다시피, 예술의 보호자와 후원자들은 특성상 그들의 대의를 위하여 끊임없이 동조자를 모집하고 훌륭한 사업이 더 넓은 기반 위에서 추진될 수 있도록 가능한 한 활동 범위를 넓혀야 합니다. 자, 존경하는 여러분, 잘 들어보세요! 저는 오늘 오후에 하인을 부르기 위해 집 모퉁이를 돌아가다가 눈에 잘 띄지 않는 정원 구석에서 우리 손님들 가운데 가장 어리고 가장 예쁘게 꾸민 소년, 즉 행진하면서 자신의 보물을 그렇게 아낌없이 뿌려댔던 산의 왕의 시종인 '금'을 발견했답니다. 아직 열일곱도 안 된 그 소년은 동료 시종인 '은' 곁에서 창백하고 두려워하는 얼굴로 개봉한 편지 한 통을 들고 서 있었는데, 아름다운 두 눈에는 굵고 뜨거운 눈물방울이 맺혀 있었어요. 서로에게 솔직하고 서로 마음이 통하는 지금 우리의 분위기에 힘 입어 저는 그 소년에게 다가가 그토록 슬퍼하는 이유를 다정하게 묻지 않을 수 없었답니다. 저는 어제 석간신문에 대형 화재 소식이 실렸다는 것을 그때야 알았습니다. 우리가 홍에 취해 아무것도 모르고 있던 사이에 그 불은 며칠 전부터 멀리 떨어진 이 소년의 고향도시에서 맹위를 떨치고 있다는 거였어요.

아침 일찍 집으로 돌아가 잠을 잔 다음 낮에 친구를 데리러 갈 생각이었던 시종 '은'이, 둘 다 우리 시의 미술학교 학생이고 또 일도 함께 하거든요. 오후에 친구를 여기서 만나 그 편지를 전해주었답니다. 그 편지에는 '금'이 태어났고 '금'의 연로하신 모친이 살고 있는 거리가 이미 잿더미로 변해 모친이 오갈 곳이 없게 되었다고 씌어 있답니다. 저는 에릭슨 씨를 통해 급히 더 상세한 것을 알아보게 했습니다. 아직 어리지만 비범한 재능이 있는 이 소년을 일찌감치 입신시키려고 저축한 약간의 돈과 함께 보통의 경우보다 한참 어린 나이에 이곳으로 보냈다는군요. 모험이었지만 지금까지는 다행히 이 학생이 열심히 노력하는 걸로 보아 잘못된 판단으로 보이지는 않는답니다.

그러나 이제 모든 것이 불확실해졌습니다! 화재 때문에 어쩌면 생계수단도 영원히 없어져버렸을지 모르지요. 게다가 이 가엾은 아이는 지금 당장 고향으로 달려가 비참하고 혼란스러운 상황에 처한 어머니를 찾아뵐 수도 없답니다. 여기에 쓸 수도 있었을 몇 탈러를 사육제 의상을 사는 데에 써버렸다나봐요. 소년의 아름다운 용모가 빠져서는 안 된다고 생각한 사람들에게 사육제에 참가하라고 설득당했답니다. 그렇지 않아도 집에서 돈이 오기만을 기다리던 참이었는데, 이제는 그것마저 불가능해졌으니 어떻게 고향에 갈 수 있겠어요. 그는 자신이 경솔했다고 생각하고 마음 깊이 후회하면서 그 무서운 불이 자기 때문에 일어난 것처럼 자책하고 있다나봐요! 저는 금을 뿌린 것 때문에 고통받고 있는 그 불행한 시종에게 집으로 가서 짐을 챙겨오게 했답니다. 하지만 저는 그의 모친의 의식주가 해결되고 마음이 진정되는 대로 그가 다시 돌아와서 계속 배울 수 있도록 우리가 노력해야 한다고 생각합니다. 한 마디로 말씀드리지요. 저는 이 불행한 아이가 2~3년 동안 버틸 수 있을 만큼의 장학금을 조성하고 싶습니다. 그것도 여기서 바로 시작하고 싶어요! 제가 카드를 나누지요. 제가 선(先)이 되겠어요. 말씀드리기가 뭐하지만 돌아가신 부모님을 모시고 온천에 갔을 때 이렇게 하는 것을 보았답니다. 지는 분은 다 잃을 수밖에 없고, 이기는 분은 딴 금액의 절반을 이 통에 넣어주세요! 이 접시에 들어가는 돈이 장학기금이 되는 거예요. 예술가가 아닌 분만 참여하실 수 있습니다. 리스 씨는 예외예요. 제가 듣기로는 그림으로 생계를 유지하지 않으니까요!"

이 말을 마친 뒤 그녀는 묵직한 돈지갑을 꺼내서 자기 앞의 탁자 위에 올려놓았다. 그런 다음 카드를 섞고 말했다. "자 신사숙녀 여러분, 시작하시지요! 빨강인가요 아니면 검정인가요?"

다소 놀란 사람들은 잠시 머뭇거렸다. 그때 리스가 기사도를 발휘하며 루이 금화 한 닢을 걸었다. 결과는 리스의 승리였다. 로잘리에는 절반을 그에게 지불하고 나머지는 준비된 텅 빈 통에 던져넣었다.

"고마워요. 리스 씨! 누가 계속 걸 거죠?" 그녀는 명랑하고 은근한 어투로 말했다.

중년 남자가 2굴덴짜리 은화를 걸자 그녀는 "브라보, 아저씨!"라고 말을 건넸는데, 이 남자가 또 이겼다. 그녀는 1굴덴을 통에 넣고 다른 1굴덴은 그가 건 돈과 함께 그에게 돌려주었다. 여기에 고무된 서너 명의 부인이 함께 나서서 1굴덴씩 걸었지만 잃었다. 로잘리에는 웃으면서 그들에게서 딴 돈의 절반을 통에 던져넣었다. 여자들의 복수를 해주겠노라고 말하며 리스가 다시 한 번 1루이를 걸자 몇몇 신사들도 2탈러씩 걸었고, 여자들도 다시 과감하게 반 굴덴이나 1굴덴을 걸었다. 승패는 상당히 균형 있게 반복되었지만, 설탕 통에는 어김없이 무언가가 떨어졌고, 비록 느리기는 했지만 로잘리에가 이름붙인 장학기금은 눈에 띄게 불어났다.

그때 리스가 "이건 너무 느려요!"라고 소리치며 지갑에 갖고 있던 현금의 전부인 루이 금화 네 닢을 걸었다. 로잘리에는 자기가 이기자 절반을 통에 넣으며 "다시 한 번 감사드려요!"라고 말했다. 리스가 그녀와 마찬가지로 기뻐했는지는 분명하지 않았다. 그러나 그는 의자 하나를 들고 이 아름다운 여자의 건너편에 자리를 잡으면서 말했다. "계속 나아지고 있군요!" 그는 오랫동안의 여행습관에 따라 상당액의 비상금 없이는 좀처럼 외출하는 법이 없었다. 이때에도 의상 어딘가에 지갑을 감추어 두고 있던 그는 그것을 꺼내서 라인 주(州)의 100굴덴짜리 지폐 한 장을 내놓았고, 이것을 잃자 두 번째, 세 번째 계속 내놓다가 결국은 열 번째 지폐까지 내놓았는데, 이것이 마지막이었다. 지폐가 한 장씩 차례로 열 장이 나올 때까지는 채 2분도 걸리지 않았다. 그래서 로잘리에는 시종일관 반짝이는 눈으로 거의 숨도 못 쉬면서 리스에게 항상 똑같은 미소를 보내며 최초의 지폐부터 최후의 지폐까지 반액을 빼고 돌려주는 일 없이 통 속에 던져넣었다. 우연도 적잖이 작용한 이 전광석화 같은 속도는 이 장면에 독특한 품위를 부여했고, 뺨이 붉어진 물주가 대단하다는, 다시 말해서 비술을 구사하는 것 같은 인상을 불러일으켰다.

"충분해요!" 그녀는 큰 소리로 말했다. "주화를 빼도 1,000굴덴이군요! 그런 젊은 총각이 1년에 500굴덴 이상 써서는 안 되지요. 이제 그를 2년 동안 부양할 수 있게 되었어요. 돈은 은행에 맡기지요. 하지만 우선 그는 내일 집으로 떠나야 해요!"

그런 다음 그녀는 화재로 집을 잃은 어머니와 뜻밖의 도움을 받아 나타난 아들 간의 해후 장면을 상상하며 우리에게 묘사했다. 또한 그녀는 한창 피어나고 있는 이 소년이 고향에서 멀리 떨어진 곳에서 사육제를 즐기던 와중에 그 끔찍한 소식을 듣고 절망에 빠져 비탄의 눈물을 참느라 애쓰던 모습을 다시 한 번 얘기했다. 기쁨에 휩싸인 그녀의 모습은 무척 아름다워서 여성적인 매력의 절정을 보여주는 것 같았고, 그녀가 탁자 너머로 리스에게 손을 내밀어 그의 손을 누르고 다정하게 흔들면서 "당신 덕택에 생긴 작은 빛줄기가 기쁘지 않으세요? 당신이 신속하게 고결한 마음을 보이지 않았던들 돈이 그렇게 빨리 모이지 않았을 거예요! 우리의 주빈이 되어주세요. 그리고 오늘 저녁 만찬에서 같은 식탁에 앉고 싶어요!"라고 말했을 때 그녀의 아름다움은 리스의 얼굴에 반사되었다.

이 말과 함께 그녀 생각은 다른 쪽으로 바뀐 것 같았다. 일어서더니 실례한다는 말과 함께 가버렸던 것이다. 뒤이어 리스도 뭔가 할 말을 못한 것처럼 서둘러 그녀가 빠져나간 문을 열고 나가버렸다. 로잘리에가 이번에는 에릭슨의 팔짱을 끼고서 쾌활한 손님들을 식탁으로 안내하기 위해 나타난 것은 그로부터 30분 뒤였다. 리스는 다시는 돌아오지 않았다. 우리는 그가 사람들이 어떻게 재미있게 노는지 보기 위해 숲 속의 연회장으로 간다는 말을 남기고 떠났다는 얘기를 들었다.

20∼30분 동안 무슨 일이 일어났는지는 이런저런 일로 이 문제에 흥미를 갖게 된 사람들에게 나중에 알려졌는데, 그 내용이 상당히 조리에 맞았다. 리스는 갑작스럽게 결심을 굳히고 모습을 감춘 로잘리에를 황급하게 쫓아가서, 로잘리에가 그가 아닌 다른 남자와 잠시 이야기하기로 약속되어 있던 인기척이 없는 방으로 따라 들어갔다. 리스는 그녀의 두 손을 잡고 자신의 진지하고 성스러운 사랑을 고백하면서, 그녀 아닌 다른 사람에게서는 불가능한 인생의 행복과 평온을 달라고 그녀에게 요구했다. 그는 또한 다음과 같이 말했다. 당신은 여자 중의 여자요, 이 세상에 단 한 번 나타나는 성스러운 여인이다. 비너스 행성처럼 아름답고

밝고 맑을 뿐만 아니라 총명하고 자애로우니 이 세상 누구와도 비교할 수 없다. 최상의 것을 예감하고 찾아다녔지만 찾지 못하고 미로 속에서 방황했을 뿐인데, 이제야 그 이유를 알겠다. 그러나 나에게는 이제 최상의 것을 쟁취해야 할 절대적인 의무와 부동의 권리가 있다. 진정한 삶에 도달하기 위해 휘청거리는 좁은 다리를 건너고, 당신에게 어떤 우연에 의해서도 흐려지지 않는 온전한 삶, 다시 말해 그 자체가 필연적인 삶, 그것도 철이 아니라 황금의 필연성 자체가 될 그런 삶을 바치려 하는 이 결정적인 순간에 어떠한 이유도 나를 방해해서는 안 된다. 이 세상에 살아 있는 남자 가운데 그 누구도 나만큼 당신을 잘 알고 존중할 수는 없기 때문이다. 나는 마치 타오르는 불꽃처럼 열렬하고 확실한 감정을 느낀다. 이 열화 같은 내 감정은 동시에 불빛이 되어야 한다. 우리 쌍방에게 필요한 판단의 불빛이 되어야 한다.

그리고 이런 종류의 과장된 말이 더 있었을 터인데, 모두 그 자신에게도 통례적인 말이 아니었다. 이런 말을 하던 그의 모습은 너무도 선량하고 감격에 불타고 있었고 정말이지 엄청난 매력이 있었다고 하는데, 그런 이유로 로잘리에는 그가 그날 입고 나타난 의상 때문에 불쾌하고 당황했지만 그 돌발적인 행동을 장난스럽고 모욕적인 말로 물리칠 수 없었다.

그녀는 깜짝 놀라 손을 빼내고는 뒤로 물러서서 말했다. "어머, 리스 씨! 제가 당신의 이상한 말씀 가운데 이해할 수 있는 것은 다만 쌍방에게 필요한 그 판단의 불빛이 우리에게는 전혀 없다는 거예요. 저는 여자 중의 여자가 아니에요. 약점 덩어리일 뿐 전혀 그런 여자가 못 된답니다! 단순하고 어리석은 사람일 뿐이지요. 무엇보다도 저는 당신을 좋아한다는 느낌이 없어요. 그리고 당신도 저를 몰라요. 저를 처음 본 지 아직 스물네 시간도 안 되었는데!"

그러나 그는 그녀의 말을 막고, 애써 다시 그녀의 손을 잡으려고 하면서 다음과 같이 말했다. 나는 당신을 잘 안다. 당신의 과거와 미래까지도. 당신이 진가를 인정받지 못하고 겸손하게 하루하루를 보냈다는 바로 그 사실이야말로 당신이 밝고 빛나는 당신의 권리를 의기양양하게 찾아야 한다는 사명에 대한 증거다! 인간과 신들의 많은 전설에는 정말이지 심오한 의미가 내포되어 있는데, 그것은 어둠 속에서 타인을 위해 일하다가 슬프게도 자기의 진가를 알지 못하는 숭고한 자애와 아름다움은 자각에 이르러야 한다는 것, 다시 말해 본질적인 것은 비본질적인 것의 먼지를 털고 스스로 해방시켜야 한다는 것이다.

갑자기 그녀는 손뼉을 치며 탄식하듯이 말했다. "하느님, 어찌 이런 불행한 일이! 이러한 것을 일주일 전에만 알았더라면. 이제 너무 늦었어요! 저는 약혼했답니다. 맞춰보실래요, 누구랑 약혼했을지?"

"에릭슨!" 그가 약간 격하게 대답했다. "설마했습니다! 하지만 상관없어요! 진정한 운명의 변화는 풀 위를 지나가는 아침바람처럼 그런 것을 넘어가야 합니다! 오늘의 결심 앞에서 어제의 의지는 쇠퇴할 수밖에 없습니다."

"그렇지 않아요!" 로잘리에는 머리를 흔들면서 슬프고 당혹스러워 보이는 투로 말했다. "저는 약속을 잘 지키는 가문에서 태어났거든요. 어쩔 수 없어요. 저는 풀과 같답니다!"

그녀가 무슨 말을 더 해주어야 할지 곰곰이 생각하며 잠시 침묵하는 동안, 그는 다시 다급하게 말하기 시작했다. 그러나 그녀는 좋은 생각이 떠올랐다는 듯이 다시 그의 말을 막았다.

"들은 것 같기도 하고, 읽은 것 같기도 한데 어쨌거나 저는 평범한 남편과 평화스럽게 살면서 다른 한편으로는 아주 훌륭하고 뛰어난 정신을 가진 남자들과 영혼의 교류를 나누곤 했던 위대한 여자들에 대해 알고 있답니다. 하지만 처음에는 서로 상당히 거리를 두고 살다가 나이가 들어 마음이 편안해지면 원래의 맑은 마음이 되살아나 교제를 나눌 수 있답니다. 이런 부인들은 아이들을 넉넉하게 낳아 잘 기르고 나면 이상을 추구하는 생활을 할 만큼 여유가 생기기 때문에 고상한 정신을 충분히 이해할 만큼 정신적인 도약을 하는 경우가 적지 않다고 해요. 원하기만 하면 우리도 얼마든지 그렇게 아름다운 관계를 유지할 수 있다는 것을 알아두셨으면 해요. 당신의 말씀을 듣고 믿게 되었지만, 저에게 정말 뭔가 비범한 것이 잠재되어 있다면 우선은 평범한 에릭슨과 결혼생활을 유지할 수 있을 거예요. 당신은 20~30년 동안 떠나 계시다가……."

리스가 고통스러운 한숨을 내쉬며 의자에 주저앉아 방바닥을 내려다보자 그녀는 불안한 느낌이 없지 않아 말을 멈추었다. 그는 이제야 이 매력적인 여자가 자기를 놀리고 있다는 것을 알아챘다. 동시에 그는 자기 옷차림을 바라보았는데, 이것은 자신의 결점 때문에 빠져든 현재의 비관적인 상황을 인식하는 몸짓이거나, 아니면 다른 면에서는 그토록 풍요로운 그의 삶에도 어둡고 공허한 자리가 있다는 느낌이 난생처음으로 그에게 그늘을 씌웠기 때문일 수도 있었다.

에릭슨은 이미 몇 분 전부터 작은 이 방에 들어와 친구 뒤에 서 있었다. 방에는 부드러운 양탄자가 깔려 있어서 발소리가 들리지 않았던 것이다. 로잘리에는 섣부른 눈짓을 보내지 않음으로써 에릭슨이 와 있다는 것을 숨기는 동시에 그가 지켜보는 가운데 이러한 익살스러운 말을 했던 것이다.

"이 바보 같은 친구야." 에릭슨은 친구의 어깨에 손을 얹으면서 말했다. "친구의 약혼녀를 뺏으려고 하는 사람이 어디 있어?"

리스는 급히 몸을 돌리며 벌떡 일어섰다. 그는 오른편에는 부인이, 왼편에는 네덜란드인이 서서 서로 미소 짓는 것을 보았다.

"아니 자네는!" 리스는 후회와 당혹스러움 때문이기도 했지만 마음 깊은 곳에서 솟구치는 슬픔 때문에 한층 비참해 보이는 입술로 말했다. "이제 어쩔 도리가 없군! 나를 내던진 결과가 이렇다니. 이제 추방된 인간의 기분이 어떤 건지 경험하게 되겠군. 어쨌든 두 사람에게 행운이 있기를!" 이 말과 함께 그는 황급히 돌아서서 나가버렸다.

나중에 모두 화려하다기보다는 집에서처럼 편하게 차려진 저녁식사를 하러 갔는데, 리스는 더 이상 나타나지 않았다. 그때 나는 또다시 착한 아그네스를 돌보아야겠다는 생각이 들었다. 그녀는 말없이 내 곁에서 카드놀이를 구경했고 식사 시간이 될 때까지 긴 휴식 시간에는 내 팔을 끼고 함께 돌아다녔는데, 이때도 역시 한마디도 하지 않았다. 나는 어떤 식으로도 그녀의 문제와 입장에 대해 함께 얘기할 용기가 없었고, 그럴 필요성도 느끼지 못했으며, 또 그럴 만한 재주도 없었다. 그러나 나는 그녀가 가슴속에서 요동치는 분노와 비애의 한숨을 억누르고 있다는 것을 잘 느낄 수 있었다.

나는 그녀를 식탁으로 안내하고 그녀 옆자리에 앉았다. 에릭슨이 간략하게 약혼 사실을 알리며 즐거워하는 손님들에게 이런 행운을 얻게 된 자신의 행복을 함께 축하해주기 바란다는 부탁을 덧붙였을 때, 사람들은 모두 놀라서 잔을 부딪치며 환호했는데, 이러한 소음 속에서도 나는 아그네스가 깊은 한숨을 내쉬는 소리를 들을 수 있었다. 그녀는 어떤 짐을 덜어버리기라도 한 듯이 몇 분 동안이나 깊은 생각에 잠겨 있었으나, 리스가 다시 나타나지 않는 이상 이 모든 것이 그녀에게는 아무런 도움이 못 되었다. 그녀가 어렴풋이 알게 된 사건을 통해서 그가 나타나지 않은 이유가 더욱 분명해졌지만, 그녀의 단순한 영혼은 그의 불행을 근거로 새로운 계획을 세우고 싶지 않았다. 그래도 그녀는 집으로 데려다달라고 요구하지 않고, 슬픔을 억누르며 용감하게 견뎌냈다. 더욱이 그녀는 모두 자리에서 일어나 신부가 될 여주인에게 축하인사를 할 때 우리도 함께 대열에 합류하자는 내 권유를 스스럼없이 받아들였다.

처음에 로잘리에는 친척들에게 둘러싸였는데, 그들은 예상치 못한 약혼을 특별히 기뻐하는 것 같지 않았으며 표정 또한 상당히 심각했다. 그도 그럴 것이 영리한 로잘리에는 그들을 유혹하여 함정에 빠뜨림으로써 어쩔 수 없이 자신의 약혼식에 정식으로 참석하게 만들었다. 요컨대 친척들이 달갑지 않은 경고나 충고를 하면서 조금이라도 항의할 수 없도록 손님들이 많이 모인 이날의 이점을 이용했던 것이다. 남녀 친척들의 언짢아하는 얼굴과 대조되어 만족스러워하는 이 여인의 모습은 더욱 상냥하고 쾌활해 보였다.

각양각색의 남녀 손님들로 이루어진 대열에서 아그네스가 걸어나와, 말하자면 버림받은 여인이 승리감에 차 있는 여인에게 축하인사를 하는 장면은 정말 감동적이었다. 그녀는 마치 불행이 행운 앞에서 겸허한 태도를 보이듯이 허리를 굽혀 신부의 손에 입을 맞추었다. 로잘리에는 깜짝 놀라며 아그네스를 바라보고는 곧 그녀의 마음을 헤아리며 손을 굳게 잡아주었다. 이때 로잘리에는 괘씸한 리스를 벌써 잊은 것과 같이 이 소녀를 까맣게 잊고 있었던 것이다. 사람들은 로잘리에가 뭔가를 계획하고 있다는 것을 눈치 챌 수 있었다. 그러나 다음 순간 슬픔에 찬 소녀는 서둘러 그녀에게서 떠나갔고, 그녀에게 황홀한 기쁨을 누리도록 해주었다.

손님들이 다시 제자리로 돌아가고, 결국은 다시 쾌활해진 친척들을 포함하여 모두 한결같이 흥겨워하게 된 다음 곧바로 새로운 방해꾼들이 등장했다. 숲 속의 대연회장에 있던 원기 왕성한 청년들에게도 동료의 운명의 변화에 대한 소식이 벌써 전해졌던 것이다. 그래서 이제 북과 피리와 나부끼는 깃발을 든 용병들이 한쪽 문으로 열을 지어 들어왔고, 다른 쪽 문에서는 유쾌한 조합직인들과 수공업자들 무리가 음악을 연주하며 나타났다. 두 행렬은 모자를 흔들고 환호성을 지르며 식탁 주변을 돌았고, 그들답게 우직한 모습으로 축배를 들었다. 이렇게 됨으로써 지금까지의 질서는 무너졌으며, 에릭슨은 이 집의 하인들과 함께 온 방을 거의 채운 손님들을 대접하느라 동분서주했다. 만사가 유쾌하고 기분 좋게 진행되었으며, 점점 더 고조된 분위기로 이날은 결코 잊을 수 없는 날이 되었다.

나는 아그네스가 어쩔 자정인지, 집으로 돌아가고 싶은지 아니면 더 남아 있고 싶은지 물었다. 집에 돌아간다고 했으면 내가 서운했을 것이다. 왜냐하면 이렇게 천진스러운 매력이 있는 소녀를 계속 보살피는 것이 정말 즐겁고 영광스럽다는 생각도 있었지만, 다른 한편으로는 독일 젊은이들이 노는 것처럼 나 또한 지금까지 놓쳤던 즐거움을 만회하며 마지막 몇 시간이나마 나와 같은 부류들과 함께, 즉 자유인 속의 자유인으로 보내고 싶은 바람이 있었던 것이다.

아그네스는 결정을 내리지 못하고 머뭇거렸다. 그녀는 제대로 위안을 받을 수도 없는 집에서 혼자 있을 생각에 남몰래 몸서리쳤으며, 방금 전까지만 해도 사랑하는 남자가 머물러 있었고 그녀를 새로운 회망으로 채웠던 장소를 떠나고픈 마음도 내키지 않았다. 나는 우선 그녀를 데리고 여러 방을 돌아다녔고 술을 마시며 모여 있는 화가들에게도 가보았거니와, 요컨대 개인이나 그룹이 끊임없이 새로 궁리해낸, 어떤 볼 만한 것이 있는 곳이면 어디든 찾아다녔다.

우리는 돌아다니다가 아름다운 4중창을 듣고 노랫소리가 나는 쪽으로 갔다. 불빛이 희미한 복도 끝에는 길게 앞으로 튀어나온 창처럼 생긴 작은 방이 있었는데, 창유리가 있어서 과실나무를 두는 온실로 쓰이는 것 같았다. 열 그루 남짓한 오렌지와 석류나무 그리고 은매화가 있었기 때문이다. 그 나무들 사이에는 신을 만드는 사람과 그의 동료들이 작은 탁자를 갖다놓고 그 앞에 앉아 있었다. 입구에는 그들이 우연히 어떤 구석에서 찾아 가져온 별 모양 또는 드루데 발자국[72] 모양의 오래된 철제 술집 표시가 걸려 있었다. 그곳에 앉아 있던 라인지방 출신의 포도 따는 사람과 산의 왕 그리고 직장가인으로 분장했던 스테인드글라스 화가 두 명이 앉아서 현악기 못지않게 4중창 솜씨도 훌륭하다는 것을 보여주고 있었다. 우리가 그들의 방 앞에 서서 노래를 듣자 그들은 곧바로 의자를 가져와 자리를 좁혀 앉으며 앉으라고 권했다. 놀랍게도 아그네스는 기꺼이 응했다. 그들의 노래가 그녀의 마음에 호소하는 바가 커서 노래에 마음을 빼앗기고 마음을 진정하는 것 같았다. 그때는 옛날 독일 민요들이 다시 부활하여 당시 작곡가들이 개작하던 시대였다. 마찬가지로 아이헨도르프,[73] 울란트,[74] 케르너,[75] 하이네, 뮐러[76]의 민요조 시들이 작곡가[77]들에 의해서 다소 우울한 곡조로 작곡되어, 연습을 많이 한 젊은 남자들[78]에 의해 최신 민요로 소개되었으며, 이미 시로서도 사랑받던 몇몇 곡은 두 번째로 대중화되기도 했다. 아그네스는 아직껏 그런 노래

---

72) 드루데는 마녀 또는 여자 주술사의 이름이다. 그녀의 발자국은 부적으로 이용되었으며, 종종 별(★) 모양 부적과 동일시되었다.

73) 아이헨도르프(Joseph Freiherr von Eichendorff, 1788~1857)는 독일 후기 낭만주의의 작가다.

74) 울란트(Ludwig Uhland, 1787~1862)는 슈바벤 지역 낭만주의의 중요한 작가다.

75) 케르너(Justinus Kerner, 1786~1862)는 울란트의 친구로서 역시 슈바벤 지역 낭만주의를 대표한다.

76) 뮐러(Wilhelm Müller, 1794~1827)의 후기 낭만주의 민요시는 특히 슈베르트의 가곡으로 유명해졌다.

77) 대표적으로 슈베르트, 슈만, 크로이처(Conradin Kreutzer, 1780~1849) 등을 들 수 있다.

78) 당시에 많이 생긴 남성 합창단 조직을 일컫는다.

를 들어본 적이 없었다. 「성문 앞 우물가에 서 있는 보리수」[79]라는 노래가 막 끝나고 「봄날 밤에 내린 서리」[80]라는 곡이 시작되었다.

옛날의 이별노래, 죽음을 알리는 곡, 사라진 행복을 탄식하는 노래, 봄이 오는 것에 대한 곡, 물레방아와 전나무에 대한 노래, 울란트의 「슬퍼하는 이여, 이제 괴로움을 잊어요, 모든 건 무상하다오」라는 노래들이 맑고 풍부한 감정으로 차례차례 연주되었는데, 신을 만드는 사람은 테너 파트를 맡아 낭랑한 목소리로 고음부를 끌어갔고 산의 왕은 베이스를 불렀으며 스테인드글라스 화가들은 음과 박자에 주의하면서 중간음부를 맡았다.

아그네스는 꼼짝하지 않고 들었다. 모든 노래가 그녀를 위해 만들어졌고 그녀 자신의 가슴에서 나오는 것처럼 생각되었다. 노래 한 곡이 끝날 때마다 안도의 숨을 내쉬면서 그녀는 눈에 띄게 더 평온해지고 더 자유로워졌다. 반쯤 그늘진 작은 원탁 주위로 화창한 햇빛 같은 즐거운 분위기가 조성되었다. 실상 나 이외에는 아그네스의 일을 아는 사람이 아무도 없었지만, 소녀의 가슴을 짓누르고 있는 돌덩이가 떨어져나가는 것 같은 느낌을 모두 암묵적으로 느끼고 있었다. 그때 이리저리 돌아다니던 중에 이곳을 지나가게 된 에릭슨이 우리가 있던 곳을 발견했다. 우리 모임이 어떤 성격의 것인지 알게 된 그는 서둘러 나가더니 프랑스 샴페인을 두어 병 가져왔다. 그런 후 이 집 여주인을 돕기 위해 집 안 곳곳을 계속 돌았다.

아그네스와 우리는 대부분 지금까지 샴페인을 본 적도 없었고, 더욱

---

79) 빌헬름 뮐러의 시를 가사로 작곡한 슈베르트의 『겨울 나그네』에 실려 있는 가곡이다.
80) 남부 라인 지방의 민요. 멘델스존(Felix Mendelssohn-Bartholdy, 1809~47)이 합창곡으로 작곡했다.

이 마셔본 적도 없었다. 그래서 그 당시 유행하던 아주 높은 유리잔들과 그 속에서 끊임없이 올라오는 진주 같은 거품을 보자 우리 기분은 축제 분위기로 고조되었다. 그때 몸소 우리에게 온 로잘리에는 아그네스에게 달콤한 과자 한 접시와 과일을 건네주고 우리에게는 아름다운 다이아나를 정중하게 대하며 즐겁게 지내라고 권했다.

그렇지 않아도 우리도 이렇게 하기 위해 충분히 최선을 다했다. 누구보다도 신을 만드는 사람이 그녀를 대하는 태도는 지극히 사려 깊으면서도 정중했다. 다른 사람들도 마찬가지로 그녀를 명랑하고 공손하게 대하면서 그들의 표현에 따르면 그야말로 시처럼 아름다운 소녀가 그들의 작은 음악회를 장식해준 것에 대해 긍지를 느끼며 즐거워했다. 일동 모두 그녀의 건강을 기원하며 그녀와 잔을 부딪쳤을 때, 그녀는 다리가 긴 잔을 끝까지 비웠는데, 진주 같은 거품이 이는 감미로운 샴페인이 마치 작은 뱀처럼 자기도 모르는 새에 입 속으로 미끄러져 들어갔다는 편이 더 나을 것이다. 나중에 신을 만드는 사람은 그것이 어떻게 그녀의 하얀 목구멍으로 흘러 들어가는지 보았노라고 주장했다. 이제 그녀는 새가 지저귀는 것처럼 아리따운 목소리로 말하기 시작했는데, 여기 있는 것이 아주 좋으며 마치 진눈깨비가 내리는 궂은 겨울날씨에 따뜻한 방으로 들어온 느낌이라고 말했다. 또한 자기가 왜 그런 기분이 드는지 잘 알고 있다고 하면서 착한 사람 몇이 모이면 난로나 지붕이나 창문이 없어도 언제나 방이 훈훈해지는 법이라고 말했다.

"착한 사람 만세!" 건배하면서 이렇게 말한 그녀는 자신의 잔을 한 번에 들이키며 덧붙였다. "오, 정말 사랑스러운 포도주네요! 슬픔을 털어내는 좋은 빗자루 같아요!"

이 말은 우리를 특별히 즐겁게 했다. 네 명의 가수는 미리 협의하지도 않고 동시에 큰 소리로 노래를 부르기 시작했다. "라인 강변에, 라인 강

변에, 우리의 포도 덩굴이 자라고 있다네." 술자리에서 부르는 근사한
이 노래가 끝나자마자 그들은 진지한 가락의 노래를 골라 불렀는데, 그
렇다고 질질 끄는 느린 박자가 아닌 이 아름다운 노래는 클라우디우스
의 곡이었다.

인생은 짧은 이야기
인생은 잠시 머물다 가는 것
세상의 모든 영화가
인생처럼 사라진다네 등.

풍부한 성량으로 할렐루야 아멘을 외치며 이 모테트[81]가 끝나고 갑자
기 정적이 찾아왔을 때, 다른 방들에서는 흥얼거리는 소리와 뒤죽박죽
된 노랫소리 그리고 무도곡이 뒤섞여 들렸는데, 실은 그전에도 우리가
노래를 멈출 때마다 마치 먼 곳에서 수레가 구르는 것처럼 계속해서 묵
직하게 들려왔다. 노래가 끝나는 순간 우리의 성가는 이 소음과 대조되
어 우리에게 엄숙한 인상을 주었다. 마치 은매화와 오렌지나무가 가득
한 작은 숲 속에 안락하게 앉아 명상을 하면서 속세의 소음을 듣는 것
같았다. 우리는 미쳐 날뛰는 것 같은 이 기묘한 소리에 잠시 편안하게
귀를 기울이다 탁자 위로 서로 머리를 맞대고 유쾌하고 슬픈 이야기와
추억거리를 화제 삼아 재미있는 대화를 나누었다. 특히 신을 만드는 사
람은 성모 마리아에 대한 흥미로운 농담을 많이 알고 있었다.

예를 들면 성모 마리아가 한 번은 세계 각지의 아주 유명한 성지에서
자신의 재산인 마리아상을 모두 모아 회의를 열었을 때 어떤 모양새였

---

81) 13세기에서 16세기까지의 다성음악으로 17세기에 칸타타로 발전되었다.

는지, 그렇게 많은 여자가 한꺼번에 모이면 일어날 수밖에 없는 커다란 싸움이 어떻게 발생하게 되었는지 얘기했다. 그들 모두가 오고 가는 길에 경험했거나 수행한 것에 대한 얘기, 어떤 마리아상은 대공(大公)의 부인처럼 사치스럽고 아름답게 차려입은 반면 다른 마리아상은 아주 돈을 아끼며 여행했는데 밤을 지낼 숙소에서 자신의 천사들을 조그만 닭장에 집어넣고 아침에 혹 하나라도 없어졌는지 보려고 마치 닭을 세듯이 천사들을 하나씩 세었다는 얘기였다. 또 수행원을 거느리고 회의에 참석하러 가던 또 다른 화려한 두 여자, 즉 폴란드의 체스토코바[82]의 성모와 아인지델른[83]의 마리아가 어느 음식점에서 우연히 만나 정원에서 점심식사를 했다는 얘기도 있었다. 라이프치히의 종달새[84] 위에 구운 도요새가 담긴 접시가 나오자 폴란드의 숙녀는 접시를 재빨리 자기 앞으로 채가면서 자기가 알기로는 이 식탁에서 자기 신분이 제일 높으니만큼 맨위의 황새새끼 요리는 당연히 자기 몫이라고 말했다고 한다. 긴 부리를 보고 그녀는 도요새를 어린 황새로 착각했고, 이것을 포크로 찍어서 자기 접시 위로 가져갔다는 것이다. 그런 무례한 행동에 격분한 스위스 여자가 그와는 반대로 단지 '딱!'[85] 소리만 냈을 뿐인데, 구운 도요새가 다시 살아나 날개를 펴고 접시에서 날아가버렸다고 한다.

그러는 사이 아인지델른의 마리아가 요리를 자기 앞으로 가져와 종달새 요리 전부를 그녀와 그녀의 수행원들의 접시에 나누어 담으려고 했다. 그러자 체스토코바 여자가 '티릴리' 하고 휘파람을 불었다. 그러자 조금 전 도요새와 마찬가지로 종달새 역시 퍼드덕거리며 날아올라 노래

---

82) 폴란드 남부의 도시 이름. 중세 때부터 바울 대성당의 '검은 마리아' 때문에 중요한 성지가 되었다.
83) 스위스 내륙지방의 한 베네딕트 수도원의 이름이다.
84) 옛날에는 구운 종달새 요리를 아주 맛있는 요리로 여겼다.
85) 도요새를 부를 때 손가락으로 내는 딱! 소리를 말한다.

를 지저귀면서 공중으로 사라져버렸다. 이렇게 되자 두 귀부인은 상대에 대한 질투 때문에 점심식사를 망치고 후에 엉겨군은 우유로 점심을 때울 수밖에 없었다. 그러다가 두 여자의 흑갈색 얼굴이 우스꽝스럽게 찌그러졌다는 얘기였다.

아그네스는 마치 동료가 된 것처럼 팔을 탁자 위에 올려 손으로 뺨을 받친 채 우리 사이에 끼어 앉아 있었다. 그러나 그녀는, 결국은 모두 다 똑같은 하나의 동일 인물인 성모 마리아가 어떻게 그렇게 수많은 사람들로 변하여 여행하고, 서로 모이고 심지어 싸움까지 할 수 있는지 이해할 수 없었기 때문에 자신의 의문을 솔직하게 드러냈다.

포도 따는 사람은 손가락을 코에 대고 곰곰 생각하며 말했다. "그게 바로 신비랍니다. 우리 머리로는 설명할 수 없는 수수께끼지요."

그러나 예의 라파엘의 유명한 그림을 토대로 십자가를 짊어진 그리스 도상을 만드는 일에서 벗어나지 못하면서도, 그와는 반대로 전문적인 일 외의 화제에서는 능변을 발휘하는 산의 왕이 끼어들면서 말했다. "내 생각으로는 어디에든 나타나고, 여러 분신으로 변하고, 어떤 모습으로도 변하는 능력은 하늘나라 여왕의 무궁무진한 신통력을 설명하는 것으로 여겨지는군요. 말하자면 그녀는 자연과 마찬가지로 알파이자 오메가인 셈입니다. 가능한 모든 모습으로 나타나기를 좋아해서 심지어는 용감한 병사[86]의 모습으로도 보이는 데에서 알 수 있듯이 성모 마리아는 여인으로서 자연과 가장 가깝습니다. 바로 이 점에서 그녀는 여성의 특성을 갖고 있는데, 최소한 뛰어난 여성들은 동일한 특징을 갖고 있다고 생각합니다. 남장을 좋아한다는 것 말입니다."

이 말을 듣고 스테인드글라스 화가 가운데 한 사람이 웃으며, "그 말

---

86) 성모 마리아가 기사로 등장하는 전설을 일컫는다.

을 들으니 변장에 관한 아주 재미있는 얘기가 떠오르는군요"라고 말했다. "특히 가을이면 커다란 장이 서는 제 고향도시에서 우리 같은 장난꾸러기들은 몰려다니며 숨어 있다가 시장에서 사과, 배, 자두와 그밖의 과일들을 쌓거나 무게를 재어 팔 때 자주 땅바닥에 굴러 떨어지는 과일들을 재빨리 낚아채기도 하고 쌓아놓은 과일더미에서 과일을 슬쩍 훔치기도 했지요. 그때 누군지 알 수 없던 남자아이가 하나 있었어요. 이 아이는 우리 사이에서 한 덩어리로 끼어 달리다 언제나 맨 앞에서 가장 날렵하게 주머니를 채우고 사라졌다가 주머니를 또 채우려고 다시 나타나곤 했답니다. 또 농부들이 새 포도주를 시내로 실어와 주민들 집 앞에서 마개를 뽑아 따를 때면 우리는 속이 빈 긴 갈대 대롱을 가지고 마차 아래 웅크리고 숨어 있다가, 술도가가 두량(斗量)을 재면서 통에 다 붓지 못하고 남은 것을 일시적으로 부어놓은 포도즙을 빨아먹으려고 몰래 통과 양동이에 그 대롱을 꽂아넣곤 했는데, 이때에도 그 낯선 소년은 어김없이 와 있었어요.

그러나 그는 우리처럼 포도주를 마시는 대신 대롱을 통해 나오는 포도주를 영리하게도 자신이 윗옷 속에 감추어 두었던 병 속으로 흘러 들어가게 했답니다. 녀석은 우리보다 키가 크지는 않았지만 힘이 셌고, 이상하게도 나이가 들어 보이는 얼굴이었지만 목소리는 낭랑한 어린애 소리였어요. 한 번은 우리가 위협하면서 이름이 뭐냐고 묻자 즉각 요헬 클라인이라고 대답하더군요. 그런데 이 요헬은 가짜 개구쟁이였답니다. 사실은 변두리에 사는 체구가 작은 가난한 과부였어요. 집에 먹을 것이 전혀 없어서 어쩔 수 없이 묘안을 짜낸 것이 열두 살에 죽은 아들의 옷을 입고 머리까지 자르고는 그와 같이 일정한 시간이 되면 용감하게 거리로 나가 개구쟁이들 속에 끼는 거였지요. 하지만 재주를 지나치게 부리다가 들통이 나고 말았어요. 치즈상인들이 거래하는 치즈시장에서 이 과부는 상인들이 치즈의 질이 좋은지 나쁜지 보려고 속이 빈 관을 커다란 스위스 치즈에 찔러넣어 둥그런 막대기나 작은 마개 모양으로 파낸 다음, 그중 끝부분을 신중하게 조금 떼어 맛을 보고는 치즈가 다시 완전한 모양이 되도록 그 마개를 구멍 속에 꽂아넣는 것을 관찰한 일이 있었답니다. 그래서 그녀는 보통 사용하는 못을 하나 준비한 다음 치즈 둘레를 맴돌면서 상인들이 빼낸 자국이라는 것을 알 수 있는 희미한 둥근 선이 어디에 있는지 염탐한 겁니다. 그런 다음 기회를 포착하여 못을 찔러넣어 치즈조각을 빼냈는데, 족히 200그램이나 되는 고급 치즈를 집으로 가져온 날도 많았답니다. 그러나 치즈상인들은 어디서든 다른 상인들보다 더 이익에 집착하고 더 너그럽지 않기 때문에 붙잡힌 그녀는 경찰에 넘겨졌고 그 일로 신분이 밝혀졌던 겁니다. 그러나 사람들은 그녀가 살아 있는 동안 내내 그녀를 요헬 클라인이라 불렀어요."

아그네스는 이 가난한 여자의 단순하고 악의 없는 꾀를 재미있어했으나 불행한 결말에 대해서는 애석해했다. 다른 스테인드글라스 화가도 장난꾸러기로 변장한 여인의 이야기보다 더 섬뜩한 어떤 여자의 변장 이야기를 알고 있다고 했다.

"이건 16세기에 있었던 옛날 얘긴데요." 그가 이 말과 함께 얘기를 시작했다. "연대기에 따르면 1560년 아니면 62년에 겔더란트에 있는 님베겐[87]이라는 도시에서 한 사형집행인이 브라반트 국경에 있는 마스 상변의 작은 도시 그라베[88]로 와서 죄인 세 명을 참수해달라는 분부를 받았답니다. 그러나 님베겐의 사형집행인은 그의 하인이 그 자리를 넘보고 독이 든 수프를 주었기 때문에 병이 나서 뻐쩍 말라 병상에 누워 있

---

87) 네덜란드의 겔더란트 지방에 있는 도시.
88) 님베겐 남서쪽으로 약 10킬로미터 떨어져 있는 소도시.

었어요. 그래서 연대기 작가는, 영혼을 바쳐 그 자리를 탐내는 사람이 하나도 없을 정도로 비참한 직무는 없다고 기술했답니다. 그래서 이 사형집행인은 그라베의 시의회에 보고하기를, 자기가 갈 수는 없지만 서로 도와주기로 약속한 바 있는 아른하임[89]의 사형집행인에게 자신의 아내를 당장 보내, 그에게 제시간에 출두하여 명령을 수행하게 하겠노라고 했답니다. 또한 아내에게 즉각 아른하임으로 가서 그곳의 동료에게 상황을 알리라고 말했지요.

그러나 체격이 훤칠하고 아름다우며 대담한 이 여자는 탐욕스럽기도 해서 그렇게 수입이 좋은 일을 놓치고 싶지 않았습니다. 그녀는 아른하임으로 가는 대신 가슴을 감추기 위해 셔츠와 저고리 품을 넓힌 남편 옷을 몰래 입고, 급히 자른 머리 위에 남편의 깃털 모자를 쓴 다음 안개 낀 밤에 그라베로 갔어요. 물론 허리에는 폭이 넓은 망나니 칼을 찼답니다. 제시간에 그곳에 도착한 그녀는 시장에서 남편의 이름을 대며 도착 사실을 신고했습니다. 그녀의 매끄러운 얼굴과 낭랑하고 여린 목소리를 이상하게 여긴 시장은 그녀가, 아니 그라고 해야 맞을지 모르겠습니다만, 어쨌거나 사형집행인을 자처하는 사람이 맡은 일을 해낼 만큼 힘과 경험이 충분한지 물어보기는 했답니다. 그녀는 이 일을 잘 알고 있고 이미 여러 차례 해보았노라고 호언장담했습니다.

불쌍한 죄인들 중에서 맨 처음 죄인이 밧줄에 묶여 끌려나오자 그녀는 곧바로 밧줄을 넘겨받으며 그를 인수받았어요. 의자에 앉혀진 죄인은 그녀가 눈을 가리자 두려워졌습니다. 그런데 그녀가 오랏줄이 모두 단단히 묶여 있는지 보려고 남자의 위쪽으로 몸을 깊숙이 숙였을 때, 이 남자는 자기의 머리에 그녀의 부드러운 가슴이 닿는 것을 느꼈어요. 이

---

89) 님베겐에서 북쪽으로 약 15킬로미터 떨어져 있는 겔더란트의 큰 도시.

와 동시에 그는 여자다!라고 고함쳤습니다. 자기는 이런 여자가 아니라 정식 사형집행인의 손에 죽고 싶다고, 그건 자기의 권리라고 소리쳤던 거예요. 이 가엾은 인간은 이런 사정을 이용해서 죽음이 조금이라도 유예되기를 바랐던 겁니다. 이 소동의 와중에 그는 이 여자의 옷을 벗겨보면 여자라는 걸 알게 될 거라고 점점 더 크게 고함쳤습니다.

마침내 주위에 둘러 서 있던 사람들은 이 말이 일리가 있다고 생각했기 때문에, 사형집행인을 보조하는 형리에게 확인해 보라는 명령이 떨어졌답니다. 그래서 이 형리는 조금 전 죄수의 머리를 잘랐던 바로 그 가위로 여자의 셔츠와 저고리의 가슴과 등 부분을 잘라 옷을 어깨 아래로 벗겨 내렸답니다. 결과적으로 모든 사람 앞에서 상체가 드러난 그녀는 치욕스럽게 처형장에서 쫓겨났어요. 죄인들은 다시 감옥으로 끌려가야 했고요. 분노한 군중이 여자를 물속에 처박으려고 했는데, 가까스로 막았답니다. 그런데도 실 감는 막대와 빗자루를 들고 집에서 몰려나온 부인들과 처녀들이 도망치는 여자 사형집행인을 성문 밖까지 쫓아가 번질거리는 그녀의 하얀 등이 피멍이 들 때까지 두들겨 팼답니다. 이렇게 뱃심 좋은 여장부의 변장사건은 비극으로 끝났어요. 얼마 지나지 않아 남편이 죽자 그에게 독약을 먹었던 못된 하인이 실제로 님베겐의 사형집행인 자리를 차지하고 과부와 결혼했답니다. 결국 사형집행인의 아내 자격을 가진 여자를 얻은 셈이지요."

이 속된 이야기와 함께 우리 잡담은 소녀가 있는 곳에서 지켜야 할 한계를 넘어버렸다. 그녀는 오싹해하면서 고개를 흔들었고, 다시 한 번 건배하게 되자 지체 없이 잔을 비웠다. 얘기를 나누는 동안 내내 우리는 잔이 넘어지지 않도록, 또 가능한 한 입 가까이에 두고 필요할 경우 언제든 마시기 위해서 긴 다리가 달린 잔을 손에 꼭 쥐고 있었는데, 아그네스는 경험도 없었던데다 모든 고통을 잊는 행복감에 젖어 우리가 하는 대로 따라했다. 세상물정 모르는 총각신세인 우리는 이런 경우처럼 여자와 함께 있으면 어떻게 처신해야 하는지 잘 몰랐으며, 이 착한 아이가 점점 흥분하고 쾌활해지는 것을 즐거워하면서 잔이 비워질 때마다 즉시 채웠다.

신을 만드는 사람 라인홀트는 긴 잡담이 오고가는 동안 아그네스의 뒤편에 있던 작은 오렌지나무에서 막 피어나고 있는 가지를 꺾어 관을 엮어 놓았는데, 그것을 이제 그녀의 머리에 씌워주었다. 그러면서 그는 다른 한두 사람에게 반주를 시키고 자기에게 잠시 춤을 추는 기쁨을 누리게 해달라고 그녀에게 청했다.

"아니에요!" 그녀는 큰 소리로 말했다. "우선 당신들을 위해 나 혼자서 렌틀러[90]를 보여드릴 테니 당신들 네 분이서 모두 연주를 하세요!" 네 사람은 이 말에 따라 케이스에서 악기를 꺼내 다시 음을 조율했다. 나는 곁으로 물러섰으며, 그들은 당시 이 지방에서 유행하던 민속 춤곡을 연주했다. 아그네스는 작은 나무들 사이의 조그마한 공간에서 실로 고상하게, 마치 어떤 동경을 표현하듯이 느린 동작으로 춤을 추었다. 마지막 박자의 울림이 사라지자마자 그녀는 거품을 내는 술잔을 받아 갈증이 나는 입술로 술잔을 비우며 다시 혼자서 추겠다고 하면서 왈츠곡을 요청했다. 착한 총각들은 있는 힘을 다해 악기를 켰고, 두 손을 가느다란 허리에 받친 아그네스는 눈을 반짝이면서 치맛자락을 휘날리며 빙빙 돌았다. 그러다 누군가를 찾듯이 팔로 허공을 더듬거리다 갑자기 멈춰 선 그녀는 관을 벗어서 바라보고는 그것을 머리 위에 얹은 다음 비틀거리기 시작했다. 나는 얼른 그쪽으로 뛰어가서 그녀를 의자로 데려왔다.

---

90) 오스트리아와 남부독일에서 유행한 4분의 3박자의 느린 민속춤으로 왈츠의 전신이다.

음악가들은 놀라서 음악을 멈추었고, 가엾은 소녀가 아무렇게나 탁자 위에 올려놓은 머리와 팔로 잔은 모두 넘어져버렸다. 그녀는 심장을 찢기는 것 같은 비명과 함께 아주 큰 울음을 터뜨리며 어머니를 부르기 시작했다. 울고 외치는 소리가 너무 커서 다른 방까지 들릴 정도였기 때문에 그곳에 있던 손님들이 모여들었다. 몹시 당황한 우리는 어찌할 바 모르고 그녀 주위에 둘러서 있었다. 우리는 그녀를 일으켜 세우려고 했지만, 그녀는 우리 손에서 빠져나가 바닥으로 무너져내렸다. 바닥에 뻗어버린 그녀는 시체처럼 창백했고, 손과 입술은 떨리고 있어서 얼마 후 생명이 완전히 끊길 것 같아 불안한 침묵만 찾아들었다.

결국 우리는 미동도 하지 않는 이 딱한 소녀를 사람이 쓰고 있는 방이나 응급조치에 편리한 방을 찾아 옮기기로 결정해야 했다. 산의 왕은 그녀의 겨드랑이를, 신을 만드는 사람은 발을 붙잡고, 은빛의 가벼운 짐을 조심스럽게 날랐다. 내가 앞장서 걸었다. 스테인드글라스 화가들은 바이올린을 케이스에 넣을 시간도 없었고, 그렇다고 소중한 악기를 남겨둘 수도 없어서 악기를 겨드랑이에 낀 채로 뒤따라왔다. 유감스럽게도 로잘리에 부인은 에릭슨과 함께 이미 시내로 떠나고 없었다. 본의와 달리 파티가 중단되고 손님들의 흥이 깨질까봐 그녀는 아무에게도 떠난다는 인사를 하지 않았던 것이다. 사정이 이랬기 때문에 이 집의 여자집사 또는 여자관리인은 더욱 반가운 존재였다. 우리에게 온 그녀는 우리의 슬픈 행렬을 그녀 방으로 안내했고, 아무런 움직임도 없는 소녀는 그곳에서 편안하고 긴 의자와 급히 가져온 몇몇 개의 쿠션 위에 올려졌다.

"그렇게 심각하진 않아요." 우리가 불안해하는 모습을 본 경험 많은 이 여자는 이렇게 말했다. "아마 취했을 거예요. 술은 금방 깰 거예요!"

"그렇지 않습니다. 이 아가씨는 고통스러운 일이 있어요!" 나는 그녀에게 귓속말로 속삭였다.

"그렇다면 바로 그 근심에 취했군요." 그녀가 덧붙였다. "도대체 누가 이 어린 아가씨에게 이렇게 많이 마시게 했어요?"

이때 처음으로 얼굴이 빨개진 우리는 부인이 이 병자가 어디에 사는지 물어본 다음 우리를 내보내줄 때까지 부끄럽고 당혹스러워하며 그 자리에 서 있었다. "주인마님의 마차가," 그녀가 말했다. "필요한 일이 있어서 한 번 더 올 거예요. 이제 아무 걱정하지 마세요." 라인홀트는 이 집에 남겠다고 자청하며 자기 제안을 받아달라고 고집했다. 그는 혼자 남겨진 소녀를 계속 자기에게 맡겨달라고 나를 졸랐다. 그가 성격이 좋은 정직한 남자라는 것은 주지의 사실이었기 때문에 나는 기꺼이 동의했다. 그리하여 아그네스는 의식이 없는 상태에서 한 사람 손에서 또 다른 사람의 손으로 옮겨졌는데, 따지고 보면 마치 옛날에 노예로 전락한 공주가 그랬던 것처럼 축제기간 내내 이렇게 사람들의 손으로 옮겨 다녔던 걸 보면 이것이 그녀의 운명인지도 모를 일이었다.

나는 악기를 처리해야 하는 바이올리니스트들과 헤어진 다음 밖으로 나왔다. 여기뿐만 아니라 바깥쪽의 숲 속 연회도 모두 파해서 도로는 귀갓길의 마차로 북적대고 있었다. 특별히 타고 나갈 만한 마차를 찾지 못한 나는 차라리 걷기로 작정하고, 빠른 속도로 질주하는 마차를 피해 숲 가장자리의 큰길과 나란히 나 있는 작은 길로 들어섰다. 나무 사이로 비치는 하현달이 어느 정도 길을 밝혀주었다. 나무 밑동의 잔가지들이 여기저기서 줄곧 걸음을 방해했지만 그래도 나는 산사나무 가지와 나무딸기 덤불을 짜증스럽게 헤치며 혼자 걸어가던 행인을 따라잡았다. 그건 리스였다. 그의 검은 망토 아래서는 아름다운 삼베 옷자락이 반짝이며 내비쳤는데 가시가 촘촘히 붙어 있었다.

서로 알아본 다음 나는 다음에 내가 무슨 말을 하려는지 그가 알아챌 수 있을 만한 어조로 지금까지 일어났던 일을 얘기했다. 술로 결코 본성을 잃어버리는 법이 없고 사내들이 술에 취한 것을 질색하던 리스는 아그네스 이야기를 듣고 깊은 혐오감을 느끼며 그것을 이용하여 더 이상 비난이나 쓴소리를 듣지 않으려고 내 말을 가로막았다. "고결한 얘기로군!" 그가 큰 소리로 말했다. "아무것도 모르는 처녀를 취하게 만드는 것이 자네들의 영웅적 행동인가? 정말이지 그 불쌍한 아이를 착한 사람들에게 넘겨주었군!"

"넘겨주었다고!" 나는 화가 나서 이렇게 대꾸했다. "버렸다, 배신했다는 말이겠지!" 나는 내가 말할 자격이 없는 말까지도 포함된 피도 같은 비난을 그에게 쏟아부었다. "도대체," 나는 이 말과 함께 일단 말을 맺었다. "애정의 고삐를 단단히 붙잡고 신이 내린 훌륭한 보물에 기뻐하며 감사하는 것이 그렇게 힘든 일인가? 도대체 인간들은 여기저기 돌아다니며 어디에 가서든 서로 헤살놓고 슬프게 만들지 않으면 직성이 풀리지 않을까?"

리스는 그사이에 가시를 떼어내고 있었다. 나를 위협해보았자 아무 소용이 없다는 것을 알게 된 그는 나에게 반박하지 않았다. 우리가 나란히 앞뒤에 서서 계속 가는 동안 그가 나지막하게 말했다. "날 내버려두게. 자네는 이해 못해!"

나는 불끈 화를 내며 대답했다. "오래전부터 자네의 기질에는 내 경험으로는 이해할 수도, 판단할 수도 없는 뭔가가 있다고 생각해왔어! 그러나 이제 보니 자네가 아주 저속하기 짝이 없는 이기심과 방약무인의 포로라는 것을 너무도 잘 알겠네. 너무나 쉽게 알겠어. 너무나 눈꼴사나우니까. 이런 기질이 얼마나 자네 자신을 흉하게 하고 친구들에게 상처를 주는지 자네가 알고 있다면 바로 그 똑같은 이기심을 위해 자넨 분명 달라지고 혐오스러운 결점을 버렸을 거야!"

"다시 한 번 말하는데," 리스는 나를 향해 반쯤 몸을 돌리며 대꾸했다.

"자네는 이해 못해! 나는 말없이 자네의 무례한 언사를 들어준 것만으로도 충분히 사과했다고 생각하네. 그래 이 도덕군자야! 자네는 어쩔 수 없이 하지 않을 수 없었던 일 외의 다른 일을 해본 적이 있나? 지금도 하지 않겠지만 일단 어떤 사건을 경험하면 더더욱 하지 않을걸!"

"그래, 나는 적어도, 내가 하는 일이 옳지 않고 괘씸한 짓이라고 생각되면 언제라도 그만둘 수 있기를 바란다네!"

"자네는 언제라도," 내 말을 들은 리스는 나를 정면으로 쳐다보면서 아주 차갑게 말했다. "그래, 자네는 언제라도 자네를 즐겁게 하지 않는 일은 하지 않을 거야!"

더 이상 참지 못하고 나는 다시 그의 말을 막으려 했다. 그러나 그는 나보다 더 큰 소리로 계속 말했다. "만일 자네가 두 여자를 사랑하게 되면 두 여자 모두 마음에 드니까 자네는 아마 둘 다 쫓아다닐 거야. 둘 가운데 하나를 결정하는 것보다 그게 쉬우니까! 어쩌면 그런 자네가 옳을지도 모르지! 내 경우를 말해볼까. 이걸 알아두게. 눈은 사랑하는 마음을 불러일으키는 장본인이야. 사랑을 지속하거나 파괴하는 것도 눈이지. 나는 충실하겠다고 결심할 수 있지만 눈은 아무것도 결심하지 않아. 이것은 영원한 자연법칙을 따르거든. 루터가 여자를 탐하지 않고는 바라볼 수 없노라고 했을 때, 그는 보통 인간들의 마음을 표현한 거야. 변덕스럽고 병적이고 괴상한 속성이 조금도 없이 순수한 여인, 로잘리에처럼 늘 건강하고 명랑하고 자애롭고 총명한 여인에게만 나는 비로소 영원히 속박당할 수 있을 거야. 아그네스에게서 어떤 덧없는 특성을 찾아내려 했는데, 그게 허망한 것인지를 깨달으며 내가 얼마나 부끄러운 줄 아나. 육체가 없는 그림자처럼 공허한 규범으로 세상을 떠도는 자네 역시 부끄러운 줄 알아야 해! 자네도 언젠가는 내용을 갖도록 해보게. 빈 형식을 채우는 충실한 열정 말일세. 공허한 미사여구로 다른 사람들을 부담스럽게 하지 말고!"

나는 여러 차례 모욕감을 느끼며 한참 동안이나 말을 잃었다. 요컨대 리스는 내 앞에 두 여자가 있을 경우를 가정했다. 그가 물론 내 경험에 대해 알았던 것도 아니었다. 그런데도 내가 아직 반쯤은 어린아이였을 적에 이와 비슷한 길에서 헤맸던 사실이 있었던 만큼, 리스는 진실을 말했던 것이다. 그런데도 나는 내가 그와 비교되는 것이 마음에 들지 않았다. 그동안 마신 술과 스물네 시간 이상 지속된 여러 가지 흥분상태는 내 투쟁심에 불을 붙이는 작용을 하여 나는 다시 결연한 목소리로 말하기 시작했다. "방금 한 얘기로 판단해보면, 자네가 경솔하게 그 소녀의 마음에 불러일으킨 희망을 이제 와서는 채워줄 기분이 아니라는 말이군?"

"나는 희망을 준 적이 없네." 리스가 말했다. "나는 자유야. 내 의지의 주인이고. 모든 여자들에 대해서뿐만 아니라 세상 전체에 대해서! 말이 나왔으니 말이지만 내가 그 착한 애를 위해 달리 뭔가 할 수 있다면 그건 내가 겉치레나 빈말을 하지 않고 진실하고 사심 없는 친구가 되어주는 거야! 그리고 마지막으로 말해두겠는데, 내가 연애를 하던 비연애(非戀愛)를 하던 간섭하지 마. 절대 사양하겠네!"

"난 간섭하겠네!" 나는 소리쳤다. "자네가 이번만큼은 진심을 다해 체면을 지켜야 해. 그렇지 않으면 자네가 옳지 못한 짓을 하고 있다는 것을 내가 뼈저리게 가르쳐주지! 이 모든 것은 자네의 그 무신론의 업보야! 신을 믿지 않는 자는 영혼이 머물 곳이 없거든!"

리스는 폭소를 터뜨리더니 이렇게 대답했다. "자네의 신을 찬미할지어다! 자네가 결국은 이 축복의 항구로 도피할 거라고 생각했네! 초록의 하인리히, 제발 부탁이니 이 문제와 전혀 관계없는 신을 끌어들이지 말게! 내 자네에게 장담하는데, 신이 있건 없건 내 생각은 변함없어! 그건 내 신앙의 문제가 아니라 내 눈, 내 뇌, 내 육체 전체의 문제야!"

"이러니저러니 해도 그건 자네 마음의 문제야!" 나는 화가 나서 자제하지 못하고 고함쳤다. "그래, 터놓고 얘기해보세. 자네의 말마따나 자네 머리가 아니라 자네 마음이 신을 모르는 거야! 자네의 신앙, 아니 차라리 불신앙(不信仰)이라고 해야겠지, 그건 자네의 성격이야!"

"이제 그만하게!" 벽력같은 소리를 지른 리스는 멈춰 서서 나를 향해 돌아섰다. "자네의 말이 헛소리라는 것은 분명하지만 그 자체를 욕이라고 할 순 없겠지. 하지만 나는 자네가 어떤 의미로 그 말을 했는지 알고 있어. 미친놈이나 광신자들이나 그런 철면피 같은 말을 하는 줄 알았는데, 자네가 그런 말을 할 줄이야! 자네가 한 말을 당장 취소하게! 내 성격을 운운하는 것은 용서할 수 없으니까!"

"한 마디도 취소할 게 없네! 신을 믿지 않고 천방지축 날뛰는 자네가 어디까지 가는지 두고 보세!" 나는 한바탕 싸워보고 싶은 마음에서 이 말을 내뱉었다. 그러나 리스는 고통스럽고 불쾌한 목소리로 대답했다. "악담은 이만하면 충분해! 자네에게 결투를 신청하겠네! 동이 틀 때 채비를 갖추게. 자네가 이토록 험한 욕설을 퍼부으며 옹호하는 자네의 신을 위해 이번에는 손에 무기를 들고 싸워보게. 자네의 입회인을 구하게. 모든 일을 맡아줄 내 입회인들은 두 시간이면 어디서든 구할 수 있으니까." 그는 어떤 장소를 지정했는데, 그곳은 예상컨대 축제에 참가했던 사람들이 여흥을 즐기며 오늘 밤 내내 왕래할 만한 장소였다. 그런 다음 몸을 돌린 그는, 이제 길이 한층 나아졌기 때문에 빠른 걸음으로 앞으로 걸어갔다. 나는 우리가 싸우는 동안 벌써 오래전에 텅 비어 조용해진 거리로 뛰어들었다. 이것이 아름다운 축제의 끝이었다! 길 한가운데에서 걷는 동안 달은 앞쪽으로 내 그림자를 드리웠으며, 어릿광대 모자의 뾰족한 끝부분은 뚜렷하게 두드러져 보였다. 그러나 이것은 아무런 역할도 할 수 없었다. 이성의 불은 꺼진 것이다. 나는 결투의 입회인을 찾기 위해 걸음을 재촉했다.

벌써 최소한 6년은 된 것 같은데, 나는 우리 집의 작은 방 하나를 빌려 살던 어떤 폴란드 사람에게서 펜싱을 조금 배웠다. 그는 1831년의 혁명[91] 이래 망명자로 불렸다가 그때 이후 사회에서, 적어도 망명자들 사이에서 모습을 감춘, 당당하고 키가 큰 군인들 가운데 한 사람이었다. 훌륭한 가문 출신으로 원래 기병장교였던 그는 재치 있고 정직하게 세상을 헤쳐나갔고, 아주 겸손하게 모든 일을 참아냈으며, 언제나 명랑하고 상냥했다. 다만 전쟁과 조국의 불행 그리고 러시아에 대한 증오에 대해 말할 때는 예외였다. 훌륭한 기독교 교육을 받았지만, 이런 얘기를 할 때마다 그는 하늘에 신은 없다고, 그렇지 않다면 그가 폴란드를 러시아인의 손에 넘겨주지 않았을 것이라고 괴로워하며 절규했다. 그는 나를 꽤 좋아한 것 같았으며, 호의를 표시하기 위해서, 이것 말고는 다른 방법이 전혀 없었기 때문이기도 하지만, 내가 펜싱기술을 습득할 때까지 나를 가르쳐주었다. 자신의 주머니를 털어서 보통 플뢰레라고 하는 시합용 펜싱 검 두 자루와 마스크 그리고 다른 용품들을 구입한 그는 지붕 아래의 커다란 다락방에서 매일 한 시간씩 아쉬운 대로 초보과정을 마쳐주었다. 그는 마치 연금술을 가르치는 것처럼 지극한 사랑과 끈기로 임했는데, 결국에는 운명의 변화로 다른 곳으로 떠나버렸다.

지금 살고 있는 도시에는 학교에 다니는 동향인이 있었다. 나는 그들과 가끔 왕래하며, 그들 방에 비치되어 있던 펜싱장비를 가지고 특별한 목적 없이 심심풀이로 펜싱 대련을 벌인 적도 가끔 있었다. 나는 그 젊은이들이 늘 만나는 회합 장소로 가면 입회인 역할을 부탁할 만한 한두 명을 분명 만나게 될 거라고 생각했다. 역시 내 생각대로 늦은 밤 시간

---

91) 러시아의 점령에 맞섰으나 실패한 혁명으로 이때 많은 폴란드인이 스위스로 망명했다.

에 어울리는 대담한 기분에 빠져 있던 그들은 내 부탁을 듣고 당장 내 상대방 입회인들이 기다리고 있는 곳으로 출발했다.

얼마 지나지 않아 그들은 새벽 여섯시에 리스 집에서 결투를 하자고 약속하고 돌아왔다. 리스는 집에 혼자 살기 때문에 사람들이 볼까 두려워할 필요가 전혀 없다고 특히 강조했다는 것이었다. 또한 자기가 부상당하면 곧바로 자기 침대에 누워 비밀리에 치료받거나 죽음을 맞이할 수 있고, 상대는 아무 걱정 없이 유유히 여행을 떠날 수 있으며, 반대로 내가 그렇게 되면 내가 그의 침대를 이용하고 자기가 도망치겠다는 얘기였다.

그들의 말에 따르면 의사와 무기도 이미 준비된 상태였다. 나는 내가 어느 정도 사용할 줄 아는 유일한 것이자, 내가 알기로 리스 역시 다룰 수 있었던 이른바 파리의 검으로 불리는 가느다란 칼을 사용하자고 제안했다.

나는 그가 그날 밤 나머지 짧은 시간을 어떻게 보냈는지 들을 기회가 없었다. 나는 입회인들과 함께 뜬눈으로 밤을 샜다. 충분한 휴식을 취하지 못하고 숙면 중에 깨어나 생각이 시종일관 지속되지 못한 상태에서 결투에 임하는 것보다는, 잠을 자지 않은 상태에서 이 위험한 모험을 완수함으로써 어제부터 계속된 소란스러운 축제의 대미를 장식하는 것이 더 낫다는 데에 우리 의견이 일치되었기 때문이다. 이런 이유에서 나는 옷을 갈아입을 생각도 하지 않았다. 그러니 만일 불행하게도 운명의 일격을 당했더라면 나는 칼에 찔린 어릿광대의 모습으로 운반되었을 것이다.

그런데도 나는 피로를 감당할 수 없어서 꾸벅꾸벅 졸다가 결국에는 탁자에 머리를 박고 잠이 들었다. 그동안 입회인들은 아침이 되도록 술집에 들락거리는 올빼미 술꾼들과 뜨거운 펀치를 마시고 있었다. 동이

틀 무렵 누군가 흔들어서 잠에서 깬 나도 펀치 한 잔을 쭉 들이켰지만, 짧게 자다 깼기 때문에 기분이 상쾌해지지도, 머리가 개운해지지도 않았다. 그러나 내가 즉시 동행자 두 사람과 함께 아주 진지한 표정으로 도로를 걸어서 리스의 조용한 집으로 들어섰고, 그곳에서는 리스가 두세 명의 청년과 함께 역시 진지하고 차가운 태도로 우리를 맞이했다는 것을, 나는 꿈같이 떠올리고 있다.

우리는 모두 그의 방 가운데 가장 큰 방, 즉 조롱하는 자들이 그려진 그림 앞에 섰다. 새벽빛 때문에 어둠 사이로 점차 뚜렷하게 드러나는 인물들이 살아 있는 듯이 보였는데, 그들은 마치 앞으로 일어날 일을 기다리는 것처럼 보였다.

사람들은 이제 기다란 상자에서 삼각형의 끝부분이 바늘처럼 뾰족한 번쩍거리는 검신 두 자루와, 은 철사가 그물처럼 감긴 손잡이 두 개 그리고 손을 보호하는 반구형의 금도금된 날밑 두 개를 꺼내어 조립했다. 그들은 화해할 생각이나 그밖의 양해를 구할 길이 없는지 물었는데, 우리 둘 모두 부동자세를 취하자 우리 손에 무기를 넘겨주고 각자에게 위치를 지정해주었다. 나는 리스의 얼굴을 바라보았다. 그 역시 나와 마찬가지로 한잠도 자지 못해 창백해 보였다. 이 일의 계기가 되었던 분노는 연기처럼 사라졌지만, 우리 얼굴에는 호의나 우정의 기색이라곤 조금도 없었으며, 다만 입술에 인간의 어리석음만이 고집스럽게 서려 있었다. 나는 손에 칼을 쥐고, 내 신앙의 진실을 증명하기 위해 친구가 피를 흘리게 할 준비를 마쳤고, 그 친구는 자신의 세계관의 도덕적 명예를 지키기 위해서 내 피를 원하고 있었기에, 우리는 서로 다른 관점에서 이성, 자유 그리고 인간성 자체의 화신이 되어 있었다. 불행한 일순간이 지나면 이 반짝이는 강철이 따뜻한 심장을 꿰뚫을 것이었다.

그러나 더 이상 유익한 반성을 할 여유가 없었다. 신호가 떨어지자 우리는 검으로 관례적인 인사를 한 뒤 자세를 취했는데, 숙련된 결투자의 자세라기보다는 오히려 뭔가 불안정한 초보자 같은 자세였다. 공격할 순간을 노리면서 검 끝을 상대방의 검 끝 주위로 돌릴 때 우리 손은 거의 똑같이 떨리고 있었다. 내가 취한 최초의 찌르기 동작도 검도장에서 구령에 따라 행해지는 일번 찌르기 동작과 정확히 똑같았다. 내 일격이 멀리서 오는 것을 보았기 때문에 리스도 마찬가지로 정확하게 받아넘겼다. 그가 받아넘기며 반격하자 나도 다소 서투르긴 했지만 여유 있게 그것을 물리쳤다. 신의 유무를 가리기 위해 싸우는 이 두 명의 아주 우호적인 검객이 어떻게 이렇게 아주 위험한 입장에 빠졌는지를, 신은 아마 알고 있었을 것이다. 그렇지만 신이 알고 있다고 해서 우리가 위험하지 않은 것은 아니었다. 왜냐하면 칼날이 부딪치는 소리와 더불어 결투가 더 격해지고 속도가 붙은 결과, 자기 몸을 지키기 위해서는 찌르기 동작을 더 자주 더 정확하게 하게 되었기 때문이다. 그때 갑자기 우리 무기의 검신과 날밑 부분에서 불그스레한 빛이 났고 동시에 방의 구석에 있던 그림도 부드럽게 빛나기 시작했다. 밝아오는 아침노을을 받은 구름의 빛 때문이었다. 자기도 모르게 그림 쪽을 바라본 리스는 자신이 전문가라고 부른 그림 속의 인물들이 우리를 바라보고 있는 것을 보았다. 그는 자신의 검을 내리고 그때 막 다시 반격하려던 나에게 큰 소리로 "멈춰!" 하고 외쳤다. 기왕에 덧붙이면 완전히 냉정을 유지하던 리스는 이 그림을 보고 처음으로 우리 행동이 무의미하다고 생각했던 것이다.

"도전을 취소하겠네." 그는 심각하지만 차분한 목소리로 설명했다. "피를 흘리지 않고 지금까지 있었던 일을 잊겠네!"

그는 한 걸음 다가와 내게 손을 내밀었다. "하인리히 레, 잠자러 가세!" 그가 말했다. "그리고 잘 있게! 기왕 떠날 채비를 했으니 오늘 당장 당분간 여행을 다녀오겠네."

그 말과 함께 그는 그곳에 있던 사람들에게 인사한 다음 침실 쪽으로 갔다. 예기치 않게 화해가 이루어졌는데도 우리는 일단 서로에게 모욕을 주었고 이 시점에서는 누구도 자신과 화해하지 않았으므로 우리가 우정을 회복하고 헤어지게 된 것은 아니었다. 싸움의 내막을 자세히 모르던 입회인과 의사는 말없이 집 밖으로 나갔다. 그곳에서 우리는 헤어져 각자 집으로 돌아갔는데, 나는 내가 콧대를 꺾어놓고 싶었던 상대방의 도덕적 우월감에 의해 집으로 보내지는 것 같은 느낌을 억제할 수 없었다.

집에 들어서자 아침식사 중이던 주인내외가 나를 끈질기게 놀고 다니는 사람이라고 놀리며 맞아주었다. 지치고 피곤했지만 나는 좀처럼 잠들지 못했다. 마침내 잠이 들어 꿈을 꾸게 되었는데, 내가 친구를 찔러 죽였으나 친구 대신 거꾸로 내가 피를 흘리고, 어머니가 울면서 나를 붕대로 감아주는 꿈이었다. 나는 꿈속에서 격한 흐느낌을 참으려고 신음하다가 그 소리 때문에 잠에서 깨어났다. 눈물을 흘리지 않았는지 베개는 젖어 있지 않았지만 그 결과가 어땠을지 곰곰 생각해보다가 마침내 나는 깊은 잠에 빠져들었다.

제15장 우울증

　오후 늦게까지 잠을 자고 깨어났을 때 나는 무엇을 해야 좋을지 알 수 없었다. 세상과 내 머리는 둘 다 텅 비어 황량해진 것 같았다. 나는 소년 시절에 경험했던 성령강림절의 원정훈련 후 축제와 같은 잔치의 뒤끝을 생각하며 '즐거운 축제 결과가 모두 그렇게 끝난다면 너는 그런 것이 있는 곳에 더 이상 가지 않는 게 나아!'라고 혼잣말로 말했다. 나는 화실을 아름답게 장식하려고 가장 먼저 바닥에 흩어져 있던 어릿광대 의상을 주워 모아 못에 걸었고, 엉겅퀴와 감탕나무로 만든 관은 나 자신에 대한 경고용으로 작은 침실의 장롱 위에 있던 쯔비한의 두개골에 씌워 놓았다. 마음에 잠재된 유희와 장식의 욕구는 우리가 아주 비참하게 바닥에 떨어져 깨어지고 부서져도 온갖 모습으로 살아남아 있는 법이다. 어쩌면 그것은 양심의 한 부분일 것이다. 동물이 결코 웃지 않듯이 양심이 전혀 없는 사람은 이득이 생기는 경우가 아니라면 유희를 즐기지 않기 때문이다.

　음울한 기분에서 모든 것이 다 귀찮기만 하던 내게 포도 따는 사람이자 바이올린 연주자인 라인홀트의 방문은 반가웠다. 내게 도움을 요청하기 위해 찾아온 것이었다. 그는, 아그네스가 술에 취한 상태가그 뒤로도 몇 시간 지속되었고, 아침 무렵에야 집에 보낼 수 있을 만큼 회복되었는데, 그때는 이미 날이 완전히 밝은 뒤였다고 전했다. 그러나 이른바 단정치 못한 몸가짐과 과도한 음주, 그 결과 돈 많은 구혼자가 그녀를 버리고 떠났다는 좋지 못한 소문이 이미 앞질러 퍼져버린 뒤라서, 마차가 집에 도착하여 그녀가 힘없이 풀이 죽은 모습으로 마차에서 내릴 때 이웃집들의 창문이 열리더니 사람들이 경멸적으로, 아니면 최소한 비난의 기색이 역력한 표정으로 구경했다는 것이었다. 그 자신도 별장의 하녀와 함께 그 가엾은 소녀를 데려다주었으나 함께 집으로 들어가지 않고 당연히 바로 떠나올 수밖에 없었다는 것이다.

그런데 새로운 보호자까지 등장함으로써 그렇지 않아도 모양새가 좋지 않던 이 일이 더욱 악화되었으므로, 우리도 이 일에 연루되어 있는 이상 고생을 좀 하더라도 이 죄 없는 여자에 대한 평판을 다시 좋게 하는 것은 분명 우리 의무라는 것이었다. 그래서 그는 한 가지 계획을 세웠는데, 오늘 저녁에 시련을 겪고 있는 이 처녀의 집 창문 아래서 진지하고 솔직한 음악인 세레나데를 아주 품격 있게 연주하기로 친구들과 약속했다는 것이다. 어떤 방해도 받지 않기 위해, 또 이 일에 무게감을 실어주기 위해 관공서의 허가도 이미 받아놓은 상태라고 했다. 그는 또한 세레나데 연주가 끝나는 즉시 위층으로 올라가서 돌보는 이 없는 그 처녀에게 정식으로 구혼할 생각이라고 했다.

"사람들이," 그가 계속했다. "뭐라고 쑥덕거리든 간에 지나간 일은 일체 알고 싶지 않습니다. 나는 이 순간 그녀의 모습을 사랑합니다. 작은 얼굴에 날씬한 체구, 그녀의 모든 성정과 그녀가 짊어진 작은 운명까지 말입니다. 그녀 없이는 살 수 없을 것 같아요! 만일 내가 착각하고 있다면, 그건 그녀가 내 생각보다 더 나은 사람이라는 의미에서만 그럴 겁니다! 약간의 따뜻한 태양빛과 작은 행복, 말하자면 사람들이 자주 말하는 고급 라인 산(産) 포도주 한 잔이면 그녀를 생기 있게 만들 수 있을 겁니다!"

"내가 무슨 일로 힘을 보탤 수 있지요?" 나는 의아하게 생각했지만, 이 인정 많은 남자의 계획이 곤경에서 빠져나올 수 있는 최선의 방법으로 보였기 때문에 공감을 표하며 물었다.

"당신에게 부탁하고 싶은 것은," 그가 대답했다. "저녁때쯤 그 기다란 집, 그 보석상자 같은 집을 방문해서 그녀들이 외출하지 않게 해달라는 것입니다. 그래야 그들이 집에 있다가 음악소리에 놀라게 될 테니까요. 나아가 만일 자연스럽게 그렇게 되지 않을 경우에는, 눈치 채지 않게 슬그머니 내 얘기를 꺼내서 나에 대한 얘기를 좀 해주시면 좋겠습니다. 다시 말해서 나 자신에 대해서가 아니라 나의 생활 형편, 그러니까 아무 걱정 없이 아내를 먹여 살릴 만큼 그런대로 재산이 있다는 것을 말입니다. 이런 얘기는 아주 우연히 덧붙이게 된 것처럼 해야겠지요. 하지만 잘 알려져 있는 것처럼, 말하자면 의심의 여지가 없는 것처럼 말씀해주시기 바랍니다. 그래서 내가 갔을 때 이런 전제조건이 있어서 굳이 내 입으로 그것부터 얘기를 시작하지 않아도 되게 말입니다. 이런 일은 아주 중요해요. 이런 식으로 일이 꼬인 경우에는 대개 결정적인 힘을 발휘합니다. 당신에게 거짓말을 하라는 건 아닙니다. 체면을 구기는 일은 없을 겁니다. 약속할 수 있습니다. 토지도 약간 갖고 있고 일해서 버는 수입이 있으니 결코 궁색하지 않은 평균 정도의 생활을 하기에는 충분하거든요. 그리고 장래에는 연로하신 숙모 한 분의 유산도 확실히 보장되어 있습니다. 결혼하라고 늘 성화이신 이 숙모님은 마치 외동딸을 위해 그러는 것처럼 혼수까지 준비해놓고 계시지요. 잠깐만요, 당신은 이런 사정도 어느 정도 이용하실 수 있을 겁니다! 이 선량하신 분이 내가 장차 가정을 갖게 될 때 필요할 것 같은 물건을 보면 무엇이든 사들이는 걸 보면 정말 우스워요. 그래서 예로부터 물건이 많은 그분 집에는 크고 작은 새 살림들이 늘 산더미처럼 쌓인답니다. 그러니 얘기해주세요. 내 부탁을 들어주실 건지 말씀해주세요. 이렇게 말씀드릴 수 있겠군요. 지금 나는 어떤 멍청이가 버린 다이아몬드가 놓여 있는 것을 보고 달려가 주우려 하는데, 다른 사람이 그것을 혹 발견하지 않을까 걱정스러워하는 사람의 기분입니다."

만일 라인홀트의 계획이 성공한다면 이 일은 세상사의 빈틈을 아주 근사하게 메워주는 작은 조각처럼 탁월한 일일 것이었다. 이것을 생각하며 나는 내심 미소 짓지 않을 수 없었다. 나는 최선을 다해 그의 소원을 들어주겠노라고 흔쾌히 약속했다. 그는 기대에 부풀어 나중에 더 필요한 일을 협의하려고 서둘러 돌아갔다.

이런 임무가 그래도 싫지 않았던 유일한 이유는 이날의 내 기분이 공허하고 황량했기 때문이다. 그만큼 일종의 중매쟁이 노릇은 내게는 새로운 경험이었다. 나는 혼잣말로 중얼거렸다. "돈 주앙 같은 친구가 제쳐둔 연인을 거의 이틀 동안이나 지켜준 다음에 노파들이나 하는 이런 일을 맡겠다고 나서다니. 내가 하려는 건 결투에서 실패한 그 녀석이나 할 짓이야."

땅거미가 깔리기 시작하자 나는 길을 나서서 곧 두 여자가 살고 있는 방문 앞에 섰는데, 그들은 깊은 침묵 속에 앉아 있는 모양이었다. 아무런 소리도 나지 않았던 것이다. 문을 두드린 뒤에야 힘없이 "들어오세요!"라는 소리가 들렸는데, 안으로 들어서자 반쯤 어두워진 방 안에 아그네스의 어머니 혼자서 두 손으로 머리를 받친 채 안락의자에 앉아 있는 것이 보였다. 그녀 앞의 탁자 위에는 작은 상자 하나가 놓여 있었다. 내가 온 것을 본 그녀는 다른 말은 일체 없이 "우리에겐 정말 대단한 축제였어요! 밤도 대단했고, 낮도 대단했고!"라고 말했다.

"그래요," 나는 기어드는 목소리로 대답했다. "어떤 마법에라도 걸렸는지 모르지요. 여러 사람에게 괴상한 일들이 있었으니까요!"

그녀는 잠시 침묵하고 나서 막힘없이 말을 쏟아부었다. "정말 얼마나 괴상한 일인지! 문 앞에 얼굴을 내밀면 이웃들이 내게 손가락질을 한다니까! 오늘은 한 번도 우리 집에 오지 않던 친척 여자들이 글쎄 창피한 꼴을 구경하려고 차례차례 들이닥치는구려! 아이를 이틀 밤이나 이리저리 끌고 다니다 취하게 만들어 집에 보내다니, 그것도 낯선 사람들에게 맡겨서! 돈 많은 멋쟁이 구혼자 리스 씨가 이 꼬락서니를 보았으니 단념하고 도망칠 만도 하지! 자, 우리가 겪은 일을 모두 보시구려!"

그녀는 작은 상자 아래에 깔려 있던 편지를 꺼내 그것을 폈다. 그러나 너무 어두워서 읽을 수 없었다. "불을 가져오리다!"라고 말하고 지친 것 같은 태도로 마지못해 밖으로 나간 그녀는 그리 밝지 않은 조그만 부엌 램프를 가지고 돌아왔다. 야비한 패거리 가운데 하나인 사람에게 애써 더 밝고 좋은 램프를 가져다줄 필요를 느끼지 못한 것 같았다. 나는 리스가 남긴 짧은 편지를 읽었다. 몇 줄 안 되는 그 편지에는 자기는 기약 없이, 어쩌면 영원히 떠나야 하는데, 그동안의 우의에 충심으로 감사하며 행복하고 건강하기를 바란다고, 기념으로 작은 선물을 준비했으니 딸이 호의적으로 받아주기를 부탁한다고 적혀 있었다. 내가 그것을 다 읽자 침울해하던 여자가 작은 상자를 열었는데, 그 속에는 고급 시곗줄이 달린 상당히 비싼 시계가 반짝이고 있었다.

"이 근사한 선물은," 그녀는 큰 소리로 말했다. "사람들에게 수모를 당했음에도 지금까지도 이렇게 고상하게 행동하는 걸 보면, 그가 얼마나 진지한 마음이었는지에 대한 증거가 아닌가요?"

"오해입니다!" 내가 말했다. "누구도 욕먹을 짓을 하지 않았어요. 특히 이 착한 아가씨는요! 리스는 처음부터 당신 딸을 혼자 앉혀놓고 다른 여자를 쫓아다녔어요. 간단히 말씀드리면 그 여자는 리스의 친구 에릭슨과 이번에 약혼한 여자입니다. 당연히 이 여자에게 거절당했지요. 그래서 여기서 도망친 겁니다. 당신 딸이 슬픔과 흥분으로 기분이 나빠지기 전에 이미 당신 딸은 그에게서 잊혀버렸다는 것을 저는 분명히 알고 있습니다. 그리고 제 생각으로는 이건 다분히 이 아가씨에게는 행운입니다. 확실해요!"

부인은 눈을 크게 뜨고 나를 바라보았다. 그때 좁지만 깊은 방 구석에서 신음이 들려왔다. 이때서야 나는 아그네스가 난로 옆의 구석진 곳에 앉아 있다는 걸 알아차렸다. 그녀의 머리는 풀어져 있었으나 다시 땋지 않아서 얼굴과 구부린 몸의 절반을 덮고 있었다. 게다가 머리와 어깨에 숄을 두르고 그것으로 얼굴을 가리고 있었던 것이다. 방의 반대 방향으로 몸을 돌린 채 얼굴을 벽에 대고 그렇게 미동도 없이 웅크려 앉아 있었다.

"저 애는 창가에 앉는 것조차 무서워해요!" 아그네스의 어머니가 말했다.

나는 인사하기 위해 그녀에게 다가가 손을 내밀었다. 그러나 그녀는 얼굴을 더 깊이 파묻으며 낮은 소리로 훌쩍대기 시작했다. 당황스러워 다시 탁자로 돌아온 나는 나 자신의 기묘한 사건을 겪으면서 정신적으로 약해져 있었기 때문이었는지 역시 눈물이 나왔다. 이 모습이 다시 미망인의 가슴을 아프게 했는지 그녀도 울기 시작했는데, 이때 그녀의 얼굴은 엉엉 우는 어린애들에게서나 볼 수 있을 만큼 아주 심하게 일그러져 있었다. 그러나 심기를 불편하게 하는 몹시 기묘한 이 광경을 보면서 내 눈물은 금방 말라버렸다. 부인도 소나기 같던 울음을 역시 어린애들의 경우처럼 불현듯 뚝 그쳐버리더니 그제야 아주 달라진 목소리로 내게 자리를 권했다. 그러면서 그녀는 아침에 아그네스를 집에 데려다준 낯선 사람이 도대체 누구인지, 혹 그 남자가 이 불행한 사건을 더 소문내지는 않을지 물었다. 그가 훌륭한 직업을 가진 정직한 사람인 만큼 결코 그럴 일이 없을 거라고 나는 대답했다. 그런 후 나는 즉각 이 기회를 이용하여 필요한 만큼의 주의를 기울이면서 겉으로는 무관심한 척하는 말로 신을 만드는 사람과 그의 생활 형편을 그의 희망에 맞다 싶을 정도로 설명했다. 다만 숙모를 묘사할 때와, 장차 조카의 아내가 될 사람이 몸 이외에는 아무것도 집에 갖고 올 수도, 세워놓을 수도, 쌓아놓거나 걸어놓을 수도 없게 할 숙모의 결혼 준비에 대해 설명할 때에는 나 스스로 흥이 났던지라 내 얘기는 더 활기를 띠었다. 말이 나온 김에 덧붙이거니와 라인홀트 씨는 이 댁의 두 분이 허락하면 신사의 의무를 다하고 아가씨의 병세가 어떤지 알아보기 위해서 오늘 저녁에 방문할 것이며, 내가 명예스럽게도 이 집에 드나들 수 있다는 것을 그가 알고 있기 때문에 내가 이 댁의 허락을 받아 자기를 소개해달라고 부탁했다는 말과 함께 내 말을 끝냈다. 이 정중한 소식을 듣고 여자는 자신감을 일부 되찾았다.

"애야!" 그녀는 날아오르듯이 소리쳤다. "들었니? 손님이 오신단다. 가서 옷을 입고 머리를 꾸며야지. 꼭 마녀 같구나!"

그러나 아그네스는 꼼짝하지 않았다. 어머니가 다가가서 부드럽게 흔들었을 때에도 아그네스는 외면하면서 내버려두라고, 그렇지 않으면 심장이 두 동강 날 것 같다고 흐느끼며 애원했다. 절망스러워하면서도 어머니는 식탁을 차리고 차를 준비하기 시작했다. 그녀는 차가운 음식이 담긴 접시 몇 개와 파이를 가져와 모두 탁자 위에 올려놓았다. 그녀는 바보스럽게도 젊은 사람들이 좀더 일찍 돌아올 걸로 생각해서 어제 저녁에 이미 고급 차 한 봉지를 사놓고 먹을 것도 준비했다고 불평을 늘어놓았다. 또한 이제 그 조촐한 식사가 영광스럽게도 고대하던 손님 접대에 쓰이게 되었으니 음식을 썩힐 일은 없겠다고 말했다.

앉아 있는 동안 물은 이미 오래전부터 별로 사용하지 않던 번쩍이는 차 주전자 속에서 끓고 있었지만, 아직 시간이 일러서인지 아무도 찾아오지 않았다. 초조해진 선량한 부인은 라인홀트가 정말 올지 의심하기 시작했다. 나는 그녀를 진정시키려고 애를 썼다. 그렇게 우리는 다시 한참을 기다렸다. 마침내 기다리다 지친 그녀가 차를 준비했다. 우리는 차를 한 잔 마시고 음식도 조금 먹으며 두서없이 수다를 떨면서 다시 기다렸는데, 그러다 마침내 피곤해진 부인은 말수가 적은 나를 상대하기가 힘들었던지 꾸벅꾸벅 졸기 시작했다. 이제 깊은 정적이 찾아들었다. 얼마가 지난 후 나는 난로가 있는 구석에서 들려오는 잔잔하고 규칙적인 숨소리를 듣고 아그네스 역시 졸고 있다는 사실을 알았다. 충분히 수면을 취하지 못했기 때문에 나 역시 졸음이 밀려와서 그들과 함께 잠이 들었다. 작은 램프는 흐릿하게 방 안을 비추고 있었다.

우리가 정적을 깨뜨리는 크고 부드러운 음악소리에 잠을 깨서 거의 동시에 붉은빛으로 밝아진 창문을 본 것은 아마 모두 함께 한 시간가량 잠을 잔 다음이었을 것이다. 깜짝 놀란 미망인과 나는 부리나케 창가로 달려갔다. 조그만 광장에는 두세 개의 악보 받침대 앞에 여덟 명의 음악가가 서 있었고, 소년 네 명이 횃불을 높이 들고 있었으며, 광장 입구에서는 갑자기 몰려드는 구경꾼들을 정리하느라 경찰 두 명이 이리저리 왕래하고 있었다. 바이올린 연주자들 외에도 라인홀트는 호른, 오보에 그리고 플루트를 연주하는 관악기 주자 몇 명을 더 구해온 것 같았다. 그 자신은 조그만 접의자에 앉아 첼로를 연주했다.

"하느님 맙소사! 저게 뭐지?" 놀란 아그네스의 어머니가 말했다.

"불을 밝게 켜세요!" 내가 대답했다. "저건 바로 당신 따님에게 세레나데를 연주하러 온 라인홀트 씨와 그의 친구들이에요! 저 음악은 당신 따님에게 바치는 겁니다. 세상과 이 도시 사람들이 보는 앞에서 따님에게 경의를 표하기 위해서 말입니다!"

나는 여닫이창의 한쪽 문을 열었다. 부인은 가장 좋은 등불을 가지고 와 장미처럼 빨간 촛불을 켰는데, 그것은 이 순간에 정말 잘 어울렸다. 옛 이탈리아 사람들의 아다지오는 이른 봄의 온화한 대기에 실려 근사하게 방 안으로 흘러 들어왔다.

"애야!" 아그네스의 어머니는 귀를 기울여 듣고 있던 소녀에게 속삭였다. "우리에게 연주하는 세레나데야. 우리에게 들려주는 세레나데라니까. 좀 내다보지 그러니!" 나는 그녀가 이렇게 진심으로 기뻐하면서 원래의 생기를 되찾은 목소리로 딸에게 얘기하는 것을 처음으로 들었다. 연주는 그녀에게도 이렇게까지 구원을 베풀었던 것이다. 아그네스는 창백한 얼굴을 말없이 창 쪽으로 돌렸다. 그러고는 천천히 일어서서 창 쪽으로 다가왔다. 하지만 횃불 속에서 거리와 이웃집의 모든 창문에 수많은 사람들이 몰려 있는 것이 보이자, 그녀는 재빨리 원래 자리로 돌아가 팔짱을 끼고는 아름다운 음악을 한 음이라도 놓치지 않으려고 고개를 갸웃이 옆으로 기울였다. 음악가들이 연주한 세레나데는 세 곡으로 끝나고, 음악이 거의 윤무곡과 같이 밝고 경쾌한 가락으로 바뀌며 마무리되자 골목에 모여 있던 군중들은 크게 박수갈채를 보냈다.

연주자들은 해산하여 조용히 떠났는데, 그때까지도 그녀는 그 자세로 서 있었다. 청중들은 음악가들이 악기를 넣는 조그만 상자와 케이스를 보며 뭔가 특별하고 고상한 인상이 고조되었다. 사람들은 호기심 어린 얼굴로 이 묘한 집을 바라보며 서서히 흩어졌고, 창가에 서 있던 부인은 마지막 순간까지 이 모든 것을 즐겼다. 악보 받침대를 옮기는 것조차도 평생 동안 볼 수 있었던 것 가운데 가장 엄숙하고 가장 화려한 구경거리로 여겨질 정도였다.

마침내 그녀가 창문을 닫고 돌아서자 방 안에 서 있던 라인홀트가 공손하게 인사했다. 그와 동시에 나는 그를 소개했다. 그는 제멋대로 방해하게 되어 죄송하다고 사과하면서 이 소란을 사육제의 기분에 취한 탓으로 여겨주셨으면 좋겠다고 말했다. 그녀도 비위를 맞추는 과장된 말로 사의를 표하며 예의를 차렸는데, 이때 그녀는 더없이 행복하게 노래를 부르는 목소리로 변했기 때문에 마치 바이올린을 플래절렛[92) 소리로 연주하는 것같이 들렸다. 갑자기 그녀는 버릇없이 지나치게 오랫동안 구석에서 꾸물거리고 있는 딸을 부르려고 말을 멈추었다. 그런데 딸은 눈에 띄지 않게 밖으로 슬쩍 나갔다가 마침 다시 들어오던 참이었다. 그녀는 하루 종일 실내복을 입고 슬픔에 빠져 있다가, 이제는 이 옷 위에 하얀 숄을 두르고 그 끝부분을 등 위에 묶어놓은 모습이었다. 검은 머리는 간단하게 한 묶음으로 모아 목 부분에 커다란 매듭을 엮어놓았는데, 모든 것을 단 1분 안에 아마도 거울도 들여다보지 않고 처리한 것 같았다. 몸가짐과 얼굴표정으로 볼 때 그녀는 10년은 더 들어 보였다.

어머니마저 마치 유령을 바라보듯 눈을 크게 뜨고 그녀를 바라보았다. 반듯한 자세로 신을 만드는 사람을 향해 걸어간 아그네스는 진지하고 차분한 눈으로 그를 바라보며 손을 내밀었다. 만일 그녀가 벨벳이나 비단옷을 입고 있었더라면 지금의 검소한 모습만큼 라인홀트의 눈길을 사로잡지는 못했을 것이다. 나 자신도 '리스가 떠나서 이 소녀를 더 이상 볼 수 없어서 다행이다. 그렇지 않으면 재앙이 새로 시작될 텐데!'라고 생각할 수밖에 없었다.

라인홀트는 말없이 자기 자신의 작품을 경건하게 바라보았다. 문자

---

92) 트레블 리코더와 비슷한 작은 악기로 관 뒷면에 두 개의 구멍과 앞면에 네 개의 소리구멍이 있다. 현악기의 특정한 부분에 손가락을 가볍게 갖다 댐으로써 나는 소리는 공명하는 상음(上音)을 통하여 플래절렛처럼 밝고 휘파람 같은 소리가 난다.

그대로 그는 부러진 꽃을 일으켜세워 다시 생명을 주었다. 그가 회복시킨 명예는 그녀의 이마와 조용하고 어두운 눈동자 주위에서 너무도 순수하게 빛나고 있었다. 그래서 그는 놀라서 겸허하게 바라보고 있었을 뿐, 우리가 탁자 주위에 자리를 잡고 아그네스의 어머니가 새로 차를 준비해왔을 때에도 한마디도 하지 못했다. 별로 말이 없는 가운데 약간 어색한 분위기가 계속되다가 마침내 나이 든 부인이 라인지방에 있는 손님의 고향에 대해 얘기하기 시작하며 그에게 여기서 오래 머물지 않고 그곳으로 돌아간다는 게 사실이냐고 물었다. 이 질문에 혀가 풀리기 시작한 그는 교회와 주교가 일을 맡기기 위해 그를 학수고대하고 있고, 그의 향상된 기술을 기대하고 있다고 설명했다.

그런 다음 그는 아름다운 고향을 자랑했다. "제 집은," 그는 계속했다. "양지바른 절벽 근처에 있는 작은 옛 도시의 외곽에 있습니다. 이 절벽에서는 위아래로 라인가우가 보이지요. 탑과 바위가 푸르스름한 안개 속에 떠 있고, 그 안개 사이로 넓은 강이 흘러간답니다. 정원 뒤의 산 오르막에는 포도밭이 있고, 산 위에는 마리아의 예배당이 있습니다. 마리아는 이 지역의 먼 곳까지 바라다보다 마지막 저녁노을을 받으며 붉게 물들지요. 바로 그 곁에 저는 작은 정자 하나를 지었고, 그 아래쪽에 있는 바위를 파서 작은 지하실 하나를 만들어놓았는데, 거기에는 언제나 맑은 포도주가 여남은 병 비축되어 있습니다. 새로운 성배(聖杯)를 완성하면 잔의 안쪽에 금도금을 입히기 전에 이곳으로 올라가 모든 성자들과 즐거워하는 사람들을 위해 건배하면서 그 잔을 서너 차례 비우곤 합니다. 은세공 일과 약간의 음악활동 그리고 포도주가 저의 유일한 기쁨입니다. 그리고 햇빛이 따사로운 마리아의 축일(祝日)에 인근 교회에 나가 마리아를 찬양하며 첼로를 연주합니다. 그러는 동안 아래쪽의 화환으로 장식된 제단 위에서 제가 만든 교회의 기물이 반짝이는 모습을 보는 것이 저의 가장 큰 행복이라는 것을 고백해야겠군요. 그리고 명랑한 목사의 집에서 거나하게 취하는 것이 제게는 인생의 절정으로 보였다는 것도 솔직히 말씀드려야겠습니다. 물론 더 이상 그렇지는 않겠지만요. 이제는 그보다 더 좋은 것을 알게 되었고……"

계속 열을 내서 말하던 그는 이 말을 하다가 멈칫했으나 이내 용기를 내어 의자에서 일어나 여자들 쪽으로 돌아섰다. "더 이상 에둘러 말할 필요가 어디 있겠습니까? 저는 이 아가씨에게 정직한 마음과 나 자신과 나의 집을 다 바치기 위해 익기에 왔습니다. 한마디로 저는 칭혼하기 위해 왔습니다! 부디 호의를 가지고 경청해주시기 바랍니다. 그리고 제 행동방식이 너무 성급하고 무모해 보인다면, 이제 막 끝난 이러한 축제의 즐거움은 이렇듯 얘기치 않은 사건으로 끝나는 경우가 드물지 않다는 점을 고려해주시기를 빕니다!"

극도의 절약정신이 몸에 밴 착한 미망인은 자신의 의도와 달리 찻잔 속에 떨어진 작은 각설탕을 숟가락으로 건져내 말없이 받침 접시 위에 올려놓던 중이었다. 아직 녹지 않은 부분이라도 구해내기 위해서였다. 그녀는 이 작은 수저를 귀여운 모습으로 재빨리 핥아먹은 다음 만족해서 붉게 달아오른 얼굴로, 대단한 영광이지만 당연히 생각할 시간과 필요한 유예기간을 주어야 한다고 예의 그 지극히 아름다운 목소리로 노래를 부르듯이 대답했다. 이때 그 어느 때보다도 얼굴이 창백해진 딸이 그녀의 말을 막았다. "아니에요, 엄마! 지금까지 우리가 경험한 것을 생각하면 그리고 라인홀트 씨가 저를 위해 하신 일을 생각하면 당장 대답해드려야 해요. 엄마가 허락한다면 저는 승낙하겠어요! 제게 닥쳤던 불행은 부당한 것이었어요. 그런 만큼 외로움과 경멸의 수렁에 빠진 저에게 손을 내밀어주신 분에게 더더욱 감사하는 마음을 가져야 해요!"

넘쳐흐르는 감동의 눈물을 흘리며 기뻐하는 구혼자 곁으로 가까이 다가간 그녀는 그의 목을 껴안고 아직 한 번도 키스 경험이 없는, 동경하듯 벌어진 입술을 그의 입술 위에 댔다.

그의 손길은 수줍어하며 부드럽게 그녀의 뺨을 쓰다듬고 있었지만, 그의 눈길은 그녀에게서 한 번도 떨어지지 않았다. 미망인이 놀라서 어쩔 줄 모르며 바라보자 아그네스가 큰 소리로 말했다. "걱정 마세요, 엄마. 그리고 즐거워하세요! 어제만 해도 저는 성모 마리아에게 내 마음이 원하는 것을 달라고 기도드렸어요. 오늘은 종일토록 성모께서 내 기도를 듣지 않고 나를 버렸다고 생각했죠. 그런데 이제 내 팔에는 내가 생각한 것 이상으로 내 행복이 되어주실, 내 사람이 안겨 있잖아요!"

일이 이렇게 되자 이제 필요 없게 된 내가 적당한 때를 보아 떠나야 할 순간이 온 것 같았다. 시선을 어디에 두어야 할지도 몰랐기 때문이다. 나는 급히 세 사람과 악수를 나누고 서둘러 이곳을 빠져나왔다. 나는 붙잡혀 있을 생각도 없었으며, 나를 붙잡는 사람도 없었다. 길에 나와서 다시 한 번 그 집을 올려다보았다. 달빛이 현관 위에 있는 검은 마리아상에 드리워져 있었으며, 금빛 반달과 왕관을 희미하게 비쳐주고 있었다.

"이럴 수가. 이 무슨 미친 짓인지!" 나는 혼자 중얼거렸고 인생의 우여곡절을 생각하며 머리를 흔들었다. 이날 새벽에 나는 무신론자에게 뾰쪽한 검을 들이댔는데 이제, 밤이 된 지금 나는 다시 신을 공경하는 자들을 비웃으며 내려치고 있었다.

다음 날 아침 중단되었던 일을 다시 시작해야 했을 때 나는 그다지 웃고 싶은 기분이 아니었다. 대다수 예술가들이 흔들림이나 근심 없이 익숙해진 궤도를 계속해서 걸어 나가는 동안 나는 당장 무엇을 할지 결정을 내리지 못하고 있었다. 주위를 둘러본 나는 마치 여러 달 동안 이 방에 없었던 것 같은 느낌과, 반쯤 완성된 내 그림들이 멀고 먼 옛날의 기넘물인 것 같은 느낌을 받았다. 하나씩 차례로 뽑아보았지만 모두 다 단순히 취미로 그린 것처럼 풍미도 없고 쓸모도 없어 보였다. 나는 생각에 생각을 거듭했지만 마음속에 들어와 앉은 회색빛 느낌의 정체를 규명할 수 없었다. 게다가 고독감까지 밀려왔다. 리스는 떠났고 낙오자가 되었다. 아마도 예술의 길에서도 그러할 것이다. 최근에 그는 만일 어떤 사소한 충격을 받으면 당장 모든 것을 포기할 거라는 생각을 내비친 바 있었다. 에릭슨 역시 어제 기뻐서 어찌할 바 모르던 순간에 스쳐가는 말로 내게 고백했다. 결혼식을 올리자마자 귀찮은 그림 장사를 집어치우고 아내의 대자본으로 고향집의 해운사업을 다시 일으켜 세우겠노라고. 시기가 유리한 만큼 얼마 지나지 않아 그 자신도 부자가 될 것이라는 얘기였다. 그리고 이번에는 나까지도 흔들리고 있다. 독일 국내의 단결된 대부대보다도 어떤 의미에서는 더 나아 보였던 변경의 게르만인인 우리 세 사람은 모두 보기 좋게 낙오했고 재회할 기회도 영원히 잃어버린 채 서로 다른 길로 떠나버렸다.

오싹한 한기를 느끼면서 나는 도피처를 찾으려고 막 시작하다 중단했던 판지를 끄집어냈는데, 가로 세로가 최소한 240센티미터에 달하는 이 회색 종이는 팽팽하게끔 틀에 끼워져 있었다. 이 종이 위에는 양 옆에 각각 비바람에 상한 가문비나무가 한 그루씩 서 있는, 이제 막 시작된 전경을 제외하고는 아무것도 그려져 있지 않았다. 나는 이 그림의 구상을 몇 달 전에 착수할 당시에 이미 포기했기 때문에 그림을 어떻게 그리려고 했는지 까맣게 기억나지 않았다. 단지 심심풀이로, 그도 저도 아니면 내 생각에 활기를 주기 위해서 나는 목탄으로 윤곽이 그려진 두 그루의 나무 가운데 하나가 어떻게 변할지 기대하면서 갈대 펜으로 그리기 시작했다. 그러나 채 30분도 지나지 않아 잔가지 몇 개에 천편일률적인 침엽을 그려넣는 동안 나는 깊은 방심상태에 빠져 아무 생각 없이, 마치 펜을 시험해볼 때 그러는 것처럼, 그 곁에 가는 선을 그어대고 있었다. 나는 매일매일 일을 시작할 때마다 근심스런 생각에 골똘히 잠긴 채 이미 그어진 선에 계속해서 선들을 그려 넣었고, 결과적으로 급기야 직물 같은 끝없는 선들이 생겼으며, 마침내 그 괴물 같은 선들은 터무니없이 큰 회색 거미줄처럼 판지의 대부분을 덮었다. 그러나 얽히고설킨 이 그림을 세심하게 관찰해보면 가히 칭찬할 만한 일관성과 근면성을 발견할 수 있었다. 요컨대 총 길이가 수천 엘레[93]는 됨직한 직선과 곡선이 연속적으로 이어진 가운데 최초의 한 지점에서 최후의 한 지점까지 확연하게 계속되는 미로가 형성되어 있었던 것이다. 때때로 새로운 수법과 어느 정도까지는 작업 시기의 차이가 나타나기도 했다. 종종 미묘하고 우아한 선으로 표현된 새로운 규범과 새로운 모티프가 떠오르기도 했다.

그래서 이 무의미한 모자이크에 이용되었던 주의력과 목적의식, 끈질김 전부가 만일 실제 작업에 적용되었더라면 나는 틀림없이 뭔가 볼 만한 작품을 만들어냈을 것이다. 다만 여기저기에 크고 작은 형태로 펜의 망설임이 남아 있었고, 비탄에 빠져 산만해진 내 영혼상태의 미로 속에서 얽혀 있는 부분들이 드러나기도 했다. 그리고 이러한 곤경에서 탈출하고자 붓끝이 신중하게 움직인 것을 보면 꿈꾸는 의식이 얼마나 이 그물 속에 강하게 사로잡혀 있었는지 미루어 짐작할 수 있었다. 이런 식으로 몇 날 며칠이, 몇 주가 흘러갔다. 내가 집에 머물러 있을 때 유일한 기분전환 방법은 창문에 이마를 대고 구름이 오고 가는 것을 바라보며 구름이 변하는 모습을 관찰하는 것이었는데, 그러는 동안에도 내 생각은 먼 고향으로 달려가고 있었다.

---

93) 옛날의 길이 단위. 약 55~85센티미터다.

그렇게 나는 어느 날 다시 영혼이 잠든 상태에서, 하지만 날카로운 판단력을 지니고 예의 거대한 규모의 선긋기 작업을 하고 있었는데, 누군가 문을 두드리는 소리가 났다. 나는 깜짝 놀라서 기겁했다. 하지만 틀을 치우기에는 이미 너무 늦었다. 라인홀트와 아그네스가 들어섰고 우리가 서로 인사를 나누기가 무섭게 에릭슨이 아내인 로잘리에와 함께 나타났다. 나는 소음과 활기 그리고 아름다움에 흔들리며 꿈에서 깨어나는 것 같았다. 두 쌍은 이미 비밀리에 결혼식을 올린 후였다. 라인홀트는 사랑의 전리품을 하루 빨리 거둬들이고 싶은 초조감에서였지만, 에릭슨의 경우에는 로잘리에의 친척들과 성직자들이 뒤늦게 신앙을 문제 삼아 트집을 잡으려 했기 때문이다. 그러나 로잘리에는 파리스[94]에게 당시에 미사가 소중했듯이 그녀의 애인에게는 파리스의 경우보다 더 참회가 소중하다고 주장하면서 영향력 있는 측근의 도움을 받아 비밀리에 신속하게 에릭슨의 종파로 옮겼고, 즉각 결혼식이 거행되었다. "그래서 우리는 벌써 신혼여행 중이라네!" 이렇게 말한 에릭슨은 "우선은 이 도시의 거리를 왕래하고 있지만, 내일은 국도로 나갈 것이고, 얼마 지나지 않으면 우리 소유의 배에 타고 있을 것이네. 내 희망사항이긴 하지만"이라고 덧붙이면서 그간의 경위를 짧게 설명했다.

그사이에 다른 한 쌍과 인사를 나눈 에릭슨의 아내는 더없이 행복하고 건강해 보이는 아그네스와 대화를 나누고 있었다. 그런데 에릭슨이 이젤 앞에 서서 최근의 내 그림을 몹시 놀란 눈으로 바라보았다. 그런 다음 그는 미심쩍은 표정을 지으며 나를 바라보았는데, 내가 당황해서

---

94) "Paris vaut bien une messe"(파리스에게는 미사가 소중했다)라는 말을 원용한 것이다. 부르봉 왕가 출신으로는 최초로 도시에서의 권력을 인수받아 프랑스 왕이 되기 위해 1594년에 가톨릭으로 개종한 앙리 4세를 근거로 말하는 것이다. 여기서 '미사'는 가톨릭에 대한 상징이며, 참회는 프로테스탄티즘에 대한 상징으로 쓰였다.

얼굴이 빨개지자 그는 처음에는 머리를 흔들고 다음에는 익살맞게 고개를 끄덕이면서 말했다.

"초록옷의 하인리히, 자네는 이 진기한 작품으로 새로운 단계로 접어들었군. 독일 예술의 발전에 크나큰 영향을 줄 수 있는 문제를 풀기 시작한 셈이야. 사실 자유롭고 독자적인 미의 세계, 요컨대 어떤 실재나 어떤 경향으로도 침해되어서는 안 된다고 주장되는 미의 세계에 대한 설법과 요설을 듣는 것은 이미 오래전부터 참으로 견디기 어려웠지. 그러면서도 당사자들은 1년 내내 인간, 동물, 하늘, 별, 숲, 들과 평원 그리고 온통 그렇게 사소한 실물들만 묘사한단 말이야. 전적으로 모순이지. 자네는 이 작품으로 큰 걸음을 내디뎠네. 당장은 그 영향력을 예상할 수 없지만. 그렇지 않은가? 도대체 미가 무엇인가? 목적의식과 명증성 그리고 훌륭한 의도와 함께 표현된 순수한 이념이야. 부드럽고 의미 깊은 선, 확실하고 힘찬 선, 이 크고 작은 수백만 개의 선이 하나의 풍경 속에 물질적 방식으로 배치되면 전통적인 의미에서 이른바 그림이라는 것이 되지. 그래서 종래의 조잡하기 짝이 없는 경향의 노예가 되는 거야! 좋아! 자네는 일찌감치 결심하고 대상적인 것과 가치 없는 내용적인 것 일체를 내던져버렸군! 부지런하게 그린 이 선영(線影)[95]은 미의 완전한 자유를 호흡하는 선영 그 자체야. 이것이야말로 가장 아름다운 추상 속에 존재하는 근면, 목적의식, 명증성 그 자체란 말이네! 그리고 자네가 아주 탁월하게 탈출한 이 얽혀 있는 부분들, 그것들은 논리와 본격적인 예술이 실체가 없는 것 속에서야 비로소 가장 아름다운 승리를 쟁취할 수 있다는 것, 나아가 무(無)에서 정열과 암흑이 태어나고 무에서 그것을 멋지게 극복할 수 있다는 것에 대한 당당한 증거가 아닌가?

---

95) 제도와 소묘에서 쓰이며 간격을 좁게 접근시킨 선을 병렬하여 그림자처럼 나타낸 것을 말한다.

신은 무에서 세상을 창조했다네! 세상은 무에서 발생한 병적인 농양이고, 신이 신 자신에게서 떨어져나온 거야. 아름다운 것, 시적인 것, 신적인 것의 본질은 다름 아니라 우리가 이 물질적인 궤양에서 다시 무로 흡수되는 데에 있다네. 이것만이 예술이라는 이름을 붙일 수 있어. 그것도 진정한 예술이라는 이름을!"

"그런데 여보, 무슨 말씀을 하시려는 거예요!" 에릭슨의 말이 홍미로워서 우리 쪽으로 다가와 있던 그의 부인이 말했다. 신을 만드는 사람은 어리둥절한 나머지 눈을 크게 뜨고 벌어진 입을 다물지 못하고 있었다. 기묘한 표현은, 그것이 농담이건 진담이건, 기질이 단순한 그에게는 낯설었고 이해되지도 않았던 것이다. 나 자신은 에릭슨의 격려에 약간이나마 우울의 구름이 걷히는 느낌이었지만 그래도 당황스러워서 창가에 그냥 서 있었다.

"그러나 내 칭찬은," 에릭슨은 진지하게 말을 이었다. "즉각 비판으로 이어질 수밖에 없네. 아니면 오히려 오늘 이후부터 더 정력적으로 정진하라는 요구가 되어야겠지! 이 혁신적인 실험 작품에는 여전히 무언가를 생각나게 하는 테마가 담겨 있네. 자네 역시 이 근사한 선의 직물을 어떤 지주를 사용해서 고정하지 않을 수 없을 거야. 말하자면 이 선의 직물을 풍파에 시달렸지만 여전히 의연한 늙은 가문비나무의 큰 가지에 묶어두어야 한단 말이야. 선 몇 개를 약간 길게 연장해서. 그렇지 않으면 자체의 무게 때문에 언제 무너져 내릴지 무서우니까. 그렇지만 이렇게 되면 이 선의 직물은 혐오스럽기 짝이 없는 실재에 다시 구속되어버린다네! 나이테가 있는 성장한 나무들과 연결된 셈이니까. 그래선 안 되지, 용감한 하인리히. 그래선 안 된다네! 여기에 머물러 있어서는 안 되네! 별, 파도, 물결, 방사선 모양으로 그려진 이 선들은 벽지나 날염 면직물을 연상하게 하네. 이 역시 너무도 물질적인 도안이란 말이야. 그런 걸 집어치우게! 위쪽의 한쪽 구석에서 시작해서 선을 하나씩 나란히 긋고 한 줄 아래에 또 한 줄을 긋게나. 열 줄과 다음 열 줄을 긴 줄을 그어 작게 구분하고, 백 줄과 다음 백 줄을 크게 구분하고, 천 줄과 다음 천 줄을 커다란 서까래나 횡목 같은 더 두꺼운 선을 그어 구분하게나. 그러한 십진법은 완전한 목적의식이자 완전한 논리 아닌가. 각각의 선 하나하나는 어떤 경향에도 전혀 구속되지 않고 순수한 존재를 즐기는 근면의 증거야. 그럼으로써 동시에 더 높은 목적에 도달하겠지. 이러한 시도에서는 늘 어떤 특정한 능력이 분명히 드러나지. 경험이 없고 예술가가 아닌 사람이라면 이 괴상한 것을 도저히 만들어낼 수 없었을 거야.

그러나 능력은 실체적인 무게를 가지고 있어서 의지를 가지고 있는 인간 사이에 숱한 혼탁과 불균형을 초래한다네. 그것은 경향적인 비판을 야기하고 순수한 의도와는 계속해서 대립하게 되지. 우리에게 옳은 길을 가리켜주는 것은 현대의 서사시야! 어떻게 순결하고, 천진하고, 성스러운 순수한 의도가 세속적인 능력의 어두운 힘에 화를 당해 좌초되지 않고 관철될 수 있을까? 서사시에서는 영감을 지닌 예언자들이 얇거나 두꺼운 책을 통해 이러한 방법을 우리에게 보여준다네! 또한 의지가 있는 동지들 사이에서는 금박 장식처럼 밝고 영원한 균형이 이루어져 있지. 그들은 힘들이지 않고 괴로움도 없이 2,000~3,000개의 행으로 이루어진 시를 장과 절로 구분한다네. 문학 역시 너무 무거운 문자의 열을 던져버리고 날개처럼 가벼운 선의 십진법을 받아들여 동일한 외형을 지닌 채 조형미술과 결합하게 될 날이 예상보다 빨리 오게 될지 누가 알 수 있겠는가? 그렇게 되면 모든 시민의 가슴속에서 잠자고 있던 순수한 작가정신과 시인정신이 제약 없이 백일하에 드러나, 두 명의 도시인이 만나는 곳에서는 "시인?" "시인!" 또는 "화가?" "화가!"라는 인사가 들릴 수도 있겠지. 실력 있는 제본가와 금박 제작자로 이루어진 원로원은 심판관으로서 자신들의 직무가 행해지는 동안에는 결코 서사시와 그림을 만들어내지 못하도록 규약을 정한 다음, 매주 열리는 올림픽경기에서 호화로운 장정과 금박 입힌 종이의 칭호를 수여할지도 몰라. 그리고 교육을 잘못받은 대부대의 출판업자들은 상을 받은 작품들을 매시간 단위로 재출판하여 독일 전역에 보급할 터인데, 어떤 악마도 구판을 찾을 수 없을 정도로 아주 교묘한 수단을 동원하지 않겠나!"

"여보, 그만해요!" 로잘리에가 다시 한 번 큰 소리로 말했다. "당신은 알다가도 모를 사람이에요!"

"그래, 좋아!" 에릭슨이 말했다. "이 수다는 일단 예술에 대한 나의 서러운 결별사쯤으로 생각합시다. 그리고 이제부터 이런 것은 던져버리고 제대로 된 인생을 살기 위해 노력합시다!"

그런 후 그는 진지한 눈빛을 하며 내 손을 붙잡고는 나를 거대한 거미줄 뒤로 끌고 가서 나직하게 말했다. "리스는 다시는 돌아오지 않을 거야. 나는 그의 그림들을 상자에 담아 그의 고향으로 부쳐주어야 했다네. 책과 가구들도. 자기 고향의 하원의원에 입후보할 것이고 그림을 그리는 데에는 눈이 필요하니 더 이상 그림을 그리지 않겠다고 편지에 썼던데, 그게 무슨 말인지는 모르겠네.[96] 바보짓을 하더니 이렇게 또 다른 바보짓을 시작하고 있어서 그 친구를 생각하면 울고 싶네. 그래서 자네를 방문한 건데, 자네는 또 자네대로 세상에서 두 번 다시 볼 수 없는 기묘한 우울증을 앓고 있군! 저 낙서는 대체 뭐란 말인가? 정신 똑바로 차

---

96) 에릭슨이 없을 때 하인리히에게 리스가 주장한 다음과 같은 발언을 참조하시오. "눈은 사랑하는 마음을 불러일으키는 장본인이야. 사랑을 지속하거나 파괴하는 것도 눈이지. 나는 충실하겠다고 결심할 수 있지만 눈은 아무것도 결심하지 않아."

리게. 이 빌어먹을 그물에서 빠져나오란 말일세! 적어도 구멍 하나는 있을 거야!" 이 말과 함께 그는 주먹으로 종이에 구멍을 뚫고 그것도 모자라 갈기갈기 찢어버렸다. 나는 고마워하며 그에게 손을 내밀었다. 그의 말과 격렬한 동작은 나에 대한 이해와 관심의 증거였기 때문이다.

우리는 무대 뒤에서 나와 앞쪽에서도 구멍을 다시 바라본 다음 서둘러 작별했다. 비록 그 네 사람 가운데 어느 누구도 다시 보지 못했지만 물론 다시 만나자는 약속은 빼놓지 않았다. 1분 뒤 내 방은 다시 죽음처럼 고요했고, 아름다운 여자들과 남자들을 떠나보낸 하얀 문들은 마치 따뜻한 삶이 담겨 있던 그림이 단번에 닦여 지워져버린 캔버스처럼 내 눈앞에서 희미하게 가물거리고 있었다.

제 4 권

제1장 보르게제의 검투사

　내 작업실의 나지막한 스토브 위에는 약 90센티미터쯤 되는 보르게제 검투사의 석고 모형[1]이 있었다. 만듦새는 아주 훌륭했지만 약간 갈색으로 변해 있었다. 꽤 오래전에 이 집에 살던 어떤 사람이 갖고 있었는데, 그 뒤 계속해서 물려 내려왔기 때문이다. 누구나 할 것 없이 주인에게 사례를 하고 이 늠름한 투사를 인수받았거니와, 주인들은 이런 식으로 2,000년이 지난 지금까지도 정직한 아가시아스의 작품을 통해 주기적으로 이익을 챙겼다.

　에릭슨과 라인홀트가 그들의 부인들과 함께 사라져버린 문에서 점차 벗어나던 내 시선은 그 옆에 서 있던 검투사에게로 향하다가 그 아름다운 조각 작품에 고정되었다. 외로울 때 반가운 말동무를 본 것처럼 나는 조각 가까이로 다가서서 바라보았는데, 이렇게 제대로 바라본 것은 이때가 아마 처음이었을 것이다. 나는 서둘러 그림과 이젤을 벽으로 밀쳐놓은 다음 석고상을 방 가운데의 조그만 책상 위로 가져와 빛 속에 세워

---

1) 에베소 출신의 그리스 조각가 아가시아스(Agasias, 기원전 1세기)의 동명의 대리석상을 복제한 것이다. 아가시아스의 조각은 후기 헬레니즘의 주요 작품 가운데 하나로 여겨진다. 로마의 보르게제 미술관에 있던 것을 나폴레옹이 파리의 루브르박물관으로 옮겼다.

놓았다. 그을음으로 거뭇해진 상태였지만 방어와 공격의 훌륭한 순환 속에서 생명이 보존되어 있는 이 조상(彫像)에서는 꽤 밝은 빛이 분출되었다. 치켜올려 불끈 쥔 왼팔의 주먹에서 어깨를 지나 내려뜨려진 오른쪽 팔의 주먹에 이르기까지, 이마에서 발가락까지, 목에서 발꿈치까지 근육과 근육, 모양과 모양이 서로 어우러지며 움직임이 파도처럼 물결치고 있었고, 위급함 속에서 승리 아니면 남자다운 죽음을 향해 내딛는 발걸음이 분명하게 드러나 있었다. 다양하기 그지없는 신체의 이 아름다운 모습! 이 모든 신체기관은 파괴로부터 그들의 사회를 수호하려는 일념에 고취되어 진격하는 전사들의 조그만 공화국 같았다.

불현듯이 종이 한 장을 꺼낸 나는 목탄 연필을 꼼꼼하게 뾰족하게 깎은 다음 신체 각 부분들의 윤곽을 그리기 시작했다. 이것으로는 결과가 대수로울 것 같지 않았기 때문에 겨드랑이까지의 왼쪽 팔과 겨드랑이부터 왼쪽 서혜부(鼠蹊部)까지 이어지는 동작의 전체적인 모습을 단숨에 포착하려고 시도했다. 그러나 내 손은 여기에 숙련되어 있지 않았다. 목탄이 어느 정도 무뎌졌을 때야 비로소 선은 저절로 좀더 생동적으로 변하려는 것 같았으며, 손가락에 어떤 생기가 흘러 들어가는 것 같았다. 하지만 이제는 눈이 문제였다. 인체를 다루면서 그것의 빛을 충분하리만치 신속하게 손에 전달할 만큼 숙련되지 못했던 것이다. 나는 일어서서 각 부분에서 부분으로 변화와 경계를 더 자세하게 음미하지 않으면 안 되었다. 마구잡이로 계속하기에는 이제 나이가 너무 많았기 때문에 나는 각각의 부분과 그것들의 상호관계에 대해 숙고해야만 했다.

이런 식으로 나는 2~3일에 걸쳐 이 인물의 전체 모습을 어지간할 정도로 완성했으며, 그것의 방향을 돌려서 다른 쪽에서도 자유자재로 그려보았다. 그때 나는 갑자기 이것이 똑바로 서 있다고 상상하고, 말하자면 습득한 지식을 시험하는 의미에서 휴식 자세를 취하는 검투사를 스케치하고 싶은 생각이 들었다. 해부학적으로 정교하게 만들어진 원물에서 나는 물론 무엇이 뼈이고 근육이며 또 건(腱)이고 정맥인지를 보았다. 하지만 이러한 모든 것을 달라진 상태와 변화된 모습으로 그리려고 했을 때, 나에게는 피부 밑에 있는 것과 피부 밑에서 일어나는 일간의 상호관계에 대한 확실한 통찰이 없었다. 그렇다고 버릇대로 대담하고 불명료한 스케치를 할 수는 없었다. 그것이 여기서는 어떤 목적도 없을 터였다. 결국 나는 어쩔 수 없이 연필을 내려놓을 수밖에 없었다.

이것은 내가 이미 오랜 세월 동안 그림에 전심했고 그래서 제1단계를 곧 마치게 되리라고 생각하던 순간에 생긴 일이었다. 연필을 붙잡기 전에 나는 이러한 결과를 충분하게 예상할 수 있어야 했다. 나는 양손을 무릎 사이에 끼워넣고 내 어리석음에 대해 여러 가지로 생각해보다가 인간을 표현하는 대신 단순히 인간 생활의 거주지와 무대에 지나지 않는 풍경 그리기를 전문 분야로 선택했다는 사실에 대해 불가사의한 생각이 들었다. 이러한 섬뜩한 우연성을 계속 숙고하면서, 내 일생을 결정하는 직업 선택의 문제였는데도 아직 아이였을 때 나의 무분별한 의지가 그렇게 쉽게 관철될 수 있었던 일이 도대체 어떻게 가능했는지 기이한 느낌이 들었다. 나는 이때까지도 아주 어린 나이에 이런 식으로 자신의 길을 결정하는 것이야말로 세상에서 가장 장한 일일 거라는 소년다운 생각을 벗어나지 못했다. 그러나 이제 뜻하지 않게도, 무방비 상태인 어머니의 사랑보다 가정 밖의 세상살이를 잘 아는 엄격하고 사려 깊은 아버지와 벌이는 의견다툼이야말로 소년의 성장력을 단련하는 좀더 훌륭한 철광천(鐵鑛泉) 역할을 할 거라는 생각이 떠오르기 시작했다.

이때 나는 내가 기억하는 한 처음으로 이러한 아버지의 부재를 절실하게 느꼈다. 만약 아버지가 살아 있었더라면 어린 시절의 자유를 빼앗겼을 것이고 어쩌면 강제적인 훈련을 받았을지도 모르지만, 그 대신 확실한 길로 이끌렸을 거라는 사실을 불현듯 깨닫게 된 바로 그때, 내게서는 순간적으로 어떤 뜨거운 느낌이 머리끝까지 치밀어올랐다. 아버지에 대한 동경과 반감, 경험하지는 못했지만 달콤할 것 같은 복종과 반항적인 자유의 감정을 상상하면서 가슴이 뜨겁게 달아오른 나는, 거의 완전히 지워져버린 아버지의 모습을 기억해내려고 애썼다. 하지만 파도처럼 부풀어오른 생각 속에서 부유하는 모습은 결국 꿈속에서 고인을 보았던 어머니의 눈을 통해 묘사된 모습이었다.

어머니는 긴 세월을 보내며 아버지 꿈을 꾸었지만, 항상 몇 년씩 간격을 두고 두 번인가 세 번쯤 있었던 일이었다. 말하자면 그것은 아주 깊은 행복을 주는 그러한 신비스러운 광명의 빛이 우리에게 얼마나 드물게 허용되는지에 대한 증거였다. 그런 일이 있을 때마다 어머니는 아침이 되면 그토록 오랜 시간이 지난 후에야 뜻하지 않게 찾아오는 그 사건을 감사하고 기뻐하면서 얘기했으며, 꿈속에서 아버지 모습이 어떠했는지 들려주었다.

언젠가 한번은 이런 꿈을 꾸었다. 어머니는 어느 일요일에 옛날에 그랬던 것처럼 죽은 남편과 시 외곽에서 산책하고 있었다. 하지만 그녀는 그녀 옆에서 남편을 찾지 못했고, 갑자기 무한히 멀리 뻗어나간 시골길 위의 먼 곳에서 갑자기 그가 다가오고 있는 것을 보았다. 그는 말쑥한 나들이옷을 입고 있었지만 등에는 무거운 배낭을 메고 있었다. 가까이 다가와 조용히 멈춰 선 그는 모자를 벗고 이마의 땀을 훔쳤다. 그런 다음 어머니에게 머리를 끄덕이면서 다정하게 인사를 건네고 아름다운 목소리로 말했다. "가야 할 길이 너무 멀군!" 이 말과 함께 그는 지팡이를 들고 기운차게 계속 걸어가 마침내 어머니의 시야에서 사라졌다. 쉬고 있는 아버지 모습 대신 등에 짐을 지고 끝도 없이 먼 길을 떠나는 아버지의 모습을 꿈에서 본 어머니는 그것을 좀더 자세하게 생각하고는 슬픔에 빠졌다. 꼭 미신이나 해몽을 믿은 것은 아니더라도 어머니는 망자가 커다란 노고를 겪고 있을 것 같은 느낌이나 생각까지 떨칠 수는 없었다.

그와는 반대로 이제 나는 아버지의 영혼이 미지의 영원을 끊임없이 순례하고 있다고 생각하면서 삶과의 싸움에서 굴복하지 않을 용기와 끈질긴 목표추구에 대한 전형적인 본보기를 보았다. 나는 아버지가 저 멀리로 걸어가면서 내게 손짓하며 인사하는 것을 보았다. 그리고 그 상이 기억의 화면에서 점차 어렴풋해지고 마침내 사라졌을 때 나는 자신에게 단호하게 말했다. "이런 일이 무슨 도움이 되겠어! 넌 더 이상 주저해서는 안 돼. 모자라는 지식을 보충해야 한단 말이야!"

나는 최소한 인체의 이해와 표현에 필수적인 범위 내에서라도 해부학 공부에 착수하기로 즉각 결심했다. 공립 미술학교는 이것을 위해 충분치는 않아도 어떤 기회를 제공했지만 나는 그곳 학생이 아니었다. 나는 즉시 리스와 어처구니없는 결투 사건이 있었을 때 내 입회인이었던 대학생들 가운데 한 명을 찾아갔다. 의과대학생으로서 졸업을 눈앞에 둔 그는 거의 병실과 수술대에서만 연구에 매달리고 있었다.

금방이라도 해부학 부도와 책을 빌려주고 나를 우선 뼈에 대해 가르치는 강의실로 안내할 것 같던 그는 잠시 생각하더니, 자기와 함께 지금 막 시작된 어느 유명한 교수의 인류학 강연을 들어보자고 권했다. 그는, 자기가 가는 이유는 이미 오래전에 끝낸 이 교과과정을 수강하기 위해서가 아니라 이 강의의 뛰어난 형식과 지적 내용 때문이며, 강의가 그 자체로 즐겁고 배울 점이 풍부하다고 말했다. 또한 그는 해부학자가 반대방향으로 나가는, 말하자면 조립을 해체하는 조각가로 칭해질 수 있는 것과 같이 조형 예술가는 골격에서뿐만 아니라 인체 기관과 그것의 발달을 총괄적으로 관찰하는 것에서 출발하여 정반대의 길을 걷는 것이 최상의 방법이라고 덧붙였다. 그는 오관이 오관을 보호하는 천막 속에, 요컨대 귀중한 인간의 피부 속에 분포된 모습을 알게 되면, 미켈란젤로 같은 사람이야 하늘이 부여한 천분이 있었기 때문에 뭐라고 말하긴 어렵지만, 다른 사람들에게는 이러한 오관에 대한 지식이 옛날에는 있었지만 지금은 없어져버린 인간의 능력을 보충할 수 있을 거라고 말했다.

나는 박식한 이 동향인을 이때서야 처음으로 주의 깊게 바라보았다. 이야기하는 이 사람이 몇 주 전에 한 인간의 피부에 구멍을 내고자 했을 때 그렇게 기꺼이 내 입회인이 되었던 바로 그 사람이라는 사실을 나는 거의 믿을 수 없었다. 경솔한 행동을 계기로 친구가 되는 젊은이들이 차후에 서로에게서 더 진지한 특성을 발견할 때에는 언제나 비상한 만족감을 얻으며, 이 만족감으로 이들은 서로 결정적인 감화를 기쁜 마음으로 받아들인다. 그래서 나는 망설이지 않고 조언자를 따라 넓은 대학 건물에 들어섰는데, 계단과 복도에서는 세계 각국에서 선발되어 온 젊은이들이 뒤섞여 이리저리 몰려다니고 있었다. 내가 들어간 강의실에는 자리가 아직 비어 있었다. 장식이 없이 휑뎅그렁한 벽과 벽에 붙은 흑판, 상처와 반점으로 얼룩진 책상들, 이 모든 것은 긴 세월 동안 볼 수 없었던 학교 교실을 생각나게 하며 내 가슴을 옥죄었다. 배움을 중단했다는 생각이 마음을 무겁게 했으며, 이 의자에 앉아 있다가 갑자기 지명을 받고 창피를 당할 수도 있을 것 같은 느낌이 들게 했다.

그도 그럴 것이 여기서는 누구나 일정 기간 동안 완전한 자유 속에서 살고, 어느 누구도 다른 사람에게 유념치 않으며 또 누구에게나 그가 결산하게 될 날은 아직 먼 미래 속에 잠재되어 있다는 사실을 생각하지 못했던 것이다. 이제 점차 강의실이 가득 채워졌다. 나는 강의실을 꽉 채운 청강생들을 기이한 느낌으로 바라보았다. 거리낌 없이 자리를 차지하는 내 나이 또래의 많은 젊은이 외에도 나이가 들어 보이는 사람들도 적지 않게 나타났는데, 옷차림이 훌륭하든 그렇지 못하든 간에 그들은 한결같이 더 조용하고 더 조심스러운 태도로 좌석을 찾으려고 애쓰고 있었다. 심지어는 유명한 교수인 백발의 노신사 몇몇도 배울 것이 더 있는지 보려고 멀리 떨어진 측면의 좌석을 차지했다. 이때 물론 이 학문의 공간에서 배운다는 것이 어떤 사람들에게는 수치가 될 수 있다고 생각한 내가 얼마나 편협했는지 짐작할 수 있었다.

강연자를 기다리는 청강생들이 100명 넘게 모였을 때 갑자기 출입문에 들어선 교수는 곧장 작은 교단으로 서둘러 가더니 점잖은 인사말과 함께 우리의 육체와 육체의 생존조건을 개관하기 시작했다. 이때까지 생각해볼 수 있는 최고 단계에 도달해 있던 그 당시의 학문과 일치하는 것으로, 교수의 학설도 이에 대한 하나의 예였다. 하지만 그가 이러한 자화자찬을 늘어놓은 것은 결코 아니었다. 대신 그는 명석하고 유창한 말솜씨로 청강생들을 정연하게 정리된 영역으로 이끌어갔거니와, 지나치게 서두르지도, 불필요하게 시간을 허비하지도 않았으며, 놀라운 것이나 원래부터 어느 정도 익살맞은 것을 설명하는 경우에도 과장된 몸짓이나 말을 사용하는 법이 없었다.

이미 나는 첫 시간에 여기까지 나를 인도했던 본래 목적과 모든 것을 잊은 채 내 귀에 흘러 들어오는 지식에만 귀를 기울일 정도로 비상한 흥미를 느꼈다. 무엇보다도 동물유기체의 각각의 부분들이 놀라울 정도로 합목적성을 지니고 있다는 사실이 곧장 나를 사로잡았다. 내게는 새로운 모든 사실이 신의 통찰력과 섭리를 증명하는 것 같았다. 지금까지 사는 동안 내내 세계는 어떤 예정에 따라 창조된 것으로만 생각해왔는데도, 나는 강의를 듣고 처음으로 여태껏 피조물의 창조에 대해 도대체 아무엇도 몰랐던 거나 마찬가지였다는 생각이 들었다. 그리고 이제는 깊은 확신을 가지고 누구에게라도 조물주의 존재와 지혜를 주장할 수 있고 또 주장하고 싶은 지식을 얻었다고 생각했다.

하지만 교수는 사물들의 완벽성과 필요불가결성을 아주 아름다운 설명과 함께 끝마친 후, 그러한 것들을 그것들이 존재하는 방식 그대로 놔두고, 서로 변해가는 대로 맡겨둬버렸기 때문에, 결과적으로 어느 틈엔지 조물주에 대한 방만한 생각이 뒷전으로 물러나 사실들의 긴밀한 연관 속으로 쫓겨 들어갔다. 그리고 교수는 여전히 이해하기 어렵고 몽롱하게 남아 있는 부분에서는 설명된 사실에서 밝은 빛을 가져와 그 불분명한 어둠을 비쳐주었다. 그 결과 그 미해결의 문제는 마치 아침 햇살을 받으며 잠들어 있는 먼 해안과 같이 조금도 건드려지지 않은 순결한 처녀의 모습으로 해결될 시대가 오기를 기다렸다.

자신의 힘으로 해결할 수 없다고 생각한 문제에서조차 그는, 모든 것에는 이상하게 여길 만한 어떠한 것도 없으며, 인간의 지각력의 한계와 정연하고 적확한 자연법칙의 한계는 결코 일치하지 않는다는 확신을 암시했다. 이러한 말을 하는 동안에도 그는 결코 독단적인 말투에 의지하지 않았으며, 특정한 신학적 용어들뿐만 아니라 그것과 반대되는 용어도 아주 신중하게 피했다. 선입관을 갖고 있는 사람들은 이 모든 것에 대해 전혀 마음을 쓰지 않고 그들 자신의 의견을 고수하거나 어떤 견해를 확립하는 데에 필요하다고 생각되는 부분들만 꾸준히 노트에 필기했다. 반면 선입관에 사로잡혀 있지 않은 사람들은 내색하지 않는 속마음에는 일절 개의치 않고, 교수의 총명한 말을 들으며 즐거운 마음으로 순수한 인식에 대한 존경심을 배우고 있었다.

단순하기도 하고 복잡하기도 한 사실의 영향에 충분히 빠져들었을 때, 내 마음속에서는 어떤 자의적인 가정이나 강의를 이용하려는 생각

따위는 곧 뒷전으로 물러섰는데, 어떻게 이런 일이 생겼는지는 나도 알수 없었다. 물론 진리를 탐구하는 것은 언제나 악의나 위험이 없으며 또한 죄가 되는 일도 아니다. 단지 그것이 중지되는 순간 기독교도에게나이교도에게나 똑같이 허위가 시작된다. 나는 강의를 한 시간도 빠지지않았다. 결국은 무엇인가를 배우기 시작하자 내 마음은 악몽 같은 부담에서 벗어났다. 또한 학문이 주는 행복은 단순하고 무조건적이라는 점에서, 또한 찾아오는 시기가 빠르든 늦든 간에 그 자체로서 언제나 온전하게 행복이라는 점에서 진정한 행복의 하나다. 또한 그것은 미래를 보여주고 과거를 가리키지 않으며, 불변의 법칙으로 자신의 덧없음을 잊게 한다.

나는 내가 알지 못하는 그 언변 좋은 교수에 대한 호의적인 감정으로가득 찼다. 사람들이 구체적인 은혜에 대해 감사하는 이상으로 정신적인 은혜에 대해 강한 감사의 마음을 품으며, 더욱이 정신적인 은혜가 직접적이고 외형적인 이익을 더 적게 수반하는 경우조차 감사하는 마음이커지는 것을 보면, 인간이 아주 나쁜 특성을 가졌다고 말할 수는 없다. 다만 구체적인 은혜가 정신적 힘의 존재에 대한 증거가 되는 경우에 한해서, 말하자면 은혜를 받은 인간에게 정신적인 힘이 다시금 도덕적 경험이 될 때에, 감사하는 마음은 인간 자신을 고귀하게 하는 아름다운 수준에 도달한다. 세상에는 순수한 덕과 친절이 존재한다는 확신은 정녕우리에게 주어질 수 있는 최선의 확신이다. 사악한 인간조차도 타인이자신에게 친절하고 덕을 베푼다는 것을 알면 즐거운 나머지 보이지 않는 검은 손을 비벼대는 법이다.

인간의 본성에 대한 학설이 완성되는 동안, 이것이 내 상상 속에서는실제적인 양태 외에도 환상적으로 유형적인 형상[2]까지 받아들이는 것을 깨달으며 나는 기이한 느낌이 들었다. 이러한 유형적 형상은 주요한 점에서는 표상의 힘을 촉진하지만, 반대로 개별적인 미세한 것의 정밀한 인식을 방해했다. 이러한 것은 회화의 특성에서 비롯된 습관에서 나온 것으로, 요컨대 추상적 관념이 지배해야 마땅한 곳에서 회화의 아름다운 구체적 상이 섞였으며, 반대로 마땅히 구체적인 상이 나타나야 할 곳에 이번에는 추상적 관념이 밀고 들어왔던 것이다. 이렇게 해서 혈액 순환이라는 말을 들으면 내 눈앞에서는 즉시 화려한 심홍의 강물이 떠올랐다. 그 강 옆에는 마치 빛바랜 도표 같은 회백색 신경조직이 늘어서 있었다. 그것은 조직의 망토 속에 싸여 탐욕스럽게 마시고 쩝쩝대며 프로테우스[3]처럼 스스로 다섯 개의 감각으로 변형할 힘이 있는 유령 같았다. 또는 나는 천체의 수많은 별들처럼 육안으로 보이지도 않고 셀 수도 없는 수백만의 구형 물체들이 혈액의 형체를 만들어 1,000개의 운하를 통해 흐르고, 신경의 번쩍이는 섬광이 그 흐름을 타고 끊임없이 시간 속으로 전파되어가는 모습을 보았는데, 이 시간은 세계질서의 눈으로 보면 별들이 운행하여 숙명을 다하는 데에 필요한 시간과 마찬가지로 길다고 할 수도 있었고 짧다고 할 수도 있었다.

결국 썩어 없어질 모든 두개골 하나하나에도 무시무시하게 많은 복잡한 우주 질서가 포함되어 있다는 것을 생각하면서 나는 터무니없는 상상을 했다. 가령 실제로는 둥근 두개골 가운데에 물질이 촘촘하게 채워져 있는데도 단자(單子)처럼 아주 작은 학자가 뇌의 깊숙한 곳에 자리를 잡고 앉아, 천문학자들이 천공(天空) 속에서 망원경을 움직이는 것처럼 이 학자가 뇌의 넓은 공간 속에서 아주 쉽게 망원경을 움직이는 것은 아닌지 상상했다. 그뿐만 아니라 뇌에서 신경조직의 진동[4]은 다름 아닌

---

2) 모든 개념과 학문적인 대상을 형상적인 비유로 바꾸고 싶은 유희적 충동을 일컫는다.
3) 그리스신화에 등장하는 예언과 변신에 능한 바다의 신.

사상이나 개념으로 일컬어지는 물체들이 뇌 반구의 공간을 실제로 지나다니는 작용이 분명하다든지, 그밖에도 이러한 종류의 익살스러운 상상을 얼마든지 할 정도가 되었다.

하지만 교수의 열성과 시종일관 냉정한 그의 강의는 결국 이러한 혼란을 극복하게 했고, 끝날 때까지 계속해서 주의를 집중하게 만들었다. 하지만 끝날 때쯤에는 어떤 당혹스러움이 생겼다. 교수는 인간 의식의 형성에 대한 이론과 함께 감각의 발전에 대한 강의를 끝낸 후, 신중하던 태도를 벗어던지고 이른바 자유의지라고 불리는 것의 존재에 대해 단호하게 반박하며 마쳤기 때문이다. 그는 불과 몇 마디 안 되는 조심스러운 말을 사용하며 이러한 주장을 펼쳤다. 이 말들은 부드럽고 온화했으며, 결코 의기양양하거나 자기만족적으로 들리지는 않았다. 오히려 이 말들에서는 분명히 쓰디쓴 체념의 느낌이 울려나와 내가 즉시 반감을 품을 정도였다. 젊음은 훌륭하고 귀중하게 여겨지는 어떤 것을 결코 그렇게 쉽게 포기하려 하지 않기 때문이었다.

---

4) 뇌는 힘줄이나 근육 구조를 가지고 있어서 생각할 때나 느낄 때 진동하게 된다는 파치오니(Antonio Pacchioni, 1665~1726)의 이론.

제2장 자유의지에 대하여

그 교수에 대한 존경심이 커지면 커질수록 나는 예로부터 내내 지녀 왔을 뿐만 아니라 용감하게 실행했다고 믿었던 소중한 의지의 자유를 더욱더 열심히 부활하려고 노력했다. 그 당시부터 지금까지 남아 있는 몇 안 되는 물건 가운데에는 조그만 공책이 한 권 있다. 이 공책에는 성급하게 씌인 소감이 몇 개 들어 있다. 나는 지금 연필로 씌인 페이지를 다시 읽는데, 기분이 옛날보다 더 조심스럽긴 하지만 그렇다고 여전히 감동이 없는 것은 아니다.

"나를 반발하게 하고 놀라게 하는 것은 교수의 부정(否定) 그 자체가 아니다. 인간이 파괴하는 것이 능사가 아니라 건설이라는 말도 알아야 한다는 말이 있는데, 태평스럽고 피상적인 인간들이 면밀히 조사해야 할 일이 귀찮아지면 언제라도 이러한 상투어를 끄집어내곤 한다. 이러한 어법은 처음부터 아예 부인하거나 어리석은 집착에서 부정할 때에는 적절하다. 그렇지 않을 경우에는 의미가 없다. 파괴하는 일은 언제나 다시 건설하기 위해서 그러는 것은 아니기 때문이다. 오히려 그 반대다. 우리가 정말 열심히 파괴하는 이유는 빛과 공기가 들어오는 넓은 공간을 얻기 위해서인데, 장애물이 제거되면 어디서나 저절로 빛과 공기가 들어온다. 만약 우리가 사물을 똑바로 바라보고 그것을 공평하게 취급한다면 부정적인 것은 아무것도 없다. 반대로 모든 것은 이러한 평범한 표현을 사용할 수 있으리만치 긍정적이다."

"그런데 열등한 단계에 있던 우리 종족이나 칠칠치 못한 개개인들에게 의지의 자유가 존재하지 않았더라도, 이것에 대한 관심이 생기는 즉시 의지의 자유가 출현하여 발전될 수밖에 없었을 것이다. 그러니 '신이 존재하지 않으면 신을 만들어내야 할 것이다'라는 볼테르의 빈정거림이 만약 '긍정적이고' 선한 말이라기보다는 오히려 신성모독이었다면 이것은 의지의 자유와는 별개 문제다. 따라서 우리는 이 경우에 인간의 의무와 권리에 따라 '이러한 자유의지를 창조하여 세상에 널리 퍼지게 하라!'라고 외쳐도 될 것이다."

"자유의지의 훈련은 승마 연습장과 비교하면 가장 적절할 것이다. 승마장의 지면은 현세의 생활인데, 중요한 것은 올바른 방식으로 이것을 극복하는 것이다. 지면은 동시에 물질의 단단한 기초일 수도 있다. 성질이 훌륭하고 충분히 훈련된 말은 특별한 물질적 기관이다. 말 위에 탄 기수는 인간의 선한 의지이며, 이 의지는 고귀한 방법으로 저 거친 지면을 극복하기 위해 말을 타고 다스리며 자유로운 의지가 되고자 애쓴다. 마지막으로 목이 긴 부츠를 신고 채찍을 든 조련사는 도덕률인데, 이 도덕률의 기초는 오로지 말의 성질과 형태이며, 말이 존재하지 않으면 도덕률도 전적으로 존재할 수 없을 것이다. 하지만 말이 내달릴 수 있는 지면이 존재하지 않는다면 말은 생각조차 할 수 없다. 결과적으로 이러한 순환 고리의 각 부분은 이런 식으로 서로 제약하며, 누군가 말을 타고 그 위를 달리든 달리지 않든 간에 언제나 존재하는 물질의 지면을 제외한다면, 어느 것도 다른 것이 없이는 자신의 존재를 갖지 못한다. 그런데도 훌륭하게 마술(馬術)을 배운 사람과 그렇지 못한 사람이 존재한다. 이것은 단순히 그들의 육체적 능력에 따른 것일 뿐만 아니라 특히 결연한 정신집중의 결과로 나타나는 현상이다. 길에서 우연히 마주치는 우수한 기병연대는 이것에 대한 분명한 증거다. 마술을 배우면서 어느 정도로 주의력을 쏟아야 하는지 선택할 수 없고, 오직 강철 같은 규율을 통해 안장에 익숙해진 병사들의 부대는 모두 거의 동등하게 신뢰할 만한 기병들이다. 그들 가운데 어느 누구도 특별히 두각을 나타내지 않으며, 어느 누구도 기준에서 뒤처져 있지 않다. 내친김에 생활의 통상적인 관례에 대한 비유를 마감해보면, 이들 병사들에게 절반의 힘이 되어주는 것은 대열에 익숙해진, 밀집되어 있는 말이다. 그래서 만일 기수가 등한히 하는 일은 그의 기관인 말이 자발적으로 수행한다. 병사에게 부과되는 이러한 강제와 판에 박힌 관행, 가혹한 집단의 불가피성이 중지되는 곳에서, 즉 칭찬할 만한 장교부대에서야 비로소 이른바 훌륭한 기사와 열등한 기사 또는 출중한 기사가 나타난다. 왜냐하면 이들은 정도의 차이가 있지만 요구되는 정도 이상을 스스로 성취해낼 수 있는 힘이 있기 때문이다. 병사는 오직 격전의 한가운데에서, 피할 수 없는 위급함이나 위험 속에서, 자신도 모르게 무의식적으로 탁월하고 대담한 기술이나 대도약(大跳躍)과 대비약(大飛躍)을 수행한다. 반면 장교는 이러한 것을 날마다 자신의 즐거움을 위해 자유 의지에서, 말하자면 이론적으로 수행한다. 그러나 장교가 전지전능하다는 것은 아니다. 그는 용기와 실력이 있어도 어느 경우에는 낙마할 수도 있고 아니면 말을 듣지 않는 짐승 때문에 원했던 것과는 다른 도로를 달릴 수도 있다.”

　“하지만 다른 비유를 들면, 키잡이가 자신을 항로 밖으로 내몰 수 있는 우연한 폭풍 때문에, 순풍에 의지할 수밖에 없다는 것 때문에, 좋지 못한 배의 설비와 예기치 못했던 암초 때문에, 보이지 않는 극성(極星)이나 구름에 덮인 태양 때문에 ‘항해술은 존재하지 않는다’라고 외치며 최선을 경주하여 정해진 목표에 도달하는 일을 포기하게 될까?”

"그렇지 않다. 바로 이러한 냉혹한 운명과 서로 맞물린 1,000가지나 되는 조건들의 연속적인 등장은 우리를 자극하여 키를 손에서 떼지 않도록 해야 하며, 최소한 일직선으로 격렬한 해류를 헤쳐나가는 수영의 달인 같은 명예를 쟁취하게 해야 한다. 단지 두 종류의 인간은 건너편에 이르지 못할 것이다. 자신에게 힘이 있다고 믿지 않는 인간이 그 하나이며, 다른 하나는 헤엄칠 필요 없이 날아가겠다고 하거나 자신의 마음에 드는 상황이 올 때까지 기다리겠다고 핑계대는 인간이다."

"그렇다. 이 사람들 가운데 책임감이 있는 사람은 적극적인 힘을 발휘하고, 고요한 영혼의 수면에 잔물결을 일으킨다. 정당한 자유의지에 대한 관심은 그러한 관심이 생기게 된 것에서부터 벌써 자유의지의 원인이며 실현이다. 따라서 일단 이러한 관심이 있는 사람은 도덕적 긍정에 관한 책임을 스스로 짊어진 것이다!"

이 말은 8월 어느 공원의 구석진 곳에서 썼다고 나는 기억한다. 꼭 그 말들의 무거움에 마음이 억눌려서 그런 것은 아니었지만, 나는 이 일을 끝낸 다음 느릿느릿 계속 거닐다가 들장미 덤불로 이루어진 울타리에 다다랐는데, 그 덤불들 사이에는 많은 거미가 쳐놓은 거미줄이 매달려 있었다. 거미는 작고 노란 무당거미 종류였다. 여기에 식민지를 조성해놓은 것 같은 그 거미들은 모두 열심히 움직이며 공중에 매달려 있었다. 그 가운데 한 마리는 자신이 만든 예술작품의 한복판에 조용히 앉아 주의 깊게 먹이를 기다리고 있었다. 다른 한 마리가 여기저기서 훼손된 것을 복구하기 위해 침착하게 실 주위를 기어오르는 동안, 세 번째 거미는 가까이 다가온 질 나쁜 이웃을 불안하게 관찰했다. 왜냐하면 모든 거미집의 가장자리 구석에서는 색은 같지만 몸통은 아주 가느다란 거미들이 나뭇잎에 몸을 숨기고 있었는데, 이 거미들은 자기들의 거미집을 짓지 않고 부지런한 예술가들의 노획물을 빼앗으려고 했기 때문이다. 가벼운 바람이 덤불을 움직이면서 이 식민지 이주자들의 공중도시를 흔들자, 삼라만상의 자연법칙에 따라 여기서도 아주 조용한 가운데 걱정과 불안이 생겼다.

나는 파리 한 마리를 잽싸게 붙잡은 후 임자가 꼼짝하지 않고 한가운데에 매달려 있는 거미집에 그것을 던졌다. 거미는 즉각 그 불쌍한 벌레에게 덤벼들어 발 사이에서 위아래로, 좌우로 두어 차례 돌리더니 임시 실로 날개와 다리를 묶은 다음, 마치 쇠꼬챙이에 꽂힌 통구이처럼 그 전리품을 뒷다리 사이에서 아주 능수하게 재차 돌리면서 더 두꺼운 거미줄로 덮어 씌웠다. 이런 식으로 거미는 다루기 쉬운 하물을 만들어 쉽사리 자신의 보금자리 쪽으로 끌고 갔다. 하지만 약탈로 기생하는 거미는 그동안에 벌써 잠복장소에서 짧게 끊는 것 같은 재빠른 동작으로 중간까지 다가와 정당한 사냥꾼의 노획물을 낚아챌 채비를 마친 상태였다.

그러자 사냥꾼 거미는 이 적을 알아채기가 무섭게 사냥 자루를 성지(城地)의 격자문에 매달고 번개처럼 공격자를 향해 몸을 돌렸다. 앞발을 쭉 뻗고 눈을 번쩍이며 서로 접근한 이 두 거미는 숙련된 검투사들처럼 상대를 시험해본 후 서로에게 달려들었다. 정당한 권리가 있는 무당거미는 결연한 반격 끝에 적을 패주시키고 자신의 노획물이 있는 곳으로 되돌아갔다. 하지만 그사이에 노획물은 반대편에서 접근했던 두 번째 강도가 옮겨가고 있었는데, 이 강도는 파리를 가지고 막 그의 은신처를 향해 퇴각하는 중이었다. 운이 더 좋은 이 거미가 파리를 소유하게 됨에 따라 이제는 이 거미가 자기 쪽에서 뒤쫓아오는 정당한 임자를 쫓아냈으며, 잽싸게 거미줄을 떠남으로써 그의 힘에서 벗어났다. 임자였던 무당거미는 성이 나서 배회하다가, 이 사건들로 손상된 거미줄을 고치고는 마침내 한가운데에 다시 자리를 잡았다.

내가 두 번째 파리를 내놓은 것은 이때였다. 거미는 첫 번째 파리처럼 이것을 묶었다. 하지만 배고픔 때문에 다른 선택의 여지가 없었던 처음의 노상강도가 다시 다가왔다. 그런데 이제 무당거미는 이 새로운 희생자를 보기 좋게 하물로 만드는 대신 급히 아래위 턱 사이에 끼고, 이번에는 중심 쪽이 아니라 거미줄을 빠져나와 피난처를 향해 마치 곰이 새끼 양을 나르듯이 날라갔다. 무당거미는 피난처에 이르지 못했다. 적이 달려와 그의 길을 가로막았기 때문이다. 무당거미는 포획물을 놓칠 수가 없어서 전투에 응할 수 없었기 때문에 다른 도피처를 찾지 않을 수 없었다. 괴롭힘을 당하는 이 작은 거미에게는 악재가 더 겹쳤다. 바로 이 순간에 바람이 더 거칠어져 거미집이 아주 격렬하게 흔들리게 만든 결과, 거미줄의 중심 지주, 즉 거미가 매달려 있던 꽤 강한 줄 하나가 찢겨나갔기 때문이다. 이렇게 해서 파리는 없어져버렸고, 적 또한 슬그머니 자취를 감추었다. 오직 무당거미만 의무를 수행하기 위해 그 자리에 남았다. 폭풍우 동안에 한 선원이 배의 삭구를 붙들고 매달려 있는 것과 같이, 거미는 떨리는 사지를 이끌고 흔들리는 그물의 위아래를 기어다니며, 자신과 자신의 작품을 함께 내동댕이치는 돌풍에도 결코 개의치 않으며 구할 수 있는 것은 모두 구하려고 애썼다. 내가 잔가지 하나를 꺾어서 전체 건축물을 갑자기 쓸어냈을 때야 비로소 거미는 더 큰 힘을 피해 관목 속으로 도망쳤다. 이제 오늘은 이 정도면 거미도 지긋지긋하겠지!라고 생각하며 나는 계속 길을 걸었다.

하지만 15분 후에 그 자리를 지나가게 되었을 때, 그 거미는 벌써 새 공사를 시작하여 이미 방사형 줄을 쳐놓은 상태였다. 이제는 더 가는 십자 줄을 치고 있었는데, 이것은 파괴되었던 것만큼 그렇게 균형이 잡혀 있거나 섬세하지는 않았다. 너무 늘어졌거나 간격이 너무 좁은 곳도 있었고, 선이 하나 빠진 곳이 있는가 하면 똑같은 줄을 두 번 치기도 했다.

요컨대 무당거미는 괴로움과 고난을 당하고 비탄에 젖은 채 멍한 정신으로 다시 일에 착수한 사람과 같은 행동을 취했다. 정말 그랬다. 오해의 여지가 없었다. 그 작은 미물(微物)은 스스로에게 말하고 있었다. "다른 방법이 없어! 나는 신의 이름으로 다시 시작해야만 해!"

나는 이것을 보고 적지 않게 놀랐다. 그도 그럴 것이 이 조그만 뇌에서 그런 결단을 할 수 있는 능력은 내가 주장했던 인간의 의지의 자유와 필적했다. 그렇지 않다면 거미는 이 의지의 자유를 맹목적인 자연법칙이나 정열적인 충동의 영역으로 끌어내렸다고 할 수 있었다. 이러한 영역에서 빠져나오기 위해 나는 즉각 내 도덕적 요구를 늘렸다. 공중누각을 지을 때는 물론 비용이 더 들거나 덜 드는 것에 대해 결코 걱정하는 법이 없기 때문이다. 또한 공중누각이 실현되는지, 아니면 그것이 옛날에 로마의 병영이 군사도로를 보호하듯이 최소한 중용의 도를 보호하는 데에 이바지하는지는 아마 경험의 비밀일 터이지만, 이러한 비밀이 꼭 습득된 절도(節度)를 위협하는 것은 아니다.

말하자면 나는 이런 식으로 자유의지라는 황금 검으로 무장하고 있었는데, 그렇다고 검투사였던 것은 아니었다. 나는 인체를 표현하려는 목적에서 해부학에 대해 어느 정도 통찰을 얻으려 했던 원래의 목적을 잊어버리고, 이 방면의 공부를 게을리했다.

어떻게 그렇게 되었는지 알 수 없었지만 나는 이해 여름에 법학 기초과정 강의를 듣게 되었다. 얼마 전까지만 해도 전혀 아는 바가 없었고, 또 어느 누구도 내게 요구하지 않았던 어떤 것을 알지 못한다는 사실이 곧 견딜 수 없는 것처럼 여겨져서 나는 두세 시간 결석한 것을 제외하고는 언제나 출석했다. 나는 여기서 사귄 사람들 가운데 여름휴가를 떠난 사람들에게서 책을 빌렸으며, 한두 권은 직접 사기도 했다. 나는 마치 시험이 코앞에 닥친 사람인 양 이 책들을 밤낮없이 읽고 또 읽었다. 가을이 되어 강의실문이 다시 열렸을 때 나는 로마법 주임교수의 청강생이 되었다. 법률가가 되려는 의도는 결코 없었고, 다만 로마법의 중요성이 무엇이며 로마법의 구조는 어떤 것이지 알고 싶은 생각에서였다. 물론 청강은 로마라는 국가와 로마 민족의 역사 전반에 대해 좀더 합리적인 흥미를 느낄 때까지만 계속되었다. 그리고 여기서부터 그리스 역사를 향해 손을 내뻗은 것은 자명한 이치였다. 그리스 역사로 말하면, 옛날에 학교에서 초보 수준의 빈약한 교과서 강의로 처음 대했지만, 학교에서 쫓겨남에 따라 그것조차 중도에서 그만둘 수밖에 없었다. 나는 이번에는 매우 진지하게 경청했고, 즐겁고 만족스러운 마음으로 그 화려함을 받아들였으며, 아름다운 경관과 섬과 곶의 음악적인 명칭을 들을 때마다 그것들을 눈앞에 그려보지 않은 적이 한 번도 없었다.

하지만 예기치 않게 이 당시에 절정의 명성을 얻고 있던 독일의 법률사료[5]와 판결기록,[6] 전설[7]과 신화[8] 등을 담은 책들과 마주치게 되었다. 여기서는 모든 길이 내 고향인 스위스의 원시시대로 안내했다. 나는 새삼스레 놀라워하며 법률과 역사를 읽으면서 계속해서 기쁨이 커졌다. 또한 그 당시에는 이미 여명기의 게르만 민족에 대한 동경으로서 브룬힐트[9] 숭배가 지평선에서 떠오르기 시작하여 충직한 내조자 투스

---

5) 1828년 야콥 그림은 『독일 법률사료』를 출판한 바 있고 1854년에는 두 권으로 된 제2판이 출판되었다.

6) 기록되지 않은 독일 관습법의 사례들에 대한 주석집. 야콥 그림의 『독일 판결문집』은 1840년부터 1878년까지 총 7권으로 간행되었다.

7) 야콥 그림과 빌헬름 그림의 『독일 전설』을 말한다. 초판은 1816~18, 재판은 1865~66년에 출판되었다.

8) 야콥 그림의 『독일 신화』를 말한다(초판: 1835, 재판: 1844, 3판: 1844).

9) 독일의 운문서사시 『니벨룽겐의 노래』에 등장하는 부르군트의 왕인 군터의 아내. 무술 시합에서 자기를 이기는 사람과 결혼하려고 했을 정도로 강하고 자존심이 센 아름다운 여자로 묘사되어 있다.

넬데[10]의 그림자를 밀어내기 시작했는데, 평범한 자극에 만족하지 않는 관능의 소유자에게 인간적인 이피게니아[11]보다 마적인 메데아[12]가 더 매력적으로 여겨지는 것과 같은 이치다. 제대로 이해되지 못했던 이 담력 있고 용감한 브룬힐트는 특히 많은 나약한 기사들에게는 마음의 욕구를 위한 참된 인물로 여겨졌다. 따라서 그녀는 구름 베일 속에 싸인 채 만인의 추파를 받았다. 여하튼 그 빛나는 환영은 고대의 경관 위에 밝은 빛줄기를 던졌고, 숲 그늘에 숨어 잠을 자는 지그프리트[13]의 모습과는 반대되는 요청을 불러일으켰다.

하지만 내가 역사의 관찰에 더 익숙해져서 마치 현대판 산초 판사[14]처럼 이 사건들을 두어 개의 평범한 속담으로 총괄하고자 했을 때, 이렇게 공상 속에서 살아 있던 직관들은 냉정한 사상 앞에서 곧 사라져버렸다. 나는 모든 역사적인 현상은 정확하게 그것의 심오함과 생생한 내면성에 상응하는 기간에만 지속되며, 이 지속 기간은 또한 역사적 현상이 생기게 된 방법과 일치하다는 사실을 알게 되었다. 모든 성과는 오직 사용된 수단이 효력을 발휘할 때까지만 지속되며, 성과의 지속기간은 다만 어떻게 이해하는지에 따라 달라진다는 것도 알았다. 또한 역사에서도 마찬가지로 끊임없이 계속되는 원인에 대해 희망과 두려움, 비탄과

---

10) 고대 서게르만 종족이었던 헤루스케 종족의 족장 아르민의 아내. 투스넬데는 독일 문학에서 충절의 상징으로 묘사된다.

11) 그리스신화에 나오는 미케네의 왕 아가멤논의 딸. 트로이 전쟁 때 폭풍을 잠재우기 위한 제물로 바쳐진다. 아울리스(타우리스)의 이피게니아라는 이름의 드라마가 여러 차례 쓰였다.

12) 그리스신화에서 이아손의 원정 때 그를 도와 금양털을 손에 넣게 해준 트로이의 예언녀.

13) 『니벨룽겐의 노래』의 주인공 이름. 군터가 브룬힐트를 아내로 차지하게 되는 데에 기여한 대가로 군터의 여동생 크림힐트와 결혼한다.

14) 세르반테스의 『돈키호테』에서 돈키호테의 하인으로 등장하는 농부.

분노, 오만과 공포 등은 전혀 역할을 못하며, 운동과 반동이 정연한 리듬을 갖고 있다는 사실을 깨달았다. 이런 이유로 나는 역사에서 이러한 관계를 주의 깊게 생각했으며, 사건과 상태의 성격을 그것의 지속기간과 결과의 변화와 비교했다. 이는 다음과 같은 물음을 통해서였다. 비교적 오랫동안 지속되는 상태 중에서 어떠한 종류가 예컨대 갑작스럽게 끝나는가 아니면 점차적으로 종식되는가? 예기치 않게 급격하게 발생하는 사건들 가운데 어떤 종류의 사건이 그런데도 영속적인 성과를 거두는가? 어떤 종류의 운동들이 신속하거나 더딘 반동을 야기하며, 이 운동들 가운데 어떤 종류의 운동이 외관상 기대에 어긋나 샛길에 빠져들고, 어떤 종류의 운동이 예기된 진로를 공공연하게 걷는가? 도대체 도덕적 내용의 총량은 역사에서의 몇 세기, 몇 년, 몇 주, 또 며칠의 리듬과 어떤 비례 관계인가? 이것을 통해서 나는 어떤 운동이 시작될 때 벌써 그 운동의 수단과 성질에 상응하여 사려 깊은 자유 코스모폴리탄에게 어울리는 방식대로 그 운동 위에 놓여 있을 희망이나 두려움의 정도를 추측할 수 있을 거라고 생각했다. 나는 "뿌린 대로 거두리라!"라는 속담이 다행히 역사에서도 결코 진부한 상투어가 아니라 철석같은 진리라고 생각했다. 우리의 적이 갖고 있는 비난받을 만한 점이나 배척해야할 점을 우리 스스로 피해야만 하며, 그냥 좋아서가 아니라 충분한 목적의식과 역사의식을 토대로 그 자체로 올바른 것만을 행해야 한다는 인식이 현재 생활을 위해서도 유익하다고 생각했다.

이제 내가 가장 즐겨 찾게 된 곳은 새로운 지식을 얻을 수 있는 곳이었다. 나는 반쯤 대학생이 되어 모든 것을 보고 듣기를 바라며 어디든 얼굴을 내밀었다. 마치 꼭 필요해서가 아니라 일반적인 교양을 위해 대학에서 공부하는 귀족의 자제 같았던 것이다. 물리학자나 화학자, 동물학자나 해부학자들이 주목할 만한 논증을 행하는 곳이나 웅변가가 특히 유명한 문제를 다루는 곳이면, 나는 어김없이 그곳에 몰려든 호기심 많은 인파에 끼어 있었다. 그리고 이 모험이 끝나고 대학생들이 떼를 지어 쾌활하게 아침술을 마실 때에도 나는 결코 빠지는 법이 없었다. 이때야 비로소 저녁이 되기 전에는 결코 술집에 들어가지 말라던 도량형기 검정관의 충고에 위배되는 행동을 했는데, 강의에 대해 토론하는 것을 듣고 나 자신의 견해를 피력하고 싶은 욕망 때문에 어쩔 수 없었다. 때때로 나는 열중한 나머지 큰 목소리로 열변을 토하기도 했다. 언젠가 저금 상자 속의 돈을 헛되이 낭비하면서 소년들 사이에서 허풍을 떨며 비극적인 재난을 향해 다가갔던 옛 시절과 거의 꼭 같았던 것이다.

제3장 삶의 여러 가지 방식

하지만 사용되기를 기다리던 또 다른 저금 상자가 있었다. 지금부터 3년도 더 지난 일인데, 내가 이곳으로 떠나온 다음 날부터 어머니는 즉각 살림살이 방식을 바꾸어 완전히 어떤 것에도 의지하지 않고 살아가는 방법을 생각해냈다. 그녀는 검은 수프와 유사한 독특한 요리를 개발하여, 연년세세 날이면 날마다 점심시간이 되면 장작 한 짐이면 영원히 지속될 것 같은, 거의 아무것도 타지 않는 작은 불이 지펴진 아궁이에서 이 음식을 요리했다. 그녀는 혼자서 식사했기 때문에 평일에는 식탁을 차리지 않았는데, 수고스러워서가 아니라 식탁보를 세탁하는 비용을 아끼기 위해서였다. 또한 그녀는 언제나 깨끗하게 유지된 간소한 작은 밀짚 매트 위에 작은 접시를 놓았으며, 닳고 닳아서 원래 크기의 4분의 3으로 줄어든 숟가락을 수프에 담으면서 모든 사람을 위해, 특히 자신의 아들을 위해 일용할 양식을 기원하며 규칙적으로 하느님께 기도했다.

일요일과 축일에만 그녀는 깨끗하고 하얀 아마포 식탁보를 덮었고, 토요일에 사두었던 작은 쇠고기 한 조각을 식탁 위에 올려놓았다. 이것조차도 필요해서 구매한 것이라기보다는——어머니는 필요하다면 일요일에도 스파르타식 수프에 만족했을 것이기 때문에——오히려 바깥세상과 접촉하면서 최소한 일주일에 한 번은 재래시장에서 세상 돌아가는 모습을 보기 위해서였다.

어머니는 맨 먼저 잰걸음으로 말없이 정육점 쪽으로 가곤 했다. 팔에는 작은 바구니가 들려 있었다. 그곳에서는 덩치 큰 주부들과 하녀들이 시끄럽게 떠들면서 대범하게 장바구니를 채우고 있었다. 신중하고 겸손하게 이 사람들의 뒤에 서 있는 동안 어머니는 여자들이 하는 짓을 비판적으로 관찰하며, 특히 쾌활한 정육점 점원들에게 우롱당하는 활달하고 경솔한 하녀들 때문에 화를 냈다. 이 점원들은 농담을 하며 웃어대는 동안 눈치 채이지 않게 엄청나게 많은 뼈와 숨통 조각을 저울 위에 올려놓았는데, 엘리자베트 레 부인은 차마 눈뜨고는 이 광경을 볼 수 없었다. 만약 그녀가 이런 하녀들의 주인이었다면, 이 하녀들은 정육점에서의 호색적인 행실로 호되게 야단을 맞고, 필시 사기를 친 점원들이 준 연골과 기관(氣管)을 스스로 먹어야 했을 것이다. 하지만 모든 일에는 한도가 있을 수밖에 없다. 그러니 그곳에 있는 여자들 가운데 아마 가장 엄한 여자였을 어머니도 본인이 사게 될 쇠고기 한 근에만 끈질기게 신경 쓰는 것 외에는 달리 다른 사람들을 도와줄 힘이 없었다.

그녀는 고기를 작은 바구니에 넣고 곧장 호숫가의 야채시장을 향하여 걸음을 옮겼다. 초록빛 채소와 가지각색의 과일들, 뜰과 들에서 생산되어 이곳으로 날라져 온 모든 것은 그녀의 눈을 즐겁게 했다. 그녀는 물건이 쌓인 바구니들을 이것저것 둘러보았고, 흔들리는 나무다리를 건너 이 배에서 저 배로 천천히 걸어다녔다. 그녀는 쌓아올린 농작물을 훑어보면서, 그것들이 아름답고 값이 싸다는 점에서 국가의 번영과 국가에 내재된 정의를 가늠해보았다. 그와 동시에 어머니의 기억 속에서는 그녀가 젊었을 적의 푸르렀던 밭과 뜰이 떠올랐다. 한때 그녀는 그곳에 농작물을 재배했는데, 수확이 아주 많아서 지금 세심하게 주의를 기울여 사야만 하는 양보다 열 배도 넘게 다른 사람들에게 나눠줄 수 있었다. 만일 그녀가 여전히 많은 식구를 위해서 대량의 식량을 비축해야 했다면, 그것은 씨를 뿌리고 작물을 재배하는 것을 대신하는 일이었을 것이다. 하지만 어머니는 그렇게 대신할 만할 일도 빼앗겨버린 터라, 너무 비싸다는 날카로운 훈계를 여러 번 건넨 다음에야 마침내 작은 바구니 안에 넣은 한 움큼의 푸른 콩이나 시금치 또는 조그맣고 노란 당근은 덤으로 얻어낸 작은 파슬리 다발이나 파와 마찬가지로 그녀에게는 다만 궁핍한 과거의 상징이었다.

어머니는 그때까지 집에서 먹던 도회지식 하얀 빵도 단념하고 일주일마다 값이 더 싼 거친 빵 한 덩이를 샀는데, 이것도 어찌나 아껴 먹었던지 결국에는 돌처럼 딱딱해질 정도였다. 그렇더라도 그녀는 그것을 만족해하며 뜯어 먹으면서 자신에게 주어진 금욕을 자발적으로 즐겼다.

이즈음에 그녀는 누구에게나 말수가 적고 무뚝뚝한 사람으로 변해 있었다. 그리고 지출을 피하기 위해 사람을 만나는 것을 조심스럽게 자제했다. 그녀는 어느 누구도 대접하지 않았으며, 혹 그런 일이 있더라도 아주 약소하고 소심했다. 만약 그녀가 다른 비용을 들이는 일 없이 몸으로 때울 수 있는 일을 곱절이나 기꺼이 떠맡음으로써 예의 저 혹독한 절약을 벌충하지 않았더라면 곧 탐욕스럽고 불쾌한 사람으로 간주되었을 것이다.

어머니는 말과 행동으로 도움을 줄 수 있는 경우라면 어떤 일이건 괘념치 않고 항상 민첩하고 적극적으로 진력을 다했다. 그녀 자신의 일은 재빠르게 해치웠기 때문에, 하루의 대부분은 이집 저집에서, 요컨대 병과 죽음이 인간을 괴롭히는 곳에서 사람들을 보살폈다.

어머니는 어디를 가든 자신의 엄격한 절약주의를 고수했다. 그래서 생활이 다소 여유 있는 사람들은 겉으로는 그녀의 지칠 줄 모르는 도움을 감사하게 받아들이면서도, 어머니의 등 뒤에서는 그렇게 소심하고 꼼꼼하여 신에게 아무것도 의탁할 수 없고 또 그렇게 하지도 않으려는 것은 분명 레 부인의 죄라고 험담했다. 이와 달리 어머니는 그녀가 이해하지 못한 모든 것과, 특히 자신이 그 위험에 빠질 염려가 없기 때문에 그녀와 상관없는 도덕세계의 분규 같은 것을 신의 섭리에 맡겼다. 그런데도 신은 생계문제에서는 확실한 지주였다. 어머니가 보기에는 이것이 너무도 중대한 문제였기 때문에 우선 자기 자신을 보호하는 일에서는 결코 망설이는 법이 없었고, 그 결과 마치 자신만을 믿고 있는 것처럼 보였다.

어머니는 자신의 방식을 철칙처럼 충실하게 지켰다. 햇빛의 즐거움이나 어두운 불쾌함에 의해서도, 농담이나 진담에 의해서도 결코 유혹당하지 않고 불필요한 지출은 조금도 하지 않았다. 그녀는 한푼 두푼 모았다. 일단 돈이 모이면, 그 돈들은 마치 인색함이 몸에 밴 사람의 궤짝에서처럼 확실하게 보관되었다. 그녀는 구두쇠처럼 인내하며 돈을 모았지만 결코 눈을 즐겁게 하기 위한 것은 아니었다. 모인 돈을 바라보지도 않았고 한 번도 다시 세는 법이 없었기 때문이다. 최소한 두 번 세지는 않았다. 더군다나 어머니가 이 돈으로 무엇을 사고 무엇을 즐길 수 있을지 생각했을 리는 만무했다.

그동안 내 학자금으로 정해진 돈은 이미 오래전에 바닥난 상태였다. 이미 나는 채무관계의 그물 속에 사로잡혀 있었다. 쉽게 이러한 상태에 휩쓸려 든 것인데, 주된 원인은 젊은 미술가와는 근본적으로 생활방식이 다른 대학생들과의 교제 때문이었다. 미술가들은 처음부터 끊임없이 손을 움직이며 한낮의 햇빛을 이용하도록 정해져 있다. 그것만으로도 옛날의 솜씨 좋은 직인의 풍습과 유사한, 특별한 경제적 상태가 생길 수밖에 없다. 부유한 리스와 역시 근심걱정 없는 삶에 익숙해진 에릭슨과 교제하는 동안 나는 보잘것없는 내 처지를 의식한 적이 한 번도 없었다. 우리는 늘 저녁에만 만났다. 그때 그들의 저녁 생활은 대체로 나뿐만 아니라 나와 비슷하게 여유가 많지 않던 사람들 또한 살아갈 수 있었던 방식과 조금도 다를 바 없었다. 쓸데없이 돈을 낭비하도록 서로 충동질하는 일 따위는 없었으며, 대충 즐거운 일이나 축하할 일이 있을 때에 생기는 예외적인 일도 결코 부담스러울 정도로 균형을 깨뜨리지 않았다.

이와는 반대로 대학생은 당장을 위해 산다. 최후의 심판의 날이 올 때까지는 모든 의미에서 자유의 기치 아래 살아가는 것이다. 대학생은 스스로 젊은 사람이라는 것을 열렬하게 신뢰하면서 다른 사람들에게도 전적으로 신뢰를 요구한다. 대학생에게는 게으름이나 돈이 없는 것이 불명예가 아니며, 오히려 이 두 가지는 특별한 노래를 통해 찬양된다. 심지어는 마지막 한 푼을 탕진하는 것, 채권자를 골탕 먹이는 것도 옛날이나 지금의 대학생들의 의식적(儀式的)인 송가(頌歌)에서 찬미된다. 비록 이 모든 것이 옛날보다 나은 현재 풍습에서는 좀더 완곡한 표현으로 변했다 해도, 이것은 분명 대학생들의 어떤 정직성을 전제로 하는 자유의 표상이다.

어느 날 아침, 물론 고의나 계획적으로 그런 것은 아니지만 얼마간 빚을 진 나 자신을 보게 되었을 때, 나는 빚을 지게 된 일들을 되돌아보며, 얼추 다음과 같은 결론에 도달했다.

내가 만일 아들에게 좋은 교훈을 주어야 한다면 나는 다음과 같이 말할 것이다. "아들아, 네가 불필요하게, 말하자면 즐기기 위해 빚을 진다면 내가 보기로는 너는 경솔하기보다는 오히려 더러운 사리사욕이나 이기심이 의심되는 저열한 영혼을 가진 인간이다. 신용을 받을 만한 표정으로 도움을 청하면서 고의적으로 다른 사람이 가진 것을 빼앗는 이기심 말이다. 만약 그런 사람이 돈을 빌려달라고 한다면 거절해라. 그가 너를 비웃는 것보다는 네가 그를 비웃는 편이 더 나을 테니 말이다! 반대로 네가 곤경에 빠지면 정확하게 꼭 필요한 만큼만 빌려라. 이와 똑같은 방식으로 네 친구들을 돌봐주되 계산하지는 마라. 하지만 다음에는 네 빚에 대한 책임을 지고, 손해 본 것을 잊든가 아니면 네 것을 받을 수 있도록 노력해라. 마음이 흔들리거나 치욕적인 다툼을 벌여서는 안 된다. 자신의 의무를 지키는 채무자뿐만 아니라, 싸우지 않고도 돈을 돌려받는 채권자도 인간이 염치가 있어야 한다는 사실을 주변에 있는 사람들에게 가르치는 착실한 성격의 인간이기 때문이다. 네게 돈을 빌려주지 않으려는 사람에게는 두 번 다시 청하지 말고, 너 자신도 역시 성가시게 졸라대는 일을 당해서는 안 된다. 너에 대한 훌륭한 평판은 네가 빚을 갚는 일과 밀접하게 연관되어 있다는 사실을 잊지 마라. 아니면 차라리 그것조차 생각하지 말고, 살아서든 죽어서든 그만큼의 액수는 갚을 수 있다는 것 말고는 아무것도 생각하지 마라. 그러나 다른 사람이 너와 약속을 지킬 수 없을 때는 곧장 그를 비난하지 말고, 차라리 시간의 심판에 맡겨라. 만약 그가 너에게 저금 상자의 역할을 하여 나중에 돈을 갚는다면, 너는 다시 한 번 기뻐하게 될 테니 말이다.

네가 책임을 지는 정도에 따라서, 네가 너 자신 안에 있는 힘을 어느 정도로 평가하느냐에 따라서 네가 얼마만큼 가치가 있는지 분명해질 것이다. 너는 우리 존재의 의존성을 인간적으로 느끼는 법을 배우게 될 것이다. 또한 아무것도 주려고 하지 않고, 어떤 빚도 지려고 하지 않는 사람보다도 어떻게 독립이라는 재산을 더 고상하게 사용할 수 있는지 알게 될 것이다. 곤경에 처해서 돈을 빌리는 사람의 본보기나 전형이 필요하면 유대인들에게 모래가 가득 찬 궤짝을 주면서 '그 속에 훌륭한 은이 있다!'고 말했던 에스파냐의 엘 시드[15]를 생각해라. 그의 말은 물론

은만큼 훌륭했다. 그러나 호기심이 강하거나 의심이 많은 사람이 시간도 되기 전에 그 궤짝을 열었더라면 얼마나 불쾌했을까? 그렇지만 한 유대인이 엘 시드의 시체에서 수염을 잡아당기려고 했을 때 칼을 붙잡은 시체도 역시 같은 엘 시드였을 것이다."

현명한 아버지의 충고를 대신한 이 대단한 언사는 내 양심을 크게 자극하여, 나는 돈벌이로 통하는 문을 열 채비를 갖추었다. 더 이상 망설이지 않고 나는 판매가 가능할 것 같은 적정 크기의 풍경화 밑그림을 그리는 일에 착수했다. 고향에서 가져온 훌륭한 습작을 참고로 이용했는데, 이 습작에는 개간된 산중턱의 숲이 그려져 있었다. 벌채된 곳에서 채벌하고 남은 떡갈나무 숲의 가장자리가 꽤 높은 산등성이를 따라 펼쳐졌고, 마치 거인들이 산 아래에 모여 회의를 하려고 성큼성큼 행렬을 지어 걷는 것처럼 떡갈나무 숲은 산마루에서 계곡을 타고 내려가 거품을 일으키며 흐르는 개울로 이어졌다. 밑그림을 끝냈을 때 나는 성공하기 위해서는 어떤 것도 게을리할 수 없다는 생각에서 동료 화가의 의견을 듣고 싶은 욕구를 느꼈다. 이 문제의 진지함은 매번 연필로 터치할 때마다 더욱더 느낄 수 있었기 때문이다.

다행스럽게도 나는 이 당시에 잘나가던 풍경화가와 마주쳤다. 에릭슨과 지낼 때 두세 차례 만났던 그와는 통상적으로 알고 지내는 사이였다. 그는 확실하고 효과적인 기법을 지니고 있었다. 요컨대 그림을 그릴 때 하나의 선이라도 모자라거나 넘치지 않았으며, 각각의 선은 일관된 힘을 발휘했다. 이런 이유에서 그의 그림들은 어디서나 평판이 좋았다. 그

---

15) 본명이 비바르(Rodrigo Díaz de Vivar, 1043~99)인 시드는 군주라는 뜻이다. 걸출한 야전 지휘관으로서 생애에 빛나는 승리를 거둠으로써 에스파냐의 국민 영웅으로 회자된다. 시드에 관한 에스파냐의 로만체를 헤르더가 독일어로 번역했는데, 45번째 로만체에는 여기서와 같은 내용이 등장한다.

는 부지런하게 시장의 수요에 응하여 벌써 제재(題材)의 부족을 느끼기 시작했고, 자기가 갖고 있는 구상보다도 더 많은 그림을 시장에 내놓았다. 같은 그림을 되풀이해서 그린 적도 꽤 자주 있었으며, 심지어는 하나하나의 구름이나 지면의 모습을 그릴 때에도 어쩔 줄 몰라했다. 아직 마흔도 안 된 나이였지만 모든 것을 이미 어떤 식으로든 한 차례 이상 사용했기 때문이다. 허우대가 큰 부인과 한 떼거리의 자식들을 먹여살리려면 그럴 수밖에 없었던 것이다. 그리고 운 좋게도 이와 같은 부양의 무를 다해왔기 때문에, 그는 곧바로 여유 있는 생활을 할 걸로 생각했다. 노후를 준비하려면 젊을 때에 해야 한다고 그는 입버릇처럼 말했다. 또한 그는 자식들이 하나라도 가난하게 사는 것을 상상조차 할 수 없으니 자식들을 모두 가난에서 보호해야 하며, 이러한 본보기를 통해서 자식들이 언젠가는 그들의 자식들에게 똑같은 마음을 갖게 만들어야 한다고 말했다. 또한 이러한 원칙을 용감하게 끝까지 밀고 나가면 만사가 순리대로 될 거라는 거였다.

그는 내가 무엇을 하는지 물었다. 나는 이 기회를 이용하여 그에게 조언을 청했다. 선선히 내 집에 온 그는 그림을 보고는 놀랐다. 그보다는 내가 참고한 자연습작에 놀랐을지도 모른다. 예전의 높다란 삼림을 잘라내고 남은 이 나무들은 쉽게 찾아볼 수도 없고 두 번 다시 마주치기도 어려울 정도로 모두 독특한 회화적인 아름다움을 지니고 있었고, 특히 산등성이를 따라 이동하는 것 같은 동적 효과가 나타나게끔 나무들을 드문드문 배열한 것은 정말 독창적이었다. 게다가 추측건대 이 떡갈나무들도 그 이후에 역시 베어졌을 것이고, 멀리 있는 곳이어서 다른 화가에 의해 그려졌음직한 일은 거의 생각할 수 없었기 때문에, 이 습작과 내 밑그림의 제재는 내 공적이 없었다 해도 귀중한 희소가치가 있었다. 아마 이러한 정황이 이 경험 많은 풍경화가에게 내 밑그림을 열심히 음미하도록 자극했을 것이다.

처음에 그는 너무 많이 그려져 있어서 방해가 된다고 하면서, 불필요하거나 거추장스러운 것을 가려내고 본질적인 것으로 접근해야 한다고 말로 설명하기 시작했다. 그런 다음 열의가 고조된 그는 몸소 연필과 종이를 들고 계속 설명하면서, 견실한 실력을 바탕으로 자신의 의견을 아주 탁월한 시각적 형태로 표현했다. 그 결과 채 30분도 지나기 전에 명작 스케치에 섞어놓아도 당당히 겨룰 만한 훌륭한 작품이 완성되었다. 나는 물론 희생하고 싶지 않았던 여러 개의 의미 깊고 경건한 모티프가 사라지는 것을 바라보며 내심 유감스럽게 생각했다. 하지만 이런 방법으로 남아 있는 것이 새롭고 더 강력한 효과를 내며, 훌륭한 그림일수록 더 쉽게 그려진다는 것을 즐거운 마음으로 관찰했다. 나는 적절한 시기에 이 남자를 만났다는 것을 기뻐하며, 벌써 일에 착수한 내 모습을 상상했다. 물론 나는 새로운 밑그림을 그려야 했다. 화가가 조언을 마친 후 자기의 종이를 조용히 접어서 그것을 호주머니에 넣고는, 친절하게도 감사하는 마음으로 가득 차 있는 나를 남겨두고 돌아갔기 때문이다.

최선을 다해 이 그림을 그리려고 생각한 나는 가능한 한 이 화가의 비판을 따르면서 희망에 부푼 채 부지런히 일에 매달렸다. 나중에 가서야 대단치 않은 내 채색 실력에 비해 너무 많은 것들이 구도에서 제거된 것 같은 생각이 들긴 했다. 하지만 결국은 그림을 정식으로 완성해야 했으므로 나는 채색의 초보적 규칙과 싸우며 고심해야 했다. 몇 주일 후 방한가운데에 모습을 드러낸 완성품은 그렇게 불만족스러운 것은 아니었다. 나는 그것을 금박을 입히지 않은 검소한 액자에 넣어달라고 주문했다. 화려한 겉치레를 추구하지 않는 예술가적 신조를 진지하게 표현해야 했고, 또 그것이 내 경제적 형편에도 어울렸다. 나는 이 그림을 매주 최신 작품들이 진열되고 매매가 주선되는 전람회로 보냈다.

이렇게 해서 내가 시골의 후견 담당 평의원들 앞에서 자신 있게 얘기했던 명예로운 돈벌이가 시작되는 시점이 왔다. 다음 일요일에 성장한 사람들로 혼잡한 전람회장에 들어섰을 때, 나는 그 당시의 호언장담을 뚜렷하게 기억했지만, 이 일에 너무 많은 것이 걸려 있어서 이제는 기가 꺾이는 느낌이 들었다. 멀찍한 곳에서 대수롭지 않게 보이는 내 그림을 발견한 순간, 나는 그 그림 근처에 머무를 만한 용기를 잃고 말았다. 갑자기 나 자신이 약간의 자투리 천과 금박 박편(薄片)으로 만든 작은 양을 올통볼통하고 뻣뻣한 네 다리로 크리스마스 대목 장터의 미른 돌 위에 세워놓고, 지나가는 몇천 명의 행인들 가운데 어느 한 사람이라도 여기에 눈길을 던지지 않을지 불안하게 기다리는 가난한 아이처럼 여겨졌다. 그것은 오만이 아니라, 만약 어느 착한 구매자가 내 조그만 크리스마스 양을 위해 발길을 돌린다면 그것을 우연한 행운이라고 여겨야만 할 것 같은 감정이었다.

그러나 이와 같은 우연에 대해서조차도 더 이상 얘깃거리가 될 수 없었다. 그도 그럴 것이, 다음 홀로 들어선 나는 내 그림과 똑같은 풍경화가 나에게 조언해준 예의 그 화가의 이름으로 출품되어 있는 것을 보았던 것이다. 뛰어난 솜씨로 그려진 그의 그림은 벽에서 찬연하게 빛을 발했다. 액자만 해도 내가 생각한 내 그림의 판매 가격보다 더 고가였다. 그 위에 붙어 있는 쪽지는 이 걸작이 이미 팔렸음을 알려주고 있었다.

일단의 예술가들이 그 그림 앞에 모여 담소를 나누고 있었다. "그런데 이 멋진 모티프가 대체 어디서 나왔을까요?" 한 사람이 말했다. "이 사람이 이렇게 새로운 것을 그린 건 정말 오랜만이군요!"

"저 앞에," 막 그들에게 다가온 다른 사람이 대답했다. "저기에도 이 모티프가 또 하나 걸려 있는데, 아직 제대로 바탕색을 칠할 줄도 모르고, 겉칠은 더더욱 못하는 신출내기의 것이 분명해요!"

나머지 사람들은 "그렇다면 그 사람이 표절했겠군요. 악당 같으니!"라고 웃으면서 말하고는, 불행한 내 그림을 보기 위해 그쪽으로 갔다. 나는 개선장군처럼 의기양양한 그림 앞에 서서 한숨을 쉬며 '그럴 능력이 있는 사람이 그걸 하는 거지!'라고 생각했다. 그렇지만 꽤 오랫동안 이 그림을 유심히 관찰하는 동안, 나는 이 화가가 바꾼 부분들이 그의 기교로 볼 때는 적절하고 유효할지는 몰라도, 반대로 내 정신적인 스타일에는 오히려 해가 되었다는 인식을 얻었다고 생각했다. 왜냐하면 그의 화필의 역동적인 현란함은 내 능력 밖에 있다 해도, 처음의 밑그림이 보여준 심오한 내면성과, 다양한 형식이 포함된 풍부한 자연습작이 지닌 여운의 직접성은 애호가들에게는 어떤 보상이 되었을 것이기 때문이다.

전람회장을 떠나면서 버림받은 내 그림 앞에 잠시 머물렀을 때, 나는 그 화가의 충고를 따른 그림이 더 잘 그려진 대신 형식은 더 빈약하다고 확신했다. 이런 문제에서도 작은 참새가 지빠귀에게는 아무것도 배울 수 없다는 것이 증명된 셈이다.

현존 규정에 따라 나는 내 그림을 8일 동안 전시장에 두어야 했는데, 이 기간에 그림 가격을 물어온 사람은 단 한 명도 없었다. 그 후 나는 그림을 가져다가 우선 벽에 기대어놓았다. 그런 다음 나는 옆에 있는 침실로 들어가 그곳에 있던 여행 트렁크 위에 앉았는데, 중대한 일을 생각할 때는 이렇게 하는 것이 내 습관이었다. 트렁크는 고향에서 가져온 물건 가운데 하나였기 때문이다. 이렇게 해서 빵 한 조각을 벌고자 했던 첫 번째 시도는 끝났다.

나는 무엇이 돈벌이이고 무엇이 일인지 자문해보았다. 한편으로는 노력도 없는 운 좋은 착상과 단순한 의욕이 많은 이익을 내는 경우도 있고, 다른 한편으로는 더 실제적인 일이라고 할 수 있지만 내적 진실, 필연적인 목적, 사상이 없는 질서정연하고 영속적인 노력이 많은 이익을 가져다줄 수 있다. 한쪽에서는 게으름, 무익함, 어리석음이라고 판명된 것이 다른 쪽에서는 일로 불리고 보답을 얻으며 미덕이 된다. 어떤 경우에는 진실하지 않으면서도 단편적으로는 유익하고 유용하다. 그런데 진실하고 참된 것이 이롭지 않은 경우가 있다. 요컨대 성공은 언제나 기사 작위를 수여하는 왕이다. 한 투기업자가 레발렌타 아라비카[16](적어도 그는 이렇게 칭했다)를 착상해내서 이것을 아주 신중하고 끈기 있게 재배한다. 그것은 엄청나게 보급되어 찬란한 성공을 거둔다. 1,000여 명의 인간이 가동되어, 누구나 다 그건 사기라고 말하는데도 수십만, 수백만의 인간이 이익을 얻는다. 그런데 보통 우리는 일과 노력 없이 이득을 얻는 것을 사기나 협잡이라고 한다. 하지만 어느 누구도 이 강장제 사업이 일하지 않고 경영된다고 말할 수 없을 것이다. 이 사업에서는 분명 가장 존경받는 상사(商社)나 국정의 경우와 매한가지로 정연한 질서, 근면, 활동성, 신중함과 통찰이 행해질 것이다. 요컨대 투기업자의 착상을 발판으로 포괄적인 활동과 실제적인 일이 발생한 것이다.

가루 조달, 깡통 제조, 포장과 발송에는 일손이 많이 필요하다. 마찬가지로 최대의 노력과 신중함으로 행해지는 시장 선전을 위해 수많은 사람들이 고용된다. 여러 대륙의 모든 도시에서는 식자공들과 인쇄공들이 신문광고와 광고 전단을 만듦으로써 그들이 먹을 것을 벌며, 이 강장제를 판매하는 소매상인들에게 조금이라도 세금을 징수하지 않는 동네는 없다. 이러한 세금은 1,000여 개의 작은 혈관을 통하여 모이며, 100여 개의 금융회사에서 성실한 부기계원이나 과묵한 출납원의 손으로 마

---

16) 1850년대 초에 독일과 스위스 신문의 전면 광고란에서는 런던에서 만든 '레발렌타 아라비카'라는 의약품이 환자와 허약한 어린아이들에게 특히 좋은 강장제로 선전된 바 있었다. 실제로는 콩으로 만든 싸구려 강장제에 지나지 않았다.

침내 강장제를 고안한 본원으로 되돌아간다. 그곳의 사무실에서는 창시자들이 진지한 표정을 지으며 뜻 깊은 활동에 열중하고 있다. 그들은 하루하루 사무를 감독하고 유지해야 할 뿐만 아니라, 콩가루의 새로운 판로를 개척하고 이 대륙 저 대륙에서 받는 위협적인 경쟁에서 콩가루를 지키기 위해 상업정책까지도 연구해야 하기 때문이다.

그렇다고 이 건물에서는 언제나 깊은 정적에 싸여 일만 하는 것은 아니며, 또한 범하기 어려운 일의 준엄성만 지배하는 것도 아니다. 신성한 진지함을 유쾌하게 중단하는 휴일과 기쁜 날 그리고 도덕적인 보상이 주어지는 날들도 있다. 이 집안의 주인은 시민 전체의 신뢰를 받아 시참의원이라는 영광스러운 호칭을 받았고, 그의 모든 부하직원도 그에 어울리는 대접을 받는다. 아니면 장녀의 결혼식이 거행되기도 하는데, 이날은 이 일과 관계있는 모든 사람에게 다 기념할 만한 날이다. 왜냐하면 구(區)에서 가장 신망 있는 집안과 전적으로 동등하게 결합했기 때문이다. 또한 양가의 재산도 아주 대등했기 때문에, 흔히 있는 어떤 소동이 결혼의 행복을 방해하는 일 따위는 생각할 수 없다. 결혼식 전날 밤에 이미 마차에 가득 실린 종려와 도금양이 집 안으로 운반되어왔고, 화환이 내걸렸다. 당일 아침에는 호기심 많은 구경꾼들이 도로를 가득 채우고, 끝없이 오고 가는 마차 대열을 보면서 사람들은 공손하게 길을 비켜준다. 마침내 크게 울려 퍼지는 팡파르와 함께 향연이 시작된다.

하지만 잔을 가볍게 두드리며 이목을 집중시킨 신부의 아버지가 적당히 감동된 채 운명에 도전하지 않는 말투로 자신의 인생 역정을 설명하고, 보잘것없는 자신을 여기 있는 모든 사람이 보다시피 이렇게 대성하게 만들어준 신의 섭리를 찬양하자, 곧 소리 없는 침묵이 찾아든다. 그는 아직까지 조용한 작은 방에 보관되어 있는 장식 없는 여행용 지팡이

하나만 가지고 언젠가 경애하는 이 도시에 도착하여 가난과 불안 그리고 지칠 줄 모르는 근면과 함께 천신만고 끝에 한걸음씩 길을 개척해왔지만, 용기를 잃은 적도 자주 있었다고 말했다. 하지만 아이들의 어머니, 자신의 고귀한 아내에게서 언제나 다시 위안을 얻고, 한 가지에만, 즉 필요한 위대한 일에만 시선을 고정했다고 했다. 고독하고 긴 밤들을 보내며, 자신은 독창적인 생각을 위해 고심했는데, 이제 그 결실이 세상을 행복하게 하는 동시에 자신의 성실한 노력을 보상함으로써 자신에게는 어느 정도 부를 미련해주었다는 등의 얘기였다.

하지만 레발렌타 아라비카는 다른 많은 일에서도 만들어진다. 단지 차이가 있다면 이러한 레발렌타 아라비카가 언제나 무해한 콩가루는 아니라는 것이다. 하지만 여기에도 일과 기만, 내면의 공허와 외면의 성공, 불합리와 현명한 경영수완이 앞서 얘기한 바와 같이 수수께끼처럼 섞여 있다. 마침내 시간이라는 가을바람이 모든 것을 휩쓸고, 넓은 평원의 한곳에는 부의 찌꺼기를, 또 다른 곳에는 붕괴하고 있는 집 외에는 아무것도 남기지 않는다. 그리고 이 집의 상속인은 그것이 옛날에 어떻게 만들어졌는지 더 이상 알지 못한다. 아니면 말하고 싶어하지 않을지도 모른다.

나는 계속해서 곰곰 생각했다. 진실하고 합리적인 삶이면서 동시에 영향력이 지대한 일의 예를 하나 든다면 그것은 실러의 삶과 활동이다. 실러는 가족과 군주의 뜻에 따라 자신을 행복하게 할 수 있었던 일체를 버리고 그들이 정해준 생활권에서 도망쳤다. 그는 방임할 수 없었던 것만을 행하며 이른 나이에 혼자 힘으로 우뚝 일어섰으며, 심지어는 극단적인 탈선, 즉 거칠고 엄청난 강도 이야기[17]를 수단으로 자신을 위한 빛

---

17) 실러의 초기 드라마 『군도』를 말한다.

과 대기를 마련했다. 하지만 이것을 획득한 그는 즉각 부단히 내부에서부터 자신을 정화했다. 그래서 그의 삶은 다름 아니라 그의 가장 깊은 본질의 실현이자, 그와 그의 시대에 잠재해 있던 이상적인 것을 수미일관 수정처럼 투명하고 맑게 보여준 투쟁이었다. 또한 이러한 부지런한 생활은 마침내 그 자신을 만족시킬 수 있는 모든 것을 마련해주었다. 실례되는 이야기가 될지 모르겠으나, 그는 박학한 안방샌님이었기 때문에, 그의 내부에는 부유하고 화려한 세속인이 될 소질이 없었다.

결코 실러답지 않지만 그의 육체적·정신적 소질이 조금만 어그러졌어도 그가 그러한 세속인이 되지 말라는 법도 없었을 것이다. 하지만 그가 죽은 뒤에야 비로소 그의 정직하고 투명하고 진실한 노동 생활이 영향력과 수익의 능력을 보여주기 시작했다고 말할 수 있다. 그가 남긴 정신적 유산을 완전히 도외시한다 해도, 우리는 그가 이상을 충실하게 널리 떨침으로써 남길 수 있었던 유형(有形)의 감동과 현실적인 이익을 보며 놀랄 수밖에 없다. 독일어를 사용하는 도시 가정에 그의 저작이 꽂혀 있지 않은 경우는 많지 않으며, 시골에서도 적어도 한두 집에서는 그의 작품을 소장하고 있다. 하지만 국민의 교양이 보급될수록 그의 작품을 소장한 사람이 많아질 것이고, 결국에는 아주 초라한 오두막에서도 그의 작품을 볼 수 있을 것이다. 돈벌이에 굶주린 100여 명이 실러의 숭고한 생애의 역작을 마치 성경처럼 대량으로 저렴하게 보급하기 위해 저작권이 소멸될 시기만을 애타게 기다리고 있다. 한 세기의 전반부[18] 동안 행해진 광범위한 이익의 거래가 후반부에서는 두 배로 증가할 것이다. 얼마나 많은 제지업자, 인쇄공, 상인, 직원, 사환, 피혁업자, 제본업자가 돈을 벌었고 또한 앞으로도 벌겠는가. 이러한 것은 레발렌타 아라

---

[18] 19세기 전반기 독일에서는 교양 시민계층을 중심으로 실러가 민족의 정체성과 동일시되었다.

비카식의 분망한 영업과는 대조적인 하나의 운동이다. 하지만 불멸의 민족적 재산이라는 달콤한 열매의 거친 껍질에 지나지 않는다.

이것이 통일적이고 유기적인 존재방식이었다. 요컨대 삶과 사고, 일과 정신은 똑같은 운동이다. 그러나 세상에는 똑같이 공명정대하고 똑같이 평화가 충만해 있지만, 분열되고 유기적이지 못한 삶도 있다. 어떤 사람이 광학 유리를 연마하는 스피노자[19]처럼 자유로운 사상을 보장하는 고요한 평화를 얻기 위해 날마다 두드러지지도 않고 확실치도 않은 일을 수행한다면, 이것이 바로 그 경우다. 그러나 악보를 베끼는 루소[20]의 경우에서는 똑같은 관계가 불쾌한 모양으로 일그러진다. 그는 그 일에서 평화도, 평온함도 찾지 못하고, 오히려 가는 곳마다 다른 사람을 괴롭히듯이 스스로 괴롭히기 때문이다.

이제 나는 어떤 일을 해야 할까? 일의 법칙과 명예스러운 돈벌이는 어디에 있으며, 이 둘이 일치하는 곳은 어디인가?

이런 식으로 나는 그런 어떤 일을 심사숙고했지만, 우선 무엇부터 시작해야 할지 전혀 선택할 수 없었다. 생활의 궁핍과 심각성이 난생 처음으로 코앞에 닥쳐 있었기 때문이다. 결국에는 나 역시 이러한 사실을 깨달았다. 찢긴 거미줄을 새로 지었던 거미를 상기한 나는 일어서면서 '다른 방법이 없어. 다시 시작해야 해!'라고 나 자신에게 말했다. 나는 갖고 있던 자질구레한 그림들을 꺼내어, 사랑스럽게 다채로운 색상으로 소박한 작은 그림을 그리기에 적합해 보이는 제재가 있는지 찾아보았다. 그때 갑작스럽게 가슴속에서 떠오른 결심은 다름 아니라 그림 장사

---

19) 스피노자는 사상의 독립성을 지키기 위하여 친구나 지인들의 제안을 뿌리치고 광학 유리를 연마하는 일로 생계를 유지했다. 1673년에는 하이델베르크의 철학 교수직도 거절한 바 있었다.
20) 루소는 간간이 악보를 베끼는 일로 생계를 유지했다.

를 시작하자는 것이었는데, 내 추측으로는 이러한 종류의 그림을 그리는 것은 언제라도 그만둘 수 있을 것 같았다. 모티프를 표절한 대가에게는 가능하지만 내 능력으로는 모자라는 고급스러운 심미적 그림이 아니라, 하나 낮은 단계로 내려가 차 쟁반과 상자 뚜껑을 그리는 것과 같은 근사한 장식화에서 시작하는 것이 문제였다. 물론 너무 깊은 곳까지 내려가고 싶지는 않다. 나는 줄곧 일정한 가치를 지닌 그림을 생각하면서도, 그와 동시에 온갖 종류의 싸구려 효과가 지배하는 하급시장의 무지와 조야한 취향을 고려하고자 했다. 그러나 마음을 졸이면서까지 아주 열심히 화첩도 찾아보았지만, 손에 잡히는 습작이나 작은 밑그림 등은 모두 그것을 위해서는 너무 훌륭하게 여겨졌다. 이와 같은 일을 위해 그것들을 사용하기에는 너무 애석했다. 이 그림을 그릴 당시 느꼈던 기쁨을 무리하게 훼손하기를 원치 않는다면, 나는 더 깊이 내려가서 아무것도 잃어버릴 것이 없는 뭔가 특별한 것을 고안해내야 했다.

이 일을 더 면밀하게 검토하는 동안, 내 계획은 매우 불리한 빛 속으로 사라져버렸다. 나는 낙심하여 손에 들고 있던 그림을 내려놓고 다시 트렁크 위에 앉았다. 그토록 길었던 수업시대가 이렇게 끝나야만 한단 말인가! 이것이 그토록 커다란 희망과 그토록 자신 있었던 말들의 정체란 말인가! 우아한 미술 영역에서 추방되어, 불쌍한 악마들이 야비한 수단으로 생계를 근근이 이어가는 어둠 속으로 불명예스럽게 사라지는 것이! 진지한 작품과 함께 미술계에 첫발을 내딛기를 원했지만 노련한 도둑이 내 성공을 약탈했다는 사실을 나는 참작하지 않았다. 오직 내 결점만 찾으려고 했다. 또한 나는 실패를 인정하기에는 너무 거만하여 나 자신을 운이 없는 인간으로 간주했다. 결국 무엇이 잘못이었는지 알지도 못하고 나는 한숨과 함께 당장 필요한 다음 목적을 결정하는 일은 잠시 연기하기로 했다. 전에도 나는 문제 해결을 미루어 무익하게 시간을 탕

진한 경험이 있었다.

　나는 재차 머리를 두 손으로 감싸고 앉아 이 생각, 저 생각을 떠올리다가 마침내 고향생각을 하게 되었고, 그 결과 어머니가 내 처지를 알고 마음 아파할지도 모른다는 새로운 근심에 휩싸였다. 평소 규칙적으로 어머니에게 쾌활한 말투로 편지를 썼던 나는 내가 본 외국의 온갖 풍습과 관습을 전했으며, 먼 곳에서나마 그녀를 웃기는 동시에 내가 즐겁게 지내고 있다는 것을 과시할 양으로 많은 익살과 우스갯소리를 엮어 넣었다. 그녀는 고향에서 일어났던 일을 충실히 전달했으며, 나의 모든 익살에 대해 결혼식이나 죽음, 한 집안의 파멸이나 다른 집안의 미심쩍은 행운 등에 대한 이야기를 답신으로 보내왔다. 외삼촌도 작고하셨고, 그의 자식들은 삶이라는 대로(大路)의 혼돈스러운 소란 속에서 뿔뿔이 흩어졌으며, 광야에서의 유대인들[21]처럼 벌써 아이들의 유모차를 끌고 있다는 소식도 있었다. 하지만 얼마 전부터 내 편지는 더 뜸해지고 내용 또한 더 짧아졌다. 어머니는 그 이유를 묻기를 주저하는 것 같았다. 좋은 소식이라곤 전할 게 아무것도 없던 터라 나는 어머니가 고마웠다. 몇 달 전부터는 아예 편지를 쓰지 않았다. 소식이 없기로는 어머니도 마찬가지였다. 이렇게 정적 속에 앉아 있었는데, 이때 마침 바깥쪽 방문을 부드럽게 두드리는 소리가 들렸다. 그러더니 한 아이가 들어와 어머니의 글씨와 봉인이 적힌 편지 한 통을 가져다주었다.

　어머니는 내 일이 어머니가 원하고 희망하는 대로 되지 않는다는 불안감, 아니 그보다는 두려움을 더 이상 견딜 수 없노라고 말했다. 그렇기 때문에 어머니는 현재 내 사정과 장래 전망을 알려주기를 원했으며, 내가 돈벌이를 한다는 얘기는 들어본 적이 없고 또 얼마 안 되는 유산도

---

21) 이스라엘 백성의 이집트 탈출에 대한 비유다.

오래전에 다 썼을 터이므로 내가 이미 빚을 진 것은 아닌지 걱정했다. 그녀는 또한 불필요한 일을 줄임으로써 위급할 때 쓸 얼마간의 돈을 모아두었으니, 내가 솔직하게 사정을 털어놓으면 그 돈은 언제라도 원래 목적대로 쓸 수 있노라고 적었다.

편지를 재빨리 읽고 났을 때까지도 그것을 가져왔던 아이는 아직 그곳에 서 있었다. 나는 예의 저 기독교적이고 신화적인 또는 지질학적인 풍경화를 그릴 때 가장 필요한 인체의 비율을 얻기 위해 이 아이를 아기 예수의 모델로 이용한 바 있었다. 그런데 이것저것 찾던 와중에 이 그림이 우연히 맨 앞쪽으로 나와 있었는데, 이것을 본 어린아이는 그림 앞에 서서 손가락을 아기 예수 위에 대면서 "이건 나야!"라고 말했다. 이러한 매력적인 일이 동시 발생적으로 연결됨으로써 이 장면은 초자연적인 연상을 불러일으켰다. 좋은 기별을 가져온 이 작은 소년은 말하자면 신의 섭리의 사자(使者)처럼 보였다. 나는 신의 섭리가 자비로운 익살의 모습으로 나타난 것 같은 이 기적을 결코 믿을 수 없었지만, 그럴수록 이 뜻밖의 작은 사건은 나를 엄청나게 기쁘게 했으며, 어머니의 편지는 기운을 두 배로 돋워주었다. 엄밀하게 고찰해보건대, 이 밑그림을 그릴 때 나는 이 인물을 이용하여 심오한 반어의 의미를 포함시키려고 생각했는데, 이제 이 동일 인물이 내 문제를 최소한 사랑스러운 비유로 장식하는 것을 돕고, 이 문제를 정화하여 영원한 것과 관련시킨 결과가 된 것이다. 이렇게밖에 달리 설명할 도리가 없었다.

이제 만사가 호전되어, 모든 희망이 실현될 것처럼, 아니 확실한 것처럼 생각되었다. 한순간도 주저하지 않고 어머니의 희생을 받아들인 나는 약간 기가 죽었지만 솔직하고 쾌활하게 답장을 썼다. 편지에 색다른 대학 강의를 들었다고 적었고, 이 공부가 당장 지금으로서는 불리한 것이지만 장래에는 어떤 식으로든 이익이 될 거라는 말도 빠뜨리지 않았다. 결론적으로 말해서 나는 다시 희망봉과 약속의 땅에 도착한 것이다.

이 편지를 읽은 어머니는 거실 문을 잠그고 낡은 책상의 자물쇠를 연다음, 소중히 모아놓은 돈을 처음으로 꺼냈다. 그녀는 탈러 은화를 막대 모양으로 쌓아 볼품없이 포장하여 둘레를 튼튼한 종이로 여러 차례 둘러 감았다. 그런 후 끈으로 단단히 묶고 여기저기에 봉랍(封蠟)을 떨어뜨린 다음, 그 위에 그녀의 봉인을 찍었다. 이미 충분하리만큼 단단했으므로 모든 것은 매우 비전문가다운 불필요한 수고였다. 하지만 좌우간 그것은 매우 튼튼했다. 그런 다음 그녀는 그 무거운 소포를 호박직(琥珀織) 핸드백 아니면 뜨개질 가방에 넣어 팔에 걸고, 샛길을 걸어 서둘러 우체국으로 갔다. 돈을 가지고 어디를 가는지 만약 누군가 묻는다해도 대답할 의향이 없었기 때문에 눈에 띄지 않기를 바랐던 것이다. 작은 비단 가방에서 떨리는 손으로 힘들여 돈 꾸러미를 꺼낸 그녀는 이것을 창구 속으로 들여보내며 무거운 짐을 내려놓은 것 같은 느낌을 받았다.

우체국 직원은 주소를 보고 나서 어머니의 얼굴을 바라보았으며, 번거로운 일을 처리한 다음 그녀에게 수령증을 건네주었다. 그녀는 아주 큰돈을 건네준 것이 아니라 다른 사람에게서 빼앗은 사람처럼 주위를 둘러보지도 않고 우체국을 떠났다. 짐을 걸고 왔던 왼쪽 팔이 뻣뻣하고 힘이 없었다. 어머니는 이렇게 약간 지친 채 자식들에게 한 푼이라도 주면 자랑하거나 법석을 떨고 아니면 한탄하거나 불평을 늘어놓는 많은 사람 곁을 말없이 지나 집으로 돌아왔다. 외삼촌은 돌아가시기 전 아직 설교를 하던 시절에 한 번은 다음과 같이 말한 적이 있었다. "어떤 사람들이 겸손하고 조용한 사람이며, 어떤 사람들이 그렇지 않은지 하느님은 잘 알고 계신다. 때때로 하느님은 누가 그랬는지 모르게 나중 쪽의 사람들을 약간 꼬집기도 하지. 내 생각으로는 하느님이 그것에서 작은 재미를 느끼시는 게 아닌가 싶다만!"

집에 온 어머니는 아직까지도 책상 뚜껑이 열려 있고, 이제는 텅 빈 작은 서랍들이 빼내져 있는 것을 보았다. 그녀는 그것들을 닫고, 내친 김에 다른 서랍을 열어보았는데, 그 속의 작은 접시에는 그녀가 매일매일 필요한 동전이 있었다. 보잘것없이 작은 이 동전 더미는 이제 편안하게 먹고사는 것과 계속해서 굶주려야 하는 것 사이의 선택의 여지가 사라졌다는 것과 이 선량한 부인이 이제는 아무리 그렇게 하고 싶어도 더 이상 즐거운 삶을 영위할 수 없으리라는 사실을 알려주고 있었다. 하지만 어머니는 이것을 깨닫지도 못했고 문제 삼지도 않았다. 그녀는 즉시 이 작은 서랍을 다시 밀어넣고 필기도구와 봉랍을 치운 후 책상을 닫았다. 그런 다음 쉬기 위해 팔걸이도 없는 작고 낡은 안락의자에 마치 조그만 전나무처럼 꼿꼿하게 앉았다.

비록 그 자리에는 없었지만 그녀의 습관을 잘 알고 있었던 덕에, 나는 마치 고고학자가 자기가 갖고 있는 파편과 가정적 근거를 가지고 파괴된 유물의 외관을 복원하듯이 지금 이렇게 그녀를 보고 있다.

제4장 플루트의 기적

돈 꾸러미는 편지처럼 주인집 아이가 가져오지 않고 우체부가 직접 방으로 가져왔다. 우체부가 계단을 올라오는 소리를 들은 것은 아주 오랜만이어서 묵직한 그의 발소리를 들은 이 집 사람들은 생기를 띠며 그들이 내게 선사했던 변함없는 신뢰가 보답받게 되었다는 사실에 대해 만족감을 느꼈다. 나는 여러 번 포장되어 끈으로 묶인 돈을 어렵사리 꺼냈고, 아들의 형편을 확실히 알지 못하는 막연한 근심 속에서 어머니가 쓴 새 편지를 급히 훑어본 다음 빌린 돈을 갚았다. 그들은 상당액에 달하는 돈을 상냥한 말과 함께 고마워하며 받았다.

재단사와 구두장이 그리고 물건을 외상으로 주었던 다른 상인들도 만족스러워하며 상냥하게 계산서에 서명했고, 계속 단골이 되어달라고 부탁했다. 마치 나 자신의 공적인 것처럼 그리고 내가 이 귀중한 돈을 스스로 벌기라도 한 것처럼 이 모든 일은 나를 대단히 기쁘게 했다. 더 이상 갚을 것이 없어서 굉장히 멋진 이 일이 너무 빨리 끝나버렸다는 사실이 거의 유감스러울 정도였다. 하지만 바로 그날 친절한 지인들에게 빌렸던 현금을 갚았는데, 이 사람들이 내가 돌려준 돈을 지극히 무관심하게 치워두는 것을 보았을 때 한껏 고조되었던 기분은 한풀 꺾여버렸다. 이것을 본 나는 그들이 보기에는 내가 한 일이 특별히 대단한 어떤 일이 아니라는 것을 알게 되었으며, 따라서 자기만족으로 으쓱거리던 나는 다시 코가 납작해졌다. 그런데도 나는 마음이 편했다. 나는 어머니의 변제능력을 어느 정도까지는 나 자신의 것으로 간주했으며, 저녁에는 빛에서 해방된 것을 기념하기 위해 작은 축연까지 벌였다. 대단치 않은 돈을 썼을 뿐이지만 어머니가 반달 동안 먹고살 수 있는 액수였다. 심지어 나는 근래에 그랬던 것보다 더 빠른 박자로 마치 이 세상의 모든 해악에서 벗어난 것처럼 근심을 경멸하는 노래까지 불렀다.

　하지만 바로 다음 날 아침, 남아 있는 돈이라고는 사슬 같은 돈 꾸러미 한쪽 끝에 들어 있는 얼마 안 되는 한 무더기의 탈러 은화가 전부라는 것을 알게 되었다. 그도 그럴 것이 이때서야 처음으로 돈을 정확하게 계산하며 세어보았으며, 이미 포장이 뜯겨 있던 마지막 종이 껍질을 완전하게 벗겨냈던 것이다. 그런데 이 돈으로는 기껏해야 3개월 동안밖에 살 수 없다는 것이 분명해졌다. 어찌나 빠르게 근심이 다시 엄습했던지 나는 적잖게 놀랐다. 결국 토끼와 경쟁하며 조용히 밭고랑에 앉아 "나 여기 있지!"라고 소리쳤던 슈비네겔의 아내처럼, 근심이 그 장소에서 전혀 움직이지 않고 있었나보다고 추측했을 정도였다.[22]

　나는 망설이지 않고 돈벌이를 위해 새 출발하기로 했다. 숙고 끝에 나는 내가 생각하기에 현명할 것 같은 중도의 길을 택하여, 재치 있는 양식이나 공상 대신 호감을 줄 수 있도록 신중하게 고려하면서 두세 점의 풍경화 소품을 그리기 시작했다. 어떤 경우든 한층 더 순수한 자연의 진실을 기초로 삼았으며, 아름답게 성장한 것을 서투른 것으로, 모양이 좋은 것을 볼품없는 것으로 무리해서 변형하지 않았다. 이러한 방법으로

---

22) 그림(Grimm)의 동화 『토끼와 이겔』에서 이겔(슈비네겔)은 토끼와 밭고랑에서 달리기 경주를 할 때 자기와 아주 닮은 자기의 아내를 경주 구간의 다른 끝에 토끼 몰래 앉혀놓고 "나 여기 있지!"라고 외치게 한다.

라면 좀더 멋진 성공을 거둘 수 있으리라고 믿어 의심치 않았다. 하지만 그림을 그리면서 호감을 불러일으킬 수 있도록 애써 노력했지만, 의도했던 이러한 효과는 어떤 소심함으로 나타났고, 형식은 비전문가가 보아도 즉시 어떤 양식을 갖고 있는 것이 아닌지 의심할 만한 외양을 갖게 되었다. 이것은 물론 내 목적에 맞지 않았다. 왜냐하면 일상생활의 일들을 멋진 말과 고상한 어법으로 다루는 사람들이야말로 예술에서 양식이나 형식처럼 보이는 어떤 것의 냄새를 맡으면 즉시 코를 돌려버리기 때문이다.

일에 주의를 쏟으면서도 나는 유수처럼 빠르게 흘러가는 시간을 남아 있는 현금이 날마다 줄어드는 것과 신중하게 견주어보았다. 두려움과 희망이 잔잔하게 뒤섞인 이 모든 것은 변변찮은 생활 형편을 포함한 이때의 짧은 시기가 내게는 마치 편안하고 평화스러운 존재의 한 부분처럼 생각되게 한다. 요컨대 이때는 겸손한 요구와 정직한 활동 그리고 알 수 없는 결과에 대한 즐거운 기대가 똑같이 충만했다. 당분간 일용할 양식에 대한 걱정이 없고 다가오는 절박함이 오히려 정신력을 깨어 있게 한다면, 평생 동안 이러한 상황을 견디는 것은 어렵지 않을 것이다. 사람들은 희망이 좌절되고 아직 성공과 실패가 불확실했던 예전 상태가 다시 오기를 바랄 때에야 비로소 이러한 사실을 인식한다.

두 점의 쌍둥이 그림을 완성했을 때 만족스러운 삶은 끝이 나고 나는 그림을 팔기 위해 나서야 했다. 하지만 불행한 표절사건을 당한 나로서는 이 그림들을 또다시 공개적인 전람회에 맡기기로 결심할 수 없었는데, 이것은 분명 내가 초보자이자 비전문가라는 증표였다. 왜냐하면 재능이 충분한 사람이라면 이러한 종류의 고통을 쉽게 극복할 수 있고, 마치 저 세상에 간 인간이 사상과 발명의 소유권 때문에 싸우지 않는 것과 마찬가지로 이것에 대해 전혀 신경을 쓸 필요가 없기 때문이다.

나는 평판이 좋은 미술품 상인을 찾아갔다. 이 사람은 경매를 주관하고 예술가들의 유작들을 사 모으는 남자였는데, 감정가인 자신의 눈에 호의적으로 보이거나, 이욕을 자극하는 어떤 비밀스러운 장점이 있으면 신작도 사들였다. 아름다운 저택의 1층은 이른바 옛날 대가들과 비교적 최근의 그림들로 가득 차 있었고, 진열창들의 뒤에도 늘 그림이 두세 점 놓여 있었는데, 이 남자의 유명세에 어울리지 않는 작품은 결코 진열된 적이 없었다. 짐짓 잘난 체를 하려고 그랬는지 스스러워서였는지는 몰라도 나는 우선 풍경화를 집에 둔 채 그곳으로 갔다. 내가 그림들을 이곳으로 갖다주게 해야 하는지 아니면 그림을 보러 직접 방문할지 문의하는 형식으로 이 상인에게 그림들을 내놓기 위해서였다. 화랑에 들어갈 때 어느 누구도 나에게 주의를 기울이지 않았다.

가게 주인이 한 무리의 신사들이며 감식가들과 함께 아주 조그만 액자 바로 앞에 서 있었기 때문이다. 그들은 머리를 가깝게 맞대고 확대경으로 액자 속의 그림을 바라보고 있었고, 주인은 주인대로 짐짓 학자 흉내를 내면서 이 진품을 설명하고 있었다. 갑자기 그는 확대경을 손에 든 채 이 사람들을 옆방으로 안내했다. 그곳에서 유사한 대상과 비교·조사해보기 위해서였다. 그래서 나는 잠시 동안 이 방에 홀로 남게 되었다. 마침내 신사들은 혼연일치가 되어 어떤 근사한 불멸의 진리를 완성하려는 듯이 열심히 대화를 나누며 삼삼오오 짝을 지어 되돌아왔다. 분명 거래에 대한 대화가 아니라 이러한 미술 상인들이 자신들의 도박에 학문적인 외양을 부여하기 위해 늘 수단으로 이용하곤 하는 호사가들의 회합 가운데 하나였다. 그러는 동안 내가 와 있다는 것을 알게 된 상인은 나에게 용건을 물었다.

나는 어느 누구도 들어줄 의무가 없는 어떤 것을 간청하고 있다는 느낌이 들어 상당히 당황해하며 내 부탁을 얘기했다. 하지만 가까스로 애기를 끝내자마자 그 남자는 내 이름조차 묻지 않고 짧고 냉담하게 그 물건을 사고 싶지 않다고 말하고는 되돌아섰다.

이것으로 내 용건은 끝났다. 나는 단 1분이라도 더 그곳에 남아 있을 이유가 없었다. 15분 후에는 작은 그림이 두 개 있는 집에 다시 돌아와 있었다.

분노와 근심의 섬뜩한 감정에 짓눌렸던 탓에 나는 이날 어떤 다른 수단도 강구할 수 없었다. 그 상인의 태도는 자진해서 원하거나 찾는 대상이 아닌 다른 모든 것을 일단 물리치기 위해 거절이라는 상록의 울타리를 이용하고, 자신에게 이익이 되는 어떤 일이 이것을 뚫고 들어올 의지와 능력이 있는지는 기회에 맡기는 대부분 사람들의 태도였다는 것을 깨달을 수 없었다.

다음 날 나는 다시 길을 나섰다. 하지만 이번에는 만전을 기하는 의미에서 천으로 감싼 그림들을 가지고 갔다. 최소한 보여주기라도 해야 했기 때문이다. 나는 격이 더 낮은 미술품 상인 한 사람을 찾아냈다. 이 사람에게서는 거래 가격이 앞서 얘기한 사람보다 상당히 낮았다. 그런데도 이 사람은 물건 다루는 법을 더 잘 알고 있었는데, 심지어는 말끔하게 다듬거나 수정할 수도 있었고, 새로 니스 칠을 할 수도 있었다. 나는 상당히 어두운 가게에서 조그만 단지와 유리잔에 둘러싸여 있는 그를 만났다. 그는 마침 그림이 그려진 낡은 캔버스의 구멍들을 깁고 있었다. 내 얘기를 주의 깊게 듣고 난 그는 풍경화를 최대한도로 알맞게 빛이 드는 곳에 세웠다. 앞치마에 손을 훔친 그는 벗어진 이마 위로 조그만 벨벳 모자를 밀어젖힌 다음 손을 엉덩이에 받치고는 오래 생각하지도 않고 즉시 말했다. "물건들이 나쁘진 않군. 하지만 옛날 동판화를 모방한 거야. 그것도 훌륭한 것을!"

깜짝 놀라고 불쾌한 생각이 든 나는 대답했다. "그렇지 않습니다. 이

나무들은 모두 내가 스스로 실제 모습을 그린 겁니다. 그 나무들은 아마 지금도 서 있을걸요. 나머지 것들도 거의 모든 것이 여기 있는 모습 그대로 실재합니다. 다만 조금 더 벋어 있겠지요."

"그런 경우라면 이 그림들이 더더욱 필요 없소!" 그는 관찰하던 자세를 포기하고 작은 모자를 다시 똑바로 당겨쓰면서 덧붙였다. "사람들은 사생(寫生)할 때 옛날 동판화처럼 보이는 모티프들을 고르지 않소! 시대에 맞게 살면서 발전해야 한단 말이오!"

한 마디로 요약하자면, 그때 나는 전반적인 양식의 문제에 부딪혔다. 나는 그림을 꾸려 떠나면서 시대에 적합한 것[23]이나 미래를 선취하는 것의 자격으로 벽들을 덮고 있던 수집품들, 즉 조야하고 제멋대로인 작품들과 두엄이나 다름없는 회화들을 우울한 시선으로 바라보았다. 사실 이것은 운이 따르지 않던 가난뱅이 화가들이 어두운 곳에서 싸구려 붓으로 그렸던 것들인데, 그 후에 그럴싸한 것으로 세상에 알려졌다. 물론 골목길에 섰을 때 나 자신의 모습은 몹시 궁색했지만 가난해진 이달고[24]의 긍지를 지니고 나는 그 집에서 등을 돌려 계속 걸었다. 차라리 집으로 돌아가야 하는지 결심하지 못하고 몇몇 거리를 헤매고 다니던 나는 새 옷과 새 그림들을 함께 취급하던 한 이스라엘 재단사의 가게 앞에 도착했다. 화가 중에는 이 사람에게서 옷을 해 입는 사람이 많았다.

그리고 옷값 대신에 어쩔 수 없이 그림을 받거나 담보로 잡는 경우가 종종 있었기 때문에, 가게는 작은 화랑으로 변해 있었다. 또한 이 사람은 훗날 명성을 얻게 될 가난한 햇병아리 예술가의 작품들을 손에 넣거

---

23) 자연주의의 선구적 풍조를 일컫는다.
24) 이달고(Hidalgo)는 에스파냐에서 중세 이후 사용된 하급 귀족의 일반적인 호칭이다. 이 작위가 많이 수여된데다 귀족들이 사치스러워졌기 때문에, 많은 이달고 귀족이 가난뱅이가 되었다. 방랑하는 이달고의 대표적인 전형이 돈키호테다.

나 아니면 본인도 알지 못하고 생무지에게서 귀중한 작품 하나를 낚아 챔으로써 돈을 상당히 많이 벌어들인 적이 한두 번이 아니었다. 나는 점 포의 그림이 전시되어 있는 곳 앞에 서서 잠시 창문 너머로 바라보았다. 최소한 그 장소만큼은 정연하고 세심하게 정리 정돈되어 있어서 나는 유혹에 못 이겨 안으로 들어가 내 물건을 내놓았다. 그 상인 또한 이 물 건들을 기꺼이 보고 싶다는 뜻을 나타냈고, 탐내는 것 같은 호기심을 내 보이며 이것을 관찰했다. 그러고는 무엇을 어디서 어떻게 그렸는지 모 든 것을 설명하게 했으며, 마지막으로 이것들을 정말 내 힘으로 그렸는 지 그리고 잘 그려진 것인지를 물었다. 겉보기와 달리 순진한 구석이라 곤 전혀 없었다. 이러한 질문을 하는 동안 내 표정에서 자신감이 어느 정도 정당한지, 아니면 허풍인지를 읽어내려고 나를 주도면밀하게 관찰 했기 때문이다. 마치 금반지를 가져온 사람에게 맨 먼저 그것이 진짜냐 고 묻는 것과 같았다. 나중의 예는 그가 금인지를 이미 알아보고도 질문 을 해서 상대가 어떤 인간인지를 알고 싶어하는 경우였다.

이와는 반대로 나의 경우, 그는 인간을 미리 판단할 수 있었지만 내 태도를 보고 이 상품을 어떤 식으로 거래해야 하는지 알고 싶어했다고 할 수 있었다. 나는 머뭇거리면서 이 그림들을 힘이 닿는 대로 가능한 한 훌륭하게 그리려고 했으나 내가 이것들을 칭찬하는 것은 온당치 못 하며 또한 이 그림들이 아주 뛰어난 것은 될 수 없노라고, 뛰어난 그림 이라면 이 그림들을 가지고 여기에 서 있지 않을 것이지만 그래도 이 그 림들이 내가 요구하는 대단치 않은 액수만큼의 가치는 있노라고 말했 다. 이러한 내 대답이 그를 불쾌하게 만든 것은 아니었는지 그는 친절해 지고 사근사근해졌으며, 그러는 동안에 호의와 망설임이 뒤섞인 태도로 때때로 그림들을 주시했다. 나는 이제 무슨 일이 일어날지도 모른다는 희망을 품기 시작했다. 하지만 이 그림들의 판매를 위탁받아 그의 가게에 전시하여 가능한 한 유리하게 팔겠노라는 갑작스러운 제안 외에는 아무 일도 일어나지 않았다. 결국 이 일은 이렇게 낙착을 보았다. 그는 이 이상의 상담에는 응하지 않았을 것이었기 때문이다. 그리고 그의 제 안이 부당한 것도 아니었고 게다가 그의 태도도 인간미가 있었으며 내 게 희망도 주었다. 그래서 나는 그림들을 집으로 다시 가져갔어야만 했 을 때보다는 가벼운 마음으로 집으로 돌아갈 수 있었다.

이렇게 당시 내게 돈벌이의 세계는 마치 어떤 문도 고양이 한 마리가 기어 나갈 수 있을 만한 구멍조차 찾을 수 없는 벽으로 차단되어 있는 것과 같았다. 나는 물론 세 차례 발걸음에서 100마디의 말을 헛되이 낭 비했던 것은 아니었다. 하지만 101번째 말도 역시 효과가 없었을 것이 다. 만약 에릭슨이 아직까지 이곳에 있었다면 그는 나를 위해 찾아가서 "선생, 무슨 생각을 하는 거요? 이것을 사셔야만 합니다!"라는 몇 마디 말로 팔아주었을 것이다. 아니면 리스 같았으면 부자로서 위세를 이용 하여 나에게 전람회에 출품하게 한 다음 다른 부자에게 내 그림을 추천 했을 것이다. 그리고 나는 100여 명의 다른 사람들처럼 어지간히 널찍 한 길을 따라 출발하여 계속해서 그 길을 걸어갔을 것이다. 하지만 스스 로 예술을 등진 후, 내가 알지도 못하는 곳에서 살고 있는 두 친구는 마 치 뒤에 남아 있는 사람에게 먼 곳에서 '너도 그곳에서 떠나라!'라고 손 짓하는 죽은 사람들 같았다.

이 둘이 떠난 이후 나는 예술계에서 좋은 지기지우(知己之友)라고 할 만한 사람이 없었다. 거의 대학생이나 소장 학자들과만 교제했고, 붙임 성 있는 청강생으로서 그들이 말하는 방식과 생활하는 방식을 따랐기 때문이다. 이것과 비례하여 나는 처음에는 젊은 예술지망생의 외적인 육체적 습관을, 다음에는 내적인 정신적 습성을 상당히 상실했다. 내가 선택한 길과 나에게 주어진 의무는 나를 육체적인 창작 활동에 묶어놓았던 반면, 정신은 독자적으로 움직이는 생활에 익숙해졌다. 더 이상 어떤 희망도 없이 손을 움직여 느릿느릿 단 하나의 생각을 표현하는 일은 철두철미하게 쓸데없는 노력으로 생각되었다. 게다가 그림을 그리는 바로 그 시간에는 수천 가지 상념이 눈에 보이지 않는 말들의 날개를 타고 눈앞을 지나쳐 갔기 때문에 한층 더 그럴 수밖에 없었다. 학문에 대한 흥미라는 것도 실상 듣고 읽고 단순히 받아들이고 향유하는 것에만 제한되었고, 학술적인 노작(勞作)을 경험으로 알지 못했던 나에게는 그럴수록 부지중에 이러한 잘못된 느낌이 밀려들었다. 이런 식으로 나는 서로 다른 두 곳에서 빛을 받음으로써 이중의 윤곽을 얻고 핵심이 흐릿해지는 그림자처럼 동요되었다.

이런 상태에서 마지막 탈러까지 다 쓰게 되자 나는 다시 돈을 빌리는 자유스럽지 못한 상황에 빠졌다. 희망도 없이 되풀이하게 된 일이어서 이번에는 전보다 첫걸음을 떼기가 더 무거웠으나, 이후에는 마치 무감각한 꿈에서처럼 저절로 계속되었다. 마침내 시기가 도래하여, 돈을 갚아야 하는 또한 계속 살아야 하는 절박함이 나를 꿈에서 깨어나게 했다.

그때가 되어서야 나는 다시 어머니에게로 도피하자고 결심했다. 부모의 형편이 어지간하면 자식이 부모에게 돌아가는 것은 물론 인간의 특징이다. 순수한 의도와 선량한 의지를 자각하는 젊은이는 세상을 신뢰하면서 자신의 장래를 긴 안목으로 바라본다. 하지만 그는 십중팔구 그 미래를 홀로 겪으며, 결국에는 '일곱 자식이 어머니를 부양한다기보다는 되레 어머니가 일곱 자식을 부양한다'라는 속담의 쓴맛을 평생에 걸쳐 철저하게 맛보아야 한다는 것을 잊고 있다.

어머니께서 틀림없이 마련해두었을 새로운 저축액은 내가 이때 필요했던 만큼의 액수에 미칠 수 없었다. 근본적으로 이 일을 해결하고 싶었던 나는 실제 기분보다 가벼운 말투로 가장한 편지에서 집을 담보로 돈을 빌리자고 어머니에게 제안했다. 이것은 위험하지도 않고 조용히 처리할 수 있는 방법이며, 내가 근면하게 활동해 행운이 시작되면 마찬가지로 조용하게 청산될 수 있고, 기껏해야 이자를 약간 손해 볼 뿐이라고 적었다.

　어머니는 이 편지를 받고 몹시 놀랐다. 그녀는 이러한 편지를 받는 대신 나 자신이 명예롭게 출세까지는 못했어도 만족스러운 상태에 있기를 날마다 간절하게 기대했다. 그녀는 모든 전망이 다시 알 수 없는 먼 미래로 밀려났다는 것을 알게 되었다. 이번에는 저축액도 많지 않던 터였다. 우리 집의 세입자들에게 손해를 보았던 것이다. 선량한 도량형기 검정관은 직업상 시음을 견디지 못하고 빚을 남긴 채 죽었으며, 불평이 많던 공무원은 계속 무시당하는 것에 분노가 폭발하여 소액의 수수료 적립금을 횡령한 후에 더 공평한 상관을 찾으려고 아메리카로 도망쳐버렸다. 그러면서 그는 1년분의 집세를 내지 않고 어머니를 궁지에 빠뜨렸으며, 결과적으로 내 재난은 섬뜩하게도 이러한 불운한 사건들과 뒤섞였다. 게다가 가까운 사이였던 사람들이 죽자 어머니는 고독했다. 외삼촌이 돌아가신 후 안나의 아버지인 선생님과 이런저런 오랜 친구들이 죽었고, 세월이 지나 천수를 다한 많은 사람이 한꺼번에 떠나듯이 그밖의 다른 사람들도 세상과 작별했다. 더욱이 어머니는 무엇을 해야 할지 고인이 된 이 모든 사람과 상의할 수는 없었을 것이다.

　하지만 고독은 그녀의 놀라움을 더 크게 만들었다. 그래서 그녀는 다만 몸을 다시 움직이며 살아 있다는 것을 느끼기 위해서 내 요구를 들어주었다. 그녀는 한 사업가를 방문했다. 그는 번거로운 수속을 밟은 후에 원하는 금액을 조달해주었으며, 이러한 일이 진행될 때 어머니는 의기소침한 청원자로서 그 자리에 서 있을 수밖에 없었다. 그런 다음 충고에 따라 몹시 힘들게 환어음으로 교환했고, 마침내 이것을 내게 보내게 된 것을 기뻐했다. 편지 속에서 그녀는 훈계와 푸념을 늘어놓는 대신 오직 이러한 수고스러움에 대한 이야기만 적었다.

그런데 편지를 쓸 당시 마지막 순간에 나는 너무 많이 요구한다는 두려움에서 생각했던 금액의 절반만 요구했으며, 그 정도로 버텨야 한다고 생각했다. 그런 까닭에 환어음의 액수는 가까스로 빚을 갚을 정도였다. 따라서 짧은 기간이나마 약간의 돈을 남겨두고 싶은 마음에서 돈이 절박하게 필요치 않은 이런저런 호의적인 친구들에게는 어쩔 수 없이 빚 상환을 연기해달라고 간청해야 했다. 마지못해 허락하는 태도에서 니는 내 부탁이 상대방에게는 뜻밖의 것이었음을 알게 되었으며, 수치스러움 때문에 부득이 부탁을 취소할 수밖에 없었다. 단지 한 사람만 내 얼굴이 붉어지는 것을 보더니 곧 이 도시를 떠날 작정이었는데도 돈을 돌려주었다. 그는 내가 형편이 더 나아지면 갚아도 되며, 지금 자기는 그 돈이 없어도 상관없으니 편리할 때에 청구하겠노라고 말했다.

이러한 관대함 덕분에 나는 몇 주 동안 무사할 수 있었다. 하지만 이 모든 과정은 내 처지와 나 자신의 내면적 자아에 대해 좀더 진지한 성찰을 불러일으켰다. 나는 갑자기 필기 용지를 몇 묶음 산 다음 나 스스로 나의 성장과정과 본질을 한번 제대로 이해해보기 위해 지금까지 있었던 내 삶과 경험을 쓰기 시작했다. 하지만 본격적으로 이 일에 착수하자마자 나는 원래의 비판적인 목적을 완전히 잊고, 예전에 나를 기쁘게 했거나 불쾌하게 만든 모든 것에 대해 명상적인 기억에 몰두했다. 현재의 근심은 모두 잠이 들었고, 나는 아침부터 저녁까지 날이면 날마다 글을 썼다. 나는 마치 근심스러운 일을 쓰는 사람이 아니라 아름다운 몇 주일 동안의 봄날 오른쪽에는 자기 고장의 오래된 포도주 한 잔을, 왼쪽에는 갓 피어난 야생화 묶음을 놓고 정원을 향해 열린 방에 앉아 있는 사람 같았다. 나는 이미 오래전부터 나를 둘러싸고 있던 음울한 어스름의 한 가운데에서 도무지 청춘을 체험하지 않았던 것 같은 느낌을 갖고 있었다. 그런데 이제 내 손아래서는 젊은 생명의 움직임이 펼쳐졌고, 사정이나 경우가 좋지 않는데도 내 마음을 사로잡고 나를 몰두하게 했으며, 때로는 더없이 행복한 감정으로, 때로는 후회하는 감정으로 나를 가득 채웠다.

이렇게 계속 쓰다가 마침내 신병 때 연병장에 부동자세로 서서 아름다운 유디트가 이민을 떠나는 모습을 보았던 때에 이르렀다. 여기서 나는 펜을 놓았다. 그때 이후의 체험은 아직 마주 대하는 현재 상황이었기 때문이다. 나는 글이 씌인 많은 종이를 즉시 제본업자에게 가져갔다. 내가 좋아하는 초록색 아마포로 장정한 다음, 이 책을 서랍에 보관하기 위해서였다. 2~3일 후 나는 식사 전에 그것을 찾으러 갔다. 그런데 그 수공업자가 나를 잘못 이해한 모양이었다. 그런 식으로 주문하는 것은 꿈도 꾸지 못했을 정도로 아주 훌륭하고 아름답게 장정해놓았던 것이다. 아마포 대신 비단을 사용했고, 테두리에는 금박을 칠했으며, 책을 잠그기 위한 금속 걸쇠가 부착되어 있었다. 나는 아직 남아 있던 현금을 가지고 갔다. 이 돈이면 꽤 여러 날을 버틸 수 있었을 것이다.

이제 나는 제본업자에게 지불하기 위해 마지막 한 푼까지 내놓을 수밖에 없었고, 더 이상 깊이 생각할 것도 없이 돈을 내놓았다. 그 결과 나는 점심을 먹으러 가는 대신 세상에서 가장 쓸모없는 책을 손에 들고 집으로 왔다. 돈을 꾸거나 갚을 수도 없다는 것을 절실하게 느끼며 나는 내 생애에서 처음으로 식사를 걸렀다. 물론 며칠 후에 그 놀랄 만한 사건이 일어나게 될 터였다. 그런데도 이때 나는 매우 조용하지만 냉혹한 힘 앞에서 소스라치게 놀랐다.

그날 오후를 방에서 보낸 뒤 저녁이 되자 아무것도 먹지 못하고 평소보다 일찍 잠자리에 들었다. 잠자리에서 나는 갑자기 어머니가 식탁에서 말해준 현명한 이야기가 생각났다. 어렸을 때 내가 음식을 탓하자 어머니는 언젠가는 내가 이런 음식이라도 먹게 되는 것을 아마 기뻐하게 될 거라고 훈계했다. 바로 다음에 든 느낌은 모든 예상이 아주 훌륭하게 적중하는 인과응보에 대한 존경심이었다. 인간은 아무것도 먹은 것이 없어서 배가 고프고, 아무것도 가진 게 없어서 아무것도 먹지 못하고, 아무것도 번 것이 없어서 아무것도 가진 게 없거니와, 실제로 이러한 사실만큼 세상의 필연적인 행로에 대해 철저하게 깊은 인상을 주는 것은 아무것도 없다. 이러한 간단하고 소박한 생각의 길을 따라 저절로 결론과 성찰이 계속해서 줄을 지었다. 완전히 한가했고 어떤 세속적인 음식 때문에 위가 부담을 느끼지 않는 지금, 책상 위에 초록 비단 책이 놓여 있는데도 나는 내 생애를 다시 반성하며 내가 지은 죄를 회상했다. 하지만 굶주림이 직접 나에게 연민의 기분을 들게 했기 때문에 내 죄는 상당히 관대한 모습으로 보였다.

나는 이런 생각을 하다가 편안하게 잠이 들었다. 평소와 같은 시간에 잠에서 깬 나는 처음으로 오늘 내가 무엇을 먹게 될지 알 수 없었다. 나는 얼마 전부터 필요 없다고 생각해서 아침식사를 없앴다. 이때는 조반을 다시 받게 되면 즐거웠을 것이다. 하지만 집주인 내외가 내가 굶었다는 것을 알아서는 안 되었다. 마찬가지로 나는 새로운 처지에서 가장 먼저 필요한 것이 엄격한 비밀 유지라는 사실을 분명히 깨달았다. 나는 젊은이들 가운데 떠나지 않고 유일하게 아직 남아 있는 사람이었기 때문에, 이 순간에 이렇게 펄쩍 뛸 만한 사실을 털어놓을 만한 절친한 사람이 단 하나도 없었다. 동료들 가운데에서 어떤 사람이 거지도 아니면서 어느 날 실제로 먹을 것을 살 수 없게 되면, 그 사람은 마치 꼬리에 수프 숟가락을 매달고 있는 개처럼 센세이션을 일으키는 법이기 때문이었다. 나는 내 그림에 그려져 있는 숲 뒤에 계속 숨어 지낼 수도 없어서 정오 무렵에 하는 수 없이 밖으로 나왔다. 거리에는 아주 밝은 봄날의 햇빛이 비치고 있었다. 모든 사람은 각자 식사할 곳을 찾아 여기저기서 즐거운 기분으로 서두르고 있었다. 나는 아무것도 바라보지 않으려고 하면서 태연하게 그들 사이에서 걸었다. 그러다가 빵가게 앞에 놓여 있는, 갓 구워낸 갈색 빵을 보았을 때, 식욕이 간절히 바라는 것은 훌륭한 식사라기보다는 오히려 저런 빵 한 덩어리라는 사실을 깨달았다. 욕망은 이렇게 재빠르게 일용할 양식이라는 매우 오래된 표현에 경의를 표하면서 가장 단순하고 평범한 이 음식물로 향했다.

이제 빵가게를 지나가면서 내 갈망하는 눈길이 단 1초라도 그것 위에 쏠리는 일이 없도록 조심해야만 했다. 그래야만 정신적인 인간의 지배가 지탱될 터였다. 나는 이러지도 저러지도 못하고 어슬렁거리는 대신 빠른 걸음으로 공공 미술관을 찾았다. 이 세상에서 사는 동안 분명 이런저런 곤경을 겪었을 작가들의 걸작들을 감상하면서 시간을 점잖게 보내기 위해서였다. 나는 두세 시간 동안 배를 물어뜯는 것 같은 자연의 힘을 가라앉힐 수 있었으며, 이 힘들과 나 사이에 미해결된 문제를 잊을 수 있었다. 미술관이 닫히자 나는 즉시 시외로 빠져나와 새로 돋은 잎이 무성한 잡목 숲 근처의 강가에 누워 어두워질 때까지 그럭저럭 편한 기분으로 숨어 있었다.

길고 길었던 이틀 동안 벌써 이 섬뜩한 상태에 어느 정도 익숙해진 나는 울적한 인내심에 휩싸여 있었고, 만약 더 악화되지만 않는다면 이러한 인내심으로 이 상태를 견딜 수 있을 것 같았다. 나는 모든 새가 점차 지저귐을 멈추고 동물들이 휴식하는 밤이 찾아드는 것을 보았다. 그러는 동안에도 와글거리는 즐거운 도시의 소음이 내가 있는 곳으로 밀려왔다. 갑자기 근처에서 담비나 족제비에게 죽어가는 어떤 새의 날카로운 소리가 났을 때 나는 벌떡 일어나 집으로 돌아왔다.

셋째 날도 비슷하게 지나갔다. 다만 이제는 온몸이 피곤해져서 좀더 느릿느릿 어슬렁거렸으며, 생각조차 멍할 정도로 눈에 띄게 쇠약해졌다는 점만 달랐다. 도대체 이 일이 어떻게 될지 호기심조차 들지 않았다. 그러다가 마침내 오후도 꽤 지났을 무렵, 집에서 상당히 먼 공원에 앉아 있을 때 다시 시작된 배고픔이 어찌나 격렬하고 고통스러웠던지 나는 완전히 인간이 살지 않는 황야에서 호랑이나 사자에게 공격을 받고 있는 것 같은 느낌이 들었다. 이제 어떤 종류의 치명적인 위험이 눈앞에 닥쳤다는 것이 명백해졌다. 그러나 이 위험은, 바로 이러한 극도의 고난 속에서도 결코 도움을 청하지 않으리라는 새롭게 강화된 내 결심을 이겨내지 못했다. 나는 할 수 있는 한 흐트러지지 않는 발걸음으로 집으로 돌아와서 세 번째로 저녁식사를 거른 채 잠자리에 들었다.

다행히 이것은 내가 산속에서 길을 잃고 그곳에서 아무것도 먹지 못하고 사흘을 보내야만 하는 경우와 다를 것도, 더 수치스러울 것도 없는 뜻하지 않은 사건일 뿐이라고 생각했다. 이러한 위안이 없었더라면 나는 아침이 다 되어서야 잠과 비슷한 상태에 빠져들 때까지 매우 불쾌한 밤을 보냈을 것이다. 나는 태양이 벌써 중천에 떴을 때에야 비로소 눈을 떴다. 이제 물론 심각할 정도로 몸이 약해지고 기분이 좋지 않다는 것을 느꼈으나 무엇을 해야 할지 알 수 없었다.

처음으로 매우 화가 난 나는 울고 싶은 기분이 들었다. 또한 나는 미아가 된 자식의 심정으로 어머니를 생각했다. 나에게 생명을 준 어머니를 생각하면 그녀의 최고의 수호자이자 병참대장인 하느님도 떠올랐다. 신은 언제나 내 마음속에서 잊히지 않았지만 사소한 일의 관리자로서 생각된 것은 아니었다. 그리고 이 당시에는 기독교 신앙에서 목적 없는 기도[25]가 아직 도입되지 않았기 때문에, 나는 풍파 없는 인생의 바다 위를 항해하면서 그런 식으로 탄원하는 습관을 이미 오래전에 버렸다. 내가 기억하는 한 그 어리석은 뢰머가 출현하기 직전의 기도가 마지막이었다.

하지만 이러한 존망의 순간에 간신히 남아 있던 생명의 의지들이 다시 함께 모여, 최고사령관이 의기가 꺾인 포위당한 도시의 시민들처럼 회의를 개최했다. 그것들은 시효가 소멸된 비상수단을 다시 선택하여 직접적으로 신의 섭리에 호소하자고 결의했다. 나는 주의 깊게 귀 기울이며 그것들을 방해하지 않았다. 그리고 내 영혼의 몽롱한 밑바닥에서 기도 같은 어떤 것이 서서히 전개되는 것을 느꼈으나, 이것이 어떤 방향으로 나갈지는 알 수 없었다. '시험해보자. 여하튼 해가 되지는 않겠지. 나빴던 적은 한 번도 없었으니까'라고 나는 생각했다. 말하자면 나는 터져나오는 한숨 같은 것을 그대로 하늘을 향해 뿜어냈지만 그것의 형태를 자세하게 생각해낼 수는 없었다.

몇 분 동안 나는 눈을 감은 채로 있었다. '너는 일어서야만 할 거야!' 나는 스스로에게 이렇게 말하면서 있는 힘을 다 모았다. 이렇게 앞을 바라보고 있던 바로 그때 나는 방 귀퉁이의 바닥 근처에서 마치 금반지에서 나오는 것 같은 작은 광채가 나를 향해 빛나고 있는 것을 보았다. 평소 방 안에 이와 같은 빛이 없었기 때문에 그것이 깜박이는 모습은 아주 진기하고 사랑스러웠다. 이 현상을 조사해보려고 일어선 나는 그 빛이 마치 나그네의 잊힌 지팡이처럼 몇 달 전부터 사용하지 않고 그 귀퉁이에 세워놓았던 플루트의 금속 음전(音栓)에서 나온다는 것을 알았다. 단 한줄기 광선이 닫힌 창문 커튼 사이에 남아 있던 좁은 틈새 사이로 이 작은 금속 조각을 비쳤던 것이다. 그러나 창문은 서향이고, 이 시간에는 태양이 그쪽에 있을 리 만무한데 이 햇살은 어디서 온 것일까? 이 광선

---

25) 구체적인 계기나 소원 없이 또는 인간의 모습으로 존재하는 신을 가정하지 않고 하는 기도를 말한다.

은, 상당히 먼 어느 집 지붕 위에서 태양빛을 받으며 번쩍이던 피뢰침의 금빛 꼭지에서 반사된 것으로, 하필이면 이렇게 커튼 틈새를 뚫고 들어온 것임이 밝혀졌다. 그사이에 나는 플루트를 손에 들고 살펴보았다. '넌 이제 이것도 더 이상 필요 없어!' 나는 생각했다. '이것을 팔면 끼니를 때울 수 있을 거야!' 이러한 깨달음은 햇살이 그랬던 것과 같이 마치 하늘에서 떨어진 듯했다. 나는 옷을 입고 부족한 적이 없었던 물을 큰 컵으로 한 잔 들이킨 후, 플루트를 분해하여 각 부분들의 먼지를 정성스럽게 털어내기 시작했다. 그런 다음 조금 남아 있던 니스와 모직 헝겊으로 힘껏 문질러 닦았고, 통상적으로 이럴 때 사용하는 편도 기름이 없었기 때문에 내부에는 하얀 양귀비 기름을 발랐다. 시연되는 경우를 가정하여 악기가 울리도록 하기 위해서였다. 그런 후 낡은 플루트 케이스를 찾아낸 나는 마치 이 악기 속에 대단히 불가사의한 힘이 들어 있기라도 한 것처럼 플루트를 아주 엄숙하게 집어넣었다. 나는 더 이상 지체하지 않고 힘이 없는 발을 끌고 어린 시절 이래의 오랜 친구를 사갈 상인을 찾기 위해 급히 길을 나섰다.

얼마 지나지 않아 나는 어떤 골목에서 고물상의 어둡고 조그만 가게를 발견했다. 가게 창문의 뒤편으로는 오래된 도자기 몇몇 개 옆에 클라리넷 하나가 세워져 있는 것이 보였다. 다른 창문에는 누렇게 변한 두어 개의 동판화가 걸려 있었고, 조그만 액자 안에는 지금은 볼 수 없는 군복을 입은 한 군인의 빛바랜 소형 초상화가 들어 있었으며, 문자판에 목가적인 풍경이 그려진 회중시계도 있었다. 가게로 들어간 나는 고물들의 한가운데서 기묘하게 생긴 초로의 작은 남자를 보았는데, 키가 작고 뚱뚱한 이 남자는 긴 실내복을 둘러 입고 그 위에는 하얀 여자 앞치마를 두르고 있었다. 또한 둥그스름한 머리에는 문어의 조가비[26]처럼 생긴 야릇한 챙 모자를 쓰고 있었다. 내가 들어섰을 때 이 인물은 막 조그만

화로에 몸을 구부리고 서서 냄비를 젓고 있었다. 이 조그만 고물상인은 내 얼굴을 바라보며 무뚝뚝하지는 않은 태도로 내가 원하는 게 무엇인지 물었고, 나는 팔고 싶은 플루트가 있노라고 작은 목소리로 대답했다. 호기심에서 작은 케이스를 열어본 그는 즉각 다시 되돌려주며 말했다. "이걸 조립해보시오. 이런 식으로는 무엇인지 모르니까!" 내가 세 부품을 원래대로 맞추자, 그는 악기를 손에 들고 사방으로 돌려가며 조사해보았으며, 조금이라도 휘거나 뒤틀리지 않았는지 한쪽 눈을 가늘게 뜨고 살폈다.

"왜 팔려는 거요?" 그가 물었다. 나는 더 이상 갖고 있고 싶지 않아서 그런다고 말했다. "하지만 이 플루트, 소리는 나는 거요? 저기에도 오래전부터 클라리넷 하나가 있소만, 소리가 나질 않소. 감쪽같이 속았던 게야. 한번 불어보시오!"

나는 일 음계를 불었다. 하지만 그는 짤막한 곡 하나를 온전히 듣고 싶어했다. 나는 음악을 연주하고 싶은 기분이 아니었지만 할 수 없이 약한 숨을 내쉬며 오페라 마탄의 사수[27]에 나오는 아리아를 연주하기 시작했다.

비록 구름이 태양빛을 가릴지라도
태양은 여전히 창궁에 머무르네.
그곳엔 신성한 뜻이 주재하나니
맹목적인 우연이 세상을 다스리는 법은 없어라.

---

26) 지중해에 서식하는 어떤 문어(학명: 아르고나우타 아르고*Argonauta argo*)의 암컷이 조개껍질이나 보트 모양의 보호용 싸개를 만들어내는 것에서 따온 비유다.

27) 베버(Carl Maria von Weber, 1786~1826)의 작품으로 1821년에 초연된 가장 위대한 독일의 낭만주의 오페라다.

이것은 내가 몇 년 전에 최초로 배웠던 곡이었기 때문에 이때 가장 먼저 머리에 떠올랐다. 몸이 약해지기도 했고, 현재 내 처지와 근심 걱정 없던 옛날에 대한 기억으로 울적한 기분이었던 탓에 내 연주는 결과적으로 약간 트레몰로처럼 떨리거나 불안정했다. 나는 겨우 열 번째나 열두 번째 박자까지만 계속할 수 있었다. 그러나 그 조그만 남자는 계속하라고 요구했고, 나는 거래가 깨질지도 모른다는 두려움에서 비참한 굴욕감과 더불어 연주를 계속했다. 그러는 동안에도 이 고물상인은 내게서 전혀 눈을 떼지 않았다. 나는 얼굴을 돌려 쓰라린 눈물로 젖은 눈으로 창밖을 바라보았다.

그런데 그곳에서는 봄날처럼 화창하고 아주 사랑스러운 소녀의 얼굴이 마치 태양이 떠오르는 것과 같이 안을 들여다보고 있었다. 그녀는 아주 예쁜 장갑을 낀 손으로 창유리를 두드렸다. 유복한 집안의 처녀임이 틀림없었다. 고물가게 노인은 창문 뒤에 놓인 고물들이 허락하는 한도 내에서 창문을 최대한 열기 위해 열심히 서둘렀다.

"어머나, 아저씨. 거기서 무슨 음악회를 한대요?" 그녀는 친근한 이 지방 사투리로 말했는데, 단지 우의를 표하기 위해 그런 것 같았다. 그런 후 깜짝 놀란 이 남자가 대답하기도 전에 그녀는 구해주기로 약속했던 중국산 찻잔은 어떻게 되었냐고 물었다. 나는 그동안 궤짝 위에 앉아 힘들었던 연주에서 벗어나 휴식을 취하면서 사랑스러운 이 여자를 눈여겨보고 있었다. 그녀는 의논을 서둘러 마치고는 천진난만한 시선으로 가게를 흘끗 바라보며, 그 시선의 광채가 나처럼 슬픔에 잠겨 있는 사람에게까지 전해지도록 만들었다.

"제가 그 옛날 찻잔을 손에 넣도록 해줘요. 그럼 이제 음악을 계속하셔도 되겠네요!" 그녀는 이렇게 말하고 우아한 자세로 작별을 고하며 창가에서 사라졌다. 이 늙은 남자는 생각지 못했던 소녀의 출현으로 아주 흥분되어 있었다. 5월의 햇빛처럼 빛나는 그녀의 얼굴이 의심할 여지없이 노인의 마음을 훈훈하게 하여 그를 최고의 기분으로 만들어주었던 것이다.

"플루트가 아주 괜찮군." 그가 내게 말했다. "얼마를 받고 싶소?"

얼마를 요구해야 될지 몰라서 대답이 없자 그는 1굴덴 은화와 반 굴덴 은화를 꺼냈는데, 둘 다 번쩍번쩍 빛나는 새 것이었다. "이 정도면 되겠소?" 그는 말했다. "더 이상 요구하지 마시오. 그 정도면 좋은 가격이니까!" 나는 만족했다. 심지어는 내가 구원되었다는 감정이 시키는 대로 서둘러 솔직하게 감사를 표했는데, 이러한 일이 그의 사업에서 자주 일어날 것 같지 않았다. 그는 격의 없이 내 어깨를 두드리며 플루트를 어떻게 다시 분해해서 케이스에 넣을 수 있는지 보여달라고 했다. 그런 다음 그는 이 조그만 케이스를 열어둔 상태로 창문 뒤에 세웠다.

거리로 나온 나는 내가 정말 굶주림을 해결할 수 있는 힘을 두 손 안에 지니고 있다는 사실을 다시 한 번 확인하기 위해서 은화 두 닢을 자세하게 살펴보았다. 이 밝은 은의 광채와 지금까지 잊히지 않는 조금 전에 본 두 눈의 광채 그리고 아침에 기도를 드린 바로 다음에 잊고 있었던 플루트가 내게 비추었던 태양빛, 이것은 모두 동일한 원천에서 나온 초자연적인 작용처럼 생각되었다. 삶의 근심에서 벗어난 나는 감사하는 마음으로 정오가 되기를 기다리며 하느님이 직접 가호를 베풀었다고 확신했다. 나는 가혹한 시련을 당한 자애심을 품은 채로 '세상에는 의아한 일 같은 것은 없는 거야. 나는 조용하게 행해진 이 작은 기적을 기쁘게 받아들일 수 있어. 당연히 신에게 감사해도 되지'라고 생각했다. 단지 아침의 기도에 조응하는 의미에서 나는 이번에는 짤막한 감사 기도를 했으며, 큰 소리로 길게 올리는 기도로 위대한 세계의 지배자를 성가시게 할 생각은 하지 않았다.

어쨌거나 나는 지체하지 않고 단골 식당을 찾아갔는데, 이 식당에 발을 들여놓은 지가 1년은 지난 것 같은 기분이 들었다. 사흘이 이토록 길게 생각되었던 것이다. 나는 진한 수프 한 접시와 맛 좋은 야채를 곁들인 쇠고기 한 조각 그리고 이 지방 특유의 푸딩을 먹었다. 거기에다가 멋지게 거품이 넘치는 맥주 한 조끼를 주문했는데, 모든 것이 마치 산해진미가 쌓인 연회에 앉아 있는 것처럼 대단히 맛있었다. 나처럼 그곳에서 식사를 하곤 했던 독신의 의사가 조금 전까지만 해도 내가 아픈 걸로 생각했다고, 그 정도로 내 안색이 나빠 보인다고 친절히 말을 건넸다. 하지만 내가 이렇게 식욕이 왕성한 만큼 상태가 그렇게 위험해 보이지는 않노라고 덧붙였다. 나는 이 말에서 내가 어쨌거나 건강을 타고났다는 사실을 추측할 수 있었는데, 이러한 문제는 지금껏 생각해본 적이 없었다. 그래서 나는 이것에 대해서도 섭리에 감사했다. 건강치 못하거나 허약한 사람 같았으면 이러한 고난으로 더 좋지 않은 결과가 생겼을 것이다.

식사 후 나는 카페를 찾았다. 그곳에서 블랙커피 한 잔을 마시고 쉬면서, 신문을 읽고 세상이 어떻게 돌아가는지 알아보기 위해서였다. 이 점에서도 역시 이 사흘 동안 황야에 있었던 거나 다름없었다. 나는 어느 누구와도 얘기해본 적이 없었으며 어떤 새로운 소식도 못 들었다. 나는 이 기간에 축적되어 있던 온갖 종류의 소식과 세계의 사건들을 알게 되었다. 편안하게 읽는 동안에 나의 신체적·지적 힘이 눈에 띄게 회복되었다. 그리고 시내 교회의 성모 마리아상이 눈을 움직였다는 소식을 듣고 많은 사람이 그곳으로 몰려들었다는 기사를 읽게 되었을 때, 나는 당혹하여 사람들이 알지 못하는 나 개인의 은밀한 기적에 생각이 미쳤으며, 약간 숙고한 뒤 식사 전과는 완전히 다른 기분으로 스스로에게 말했다. '도대체 네가 이 우상숭배자들보다 더 나은가? 악마는 배가 고프면 파리를 잡아먹으려 하고, 하인리히 레는 기적을 덥석 받아먹으려고 한

다고 말할지도 모르는데!'

　그렇지만 나는 신이 직접 인간의 장래를 보살피고 인간의 소망을 들어줄 뿐만 아니라 인간이 개인적으로 확실한 세계질서와 연결되어 있다는 위안에서 벗어나고 싶지 않았다.

　마침내 나는 이러한 이익을 잃지 않으면서도 이성의 법칙을 구하기 위해 이 사건을 나 자신에게 다음과 같은 방식으로 해석했다. 인간의 선천적인 기도 습관이 정신적 힘을 정력적으로 종합하는 자리에 들어섰고, 이러한 기도 습관은 기도의 중요한 부분인 마음의 위안을 통하여 정신적 힘을 자유롭게 했을 뿐만 아니라 그 힘 바로 가까이에 있던 간단한 구제책을 깨닫거나 그것을 찾을 수 있게 해주었다. 그러나 바로 이러한 과정이 신성의 본래 모습이며, 신은 이러한 의미에서 단연코 기도를 해서 간청할 권리를 인간에게 위임했다. 신은 개개의 경우에 간섭하거나 매번 무조건적으로 기도를 들어주지는 않는다. 오히려 신은 그의 이름이 남용되는 것을 막기 위해[28] 자기 신뢰와 행동력이 가능한 한도 내에서 기도와 동일한 가치를 가져야 하며, 성공으로 축복받아야 한다는 계획을 실행했다.

　오늘날까지도 나는 당시 곤경이 별것 아니었다고 웃어넘기지 않으며, 일시적인 기적에 대한 믿음과 이 믿음에 뒤따랐던 현학적인 결산을 비웃지 않는다. 나는 인생에서 한 번 엄청나게 배가 고팠던 경험과 기도 이후 사랑스러운 태양빛의 섬광이 일구었던 기적 그리고 체력이 회복된 후 그 기적에 대해 행했던 비판적 분석을 포기하지 않을 것이다. 내 생각으로는 고통과 과오 그리고 저항의 힘은 생활에 활기를 부여하기 때문이다.

---

28) 『구약성서』, 「출애굽기」, 20장 7절: "너는 너의 하나님 여호와의 이름을 망령되이 일컫지 말라. 나 여호와는 나의 이름을 망령되이 일컫는 자를 죄 없다 하지 아니하리라."

제5장 노동의 불가사의

플루트 값으로 받은 얼마 안 되는 돈은 현명하게 나누어 썼기 때문에 둘째 날까지도 충분했다. 따라서 이번에는 오늘도 굶을 수밖에 없다는 근심 없이 잠에서 깨어났다. 이것은 처음으로 경험하는 작은 기쁨이었다. 이전까지만 해도 이러한 근심을 몰랐지만 이제야 비로소 차이를 느꼈기 때문이다. 굶주려서 죽을 수도 있는 위험에서 구원될 수 있었다는 새로운 감정은 플루트 다음으로 내보낼 수 있는 그밖의 소유물들이 있는지 재빨리 둘러볼 정도로 아주 마음에 들었다. 하지만 얼마 안 되는 장서를 제외하고는 없어도 괜찮을 만한 것이라곤 전혀 찾지 못했다. 학문의 영역에 끼어들었던 동안 쌓아두었던 책들은 진기하게도 여태껏 모두 그대로 남아 있었다. 나는 몇 권의 책을 펴서 시계가 11시를 치고 마침내 정오가 다가올 때까지 선 채로 한 쪽씩 책장을 넘기며 읽었다. 그러다 한숨과 함께 마지막 책을 덮으며 말했다. "이것을 없애버리자! 지금은 이런 것들을 붙들고 있을 때가 아니야! 책은 훗날 다시 모으자!"

나는 서둘러 한 남자를 데려왔다. 그는 짐 전체를 하나의 끈으로 묶은 다음 그것을 등에 메고 헌책방까지 나를 따라왔다. 30분 후에 나는 일체의 학식에서 해방되었다. 그 대신 내 주머니 안에는 2~3주 동안 먹고살 수 있는 돈이 들어 있었다.

그것만 해도 나에게는 무한히 긴 시간처럼 생각되었다. 그러나 그 시간 또한 흘러갔고, 그동안 내 처지가 달라진 것이라곤 없었다. 나는 운명의 호전과 행운의 시작을 기다리기 위해 새로운 유예기간을 궁리해야만 했다. 어떤 사람들은 발아래의 확고한 토대나 눈앞의 분명한 목표 없이도 끊임없이 지극히 실용적이고 활동적이며 끈기 있는 태도를 취하는 반면, 다른 사람들은 무엇을 할 수 있는 능력과 의지는 무(無)에서가 아니라 목적의식에서 나오기 때문에 토대나 목표가 없이 실용적이고 의도적인 태도를 취하는 것을 불가능하다고 생각한다. 후자에 해당되는 사람들은 쓸데없는 것에 정력을 소모하는 대신 바람이 부는 대로 파도가 치는 대로 견디며 만반의 준비를 하고 있다가, 확실하게 매여 있다고 생각되는 구원의 밧줄을 보면 언제라도 이것을 붙잡는 것을 최고 목표로 생각한다. 그런 다음 육지에 닿으면 다시 자유의 몸이 된다는 것을 그들은 안다. 반면 처음 언급한 유형의 사람들은 언제나 조그만 각재나 판자 위에서 여기저기로 헤엄치며 순전히 조급함 때문에 허우적거리며 해안에서 멀어진다. 하지만 나는 물론 인내 같은 훌륭한 수단을 사용해도 될 만큼 정신세계에서 위대한 인물이 아니었다. 그 당시에 나는 어떤 다른 수단도 없었다. 궁하면 신발을 묶을 때 비단이라도 사용하는 법이다.

팔리지 않는 그림과 스케치를 빼면 내 마지막 소유물은 사생화 습작으로 가득 찬 화첩들이었다. 청년시절 근면의 소산들이 거의 전부 담긴 이 화첩은 순전히 실재했던 것들을 그렸기 때문에 작은 재산이랄 수 있었다. 나는 비교적 나은 것들 가운데 두 장을 끄집어냈다. 크기가 상당한 이 그림들은 전체를 야외에서 완성한 것이었고, 우연이긴 하지만 다행히 옅게 색칠까지 되어 있었다. 상당한 효과가 있어서 팔릴 수 있다는 생각에서 나는 이 그림들을 선택했다. 고급 미술상이 아니라 친절했던 예의 그 고물장수를 방문할 생각이었고, 실제적인 가격을 받고 팔려는 희망은 애당초 없었다.

주거를 겸하는 그의 가게 모퉁이에 도착한 나는 먼저 창문 너머로 오래된 물건들, 즉 클라리넷과 동판화 그리고 작은 그림들을 보았는데, 조그마한 플루트 케이스는 더 이상 보이지 않았다. 이 사실에 고무된 나는 노인의 가게로 들어섰고, 나를 즉시 알아본 그는 이번에는 무엇을 가져왔는지 물었다. 그는 호의적인 분위기였으며, 그 플루트를 진작 팔았노라고 말했다. 둘둘 말려 있던 그림들을 풀어 가능한 한 넓게 탁자 위에 펴놓자 그는 그림과 옷을 파는 유대인 상인답게 가장 먼저 내가 그것들을 스스로 그렸는지를 물어왔다. 나는 대답을 망설였다. 나는 돈 때문에 내가 그린 그림을 가지고 이 초라한 소굴까지 쫓겨왔노라고 고백하기에는 아직까지 너무 도도했다. 하지만 그는 진실을 부끄러워할 필요가 없으며 오히려 자랑으로 여겨야 할 것이라고 발림말을 하며 내가 지체 없이 사실대로 말하게 했다. 그에게는 이 물건들이 실제로 나쁘지 않게 보였기 때문이었는데, 그는 이것을 과감히 사고 싶으며 내게 적지 않은 대금을 주겠노라고 덧붙였다. 실제로 그는 내가 족히 2~3일은 먹고살 수 있을 만큼 그림값을 지불했다. 옛날에 이 그림들을 그릴 당시 시종일관 즐거움과 근면으로 충만한 몇 주일을 소진했음에도 내게는 이 액수가 결코 경멸적인 것으로 생각되지 않았다. 이때 나는 그 몇 푼 안 되는 돈을 내 그림들의 가치와 비교하지 않고 그 순간의 궁핍과 저울질했다.

그래서 조그만 금고를 가지고 있는 이 초라한 늙은 상인이 나에게는 귀중한 후원자로 여겨졌다. 그가 나를 거절할 수도 있었을 터이므로 내가 이렇게 생각했던 것도 당연했다. 그리고 그가 선의와 우스꽝스러운 태도까지 내보이며 내게 건넨 얼마 안 되는 돈은 부유한 미술상이 판단을 의심스러워하며 불확실한 기분에서 내놓는 큰 액수에 필적하는 것이었다.

하지만 내가 그곳에 머무르는 동안 이 괴짜 노인이 운이 없는 그 그림들을 창문에 붙였기 때문에 나는 도망쳐나왔다. 나는 거리에 나와 창문을 힐끗 쳐다보고, 고향의 양지바른 숲의 정적[29])이 이토록 어둡고 비참한 교수대에 내걸려 있는 모습을 보았다.

그런데도 나는 이틀 후 그림 한 장을 들고 다시 그 남자에게 갔고, 그는 나를 쾌활하고 친근하게 맞아주었다. 처음 가져갔던 그림 두 장은 더 이상 눈에 띄지 않았다. 하지만 작고 오래된 상점 간판에서 볼 수 있듯이 요셉 슈말회퍼로 불리는 이 작은 남자는 그림들이 어디에 있는지 말하는 것을 한사코 거절하며 대신 내가 가져온 것을 보자고 요구했다. 우리는 이내 거래에 합의했다. 내가 더 관대한 가격을 얻어내려고 약간 노력한 것은 사실이었다. 하지만 나는 기분이 좋았다. 이 노인이 여전히 그림을 사고 싶어했으며, 앞으로도 완성한 그림을 자기에게 가져오라고 했을 뿐만 아니라 언제나 욕심을 버리고 절약하다 보면 작은 시작에서 분명 뭔가 좋은 일이 생길 거라고 나를 격려했던 것이다. 그는 스스럼없이 내 어깨를 두드리며 그렇게 우울하고 과묵한 표정을 짓지 말라고 충고했다.

내 화첩에 들어 있던 그림들은 모두 점차적으로 언제든지 구입할 용의가 있는 소매상의 손으로 넘어갔다. 그는 그림들을 더 이상 창문에 걸지 않고 긴 가죽 끈으로 묶은 두 개의 판지 사이에 조심스럽게 올려놓았다. 나는 크고 작은 채색화나 연필화 같은 그림들이 때때로 꽤 오랫동안 모여 있다가 어느날 갑자기 판지 케이스가 다시 얇아지고 텅 빈다는 사실을 알아챘다. 하지만 그는 내 청소년 시절의 보물들이 어디로 사라지는지 단 한마디도 발설하는 법이 결코 없었다. 그것만을 뺀다면 노인은 언제나 똑같았다. 팔아야 할 그림을 한 장이라도 갖고 있는 한 그는 나

---

29) 숲의 정적(Waldeinsamkeit)은 티크(Ludwig Tieck)의 『금발의 에크베르트』에서 중심적인 모티프이며, 곧 독일 낭만주의의 핵심어로 통용되었다.

의 안전한 피난처였다. 그러다보니 마침내 거래가 없는 경우에도 그와 잡담하면서 한 시간 정도를 보내며 그의 장사를 구경하는 것이 즐거워 졌다. 그러다 내가 가려고 하면 그는 내게 음식점에서 많지도 않은 돈을 낭비하지 말고 자기 집에서 함께 식사하자고 권했고 결국에는 억지로라 도 그렇게 하게 만들었다. 말이 나왔으니 말이지 혼자 살고 있는 이 늙 은 난쟁이는 훌륭한 요리사였으며, 화로 위의 냄비나 그의 침침한 가게 의 난로에는 언제나 맛좋은 음식이 들어 있었다. 그는 때로는 오리를, 때로는 거위를 구웠고, 어느 경우에는 양고기와 야채로 영양이 풍부한 스튜요리를 만들거나 값싼 민물고기를 뛰어난 사순절 음식으로 바꿔놓 는 수완을 발휘했다.

어느 날인가 나를 그의 식사시간에 붙잡아놓고 그가 갑자기 창문을 활짝 열었던 적이 있었다. 덥기 때문이라고 말했지만 실은 쓸데없는 내 자존심을 길들이고 행인들에게 나를 보이기 위해서였다. 나는 이것을 교활한 그의 작은 눈과, 내 얼굴에 나타나는 당혹스러움과 불만스러운 표정을 공격하는 그의 농담 같은 말을 듣고 분명히 깨달았다. 하지만 나 는 더 이상 그의 덫에 걸리지 않았으며, 가난을 이런 식으로 그가 좌지 우지할 수 없는 내 재산으로 간주했다. 그는 내 이름과 출생에 대해 이 미 오래전에 들어서 알고 있었지만 희한하게도 내가 어떤 경로와 어떤 이유로 가난하게 되었는지는 결코 묻지 않았다. 미주알고주알 캐물으면 도덕적인 의무감에서 어쩔 수 없이 조금 더 인간적인 가격을 제시할 수 밖에 없기 때문에, 이와 같은 사태를 피하려는 신중성이 이런 그의 태도 의 원인이라고 나는 생각했다. 똑같은 이유에서 그는 내가 가져온 것을 더 이상 훌륭하다거나 만족스럽다고 평가하지 않았으며, 물건들을 어디 로 파는지에 대해서도 한결같이 완강하게 입을 다물었다.

나 또한 그것에 대해서는 더 이상 묻지 않았다. 그 당시 내 기분에 따라 나는 세상이 내게 허용한 변변치 않은 빵을 얻기 위해서 그림들을 모두 기꺼이 내주었고, 빵값을 아낌없이 쓰면서 만족감을 느꼈다. 더구나 내가 받은 얼마 안 되는 돈은 내가 일해서 번 최초의 수입이었으므로 그렇게 생각할 수도 있었다. 일을 해서 얻은 수입만은 비난의 여지가 없고 양심을 만족스럽게 하기 때문이다. 그리고 그것으로 사들이는 모든 것, 예컨대 빵이나 포도주, 옷과 장식품 등은 말하자면 스스로 만들고 스스로 조달한 것이라고 할 수 있다.

여러 가지 습작이나 사생화 값으로 노인이 준 돈은 많지 않았지만 나는 이런 식으로 대략 반년을 버텼다. 그림들은 끝도 없이 쌓여 있는 것 같았지만 어느 날 물론 끝이 찾아왔다. 나는 다시 굶을 각오가 되어 있지 않았다. 그래서 나는 커다란 판지 위에 채색되었거나 회색으로 칠한 그림들을 임시 액자에서 뜯어내어, 각각의 그림들을 몇몇 장의 똑같은 크기로 조심스럽게 잘랐다. 이것을 다시 포개어 쌓아 한 조씩 표지를 붙인 다음, 이 진기하고 여전히 그럴듯해 보이는 조각뭉치들을 차례차례 요셉 슈말회퍼 씨에게로 가져갔다. 그는 크게 놀라며 이것들을 바라보았는데 사실 아주 이상하게 보였을 것이다. 모든 조각그림에서 연속되어 나타나는 대담한 스케치와 강한 운필(運筆) 그리고 폭이 넓은 단색의 선은 작게 잘라낸 조각그림에서 두 배로 크게 보였고, 이 조각그림들이 알 수 없는 어떤 전체의 부분으로서 신비하고 황당무계한 모습을 띠게 했다. 그 결과 노인은 어찌할 바 모르며 이것이 제대로 된 그림인지 되풀이해서 물었다. 나는 이것은 이래야 하고, 각각의 부분들은 짜 맞춰질 수도 있으며 그렇게 하면 커다란 그림이 된다고 알려주었다.

동시에 각 부분은 독립적인 가치가 있으며, 그림 하나하나에는 볼 만한 무엇인가 있노라고 둘러댔다. 간단히 말해서 나는 그를 놀렸던 것인데, 그가 이 그림들 때문에 내내 부담이 된다 해도 내게서 얻어낸 이익에 비하면 사소한 손해일 뿐이라고 생각했다. 고물상 노인은 당혹스러워하며 태선(苔癬) 때문에 가려운 발을 문질러댔다. 하지만 그는 시빌의 책들[30]을 놓치지 않았고, 어느 날 그것들을 전부 함께 팔았는데, 나는 그것들이 어디로 갔는지 듣지 못했다.

마지막으로 팔아서 생긴 돈까지 모두 썼을 때 나는 얼마 동안 어찌할 줄 몰랐다. 나는 시험 삼아 예의 유화 두 점이 어떻게 되었는지 알아보려고 그림과 옷을 파는 상인을 찾아갔다. 그림은 옛날 위치에 걸려 있었다. 나는 그에게 아주 싼값을 매겨도 상관없으니 이 그림들을 시기라고 권했다. 하지만 그는 현금을 조금이라도 내놓고 싶은 마음이 없었다. 대신 인내심을 가지라고, 그러면 더 나은 거래를 하게 될 거라고 나를 격려했다. 나는 나쁠 것이 없다고 생각했다. 그렇게 해두면 어쨌거나 세상에 조그만 희망을 연결해두는 셈이고, 일말의 거래 가능성을 남겨두는 것이다. 거기서부터 계속 걸어온 나는 문안을 드리려고 슈말회퍼의 가게 앞에서 멈췄다. 그는 즉시 텅 빈 내 손을 바라보았다. 나는 더 이상 팔 것이 없노라고 말했다.

"기운을 내게, 젊은 친구!" 그는 큰 소리로 말하며 내 손을 잡았다. "괜찮은 장사가 있으니 즉시 시작하세! 지금이 우리에게는 최적기야. 낭비할 시간이 없다네!" 그는 나를 안내하여 가게 뒤편에 있는 어두운 지하실로 데리고 갔다. 빛이라고는 오직 축축하고 곰팡이 핀 벽 가운데

---

30) 예언녀인 시빌은 고대 로마의 타르퀴니우스 왕정 때 왕에게 예언집을 팔았다고 한다. 처음에 9권의 예언집을 가지고 와서 왕에게 비싼 값에 팔려고 했지만 거절당하자 3권을 태워버린 뒤 6권을 9권 값에 사라고 했다. 왕이 또 거절하자 3권을 더 태워버린 뒤 남은 3권을 9권 값으로 사라고 했다. 이에 이상하게 여긴 왕이 사제들을 불러 상의하자, 사제들은 이미 불에 타 없어진 6권을 아쉬워하며 남은 3권이라도 어서 사라고 왕에게 권했다. 9권 값으로 3권을 산 왕이 책의 내용을 읽어보니, 거기에는 로마의 운명에 관한 예언이 적혀 있었다고 한다.

에 뚫려 있는 좁은 총안(銃眼)을 통해 들어오는 것뿐이었다. 나는 어느 정도 어둠에 익숙해진 후 천장이 둥근 이 지하실에 둥글고 매끄럽게 대패질이 된 크고 작은 새 나무막대기와 장대들이 가득 차 있는 것을 보았다. 그것들은 화물 모양으로 묶여 벽에 세워져 있었다. 아마 100년 전쯤 여기서 일했을 어떤 화학자의 기념물로 생각되는 케케묵은 화덕 위에는 하얀 수성 페인트가 가득 찬 통 하나가 있었고, 그 주위에는 다른 색이 든 단지가 여러 개 있었는데, 각각의 단지에는 중간 크기의 페인트 붓이 갖추어져 있었다.

"2주일 후에," 노인은 작은 소리와 큰 소리를 번갈아가며 말했다. "황태자의 신부가 우리 수도에 도착할걸세! 온 도시가 예쁘게 치장되고 장식될 거야. 수천 개나 되는 창문과 현관 그리고 벽과 문구멍에는 우리나라의 깃발과 황태자비 나라의 깃발이 꽂히게 될 거란 말이야. 그러니 앞으로 2주일 동안 여러 가지 크기의 깃발이 날개 돋친 듯이 팔릴 걸세! 난 이미 두세 차례 이 사업에 손댄 적이 있다네. 돈을 꽤 벌었지. 가장 먼저, 가장 빠르게, 가장 싸게 파는 가게에 손님들이 문전성시를 이룬다네. 그러니 당장 시작하세. 꾸물거릴 시간이 없어! 나는 벌써 예상하고 막대를 만들게 했지. 그밖의 물건들도 주문되어 있다네. 천 재단과 재봉도 시작될 거야. 젊은 친구, 자네는 막대에 색칠하도록 하늘에서 보내준 사람 같아!"

"쉿! 불평할 것 없네! 여기 이 큰 막대기는 하나당 1크로이처, 작은 것은 하나당 반 크로이처를 줌세. 그렇지만 가난한 제국직할 신민[31]과 왕국 백성들의 쥐구멍과 창에서 사용할 아주 작은 이것들은 네 개당 1크로이처로 해야 하네! 자 이제 잘 보게, 어떻게 만들어지는지. 배우면

---

31) 옛 독일제국에서 신분이 낮은 사람들은 군주에게 예속된 것이 아니라 제국과 황제가 직접 관할했다.

못할 것은 아무것도 없어!"

그는 벌써 작은 막대기를 여러 개 어떤 것은 반쯤, 또 어떤 것은 전부 색칠해둔 상태였다. 막대기에는 두 왕국에 공통적인 하얀 밑바탕 색이 칠해진 다음 다른 색의 나선형 선이 휘감겨 있었다. 노인은 바탕색이 칠해져 있는 막대 한 개를 총안에 올려놓고 왼손으로 수평을 유지한 다음, 붓에 페인트가 너무 많이 적셔지거나 너무 적게 묻어도 안 된다고 내 주의를 환기시키며 붓을 페인트 통에 담갔다. 그래야만 단 한 번에 정확하고 깔끔한 선을 그릴 수 있다는 거였다. 그는 천천히 막대를 돌리며 윗부분에서부터 하늘색 나선을 긋기 시작했는데, 가능한 한 떨지 않음으로써 불완전하게 칠해진 지점으로 되돌아가야 하는 일이 생기지 않도록 애썼다. 그러나 그의 손은 떨렸기 때문에 파란 선의 폭과 하얀색의 여백이 서로 균형이 맞지 않았다. 그러자 그는 실패한 막대기를 내던지며 외쳤다. "어쨌든 간에 이런 식으로 만든다네! 이제 이 일을 더 훌륭하게 하는 게 자네 일이야. 그렇지 않다면 젊다는 게 무슨 소용인가?"

조금도 생각할 틈이 없이 나는 호기심에서 막대 하나를 집어서 올려놓은 다음 이 생소한 일에 착수했는데, 얼마 지나지 않아 일은 훌륭하게 진척되었다. 나는 정오가 될 때까지 열심히 계속했다. 정오가 되어 어두운 지하실에서 빠져나왔을 때 서너 명의 여자 재봉사들과 함께 있던 노인은 그들에게 깃발을 만드는 천을 할당하며 계속해서 설명했다. 요컨대 소홀히 해서도 안 되지만 그렇다고 너무 잘 꿰매서도 안 되며, 그 대신 일을 빨리 진척시키되, 적어도 깃발이 바람에 펄럭일 때는 붙어 있어야 하지만 그렇다고 깃발이 영원히 견디게 할 필요는 없다는 것이었다. 여자들은 웃었다. 나도 그사이를 지나가며 웃지 않을 수 없었다. 작은 남자는 내 뒤에서 무슨 일이 있어도 한 시간 내에 다시 돌아오라고 외쳤다. 나는 그렇게 했으며, 이날 이후로 일이 끝날 때까지 이 새로운 일에 종사했다.

바깥에는 아주 기분 좋은 늦여름의 광휘가 여전히 빛나고 있었다. 햇빛은 도시와 온 누리를 내리쬐고 있었으며, 길을 왕래하는 사람들이 평소보다 많았다. 요셉 아저씨의 가게는 계속해서 깃발을 가지러 오거나 주문하는 사람들과, 재단과 재봉을 하는 소녀들, 또 새 막대기를 가져오는 소목장이들로 넘쳐났다. 노인은 기분이 가장 좋은 상태에서 감독하고 고함을 지르며 그 사이를 헤집고 다녔고, 돈을 받거나 깃발 수를 셌다. 가끔씩 그는 내가 벽 틈으로 들어오는 창백한 광선 속에서 하얀 막대를 돌려 끝없는 나선을 그으며 홀로 서 있는 어두운 지하실로 들어오기도 했다.

그럴 때면 그는 부드럽게 내 어깨를 두드리며 귀에 대고 속삭였다. "바로 그거야, 바로 그거란 말이야. 이것이 진정한 인생의 선(線)이라네. 자네가 아주 정밀하고 빠르게 긋는 걸 배운다면 상당히 벌 거야!" 실제로 나는 이 구멍에서 보내는 며칠이 마치 몇 시간으로 여겨질 만큼 이 단순한 일에서 점차 흥미를 느꼈다. 이것은 어떤 생각이나 직업의 명예도 없이, 또한 하루하루 입에 풀칠하는 것 외에는 어떤 다른 요구도 없이 계속되는 최하급 노동이었다. 예컨대 거리를 지나가는 나그네가 자기 마음에 드는데다 자기가 필요하다고 여기는 한, 삽을 잡고 대열에 끼어들어 바로 그 거리에서 다른 사람들과 함께 삽질하는 것과 다름없는 일이었다.

나는 끊임없이 신속하고 신중하게 나선형 띠를 그렸다. 얼룩 하나도 만들지 않았고, 막대 하나라도 불합격될 일이 없었으며, 결단을 내리지 못한다거나 공상을 하다가 1초라도 낭비하는 일도 없었다. 색칠된 막대기가 끊임없이 쌓였다가 들려나가고 마찬가지로 끊임없이 새 막대기가 도착하는 동안, 나는 매순간 내가 일한 분량을 의식했고 따라서 막대기

하나하나는 모두 특정한 가치를 지녔다. 일은 아주 잘 진행되었다. 그 결과 사흘째 저녁에는 벌써 요셉이 아주 당혹스러워하며 일당으로 2크로네 탈러를 지불해야만 할 정도였다. 그가 가장 나은 그림의 대가로 내게 주었던 것보다 많은 금액이었다. 처음으로 그는 돈주는 것을 거부하고, 그가 잘못 계산했으며, 내가 이런 하찮은 일로 이렇게 많이 벌게 할 생각은 없었노라고 소리를 질렀다.

이와 반대로 나는 이것을 농담으로 여기지 않았다. 내 숙련된 솜씨는 그가 상관할 바가 아니며 이것 덕분에 그가 그렇게 깃발을 많이 공급할 수 있다면 마땅히 기뻐해야 할 것이라고 주장하면서 이전의 약속을 고집했다. 이 점에서 나는 내 입장이 아주 안전하다고 자신했다. 그래서 나는 이 작은 남자가 서둘러 내 말에 동의하고, 장사가 아주 잘되고 있으니 계속 이렇게만 해달라고 간청할 만큼 으름장을 놓았다.

그의 가게는 엄청나게 성황을 이루었으며 그의 봉축 깃발은 시내의 대부분에 공급되었다. 나는 끈기 있게 막대를 돌렸다. 내 생각은 끊임없이 풀려나가는 파란색 선에 실려 과거를 회상하고 장래를 예상하는 세계를 방랑하고 있었다. 나는 영락하고 싶지 않았지만 출구를 찾을 수 없었다. 물론 나는 출구의 존재를 절대적으로 확신했다. 내 핏속에는 신의 세계질서에 대한 믿음이 예나 지금이나 흘렀기 때문이다. 하지만 나는 작은 기도가 주는 기적을 잡기 위해 다시 한 번 낚시를 던지는 일은 삼갔다. 결국 오늘과 이후 며칠 동안은 먹고살 수 있다는 직접적인 안전감에 만족했다. 나는 짐 마차꾼이나 사공들 흉내를 내려고 마련해두었던 조그만 가죽지갑을 꺼내 단단하게 끈에 묶여 그 안에 들어 있는 은화들이 눈에 띌 정도로 늘어난 것을 직접 확인했다.

지금껏 나는 돈을 늘 조끼주머니 속에 넣고 다녔었다. 이제 나는 욕심껏 돈을 모으기 시작한 사람으로서 다시는 지갑 없이 살림을 꾸려나가는 일이 결코 없으리라고 다짐하며 명예스럽지는 않지만 만족스러운 일을 열심히 계속했다. 저녁이 되면 먼 곳에 떨어져 있는 음식점을 찾아가 낯모르는 사람들 틈에 끼여 앉아 간소한 저녁식사를 게걸스럽게 먹어치웠고, 돈을 어떻게 버는지를 잘 아는 사람처럼 지갑을 이리저리 헤집어 돈을 추려내면서 신중하고 조심스럽게 밥값을 지불했다.

그러는 동안 마침내 황태자비의 도착일이 가까워졌다. 마지막 순간까지도 가난하고 인색한 사람 몇몇이 충분히 심사숙고한 후에 작은 깃발 하나나 두 개를 사기 위해 찾아와 값을 깎았다. 그런 후 가게는 텅 비고 조용해졌다. 노인은 수입을 계산하는 일에 완전히 몰두했으며, 나더러 밖으로 나가 미래의 국모(國母)의 화려한 도착 행렬을 보면서 즐겁게 시간을 보내라고 권했다.

"자네는 별로 관심이 없나보군, 그런가?" 내가 특별한 흥미를 내보이지 않자 그는 이렇게 덧붙였다. "사람이 이렇게 침착하고 신중하다니! 요 근래에 낡은 화덕 옆에서 더 현명해졌단 말일세! 암, 그렇게 될 수밖에 없지! 그래도 잠깐 나가보게나. 신선한 공기와 아름다운 태양을 즐기기만 해도 좋지 않겠나!"

나는 이 말이 일리가 있고 온당하다고 생각했다. 나는 갑작스럽게 가지각색의 색과 금색과 초록 잎으로 온통 뒤덮여 어디에서나 펄럭이는 깃발과 반짝이는 빛이 가득 찬 도시를 정처 없이 걸었다. 수많은 인파가 거리를 지나고 있었으며, 번쩍거리는 기병대 행렬과 보병, 조합과 대학생 단체 그리고 동업자 집단이 온갖 상상력을 동원한 진기한 깃발들을 들고 성문을 향해 움직이고 있었다. 나는 사람들 틈에 끼여 성문을 빠져나왔다. 평야지대인 도시의 변두리를 향해 가던 즐거운 인파는 원근에서 그곳으로 집결해 있던 농민, 시골 학교 학생들, 사수 속으로 흩어져 들어갔다. 그 군중 속으로 그만큼 많은 구경꾼이 몰려들었고, 나는 구경꾼 사이에서 이리저리 떠밀리며 나아갔다.

갑자기 넓은 도시의 상공 위에서 천둥 같은 대포소리와 종소리가 울려 퍼졌다. 합창대와 북치는 소리 그리고 귀가 터질 것 같은 사람들의 환호로 보아 고대하던 황태자비가 가까이 다가오고 있다는 것을 알 수 있었다. 나는 오후 햇살의 광채 속에서 선두에서 딸가닥딸가닥 소리를 내는 기병대의 검이 번쩍이는 것과 곧이어 꽃마차를 탄 젊은 여인의 모습이 물결치는 군중의 머리 위로 떠가는 것을 보았다. 말도 바퀴도 볼 수 없었던 나에게는 그녀가 마치 시끄러운 바다 위를 미끄러져 나아가는 배 안에 있는 것처럼 보였다. 처음에 이 무시무시한 소음은 내 마음을 기쁘게 했지만 다음에는 이질적인 어떤 것으로 생각되어 마음을 압박했으며, 군주 권력에 반발하는 공화국 국민으로서의 질투심이 일게 했다. 사실 나는 군주제와 아무 상관 없었고, 군주제도에 아무런 영향력도 행사할 수 없었다.

"하지만 너는 그것과 관계를 맺었어. 보탬이 되는 일을 했으니까!" 내 마음속에서는 정치적 양심의 목소리가 이렇게 외쳤다. "넌 몇 주 동안 그것에 의지해 살았고, 심지어 주머니에는 아직껏 죄의 돈[32]을 지니고 있어!"

"적어도 나는 이 나라의 신민들에게 총을 쏘지는 않았어." 나를 변호하는 목소리가 이렇게 응답했다. "스위스 호위병[33]들은 군주에게 고용되어 이런 짓을 자주 했지만. 이 순간에도 스위스의 몇 개 연대는 단 한 사람의 결원도 없이 지금 여기서 환호를 받는 이 나라의 군주보다도 더

---

32) 그리스도를 배신한 대가로 유다가 받은 돈에 대한 비유다. 「마태복음」 26장 15절을 참조하시오.
33) 중세의 기사부대가 해체된 이후 유럽 각국에서 자국 군대가 창설되기 전까지는 용맹성을 인정받은 스위스 용병들이 유럽의 왕실에 고용되었다.

나쁜 군주들을 호위하고 있겠지!"

이국땅에 고용된 스위스인 연대에 대한 생각은 또 다른 공상을 불러일으켰다. 나는 마음속에서 내가 색칠한 수천 개의 깃대가 끝없이 이어진 울타리처럼 세워져 있는 것을 그려보았고, 가죽 돈지갑을 손에 들고 막대 군단의 사령관으로서 그 앞의 중앙에 내가 서 있는 모습을 보았다. 이 영광스러운 지위를 프랑스나 에스파냐 군대에 고용되었던 옛날 스위스 원수(元帥)의 지위와 비교하는 것이 유리할 것 같은 생각이 들었다. 최소한 나에게는 한 방울의 피도 묻어 있지 않았기 때문이다. 내 의식은 다시 명랑해졌고, 내가 죄가 없다는 확신을 갖게 되었다. 나는 눈에 보이지 않는 깃대의 영혼으로 이루어진 대군의 선두에 서서 썰물처럼 서서히 빠져나가는 사람들을 헤치며 시내로 돌아왔다.

나는 치장된 거리를 한가하게 어슬렁거리며 모든 장식과 행사 준비 상황을 자세하게 살펴보았다. 그런 다음 해가 지는 저녁 무렵 다시 밖으로 나갔다. 모든 술집과 댄스홀에는 사람들이 가득 차 있었다. 나는 걸음을 멈추지 않았다. 그러다 마침내 달이 뜰 때 100년은 된 은백양나무들로 뒤덮인 강 가운데 섬으로 건너갔다. 섬 중앙에는 술집과 댄스홀을 겸한 건물이 밝게 빛나고 있었고, 바이올린과 팀파니 그리고 트럼펫 소리가 울려 퍼지고 있었다. 나는 가능한 한 물에 가까이 있는 나무 밑의 한적한 자리를 찾았다. 흘러가는 물결은 달빛을 받으며 반짝이고 있었다. 하지만 다른 사람들도 취향이 똑같았던 탓에 나는 자리를 찾지 못하고 많은 탁자를 지나쳤다. 결국 몇몇 젊은 아가씨들이 그들의 친구 아니면 친척들과 앉아 있는 곳에 자리를 잡기로 결심할 수밖에 없었다. 키가 큰 나무 아래의 어스름은 화려한 색상의 종이 호롱으로 약간 밝아져 있었다. 그러나 달빛을 비추는 물이 자신의 유쾌한 영향력을 빼앗기거나, 가지 사이로 반짝이는 별빛이 흐릿해 보일 만큼 밝은 것은 아니었다.

내가 모자를 가볍게 들어 올리며 앉자, 바로 곁에 앉아 있던 아가씨들 가운데 두 명이 짓궂은 미소를 지으며 잘 아는 동료 장사꾼을 위한 자리는 충분하다고 말을 건넸다. 이때서야 나는 그들을 알아보았다. 그 두 사람은 슈말회퍼 가게에서 깃발을 만들던 재봉사들이었다. 그들이 성장을 한 모습은 아주 매력적이었다. 나는 그 집에서 일하던 기간 내내 가게를 지나 어두운 지하실로 들어가거나 그곳에서 나올 때 거의 바라보지도, 인사를 건네지도 않았던 재봉사들이 이토록 예쁜 아가씨들이었다는 것을 알고는 소스라치게 놀랐다. 둘 가운데 나이가 더 많은 아가씨가 다양한 직종에 종사하는 직공처럼 보이는 일행에게 같은 일을 하는 사람이라고 나를 소개했다. 아가씨들은 노인에게 내 이름을 들어 알고 있었다. 분명히 나를 씩씩한 페인트 직공으로 여겼을 것이다. 젊은 남자들은 친절하게도 내게 맥주 조끼를 내놓았다. 나는 함께 건배한 후 내가 마실 맥주 한 조끼를 주문했다. 오랫동안 고독하던 끝에 다시 사람들과 어울리는 것이 기뻤던 나는 계층적으로 약간 우월한 내 신분을 드러내지 않고 이 순박한 사람들의 모임에 몰두했는데, 신분을 밝히는 일은 어떻든 간에 어울리지도 않았을 것이다.

격의 없이 서로 껴안고 있는 걸로 보아 이 작은 모임이 세 쌍의 연인으로 이루어져 있다는 것을 알 수 있었다. 평생 동안 영원히 결합하거나 아니면 다시 헤어질지도 모르는 희망과 두려움 사이에서 그들은 자신들의 현재를 확인하는 일에 여념이 없었다. 네 번째 소녀는 그들과 다른 것 같았다. 그녀는 남자 파트너 없이 바로 내 곁에 앉아 있었는데, 아마나이가 너무 어렸기 때문이었을 것이다. 기껏해야 열일곱 살 정도인 것 같았다. 그녀는 고물상에서 일할 때 사람이 지나가면 늘 올려다보곤 했기 때문에, 나는 이 작은 소녀의 빛나는 눈을 이미 본 적이 있었다. 이제 나는 상당히 멋진 하얀 나들이 숄을 두르고 있는 그녀의 대단히 고운 자태까지도 보았다. 탁자 위에는 그녀의 아주 섬세하고 작은 손이 놓여 있었는데, 물론 연약한 손가락 끝은 수도 없이 바늘에 찔려 피부가 거칠어져 있었다. 이 손과 더불어 가볍고 작은 모자 아래서 물결치는 부드러운 갈색 머리카락과 밝은 색 목도리가 바람에 잠시 들춰질 때마다 앳되어 보이는 가슴이 반짝이는 것을 본다면, 돈 많은 여자들이 탐내지만 결코 구하지 못하는 보배 같은 매력이 여기 이 가난의 그림자 속에 숨겨져 있는 것 같았다. 내 기억 속에서 되살아난 얼굴의 창백함조차도 이제는 빛들의 유희를 위한 바탕색으로서 효과를 발휘했다. 때로는 미풍 속에서 흔들거리는 종이 호롱의 가물거리는 붉은빛이, 때로는 강물에서 반사된 은은한 푸른빛이 이 얼굴 위를 스쳐 지나갔으며, 이것은 그녀가 말할 때 번지는 입가의 미소와 더불어 그녀의 얼굴에 어떤 신비한 생명을 만들어냈다. 게다가 그녀의 이름은 훌다[34]였다.

나는 이것이 본명인지 아니면 우리 같은 직공이나 하인 계층의 여자들에게 그런 일이 종종 있는 것처럼 단순히 그렇게 호칭되는지를 그녀에게 물었다.

"아니에요." 그녀가 대답했다. "이 이름을 다른 네 이름과 함께 세례식 때 부모님에게서 받았어요. 부모님은 가난한 구두장이여서 세례식 잔치를 베풀 수도 없었고 세례 선물을 줄 대부를 모실 수도 없었어요. 그래도 부모님은 고상한 멋을 부리고 싶어했던 분들이라서 대신 이름을 다섯 개나 마련해준 거예요. 하지만 나는 가장 짧은 이름만 빼고는 모두 없애버렸어요. 우리 같은 사람들은 등록 서류를 제대로 관리하려면 끊임없이 관청으로 달려가야만 하잖아요. 그때마다 공무원들은 내 이름이 바로 끝나는지 아니면 이름들을 모두 적어 넣기 위해 새 용지를 준비해

---

34) 훌다라는 이름은 독일어로 미의 세 여신을 뜻하는 훌딘(Huldin)과 발음이 유사하다.

야 하는지 물으면서 저를 야단쳤거든요."

"그렇다면 다섯 개의 이름 가운데 가장 예쁜 이름을 남겨두었겠죠?" 그녀가 이 이야기를 어찌나 진지하게 하던지 나는 재미있어서 이렇게 말했다.

"아니에요. 그냥 가장 짧은 이름일 뿐이에요! 다른 이름들은 모두 더 길고 더 거창한 걸요! 그런데 당신은 돈을 너무 많이 갖고 다니네요. 그러면 안 되는데!"

나는 새로 시킨 맥주값을 지불하기 위해 불룩한 돈지갑을 탁자 위에 올려놓았었다. 갈증이 났던데다 첫잔은 이미 바닥이 났기 때문이다.

"이건 깃발 막대를 칠하고 번 돈이죠." 내가 말했다. "쓰지 않을 때는 안전하게 보관할 곳을 찾을 겁니다!"

"어머나! 그 노인에게서 이렇게나 많이 벌었다구요? 나는 겨우 14굴덴밖에 안 되던데!"

"개수대로 돈을 받기로 했어요. 그런 식으로 하면 전력을 다할 수 있고 주인도 골려줄 수 있거든요!"

"들어보세요, 여러분. 이분은 개수대로 돈을 받았대요!" 그녀는 다른 사람들에게 외쳤다. "그래서 돈을 엄청 번대요! 당신은 도대체 어디서 일하시는 분이죠? 아니면 독립적으로 일하나요?"

"지금은 모시는 분이 없지요. 할 수 있는 한 이렇게 계속하고 싶은 생각이고요."

"꼭 그렇게 되겠죠. 당신은 아침부터 저녁까지 열심히 일하니까요. 우린 당신의 그런 모습을 보았어요. 우리끼리 종종 이야기도 나눴어요! 다른 사람들은 '저 사람이 저렇게 거만하지 않다면 좋으련만!'이라고 말했죠. 하지만 난 당신이 오히려 슬퍼한다고 생각했어요. 그런데 저녁은 드셨어요?"

"아직요! 당신은?"

"저도요! 그럼 이렇게 해요. 나도 혼자니까 서로 돈을 모아 함께 식사할 수 있겠죠? 그러면 우리도 한 쌍의 연인처럼 보일 거예요!"

나는 이 제안이 매우 유쾌하고 현명하다고 생각했다. 뜻밖에도 아주 훌륭한 짝을 찾아 즐거워서 마음이 훈훈해진 나는 상냥한 훌다에게 식사비용을 내게 맡겨달라고 청했다. 하지만 그녀는 비용을 함께 부담하는 것만큼은 안 된다며 단연코 사양했다. 주문한 음식이 도착하자 그녀는 상당히 채워진 작은 지갑을 꺼내며 내가 그녀 몫을 떠맡을 때까지 양보하려 하지 않았다. 그런 후 우리는 친밀하게 이야기를 나누며 함께 음식을 먹었고 기분 또한 유쾌했다. 다만 이 매력적인 아가씨는 그녀가 원한 커틀릿과 함께 갖다달라고 내가 주문한 감자는 먹으려 하지 않았다. 더욱이 그녀는 내가 한 번도 애인을 사귄 적이 없는 것 같다고 말했다. 그렇지 않다면 여공들이 휴일에 놀러나갔을 때 감자를 먹으려 하지 않는다는 사실을 모를 리가 없다는 것이었다. 나는 내가 그걸 어떻게 알겠느냐고, 그건 대체 무슨 모호한 이치냐고 물었다.

"그들은 일주일 내내 거의 감자만 먹기 때문에 신물이 나서 그런 거예요!"라고 그녀는 설명했다. 나는 동정을 표시했다. 하지만 내가 그보다 더 힘든 나날을 겪었노라고 고백하지 않았다. 그랬더라면 나는 그녀의 존경을 받지 못했을 것이다. 여하튼 내 생각은 그랬다.

그러는 동안에 나머지 일행 중에서 어느 때에는 한 커플이, 또 다른 경우에는 다른 한 커플이 춤을 추러 홀에 갔다가 다시 돌아오곤 했기 때문에 우리 탁자는 번갈아가며 비었다가 다시 차곤 했다. 그런데 뜻하지 않게 두 쌍이 무척 흥분한 상태로 되돌아와서 탁자에 앉아 싸움을 계속했는데, 아마 이 싸움은 홀에서 터진 것 같았다. 아가씨들 가운데 하나는 울었고, 또 다른 하나는 욕설을 퍼부었다. 그들의 젊은 남자 파트너들은 이 거센 폭풍을 가라앉히고 온갖 공격을 막아내느라 고심참담했다.

"싸움이 또 터졌군요!" 훌다가 말했다. 그녀는 내 곁으로 몸을 바싹 붙이면서 이건 사각관계라고 나직한 목소리로 말했다. "말하자면 여기 이 여자는 전에 저 남자의 애인이었어요. 그리고 저 여자는 이 여자의 지금 남자가 애인이었고요. 그러다가 순식간에 저 네 사람 모두 서로 상대를 바꿔버렸지 뭐예요. 이 여자는 이 남자를, 저 여자는 저 남자를 애인으로 삼은 거죠. 하지만 계절이 바뀔 때마다 매번 세상의 종말이 오고 있다고 생각될 만큼 무시무시한 폭풍우기인답니다. 이런 식으로 엇갈린 사두마차는 좋지 않아요. 이와 같은 일에는 오직 두 사람만 있어야죠!"

"그런데 대관절 왜 함께 다니죠? 서로 피하지 않고?"

"왜 그러는지는 아무도 몰라요! 마치 마법에 걸린 것처럼 언제나 같은 곳으로 달려나가 서로 옆에 웅크려 앉는다니까요!"

나는 아주 어린 내 여자 친구의 설명과 이러한 관계가 똑같이 불가사의하게 생각되었다. 확실치도 않고 겉보기에 아무것도 아닌 일로 시작된 싸움은 마침내 아주 격렬해졌는데 급기야 서로 사이좋게 지내는 세 번째 커플이 개입하여 힘들게 휴전을 성립시켰다. 각각의 커플이 함께 나누어 마시던 맥주잔이 다시 채워졌다. 하지만 호전적인 아가씨들은 서로에게뿐만 아니라 자기 애인들에게도 뾰로통해 있었다. 누구의 편도 들지 않는 일행이 다시 한 번 개입할 수밖에 없었다. 또한 훌다의 제안에 따라 모든 질투와 싸움을 강제로라도 극복하기 위해서는 네 사람이 각각 옛날 애인들과 다시 한 번 춤을 추어야 하며, 어느 누구도 그것을 시기해서는 안 된다고 결정되었다.

이 일은 실행되었다. 파트너를 교환한 짝들은 오랫동안 춤을 추고 되돌아왔는데, 아가씨들은 모두 옛날 애인의 팔짱을 끼고 있었다. 하지만 파트너를 새로 바꾼 두 쌍은 다시 서로 떨어지는 대신 자기들 물건을 챙기더니 한마디 말도 없이 서로 다른 길로 떠나버렸다. 남아 있던 우리는 완전히 어안이 벙벙해져서 그들이 사라질 때까지 뒷모습을 지켜보다가 마침내 커다란 웃음을 터뜨렸다. 홀다만은 고개를 절레절레 흔들며 "뻔뻔한 사람들!"이라고 말했다. 사실상 그들은 춤을 추는 동안 자기들이 바랐던 도덕적 화해 대신 오직 그들의 변덕을 위한 새로운 자극을 찾았고, 그토록 오랜 이별 후에 이제 재결합의 기쁨을 만끽하기 위해 서둘렀을 것이다.

이러한 단순한 하층민들의 자유스러운 풍습을 보고 망연자실해진 상태에서 회복되기도 전에 나는 어린 소녀의 부드러운 손이 내 어깨 위에 놓이는 것을 느꼈다. 그녀 역시 춤을 추고 싶었던 것이다. 이러한 여흥을 기대하거나 찾을 생각을 하지 않았는데도 나는 별수 없이 그녀의 뜻에 따르지 않을 수 없었다. 그녀는 이것을 당연한 것으로 간주했고, 애인과 함께 아직 남아 있던 여자친구에게 벌써 모자와 숄을 맡겼던 것이다. 댄스홀의 불빛 속에서 자유롭게 움직이며 춤을 추게 되었을 때에야 비로소 나는 처음으로 그녀가 얼마나 아름다운지를 완전하게 보았다. 하지만 나는 곧 그녀의 자태를 바라보는 대신, 요정처럼 춤을 추며 날아다닐 때마다 마치 솜털처럼 부드러운 그녀의 가벼운 몸을 느꼈다. 음악이 중단되어 멈춰야 할 때면 그녀는 느슨해진 내 넥타이를 바로잡아주거나 셔츠에 단추 하나가 떨어졌다는 것을 알려준 반면, 나는 오직 호의적인 그녀의 따뜻한 눈과 입가의 만족스러운 미소만을 바라보았다.

섬세하고 부드러운 이 소녀의 육체에는 뜨거운 생명이 살아 숨쉬는 것 같았으며, 이 뜨거운 생명은 자신에게 가까이 다가온 모든 것을 위해 헌신적으로 사랑하는 마음을 드러내는 것 같았다. 나에게는 수수께끼 같은 애정이 눈에서부터 손가락 끝까지 그녀의 전신에 넘쳐흐르기 시작했는데, 그렇다고 어떤 거짓된 아부나 야비한 흔적이 섞여 있지는 않았다. 오히려 그녀의 감정과 흥분은 매력적인 겸양 속에 감춰져 있어서 춤추고 있는 많은 사람 가운데 어느 누구도 그런 낌새를 감지하지 못했다. 말하자면 그녀는 최소한의 조심성이나 자제도 필요 없는 것 같았다.

몇몇 사람들의 서투름으로 춤이 중단되고 홀다의 몸이 내게 강하게 밀리게 되자, 내 맥박의 격한 고동을 느낀 그녀는 내 가슴에 손을 대고 아주 사근사근하게 고개를 끄덕이며 "보여주세요, 당신도 정말 심장을 갖고 있나요?"라고 말했다.

나는 "그런 것 같은데요!"라고 대답하며 입을 벌린 채 내 눈앞에 아주 가까이 있는 그녀의 사랑스러운 얼굴을 바라보았다. 그녀는 다시 한 번 고개를 끄덕였고, 우리는 빙글빙글 원을 그리며 다시 시작된 춤을 계속하려고 했는데, 그때 우리를 발견한 홀다의 여자친구가 우리를 멈춰 세우며 내일 아침 일찍 일하러 가야 하니 지금 집에 가고 싶다고 말하면서 모자와 숄을 건네주었다.

"나도 일곱시까지 가야 하는데!" 홀다가 웃으면서 말했다. "깃발을 만드는 일 때문에 단골 일을 미뤄 두었으니 이제 만회해야 하거든! 그렇지만 아무래도 지금 당장은 집에 가고 싶지 않아!"

"그래, 그렇다면 조금 더 있다 오렴!" 상대편 여자가 말했다. "친절한 우리 친구가 나중에 집으로 안전하게 바래다주겠지. 그렇게 친절을 베풀 거죠? 막대칠장이 아저씨!"

나는 기꺼이 그 일을 맡겠노라고 약속했다. 뒤이어 연인들 가운데 마지막 쌍이 떠났고, 홀다와 나는 모두 떠나버린 탁자로 되돌아왔다. 우리는 은백양나무 아래에 단둘이서만 앉아 있게 되었다. 달은 하늘 높이 올라가 있어서 우듬지의 가장 높은 아치 속에 퍼져 있는 어렴풋한 회색빛을 통해서만 보일 뿐이었다. 아래쪽은 상당히 어두웠다. 강물도 더 이상 달빛을 반사하지 않았고 호롱불도 꺼져 있었기 때문이다.

"우리도 잠시만 쉬었다가 가요!" 그녀는 이렇게 말하며 그녀의 허리 주위에 얹혀 있던 내 팔 안으로 주저 없이 몸을 기댔다. 그사이에 나는 펀치나 뜨거운 포도주 한 잔을 가져오려고 팔을 빼고 있었다. 하지만 그녀는 나를 저지하며 방금 전의 우리 자세를 되살렸다.

"마시지 마세요!" 그녀는 작은 목소리로 말했다. "사랑은 엄숙한 것이에요. 그래서 취해 있는 걸 원치 않죠. 아무리 장난에 불과한 사랑이라도 마찬가지예요!"

"대관절 어떻게 사랑에 관해 이렇게 많은 것을 알고 있죠, 사랑스러운 아가씨? 아직도 아이 같은데?"

"내가요? 난 정확히 열일곱 살인 걸요! 혈혈단신으로 살게 된 지가 5년째예요. 열두 살 때부터 하루도 빠짐없이 일해서 정직하게 생활비를 벌었고 경험도 많이 했어요. 그래서 나는 일을 좋아해요. 나에게는 일이 아버지고 어머니예요. 일만큼 좋아하는 것은 단 하나밖에 없는데, 그건 다름 아닌 사랑이에요! 사랑하지 못하느니 차라리 죽는 게 나아요!"

나는 "이런! 이 비스킷처럼 달콤한 꼬마 아가씨!"라고 말하며 이런 말을 털어놓은 장밋빛 입을 보려고 했다.

"내가요?" 홀다는 속삭였다. "내가 식초를 만드는 나무로 만든 여자 같지 않아요?[35] 이 가슴속에는 벌써 사랑했던 사람이 둘씩이나 있었는데요!"

"맙소사! 벌써 둘씩이나! 그 사람들은 어디 갔지?"

"음, 첫 번째 남자는 너무 어렸어요. 그리고 외국인이었고요. 그 사람은 수업 여행을 계속해야 했어요. 그러더니 자기 나라에서 애인이 생겨

---

35) 숯가마에서 숯을 만들 때 부수적으로 초산(醋酸)도 생기는 것을 빗댄 것이다.

장차 결혼할 거라는 편지를 보내왔더군요. 그때 눈물을 흘렸지만 그것이 어떤 도움도 될 수는 없었죠. 그런 다음 두 번째 남자가 생겼어요. 그런데 그 사람은 일하려고 하지 않았어요. 내가 전적으로 먹여 살려야 했죠. 그건 오래 갈 수 없었어요. 또한 나도 그 사람 때문에 부끄러웠고요. 그래서 떠나보냈어요! 일하지 않는 사람은 먹어서도 안 되고 사랑할 필요도 없다는 건 당연한 것 아닌가요!"

"그러면 그 사람은 여기 이 도시에서 떠돌아다니겠네?"

"유감스럽지만 그렇지는 않아요. 내가 돈을 주지 않으니까 나쁜 짓을 저질러서 지금 감옥에 있거든요. 그 얘기를 듣고 너무 부끄럽고 슬퍼서 반년 동안이나 사람들을 바라보지 못했을 정도였어요!"

"하지만 이제는 다시 시작할 수 있겠지?"

"물론이죠. 그렇지 않다면 살고 싶은 사람이 어디 있겠어요?"

이 어린 소녀가 자각과 확신을 가지고 이렇게 낙천적으로 이야기하는 것을 들으며, 또한 이토록 연약하고 부드러운 인간이 일과 사랑에 헌신할 뿐 세상의 다른 모든 것은 바라지 않는다고 공언하는 것을 들으며 나는 점점 더 혼란스러워졌다. 그녀는 어떤 독특한 도덕률을 마치 한 송이 이상야릇한 꽃처럼 손에 들고 있는, 중세의 알레고리적인 인물 같았던 것이다. 내게는 마치 미의 여신 가운데 하나가 대기로부터 형체가 체현되어 따뜻한 피를 지닌 채 내 팔 안에 놓여 있는 것 같은 생각이 들었다.

우리의 대화는 이미 부드러운 애무로 변해 있었다. 잠시 후 그녀는 내게 속삭였다. "그런데 당신은 어때요? 혼자인가요?"

"불행하게도 몇 년 전부터 완전히 혼자야!"

"음, 그렇다면 우리 아주 차분하고 편안하게 사귀어봐요. 그것이 우리를 어디로 끌어가는지 조용히 지켜보기로 해요!"

하지만 그녀는 시정(詩情)이 없이 속된 이 진부한 문구를 처음으로 사랑을 고백하는 어린 소녀의 목소리와 표정으로 말했다. 아니면 영원한 젊음과 영원히 새로운 기분으로 연애를 시작하기 위해 가난한 하녀의 모습으로 가장한 저 불멸의 여신의 어조 같았다고도 할 수 있었다. 실로 여기에는 그녀가 나를 잃는다 해도 이전의 남자들을 잃어버렸을 때처럼 미련 없이 원래의 생활궤도로 돌아가리라는 확신이 배어 있었다. 나는 그것을 분명히 느꼈다. 그런데도 나는 그녀의 작은 손을 찾았으며, 감미로운 신선함과 함께 피어나는 장미처럼 순수하고 향기롭게 내 입을 찾아온 그녀의 입술을 맞이했다.

"이제 우리 가요!" 그녀가 말했다. "나를 집까지 바래다주는 친절을 베푼다면 내가 어디에 사는지 알게 되겠죠. 토요일 아홉시에 집 앞으로 오세요. 그때 일요일에 뭘 할지 의논해요. 하지만 주중에는 잠자코 만족스럽게 일을 계속하기로 해요! 일하면서 사랑하는 사람을 생각하고 일요일에 그와 함께 지내는 것을 확신한다면 일하는 게 얼마나 신나는지! 둘이서 조그만 방 안에 틀어박혀서 같이 지낼 수 있는 사이가 된다면, 비가 오고 폭풍우가 몰아치더라도 우리는 편안히 방에 앉아 하늘을 비웃을 수 있겠죠!"

"하지만 사랑스럽고 귀여운 꼬마 아가씨, 모든 것이 당신 소원대로 이루어지고 나와의 관계도 그렇게 되리라는 것을 도대체 어떻게 알지? 대관절 나에 대해 무엇을 알고 있어?"

"그것은 걱정할 것 없어요. 이미 당신을 약간 알고 있으니까요. 사는 보람을 느끼고 싶으면 마음은 조금은 모험을 하거나 일찍부터 눈을 깨지 않으면 안 돼요. 내가 지금껏 보고 경험한 것을 당신이 알고 있다면 좋을 텐데! 당신의 일자리가 없어지면 내가 마련해줄 수도 있어요. 난 여기저기 많이 돌아다니거든요. 그래서 사람들이 생각하는 것보다 더 많이 보고 듣죠!"

이미 내 팔을 꽉 끼고 있던 그녀는 몸을 밀착한 채 명랑하게 내 곁에서 걸었고 똑같은 가사를 반복하면서 짤막한 사랑의 노래를 흥얼거렸다. 가난과 곤경의 한가운데서, 아마도 존재의 가장 어두운 심연에 빠진 상태에서, 이렇게 갑작스럽게 아주 맑은 삶의 희열이 넘치는 샘 앞에 서 있다니, 쓰레기나 시든 이끼 아래서 숨겨진 채 반짝이고 깜박대는 금빛 매력이 넘치는 보물 앞에 서 있다니, 나는 내 감각을 거의 믿을 수 없었다.

'제기랄!' 나는 생각했다. '하층민들은 아주 멋진 기사들이 전혀 짐작할 수 없는 곳에 자기들끼리 진정한 회르젤 산[36]을 세워놓았군. 근사한 것을 찾기 위해서는 스스로 가난해지지 않으면 안 될 것처럼 보이는군 그래!'

"뭘 그렇게 골똘히 생각하세요?" 홀다가 노래를 멈추며 물었다.

"뭔가 하면, 이토록 예기치 않게 찾아온 아름다운 행복에 대해 심사숙고하던 참이었지! 그런 행복에 약간 놀란다고 해서 안 될 건 없겠지?"

"어머, 정말 세련된 말을 쓰시는군요! 꼭 책에 나오는 말 같아요. 그런데 참, 생각해보니 당신의 말이나 행동이 진짜 직공 같지는 않다는 생각을 전에도 한두 번 했던 것 같아요. 다분히 옛날에 좋은 시절을 보냈던 것 같아요. 원래부터 수공업자가 되려고 했던 건 아니었죠?"

"맞아. 그렇다고도 할 수 있지! 하지만 지금은 만족스러워. 특히 오늘이!"

"이리 와요. 어서요!" 그녀는 이렇게 말하며 내 목을 얼싸안고 열렬하게 키스했다. 키스가 몹시 달콤했기 때문에 그녀와 계속 걸어가는 동안 나는 황홀경에 빠져 있는 것 같았다. 그만큼 우리가 갈 길은 멀기도 했다.

---

36) 회르젤 산은 미의 여신 홀레(홀다)와 마녀 등이 산다고 일컬어지는 정령과 마녀의 산이다.

하지만 내가 조금 전에 했던 말은 꾸며낸 것이 아니었다. 내 머릿속에서는 그 말이 다음과 같이 계속 이어졌다.

'왜 너는 이상과 명성을 향한 모든 노력을 단념하고 이 이름 없는 행복한 세계에 숨어 살면 안 되지? 내일이라도 당장 네가 몇 주 동안 해왔던 그런 일을 다시 시작하면 안 되는 이유가 뭐야? 직공들과 어울리며 날마다 확실하게 돈을 벌어서 저녁마다 긴 청춘을 향해 피어나는 이 부드러운 가슴에서 편안한 휴식을 찾지 못할 이유가 어디 있어? 단출한 일과 황금빛 사랑 그리고 만족할 만큼의 빵이 있다면 더 바랄 게 뭐가 있지? 게다가 소망이 있는 한 결국은 더 훌륭한 생활을 할 수 있지 않을까?'

마침내 훌다의 집 현관 앞에 도착했을 때 나는 정말 순수하고 행복한 모험을 체험했다고 확신했고, 다음 주 토요일 저녁에 틀림없이 오겠노라고 약속했다. 밤늦게 집으로 돌아가는 다른 사람들 때문에 우리는 작별의 포옹을 나눌 수 없었다. 그녀는 바래다준 것에 대해 몇 마디 감사하다는 말을 정중하게 건넨 후 다른 사람들과 함께 재빨리 안으로 들어갔다.

달은 거의 지고 있었다. 조용해진 거리의 수천 개의 깃발은 강한 바람을 타고 집과 탑의 아래 위에서 마치 유령들의 손에 어루만져지듯이 도처에서 펄럭이며 물결쳤다. 내 마음 깊은 곳에서도 처음으로 잠에서 깨어난 열정과 며칠만 지나면 숨겨진 보물을 차지할 수 있다는 희망, 아니 확신이 거칠고도 부드럽게 또한 달콤하고도 대담하게 온 핏줄 속에서 물결치며 돌진하고 있었다. 몇 시간 전만 해도 꿈에서조차 상상할 수 없던 생각이었다.

이렇게 나는 아침 일찍 나온 이후 들어가지 않았던 황량한 내 집으로 돌아왔다.

제6장 고향 꿈

죽음은 내가 살고 있던 하숙집에도 찾아왔다. 나는 계단 위에서 죽음과 마주쳤음이 틀림없다. 오후에 안주인이 산욕에 들었는데, 지금 그녀는 어둑한 방 안에서 생명을 잃고 죽은 아이 곁에 누워 있었다. 나는 열려 있던 문을 지나가야 했다. 물건을 정리하던 산파와 이웃집 여자가 침실에서 나와 울고 있는 아이들을 달래고 있었다. 나보다 조금 앞서 집에 돌아온 남편은 의자 위에 앉아 있었다. 그는 정오 무렵부터 행렬과 흥겨운 행사를 구경 다녔기 때문에 사람들은 그가 평소 자주 다니던 곳에서 그를 찾을 수가 없었다. 따라서 그는 내가 들어오기 조금 전에야 귀가했던 것이다. 그는 집 밖에서 일했는데, 나는 그가 어떤 일을 하는지 몰랐다. 그는 번 돈을 대부분 자기가 다 없앴다. 그래서 죽은 부인이 이 가정의 초석이자 지주였다.

이 남자는 어찌할 바를 모르고 말을 잃은 채 비탄에 빠져 방 가운데에 앉아 있었다. 얼굴은 핼쑥했다. 그도 그럴 것이 즐겁게 돌아다니면서 불그레하게 상기되었던 얼굴의 홍조가 완전히 가셨을 뿐만 아니라, 도움이 되거나 거들어줄 일도 없었지만 잠을 자는 대신 깨어 있어야 했기 때문이다. 그는 햇빛도 보기 전에 고통과 통증의 소동 속에서 죽은 후, 조그만 보자기에 싸여 있는 뚜렷하지도 않은 형체를 겁에 질린 눈으로 바라보았다. 그는 몸서리치면서 고개를 흔들며 아내 쪽으로 시선을 돌렸다. 그녀는 죽음이 지나간 사람답게 뻣뻣해진 몸에 무관심한 표정으로 누워 있었다. 남편과 아이들뿐만 아니라 이웃들도 그녀의 몸에 손을 대지 않았다. 조금 전에 이 어린것을 위해 목숨을 희생했는데도 곁에 누워 있는 갓난아기조차 그녀와는 아무 상관이 없었다.

생사가 걸린 악전고투 동안 방에 갇혀 방치되었던 아이들은 배가 고팠기 때문에 어머니를 부르며 가련하게 울면서도 먹을 것을 달라고 아우성쳤다. 마침내 기운을 차리고 일어선 남편은 감각이 없어진 사지를 움직이며 아내가 죽기 전에 사놓았거나 남겨놓았을지도 모를 음식이 어디에 있는지 찾아다녔다. 그는 마치 아내가 "그쪽으로 가세요. 우유는 거기 있어요. 빵은 저기 있고요. 커피 분쇄기에 아직 커피가 남아 있어요!"라고 가르쳐주어야 하는 것처럼 무심결에 아내 쪽으로 몸을 돌렸다. 하지만 그녀는 아무 말도 없었다.

충격을 받은 나는 비탄에 빠진 방 쪽으로 가까이 다가가서 혹 내가 도울 일이 있는지 물었다. 의사들이 즉시 시체안치소로 운반하라는 지시를 했다고 여자들 가운데 한 사람이 말했다. 그녀는 계속해서 날이 밝으면 시신들을 즉시 가져가면 좋을 텐데 예약하러 갈 사람이 남편밖에 없다고 말했다. 나는 이 일을 처리하겠노라고 말했다. 10분 후 나는 안치소의 호령(呼鈴)을 당겼다. 경비원에게 필요한 사항을 얘기한 다음 유리문을 통해 홀 안을 들여다보았다. 그곳에는 온갖 계층의 다양한 연령의 시신들이 길게 열을 지어 놓여 있었는데, 마치 날이 밝기를 기다리는 시장 상인들이나 자질구레한 짐 꾸러미를 깔고 선창가에서 잠을 자고 있는 이주민들 같았다. 나는 그사이에서 꽃 위에 누워 있는 한 어린 소녀의 시체를 보았다. 가까스로 봉우리를 맺은 작은 젖가슴은 수의 위로 두 개의 그림자를 창백하게 던지고 있었다. 이때 나는 이날 밤에 체험하고 계획했던 것을 생각하면서 의혹과 불안 그리고 공포와 피로에 휩싸였다. 나는 잠을 자기 위해 서둘러 그곳을 떠났다.

잠은 폭풍우처럼 소란스러웠고 불쾌했다. 때론 이 집안의 슬픈 사건 때문에 잠에서 깨어났고 또 때로는 이 세상의 것과 저 세상의 것, 관능적인 사랑의 속삭임과 죽은 자에 대한 만가(輓歌)가 끊임없이 뒤섞이는 비몽사몽간의 꿈의 이미지에 에워쌓였는데, 날이 밝아 최소한 생각을 집중할 수 있게 되었을 때에야 안도의 한숨을 내쉬었다.

하지만 생각은 즉시 혼란에 빠졌다. 잠자리에서 일어나 도대체 무슨 일이 일어났고, 다음에는 무슨 일을 하려고 했는지 이마에 손을 대고 곰곰 생각하게 되었을 때, 나는 나에게 경고를 보냈던 엄숙한 죽음의 그림자 앞에서 물러나야 하는지 아니면 가난한 직업여성의 모습으로 나를 유혹했던 사랑을 따라가야 마땅한지 오락가락했다. 결국은 유혹이 승리를 거두었다. 젊은 생명의 부드러운 가슴 위에서 위안과 신뢰와 나 자신을 다시 찾는 것이 최선책으로 생각되었다. 이러한 상태에서 연애를 시작하고 의심스러운 정리(情理)를 맺는 것에 대해 양심의 목소리가 더 엄숙하게 경고하면 할수록, 마음속에서는 약속 지키기, 바라는 바를 실행해야 하는 남자의 명예, 남자의 용기 같은 이유가 더욱더 풍성하게 쏟아져 나왔다.

심지어 나는 주말까지 기다리는 대신 바로 다음 날 저녁에 이 매력적인 아가씨를 찾아가기로 결심했다. 하지만 그전에 우선 늙은 고물상 주인에게 최근에 했던 것과 같은 하찮은 일을 이후에도 맡겨줄 수 있는지 문의하려고 했다.

이렇게 나는 상을 당한 집을 빠져나왔다. 내 눈과 입술은 삶을 열망했다. 어머니와 그녀의 마지막 자식의 시체는 벌써 몇 시간 전에 집 밖으로 실려나간 뒤였다. 나는 열린 문 옆에서 말없이 무리지어 앉아 있던,

어머니를 잃은 아이들에게 눈길을 돌리지 않았다. 집 밖으로 나와 서둘러 거리를 내려가다가 나는 아름다운 부인과 팔짱을 끼고 가던 한 젊은 남자와 마주쳤다. 두 사람은 깔끔한 여행복을 잘 차려입고 있었는데, 보아하니 손에 든 조그만 종이쪽지에 적혀 있는 주소를 보며 집을 찾고 있는 것 같았다. 이 남자의 얼굴을 어디선가 본 것 같은 느낌이 들었지만 나는 당장 할 일에 정신이 팔려 깊이 생각하지 않았다. 길을 비켜주려고 하자 그는 나를 유심히 바라보면서 고향 사투리로 말했다. "어! 이분이네! 하인리히 레 씨가 아닌가요? 우리는 지금 당신을 찾고 있는데요."

나는 그가 우리 도시의 이웃에 살던 수공업자라는 것을 알아보고는 기쁘기도 하고 놀랍기도 했다. 몇 년 전 대략 나와 같은 시기에 외국으로 편력 여행을 떠났던 이 사람은 오래전에 고향으로 돌아가 장인이 되어, 부친의 사업을 떠맡아 확장했으며, 지금은 신혼여행 중이었다. 하지만 그가 약삭빠른 부수적 목적 없이 신혼여행을 온 것은 아니었다. 지금 그가 팔에 끼고 있는 그의 아내는 부유한 시민의 딸로, 여러 가지 유리한 사업을 도모할 수 있는 지참금을 가지고 왔던 것이다.

그는 내 어머니의 안부를 전했다. 그는 어머니가 내게 전할 말을 듣기 위해 여행 출발 전에 어머니를 방문했던 터였다. 어머니는 창피를 무릅쓰고 내가 어디에 있는지, 내가 지금도 옛날에 살던 곳에 아직 살고 있는지도 확실히 모른다는 것을 어쩔 수 없이 이 이웃 남자에게 고백할 수밖에 없었다. 그만큼 간절하게 내 소식을 고대했던 것이다. 나도 또한 어머니에 대해 많은 것을 물으면서 그만큼 당혹스러웠다. 그렇게 함으로써 나도 어머니에 대해 아무것도 모른다는 사실이 밝혀졌기 때문이다. 그러나 나는 내 욕망에 오래 저항하지 못하고 이내 내가 알고 싶은 것을 꼬치꼬치 물었다.

"자, 모든 것을 다 얘기해봅시다." 동향인은 내 모습을 예리하게 살피며 말했다. "당신은 상당히 변했군요. 그렇지 않소, 여보? 당신도 전에 하인리히 씨를 알고 있었을 테지?"

"기억나는 것 같아요. 그때 난 아직 초등학교에 다녔지만요." 그녀가 대답했다. 반면 완전히 여자답게 성숙한 그녀의 모습은 내게 아주 생소해 보였다. 그러는 동안 나는 그녀의 눈이 새것도 아니고 그렇다고 손질이 잘 된 것도 아닌 추레한 내 복장을 훑어보고 있다는 것을 깨달았다. 나는 처음으로 꾀죄죄한 옷을 입고 있다는 것에 굴욕감을 느꼈다. 고향 남자가 내 하숙집을 보고 싶다고 했을 때 나는 더욱더 당혹스러웠다. 다행스럽게도 사람이 죽은 일이 핑곗거리가 되었다. 나는 지금은 손님을 대접하는 것이 적당해 보이지 않으며, 나도 그런 이유로 외출하게 되었노라고 변명했다.

"그렇다면 우리가 당신을 초대해도 될까요? 오늘 하루를 우리와 함께 보냅시다. 우리는 어제 도착했죠. 하지만 사업상 볼일이 있었어요. 우린 내일 아침 일찍 떠납니다. 결코 시간을 많이 빼앗지 않을 겁니다. 당신 일을 방해하고 싶지 않으니까요!"

선량한 이 고향 남자는 이 말이 얼마나 고통스럽게 내 급소를 찔렀는지 결코 알아채지 못했다. 하지만 나는 그럴 위험은 없으며 내가 그렇게 엄청나게 바쁘지는 않다고 하면서 그를 안심시켰다. 그런 후 이 부부 여행자를 두어 시간 동안 여기저기 안내한 다음 그들과 함께 그들의 숙소인 수수한 중급 여관으로 들어가 점심을 함께 먹었다. 오랫동안 멀리했던 습관이었지만 고향 사투리로 옛날의 친숙한 일들에 대해 말할 기회를 갖게 되고, 더욱이 훌륭한 라인 포도주의 향기가 퍼지자 나는 금세 현재 내 처지를 잊었다. 불쾌할 정도로 애정 표현을 하여 신혼이라는 것을 드러내는 짓 따위는 하지 않는 이 부부의 조용하고 친절한 태도는 나를 더 편안하게 했으며, 이 느낌은 마치 숨 막힐 듯이 답답하게 구름이

긴 하늘에서 잠깐 동안 내비치는 햇살처럼 나를 감쌌다.

동향인이 두 번째 병을 주문하고 나머지 손님들도 식탁을 떠나자 젊은 부인은, 그녀가 말한 대로라면, 좀 쉬기 위해서 방으로 돌아갔다. 우리 두 사람은 계속해서 더 많은 얘기를 나누었다. 그러다 마침내 사람 좋은 이 이웃은 자기 말을 멈추더니 선의의 표현을 찾으려고 애쓰며 다음과 같이 말했다.

"레 씨, 솔직히 말씀드리자면 당신의 모친에게는 당신의 귀향이 몹시 필요합니다. 가능한 한 빨리 고향으로 돌아가라고 말씀드리고 싶습니다. 부인은 다부진 분이라서 깊은 슬픔과 자식을 향한 그리움을 숨기려고 애쓰시지만, 그분이 뼈에 사무치게 낮밤으로 그 일만 생각한다는 것을 우리는 잘 알고 있습니다. 제 생각이 틀렸는지 모르겠습니다만 당신의 형편이 썩 좋아보이지는 않는군요. 제 짐작으로는, 당신은 예술가들이 결국 훌륭한 명성을 얻음으로써 힘겨운 싸움에서 빠져나오기 위해 온갖 종류의 경험을 해야만 하는 단계에 있는 것 같습니다만. 그래도 모든 것에는 정도가 있지 않겠습니까! 당신은 일단 일단락을 짓고 고향으로 돌아가야 합니다. 비록 금의환향하는 것은 아닐지라도 말이지요. 사람의 일이란 왕왕 새로운 측면에서 평가되고 처리될 수도 있는 법입니다."

잔을 들고 고향과 어머니를 위해 나와 건배한 그는 잠시 골똘히 생각하더니 계속해서 말했다.

"고향에서는 당신 모친께서 당신에게 상당한 돈을 사용했기 때문에 살림살이가 크게 옹색해졌다는 소문이 났습니다. 그러자 말 많고 몰지각한 아낙네들과 그와 똑같은 남정네들이 그분이 없는 데서 그분을 심하게 비난하고, 나아가서 면전에서도 그분이 잘못했으며, 자식을 잘못 섬기고 있을 뿐만 아니라 주제넘은 짓을 했다는 둥 쓸데없는 말까지 시작하게 되었지요. 당신 모친을 잘 아는 사람들은 누구나 전혀 그렇지 않다는 것을 알고 있습니다. 하지만 분별없는 수다로 그분이 완전히 위축된 것은 사실입니다. 그래서 거의 아무도 만나지 않고 매일매일 외로움과 자책 속에서 살고 계십니다."

"당신 모친께서는 온종일 창가에 앉아 실을 잣고 있습니다. 마치 딸일곱의 혼수를 마련해야만 하는 것처럼 연년세세 실을 잣고 있어요. 그동안 꽤 모았다고 말씀하시더군요. 최소한 아들과 아들의 가족이 평생동안 사용해도 충분할 만큼 아마포를 준비해놓으셨답니다. 그분은 해마다 사람들을 시켜 짠 하얀 천을 마치 그물을 펼쳐놓은 것처럼 비축해놓으면 그 속으로 당신의 행복이 통째로 굴러들어와 충만한 가정을 이룰수 있다고 믿고 있습니다. 학자들이나 저술가들이 철해진 백지를 보고그 위에 훌륭한 작품을 쓰고 싶은 유혹을 받는다든가 아니면 펼쳐진 캔버스를 본 화가가 그 위에 그림을 그리고 싶은 유혹을 받는 것과 같은이치겠지요."

말솜씨가 훌륭한 이 사람의 마지막 비유를 들으며 나는 쓴웃음을 억제할 수 없었다. 그는 이런 내 미소를 보고 자기 추측이 옳다는 것을 확신한 것 같았다. 그는 계속해서 말했다.

"때때로 그분은 손으로 턱을 받치고 지붕들 너머의 평원이나 구름을응시하시더군요. 해가 지면 물레질을 멈추고 불도 켜지 않은 채로 어둠속에 앉아 있어요. 달이나 바깥쪽의 불빛이 창문에 비칠 때는 언제나그곳에서 항상 똑같은 모습으로 먼 곳을 바라보는 그분의 모습이 보입니다."

"이부자리를 말리는 그분의 모습은 정말 가슴을 아프게 합니다. 다른사람의 도움을 받아 커다란 샘이 있는 광장으로 가져오는 대신, 그것을당신 집의 높고 검은 지붕 위로 끌고 가서 남쪽으로 펼쳐놓지요. 그러다보니 급경사진 지붕 위를 부지런히 돌아다닙니다. 신발도 신지 않고 지붕 가장자리까지 가서 베개와 이불의 먼지를 두들겨 털고 뒤집고 흔들지요. 말하자면 푸른 하늘 아래 높은 지붕 위에서 아주 외롭게 열심히 일하는 모습은 지극히 무모하고 기묘하게 보인다고나 할까요. 특히 일을 멈추고 손을 눈 위에 올린 채 위쪽의 햇빛 속에 서서 먼 곳을 내다볼 때는 더욱 그렇게 보이지요. 언젠가 직인들과 함께 내 집 안마당에서 그 모습을 보게 되었을 때 더 이상 보고 있을 수만은 없었지요. 나는 그쪽으로 건너가서 지붕 아래까지 올라가 채광창 아래에 서서 이런 행동은 위험하다고 주의를 드렸습니다. 하지만 그분은 고맙다고 하면서 그냥 웃기만 했어요. 이런 일로 미루어보아 저는 당신이 집으로 돌아가야 한다고 생각합니다. 빠를수록 더 좋습니다! 우리와 함께 갑시다!"

하지만 나는 고개를 저었다. 내가 난파(難破)했다는 것을 인정할 결심을 할 수 없었을 뿐만 아니라 이런 식으로 공부를 중단할 수도 없는 노릇이었기 때문이다. 현재의 불행을 혼자 힘으로 이겨내고 어떤 식으로든 운명이 호전되면 적당한 때를 보아 고향으로 돌아가리라 생각했다. 나는 다음 날 아침 일찍 출발 예정인 동향인 부부와 저녁 늦게 헤어질 때까지 애매한 말로 얼버무리며 남은 시간을 보냈다. 요컨대 나는 지나친 자신감을 가장하지도, 실제적인 처지를 고백하지도 않았다.

그러나 먼 곳을 내다보는 어머니 모습을 상상하다가 내 마음은 격렬한 향수에 젖었다. 지금껏 꿈속에서만 찾아오곤 했던 감정이었다. 내가 낮 동안에 예의 습관적인 상상력과 공상에 더 이상 빠지지 않게 된 이후, 그것들의 대리인인 공상의 마수(魔手)가 잠자는 동안 제멋대로 활동했으며, 일견 타당하고 수미일관한 것 같은 외관으로 가장하고 아주 현란한 색과 잡다한 형태로 혼란스러운 꿈을 만들어냈다. 기량이 훌륭했던 저 미쳐버린 스승 뢰머가 내게 예언했던 바로 그대로 나는 꿈속에서 때로는 고향 도시가, 또 때로는 시골마을이 불가사의하게 변용되고 변

화된 모습을 보았다. 하지만 나는 그 안으로 들어갈 수 없었고, 혹 마침
내 그곳에 발을 디뎠다 해도 갑작스럽게 쓸쓸히 잠에서 깨어났다. 나는
실제로는 한 번도 본 적이 없었던 조국의 아주 아름다운 지역을 두루 여
행했고, 결코 들어본 적이 없었지만 이름이 귀에 익은 산과 계곡과 강을
보았다. 마치 음악처럼 울린 이 이름들에는 하지만 어떤 우스꽝스러움
이 배어 있었다.

동향인이 내게 전했던 소식으로 어제저녁에 만났던 소녀 훌다와 오늘
아침의 계획은 기억에서 사라져버렸다. 나는 피곤에 지쳐 서둘러 잠자
리에 들었고, 즉시 분주한 꿈의 세계로 빠져들었다. 나는 넓은 강의 가
장자리에 있는 이상한 길을 걸어 아버지의 집이 있던 도시에 다가가고
있었다. 강의 모든 물결 위에는 장미나무가 떠다니고 있어서 흘러가는
장미 숲 사이로 물빛은 거의 보이지 않았다. 강기슭에서는 농부 한 사람
이 우유처럼 하얀 황소와 금빛 쟁기를 부리며 밭을 갈고 있었는데, 황소
들이 밟고 지나간 자리에서는 커다란 수레국화가 솟아올랐다. 밭고랑은
금빛 낱알들로 가득 차 있었으며, 농부는 한 손으로는 쟁기를 끌고 다른
한 손으로는 낱알들을 퍼올려 공중으로 멀리 내던졌다. 그러자 그것은
황금비가 되어 내 머리 위로 떨어져내렸다. 나는 그것을 가능한 한 많이
모자로 받아 모았고, 그것이 모두 순금 메달로 바뀌는 것을 즐거운 마음
으로 바라보았는데, 이 메달에는 긴 수염이 나고 양손으로 잡는 커다란
검을 찬 옛날 스위스 병사가 새겨져 있었다. 나는 그것들을 열심히 셌지
만 모두 다 셀 수 없었다. 나는 그것으로 주머니들을 채웠다. 주머니 속
에 더 이상 넣을 수 없는 것은 다시 공중으로 던졌다.

그러자 황금비는 멋진 한 필의 밝은 색 자류마(紫騮馬)로 바뀌었고,
이 말은 울면서 땅을 긁어댔다. 그러자 땅에서는 아주 아름다운 구리가
솟아올랐는데, 말은 이것을 방자하게 걷어차버렸다. 귀리의 모든 낱알

들은 달콤한 편도씨와 건포도, 1페니히짜리 새 구리 동전이었는데, 모두 함께 붉은 비단으로 감겨 있었고, 굵고 딱딱한 돼지털로 묶여 있었다. 말이 이 안에서 뒹굴자, 이 털은 말을 기분 좋게 간지럽혔다. 그러자 말은 "귀리가 나를 찌른다"라고 외쳤다.

자류마는 안장이 훌륭하게 갖추어져 있었기 때문에 나는 말에게로 쫓아가서 올라탄 다음 명상에 잠긴 채 강기슭을 따라 말을 타고 달리며, 농부가 떠다니는 장미 속으로 쟁기질을 하다가 소와 함께 물속으로 가라앉는 모습을 보았다. 장미를 실은 물결은 더 이상 보이지 않았다. 그것들은 덩어리로 뭉쳐 수평선 위에 붉은빛을 퍼뜨리며 먼 곳으로 떠내려갔다. 하지만 이제 강은 푸른 강철이 끝없는 띠를 이루며 흐르는 것처럼 보였다. 그사이에 농부의 쟁기는 배로 바뀌어 있었다. 농부는 황금 보습으로 노를 저으며 "알프스의 휘황한 빛이 조국을 에워싸네"라고 노래를 불렀다. 뒤이어 그는 배의 바닥에 구멍 하나를 뚫었다. 그는 그 속에 트럼펫의 마우스피스를 꽂고 강하게 빨았다. 그러자 전쟁터의 나팔 소리같이 커다란 소리가 울리며 번쩍이는 물줄기가 뿜어져 나왔고, 항해하는 작은 배에는 이 물줄기로 아주 멋진 분수가 생겼다. 배의 가장자리에 앉아 무릎을 꿇은 농부가 분출되는 물줄기를 붙잡고 오른손으로 불꽃을 휘날리며 커다란 검을 단조(鍛造)했다. 그는 검이 완성되자 뽑아낸 수염으로 검이 날카로운지 시험한 다음, 검을 정중하게 자기 자신에게 넘겨주었다. 그러는 동안 그는 갑자기 내 소년시절에 예의 건장한 여관주인이 빌헬름 텔 야외극 공연에서 연기했던 빌헬름 텔의 모습으로 바뀌었다. 텔은 칼을 받더니 그것을 흔들고 휘두르며 노래를 불렀다.

헤이, 헤이! 지금도 나는
활쏘기가 좋아!

헤이, 헤이! 옛날이나 지금이나
텔의 화살은 날아간다네!

그대 어딜 보나? 그대 보이지 않나?
저 위, 햇빛 속에서 높이 날아가는 화살을!
어디에 꽂힐지는 아무도 몰라,
헤이, 그것은 솜씨에 달려 있지!

　그런 후 뚱뚱한 텔은 이제 커다란 베이컨으로 변한 뱃전에서 검으로 큼직하게 한 조각을 베어낸 다음 그것으로 가벼운 식사를 하기 위해 엄숙하게 선실로 들어갔다.

　그동안 나는 자류마를 타고 계속 달려 나도 모르는 사이에 외삼촌이 살던 마을의 한복판에 도착해 있었다. 거의 모든 집들이 새로 지어져 있었기 때문에 옛날 마을인지 알아보기가 힘들었다. 주민들은 모두 밝은 창문 뒤편의 식탁 주변에 둘러앉아 식사를 했고, 어느 누구도 사람들의 왕래가 없는 거리를 내다보지 않았다. 하지만 나는 그것이 대단히 기뻤다. 그도 그럴 것이 나는 그때야 내가 매우 낡은 누더기를 입고 호사스런 말 위에 앉아 있다는 사실을 발견했기 때문이다. 그래서 나는 계속해서 사람들 눈에 띄지 않고 외삼촌의 집 뒤쪽으로 도착하려고 애썼지만 그 집을 찾을 수 없었다. 마침내 찾게 된 그 집은 온통 담쟁이덩굴로 뒤덮여 있었고, 늙은 호두나무가 드리워져 있어서 돌로 된 벽이나 기와가 하나도 보이지 않았다. 이따금 손바닥 크기의 창유리 하나가 초록색 사이로 반짝일 뿐이었다. 그 뒤에서 뭔가 움직이는 것을 보았지만 어느 것도 분명하게 알아볼 수 없었다. 뜰은 무성하게 자라는 들꽃으로 뒤덮여 있었는데, 이 들꽃 사이로 로즈마리, 회향, 해바라기, 호박, 구스베리 등

재배 식물들이 나무만큼이나 높이 우뚝 솟아 있었다. 야생으로 변한 벌 떼들은 어수선하게 펼쳐진 꽃들 위에서 윙윙대며 이리저리 날아다니고 있었다. 벌통 안에는 언젠가 바람에 실려 날아온 옛날의 연애편지가 놓여 있었는데, 몇 년 동안 누구의 눈에도 띄지 않고 비바람에 바랜 상태로 개봉되어 있었다. 나는 편지를 주워 주머니에 넣으려고 했다. 그때 누군가 내 손에서 편지를 낚아챘다. 돌아다보니 유디트가 편지를 들고 웃으면서 벌통 뒤로 재빨리 사라지며 멀리서 내게 키스를 보냈다. 나는 입술에서 그녀의 키스를 느꼈다. 그 키스는 실제로는 사과파이였고, 나는 그것을 게걸스럽게 먹었다. 하지만 잠을 자면서 느꼈던 허기가 가라앉지 않았기 때문에, 나는 내가 아마 꿈을 꾸고 있으며 그 파이는 언젠가 유디트와 키스하면서 함께 먹었던 사과일 거라고 생각했다.

나는 분명 식사가 준비되어 있을 집 안으로 들어가는 것이 더 현명할 것 같은 생각이 들었다. 말을 부서진 뜰의 울타리에 묶을 때 갑자기 안장 위에 나타난 무거운 여행가방을 열었다. 가방에서는 아주 아름다운 옷들과, 가슴 부분이 조그만 포도송이와 은방울꽃 자수로 장식된 고급새 셔츠 한 장이 나왔다. 이 호화로운 셔츠를 펼치자 그것은 두 장이 되었고, 두 장은 넉 장으로, 넉 장은 여덟 장으로 되더니 결국 대단히 많은 양의 아주 예쁜 속옷들이 사방에서 펼쳐졌다. 나는 이것들을 다시 가방에 밀어넣으려고 애썼으나 허사였다. 계속해서 늘어난 셔츠와 옷가지들은 온통 땅바닥을 뒤덮었다. 나는 이 기묘한 일을 친척들에게 들키지 않을지 몹시 두려웠다. 마침내 나는 절망한 나머지 셔츠 가운데 한 장을 골라 그것을 입기 위해 부끄러워하며 호두나무 뒤에 섰다. 하지만 그곳은 집에서 보이는 장소였다. 창피해서 살금살금 다른 나무 뒤로 간 나는 계속해서 이와 같이 이 나무에서 저 나무로 옮겨가며 앞으로 나아갔다. 그러다 마침내 집 가까이에 와서는 담쟁이덩굴 속을 밀치고 들어가 당혹스러움과 조급함 속에서 멋진 의복으로 갈아입었다. 하지만 이렇게 옷을 갈아입는 일을 도무지 마칠 수 없었다. 마침내 그것이 끝났을 때는 낡은 옷보따리를 어디에 숨겨야 할지 몰라 다시 무척 난처한 지경에 처하게 되었다. 보따리를 어디로 가져가든 간에 누더기가 된 옷들이 하나씩 계속해서 땅 위로 떨어졌다. 고심참담 끝에 드디어 이것을 작은 개천에 던져넣을 수 있었다. 하지만 이것은 도무지 떠내려가지 않고 계속 같은 자리에서 유유자적 맴돌았다. 나는 썩은 콩 줄기를 쥐고 이 악마 같은 누더기들을 물결 위로 떠내려 보내려고 고생했다. 그러나 콩 줄기는 계속해서 부러졌으며, 결국 짧은 토막만 남았다.

그때 내 뺨에 숨결이 스쳤다. 내 앞에는 안나가 서 있었다. 그녀는 나를 집 안으로 안내했다. 나는 그녀와 손을 잡고 계단을 올라가 외삼촌과 외숙모, 사촌형제와 자매들이 모두 모여 있는 방으로 들어갔다. 나는 안도의 숨을 내쉬며 주위를 둘러보았다. 낡은 방은 일요일이기라도 한 것처럼 깔끔하게 청소되어 있었고, 빽빽한 담쟁이덩굴 사이로 어디서 이모든 빛이 들어오는지 이해할 수 없을 정도로 아주 밝은 햇빛이 비치고 있었다. 외삼촌과 외숙모는 한창나이였고, 남녀 사촌들은 옛날보다 더 젊었다. 선생님 역시 아름답게 보였고 젊은 사람처럼 말쑥했다. 매력적인 목 주름장식과 붉은 꽃 모양이 있는 원피스를 입은 안나는 열네 살 소녀로 보였다.

하지만 매우 이상한 것은 안나까지도 포함하여 모든 사람이 긴 사기 파이프를 손에 들고 향기 좋은 담배를 피우고 있다는 것이었다. 그래서 나도 똑같이 했다. 그러는 가운데 죽은 사람도 살아 있는 사람도 모두 잠시도 가만히 서 있지 않고 즐겁고 기쁜 표정을 지으며 쉬지 않고 방의 위아래로, 앞뒤로 돌아다녔다. 아래쪽 바닥에서는 사냥개, 노루, 길들여진 담비와 매, 비둘기 등이 그들 사이에서 평화롭게 조화를 이루며 걸어다니고 있었다. 다만 동물들은 사람들과 반대 방향으로 움직였는데, 그럼으로써 뒤죽박죽된 채 기이한 직물이 만들어지는 것 같았다.

나선형 모양의 발이 달린 무거운 호두나무 식탁은 하얀 문직 천으로 덮여 있었고, 그 위에는 맛있는 결혼 피로연 음식이 화려하게 차려져 있었다. 나는 군침이 돌아서 늙은 외삼촌에게 말했다. "와, 정말 호화롭네요!" "당연하지!" 그는 대답했다. 그러자 모두 쾌활한 목소리로 "당연하지!"라고 되풀이했다. 갑자기 외삼촌은 식탁에 앉으라고 지시했다. 그러자 그들은 군인들이 총을 세워놓을 때처럼 세 사람이 한 조가 되어 파이프를 피라미드 모양으로 바닥에 세워놓았다. 그런 후 그들은 식사하려고 했다는 것을 벌써 다시 잊은 것 같았다. 방금 전처럼 걸어다니며 차례로 노래를 부르기 시작했기 때문인데, 나에게는 유감천만이었다.

우리는 꿈을 꾸네, 우리는 꿈을 꾸네,

우리는 꿈을 꾸며 주저하네,

우리는 서두르고 멈추네,

우리는 멈추고 서두르네,

우리는 여기에도 저기에도 있네,

우리는 머무르며 떠난다네,

즐겁지 않은가?

이 시[37]는 얼마나 아름다운가!

만세, 만세!

영원하라, 대지의 녹음(綠陰)이여,

숲도 들도, 사냥꾼도 사냥도!

---

37) 맨 아래 두 행은 뮐러(Wilhelm Müller, 1794~1827)의 시 「사냥꾼의 기쁨」 (1832) 첫 연에서 따온 것이다.

여자들과 남자들은 감동적인 화음과 기쁨으로 노래했다. 외삼촌이 우렁찬 목소리로 '만세'를 부르자 나머지 사람들이 더 큰 소리로 노래를 따라 부르며 온통 떠들썩했다. 동시에 그들은 모습이 점점 흐릿해지더니 모두 몽롱한 안개 속으로 사라져버렸다. 그러는 동안 나는 몹시 울면서 흐느끼고 있었다. 나는 눈물로 범벅이 되어 잠에서 깨어났다. 베개까지도 눈물에 젖어 있었다. 힘들여 마음을 진정했을 때 가장 먼저 기억난 것은 잘 차려진 식탁이었다. 그 동향인이 털어놓은 이야기를 들은 후 저녁에 아무것도 먹을 수 없었고, 잠을 자는 동안에야 비로소 공복감을 느꼈다는 것을 감안하면 그럴 만도 했다. 제멋대로 아름다운 공상으로 치장되었다는 것을 감안하더라도 결국은 오직 금은보화와 의복과 음식에 대한 꿈을 꾸지 않을 수 없게 한 욕망을 생각하며 나는 굴욕감에서 재차 눈물을 흘리다 마침내 다시 잠이 들었다.

제7장 계속되는 꿈

나는 커다란 숲 속에서 큰 나뭇가지와 우듬지 사이로 높이 걸쳐 있는 좁고 이상한 판자 다리 위를 걷고 있었다. 이 길은 끝없이 공중에 매달려 있는 일종의 출렁다리였는데, 나는 정말이지 꿈만 같아서 걷기 편한 아래쪽 지면으로는 내려갈 생각을 하지 않았다. 깊은 어둠 속에 잠겨 있는 초록 이끼로 완전하게 뒤덮인 숲의 지면을 내려다보는 것은 즐거웠다. 이끼 위에는 하나하나가 별 모양인 많은 꽃이 흔들리는 줄기에 의지하여 자라고 있었다. 이 꽃들은 계속해서 아래쪽을 내려다보며 걸어가는 나를 향해 몸을 돌렸다. 모든 꽃의 옆에는 조그만 땅의 신령이나 이끼 요정들[38]이 서 있었다. 이들은 조그만 금빛 호롱에서 빛나는 홍옥을 이용하여 꽃들을 비추었다. 그러자 꽃들은 아래쪽 깊은 곳에서 마치 푸른 별이나 붉은 별처럼 번쩍였다. 종종 아름다운 모습으로 무리지어 있던 이 꽃별들이 빠르거나 느리게 머리를 돌리면 조그만 호롱을 든 아주 작은 난쟁이들은 꽃들의 주위를 돌며 조심스럽게 빛줄기를 꽃받침에 비추었다. 그래서 기둥이나 판자로 된 공중의 길에서 보면 아래쪽에서 돌고 있는 불빛들은 마치 지하의 천공처럼 보였다. 다만 천공이 초록색이

---

38) 숲에서 살면서 부분적으로는 이끼 옷을 입고 있는 난쟁이 모양의 아주 작은 전설상의 인물들을 말한다.

고 별들이 온갖 색으로 반짝인다는 것만 달랐다.

황홀해진 기분으로 출렁다리 위를 계속 걸어간 나는 용감하게 너도밤나무나 떡갈나무 꼭대기 사이로 들어갔다. 이렇게 아름다운 지면을 결코 밟고 지나가서는 안 된다고 생각했기 때문이다. 때때로 나는 약간 덜 빽빽한 한 무리의 소나무 숲으로 들어갔다. 태양빛을 받아 붉게 작열하며 강한 향기를 발산하는 가문비나무의 관(冠) 모양 꼭대기 가지들은 마치 인간의 손으로 만들어져 조립되고 이상한 조각으로 장식되어 있는 것처럼 보이면서도 자연 그대로의 커다란 가지로 생각되었기 때문에 희한하기 짝이 없는 불가사의한 장관을 연출하며 내 발길을 끌어들였다. 판자다리는 때때로 완전히 나무들 위쪽 태양빛 아래의 넓은 하늘로 통했다. 그래서 나는 이 길이 도대체 어디로 나 있는지 보기 위해 건들거리는 난간 위에 섰다. 하지만 눈에 비치는 것은 오직 대양처럼 펼쳐진 끝없는 푸른 우듬지뿐, 다른 것은 아무것도 보이지 않았다. 우듬지 위에는 뜨거운 여름날의 햇빛이 가물거리고 있었고, 수천 마리의 들비둘기와 어치, 까마귀와 딱따구리 그리고 솔개가 떼 지어 맴돌고 있었다. 다만 이상한 점은 아주 멀리 있는 새들도 뚜렷하게 보이고 그것들의 모양과 색을 구별할 수 있었다는 것이다.

풍경을 실컷 둘러본 다음 다시 눈을 돌려 아래쪽의 어두운 심연을 바라본 나는 그곳에서 홀로 태양빛을 받으며 밝게 빛나는 바위 협곡을 발견했다. 협곡의 맨 밑바닥에는 맑은 시냇가에 조그만 풀밭이 있었다. 풀밭 한가운데에는 은자(隱者)의 갈색 옷을 입은 백발머리의 어머니가 작은 밀짚 안락의자에 앉아 있었다. 그녀는 늙었고 허리가 휘어 있었다. 멀리 깊은 곳에 있었지만 나는 그녀의 얼굴 생김새 하나하나를 모두 정확하게 알아볼 수 있었다. 그녀는 초록색 작은 나뭇가지를 손에 들고 대여섯 마리의 하얀 꿩을 지키고 있었다. 꿩이 무리에서 이탈하려고 하면 그녀는 꿩의 날개를 가볍게 두드렸다. 그러면 번쩍이는 몇 개의 깃털이 공중으로 날아올라 햇빛 속에서 떠다녔다. 조그만 시냇가에는 그녀의 물레가 있었는데, 둘레에 물갈퀴가 달린 이것은 실제로는 번개처럼 빠른 속도로 도는 작은 물레방아 바퀴였다. 그녀는 한 손으로만 광택이 나는 실을 자았는데, 이 실은 실패에 감기지 않고 주변의 벼랑에서 가로세로로 펼쳐지더니 즉각 커다랗고 눈부신 아마포로 변했다. 아마포들은 벼랑을 타고 위쪽으로 퍼져 올라왔다. 갑자기 어깨에 무거운 무게를 느낀 나는 고급 셔츠들로 가득 부풀어 있는, 잊고 있던 그 여행가방을 지고 있다는 것을 알았다. 이제 나는 이것들이 어디서 유래한 것인지 알게 되었다. 이 짐을 짊어지고 힘들게 걷고 있는 동안 나는 그 꿩들이 모두 어머니가 열심히 말리며 두드려 털고 있는 아름다운 이부자리라는 것을 알았다. 그런 다음 어머니는 이부자리들을 모두 모아 하나씩 차례차례 산속 여기저기로 바삐 날랐다. 다시 산속에서 나온 그녀는 이번에는 손을 눈 위에 대고 주위를 둘러보며 나직하게 노래를 불렀다. 나는 분명하게 알아들을 수 있었다.

내 아들, 내 아들이여,
오, 그립구나!
언제 오려나, 내 아들,
숲을 지나 언제 오려나?

이때 그녀는 그리워하는 마음으로 그녀를 내려다보며 공중에서 떠다니는 것처럼 높은 곳에 서 있던 나를 알아보았다. 커다란 기쁨의 탄성을 지른 그녀는 걷는 것이 아니라 마치 정령처럼 바위와 돌을 넘어 날아가듯이 지나갔다. 계속 멀어지며 내 시계에서 사라질 것 같았기 때문에 나는 헛되이 어머니를 부르며 급히 뒤쫓았다. 판자다리는 굽어지며 부러지는 소리가 났으며, 우듬지는 흔들리며 바스락거렸다.

그러자 숲이 끝났다. 나는 고향 도시의 맞은편에 있는 산 위에 서 있다는 것을 알게 되었다. 도시 모습은 정말 장관이었다. 이전보다 열 배는 더 넓은 강은 거울처럼 빛나고 있었다. 햇빛 속에서 빛나는 집들은 모두 보통의 대성당만큼이나 컸고 아주 기묘하기 짝이 없는 건축양식을 지니고 있었다. 창문들은 많은 꽃으로 치장되어 있었으며, 이 꽃들은 조각장식이 있는 벽 아래로 흐드러지게 늘어뜨려져 있었다. 보리수들은 단 한 개의 보석처럼 보이는 짙푸르고 투명한 하늘 속으로 높이 솟아 보이지 않을 정도였다. 거대한 우듬지는 하늘을 더 빛나게 윤을 내려고 하는 것처럼 보석 같은 하늘의 표면에서 좌우로 흔들리다가 마침내 더 자라나 푸르고 투명한 수정 덩어리가 되었다.

대성당의 탑들은 산더미 같은 보리수의 초록 이파리 사이로 솟아 있는 반면, 엄청나게 큰 석조 본당은 수백만 개의 심장 모양의 보리수 꽃잎들이 이루고 있는 작은 산 아래에 숨겨져 있어서 뚫고 들어간 햇빛을 받은 자줏빛이나 푸른 창유리가 여기저기서 반짝거릴 뿐이었다. 왕관 모양의 금색 탑 꼭대기는 까마득히 높은 하늘에서 희미한 빛을 내고 있었으며 어린 소녀들로 가득 차 있었다. 소녀들은 빙 둘러서서 고딕식 장식 사이로 곱슬머리를 내밀고 아래 세상을 바라보고 있었다. 모든 보리수 이파리들의 윤곽을 분명하게 분별할 수 있었는데도 나는 이 소녀들이 모두 누구인지 볼 수 없었다. 나는 서둘러 저쪽으로 건너갔다. 같은 도시에 사는 이 여자들이 누구인지 매우 이상한 생각이 들었기 때문이다.

때마침 곁에 자류마가 서 있는 것을 본 나는 자류마의 등에 여행가방을 올려놓고 다리로 통하는 가파른 계단 길을 말을 타고 내려오기 시작했다. 모든 계단은 매끄러운 수정으로 되어 있는데, 수정 속에는 한 뼘 크기의 작은 여자들이 갇혀 있었다. 마치 잠을 자는 듯이 보이는 이 여자들의 신체는 말로 표현할 수 없을 정도로 균형이 잡혀 있고 아름다웠다. 몹시 위험한 길을 내려가는 자류마가 매순간 기수를 심연으로 떨어뜨릴 것 같은 동안, 나는 안장 위에서 좌우로 몸을 굽히며 애타는 시선과 함께 수정 계단 속의 여자에게 들어가려고 애썼다.

"젠장." 나는 열렬한 욕망에 사로잡힌 채 외쳤다. "이 빌어먹을 계단에 이 사랑스러운 것들이 도대체 뭐람?"

말이 갑자기 말하기 시작했을 때 조금도 놀라운 느낌은 없었다. 말은 고개를 돌리고 이렇게 대답했다. "이게 뭐냐고? 이것은 고향의 대지 속에 내포된 훌륭한 사물과 사상일 뿐이오. 이 나라에 머무르며 성실하게 살고 있는 바로 그런 자만이 이것들을 불러낼 수 있소!"

"빌어먹을 놈!" 나는 외쳤다. "내일 당장 이리로 와서 계단을 부수어 열 거야!"

나는 긴 계단에서 시선을 돌릴 수가 없었다. 산허리에 새겨진 계단은 빛을 내면서 벌써 내 등 뒤에서 멀어지고 있었다. 말은, 이것은 하찮은 시굴(試掘)일 뿐이며 전체 지면 속에는 이와 같은 사물이 가득 차 있노라고 말했다. 우리는 이제 아래쪽에 도착했다. 곁에는 다리가 있었다. 하지만 이것은 더 이상 낡은 나무다리가 아니라 대리석 궁전이었다. 3층으로 된 이 건물은 원주(圓柱)가 있는 홀이 끝없이 이어져 있었고, 결코 본 적이 없는 호화로운 다리의 모습으로 강 위로 뻗어 있었다. '겨우 2, 3년 떠나 있었는데도 모든 것은 얼마나 변하고 발전하는가!' 나는 호기심으로 가득 찬 채 다리의 긴 홀 속으로 편안하게 말을 타고 가면서 이렇게 생각했다. 이 건물은, 바깥쪽에서 보면 하얗고, 붉고, 검은 대리석으로 빛나는 반면, 내부의 벽들은 이 나라의 전체 역사와 모든 활동을 묘사한 수많은 그림으로 덮여 있었다. 모든 죽은 사람들, 말하자면 방금 세상을 떠난 사람까지도 포함된 모든 국민이 벽에 그려져 있었는데, 이들은 다리 위를 왕래하는 살아 있는 국민과 하나인 것처럼 생각되었다. 그려진 인물들 가운데 많은 이들이 그림 밖으로 걸어나와 살아 있는 사람들 사이에 섞였으며, 그와 반대로 살아 있는 이들 가운데 많은 사람이 그림 속의 사람들 사이로 들어가 벽으로 옮겨 갔다. 양편은 용사와 부인, 성직자와 평신도, 귀족과 농민, 신사와 거지로 이루어져 있었다. 다리의 출입구는 열려 있었으며, 지키는 사람도 없었다. 다리를 지나는 행렬이 끊임없이 움직이고 그려진 삶과 실제 삶이 부단히 계속 교환됨으로써 놀랄 만큼 붐비는 이 다리 위에서는 과거와 미래가 그저 하나의 일인 것처럼 생각되었다.

"그런데 이 유쾌한 일의 의미가 무엇인지 알고 싶군!" 나는 나 자신에게 중얼거렸다. 그러자 말이 즉각 대답했다.

"이것을 국민의 정체성이라고 하지요!"

"어라, 넌 꽤나 학식 있는 녀석이로구나!" 나는 외쳤다. "정말 오만불손하군! 어디서 들은 풍월이냐?"

"잊지 마시오." 자류마가 말했다. "당신이 누구를 타고 가는지를! 내가 금(金)에서 생겨나지 않았소?[39] 그런데 금은 부(富)이며, 부는 깨달음이오."

이 말을 들으며 나는 즉시 여행가방이 의복 대신 번쩍이는 금화로 가득 차 있다는 것을 깨달았다. 이 금화가 전혀 예기치 않게 어떻게 다시 생겼는지 골똘히 생각해내려고 애쓰는 대신 이것들을 소유하게 되어 지극히 만족스러운 느낌이 들었다. 부가 곧 깨달음이라는 이 총명한 말의

---

39) 자류마를 의미하는 독일어에는 금(Gold)이라는 단어가 포함되어 있다.

의견에 충심으로는 찬동할 수 없었지만 나는 하여튼 아무 대꾸도 하지 않고 편한 마음으로 말을 계속 몰 정도로 갑자기 통찰력을 얻게 된 나 자신을 발견했다.

"그렇다면 내게 말해봐, 현명한 솔로몬!" 잠시 후 나는 다시 말을 시작했다. "도대체 정체성이라고 불리는 것이 다리인가, 아니면 그 위에 있는 사람들인가? 넌 둘 가운데 어떤 것을 그렇게 말했지?"

"둘 다 함께 정체성이오. 그렇지 않다면 정체성에 관해 도대체 말할 수 없을 테니!"

"국민의 정체성에 대해?"

"물론이오, 국민에 대해!"

"그렇다면 다리도 역시 국민인가?"

"원 참, 언제부터," 말은 성을 내며 소리쳤다. "아무리 아름답다고는 하지만 다리 같은 교통수단이 도대체 국민일 수 있겠소? 오직 사람들만이 국민일 수 있지. 그러니 여기 있는 사람들이 바로 그렇소!"

"그렇겠군! 하지만 넌 방금 국민과 다리가 함께 정체성을 형성한다고 말했는데!"

"그렇게 말했소. 그리고 그 생각엔 변함이 없소!"

"자, 그렇다면?"

"그런데 말이오." 말은 네 다리를 힘 있게 뻗으며 신중하게 대답했다. "이 까다로운 문제에 해답을 주고 모순을 해결할 줄 아는 사람이야말로 훌륭한 선생이고, 이 사람이야말로 스스로 정체성 문제에 참가하는 사람이라는 사실을 알아야 하오. 내가 만약 내 입속에서 맴도는 옳은 답을 명확하게 표현할 수 있다면 나는 말이 아니오. 대신 오래전에 여기 이 벽에 그려져 있을 거요. 덧붙이건대 나는 단지 당신이 꿈속에서 본 말에 지나지 않는다는 것, 그래서 우리의 모든 대화도 당신 자신의 머리의 소산이자 천착이라는 것을 잊지 마시오. 그러니 당신의 그밖의 질문들에 대해서는 직접 당신 자신에게만 대답해도 좋소!"

"허어, 이 심술궂은 놈!" 나는 소리치며 말의 옆구리를 발뒤꿈치로 찼다. "이 배은망덕한 몹쓸 말 같으니! 네 놈은 내게 말하고 대답할 의무가 있어. 보충하려면 너무도 힘든 내 피로 네 놈을 낳았으니까. 게다가 이 꿈이 지속되는 한 네 놈을 먹여살려야 한단 말이야!"

"꼭 틀린 말은 아니구려." 말은 태연하게 말했다. "이 모든 대화는, 요컨대 이 경애하는 우리의 관계 전체는 겨우 3초 동안 일어난 일이고 꼭 3초 동안 계속되었소. 그러니 당신의 존경하는 육체가 숨을 한 번 쉴 정도의 수고도 들지 않소!"

"뭐, 3초라고? 우리가 이 끝없는 다리 위에서 말을 탄 게 최소한 한 시간은 되지 않았나?"

"꿈속에서 나의 환영을 불러낸 밤의 기사의 발굽소리는 3초간 지속되오. 발굽소리가 사라지면 환영도 사라지게 될 거요. 그러면 당신은 다시 걸어갈 수 있다오!"

"제발! 그렇다면 더 이상 시간을 낭비하지 마. 만약 그렇게 하지 않으면 이 아름다운 다리 문제가 해결되기도 전에 이 순간이 지나가버릴 거야!"

"서두를 것 없소! 우리가 지금 보고 듣거나 겪는 것은 무엇이든 씩씩한 말발굽소리의 박자에 맞추어 일어나는 일이오. 명민한 시편의 작자[40]는 주님인 신을 향해서 '당신 앞에서는 1,000년도 한순간과 같습니다!'라고 외쳤소.[41] 이러한 가설은 역으로 보면 '한순간은 1,000년과 같

---

40) 모세를 말한다.
41) 『구약성서』, 「시편」, 90장(하느님의 사람 모세의 기도) 4절: "당신 앞에서는 천 년도 하루와 같아/지나간 어제 같고/깨어 있는 밤과 같사오니/당신께서 휩

다!'라는 것과 똑같은 진리라오. 우리에게 그럴 만한 재능이 있다면야 이 발굽소리가 울리는 동안 천 번은 더 보고 들을 수가 있을 것이오. 젊은 양반! 서두르거나 지체하는 것 모두 아무 쓸모가 없소. 모든 일은 자연스럽게 생기는 법이니까. 그러니 유유자적하게 꿈에 잠겨 있는 것이 좋지 않겠소. 꿈은 꿈이오. 그 이상도 이하도 아니란 말이오!"

나는 더 이상 말의 이야기에 귀를 기울이지 않았다. 사람들이 사방에서 진심 어린 존경심을 표시하며 나에게 인사하고 있다는 것을 깨달았기 때문이다. 이미 한 사람 이상의 통행인이 부풀려진 내 여행가방을 만져보았는데, 그들이 가방을 만지는 묘한 방식은 푸주한이 농가의 외양간이나 시장에서 소의 엉덩이와 허리를 손가락으로 집어보며 살이 쪘는지 살펴보는 것과 대략 비슷했다.

"이건 정말 특이한 풍습이구만!" 나는 결국 참지 못하고 이렇게 말했다. "여기서는 어느 누구도 나를 알지 못하는 것 같은데!"

"당신 때문이 아니오." 자류마가 응수했다. "당신의 가방, 내 등을 짓누르고 있는 당신의 두꺼운 금(金) 소시지 때문이지!"

"그래? 그렇다면 이것이 장황한 네 정체성 이론의 해답이고 비밀이겠군. 주화로 주조된 이 금이 말이야. 너도 똑같은 금으로 만들어져 있는데, 어느 누구도 너를 만져보지 않으니!"

"흥!" 말이 말했다. "그것은 꼭 그렇게만 볼 수 없소. 물론 사람들은 이 경우에는 자기들이 독립심이라고 부르는 자신들의 정체성을 유지하고 모든 종류의 공격에서 정체성을 수호하는 것을 주안점으로 삼고 있다오. 전쟁을 해야 한다면, 전투력이 있는 훌륭한 병사가 충분한 식량을 공급받고 그의 배 속에 아침식사가 들어 있지 않으면 안 된다는 것을 그

쓸어 가시면/인생은 한바탕 꿈이요."

들은 알고 있지요. 이러한 목적을 달성하고 보장하기 위해서는 온갖 종류의 돈이 반드시 필요하오. 그래서 사람들은 돈이 있는 사람을 실력 있는 정체성의 방어자이자 옹호자로 간주하고, 그런 사람을 눈여겨 바라보는 거요. 마치 훈련할 때는 누구나 전력을 쏟지 않듯이 물론 사적인 일을 공적인 일과 동일하게 생각하는 사람이 생길 수도 있소. 그래서 그 가운데에는 탐욕스러운 머저리로 간주되는 인간도 있다오. 그런 사람은 하고 싶은 대로 내버려두구려. 충고하건대, 당신의 자본을 여기서 조금 유통시켜서 증식해보시오. 사람들의 의견이 일반적으로 잘못된 것이라 할지라도 그 의견을 자신을 위한 진리로 만들고 그렇게 함으로써 자기 입장을 즐겁게 하는 것은 누구에게나 다 자유이니까."

나는 가방 속에 손을 넣어 두세 줌의 금화를 공중으로 던졌다. 즉각 공중에서 허우적거리는 100여 개의 손이 이 금화들을 잡아챘다. 금화를 받은 사람들은 모두 금화를 세밀히 조사하고 나서 자신들이 갖고 있던 금화에 문질렀다. 그러자 두 개의 금화는 두 배로 늘어났다. 그런 후 사람들은 그것을 다시 앞으로 던졌다. 얼마 지나지 않아 내 금화는 다른 금화들과 더불어 되돌아와 말의 몸에 붙었다. 문자 그대로 금이 비 오듯이 쏟아졌다. 금화는 꿀벌 다리에 붙은 꽃가루처럼 덩어리가 되어 말의 네 다리에 처덕처덕 들러붙어서 말이 더 이상 걸을 수 없을 정도였다. 그러자 말의 몸에서 커다란 날개가 생겼다. 마침내 말은 거대한 꿀벌 모양이 되어, 마치 꿀벌처럼 군중의 머리 위로 날아올랐다. 이제 나는 말과 함께 정식으로 황금비를 쏟아부었다.

마침내 황금에 굶주린 천민들이 어마어마하게 모여들어 우리 뒤를 쫓아왔다. 늙은이와 젊은이, 여자와 남자 할 것 없이 금화를 낚아채려고 서로 뒤엉켜 넘어졌다. 간수들에 의해 이송되던 도둑들도 간수들과 함께 군중 속으로 몸을 날렸다. 빵 제조업자의 도제들은 빵을 물속에 팽개치고 광주리를 금화로 채웠다. 설교하기 위해 교회로 가던 목사들은 콩을 따는 여자 농군들이 스커트를 추켜올리듯 성직자 가운을 걷어지르고 그 속에 금화를 퍼 담았다. 시청에서 오던 참의원들은 슬그머니 다가와 가장자리에서 굴러다니는 두어 개의 금화를 부끄러워하며 주머니 속에 집어넣었다. 심지어는 벽에 그려져 있는 법정에서도 죽은 재판관이 피고인을 세워놓고 탁자에서 달려나와 나를 뒤쫓아오려고 아래로 내려왔고, 그림 속의 죄인까지도 뛰어내려와 금화를 찾으며 부르짖었다.

부자라는 의식에 아주 부풀려진 채 나는 마침내 다리의 홀 밖으로 날아올라 금빛 찬연한 꿀벌 모양의 말을 타고 의기양양하게 공중으로 솟구쳐 올랐다. 나는 매처럼 대사원 첨탑 위 높은 곳에서 맴돌며 경쾌하게 하강과 상승을 반복했다. 동시에 하늘을 날고 말을 타는 어린이의 꿈같은 기쁨을 마음껏 즐겼다. 탑 꼭대기에서는 어린이의 100여 개의 하얀 손이 내 금화를 향해 손가락을 움직였고, 눈과 작은 뺨은 햇빛 속에서 물망초나 장미처럼 피어 있었다. 말이 말했다. "자, 이제 선택하시오. 저들은 혼기에 찬 이 나라의 처녀들이오! 상냥한 여자가 최고요!" 나는 정말이지 거만하고 탐욕스러운 눈으로 그녀들에게 추파를 던지며 내 오랜 방황과 그동안 겪은 고통을 신분에 어울리는 결혼과 더불어 종식할 생각이었다. 그때 갑자기 엄한 목소리가 울려 퍼지며 외쳤다. "나라를 어지럽히는 저 남자를 공중에서 끌어내릴 자가 아무도 없단 말인가?"

"여기 있소이다!" 뚱뚱한 빌헬름 텔이 대답했다. 보리수 꼭대기에 몸을 숨기고 앉아 나에게 활을 겨눈 그는 화살로 나를 떨어뜨렸다. 나는 이카루스[42]처럼 자류마와 함께 덜커덩 소리를 내며 교회 지붕 위로 곤

---

42) 그리스신화의 인물. 아버지 다이달로스와 함께 새의 깃털과 밀랍으로 날개를 만들어 붙이고 하늘로 날아 크레타 섬을 탈출했다. 이카루스는 새처럼 나는 것이 신기하여 하늘 높이 올라가지 말라는 아버지의 경고를 잊은 채 높이 날

두박질쳤고, 거기서 미끄러져 볼품없이 거리로 떨어졌다. 이로써 잠에서 깬 나는 마치 실제로 떨어진 것처럼 충격을 받았다. 꿈꾼 것을 되짚어보는 동안 열이 나면서 머리가 아팠다. 깨어 있는 동안에는 빈둥거리던 두뇌가 밤에 잠을 자는 시간에 학교에서 배운 단어로 풍자적 관계를 짜넣으며 어디선가 읽은 본보기에 따라 동화와 우의(寓意)를 기분 내키는 대로 만들어내고 계속 엮어나갔는데, 이 전도된 세계는 마치 중병의 징후처럼 나를 불안하게 만들기 시작했다. 그랬다. 심지어는 하인처럼 충실한 내 인체기관들이 이런 식으로 나를, 즉 내 오성을 마침내 완전히 문밖으로 밀어내고 미치광이 같은 하인들 천하를 만들어낼 수도 있으리라는 두려움이 마치 유령처럼 내 마음을 덮쳤다.

이 일을 계속 숙고해보면서 나는 자연과 관습에 반하여 꿈에 몰두하고 싶고 꿈으로 연명하고 싶은 내 바람 속에 잠재되어 있는 위험을 느꼈다. 하지만 나는 어떻게 이 마법에서 빠져나올 수 있을지 알지 못했다. 이런 생각을 하며 나는 다시 잠에 빠져들었고 꿈은 새로이 계속되었다. 그러나 그 섬뜩한 우의의 그림자는 사라지고 지리멸렬한 내용이 계속 지배했다.

나는 이제 여러 개의 자루를 잔뜩 실은 탓에 반쯤 망가져버린 말을 몰아대며 어머니의 집 쪽으로 난 산길을 오르고 있었다. 마침내 그곳에 도착할 때까지는 고통스러운 길이 끝없이 계속되었다. 그러던 차에 말이 부서져내리며 온갖 종류의 아주 아름답고 사치스럽고 진기한 물건으로 변했고, 자루에서도 그와 같은 물건들이 쏟아져 나왔는데, 사람들이 먼 여행에서 돌아올 때 대개 선물로 가져오는 것들이었다. 나는 당혹해하면서 길거리에 널브러져 무더기로 쌓여 있는 귀중품 곁에 고통스럽게

아울랐고, 결국 날개를 붙인 밀랍이 태양열에 녹아 에게 해에 떨어져 죽었다.

서 있었다. 나는 현관문 손잡이와 호령을 당겨보았으나 허사였다. 어찌할 바 모르고 근심스럽게 보물을 지키며 집을 올려다본 나는 그때서야 집 모양이 아주 기이하다는 것을 알아챘다. 집은 오래된 고급 장롱이나 널빤지와 같이 전체가 검은 호두나무 재목으로 지어져 있었다. 또한 수많은 돌림띠와 소란반자, 머름과 회랑이 갖추어져 있었는데, 모든 것은 아주 정교하게 세공되었고 거울처럼 밝고 매끄러웠다. 정말이지 어떤 집의 내부가 바깥쪽으로 향해 있는 형상이었다. 돌림띠와 회랑에는 고풍스러운 은제 조끼와 잔, 도자기와 작은 대리석 상들이 줄지어 서 있었다. 나뭇결이 있는 재목으로 만든 방문과 장롱 문 사이의 어두운 곳을 배경으로 수정 창유리가 신비스러운 광채를 내며 번쩍였고, 그 문들에는 반짝이는 강철 열쇠들이 꽂혀 있었다. 이 집의 야릇한 전면 위에는 짙푸른 하늘이 아치형으로 걸려 있었으며, 밤의 태양이라고 할 수 있을 것 같은 빛이 어두운 광채가 나는 호두나무 재목과 은제 항아리와 창유리에서 반사되고 있었다.

마침내 나는 조각이 풍부하게 새겨진 계단이 회랑 위로 연결된다는 것을 발견했다. 나는 입구를 찾으며 계단을 올라갔다. 하지만 어떤 문 하나를 열게 되었을 때 내 눈앞에 펼쳐진 것은 아주 다양한 물품이 비축되어 있는 공간뿐이었다. 한쪽 방에는 금으로 화려하게 치장된 가죽 표지의 책들이 있는 작은 서고가 있었다. 다른 방에는 생활을 안락하게 영위하는 데에 필요한 가구와 부엌도구들이 겹겹이 쌓여 있었다. 또 다른 방에는 질 좋은 아마포가 산처럼 쌓여 있었고 향료로 가득 찬 100여 개의 작은 상자가 들어 있는 찬장이 향기를 풍기며 열려 있었다. 나는 문들을 차례로 닫았다. 내가 보았던 것들은 더할 나위 없이 만족스러웠다. 다만 이 근사한 살림살이에 즉시 적응하려면 어머니를 찾아야 할 터인데 그녀가 보이지 않는다는 점이 걱정스러웠다. 그녀를 찾으면서 나는 창문에 몸을 밀착하고는 수정유리의 반사를 막으려고 손을 관자놀이에 갖다댔다. 그때 내가 바라보게 된 것은 방 안이 아니라 햇빛을 받고 있는 매혹적인 뜰이었다. 내 생각으로는 그곳에서 한창때의 젊음과 아름다움을 지닌 어머니가 비단옷을 입고 화단 사이에서 거닐고 있는 모습을 본 것 같았다. 나는 그녀를 부르기 위해 창문을 열려고 했지만 빗장이나 손잡이를 도무지 찾을 수 없었다. 그도 그럴 것이 내부에서 뜰 쪽을 향해 내다보고 있었는데도 나는 집의 외부에 있었던 것이다. 결국 나는 발을 올려놓기에도 충분치 않으리만큼 좁게 턱진 돌림띠 위에서 넉넉하게 널빤지를 댄 벽에 기대어 서 있게 되었다. 나는 이 위험한 곳에서 어떻게 내려갈 수 있을지 살펴보기 위해 몸을 앞으로 내밀었다. 그러자 골목에서 머리카락은 윤기 없이 하얗게 바랬고 동화 속 난쟁이처럼 아주 왜소한 사람이 보였는데, 그는 막대기로 훌륭한 내 물건들을 이리저리 헤쳐보고 있었다.

즉시 그가 소년시절의 적, 즉 탑에서 추락한 마이어라인이라는 것을 알게 된 나는 그를 쫓아버리기 위해 급히 아래로 기어 내려갔다. 하지만 그는 맹렬한 기세로 질책하기 시작했고, 고리대금업자이자 채권자로서 오랜 세월이 지난 지금 또다시 자신의 요구를 주장했는데, 그러는 동안 그는 추락할 때 깨진 머리를 손으로 누르고 있었다. 그는 이번에는 압류하고자 한다면서 받을 돈만큼 유가물로 가져가겠다고 독기를 품은 채 소리 질렀다. 그의 계산은 조금도 틀림없이 정확하다는 것이었다.

"거짓말이야. 이 악당 놈아." 나는 그에게 고함쳤다. "꺼져버리지 않으면 가만두지 않을 테야!" 그러자 그는 나를 향해 막대기를 들어올렸다. 우리는 서로에게 덤벼들어 무자비하게 치고받으며 싸웠다. 무섭게 성이 난 적은 내가 입고 있던 아름다운 옷들을 모두 갈기갈기 찢어버렸다. 내가 숨을 헐떡이며 절망적으로 목을 조를 때에야 그는 내 손아귀에서 사라졌고, 나는 홀로 차갑고 어둑한 거리에 서 있었다. 나는 몹시 지친 몸으로 맨발로 서 있다는 것을 알게 되었다. 그런데 집이 반쯤 폐허가 되긴 했어도 원래 옛날 집으로 변해 있었다. 벽의 석회는 산산조각이나 있었고, 텅 비어 있거나 말라 죽은 화분이 세워진 창문들은 흐릿했으며, 창의 덧문은 바람 속에서 덜커덕거리며 단 한 개의 경첩에 의지해 매달려 있었다.

근사했던 꿈속에서의 보물 가운데 포도(鋪道) 위에 짓밟힌 채 남아있는 두어 개의 물품을 빼고는 아무것도 보이지 않았는데, 이것들도 특별히 가치 있는 것은 아닌 것 같았다. 내 손에는 못된 적에게 빼앗은 막대기밖에 없었다.

낙담한 채 길 맞은편으로 건너가 황폐해진 창을 근심스럽게 올려다본나는 그곳에서 늙고 창백하고 백발이 된 어머니가 어두운 창유리 뒤에앉아 깊은 생각에 잠겨 실을 잣는 모습을 분명하게 볼 수 있었다.

나는 창문을 향해 팔을 치켜들었다. 하지만 어머니가 몸을 약간 움직였을 때 튀어나온 벽 뒤로 몸을 숨긴 나는 겁을 먹고 땅거미가 내린 고요한 도시를 사람들에게 들키지 않고 빠져나가려고 했다. 처마 밑에 바짝 붙어서 도시를 빠져나온 나는 이내 몹쓸 막대기에 의지하며 끝없는 길을 따라 내가 왔던 쪽으로 되돌아가고 있었다. 나는 주변을 되돌아보지도 않고 무거운 다리를 끌며 쉼 없이 계속해서 걸었다. 내가 가는 길과 교차하는 긴 길 위에서 나는 아버지가 무거운 배낭을 등에 메고 지나가는 것을 먼발치에서 보았다.

꿈에서 깨어났을 때는 마치 가슴에 얹혀 있던 돌이 떨어져나가는 것같았다. 황당무계한 꿈의 마지막 부분이 그만큼 슬펐던 것이다.

이런 밤은 며칠을 두고 계속되었다. 이따금 꿈속에서의 처지가 편안하고 만족스러웠다고 할 만큼 온건한 경우도 있었다. 한번은 고향의 국경지방에 있는 어떤 산 위에 앉아 있는 꿈을 꾸었는데, 그때 산은 구름 그림자에 덮여 어두웠던 반면, 눈앞에 펼쳐진 평지는 밝은 태양빛을 받고 있었다. 하얀 길과 푸른 벌판에서는 농민과 시민들이 무리지어 이동하며 즐거운 축제를 개최하고 생업과 일상적인 용무를 수행하기 위해 모여들었다. 나는 이 모든 것을 주의 깊게 관찰했다. 이와 같은 무리나 행렬이 가까이서 내 곁을 지나가거나 사람들이 나를 알아보는 경우도 있었는데, 그럴 때면 그들은 나를 비난했다. 내가 무관심하게 슬픔에 잠겨 있을 뿐 내 주변의 일을 바라보지 않는다는 것이었다. 그들은 또한 자기들을 따라오라고 요구하기도 했다. 하지만 나는 상냥하게 내 입장을 변명하며, 당신들의 관심사를 나도 분명하게 알고 있고 나 또한 그것에 흥미를 가지고 있다고 그들을 향해 외쳤다. 다만 당신들은 이제 내게 간섭하지 말아야 하며, 그래야 내 마음이 더 편하다는 말도 덧붙였다.

부지런한 내 꿈의 정령들은 내가 분명 전날 저녁에 찢어진 두세 장의 인쇄된 종이에서 읽었던, 무명시인이 쓴 다음과 같은 시구에서 꿈속에서의 이러한 내 생각을 표절했을 것이다.

비난하지 마오! 근심에 겨워
내가 내 모습만을 본다고.
근심 속에서도
그대들의 모습을 보고 있나니.

밀려오는 파도가
높을지라도
가녀린 그대들의 노래를

어찌 듣고 지나칠 수 있겠는가.

지친 다나오스[43)]가 밧줄을 내려뜨리고

의아하게 주위를 응시하듯이

나는 그대들을 바라보네,

그대들이 가는 길을 걱정하며.

43) 그리스신화에 나오는 다나오스의 딸들을 일컫는다. 다나오스의 쌍둥이 형인
아깁토스에게는 50명의 아들이 있었는데, 그는 자신의 아들들을 다나오스의
딸 50명과 결혼시키자고 다나오스에게 제의했다. 하는 수 없이 청혼을 수락한
다나오스는 결혼식을 치른 첫날밤에 딸들에게 단검을 주면서 남편들의 목을
베라고 명령했다. 49명의 다나이데스(다나이스의 복수형)는 아버지의 명령을
따랐지만, 맏딸 히페르메스트라는 자신의 처녀성을 존중해준 남편 린케우스를
살려주었다. 린케우스는 다나오스를 죽이고 왕위에 오른 뒤 히페르메스트라를
제외한 49명의 다나이데스를 모두 죽였다. 다나이데스는 지옥에서도 구멍 뚫
린 항아리에 영원히 물을 채워야 하는 형벌을 받았다고 한다.

제8장 방랑하는 두개골

밤은 이런 식으로 계속되었다. 그 당시에 내가 낮 시간을 어떻게 보냈는지 지금은 거의 기억에 없다. 여하튼 그것은 운명에 대해, 바꿔 말하면 자기 자신에 대해 인내하는 아주 기묘한 수업이었다. 예감했던 바대로 모든 일은 아주 간단하게 해결되었다. 며칠 지나지 않아 홀아비가 된 집주인이 부인 없이는 더 이상 버틸 수 없다는 사실이 분명해졌던 것이다. 그는 가족이 헤어질 수밖에 없다는 사실을 깨닫고 부득이 아이들을 죽은 아내의 부모에게 잠시 보내고 집을 비우기로 했다. 그 남자가 자기 자신도 다음 날 이사를 가니, 내가 다른 하숙집을 찾아야만 할 것이라고 시무룩한 표정으로 냉담하게 통보했을 때 어린애들은 이미 떠나고 없었다.

나는 그동안 줄곧 이 집에서 살아왔다. 불운한 운명으로 약간뿐인 내 소유물들은 제각각 흩어져 다른 사람의 손으로 넘어가버린 뒤였기 때문에 나는 거지꼴로 새로운 하숙집을 찾는 대신 고향으로 돌아가기로 즉석에서 결심했다. 이 사내와 다른 사람들에게 지고 있던 빚을 갚고 나니 요셉 슈말회퍼 씨 집에서 번 돈은 여비로도 넉넉지 못할 만큼 남았지만 결심을 바꾸지 않았다. 불가피하게 도보여행을 한다면 오히려 충분했다. 물론 손에 남은 돈을 정확하게 배분하고 낮이나 밤이나 들판에서 지내며 조금만 먹어야 한다는 것이 전제되었다.

닳아빠진 옷 때문에 완전히 부랑자처럼 보이지 않도록 나는 마지막 수단, 즉 유대인 재단사의 가게에 맡겨놓았던 조그만 그림들을 이용했다. 곧바로 나는 전람회에서 비참한 꼴을 당한 예의 조금 더 큰 그림을 들고 그의 가게로 가서 세 점의 그림을 저당 잡히는 대신 좋은 새 옷을 마련해 줄 수 있는지 그리고 그것 말고도 현금을 더 줄 수 있는지 물었다.

물론 그는 두 번째 요구에 대해서까지 설득되지는 않았다. 대신 그가 자신의 사업원칙에 따라 당장에라도 내줄 용의가 있었던 양복은 상당히 괜찮은 편이었다. 게다가 그는 친절하게도 튼튼하고 훌륭한 모자 하나를 내놓았는데, 이 모자의 챙이면 비가 오더라도 목을 보호할 수 있을 것 같았다. 이 정도면 충분히 신세도 졌고 배려까지 받았다고 생각한 나는 구석진 곳에서 옷을 갈아입고, 인정어린 대우에 대한 답례의 표시로 벗어놓은 옷을 그에게 넘겨준 후에 만족스럽게 이 구원자에게 작별을 고했다.

돌아오는 길에 나는 슈말회퍼 영감에게 작별인사를 해야 할지 결단을 내리지 못했다. 그가 또다시 무익하고 정신을 파괴하는 어떤 일을 하라고 유혹할 수도 있으리라는 점이 염려스러웠다. 결국 나는 그의 집을 피했고, 관청에서 신분증명서를 되돌려받은 후[44] 저녁이 가까워지고 있었기 때문에 서둘러 집으로 돌아왔다. 더 이상 지체하지 않고 밤이 시작될 무렵 길을 떠나고자 했기 때문이다.

내 결심은 옳았다. 하숙집 주인은 벌써 모든 가재도구를 옮겼고 내가 이 마지막 밤에 어디서 자야 할지 개의치 않고 내 침대까지도 치워버렸던 것이다. 그는 조용한 집 안에 홀로 서 있었다. 방은 완전히 텅 비어

---

44) 19세기에는 다른 나라로 여행할 때는 그 나라에 신분증명서를 맡겨야 했다.

있어서 우리가 걷고 말하는 소리는 이상한 메아리로 울려 퍼졌다. 상자가 없어서 꾸릴 수 없는 약간의 옷가지와 조그만 집기들은 아직 그곳에 있었다. 나는 지금 당장은 필요 없는 커다란 내 트렁크를 이용하라고 말했다. 그는 고맙다는 말도 없이 내 제안을 받아들였다. 나는 그 대가로 그를 골려줄 생각을 했다. 말하자면 두 칸짜리 내 방으로 가서 여행가방 하나에 남아 있던 속옷과 아름답게 장정된 나의 청년시절 이야기를 집어넣은 다음 할 일이 또 있는지 주위를 둘러보았을 때 유일하게 남아 있던 알베르투스 쯔비한의 두개골을 발견하고 기겁을 했는데, 이것을 집주인에게 줄 트렁크에 집어넣었던 것이다.

충격을 받은 나는 안식을 얻지 못한 이 불행한 구형을 손에 들고 양심의 가책을 느꼈다. '가엾은 쯔비한!' 나는 생각했다. '일찍이 동인도에서 스위스로 여행한 너는 그곳에서 그린란드로 갔다가 다시 돌아와 이번에는 여기에 있구나. 내가 경솔하게도 묘지에서 가져왔던 네 운명이 어찌될지는 이제 아무도 몰라!'

하지만 이러한 술회는 아무 도움이 되지 않았다. 나는 텅 빈 트렁크 뚜껑을 들어올린 후 이 오래된 두개골을 그 안에 넣음으로써 떠날 채비를 마치고 기다리고 있는 집주인이 앞으로는 이것을 돌보도록 떠넘겼다. 5년도 넘게 상당히 많은 탈러로 그의 가족의 생계를 뒷받침했는데도 그는 불운을 겪으며 내게 꽤나 쌀쌀맞은 태도를 취했다.

그런 다음 어깨에 가방을 둘러멘 나는 나만의 슬픔의 방에서 나와 집안 전체의 슬픔의 방으로 들어서서 급히 주인과 악수를 나누고 계단을 내려왔다. 하지만 현관에 채 도착하기도 전에 이 무뚝뚝한 인간이 위에서 내 이름을 부르며 외쳤다. "자, 이것도 가져가시오. 당신 것이니까!" 이와 동시에 두개골이 긴 목조계단 아래로 덜커덩거리며 굴러 떨어져 내려와 아주 우악스럽게 내 발꿈치를 쳤다.

나는 두개골을 집어들었다. 밀려드는 어스름 속에서 가엾게도 철사로 묶여 있던 아래턱이 벌어진 두개골은 데려가달라고 애원하는 것 같았다.

"좋아, 같이 가자." 나는 말했다. "다시 함께 집으로 가자! 올 때도 희한한 여행을 했지!"

나는 두개골을 여행가방 속에 억지로 밀어넣었다. 그 결과 가방은 마치 군용 빵 덩어리나 양배추가 들어 있는 것 같은 볼품없는 모양새가 되었다.

그런데 처리해야 할 일이 아직 남아 있었다. 쉬운 일은 아니었다. 예기치 않은 훌다와의 야릇한 사랑의 모험을 한 이래로 약속된 토요일이 한 번은 이용되지 않고 그냥 지났는데, 지금은 바로 두 번째 토요일이었다. 신혼여행 중인 고향사람이 전해준 소식과 꿈에서 본 환영 때문에 탄호이저와 같은 즐거운 계획[45]을 실현하고픈 용기와 흥미는 사라져버렸다. 그러나 지금은 따뜻한 감사의 느낌뿐만 아니라 심지어는 마음에서 우러나오는 애정과 그리운 추억이 양해나 감사의 말 한마디 건네지 않고 그대로 떠나서는 안 된다고 독촉하고 있었다. 나는 내가 직공이 아니라 장차 어떻게 될지 모르는 영락한 예술가이며 현재로서는 이 나라를 떠날 수밖에 없다고 고백하고 싶었다. 그럼으로써 이 사랑스럽고 기특한 아가씨가 자신의 생각을 단념하게 만드는 한편, 재차 연인을 잃게 된 것을 위로하고 편안한 상태로 헤어질 수 있기를 바랐다. 가방과 지팡이를 들고 이미 여행길을 시작한 나는 그녀가 살고 있는 거리 쪽으로 방향을 잡았다. 아직은 너무 늦지 않은 시각이어서 음식점으로 들어가 이 도시에서의 마지막 저녁식사를 했다. 그런 다음 가로등 불빛 속에서 곧 그녀의 집을 찾았고, 반대편에 있는 우물 기둥의 그림자 속에 있는 조그

---

45) 탄호이저에 대한 전설에 따르면 중세의 연가(戀歌) 가인(歌人)인 탄호이저는 비너스 산에서 지극히 감각적인 즐거움을 체험한다.

만 의자에 자리를 잡았다. 그때 마침 작업복을 입은 그녀의 우아한 자태가 다가오고 있었다. 하지만 혼자가 아니었다. 후리후리한 청년이 그녀와 함께 오고 있었는데, 외관상 대학생이나 예술가처럼 보이는 이 남자는 그녀에게 절박하게 말을 건네고 있었다. 집의 현관 근처에서 그녀는 약간 더 천천히 걸었다. 그녀가 말하기 시작했기 때문에 내가 익히 잘 알고 있는 그녀의 사랑스럽고 솔직한 목소리가 들렸는데, 다만 그날 밤보다 약간 더 슬프고 더 부드럽게 울렸다.

"사랑은 진지한 일이에요." 그녀가 말했다. "설령 장난 같은 사랑이라고 해도 마찬가지예요. 하지만 세상에는 신의와 진심이 별로 없어요. 당신이 내일 나를 무도회에 데려가고 싶다면 교제해보기로 해요. 신사분과 함께 가면 어떤지 생각만 해도 가슴이 두근거려요!"

새로운 구애자는 나직하게 속삭이는 목소리로 뭐라고 대답했지만 나는 알아듣지 못했다. 대신 부드럽게 키스하는 소리와 "안녕!"이라는 말이 들렸는데, 이 말과 함께 소녀는 현관문 뒤에서 문을 닫았고, 청년은 급히 걸음을 돌렸다.

'이것도 책임을 면제해주는 한 방법이군!' 나는 이렇게 생각하며 한결 가벼워진 마음으로 일어섰지만 매우 야릇한 느낌이 드는 것은 어찌할 수 없었다. 더 이상 주위를 돌아다보거나 시내에서 단 1분도 지체하지 않고 급히 성문으로 간 나는 얼마 후에는 어두운 국도 위에서 고향을 향해 걷고 있었다.

분명하고 완전한 모습을 드러낸 내 운명에 만족한 채 나는 서두르거나 지체하는 법도 없이 한 걸음 한 걸음 계속 걸었다. 마음속에는 돈이 있건 없건 간에 괘념치 않고 오직 어머니 집으로 가야 한다는 단 하나의 목표만 자리 잡고 있었다. 이런 식으로 몇 시간이 지나갔다. 그동안 나는 어떤 교차로에서 주도로를 벗어나 눈에 띄지 않을 정도로 더 좁은 옆

길로 들어섰으며, 다시 한 번 그러한 갈림길을 통과했다는 사실을 어떤 시골 길로 들어선 후에야 알아차렸다. 하지만 별들의 위치를 보며 대충 올바른 방향으로 걷고 있었기 때문에 그렇게 걱정스럽지는 않았다. 이런 식으로 원래의 길에서 벗어나는 것을 도보여행자의 불가피한 경험으로 간주했던 것이다. 나는 숲을 뚫고 지나 경작지와 목장을 걸었고, 길에서 멀리 떨어진 곳에서 희미한 윤곽이나 어렴풋한 빛이 보이는 마을을 지나갔다. 자정 무렵이 되어 꽤나 널찍한 마을 공유지를 지날 때는 깊은 정적이 대지를 감쌌다. 서서히 움직이는 별들이 가득한 밤하늘은 보이지 않는 철새 떼가 공중에서 날갯소리와 함께 울며 날아갔기 때문에 더욱 활기를 띠었다. 지금까지 나는 가을 밤하늘을 날아가는 철새들의 소리를 이렇게 분명하게 들은 적이 한 번도 없었다.

나는 큰 숲 속으로 들어섰다. 그곳은 암흑천지였다. 올빼미가 조용히 내 얼굴을 스쳐 지나갔고 숲 속 깊은 곳에서는 수리부엉이가 울었다. 온몸에 한기를 느끼며 기진맥진해졌을 때 벌목한 공터에서 연기를 내고 있는 숯 굽는 가마가 나타났다. 숯가마 감시인은 토굴에 누워 자고 있었다. 말없이 뜨거운 가마 옆에 앉아 몸을 덥히다가 잠이 든 나는 새벽의 여명 속에서 은청색의 날개와 하얀 가슴을 반사하며 떼 지어 숲 위로 날아가는 매들의 날카로운 울음소리가 나를 깨울 때까지 잠을 잤다. 내가 깨어났을 때 토굴에서는 숯쟁이가 발을 앞세우고 기어나오기 시작했다. 나는 막 도착한 여행자처럼 그의 앞에 다가서서 아침인사를 건넨 후 이 지역과 내가 가야 할 원래의 국도에 대해서 물었다. 그는 내가 더 서쪽으로 가야 한다는 것 외에는 별로 아는 것이 없었다.

숲은 끝났다. 나는 가을날 아침의 광활한 독일의 자연 속으로 들어섰다. 지평선에는 숲이 우거진 어두운 산맥들이 뻗쳐 있었다. 강은 평원을 누비며 흐르고 있었다. 하늘의 반쯤은 아침노을 속에서 불타오르고, 자줏빛으로 작열하는 층층의 구름이 들과 언덕, 마을과 탑이 있는 도시 위에 드리워져 있어서 강물은 붉게 물들어 있었다. 나무가 무성한 산허리와 암청색 산기슭에서는 안개가 연기처럼 피어올랐다. 성과 도시의 성문, 교회 탑은 붉게 빛나고 있었다. 게다가 숲 속에서는 사냥하며 외치는 소리가 메아리쳤고 뿔피리 소리가 울렸으며, 원근에서 짖어대는 사냥개 소리가 음악처럼 퍼져나왔다. 막 숲을 벗어날 때는 예쁜 사슴 한 마리가 내 곁을 뛰어 지나갔다.

아침노을은 그날 먹을 저녁 빵이 눅눅해진다는 것이 예고이므로 나는 결코 좋은 일을 기대할 수 없었다. 만일 도보여행 계획을 고수하려면 여관에서 잘 생각을 해서는 안 되었다. 그렇게 되면 하루 동안의 식비가 사라질 수 있기 때문이었다. 그래서 나는 밀어닥칠 호우와 두 번째 밤 내내 흠뻑 젖어 걸을 생각을 하며 마음이 불안해졌다. 비에 젖어 흙투성이가 되는 것이야말로 운명이 마지막까지 사악한 장난을 하는 것으로, 버림받은 자가 눈에 띄지 않는 곳에서 어머니 대지(大地) 위에 누울 수 있는 최후의 위안까지도 빼앗는다. 어디를 가도 심술궂은 습기가 밀려와서 부득이 서 있을 수밖에 없다.

몇 시간 지나지 않아 잿빛 안개는 마치 천처럼 모든 빛을 가렸다. 이 천이 서서히 축축한 실로 갈가리 풀리기 시작하더니 마침내 사방에서 잠시도 그치지 않고 굵은 비가 쏟아졌다. 비는 온종일 계속되었다. 차가운 비가 단조롭게 내리는 가운데 때때로 더 강한 억수 같은 비가 몰아쳤다. 이 비는 강한 바람과 함께 몰아쳐서 들과 길에 넘쳐대는 물이 더 세찬 리듬으로 넘실대게 만들었다. 나는 넘쳐흐르는 물을 뚫고 끈질기게 걸었다. 새 양복을 비바람에 잘 견디는 뛰어난 소재로 골랐다는 것이 기뻤다. 점심 무렵 어느 마을에 들러 빵 한 조각과 함께 약간의 고기와 야채 그리고 따뜻한 수프 한 접시를 먹은 것은 정확히 12시였다. 한 시간 동안 휴식을 취한 나는 다시 비를 뚫고 나섰다. 최소 소요기간인 일주일 안에 집에 도착하기 위해서는 모든 점에서 예정된 대로 실행해야 했고, 아프게 되는 것은 물론이고 지쳐 쓰러져서도 안 되었다. 이렇게 해야만 마지막까지 나 자신을 지탱할 수 있었으며 어느 누구도 두려워할 필요가 없었다.

몇 시간 후 나는 다시 숲길을 걷고 있었다. 나는 내가 가는 방향과 국도의 종축이 점차 근접해야 한다고 생각하면서 국도에 도달하기 위해 계속 고심했다. 노란 잎들이 아직까지 빽빽한 커다란 너도밤나무가 길가에 있는 것을 보고 그쪽으로 다가간 나는, 지면 위로 솟아나온 뿌리 가운데 하나가 어지간히 비를 피할 만한 휴식처가 되겠다 싶어서 그곳에 자리를 잡고 앉았다. 그때 조그만 노파가 총총걸음으로 지나갔다.

그녀는 한 손으로 백발 머리 위의 초라하리만치 작은 잡목 다발을 붙잡고 있었는데, 머리카락은 머리 위의 짧은 잡목만큼이나 거칠고 헝클어져 있었다. 다른 손으로는 부러진 작은 자작나무 가지를 힘들게 끌고 있었다. 그녀는 두려운 듯이 한숨을 연방 내쉬고 발걸음이 부들부들 떨렸는데도 온갖 장애물 위로 다루기 힘든 나뭇가지를 숨을 헐떡이며 열심히 끌고 갔다. 그녀의 이런 모습은 체구에 비해 무거운 지푸라기 하나를 집으로 날라가는 개미처럼 보였다. 나는 연민과 함께 이 가엾은 노파를 바라보면서, 이 부인이 나보다 더 어려운 상황인데도 쉬지 않고 운명에 저항한다는 사실을 시인하지 않을 수 없었다. 그러면서도 그녀를 조금이라도 도울 수도 없고, 그녀에게 무언가를 줄 수도 없다는 사실 때문에 내가 다시 비참하게 느껴졌다. 이러한 나 자신의 무능을 부끄러워하며 그녀를 응시하고 있던 바로 그때 산림감시원이 나타났다. 나이는 노파와 같은 또래였지만 붉은 얼굴에 커다란 콧수염이 있었고, 귀에는 작은 귀걸이를 달고[46] 미련스럽게 눈을 굴려대는 사내였다. 기겁을 하며 나뭇가지를 내던진 부인에게 즉각 다가간 그는 소리쳤다.

"이 비렁뱅이야, 또 나무를 훔쳤지?"

늙은 여자는 그 조그만 자작나무가 꺾인 상태로 길에 놓여 있던 것을 주웠을 뿐이라며 온갖 맹세를 해댔다. 하지만 그는 외쳤다.

"또 거짓말을 해? 버르장머리를 고쳐놓을 테다!"

늙은 남자는 머리 위로 밀어젖혀진 조그만 사라사 두건 아래로 삐져나온 백발 노파의 말라빠진 귀를 붙들고 잡아당기면서 그녀를 끌고 가려고 했다. 괴기스러운 광경이었다. 불현듯 묘안이 떠오른 나는 여행기 방에서 두개골을 꺼내어 그것을 지팡이 끝에 올려놓고 내가 숨어 있던 덤불의 이파리 사이로 들이밀었다. 동시에 나는 성난 목소리로 "여자를 놓아주거라, 이 악당아!"라고 외치면서 두개골을 가볍게 흔들었다. 그러자 이빨들이 덜걱거렸고 삐져나온 두개골을 둘러싸고 있던 나뭇잎이 바스락거렸다. 밖에 있는 노인들에게는 틀림없이 덤불 속에 사신(死神)이 있는 것처럼 보였을 것이다.

목소리가 울려나온 장소를 바라본 산림감시원은 두려워서 완전히 굳어지더니 덜 구운 빵 덩어리처럼 얼굴이 창백해졌고 마침내 노파의 귀를 놓아주었다. 나는 유령을 살그머니 거두어들였다. 산림감시원은 꼼짝도 하지 않고 노려보고 있었다. 이번에는 두개골을 덤불 위로 높이 드러내 보이자 둥그레진 그의 눈도 그 방향으로 따라왔다. 그런 후 그는 아무 소리도 내지 못하고 후들거리는 다리를 몹시 재촉하며 재빨리 그곳에서 도망쳤다. 길이 꺾이는 상당히 먼 곳까지 가서야 그는 잠시 멈춰서서 조심스럽게 뒤를 돌아보았다. 내가 두개골을 약간 흔들자 도망자는 즉시 길모퉁이를 돌아 사라진 후 두 번 다시 나타나지 않았다. 그는

---

46) 옛 바이에른 지역에서는 남자들이 대개 한쪽 귀에 귀걸이를 하는 전통이 있었는데, 치장이라기보다는 액막이 용도였다.

물론 이런 날씨에 이 깊은 숲 속에서 좀 엉뚱한 인간이 불쌍한 노파를 위해 요술을 부렸다고는 꿈에도 생각하지 못했을 것이다. 게다가 귀걸이는 그가 분명 미신에 사로잡힌 사람이라는 것의 증거였다. 겁에 질린 나머지 자신을 괴롭히던 사람이 줄행랑치는 것 외에는 아무것도 보지 못한 노파는 그에게 무슨 일이 일어났는지도 알지 못한 채 모든 것을 내팽개치고 마찬가지로 도망쳤다. 그녀는 떨리는 두 손을 공중에서 열심히 허우적거리며 혼잣말을 중얼거렸다.

나는 이렇게 훌륭한 임무를 수행한, 오래되어 누렇게 된 두개골을 다시 가방에 꾸려넣었다. 이러한 장난을 하면서 꽤 온기를 되찾게 된 나는, 어떤 비참한 인간이라도 사소한 국면을 전환하여 가끔은 상황의 지배자가 될 수 있다는 후련한 느낌과 더불어 마치 전쟁터의 승리자처럼 한동안 더 휴식을 취했다. 나는 패주한 그 무자비한 남자를 마음속으로 생각하면서 그의 잔인한 태도의 원인을 밝혀보려고 고심했다. 나는 번쩍거리던 둥근 눈과 심홍색 얼굴, 훌륭하게 손질된 하얀 콧수염과 제복의 번쩍이는 단추를 눈앞에 떠올렸으며, 잔혹하고 오만한 태도의 토대는 어리석고 야만적인 인간에게 내재되어 그런 식이 아니고는 달리 표현될 수 없는 무한한 허영심이라고 생각했다.

이 사내는 아마도 아주 사려 깊은 아버지이자 남편일 것이고, 자기만의 방식을 뽐내고 강요하는 데에서 방해받지 않는 한, 동료들 사이에서도 선량한 친구일 거라고 생각했다. 이 사내는 약한 여자의 귀를 잡아당기면서 대단히 흡족해했고, 어리석은 나머지 스스로 영웅시한 결점이 있었다. 그러나 그는 교회나 고해석상에서 자신이 과오를 범한 인간이라는 것을 가끔이나마 깨달을지도 모른다. 허영과 자기만족에 도취되면 매순간 그는 자신을 망각하고 자신의 우상의 노예가 된다. 그는 자신의 윗사람에게서, 이 윗사람은 또 자신의 윗사람에게서 이러한 악덕을 좀

더 정확하게 간파한다. 이런 식으로 단계적으로 계속됨으로써 누구나 다 상대편의 결점을 잘 알아챌 수 있지만, 손해를 보지 않고 허세를 부리려는 일념 때문에 미치광이 같은 상태에서 자신의 나쁜 버릇을 결코 제어하려고 하지 않는다. 서로에게 상하관계로 종속되어 있는 수천 명의 사람들은 모두 이와 같은 식으로 서로 훈련시키고 그들의 하얀 콧수염을 쓰다듬으며 눈을 부라리는데, 이것은 악의에서가 아니라 유치한 허영심에서 비롯되는 것이다. 그들은 명령할 때나 복종할 때에도 허세를 부리며, 뽐내거나 자신을 낮출 때에도 허세를 부린다. 그들은 허영심에서 거짓말을 하며, 진실을 말할 경우에도 진실을 사랑해서가 아니라 그 경우에 그 진실이 자기에게 썩 적합해 보이기 때문에 진실을 말한다. 질투, 탐욕, 냉혹함, 중상모략, 게으름, 이 모든 악덕은 제어되거나 억제될 수 있다. 단지 허영심만은 호시탐탐 기회를 엿보면서 인간을 온갖 허위적인 일이나 불필요한 일로, 잔인한 소행과 크고 작은 위험으로 끌어들인다. 이로써 인간은 결국 자신이 원래 희망했던 바와는 전혀 다른 사람이 된다. 이것의 결과는 노력해서 자아를 확립하는 것이 아니라 병적으로 자아에서 이탈하여 사도(邪道)에 빠지는 것이다.

그러나 지금까지 거론한 것은 인간의 반을 차지하는 조야한 인간들, 다시 말해서 정신이 빈곤한 인간 군상에게만 해당되는 진실이다. 타고난 재능과 학식이 있는, 나머지 반을 차지하는 우아한 인간들은 결코 자아에서 벗어나지 않는다. 그들은 '우리는 허영심을 알고 있으며 또한 허영심 있는 사람이 되고 싶다'는 주문(呪文)을 마음속에 품고 있다. "천진난만한 허영심, 그것은 인생의 유쾌한 장식품이다! 그것은 인간성을 배양하는 만능의 가정상비약이며, 조야하고 악의적인 허영심의 해독제다! 본성을 우아하게 완성하고 원숙하게 하는 아름다운 허영심은, 우리를 세상에 유익하고 유용한 인간으로 만드는 모든 맹아들이 꽃을 피우게 한다. 동시에 허영심은 아주 미묘하게 작동하는 그 자신에 대한 재판관이자 통치자이며, 보통의 경우라면 숨겨져 있을 선과 진을 고귀한 모습으로 세상에 드러내도록 우리를 독려한다. 머리카락과 수염을 곱슬곱슬하게 기르고 발에 향유를 바르게 한 것을 놓고 보면 예수 그리스도조차도 허영심이 없지 않다."

이것은 마치 아름다운 노래처럼 들리지만 이러한 허영심이야말로 약한 불 속에서 인간도 작은 돌도 녹여서 삼켜버리는 진정한 몰렉 신[47]이다. 이것은 언제나 그 자신, 즉 몰록 신다워서 모든 것을 두려워하지 않으며, 굶주렸던 배에서 불을 토해내며 후안무치한 미소를 띤다. 이것의 손에 걸리면 우정, 사랑, 자유, 조국과 모든 훌륭한 일들이 한 조각도 남지 않고 소각된다. 그리고 어느새 더 이상 삼킬 것이 없으면 이것은 재로 가득 찬 차가운 난로가 된다.

나는 나 자신에게 이렇게 열렬하게 설교하면서 계속 걸었다. 골똘히 생각하는 것은 추운 시간을 보내는 데에 도움이 되었으므로 나는 이 생각을 계속 이어갔다. 나는 나 자신과 생활태도를 검토했고, 내가 이러한 악덕에서 적당히 자유스럽거나 아니면 그렇게 될 경우를 가정하고 허영심이 강한 세상에 대해서 어떤 입장을 취해야 하는지 꼬치꼬치 따져보았다. 허영심이 있는 사람들은 사리사욕 없는 자유로운 사람들의 노예로서, 자유로운 사람들의 시인을 얻으려고 애쓴다는 사실이 틀림없다고 나는 생각했다. 그러나 노예들은 봉기를 일으켜 성 도밍고 섬의 흑인들처럼 잔인해질 것이다.[48] 어느 경우든 여기서 필요한 것은 영혼과 육체

---

47) 아이를 제물로 받는 신으로, 언제나 새로운 희생을 요구하며 모든 것을 집어삼키려고 위협하는 잔인한 힘에 대한 표상이다.
48) 1697년부터 프랑스 식민지였던 성 도밍고 섬(1844년부터 아이티와 도미니카 공화국으로 분리됨)에서 있었던 흑인노예폭동을 지칭한다.

에 손상을 입지 않고 그들과 사이좋게 살아가는 것이다. 도대체 왜 그들을 자신과 구별 짓고 그들 위에 서야 한단 말인가? 이러한 우월감을 통해 결국 허영심을 채우기 위해서일까?

이때 나는 막다른 골목에 들어서 있었다. 출구를 찾고 있는 동안 내 천착은 돌풍 때문에 중단되었다. 나무를 아주 세차게 흔든 돌풍 때문에 나뭇잎에 고여 있던 빗물이 돌연히 내 어깨와 등 위로 떨어졌던 것이다. 나도 나무처럼 몸을 흔들어 털고 주위를 돌아보며 비를 피할 만한 집을 찾았으나 그럴 만한 집도 없었고, 있다고 해도 나에게 허락될 일도 없었다. 그렇지만 나는 어떤 식으로든 기분을 가볍게 하고 싶었다. 결국 내가 생각해낸 것은 무게보다는 불편한 모양새 때문에 귀찮은 짐이 된 쯔비한의 두개골을 없애는 것이었다. 하지만 두개골을 길 언저리의 덤불 속에 천천히 내려놓는 동안, 암담한 상황에서 뭔가 자발적인 일을 하고, 비록 엄지손가락 높이에 그칠지언정 이러한 상황 위로 나 자신을 더 높이 고양하고 싶은 바람과 요구를 갑자기 느꼈다. 그래서 나는 이 고행의 물건을 다시 가방에 넣고 고된 여행을 계속했으며, 설상가상으로 발길이 끊긴 걷기 힘든 온갖 길을 헤매었다.

제9장 백작의 성

시간은 계속 이렇게 흘러 마침내 황혼 무렵이 되자 피로와 추위, 온갖 나약함이 나를 사로잡았다. 그래서 죽음이나 파멸 같은 것은 절대로 말도 안 되는 일이며, 이 불행한 경험은 단순한 육체적 고통일 뿐, 어떤 구실도 하지 못하는 쓸데없는 시련이라고 짜증스럽게 생각함으로써 도덕적 파탄을 면할 정도였다. 나는 다시 정신을 차리고 기력을 회복했다.

마침내 숲을 빠져나온 나는 눈앞에 펼쳐진 넓은 골짜기를 보았는데, 그 골짜기에는 커다란 귀족의 영지가 있는 것 같았다. 자연림 대신에 아름다운 정원수(庭園樹)가 일군의 지붕들을 둘러싸고 있었으며, 밭과 목장 사이에는 널찍한 촌락이 멀리까지 흩어져 있었다. 바로 내 앞에는 조그만 교회가 있었는데 문들은 열려 있었다.

나는 안으로 들어갔다. 실내는 벌써 상당히 어두웠다. 제단 앞에서는 밤새 켜놓는 등불이 마치 희미한 붉은 별처럼 흔들리고 있었다. 분명 매우 오래된 교회였다. 일부 창문은 아직껏 착색되어 있었으며, 벽과 바닥은 묘석과 기념비로 덮여 있었다.

"여기서 밤을 보내야겠군." 나는 혼잣말로 말했다. "이 신전의 지붕 아래서 쉬기로 하자!"

내가 두툼한 쿠션이 놓여 있는 벽장 같은 고해실에 앉아 당장 잠을 자

려고 조그만 커튼을 막 잡아당기려고 하는 순간, 손 하나가 초록색의 조
그만 비단 천을 꽉 붙들었다. 폭신한 실내화를 신고 나를 뒤따라왔던 교
회 관리인이 내 앞에 서서 말했다.

"당신, 여기서 밤을 보내려는 거요? 여기서 지낼 수는 없소!"

"왜 안 되지요?" 나는 말했다.

"막 교회 문을 잠그려고 하던 참이었으니까! 자, 나가시오!" 교회 관
리인이 대답했다.

"그럴 수는 없는데요." 나는 말했다. "단 몇 시간만이라도 여기에 있
게 해주세요. 성모 마리아도 당신을 꾸짖지 않을 거요!"

"어서 나가시오!" 그는 소리쳤다. "결코 여기서 지낼 수는 없소!"

나는 비참하게도 교회 밖으로 슬그머니 나왔고, 이 조심성 많은 종지
기는 문을 잠그기 시작했다. 나는 이제 잘 가꾼 정원 같은 교회 묘지에
서 있었다. 모든 무덤은 하나씩 보아도 그렇고 다른 무덤들과 함께 보아
도 자유롭게 배열된 하나의 화단 같았다. 특히 아이들의 조그만 무덤들
은 매력적으로 배치되어 있었다. 섬 같은 풀밭에 조그만 무리를 지어 있
기도 했고, 깜찍스러워 보이는 나무 아래의 한적한 구석에 홀로 있는 경
우도 있었으며, 어느 경우는 어머니의 앞치마에 매달려 있는 아이들처
럼 어른들의 무덤 사이에 놓여 있었다. 자갈이 깔리고 세심하게 갈퀴로
고른 길들은 단풍나무와 느릅나무 그리고 물푸레나무로 된 숲 그늘로
뻗어 있었으며, 담은 없었다. 비는 그쳐 있었지만 아직도 물방울이 많이
떨어졌다. 불타는 띠처럼 서쪽 하늘에 걸려 있는 저녁노을은 묘석 위에
희미한 빛을 던져주고 있었다. 나는 무심결에 무덤의 한가운데에 있는
벤치에 앉았다.

그때 어떤 날씬한 여자가 빠른 걸음으로 나무의 짙은 그늘에서 나왔
다. 그녀는 숱이 많은 짙은 색 머리카락을 바람에 휘날리며 한 손으로는

가슴 위로 작은 만틸라를 움켜잡고 있었고, 다른 한 손으로는 펼쳐지지 않은 가벼운 우산을 들고 있었다. 매우 우아한 자태를 지닌 이 여자는 쾌활하게 무덤 사이를 바삐 돌아다니며 식물들이 비바람으로 상하지나 않았는지 보면서 무덤들을 세심하게 살피는 것 같았다. 그녀는 여기저기에 쪼그리고 앉아 가벼운 우산을 자갈길에 던져놓고 흔들거리는 철늦은 장미를 새로 묶거나 번쩍거리는 조그만 가위로 과꽃 따위를 잘라냈으며, 이 일을 끝내고 나면 서둘러 다음 일을 계속했다. 녹초가 된 상태에서 이 아름다운 모습이 내 앞에서 배회하는 것을 바라보던 나는 교회 관리인이 다시 나타난 것을 크게 신경쓰지 않고 있었다.

"여기에 있어서도 안 되오!" 그가 재차 내게 말을 걸었다. "어떻게 보면 이 묘지는 주인님 정원의 일부요. 그러니 낯선 사람이 밤에 여기서 어슬렁거려서는 안 된단 말이오."

나는 아무런 대답도 하지 않고 어찌할 도리 없이 정면만 바라보았다. 일어나려고 결심하는 것조차도 거의 불가능했다.

"이봐요, 내 말이 들리지 않소? 일어나시오! 어서 일어서라니까!" 그는 약간 더 크게 외치며 마치 술집 의자에서 잠든 사람을 깨우듯이 내 어깨를 잡고 흔들었다.

바로 이 순간에 여인이 가까이 다가와 이 광경을 보기 위해 태평한 발걸음을 멈추었다. 그녀는 아주 천진난만한 매력적인 태도로 호기심을 내비쳤다. 눈은 비록 어스름 속에서 볼 수 있었을지언정 아주 아름다웠으며 성격 또한 솔직하고 꾸밈없이 친근해 보여서 그 순간 다시 활기를 되찾은 나는 몸을 일으켜 손에 모자를 들고 그녀 앞에 섰다. 하지만 그녀가 흠뻑 젖고 더러워진 내 옷을 주의 깊이 관찰할 때 나는 당혹스러워서 시선을 떨어뜨렸다.

그러는 동안 그녀는 교회 관리인에게 말했다.

"이분에게 무슨 일이 있나요?"

"이거 원, 아가씨." 관리인이 대답했다. "이 사람이 어떤 사람인지 어떻게 알겠어요! 그런데도 한사코 여기서 자려고 하는군요. 정말 그래서는 안 되는 일이지요. 만일 불쌍한 부랑자라면 분명 마을의 헛간 같은 데서 자려고 했을 텐데요!"

젊은 귀부인은 나를 향해 몸을 돌리고 상냥하게 말했다. "왜 여기서 자려고 하지요? 죽은 사람들이 그렇게 좋아요?"

"오, 아가씨." 나는 떨어뜨렸던 눈길을 바로세우며 대답했다. "죽은 자들은 대지의 원래 소유주이자 피곤에 지친 사람을 내쫓지 않는 친절한 대지의 주인이라고 생각했습니다. 하지만 내가 겪은 바로는, 죽은 자들에게는 그렇게 큰 위력도 없을뿐더러 그들의 의지도 그들의 머리 위에서 걸어다니는 인간들의 마음대로 해석되는군요!"

"여기 이 나라에 살고 있는 우리가 죽은 자들보다 더 나쁜 사람이라고 말씀하셔서는 안 되죠." 영양(令孃)은 미소 지으며 덧붙였다. "만약 당신의 신분을 조금이라도 밝히고 사정을 말씀해주시면 여기에 살아 있는 우리를 상당히 괜찮은 사람들로 여기게 될 테니까요!"

"우선 신분증명서를 보여드릴까요?"

"그것들은 가짜일 수도 있어요! 차라리 말로 하는 게 낫지요!"

"글쎄요. 저는 양가(良家)의 자식입니다. 온 힘을 다해 내가 떠나왔던 곳으로 되돌아가는 중입니다! 보시다시피 유감스럽지만 지체할 수밖에 없군요!"

"어디서 오셨죠?"

"스위스에서 왔습니다. 몇 년 전부터 당신 나라의 수도에 살았지요. 예술가로요. 하지만 예술가로서 재능이 없다는 것을 알게 되었습니다. 지금 충분한 여비도 없이 귀국하는 길입니다. 누구도 성가시게 하지 않고 이렇게 버티면서 여기를 통과할 수 있을 걸로 생각했는데 비 때문에 중단되었습니다. 그래서 눈에 띄지 않게 이 교회에서 밤을 보낸 후 내일 아침 일찍 다시 여행을 계속하려고 했던 겁니다. 멀리 걸을 수는 없으니 만일 근처에 처마나 비어 있는 헛간이 있다면 부디 자비를 베풀어주시지요. 제가 그곳에서 쉬어가도록 말씀해주세요. 그밖에는 저에게 신경 쓰지 않아도 좋다고 말입니다. 아침이 되면 감사하는 마음으로 다시 떠나겠습니다!"

"당신에게 더 나은 숙소를 마련해드리지요. 지금 저와 함께 가요. 아버님께서 오실 때까지는 우선 내가 이 일을 맡겠어요. 아버님께서는 곧 사냥모임에서 돌아오실 거예요."

그곳에 서 있는 동안 내내 축축하고 차가운 냉기 때문에 벌벌 떨고 있었지만 나는 그녀를 따라가기를 망설였다. 영양이 내가 따라오기를 기다리며 나를 바라보았을 때, 내가 비록 이상한 상황에 빠져 있지만 결코 거지는 아니며 그녀의 제안은 다른 사람의 도움 없이 집에 도착하려는 내 계획에 어긋난다고 말하면서 그녀의 양해를 구했다.

"하지만 당신은 온통 젖어 푸들처럼 떨고 계시는걸요? 자존심이 강하신 분. 만약 실외에서 아침까지 머무르면 큰 병이 날 수도 있어요. 그렇게 되면 사람들의 도움과 신세 없이 계속 여행하려는 당신의 계획은 정말 지장을 받게 되겠죠. 당신을 우선 당장 안내할 곳은 그냥 별채일 뿐이에요. 내가 종일 지낸 곳이라 불이 따뜻하게 피워져 있어요. 그러니 더 이상 고집 부리지 마세요. 그래야 우리도 당신의 소원대로 안심하고 빨리 당신을 보낼 수 있지 않겠어요! 자, 관리인 아저씨, 당신은 이 경건한 순례자를 쌀쌀맞게 대접한 벌로 우리를 따라와서 도와주세요!"

"사람들이 제게 뭐라고 하겠어요, 아가씨." 관리인은 꽤나 암상궂게 투덜거렸다. "제가 밤에 교회 문을 열어놓거나 낯선 자를 그 안에 가두어놓으면 사람들이 저를 어떻게 하겠어요? 밤에 교회에 도둑이 들었다는 말을 한 번도 들어본 적이 없을까요? 촛대나 성배, 성반도 무사하지 못했는데요."

이 말을 들으며 웃지 않을 수 없었던 나는 이렇게 말했다. "당신은 나를 훔친 성체현시대 때문에 프랑스에서 교수형을 당한 셰익스피어 작품의 바돌프[49] 같은 사람으로 취급하는 거요?"

"이미 영국에서 류트 케이스를 훔치고 12시간이나 운반해서 3크로이처를 받고 판 다음에 말이죠?" 이 멋진 아가씨는 내 말을 이렇게 받으며 쾌활하게 웃으면서 나를 쳐다보았다. 이번에는 내 쪽에서 말을 이었다.

"당신이 공공의 안녕을 교란한 악한의 인용에 아주 절묘하게 대응하시는 걸 보니 제가 감히 당신을 따라가고 싶은 생각이 드는군요. 우리는 서로 공덕을 베풂으로써 유익한 존재가 되는 공개적인 비밀결사[50]의 일원이니까 말입니다."

"그래요. 세상의 모든 것은 그 어떤 것도 버릴 만한 것이 없다는 걸 아셔야 해요!" 그녀는 이렇게 말하며 앞장서서 걸었다. 나도 함께 걸었고, 관리인은 당황하고 의심쩍어 하면서 우리 뒤를 따라왔다. 우리는 어두운 정원을 지났다. 곧이어 널찍한 별채의 불 켜진 창문들이 나무 사이로 비쳤다. 별채는 저택에서 약간 떨어진 곳에 있는 것 같았다. 우리는 작은 방으로 들어섰다. 이 방과 정원은 오직 유리문 하나로 나뉘어 있었다. 벽난로에는 아름다운 불꽃이 타오르고 있었다. 귀부인은 등나무로 만든 안락의자를 끌고 와 편히 쉬라고 권했다. 나는 사양하지 않고 의자

---

49) 셰익스피어의 『윈저의 유쾌한 부인들, 헨리 4세』와 『헨리 5세』에 나오는 상습적인 도둑. 『헨리 5세』에서 헨리 5세를 위해 프랑스에서 싸운 군대의 병사인 바돌프가 교회 물건을 훔친 죄로 교수형을 당하게 된다.

50) 이 모순적 표현은 19세기에 유행한 프리메이슨 같은 비밀결사 조직에 대한 풍자다.

에 앉았다. 하지만 몰골스러운 여행가방 때문에 약간 불편했다.

"그 가방을 벗어놓으세요!" 영양이 말했다. "혹시 그 안에 정말 훔친 류트 케이스를 넣고 나르는 건가요? 가방을 내려놓지 않으니 드리는 말씀이에요."

"그런 어떤 것이죠!" 나는 대답했다. 나는 두개골 때문에 불룩한 가방을 벗었다. 관리인은 영양의 눈짓에 따라 내게서 배낭을 받아 구석에 기대놓았다. 그러는 동안 그는 거의 눈치 채이지 않게 둥그스름한 돌출 부분을 발끝으로 더듬어보았다. 류트 케이스가 무엇인지 몰랐기 때문에 최소한 훔친 멜론이라도 들어 있는지 알아보려는 투였다.

그사이에 다른 일을 하던 영양이 다시 돌아와 내 앞에 서더니 동정어린 말투로 물었다. "실례지만 이름이 뭐죠? 아니면 익명으로 여행하시나요?"

"하인리히 레입니다." 나는 말했다.

"레 씨, 정말 형편이 아주 좋지 않은가요? 나는 형편이 나쁘다는 것을 전혀 이해하지 못하겠어요. 어쨌거나 당신은 아무것도 먹지도 못할 만큼 가난하지는 않겠지요?"

"그것이 그렇게 중요한 문제는 아니지요. 하지만 지금은 사실상 그런 형편입니다. 하루에 한 끼 이상 식사를 하면 집에 갈 때까지의 군자금이 모자라니까요."

"그런데 왜 그런 짓을 하죠? 어떻게 그렇게 궁지에 빠질 수 있어요?"

"글쎄요. 엄밀히 말해서 뚜렷한 목적이 있어서 이렇게 한 것은 아닙니다. 하지만 한번 이렇게 된 바에야 위급한 사정도 감사할 만한 가치가 있는 경우라면, 저는 심지어 고마워하며 감수합니다. 어떤 경험에서도 무엇인가를 배우는 법이지요. 여자들이야 늘 어쩔 수 없이 해야 하는 것만 하면 되니까 이와 같은 훈련이 필수적인 것은 아닙니다. 우리 같은 사람들에게는 더할 나위 없이 분명한 이러한 훈련은 약이 됩니다. 우리는 보지 못하고 느끼지 못하는 것을 좀처럼 믿지 않으려고 하거나 그러한 것을 불합리하고 주목할 만한 가치가 없다고 여기기 때문이지요!"

그녀는 즉시 관리인의 도움을 받아 조그만 탁자를 가져왔는데, 그 위에는 약간의 음식이 차려진 접시가 몇 개 있었다.

"다행히도 마침 내 저녁식사가 여기 있네요. 아버님께서 집에 돌아오셔서 당신을 돌보실 때까지 우선 좀 드세요. 관리인 아저씨, 어서 집으로 건너가 가정부에게서 포도주 한 병을 받아오세요. 아시겠죠? 레 씨, 적포도주로 하시겠어요, 백포도주로 하시겠어요?"

"적으로!" 나는 정중치 못한 표현으로 대답했다. 도움이 필요한 이름 없는 한 부랑인과 훌륭하게 자란 상류사회 구성원의 이러한 관계에서 어떤 말을 사용해야 하는지 몰라서 쩔쩔매고 있었기 때문이다.

"그러면 식사용 적포도주를 달라고 하세요!" 그녀는 나가던 관리인의 등에 대고 외치고 나서 호령을 잡아당겼다. 그러자 시골풍으로 옷을 입은 한 소녀가 달려왔는데, 그녀는 나를 보고는 깜짝 놀라 멈춰 서서 이상한 듯이 응시했다. 그녀는 같은 집에 살고 있는 정원사의 딸이었다. 시간이 지나면서 밝혀진 사실이지만 영양의 몸종이자 친구를 겸하는 그녀는 영양과 서로 반말을 할 정도로 격의 없는 사이였다.

"뢰스헨, 어디 있었어?" 영양이 큰 소리로 말했다. "빨리 빨리 불을 켜. 손님이 오셨어. 잠시 더 여기 있어야 해!"

그동안 나는 차가워진 구운 고기를 썰어먹기 위해 포크와 나이프를 쥐고 있었지만 또다시 당혹스러웠다. 은제 식사도구는 분명 오랫동안 사용된 어린이용 세트였고, 조그만 포크에는 '도로테아'라는 이름이 고딕체로 선명하게 새겨져 있었다. 그런데 새로 온 뢰스헨이 여주인을 도르트헨[51]이라고 불렀으니 내가 들고 있던 물건은 의심의 여지없이 영양의 것이었다. 나는 그것을 내려놓았다. 이와 동시에 정황을 눈치 챈 뢰스헨이 큰 소리로 말했다. "도대체 뭘 하는 거야, 도르트헨? 이분에게 네 물건을 드렸잖아!"

도르트헨이라고 불린 아가씨가 얼굴을 약간 붉히면서 말했다. "정말이네, 정신이 없다보면 그럴 수도 있는 거야! 용서하세요. 내 어린이용 무기를 드렸군요. 하지만 비위에 거슬리지 않는다면 편안하게 사용하셔도 돼요. 그러면 나도 빈민들에게 자기 접시로 먹을 것을 준 성 엘리자베스[52]처럼 훌륭한 사람이 되겠죠."

이 애교 있는 농담에 나는 아무런 대꾸도 할 수 없었다. 그렇지만 식사를 계속할 수 없었다. 갑자기 식욕이 사라졌던 것이다. 그보다는 오히려 내가 어울리지 않는 곳에 있는 것 같은 기분 때문에 마음이 무거웠다고 할 수 있었다. 집 밖의 길로 나가서 자유스럽게 있고 싶은 생각이 간절했지만 실제로는 그럴 수 없으리라는 것을 물론 알고 있었다. 뢰스헨이 비난 섞인 작은 눈으로 나를 자세히 뜯어보며 따라준 포도주 한 잔을 비우자 나는 어느 정도 더 편안한 기분이 들었다. 그런 후 나는 의자 등판으로 몸을 젖히고 두 사람의 행동을 지켜보았다. 영양은 방 한가운데의 커다란 원탁에 앉아 있었고, 정원사의 딸은 그녀 곁에 서 있었다. 탁자 위에는 화초와 가을에 볼 수 있는 다채로운 나무 열매 그리고 붉고 검은 열매가 달린 나뭇가지 다발과 함께 온갖 모양의 유리잔과 조그만 단지가 놓여 있었다. 그사이에는 깃털과 하트 모양의 진홍색과 황금색의 진귀한 나뭇잎, 광택이 훌륭하여 눈부시게 아름다운 초록색 담쟁이

---

51) 도로테아의 애칭.
52) 튀링겐 출신의 성 엘리자베스(1207~31)는 프란체스카의 이념, 즉 빈민구제와 이웃 사랑, 병자와 아이 구호 활동 등으로 유명하다. 그녀의 생은 전설적으로 승화되어 문학적 소재로 많이 쓰이고 있다.

덩굴 이파리, 갈대 등이 뒤섞여 있었다. 이것들은 모두 다발로 묶이거나 원래 모습대로 눈요깃거리로 비치되어 있었다. 꽃들은 교회묘지에서 가져온 것 같았다. 영양이 오늘 꺾은 꽃들을 내 눈앞에서 신선한 물이 담긴 유리병에 막 꽂고 있었던 것이다. 두세 개의 꽃다발은 싱싱했지만 다른 것들은 말랐거나 반쯤 시들어 있었다. 이러한 것을 보면 이 아름다운 아가씨는 분명 죽은 자들의 애정 깊은 친구이자 보호자일 거라는 생각이 들었다. 나는 아이였을 때부터 동무들과 무덤에서 놀며 죽은 자들에 대해 얘기하기를 좋아했던 성 엘리자베스의 전설이 생각났다. 도로테아 아가씨 자신도 그러한 전설을 익히 잘 알고 있으리라는 것과 결부해서 생각해보면, 영양이 보여준 것은 모두 그녀의 인격에 깊은 마음씨라는 후광을 더해주는 증거처럼 생각되었다. 더구나 자유스럽고 깔끔한 태도를 놓고 미루어보면 그녀가 신앙에 편집성을 보이는 사람이라고는 도저히 상상할 수 없었다.

나는 잠에 빠져드는 것 같은 편안한 기분으로 탁자 쪽을 쳐다보았으며, 정말로 잠이 들어버렸을 때까지 눈과 귀가 반쯤 감긴 상태에서 주의를 기울이지도 않은 채 잠시 더 그들의 행동과 말을 보고 들었다. 영양은 그녀 곁의 의자 위에 부피가 큰 화첩을 놓고 거기서 크고 작은 낱장의 종이들을 꺼낸 다음, 이 종이들이 안전하게 널찍한 테두리로 둘러싸일 수 있도록 커다랗고 두꺼운 종이 위에 붙이는 일에 몰두하고 있었다. 가느다란 작은 종이와 약간의 아라비아 수지(樹脂)가 재료로 쓰였는데, 재료 준비는 뢰스헨이 맡았다.

"이제 다시 종이를 잘라야겠는걸." 준비해둔 재료가 떨어지자 뢰스헨이 말했다. 그들은 공간을 만들기 위해 책상 위에 어수선하게 널브러져 방해가 되는 것들을 바삐 밀쳐놓고 그 위에 커다란 새 종이를 올려놓은 다음, 마치 아마포를 잘라 손수건을 만드는 것처럼 작업용 가위로 종이를 자르기 시작했다. 하지만 종이에는 피륙의 날줄과 씨줄 같은 선이 없었기 때문에 종이를 자르는 가위의 날 위에서 여기저기가 쭈그러들거나 가위들이 비뚤어져 나갔다. 소녀들은 장난삼아 서로에게 잘못을 뒤집어씌우며 온갖 불만을 터뜨렸다.

"아유, 이 꼬맹이야." 도로테아가 외쳤다. "둘레가 온통 깔쭉깔쭉하잖아. 아버님께서 이걸 보시면 분명 우리를 면직시키고 직접 다시 만드실 거야!"

"그러는 네 눈대중은 또 어떻고! 자, 봐. 저기 지도가 얼마나 비뚤어져 있는지. 아버지와 내가 채소밭을 나눌 때도 저보다는 잘하겠는걸!"

"조용히 해, 나도 잘 알아! 하지만 너무 커서 반듯하게 맞추기 어려운 물건도 있는 거야! 우리가 여학교에서 작은 꽃들을 그릴 때는 종이 크기를 잘 맞추었는데. 어쨌거나 아버님께서 나중에 자와 연필로 반듯하게 만드시겠지. 중요한 것은 한 장이라도 너무 작게 자르지 않는 거야. 아버님께서는 모두 똑같은 크기를 원하시니까. 아브라함의 품속에 있는 것처럼 이것들을 넣어놓을 수 있는 상자까지 벌써 만들어놓게 하셨단 말이야. 그뿐만이 아냐. 서재에 걸어두시려고 유리를 끼운 나무 액자까지 몇 개 주문하셨다니까. 특별히 마음에 드는 그림을 번갈아가며 걸어놓으시려는 거야. 액자 뒷면에는 마음대로 끼우고 뺄 수 있는 편리한 판이 부착될 거래."

"이것들에서 볼 게 뭐가 있담! 도대체 이런 게 무슨 도움이 되지?"

"에이, 이 바보. 즐거움을 위해서야! 이런 것을 보고 이해하지 않으면 안 되는 거야. 그렇게 하면 즐거우니까! 이 나무들이 모두 얼마나 재미있게 보이는지 모르겠니? 작은 가지와 이파리들이 간질간질 움직이는 것 같지 않아? 햇빛은 그 위에서 놀고 있고. 이 정도 그린 사람이라면 상당히 배워야 했을 거야!"

뢰스헨은 팔을 탁자 위에 올려놓고 작은 코를 그림 위로 들이대며 말했다. "정말 그렇구나! 나도 알겠어! 마치 우리 아버지가 외출할 때 입는 초록색 조끼 같아! 여기 이것은 호수지?"

"어떻게 그게 호수야, 이 메뚜기야! 그건 나무 위에 있는 푸른 하늘이잖아! 도대체 언제부터 나무들이 아래에 있고 물이 위에 있지?"

"말도 안 돼! 하늘은 둥글고 아치형인데 여기 이 파란 것은 평평하고 사각형이잖아. 나리께서 그 주위에 어린 보리수나무를 심게 했던 우리의 커다란 연못처럼 말이야. 네가 그림을 거꾸로 붙인 게 틀림없어! 그걸 뒤집어 봐. 그럼 물이 아래에 있고 나무가 제대로 위에 있잖아!"

"그래, 머리를 처박고 말이지! 저건 하늘의 일부일 뿐이야. 이 꼬마야! 창문을 통해서 바라봐. 그럼 이와 같은 사각형만 보이게 되잖아. 이 사각(四角)머리야!"

"그럼 넌 오각(五角)머리야!" 뢰스헨은 이렇게 말하며 활짝 편 손으로 여주인의 등을 가볍게 쳤다.

들으려고 애쓰지 않았지만 내 귀에 들려온 소녀들의 수다를 여기까지 듣는 동안 나는 정말 잠이 들었다. 하지만 몇 분 후 곁에 아주 가까이에 있던 누군가 내 이름을 아름다운 목소리로 외쳐 부르는 소리를 들으며 눈을 떴다. 사실은 내가 잠든 바로 얼마 후에 펼쳐놓았던 그림을 치우던 정원사의 딸이 우연히 그림 한 귀퉁이에서 이름과 연도를 보고는 "여기에 씌인 게 뭐지?"라고 물었던 것이다.

"뭔가 씌어 있군!" 도로테아가 대답했다. "이 습작을 그린 예술가의 이름이야. 이런 걸 습작이라고 하거든. 풍경화 습작. 이름이 하인리히 레야. 이 화첩 속에 있는 건 모두 그 사람이 그린 거야!" 그런 후 그녀는 갑자기 말을 멈추더니 내가 있는 쪽을 바라보며 외쳤다. "어쩌면 내가 이렇게 바보 같았을까! 아버님께서 말씀하셨듯이 이 그림들은 대부분

스위스 풍경인데!"

내가 눈을 떴을 때 그녀는 커다란 종이의 위쪽 양 귀퉁이를 귀엽게 잡고 마치 교회 깃발처럼 가슴 앞에 든 채 바로 내 앞에 서 있었는데, 그녀의 사랑스러운 입은 "하인리히 레 씨!"라고 외칠 때의 모습 그대로 벌어져 있었다.

그러나 이미 너무 잠에 취해 있어서 처음 얼마 동안은 내가 어디에 있는지조차 판단할 수 없었다. 다만 황홀하게 아름다운 어떤 사람이 내 앞에 서 있는 것을 보았을 뿐이다. 그 사람은 그림 너머로 나를 바라보고 있었는데, 눈동자가 아름다웠다. 나는 꿈속에서와 같은 호기심에서 몸을 앞으로 굽히고 그 그림을 똑바로 응시했다. 우선은 숲 풍경이 낯익은 것처럼 생각되었고, 마침내 예전에 내가 그린 그림이라는 것까지 기억이 났다. 가느다란 나무 줄기 사이로 스위스의 만년설이 반짝이는 모습을, 어두운 부분에 하얀색 빛을 분포시킨 기법으로 그린 그림이었다.

나는 특히 무성하고 커다란 독(毒)당근을 보고 바로 알아보았는데, 깊은 박암(薄暗)을 배경으로 그려진 하얀 꽃송이에는 밝은 줄무늬 빛이 비추고 있었다. 그림처럼 아름다운 이 식물은 지난날 내게 아주 큰 기쁨을 주었기 때문에 나는 평소보다 더 행복한 기분으로 열심히 모사했었다. 사실 이 식물의 줄기와 잎의 특수한 모양도 충실하고 성공적인 기법으로 표현되었기 때문에, 이 그림을 갖고 있는 동안에는 두 번 다시 독미나리 습작을 그릴 필요가 없었다. 이 그림을 떠나보낼 때는 슬프고 애석한 마음까지 들었었다.

나는 그림에서 눈을 돌려 그 위에서 미소 짓고 있는 얼굴을 올려다보았다. 그런데 사랑스러운 불빛을 받으며 내 눈 가까이 있는 이 얼굴도 갑자기 아주 옛날부터 잘 알고 있는 얼굴로 생각되었다. 하지만 전에 이 얼굴을 어디에서 보았는지 알 수 없었다. 나는 곰곰 생각했다. 사실 이날의 경험도 곧장 기억해낼 수 없는 상태였지만, 어쨌거나 이 얼굴은 오늘이 아니라 더 이전에 본 것 같았기 때문이다. 불현듯 나는 인사하는 것 같은 눈짓과 열려진 입술을 보면서 언젠가 늙은 고물상의 가게에서 창문 안을 들여다보며 중국산 찻잔에 대해 물었던 아름다운 아가씨라는 것을 알게 되었다. 그래서 나는 내가 아직까지 저 실패한 귀향 꿈을 계속 꾸고 있다는 것을 더 이상 의심하지 않았다. 나는 이 모든 광경을 나를 우롱하는 환영으로 여겼으며, 이것을 곰곰 따져보는 내 생각도 눈을 뜨고 원래의 비참한 신세로 되돌아가는 것을 두려워하는, 꿈꾸는 사람의 가상적인 의식으로 간주했다. 하지만 내가 눈을 뜨고 있었고 생각도 활발하게 움직인 것은 틀림없는 사실이었기 때문에 내가 받은 인상은 더욱더 분명하고 강했다. 나는 시선을 다시 무심한 풍경 위로 옮겼다. 그림 속에 묘사된 가지각색의 돌과 풀잎이 낱낱이 내 손으로 그려졌다는 것이 의식되는 순간 내 눈은 축축하게 젖었다. 나는 이 환영을 쫓아버리려고 고개를 옆으로 돌렸다.

몇 년이 흐른 지금까지도 나는 이 작은 사건을 통해 실제적인 경험이 때로는 꿈꾼 것과 똑같이 아름다우며 게다가 더 이성적이라는 사실을 느끼고 있다. 계속되는 시간이 긴지 짧은지는 물론 중요한 문제가 아니다.

도로테아는 놀라서 말을 잃고 감동과 동정이 담긴 눈으로 내 행동을 지켜보았다. 그녀는 몸을 움직일 수가 없어서 족히 1분 동안이나 그렇게 매력적인 자세로 서 있었다.

마침내 그녀는 또다시 내 이름을 부르며 말했다. "자 말씀해보세요! 당신이 이 그림을 그린 분 맞죠?"

한껏 높게 울리는 그녀의 목소리에 정신이 든 나는 몸을 일으켜 손으로 그 종이를 잡은 다음 자세히 살펴보았다. "확실해요." 나는 말했다.

"어떻게 손에 넣었지요?" 그와 동시에 조금 전에 반쯤 깬 상태에서 아가씨들이 정리하는 모습을 본 나머지 그림들도 전부 내 시야에 들어왔다. 나는 탁자로 가서 종이 몇 장을 손에 들었고, 화첩을 두어 번 뒤적여 보았다. 그것들은 모두 내 스케치와 습작이었다. 한 장도 빠진 게 없는 것 같았다. 옛날에 내가 가지고 있을 때와 똑같이 나란히 놓여 있었던 것이다.

"어떻게 이런 일이!" 이번에는 내가 무척 기이한 느낌이 들어서 이렇게 외쳤다. "이 같은 경험을 하리라고는 꿈에서도 생각할 수 없었는데!"

나는 다시 영양을 바라보았다. 그녀는 기쁨과 긴장이 뒤섞인 호기심을 내비치며 눈을 크게 뜨고 내 감동을 지켜보고 있었다. 나는 말했다. "당신을 전에 본 적이 있습니다. 당신이 이것들을 어디서 가져왔는지 이제 알겠어요. 어느 날인가 요셉 슈말회퍼 노인의 가게 창문을 들여다보며 옛날 찻잔에 대해 물어본 적이 있었지요? 그때 어떤 남자가 거기서 플루트를 불고 있었지요?"

"그래요, 맞아요!" 그녀는 말했다. "당신 얼굴을 좀 보여주세요!"

그녀는 부끄러워하는 기색도 없이 내 어깨 위에 손을 올려놓고 얼굴을 골똘히 뜯어보았다.

"오늘은 내가 정신이 없나봐요!" 그녀는 재차 깜짝 놀라며 말했다. "맞아요! 아버님께서 마녀 고물장수라고 부르는 그분의 동굴 같은 가게에서 본 얼굴이 맞아요. 당신의 플루트로 「비록 구름이 태양빛을 가릴지라도」를 연주하셨죠? 그렇죠? 하인리히 씨, 아니 하인리히 레 씨! 그런데 그다음은 어떻게 되죠?"

"'태양은 여전히 창궁에 머무르네! 그곳엔 신성한 뜻이 주재하나니, 맹목적인 우연이 세상을 다스리는 법은 없어라!' 이제 제가 이 노래에 대해 어떻게 생각해야 할까요?"

"신화를 철두철미하게 구성해보자면, 이렇게 애교 있는 장난을 하는 한 우연의 신이 세상을 지배한다고 말할 수도 있겠죠. 갓 피어난 장미와 아몬드 즙을 바치기만 하면 이 신은 언제나 소리 없이 아주 경쾌하고 자비롭게 세상을 다스리는 거예요. 이제는 당신을 정식으로 대접해드리겠어요. 그래야 잊지 못할 이 사건과 상황에 어울리겠죠! 본채에는 썩 훌륭하지는 않지만 손님방이 있거든요. 당신이 우선 옷을 갈아입을 수 있도록 즉시 필요한 조치를 취하겠어요. 잠시 여기 있어, 뢰스헨. 어느 누구도 이 딱한 레 씨에게 실수하는 일이 없도록 말이야!" 이 말을 마친 후 그녀는 서둘러 자리를 떴다.

나는 이 새로운 전기(轉機)를 행복으로 생각해야 할지 알 수 없었다. 나는 한숨을 쉬면서 이렇게 뜻하지 않게 다시 발견한, 하지만 또다시 잃어버리게 될 내 스케치를 바라보았다. 재빨리 여주인의 좋은 기분에 순응했던 소녀 로지네[53]는 내가 부끄러워하고 있다고 생각했는지 다음과 같이 사근사근한 목소리로 말했다. "너무 걱정하지 마세요! 백작님과 아가씨는 항상 그들이 원하는 일과 올바르다고 생각하는 일을 하시니까요. 마음과 행동이 일치한답니다. 다른 분들이 뭐라고 말하건 신경쓰시지 않아요!"

"그렇다면 여기가 백작의 저택이란 말인가요?" 나는 기분 좋게 놀랐다기보다는 기겁을 하면서 덧붙였다.

"모르셨어요? 브…… 베르크의 디트리히 백작댁이에요."

이제 지금까지 일어난 일 외에도, 내 신분과 전혀 다른 사람들의 응대를 받으면서도 그것을 모르고 있었다는 사실이 밝혀졌다. 나는 지금까지 살아오는 동안 이른바 백작으로 불리는 사람을 한 번도 만난 적이 없

---

53) 뢰스헨은 로지네의 애칭이다.

었고, 그런 사람들의 특별한 생활방식이나 요구가 천성적인 내 시민적 평등정신을 침해한다는 두서없는 견해를 품고 있었다. 하지만 이 집의 주인이 만약 농부라고 하더라도 현재 내 상황에서는 그와 대등할 수 없다는 점에 생각이 미쳤을 때, 여행 도중에 생긴 이 사태변화로 나는 다시 혼란스러워졌다. 하지만 마음씨 고운 소녀는 계속해서 내게 용기를 불어넣어 주었다.

"주인님께서는 이렇게 뜻하지 않게 당신을 만나게 되어 틀림없이 매우 놀라며 기뻐하실 거예요. 전에 수도에서 처음으로 그림 몇 장을 가져오셨을 때도 그랬고 나중에 계속 다른 그림들이 도착했을 때도 그랬지만, 주인님은 매일 그 그림들을 보셨거든요. 그래서 화첩은 언제나 손에 닿는 곳에 있어야 했어요."

잠시 후 도르트헨이 돌아왔다. "죄송해요. 이제 2층으로 올라가실까요?" 그녀가 말했다. "뢰스헨이 안내할 거예요. 그밖의 필요한 일은 뢰스헨의 부친이 도와줄 거고요. 편안하게 생각하세요. 가급적 빨리 그렇게 되면 좋겠군요. 그래야 느긋한 기분으로 아버님을 뵐 수 있을 테고, 저도 인간적인 의무를 게을리했다고 꾸지람 듣지 않을 테니까요!"

나는 여행가방을 들었다. 하지만 촛대를 든 뢰스헨이 내게서 가방을 받아들고 앞장서서 걸었다. 이렇게 나는 될 대로 되라는 심정으로 별채 위층에 있는 정원사의 거실로 들어갔다. 관리인과 함께 저녁술을 마시고 있던 정원사는 막 도착한 정상적인 손님처럼 나를 맞아주었다. 이제는 나를 바라보는 관리인도 훌륭한 소개장을 가지고 도착하기로 예정되어 있던, 하지만 이상한 모습을 하고 나타나서 주인을 놀라게 한 손님으로 받아들이는 기색이 역력했다. 정원사는 두세 계단 높은 곳에 있는 방으로 나를 안내했다. 그곳은 이 별채의 뒤편에 성 쪽으로 돌출되어 있는 조그만 홀이었는데, 나무 기둥으로 받쳐져 있었다. 공중에 떠 있는 정자

풍의 방 바깥에는 원주의 밑바닥에서부터 지붕까지 진홍색 인동덩굴로 덮여 있었다. 방 내부에는 침대 한 개와 가구들이 넉넉하게 비치되어 있어서 밤뿐만 아니라 낮에도 지낼 수 있게 되어 있었다.

의자 위에는 이미 편안한 옷가지들이 준비되어 있었다. 정원사는 이 옷들을 이용하라고 권했다. 하지만 나는 그 옷을 입을 필요가 없도록, 더욱이 어서 눈을 붙이고 싶었기 때문에 즉시 침대에 눕는 쪽을 택했다. 나는 정원사에게 내가 침대에 들어가면 벗어놓은 젖은 옷을 말려서 진흙을 털어달라고 부탁했다. 이 모든 일을 마친 후 마침내 어둠 속에서 몸을 눕히자 말과 마차의 소음과 개 짖는 소리가 들렸다. 의심할 것 없이 백작이 집으로 돌아오고 있었다. 나는 오늘 당장 그분을 뵐 필요가 없다는 것을 귀중한 유예로 생각했다.

제10장 운명의 변화

나는 시간 가는 줄 모르고 깊이 곯아떨어져서 정확히 오전 시간이 절반쯤 지났을 때에야 잠에서 깨어났다. 깨끗이 손질된 옷을 이미 오래전에 조용히 내 방으로 가져다놓은 후였다. 나는 그 옷들을 보며 친절한 히브리 사람과 맺은 거래를 생각하면서 흡족한 기분이 들었다. 어떤 것의 가치가 정해지는 것은 언제나 시기가 좋은지 좋지 않은지에 따라 좌우된다. 내가 일한 대가로 벌어들인 얼마 안 되는 이득이 이렇게 번듯한 옷의 모습으로 변한 것을 볼 때 다른 경우라면 두 배나 네 배의 금액이 그럴 수 있는 것보다 지금은 더 반갑게 생각되었다.

옷을 입고 있는 동안 누군가 문을 두드렸다. 들어오라는 말에 뒤이어 문이 활짝 열렸다. 문에서는 키가 크고 잘생긴 한 남자가 문짝의 손잡이를 쥐고 방과 방에 있는 사람을 주의 깊게 살펴보고 있었다. 그는 그 당시만 해도 아직 생소했던, 그의 머리카락처럼 희끗희끗한 코밑수염과 구레나룻을 기르고 있었으며,[54] 사슴뿔 단추가 달린 짧은 회색 사냥 재킷을 입고 있었다.

---

54) 1848년까지만 해도 독일에서는 수염이 이례적이고 예의에서 벗어나는 것일 뿐만 아니라 국가를 위태롭게 하는 것으로 간주되어 일부 공복들에게는 수염을 기르는 것이 금지되었다.

"안녕하시오, 신경쓰지 마시오!" 그는 활기차고 박력 있게 울리는 목소리로 말했다. "내 손님이 어떻게 지내는지 보고 싶었을 뿐이오!"

"매우 좋습니다. 백작님! 이 집의 주인이신 백작님을 뵐 수 있게 되어 영광입니다!" 사용하던 빗을 곁에 놓으면서 약간 허둥대며 대답한 나는 최대한 정중하게 머리를 숙였다.

"당부컨대, 하던 일을 계속하시오. 당신 집에 있는 것처럼 스스럼없이 편히 지내시구려. 그건 그렇고 먼저 우리 집에 오신 걸 환영하오!"

그는 이 말과 함께 방으로 들어서서 나와 악수를 나누었다. 이 순간부터 그에 대한 내 선입견은 사라졌다. 그의 손과 시선 그리고 목소리에서 그가 우연한 신분의 격차 따위는 안중에도 없는 자유로운 인간이라는 것을 알 수 있었던 것이다.

"헌데 들어보고 싶소." 그는 나를 방해하지 않으려고 열려진 창문 곁에 앉으면서 활기 있게 말했다. "당신이 정말 그림 위에 서명이 되어 있는 그분, 하인리히 레 씨인가요? 그렇다고 말해주시면 내겐 최고의 기쁨이 될 거요. 실은 나도 젊었을 적에 그와 같은 일을 했소만 너무 솜씨가 없어서 포기했다오. 그 대신 자연을 그린 그림을 한두 점 입수하는 경우가 생기면, 물론 자주 일어나는 일은 아니요만, 언제나 기뻤소. 이를테면 성심성의껏 노력하는 사람의 발전의 흔적을 보여주는 동시에 자연 그대로의 대상을 풍부하게 포함하고 있는, 재능 있는 사람의 작품 전체를 입수하는 것이 내겐 아주 큰 기쁨을 주었다오. 예술의 후원자 행세를 하던 우스꽝스러운 노인의 초라한 가게에서 우연히 이러한 물건을 찾아냈을 때 나는 즉시 모든 것이 내 수중에 들어올 수 있도록 신경을 썼지요. 출처를 직접 알아내려고도 했다오. 하지만 노인은 완강하게 입을 다물었소!"

나는 대화 중에 여행가방에서 어머니의 편지와 내 여권이 들어 있는 조그만 꾸러미를 꺼냈다. 여권을 펼치면서 나는 이름과 신분이 공식적으로 명기된 서류를 백작에게 내밀었다.

"정말 맞습니다, 백작님!" 나는 기분이 좋아서 웃으며 말했다. "그림들을 그렸던 곳으로 돌아가기 전에 변변치 못한 저의 예전 그림들을 다시 한 번 보고 그것들이 잘 보관되어 있다는 것을 알게 되다니 참으로 소설 같은 운명인 것 같습니다."

백작은 여권을 받아들고 주의 깊게 읽었는데, 그의 말에 따르면 이 사실을 충분히 가슴에 새기기 위해서였지 내 말을 의심해서 그런 것은 아니었다.

"이건 근사한 우연이오." 그는 계속해서 말했다. "우리가 이러한 우연에 상응하는 경의를 표하고자 한다면 당신이 당장 여행을 계속한다는 것은 전혀 있을 수 없는 일이오. 당신이 어떻게 곤경에 빠졌는지, 어떤 연유로 그러한 생활을 하게 되었는지 나는 납득할 수 없소. 장차 당신이 무엇을 할 생각인지도 궁금하다오. 우리 집에 머물면서 필요한 만큼 휴식을 취하는 동안 모든 것을 편안하게 얘기해봅시다."

내가 그동안 씻은 손을 닦으려고 아무 생각 없이 탁자 위에 있던 수건을 집어들자, 그는 갑자기 눈을 동그랗게 뜨고 탁자 위를 바라보았다. 조금 전에 문을 두드리는 소리가 들렸을 때 이 수건을 급히 여행가방에 들어 있던 물건들 위에 던져놓았는데, 그러자 두개골과 청년시절의 이야기를 담은 장정된 원고가 모습을 드러낸 것이다.

"이건 참 신비스런 짐이구려!" 그는 탁자에 다가서며 큰 소리로 말했다. "두개골과 금 걸쇠가 달린 초록 비단의 4절판 책이라! 당신은 강신술사에다가 보물을 캐는 사람이오?"

"유감스럽지만 보시다시피 그렇지 않습니다." 나는 이렇게 대답하며 두개골로 생긴 성가신 일을 짧막하고 재미있게 얘기했다. 마음에 약간의 햇빛이 찾아들어 나를 즐겁고 수다스럽게 만들었던 터여서 나는 내친 김에 산림감시인을 골려준 어제의 장난까지도 이야기했다. 백작은 고요하게 빛나는 눈으로 꿰뚫어보듯이 나를 바라보았다.

"그렇다면 책은, 이건 무엇이오?"

"달리 할 일도 없고 먹고살 길도 암담할 때 제가 쓴 것입니다. 그저 제 어린 시절을 기술한 것이지요. 저 자신에 대해 비판적으로 진단해볼 셈으로 써본 것입니다만 결과는 단순한 기억의 즐거움으로 끝났습니다. 도에 넘치게 멋진 장정도 제 잘못은 아닙니다."

나는 제본업자의 오해로 마지막 굴덴까지 날려버리고 그 후로 굶주림을 배우게 되었으며 플루트의 기적을 통해 고물상을 알게 되었다는 것을 얘기했다.

"그러니까 도로테아가 당신이 플루트 부는 것을 들었을 때의 일이구려?" 백작은 자애롭게 웃으며 말했다. "계속해보시오! 그 이후로 무슨 일이 있었소?"

나는 깃대를 그린 일과 그 일에서 느낀 잔잔한 만족, 하숙집 여주인의 죽음과 이미 말했던, 주인이 두개골을 집어던진 일까지 덧붙였다. 훌다와의 짧은 만남과 그밖의 것에 대해서는 말하지 않았다.

백작은 책을 집어들었다. "책을 펴보아도 되겠소? 아니, 좀 읽어봐도 괜찮겠소?" 그는 이렇게 물었다. 책이 백작님을 지루하게 만들지 않는다면야 그래도 좋다고 나는 기꺼이 승낙했다.

"이제 건너가서 조반을 좀 드십시다. 정찬은 세 시간 후에야 있다오."

그는 한 팔에는 책을 들고, 다른 한 팔로는 내 팔짱을 끼었다. 우리는 성으로 불리는 본채로 갔다. 이 건물은 아마도 지난 세기 초엽에 지어진 것 같았다. 백작은 나를 1층에 있는 자기 거처로 안내했다. 한가운데 있는 방은 밝은 서재로서, 커다란 책상들이 갖추어져 있었다. 한 책상 위에는 이미 조반이 준비되어 있었으며, 그 옆에는 내 습작들이 들어 있는 화첩도 놓여 있었다. 디트리히 백작은 친구처럼 나와 음식을 나누어 먹으며 화첩을 열었다.

"이것을 정리해주셔야 하오." 그가 말했다. "우선 그 일을 하면서 시간을 보낼 수 있을 것이오. 상당수의 그림에는 날짜가 표기되어 있지 않소. 게다가 매너리즘과 숙련된 솜씨, 신중성과 태만, 성공작과 실패작이 뒤섞여 있는데다 작품마다 확실성이나 불확실성이 상이해서 연대순으로 정리하고 싶어도 그럴 수가 없다오. 내 말의 의미를 이해하겠지요! 예컨대 어떤 그림은 분명 솜씨가 미천한 초기의 그림일 터인데도 핵심을 정확히 표현하여 매력적이고 순수한 성공을 거두었소. 그러나 또 어떤 것은 모조품을 그리듯이 솜씨가 향상되었지만 의도한 것은 명백히 실패했다오. 요컨대 이런 모든 것이 내 흥미를 끈단 말이외다. 그래서 나는 이 화집이 가능한 한 정확하게 연대순으로 정리되기를 바란다오. 바꿔 말하면, 언젠가는 판단을 내리게 되겠지만 지금은 그것을 유보하자는 것이오. 오늘 아침에 이미 그점에 관해 생각했소이다!"

나는 백작이 실례를 통해 비평할 때 아주 정확하게 이해하고 있다는 것에 대해 깜짝 놀랐다. 그는 벽장에서 두어 권의 접책을 꺼내왔다.

"여기 이 경우도 정말 이해할 수 없소이다. 이 그림들도 정말 당신의 것이오? 잘려진 것이라는 것은 알겠소만 맞출 수가 없구려."

그것은 내가 조각을 내어 팔았던 판지 그림이었다. 원래의 그림별로 별도의 접책에 보관되어 있던 조각들을 이 고물상 노인은 채색된 판지 그림과 회색 일색인 판지 그림, 크게 자른 그림과 작게 자른 그림을 뒤섞어 각각의 접책에 나누어 넣음으로써 이 전대미문의 화집에 동일하게 다양성의 묘를 더했다고 생각했던 것이다. 백작 또한 이 수집품을 아직 철저하게 조사한 것 같지는 않았다. 나는 이런 방식으로는 연관성을 찾기가 쉽지 않으리라는 것을 깨달았다. 나는 많은 매수의 그림들을 서둘러 가려내기 시작했으며, 방바닥에서 충분한 공간을 골라 그곳에 고대 게르만의 떡갈나무 숲을 짜 맞추었다.

말없이 이 커다란 그림을 관찰하던 백작이 이윽고 말했다. "그러고 보니 이런 짓을 당신이 했구려? 도대체 왜 조각조각 잘랐소?"

"이렇게 해야만 그 노인을 감쪽같이 속일 수 있었거든요. 그는 채색된 이 전체 판지 그림값을 제가 개개의 조각그림 대금으로 받았던 액수보다 더 많이 주지는 않았을 겁니다. 솔직히 고백하건대, 저는 이 터무니없는 판지들이 그 노인의 비참한 동굴에 내걸려 있다거나 그곳에서 아무도 모르는 어떤 곳으로 유배될 수도 있을 상황을 원했던 것은 아닙니다. 맥줏집 주인 가운데에는 그것을 구주회장(場)의 벽지로 사용할 사람도 있었을 테니까요. 그렇게 되면 제가 이런 작품을 그렸던 것을 미술가 동료들 가운데에도 알고 있는 사람이 있었기 때문에 저는 무참하게 조롱거리가 되었을 겁니다. 하지만 그렇게 될 공산은 크지 않다고 생각했어요!"

나는 다시 그림조각을 집어들고 원시시대의 들소사냥 그림을 골라 내려놓았고, 다음에는 중세의 도시와 내가 고안했던 나머지 그림들을 내려놓았다.

"이제 당신이 의도했던 것을 알겠소!" 백작은 말했다. "하지만 당신은 야만인이구려. 그렇지 않소? 이 그림이 손상 없이 복원될 수 없을 테니 말이오."

"근처의 목수에게 전나무 목재로 가벼운 틀을 주문하고 값싼 포를 펼쳐 덮은 다음 아교를 이용하여 그 위에 조각들을 원래대로 붙이면 됩니다. 그물 모양의 미세한 이음새들이 보이겠지만 대수로운 것은 아니니까요. 그건 그렇지만 대체 이것으로 무얼 하시려는지요?"

"여기 이 책장 위에 걸고자 하오. 어두운 색깔의 액자에 끼워서 말이오. 더욱이 일부는 아직 완전하게 마무리되지 않았으니, 연구와 고심(苦心)의 기록으로서 저 자리에도 어울릴 것이오. 더더군다나 원작자 본인이 이 집에서 머물렀으니 나에게도 근사한 기념이 될 거외다."

실제로 천장이 높아서 오크 벽장 위쪽의 벽에는 충분한 공간이 있었다. 내 일이 진기하게 결실을 맺고 그곳에 보존된다고 마음속에 그려보았을 때 나는 내 그림들에게 베풀어진 유쾌한 운명을 기뻐하지 않을 수 없었다. 왜냐하면 장차 걸리게 될 그림들 위에는 반원형 홀의 천장이 엄숙하게 솟아 있었고, 오크 벽장 위의 몇몇 고풍스러운 흉상이나 지구본 같은 물건들은 그림들을 가리거나 그것의 효과를 빼앗는다기보다는 오히려 그림을 돋보이게 장식했기 때문이다.

백작은 계속해서 말했다. "이제 당신이 한 질문과 똑같은 질문을 당신에게 해야겠소. 대체 이제 무얼 하실 작정이오?"

"지금 이 순간에 어느 정도 깨닫게 되었습니다. 외형상으로나마 얻게 된 명예와 함께, 말하자면 유화적인 심정으로 이제는 제가 추구했던 어중간한 생활과 작별할 수 있으면 좋겠습니다. 더 평범하더라도 마지막 순간에 저에게 더 어울리는 생활을 찾고 싶습니다. 그것이 무엇이 될지는 물론 아직 모릅니다. 하지만 저는 더 이상 망설이지 않을 겁니다."

"당신 기분을 모르는 건 아니지만 너무 조급하게 결정하지는 마시오! 하지만 우선 우리가 용건을 해결해야 한다는 생각이 드는구려! 이 습작을 다시 되돌려 받기를 원하시오? 그렇지 않다면 어떤 조건으로 내게 양도하려오?"

"하지만 그건 백작님 소유인데요!" 나는 깜짝 놀라며 말했다.

"천만의 말씀, 소유라니! 내가 당신과 가까운 사이가 되고 당신을 내 집에 머무르게 한다고 해서, 내가 푼돈을 주고 구입한 당신의 화첩을 가지려 한다고 생각하지는 않겠지요? 내가 그 괴짜에게 돈을 많이 지불해야 했다고 생각하지는 않을 테니 말이오. 그 위인은 극히 사소한 이익에 만족했다오. 아니면 당신이 내게 선물로 주려오?"

"제 말씀은, 이 화첩이 정해진 운명과 역할을 다했다는 것입니다. 궁핍하던 시절에 이 화첩 덕분으로 연명할 수 있었습니다. 이것이 벌게 해준 한 푼 한 푼이 제게는 탈러 은화의 가치와 맞먹었지요. 이렇게 저는 정당한 목적에서 이것을 내주었습니다. 가버린 것에 대해서는 미련을 두지 말아야지요!"

"만약 현재와 같은 상황이 아니었다면 나도 당신 주장에 찬성할 것이오. 그러나 그것은 점잔 빼는 짓이오. 그런 것은 버리는 것이 좋지 않겠소? 나는 부자요. 그리고 비록 당신 자신은 한 푼도 받지 못한다 할지라도, 말하자면 당신과 상관없이 나는 적당한 가격으로 이 화집을 팔 수도 있소. 만일 인간을 괴롭히거나 고통스럽게 하지 않는 경우라면 당신의 권리를 주장하는 것을 배우시오. 비록 도덕상의 권리에 지나지 않는다고 해도 말이외다. 부끄러워하지 말고 당신에게 응당 돌아가야 할 가격을 받으시오. 그래야 당신이 원하는 일을 할 수 있지 않겠소! 자, 이제 적당하다고 생각하는 가격을 불러보시구려. 나는 이 그림들을 소장하게 되면 기쁠 거외다!"

"그럼 좋습니다." 나는 미소 지으며 대답했는데, 내 처지가 이렇게 신속하게 호전되는 것을 보는 은밀한 기쁨도 없지 않았다. "그러면 세세하게 따져보지요! 비교적 마무리가 잘된 좋은 그림들은 대강 80매쯤 될 겁니다. 정식으로 거래할 때 제대로 평가하면 한 점당 평균 2루이 금화의 가치가 있을 겁니다. 물론 어떤 것은 더 나가고 어떤 것은 덜 나가기도 하겠지요. 다음에는 작은 조각그림과 스케치가 약 100점쯤 있을 터인데 일부는 전혀 가치가 없는 것도 있습니다. 이것들을 모두 점당 1굴

덴으로 계산하지요. 전부 합친 총액에서 백작님께서 슈말회퍼 씨에게
지불한 금액을 빼시면 됩니다."

"아, 그렇군요." 백작은 말했다. "이치에 맞는 말이오! 나도 즉시 말해
줄 수 있소. 판지까지 포함해서 이 물건들 값으로 그 고물장수에게 352
굴덴 48크로이처를 지불했소이다."

"그렇다면 그 사람은 정말 제 생각만큼 많이 벌지는 못했군요." 나는
덧붙였다. "저는 대략 이 액수의 반을 받았으니까요."

"그것은 그 사람이 자신의 번창하는 사업에서 이 분야까지는 특별히
통달하지 못했다는 증거라오! 당신이 거의 포기한 판지 그림에 관한 것
은 그것들이 다시 복원되면 그때 상의하고, 이제 화첩 속에 들어 있는
것들의 수를 세어봅시다. 그래야 우리가 정찬을 들 때에 당신은 당신 재
산이 얼마인지 알게 되어 근심에서 벗어나게 될 터이니 말이오!"

나는 값이 싼 것과 비싼 것을 구별하여 두 더미를 쌓아올렸는데, 깊이
고려하지도 않고 그림의 질에 따라 각각의 더미 위에 올려놓았다. 백작
은 여러 차례에 걸쳐 너무 가볍게 판정된 그림을 구제하여 그것을 더 나
은 쪽에 올려놓았다. 다 끝난 뒤에는 두 더미가 세어져 계산되었다. 곧
이어 백작은 깊숙한 곳에 있던 방으로 들어가 1,500굴덴이 넘는 돈을
가지고 돌아와, 금화를 세면서 내 앞에 내려놓았다. 기쁨으로 얼굴이 달
아오른 나는 그에게 감사를 표했고, 몇 푼 안 되는 옹색한 여비가 들어
있는 작은 가죽 지갑을 꺼내어 그 돈을 빼낸 후 금화를 집어넣었다. 지
갑은 금화로 완전히 둥글게 부풀어올랐다. 나는 이제 더 나은 상황에서
귀향할 수 있고 어머니가 나를 위해 희생한 것의 일부를 보상할 수 있다
고 생각했다.

"지금 기분이 어떻소?" 저 꿈속에서의 금을 실제로 한 움큼 지갑 속에
넣어두고 흐뭇해하는 내 모습을 본 백작이 말했다. "다시 돌아가서 이

일을 조금 더 계속해보고 싶은 마음은 없소? 어찌하다 보니 내가 계기를 만들었소만, 이렇게 시작한 연후에는 더 나은 쪽으로의 변화가 쉽사리 지속될 수 있을 것 같으니 말이오!"

"아닙니다, 그렇게 되진 않을 겁니다! 그렇게 되기에는 지금의 이 모든 경험이 일회적인 것이어서 두 번 다시 반복되지 않으리라는 인상이 저의 마음 깊이 새겨져 있습니다. 또한 제 결심도 이미 적당히 살아가고 싶은 바람보다 더 깊은 곳에 뿌리를 두고 있습니다. 저는, 저보다 더 나은 사람들이 보답이 많이 돌아오는 일을 하면서도 정신이 그 일과 부합되지 않는다는 이유에서 그러한 결심을 단행하는 것을 제 눈으로 보았습니다."

나는 그에게 에릭슨과 리스의 일을 얘기해주었다. 하지만 그는 고개를 저으며 말했다. "이러한 경우들은 서로 아주 다르오. 두 사람의 경우도 당신과는 다르지요. 물론 당신도 단순히 재능이 없는 환쟁이는 아니오. 만약 당신이 그런 사람이라면 당신 직업을 포기하는 것은 아무런 문제도 되지 않을뿐더러 여기서 우리가 더 이상 논할 필요가 없을 것이오. 물론 정직하게 말하면 사정에 따라서는 그러한 결심을 하는 것에 대해 나도 대찬성이오. 또한 어떤 직업에 대해 지식과 통찰과 자각을 지니고 있어도 그것이 자신을 만족시키지 않는다면 그것을 과감하게 내던지는 것은 정신력의 발로라고 생각하오. 그러나 내 생각으로는, 당신은 아직껏 당신 자신을 충분히 시험해본 것 같지 같소. 당신은 아직까지 그 두 사람의 외형적 지위와 보장된 생활에 도달하지도 못했소. 바로 그 이유 때문에 당신이 체념이라는 거만한 조치를 취할 자격이 있는지 의심스럽구려!"

나는 내 상황에서는 그와 같은 일이 분에 넘치는 사치라는 생각을 하면서 웃었지만 여기에 대해서는 아무런 언급도 하지 않고 대신 다음과 같이 말했을 뿐이다. "오해하고 계십니다, 백작님! 저는 제 재능에 온당한 절정에 도달했고, 정말이지 그 이상의 힘이 전혀 없습니다. 더 유리한 환경이었다 해도 고작해야 상궤에서 벗어나는 어떤 것이나 표현하려고 하면서 세상과 시대에 어울리지 않는 어설픈 아카데미 화가[55]가 되었을 것입니다!"

"그렇지 않소. 내가 장담하오만, 당신이 세상이 바라는 것을 실행하지 않은 것은 오로지 당신의 정직한 본능 때문이었소. 훌륭한 일에 적합한 인간이 억지로 졸렬한 일을 하게 되면 언제나 졸렬하게 할 수밖에 없지요. 얽매이지 않은 인간은 자기 능력으로 해낼 수 있는 최고의 일만을 제대로 할 수 있기 때문이오. 그밖의 다른 일에서는 이치에 맞지 않는 무지몽매를 드러낸다오. 다만 그런 인간이 아주 거리낌 없이 즐거운 기분으로 재능에 필적하지 않는 일을 한다면 그건 별도의 문제요. 그런 일이라면 손쉽게 할 수 있겠지요. 그러니 우리 이 일을 다시 한 번 시도해봅시다. 나는 그래야 한다고 생각하오. 그렇게 비참하게 도망치는 대신 젊은 시절의 직업과 품위 있게 헤어져야 하오. 그래야 아무도 당신을 곁눈질로 흘겨볼 수 없을 것 아니겠소! 또한 단념도 우리 자신의 자유의지를 가지고 해야 하오. 여우가 포도를 단념하는 식은 안 된단 말이외다!"

이 말에 대해 이번에는 내 쪽에서 고개를 저었다. 나는 뜻밖의 전리품을 가지고 한시라도 빨리 고향에 돌아갈 생각만 하고 있었다. 그러나 이 대화는 마을의 부사제(副司祭)가 나타남으로써 중단되었다. 관리인에게 기묘한 손님이 나타났다는 소식을 전해들은 이 성직자는 아무 때나 식사하러 올 수 있는 권리를 이용하여 호기심을 채우려고 온 것이었다. 길

---

55) 형식적인 것을 지나치게 강조하고 전통에 집착하는 예술가를 일컫는다.

고 번쩍이는 부츠를 신고 솔질이 잘된 검은 코트를 입은 그는 한 손에는 모자와 지팡이를 들고 다른 손은 반원 모양으로 흔들었다. 그는 몸을 깊이 숙여 우스꽝스럽게 예를 갖추며 자신은 성의 여주인이 보낸 사자(使者)라고 설명했다. 그녀는, 식사가 준비되었고 테라스에서 우리를 기다린다는 말을 전달하게 했던 것이다. "이런 심부름까지 하는 이유는," 그는 익살스럽게 말했다. "아가씨의 사슬을 지니고 다니는 것이 싫증나지 않기 때문이지요. 사슬을 이용해서 아가씨를 하늘나라로 끌어올릴 때까지는 말입니다!"

우선 내가 이 신사에게 소개된 다음 우리는 지정된 장소로 갔다. 영양은 대지 위에 펼쳐진 부드러운 햇빛을 받으며 테라스에서 걸어다니고 있었다. 그녀는 내게 다정하게 인사하며 오랜 시간 동안 서로 보지 못했는데 잘 지내느냐고 물었다. 하지만 그녀는 답변을 기다리는 대신 신부(神父)에게 팔을 청했고, 그는 변함없이 우스꽝스러운 예의를 갖추며 이에 응했다. 그렇게 그녀는 신부의 팔짱을 끼고 백작과 내 앞에 서서 집으로 들어갔다. 우리는 넓은 계단을 올라가 식당에 도착했다. 짧은 시간 동안 위용을 과시하는 계단과 긴 회랑을 지나며 나는 지금부터 채 스물네 시간도 안 된, 어제의 고난의 길이 생각났다. 검은 옷을 입고 하얀 장갑을 낀 조용한 남자의 시중을 받으며 우리 네 사람이 둥근 식탁에 둘러앉았을 때, 나는 별스런 운명의 변화로 아주 당혹스러웠다.

하지만 생각해보면 이 변화도 내 손으로 그린 작품과 영원히 사라져버린 내 과거와 아직껏 밀접하게 연결되어 있었다. 점심식사는 더없이 검소하고 조촐했고, 분위기도 아주 자유롭고 격의가 없어서 나는 곧 아주 편안한 기분에 빠져들어 전혀 부담 없이 시간을 보냈다. 주로 신부가 영양과 기지 넘치는 말을 수없이 나누며 분위기를 주도했는데, 나는 이 말들의 의미를 이해할 수 없었다.

"당신은 아셔야 하오." 그는 돌연 나를 향해 말했다. "아가씨께서 나를 익살 자문위원으로, 솔직한 표현을 쓰자면 어릿광대 중으로 선택하셨소. 나는 신을 믿지 않는 소저(小姐)의 영혼을 구하려고 이 지난한 직무를 수행하지요. 필히 성공하게 될 거요."

"그 말씀을 믿지 마세요!" 도로테아가 말했다. "그런 일을 해서는 안 되지요. 사목자(司牧者)님께서는 내 영혼이 어차피 타락했다고 생각하고 나를 놀리시는 거예요. 마치 심술궂은 새끼 고양이가 나비를 갈기갈기 찢어발기듯이 말이죠."

"여러분, 그런 농담을 자제하지 않으면 곤란할 거요!" 백작이 끼어들었다. "우리 친구도 보기와는 달리 만만치 않은 분이오. 게다가 익살꾸러기를 데리고 다니면서 그것의 도움으로 세상일에 관여한다오!"

그는 동석한 두 사람에게 산림감시인과 두개골에 얽힌 사건을 전했다. 이 모험담이 자아낸 경탄과 갈채에 미혹된 나는 내게는 단연코 파블 콩브니[56]로 여겨지는 알베르투스 쯔비한의 진짜 이야기, 즉 그가 어떻게 코넬리아와 아프라라는 두 미인을 통해서, 아니 그보다는 그 여자들 사이에서 흔들림으로써 유산과 생명을 잃게 되었는지 얘기했다. 도로테아는 입을 반쯤 벌린 채로 귀 기울였고, 꽃이 피어나는 것 같은 입술에는 미소가 떠돌았는데, 목 깊은 곳에서는 때때로 방울이 울리는 것 같은 희미한 소리가 났지만 끝내 소리를 내어 웃지는 않았다.

"그 사람에겐 마땅한 일이네요!" 그녀가 큰 소리로 말했다. "정말 염치없는 남자네요."

"저는 그렇게 무자비하게 비난하고 싶지 않은데요." 나는 과감하게 이의를 제기했다. "출신으로 보나 교육받은 것으로 보나 그는 반(半) 미

---

56) 프랑스어를 직역하면 "약속된 이야기"라는 뜻이지만 여기서는 "꾸며낸 어떤 것이지만 일반적으로 진실로 여겨지는 것"을 말한다.

개인입니다. 그래서 어린아이 같은 이기심으로 자기 앞에서 타고 있는 모든 불길을 향해 손을 내밀었던 겁니다. 사랑이 무엇인지도, 이러한 일이 몸을 불사른다는 것도 몰랐던 것이지요."

그러나 이러한 전문가 같은 발언을 하는 동안 얼굴이 온통 뜨거워진 나는 그런 말로 좌흥을 돋우려고 했던 것을 즉각 후회했다. 비단 대학생 시절의 칼자국이 코에 남아 있는 신부가 영양을 향해 익살스러운 표정을 짓는 것을 알아챘기 때문만은 아니었다. 나는 내 인생에서의 약점까지도 느꼈던 것이다. 요컨대 그러한 약점이 없었더라면 내가 이곳까지 흘러 들어올 리도 만무했다. 나는 가능한 한 빨리 여행을 계속하리라고 마음속으로 결심했다. 그래서 식사가 끝난 후 오후 시간을 어떻게 보낼지 얘기될 때 다시 복원될 판지 그림의 틀을 만들어줄 수 있는 직인을 우선 만나고 싶다는 소망을 피력했다. 신부는 나를 마을 목수에게 데려다주겠다고 제안하면서, 이 정도 간단한 일에는 분명 그가 적임자라고 말했다. 또한 다시 짜맞추게 될 그림 조각들의 밑받침으로 사용할 재료에 대해 얘기하는 동안, 백작이 후원자로서 수리 책임이 있는 사제관에서는 지금 이웃 마을에서 온 도배장이가 신부의 거실 벽지를 새로 바르고 있다는 사실이 밝혀졌다.

"그 사람은 틀을 씌울 만큼의 종이는 충분히 갖고 있지요." 신부가 말했다. "내 방이 충분히 따뜻하도록 벽지 밑에 넣는, 기계로 만들어 둘둘 감은 긴 종이 말씀입니다."

"종이로는 만족스럽지 않소이다!" 백작이 덧붙였다. "오래 버티려면 튼튼한 천이 아니면 안 되오. 그 남자는 매트리스도 만드니까 그와 같은 재료를 가져다줄 수 있을 것이오. 그동안에 레 씨는 우선 그 사람에게 필요한 주문을 전하시오. 그런 다음 목수는 대패질한 틀을, 도배장이는 천을 가지고 이리로 오게 해서 우리의 감독 아래 정확한 치수에 따라 틀을 자르고 마무리하게 합시다."

나는 할 일이 생긴 것을 기뻐하며 신부와 함께 마을을 향해 떠났다. 한번 구경할 가치가 있을 만큼 큰 마을에는 새로운 건축양식으로 지은 본당이 있었다. 마을 이름은 백작 가문의 성과 같았다. 어쩌면 더 이전의 남작 가문의 성일 수도 있었다. 재미있는 이야기로 줄곧 나를 즐겁게 한 신부는 잿빛 폐허로 변한 산등성이의 건물이 조상들이 맨 처음에 살던 곳이라고 알려주었다. 나는 그의 안내로 사소한 이 일을 기분 좋게 처리한 후 혼자서 오랫동안 걸어서 성으로 돌아왔다.

백작은 말을 타고 나가고 없었다. 나는 영양이 어디 있냐고 묻는 것은 예의에 맞지 않다고 생각했다. 그래서 홀로 테라스에 머물며 석양의 구름을 바라보았다. 이 정겨운 친구는 쉴 새 없이 흩어졌다가 다시 모이면서 정처 없이 헤매는 내 눈을 수천 번이나 끌어당겨 쉴 곳을 마련해주었다. '얼마나 놀랄 만한 일인가' 나는 생각했다. '저 구름이 가난한 사람이나 부자, 젊은 사람이나 늙은 사람을 막론하고 모든 사람을 위해 무진장 아름다운 형태를 만들어내는 것은! 게다가 어떤 사람이 어떤 처지에 있어도 구름은 마음의 거울이지. 모든 것을 내려다보는 조용한 마음의 재판관이야!'

나는 이미 귀에 익숙해진 도로테아의 경쾌한 발소리를 듣고 이 온유한 명상에서 깨어났다. 그녀는 아름다운 내 초록색 책을 들고 급히 테라스 계단을 올라왔다.

"당신을 혼자 내버려두었군요." 그녀는 나를 향해 외쳤다. "제가 어디에서 오는지 아세요? 교회 묘지에서 오는 길이에요. 그곳에서 당신의 책을 보며, 기도하지 않으려 했던 어린 메레트 이야기를 읽었어요! 그랬어도 괜찮죠? 좀더 읽어도 되겠죠? 아버님께서 오늘 오후에 이것을 두어 시간 읽으시고는 그 이야기를 읽어보라고 제게 주셨어요. 보세요, 그

부분에 어떤 아이의 무덤에서 딴 담쟁이덩굴 잎을 하나 꽂아 넣었어요!
서로 만나면 이제 우리 같은 사람에게도 손을 내미셔야 해요. 우리는 당
신을 더 잘 알게 되었으니까요!"

제11장 도르트헨 쇤푼트

　며칠 후 나는 습작 스케치들을 정리하고 크고 작은 판지 풍경화의 복원을 끝냈다. 이 풍경화들은 수도에 주문해놓은 액자가 도착할 때까지 우선 지정된 장소에 걸렸으며, 백작은 걸어놓은 그림들을 흐뭇하게 바라보았다. 걸작이라고 할 수는 없었지만, 이것은 그림처럼 아름답고 엄숙한 서재의 외관을 실제로 한층 돋보이게 했으며, 이미 언급했듯이 내 의욕의 증거들이 구원되어 이곳에 걸리게 되었다는 점에서 유쾌한 느낌을 주었다. 게다가 백작은 격려의 말을 빼놓지 않았다.

　"당신이 예술가의 길을 계속 걷고 싶든 그렇지 않든 간에," 그는 말했다. "내게는 이 그림들의 가치가 변함없을 것이오. 당신이 계속 예술가의 길을 걷는다면 한 인간의 발전의 이정표가 될 것이고, 만약 예술가의 길을 중단한다면 내가 그동안 다 읽은 당신의 청년시절 이야기를 보충하는 삽화가 될 것이오. 인간은 누구나 취미가 필요한 법이지요. 이제는 당신의 인생행로에 나타나는 바와 같은 어떤 인간의 일생을 관찰하는 것도 내 취미가 되었소. 당신 성격은 어떤 깊은 구석이 있지만 생활방식은 상징적이오. 이를테면 그렇다는 거외다. 그러한 생활방식, 특히 그렇게 순박할 때는, 위험이 따른다오. 하지만 이제 그런 문제로 쓸데없이 걱정하다가 머리를 하얗게 만들지 맙시다. 최소한 당신은. 나야 유감스럽지만 이런 표현을 더 이상 사용할 수 없지 않소. 그보다 우선 내 의무는 서재의 장식품에 대해 사례하는 거외다!"

"이미 하셨는데요!" 나는 또다시 돈을 받게 되리라는 사실에 거의 경악하며 말했다. 이 이례적인 행운이 그만큼 괴이쩍었다. 그런데도 그것은 내 진심이었다기보다는 오히려 겉치레였는데, 그렇다고 의도적인 것은 아니었다. 나는 백작이 그렇게 많은 돈을 내놓는 것에 대해 미안한 생각이 들었던 것이다.

하지만 그는 목소리를 높여 말했다. "걱정하지 마시오, 친구! 구매대금으로 드리는 것은 아니오. 이러한 물건들이 쉽게 팔릴 수 있는 것도 아니고 누구에게나 필요한 것이 아니라는 것은 나도 잘 알고 있소. 그보다 내게는 예의 문제이고 당신에게는 필요 문제요. 이렇게 경우가 잘 들어맞고, 게다가 이것이 우리의 기묘한 인연을 중재하는 마당에 경의를 표하는 것은 당연하지 않소?"

이 말과 함께 그는 내 가슴 쪽 양복 주머니에 지폐로 가득 찬 종이 꾸러미를 밀어넣었다. 나중에 알게 되었지만, 그가 이미 내게 지불했던 것과 똑같은 액수였다. 결과적으로 나는 불과 며칠 전보다도 두 배나 부자가 되었다.

"자, 이제," 그가 말을 계속했다. "중요한 문제, 즉 당신이 무엇을 하고 싶은지에 대해 얘기해봅시다. 나도 당신이 직업을 바꿔야 한다는 생각이 든다오. 고지식한 풍경화가로 살기에는 당신의 머릿속은 너무 넓고 구석진 곳도 많은데다 미로도 많고 안정감이 없다오. 분명 살아가는 수단을 바꿀 필요가 있소! 하지만 바꿀 때 바꾸더라도 우울한 기분이나 외부의 강제로 행해져서는 안 되오. 이미 얘기했듯이 필요하다면 다른 결심도 가능하겠지만 어떤 결심이든 자발적으로 당당하게 해야 하오."

"백작님께서 제 어설픈 작품을 이해해주신 것으로 이미 충분히 당당하다고 생각합니다!"

"아니요, 내 생각에는 아직 충분치 않소! 당신은 비록 찬란한 성공을 거둘 수는 없을지라도 당신이 선택한 직업을 명예스럽게 계속할 수 있다는 것을 당신 자신에게 증명해야 하오. 그런 다음에야 당신은 처음으로 자신을 신뢰하면서 그 일을 끝낼 수 있는 자격을 얻을 거요. 이곳에서 지내는 동안 온 힘을 다해서, 하지만 가벼운 마음으로 걱정하지 말고 과감하게 그림 한 점을 완성해보시오. 장담하오만 우리는 그림을 꼭 팔게 될 거요!"

나는 다시 고개를 저었다. 그러한 일에는 몇 달이 걸리지도 모른다고 생각했던 것이다.

"이러한 행동은," 나는 말했다. "비록 성공한다 할지라도 백작님이 말씀하시는 상징 가운데 하나에 지나지 않을 것입니다. 백작님은 제가 상징 속에서 살고 있다고 하셨지요. 그리고 이 경우는 저에게 너무도 값비싼 상징이 될지도 모릅니다. 또한 백작님의 관대한 배려 덕택에 어서 빨리 고향으로 돌아가고 싶은 마음뿐입니다!"

"들어보시구려!" 그가 대답했다. "더 이상 지체하지 말고 논의를 진척해봅시다. 하지만 하룻밤 생각해보셔야 하오. 내일 아침 일찍 출발할 준비를 하시오. 마차를 대기해놓겠소. 그런 후 당신의 최종결심에 따라 내가 스위스로 직행하는 우편마차 정류장까지 당신을 데려다주든가 아니면 함께 수도로 갑시다. 그렇지 않아도 나는 그곳에서 할 일이 있소. 당신은 일에 필요한 재료들을 사시오. 그래도 괜찮겠소?"

나는 동의했지만 내가 고향으로 가는 길을 선택하리라는 것을 조금도 의심하지 않았다.

이날의 정찬은 위층 어딘가, 내가 아직 알지 못하는 이른바 기사의 홀이라고 불리는 곳에서 들기로 되어 있었다. 도로테아가 그것을 알리기 위해 서재로 들어왔다. 그곳은 남향이고 오늘은 아주 따뜻해서 난로를 지필 필요가 없으며, 창문으로는 아름다운 가을 햇빛이 방 안으로 넘나들 거라고 그녀가 말했다. 그녀 자신이 마치 6월의 날씨처럼 화창해보여서 나는 놀라 눈이 휘둥그레졌다. 백작 또한 아연하여 한순간 그녀의 자태를 응시했다. 옷은 검은 공단이었고, 목과 가슴 주위에는 섬세한 레이스 장식이 있었는데, 이 레이스 안에는 진주 목걸이의 끈이 감춰져 있었다. 숱이 많은 검은색 곱슬머리는 오늘 따라 각별히 단정하게 목덜미 뒤로 젖혀져 있었고, 이렇게 함으로써 드러난 뽀얀 관자놀이는 그녀의 얼굴에 비록 긍지라고까지 말할 수는 없지만 자유로운 분위기를 연출했다.

"무슨 일 때문에 이렇게 예쁘게 차려입은 게지?" 백작이 말했다. "내가 모르는 손님들이라도 기다리고 있는 게냐?"

"특별한 의미는 없어요." 그녀가 말했다. "이 아름다운 날씨와 이 홀을 위해 경의를 표하려고 약간 성장(盛裝)한 것 말고는요. 저는 이런 모든 일이 다 함께 어우러져 우리 친구인 레 씨에게 생생한 인상으로 남기를 희망해요. 레 씨가 자신의 이야기를 계속 쓰게 된다면 아마 오늘 일을 묘사하기 위해 반 페이지쯤 할애할 거고, 이 홀에 대해 얘기할 때 제 의심쩍은 모습도 책 속에 슬쩍 끼어들겠죠. 게다가 오늘날에는 신교의 달력에도, 구교의 달력에도 나르시스의 축일[57]이 있으니 모든 점을 놓고 보아도 우리가 조금은 허영에 빠져도 괜찮겠지요? 그렇지 않아요, 하인리히 씨?"

---

57) 성(聖) 나르시스의 축일은 10월 29일이다. 나르시스는 4세기 초 북에스파냐 제로나의 주교로, 기독교 박해를 피해 독일로 피신했지만 다시 제로나로 돌아온 후 순교한 성자다. 여기서는 물론 성 나르시스를 통하여 고대 신화의 나르시스를 풍자한 것이다.

그녀가 이러한 얘기를 반은 부드럽고 진지하게, 반은 매력 있게 미소 지으며 말했고, 어떤 악의적인 저의도 품고 있지 않았는데도, 나르시스라는 단어는 내 원고에 있던 나르시스적인 자아도취에 대한 조롱처럼 생각되었다. 특히 이 원고를 사람들에게 내놓은 것이 나로서는 찜찜한 일이었기 때문에 더더욱 그럴 수밖에 없었다. 그러한 빈정거림이 어느 정도까지 비평의 의미를 포함하고 있고 어느 정도까지 단순한 농담이건 간에 똑같이 부끄럽게 생각되어 나는 한마디 대꾸도 하지 못하고 얼굴이 화끈거리는 것을 느꼈다. 하지만 그녀는 부끄러운 내 상태를 몰랐고 아무것도 알아채지 못했다. 결과적으로 내가 그녀의 말에 지나치게 큰 의미를 부여했던 것 같았다.

앞서 언급한 홀은 실제로 다채로운 외관을 지니고 있었지만 품위와 엄숙함을 갖추고 있었다. 마루 전체에는 진홍색 양탄자가 펼쳐져 있었다. 천장은 종횡의 전체 면에 하나의 프레스코 그림이 그려져 있었고, 대략 어른 키 높이의 검은색 판벽 널과 천장 사이의 벽면에는 온통 선조들의 초상화가 걸려 있었다. 검은 대리석 벽난로 위로는 옛날의 갑옷과 투구와 무기들이 높이 쌓여 있었다. 더 멋져 보이는 다른 무기들은 유리장 속에서 빛나고 있었는데, 특히 값비싼 사벨과 큰 검은 그것들을 한때 소지했던 사람들의 초상화에 함께 그려져 있다는 것을 알아볼 수 있었다. 하지만 어떤 그림보다도 더 앞선 시대에 속하는 무기들도 있었다. 삼각형의 조그만 방패에는 이 가문의 가장 오래된 간소한 문장(紋章)이 가까스로 보였는데, 이것은 현재 문장의 20개 사각 칸 가운데 하나로, 상단에는 홰 위의 네 마리 수탉과 함께 관 모양 투구 네 개가 자리 잡고 있었다.

나는 참지 못하고 열심히 홀 안을 돌아다니며 이 아름다운 물건들을 눈으로 즐겼다. 백작은 내게 이런저런 설명을 해주었다. 도로테아는 열쇠를 가져와 커다란 식기 살강에 잘 보관된 조그만 장을 열었는데, 그 안에는 고풍스러운 은제 도구들이 어렴풋이 빛나고 있었다. 판벽 널에 부착된 다른 벽장에는 아름다운 세밀화가 그려진 양피지 필사본과 서류가 많이 들어 있었다. 이 서류에는 나무나 은 케이스에 들어 있는 인장이 매달려 있었는데, 케이스가 없거나 반쯤 부서진 것도 있었다. 백작은 그러한 서류를 두어 개 꺼내어 펼쳐 보였다. 그러나 나는 그 서류들을 읽을 수 없었다. 서류들은 12세기나 심지어 그보다 한 세기 전의 것이었고, 우리가 현재 서 있는 작은 토지와 관련된 황제의 편지였기 때문이다. 지금껏 이런 것은 한 번도 본 적이 없던 터라, 내가 이렇게 많은 유물과 기념물에 놀라움을 표하자, 백작은 자기 집안의 잡동사니들을 모두 이 홀에 쌓아놓았으며, 여기서 이 물건들은 살아 있는 인간들의 행동을 방해하지 않고 자신의 존재를 즐길 수 있노라고 언급했다. 그는 또 자신은 이것을 적당히 기뻐할 뿐이며, 수집가들보다 더 기뻐하는 정도는 아니라고 덧붙였다.

"글쎄요." 나는 말했다. "우리 자신과 직접 관계가 있는 긴 과거의 구체적이고 분명한 형태는 마음대로 잊히거나 지워질 수 있는 성질의 것이 아닙니다. 편협한 생각에서 이것들을 묻혀두지 말고 즐길 수 있어야 마땅하겠지요."

"그렇게 생각할 수도 있겠소. 하지만 실제로 그것을 경험한 사람은 누구나, 경우에 따라서는 600년이나 700년 역사가 싫증날 수도 있다는 것을 안다오. 나는 지금까지 가문 덕에 자유 법치국가에서 귀족정치의 일원이 되기를 바라왔소이다. 귀족정치라는 말은 물론 자유의지에 따라 괄목할 만한 업적을 남겼다는 의미에서만 그렇게 이해될 수 있는 말이오. 하지만 이러한 것들은 꿈이오. 이유야 여러 가지가 있소. 결국 귀족 생활에 싫증난 사람에게는 기회가 닿는 대로 일반 국민의 생활과 일체가 되는 것만이 유일한 출구라오. 그러나 이것도 나름대로 어려운 점이 있어서 운이 좋은 경우가 아니면 그렇게 쉽게 실행될 수 없소. 운명이라는 것은 이러한 경우에도 우리가 생각하는 것 이상으로 마음대로 조종되지 않는다오. 단지 가문 때문에 기병대장을 지냈던 선친께서는 프랑스혁명 때 종군했다가 러시아에서 비참한 최후를 맞았소. 괴짜라는 평판을 받았던 형님은 자기 식으로 새로운 삶을 시작하려고 남아메리카로 건너갔다오. 하지만 터무니없는 우연의 함정에 빠져 그곳에서 일어난 싸움 때문에 너무도 일찍 세상을 떠났소. 그분이 돌아가시기 직전에 결혼했다고 하는 이베리아 귀족 출신 부인의 소식을 그 후로는 한 번도 들어본 적이 없소이다. 그래서 나는 장자 상속권자가 되었고 한 가문의 영예를 혼자 짊어지고 있소. 내가 이 혈통의 마지막 인물이기 때문이오. 만약 내가 아들 하나라도 있다면 새로운 생활을 하려는 이민자들의 물결 속으로 뛰어들기 위해 아들과 함께 벌써 신대륙으로 갔을 것이오. 하지만 나 혼자를 위해서라면 그런 수고를 할 만한 가치가 없소. 다른 점에서는 인생에 불만을 느끼지 않기 때문이오. 자, 이제 식탁에 앉읍시다. 이 집안의 숙녀가 오늘은 조상 할머니 역할을 수행하는 것을 기뻐할테니 말이오!"

"그렇지 않아도 기쁜 마음으로 그 일을 하고 있어요! 저는 지금은 이 홀에 있는 것이 정말 기분이 좋아요. 이 홀은 결코 과소평가될 수 없으니까요." 도로테아는 의젓하게 격식을 차려 말했다. 나는 그녀의 이러한 새로운 기분을 이해하지 못했고 이것에 대해 비난하거나 감탄할 수도 없었기 때문에, 이런 말투로 다시 당혹스러워졌다. 그러는 동안 이 방은 물결처럼 밀려들어 오는 따뜻한 공기와 이전부터 지펴져 있던 고급 향의 향기로 정말이지 엄숙한 기분이 들게 했다. 우리를 둘러싸고 있던 화려한 색채는 이러한 영향으로 더욱 활기와 깊이를 얻는 것 같았다.

우리는 자리에 앉아 잠시 드문드문 종작없는 대화를 나누었다. 그런 후 도로테아는 마치 상류계층의 귀부인이 그러는 것처럼 짐짓 겸손하고 친절하면서도 반쯤은 무관심한 태도로 나를 향해 말을 건넸다. "그런데 레 씨. 당신도 물론 가문의 훌륭함이라는 것에 대해 느끼는 바가 없지는 않겠죠. 그래서 당신의 양친이 성실한 시민이라는 것을 자랑스럽게 생각하고, 비록 그들의 얼굴도 모르지만 당신 역시 32대에 걸친 훌륭한 선조들이 있다는 것을 당신의 기록 서두에서 단언하신 거죠?"

"물론입니다." 나는 자기만족과 함께 가벼운 반항심을 느끼며 대답했다. "내가 물론 거리에서 주워온 인간은 아니니까요!"

그러자 갑자기 손뼉을 치면서 탄성을 지른 그녀는 평소의 자연스러운 말투를 되찾고 즐거워하면서 큰 소리로 말했다. "제 덫에 걸렸군요. 가문 좋은 귀공자님. 당신 앞에 있는 제가 바로 거리에서 주워온 인간이랍니다!"

나는 무슨 말인지 몰라서 망연하게 그녀를 바라보았다. 그러는 동안에도 그녀는 계속 즐거워하면서 말했다. "그래, 그래요. 훌륭한 가문의 도련님! 저는 정말 주워온 아이예요. 그래서 이름도 다름 아닌 도르트헨 쉰푼트[58]고요. 양부께서 지어주신 세례명이에요!"

나는 웃고 있는 백작을 의아스러운 표정으로 바라보았다. "그러니까 네 농담으로 노렸던 것이 바로 이것이로구나? 실은 2, 3일 전에, 당신의 일신(一身)을 되돌아볼 때마다 32대의 선조들이 있다는 것을 가슴 깊이 확신한다는 당신 글귀를 읽으며 우리는 웃지 않을 수 없었소. 그런 다음 우리는 당신이 선조들에 대해 약간의 감상(感想)을 서술한 것을 계속 읽었지요. 그때 우리 아이는 얼굴을 찌푸리며 한탄했다오. 귀족이든 시민

---

58) '쉰푼트'라는 독일어 단어에는 '발견되었다'는 뜻이 들어 있다.

이든 농부든 간에 모두 그들의 혈통에 자부심을 갖고 있는데 자기만 유일하게 집안이란 게 없어서 부끄럽게 생각해야 한다고 말입니다. 나는 이 아이를 실제로 길 위에서 주워왔소. 훌륭하고 영리한 내 양녀지요!"

백작은 아름다운 목덜미로 젖혀진 상태에서 붉은 뺨 근처의 원래 자리로 흘러내리려 하는 그녀의 곱슬머리를 사랑스럽게 뒤로 쓰다듬었다. 당황하고 감동한 나는 무의식적으로 그녀의 감정을 해친 것에 대해 용서를 구했다. 영양의 말을 말없이 듣고 흘리는 대신 그녀를 거만하다고 생각하고 콧대를 꺾고 싶은 소망에 유혹당했으니, 내 자신이 창피를 당한 것은 자업자득이라고 나는 덧붙였다. 게다가 그녀는 직접적으로 신의 손에서 유래했으니 그녀의 출생이야말로 가장 고귀한 것이며, 사람들은 그와 같은 일에서 가장 지고하고 가장 놀라운 것을 상상할 수 있노라고 나는 말했다.

"아니오." 백작이 덧붙였다. "우리는 그녀를 마법에 걸린 공주로 만들 생각이 없소. 그녀의 유래에 관한 사건은 실로 단순하다오. 여기서는 누구나 다 알고 있는 일이지요. 아이들도 모두 알고 있는 사실이니 당신 또한 들어도 괜찮겠소이다. 20년 전 더할 나위 없이 소중한 아내가 세상을 등졌을 때 나는 몹시 슬퍼하고 괴로워하며 이 나라를 두루 떠돌아다녔소. 어느 날 저녁 나는 우리의 도회지 저택 가운데 한곳에서 묵게 되었지요. 사랑하는 아내는 오스트리아의 도나우 강가에 있는 그 집을 좋아해서 자주 거기서 살았다오. 집에 들어섰을 때 나는 현관 근처의 돌 벤치 위에 두세 살가량의 예쁜 아이가 조용히 앉아 있는 것을 보았는데, 처음에는 그 아이에게 특별히 주의를 기울이지 않았소. 고인이 된 아내가 자주 그랬던 것처럼 넓은 강물 위에 드리워진 석양을 보기 위해 나는 다시 밖으로 나왔다오. 아이는 이제 잠자고 있었소. 반시간 후에 돌아와 보니 아이는 무서워하면서 작은 소리로 울고 있었소. 나는 이번에는 집사(執事)를 불렀지요. 하지만 그 사람은 전혀 관심을 보이는 기색도 없이 일단의 이주자들이 무리지어 도시를 통과했는데 아마 이 아이는 그 사람들의 자식인 것 같다고 대답하더이다. 나는 아이를 집으로 데리고 들어가 보살펴주라고 지시를 내렸지요. 그런데 꾸물대며 마지못해 애를 돌보는 것 같아서 내가 그 아이를 거두어들이고 내 음식을 나누어주게 된 거외다.

이주민들이 그 도시에 있었다는 것은 틀림없었지만 벌써 뗏목과 배를 타고 도나우 강 아래로 떠나버린 후였소. 경찰 조사에 따르면 그들은 슈바벤 지방에서 온 무리로 남부 러시아로 건너갔다고 하더이다. 그렇지만 그 사람들의 원래 고향이나 새로 정착한 지방에서도 그 아이 일을 알고 싶어하는 사람은 아무도 없었소. 어디에서도 그런 아이를 잃어버렸다는 사람이 없었고, 이주자들의 장부나 서류에도 그 아이가 등록되어 있지 않았소. 한 무리의 집시가 도시 근처에 나타난 것을 계기로 새로 조사해 보았지만 아무런 성과가 없었소. 요컨대 그 아이는 보시다시피 아주 아름다운 기아(棄兒)로 내 손에 맡겨져 있다오. 나는 버려진 그 아이에게 멋지고 근심걱정 없는 생활을 하게 해주었소. 또 죽은 아내를 그 아이의 대모로 천명하고 그 아이를 아내의 이름인 도로테아로 불렀다오. 성씨인 쉰푼트는 관청에서 허가받았지요. 그리고 아이가 그 후에 훌륭한 성인으로 자라 법률상 수속을 밟아 내 양녀로 입적될 때, 성씨에 여기 이 지역과 우리 집안 이름을 덧붙여주었지요. 그래서 이 아이는 지금 쉰푼트 브……베르크라는 성을 가지고 있다오. 물론 나는 이 아이에게 백작의 칭호를 줄 수는 없소. 그건 또한 필요한 일도 아니지요!"

"이제 제가 동정의 대상인가요 아니면 부러움의 대상인가요?" 아름다운 아가씨는 가볍게 고개를 숙인 채 내게 물었다.

"물론 부럽기만 합니다." 나는 감동과 놀라움에서 깨어나며 말했다.

"당신은 정말이지 하늘 높은 곳에서 새롭게 출현하여 새로운 이름을 부여받은 별과 같습니다. 하지만 별은 다시 사라질 수 있는 반면, 현재 당신의 이름으로 불리는 불멸의 영혼은 결코 소멸하지 않겠지요."

그러나 그녀는 이 말을 부정하는 듯이 머리를 가볍게 움직이며 말했다. "억지춘향격의 이런 위로는 좋지 않다고 생각해요. 주워온 아이는 주워왔을 때와 마찬가지로 다시 조용하게 사라지게 될 거예요!"

나는 그녀가 한 말의 의미를 충분히 이해할 수 없었다. 그녀를 바라보는 데에 열중했던 나머지 그녀의 이 말에 대한 원인이 된 나 자신의 말을 벌써 잊었던 것이다. 그러자 백작이 내게 말했다. "당신이 알고 있어야만 하는 사실이 있소. 도로테아는 전적으로 자신의 생각에 따라 불멸성을 믿지 않는 성격이라오. 그것도 결코 사람들이 가르치거나 감화를 주어서가 아니라 천성적으로, 말하자면 갓난아이 때부터 그렇소!"

도로테아는 마음의 비밀을 들킨 것처럼 부끄러워하며 붉어진 얼굴을 문직 식탁보 위에 댔다. 그러자 곱슬머리가 식탁보 위로 퍼졌다. 하지만 이러한 모습을 보면서 나는, 이미 우리를 호감으로 감싸고 있는 사람이 어떤 결정적인 특성을 보여줌으로써 갑자기 우리 영혼의 깊은 곳으로 뚫고 들어올 때 우리를 엄습하는 고요한 두려움이나 전율과 비슷한 인상을 받았다.

"이제 속속들이 알려졌고 정체가 드러나고 있으니," 그녀는 갑자기 일어서면서 상냥한 미소와 함께 말했다. "저는 물러가서 커피를 마실 수 있는 아늑한 장소를 알아보겠어요."

이 일이 있은 지 얼마 후 자신의 재산을 직접 관리하기 위해 자주 외출하는 백작과 동행하게 되었을 때 나는 그에게 상세한 것을 물어보았다.

"사실이 그렇소." 그는 대답했다. "그게 언제였는지 시기를 정해서 말하기는 어렵소만, 어느 정도 철이 들고 이러한 문제들이 거론되는 것을 들게 된 때부터 그 아이는 실로 티 없이 귀여운 태도로 대단히 어린애답고 순수한 마음에서 인간이 불멸한다는 말은 전혀 상상할 수도 없고 믿을 수도 없노라고 말했소. 물론 계층 차이를 불문하고 성실한 사람들이 이러한 본원적인 소박한 무상관(無常觀)을 편리하게 어머니인 자연에서 찾고, 회의적이거나 비판적인 성향 없이 이러한 무상관을 무해한 당연지사처럼 고민 없이 믿는 예는 드물지 않소. 하지만 이러한 현상이 이 아이에게서와 같이 그렇게 사랑스럽고 자연스럽게 나타난 경우를 나는 지금껏 한 번도 본 적이 없소. 그리고 그 아이의 천진난만한 확신은 신과 불멸의 문제에 대해 게을리 했던 내가 철학적인 공부에 다시 착수하는 계기가 되었다오. 나는 사색하고 독서하면서 그 아이가 선천적으로 안심입명(安心立命)의 태도를 얻었던 입장에 도달하고, 도르트헨은 내 어깨 너머로 나와 함께 책들을 들여다보았는데, 그때에 그 아이의 마음 속에서 사상적으로 의지할 곳을 얻은 굳건한 감정이 형성되는 모습은 실로 경이로웠소.

불멸성에 대한 믿음이 없다면 이 세상에는 신도 삶의 신성함도 존재하지 않는다고 말하는 인간들은 그 아이를 보았어야만 했을 거요. 그 아이를 둘러싸고 있는 자연이나 생활뿐만 아니라 그 아이 자신까지도 마치 정화된 것 같았으니 말이오. 그 아이에게는 태양빛이 다른 사람들보다 천 배나 더 아름답게 비쳤고, 모든 사물의 존재가 신성해졌다오. 조금도 두려워하지 않지만 그 아이가 매우 진지하게 생각하는 죽음도 마찬가지였소. 그 아이는 기쁘고 즐거울 때나 행복에 취해 있을 때에도 매 순간 죽음을 생각하는 습관을 지녔고, 우리가 언젠가는 농담으로가 아니라 정말 영원히 세상을 떠나야만 한다는 사실에 익숙해져 있다오.

순간에 지나지 않는 우리 존재에서도, 무상한 다른 유생물이나 무생

물과 우리의 만남에서도, 햇빛 속에서 반짝이다가 사라지는 우리의 즐거운 춤에서도, 그 아이는 때로는 고요한 슬픔의 기색을, 때로는 사랑스러운 기쁨의 기색을 느낀다오. 이 기쁨과 슬픔은, 우주 전체의 존재에 변화가 생기지 않는 한, 개개 인간을 둔중하게 압박하는 요구 따위는 결코 만들어내지 않소. 그래서 그 아이는 죽어가는 자와 죽은 자들에게 커다란 외경심과 동정심을 갖고 있소! 그 아이의 말을 빌리자면 응보를 받고 세상을 떠나야만 했던 그들에게 그 아이는 무덤을 치장해준다오. 그 아이가 한 시간이라도 묘지에서 보내지 않고 지나가는 날은 하루도 없소. 이 묘지는 그 아이의 유원지이자 전용 공간이오. 때로는 즐겁고 들떠서 그곳에서 돌아오기도 하고 때로는 생각에 잠겨 말없이 돌아오곤 한다오."

말할 나위 없이 그러한 사랑스러운 사고방식은 오직 걱정과 고통에서 자유로운 상류계층의 삶과 건강한 청춘의 힘에 어울리는 특권이었다. 그런데도 이 이야기를 들으며 나는 더 큰 흥미를 느낀 동시에 당혹스러움도 더 커졌다.

"그렇다면 그 아이는 신도 믿지 않는다는 말씀인가요?" 나는 물었다.

"엄격히 말하자면," 백작은 대답했다. "두 문제는 분리될 수 없소. 하지만 그 아이는 대개 여자들이 그러하듯이 논리적인 문제 따위에 신경 쓰지 않는다오. 논리적인 개념이 완성되어 있을 리가 없다고 생각하기 때문이오. 그 아이는 '하느님, 저처럼 불쌍한 인간이 무엇을 알 수 있겠어요'라고 말한다오. 신에게서는 모든 것이 가능하오. 신이 존재한다는 사실까지도. 하지만 그 아이는 그와 같은 우스운 말 이상까지 나아가지는 않는다오. 오히려 대화할 때나 독서할 때 지나치게 자유스럽거나 불손한 표현이 나오면 그 아이의 불쾌함만 살 뿐이오. 그리고 거친 신성모독을 듣는 것도 참지 못한다오. 신이 존재하지 않는다고 확신하고 신을 두려워하지 않는다고 해도 신에 대해 무례하고 뻔뻔스럽게 행동할 필요는 없다는 거요. 그러한 행동이 자기에게는 용감하다기보다는 비열하게 생각된다고 하더이다."

외출에서 돌아와 그와 헤어진 후 나는 정자에 있는 목가적인 내 방으로 올라갔다. 성으로 옮겨가자고 권유받았지만 나는 이곳에 있게 해달라고 청했다. 그런데 나는 이 조그만 방에 사람이 들어와 있다는 것을 알게 되었다. 습관대로 계단 아래의 홀에서 잠시 시간을 보낸 도로테아가 부족한 점이 없는지 둘러보려고 정원사의 딸과 함께 올라와 있었던 것이다. 방에 들어선 나는 이삭이 멋진 긴 갈대가지[59] 두 개가 거울 뒤쪽에 열십자형으로 꽂혀 있는 것을 보았다. 거울은 구리에 은을 입혀 양각 세공을 한 빛바랜 액자에 들어 있었는데, 이 거울 아래 서랍장 위에는 쯔비한의 두개골이 초록색 이끼를 깔개 삼아 폭신하게 올려져 있다. 두개골 둘레에는 상록수 가지로 만든 조그만 화관이 감싸져 있었다. 볼록하게 부풀어 오른 서랍장 위에 팔꿈치를 괴고 기대 선 뢰스헨은 조그만 코는 잔뜩 찌푸리고 입은 우스꽝스럽게 튀어나온 모양새로 두개골을 유심히 바라보고 있었다. 그녀의 여주인은 약간 뒤쪽에 서서 양손을 뒷짐 지고 있었는데, 마찬가지로 엄숙한 생각에 잠겨 자신의 손으로 장식된 것을 관찰하는 것 같았다.

"우리의 장식 기술이 감탄스럽죠?" 그녀는 나를 향해 몸을 돌리며 말했다. "당신의 말없는 여행 동반자의 휴식처를 약간 아름답게 꾸며주었어요. 당신도 함께 고려했죠. 하지만 저는 당신이 당신의 길동무와 헤어져 그에게 안식을 주어야 마땅하다는 생각이 지금 막 드는군요. 때를 보아 우리 묘지에 묻어주기로 해요. 저는 방금 나무 아래에 있는 안전하

---

59) 쯔비한의 인생과 마찬가지로 갈대도 변덕과 우유부단의 상징이다.

고 조그만 안식처를 생각해냈어요. 그 장소는 결코 파헤쳐질 염려가 없어요."

마치 장미 꽃잎이 떨어질 때처럼 아주 가볍게 그녀의 입술에서 나온 이 "때를 보아"라는 말에는 말할 수 없는 상냥함이 담겨 있어서 내 가슴은 즉각 기쁨으로 가득 찼다. 그러나 나는 무의미하고 무익한 행동으로 보일지라도 이 두개골을 고향으로 가지고 갈 결심을 했으며, 두개골을 그곳의 흙속에 묻을 계획이라고 대답했다.

"그러면 언제 떠나시죠?" 도르트헨이 말했다.

"약속한 대로 내일 떠날까 생각하고 있습니다."

"가시지 말고 아버님께서 충고하신 일을 해보세요! 이리 오세요. 예쁜 것을 보여드리죠!" 그녀는 구석에 있는 작고 오래된 상감(象嵌)장을 열고는 모양새가 곱고 색상이 매우 화려한 작은 중국제 진품 찻잔을 몇 개 꺼냈다. "자, 보세요. 저는 이것을 당신도 알고 우리도 아는 고물상 노인에게서 입수했어요. 그 사람은 내게 더 구해주겠다고 기대하게 해놓고는 지금까지 약속을 지키지 않았어요. 당신이 당신 방에서나 아니면 아래쪽 홀에서 커피를 마시자고 우리를 초대할 수 있도록 이 잔들을 이곳으로 가져왔답니다! 그래야 또 당신 방에 뭔가 예쁜 것이 놓여 있게 되고요. 자, 봐, 뢰스헨, 내가 레 씨를 처음으로 보았을 때 이분은 이렇게 플루트를 불고 있었단다."

그녀는 내 지팡이를 잡고 그것을 마치 플루트처럼 입에 대고는 마탄의 사수에 나오는 아리아 「비록 구름이 태양빛을 가릴지라도」를 몇 소절 불렀다. 그러고는 지팡이를 내려놓으며 빠른 박자로 발랄하고 거침없이 풀어내듯이 그 소절을 불렀는데, 마지막 장식음의 아름답고 확신에 찬 목소리는 나를 또다시 놀라게 만들었다. 하지만 그녀는 고조된 기분이 끓어오르는 순간을 짧게 처리하며, 그 이상 단 한 음부도 더 길게 부르지 않아서 노래는 시작했을 때와 마찬가지로 갑작스럽게 잦아들었다. 갑자기 부사제가 광장을 가로질러 가는 것을 본 그녀는 창문 밖으로 그를 불렀다. "신부님! 잠깐 우리에게 올라오세요. 차 마실 시간이 될 때까지 여기서 수다를 떠는 중이거든요. 우리의 위대한 수난자 오디세우스의 비위를 맞추고 있답니다. 뢰스헨은 나우시카[60] 역이고 당신은 고귀한 파이아케스인의 통치자 알키노스 왕 그리고 저는 신과 같은 렉세노르[61]의 딸인 왕비 아레테[62] 역이죠!"

"그렇다면 아가씨는 내 배우자구려, 이교도 아가씨!" 계단을 올라와 우리에게 온 신부는 숨을 헐떡이며 말했다.

"눈치 채셨군요." 그녀는 웃으며 말했다. "하늘을 통치하며 황금 제단의 왕좌에 앉아 있는 성모 마리아의 까까머리 하인[63]이시여."

"이런 대화는 너무 어려워서 이해할 수 없어요." 뢰스헨은 몇 안 되는 의자들 가운데 하나를 부사제 곁으로 밀어주고 난 후에 이렇게 외치며 물러났다. 그동안 부사제는 재미나는 수다를 시작하여 영양과 논쟁을 계속했다. 종국에는 우리가 모두 어디에 있는지 알아보려던 백작이 도착하여 잡담에 합세했다. 잡담은 날이 어두워지고 정원의 나무들 위로 떠오른 달이 방 안으로 빛을 비출 때까지 계속되었다. 나는 달을 보고

---

60) 파이아케스인이 사는 스케리아 섬의 왕 알키노스의 딸로, 배가 난파하여 영웅 오디세우스가 벌거숭이로 스케리아 섬에 표착(漂着)했을 때 나우시카는 그를 아버지의 궁전으로 데리고 가서 정성을 다해 보살핀다. 용기와 품위를 함께 갖추고 있으며, 사려가 깊고 여자다운 부드러움을 지닌 여성의 이상형이라고 할 수 있다.

61) 알키노스의 형.

62) 렉세노르의 딸. 알키노스는 렉세노르가 죽은 뒤 자신의 조카인 아레테를 부인으로 삼는다. 나우시카는 이들 사이에서 태어난 외동딸이다. 오디세우스는 아레테의 친절한 성격의 도움을 받아 알키노스의 손님으로 받아들여진다.

63) 신부가 머리를 깎은 것은 마리아를 숭배하는 승단(또는 수도회)에 소속된 가톨릭 신부라는 표지다.

강가의 은백양 나무 아래서 직공 소녀와 함께 앉아 있었던 때부터 한 달이 흘렀다는 것을 깨닫고, 그와 같이 평범한 삶의 여정에서 사정이 이렇게 변한 것을 놀랍게 생각했다.

성으로 건너간 뒤에도 이 작은 모임은 한참 동안이나 더 자리를 함께했다. 도르트헨은 처음에는 여전히 들뜬 상태에서 유쾌한 것 같았다. 하지만 점차 말수가 적어졌고, 이따금 그랜드 피아노로 다가가서 짧은 악장을 연주하다가 마침내 작별인사도 없이 사라져버렸다.

그날 밤 나는 날이 하얗게 샐 때까지 한잠도 이룰 수 없었는데, 그것 때문에 불쾌한 기분은 들지 않았다. 잠시 동안 잠을 잤나 싶었을 때 나를 깨우는 소리가 들렸다. 출발 시간이 되었던 것이다. 나는 잠에 취한 멍한 눈을 뜨고 부지런히 서둘러 옷을 입은 다음 성으로 달려갔다. 백작은 벌써 조반 식탁에 앉아 있었고, 현관 앞에는 마차가 대기하고 있었으며, 마부가 말들 곁에 서 있었다. 함께 마차에 앉게 되자 백작이 말했다. "자, 어느 쪽으로 가게 할까요?" 도로테아는 보이지 않았다. 하지만 나는 이미 자의식이 생겼기 때문에 태연스레 그녀가 어디 있는지 물어볼 용기가 없었다. 그렇다고 작별도 하지 않고 이곳을 떠날 수도 없었다. 그래서 나는 1분가량이나 곰곰 생각한 후 마지막 순간에 백작님의 제안에 따르겠노라고 말했다.

"좋소!" 그는 이렇게 말하며 내가 떠나왔던 도시 쪽으로 가라고 지시했다.

제12장 얼어붙은 기독교도

성의 북측에 높은 창문 하나가 있는 걸로 미루어보아 이 건물 안에는 예배실이 있다는 것을 알 수 있었다. 금세기 들어 이곳에서 예배가 거행된 적은 거의 없었다. 그렇지만 벽 쪽으로는 아직껏 예배용 장식품과 가구들이 비치되어 있었고, 둥근 천장에는 그림이 남아 있었다. 다만 석판 바닥 위의 예배석은 이미 오래전에 치워졌고, 그 대신 지금은 바닥 중앙에 무쇠 난로가 있었는데, 이 난로의 큰 몸통과 긴 연통은 이 방을 충분하리만치 따뜻하게 만들었다. 그리고 커다란 밀짚매트 위에는 이젤이 하나 놓여 있었다. 나는 그 앞에 앉아 상당히 정력적으로 일했다. 창밖의 자연에는 가볍게 내린 눈이 덮여 있었다.

오랫동안 일을 중단한 것과 여러 가지 체험들 그리고 그림을 포기하기로 결심한 것 등은 의심할 나위 없이 내가 시선의 자유를 얻고 사물의 새로움을 깨닫는 데에 도움이 되었다. 아니면 오히려 잠에서 깨어나게 했다고 해야 할 터인데, 어쨌거나 이것들이 지금은 유리하게 작용했다. 최근에 백작과 함께 수도에 체류하던 동안에도 나는 옛 그림들과 새로운 그림들을 어느 정도까지는 새로운 눈으로 보았다. 나는 마치 눈에서 비늘이 떨어져나간 것 같은 기분이 들었다. 지금은 매번 선을 그을 때마다 다음 선을 생각했고, 주저함으로써 감흥의 흐름이 방해받는 일도 없었으며, 열중하면서도 냉정하게 또한 맹렬하면서도 걱정 없이 신중하게 일했기 때문에 내 눈을 가렸던 미몽의 비늘 껍질들은 계속해서 떨어져 내렸다. 이전에는 성취하지 못했던 어떤 것을 나중에, 그것도 별반 연습도 없이 이루어낼 수 있는 현상은, 그것이 단순히 안정된 정신력 때문이건 운명의 변화 때문이건 간에 사람들이 상상하는 것 이상으로 더 빈번하게 생길 수 있다. 물론 원래부터 나에게 정해진 한계 안에서였을지라도 내 경우가 바로 여기에 해당되었다.

　나는 그림 두 점을 동시에 시작했는데, 오랫동안 지속된 밝고 따뜻한 기분이 뒷받침되어 작업은 잘 진척되었다. 하지만 창작의 불꽃이 지펴진 실제적인 이유는 새로 눈을 뜬 애정과 사랑 또는 연모 때문이었다. 이러한 심리상태를 어떻게 불러야 할지 모르지만 필경 시간이 지나 결말이 났을 때에야 비로소 이름을 부여할 수 있는, 하지만 모든 위대한 필연과 마찬가지로 하나의 일상적인 현상으로 볼 수 있는 어떤 상태 때문이기도 했다. 예전에 나는 심장을 근육이나 기계적인 펌프 장치로 부르는 학설을 배웠다. 그런데 나는 지금 심장은 연애 때문에 생기는 감동이 사는 곳이라는 미혹에 굴복했다. 심장이 후추 케이크[64]나 트럼프 그리고 민중의 상징에서 볼 수 있듯이 문장학(紋章學)적인 외형 때문에 세간의 농담거리가 되었는데도, 도로테아의 모습이 그녀의 어두운 출생과 특유의 세계관, 아름다움과 교양과 함께 머릿속이 아니라 어쩐지 심장 속으로 들어온 것 같았을 때, 심장은 자신의 옛 명성을 주장했다. 아니면 어쨌든 내 머리는 눈과 귀를 열어놓고 빛과 소리를 받아들임으로써 오로지 수위 업무와 지각 기능만 수행하고, 지각한 것을 정열의 어두운 진홍빛 물방앗간으로 내려보냈다고 할 수 있었다.

---

64) 대개 하트 모양이나 삼각형 형태다.

이성조차 정열에 부역하면서 최종적으로 정열을 정당화했다. 도로테아의 눈을 통해 보이는 인생의 덧없는 무상성은 그녀가 느끼는 것과 마찬가지로 내 눈앞에서도 이 세계가 더 강렬하고 더 심오한 광휘 속에서 빛나게 만들었다. 또한 짧은 일생 동안 그녀와 함께 이 아름다운 세계에 살 수 있다는 생각만 해도 황홀한 행복감이 나를 전율케 했다. 그런 까닭에 나는 그러한 것들이 존재하는지 존재하지 않는지에 대한 대화를 아주 예사로 경청했으며, 내 마음속에서는 신과 불멸성에 대해 체득했던 사상이 기쁨이나 슬픔, 조소나 고통도 없이 용해되어 떠내려가는 것을 느꼈다. 물론 그러한 자유를 얻게 된 원인은 한편으로는 자유를 잃었기 때문이었는데, 이것이 남자로서는 그다지 자랑스러운 이야기는 아니었다. 그런 느낌을 지닌 채 나는 학습을 통해 이치를 깨닫고자 고심했으며, 백작의 장서를 도피처로 삼았다. 나는 철학사의 대략적인 윤곽은 알고 있었다. 하지만 경험이 없는 자가 여기서 궁극적인 문제에 대한 명확한 해답을 얻기는 쉬운 일이 아니었다. 그래서 이번에는 이때 크게 유행하던 당시의 한 철학자[65]의 저서를 탐욕스럽게 읽었다. 이 철학자는 고전적으로 단조롭긴 하지만 열정적인 언어로 누구나 이해하기 쉽게 오로지 이 문제만 철저하게 논했는데, 적막한 수풀 속에 앉아 수천 사람들의 가슴속에서 신을 내쫓는 노래를 부르는 마법의 새와 같았다.

이 철학자를 열광적으로 예찬하며 후원한 남성 단체가 있었는데, 백작은 정신적으로 그리고 부분적이지만 개인적으로도 이 단체에 소속되어 있었다. 그렇다고 그가 우선 정치적 자유를 솔선수범해야 한다는 견해나 희망에 동조한 것은 아니었다. 그는 주인의 입장에서 손님인 내가 이러한 문제와 부딪치는 것을 원하지 않았다. 그런데 나는 처음에는 대

---

65) 포이어바흐를 지칭한다.

개 그랬듯이 새로운 영향에 저항했고 도덕적 관점에서 나를 감화시킬 수도 있을 변화를 점검하면서, 어렸을 적부터 따라다니던 신에 대한 선술집 정론(政論) 같은 발언을 쏟아내기 시작했다.

이런 문제들에 관해서는 이미 오래전부터 흔들림 없는 백작은 약간 조바심이 나서 다음과 같이 말했다.

"당신이 신을 믿든 믿지 않든 나는 전혀 상관 없소이다. 내가 보는 당신은 존재와 의식의 토대를 자신의 밖에 두는가 아니면 자신의 안에 두는가의 문제를 중요하게 여기지 않는 사람이기 때문이오. 만약 그렇지 않다면, 또 내가 당신이 신의 유무에 따라 달라지는 사람이라고 생각해야 한다면, 지금처럼 당신을 신뢰할 수는 없을 거외다. 이것은 또한 이 시대가 실행하고 완성해야 할 일이오. 요컨대 서로 신앙과 세계관이 달라도 권리와 명예를 완전하게 보장하는 것 말이오. 국가의 법률상으로뿐만 아니라 인간 상호간의 개인적인 친밀한 행동에서도 그러한 권리와 명예는 중요하오. 무신론, 자유사상, 경조부박(輕佻浮薄), 회의주의, 염세주의, 그밖에도 병적인 일들에 대해서는 모두 가지가지 별명이 붙어 있소만, 이러한 것들이 중요한 것이 아니오. 문제는 마음의 평안을 잃지 않는 권리인데, 이것은 명상과 연구의 결과일 수도 있소. 게다가 인간은 날마다 새로운 지식을 습득한다오. 그러니 어느 누구도 인생의 황혼에 무엇을 믿게 될지 확실하게 예언할 수 없소. 그런 이유에서 우리는 모든 방면에서 양심의 절대적 자유를 요구하는 거외다. 그러기 위해서 우리는 미지의 자연법칙이나 하늘의 새 별을 발견할 때와 똑같은 편안하고 안정된 마음으로, 다시 말하면 무슨 일에 직면해도 태연자약하게 늘 변함없는 태도로 정신생활의 발전과정과 결과까지도 받아들이고 관찰해야 하오. 그럴 때는 인류 전체가 태양빛 속에 서서 '나 여기에 있노라'라고 말할 수 있소. 세계는 이러한 경지까지 도달해야 한다오."

하지만 나는 오래 지나지 않아 자유사상가로서 백작의 지도가 더 이상 필요하지 않았다. 대신 나는 혼자 힘으로 같은 방향을 향해 계속 걸었고, 이 위대한 신의 친구의 한결같이 자극적인 언어 속에서 가야 할 길을 찾았다. 그렇다. 한평생 동안 자신이 사랑하는 대상에서 떨어질 수 없었던 사람을 반어적으로 아니면 진지하게 그렇게 불러도 된다면 그는 신의 친구였다. 새로 개종한 사람들은 모두 그렇듯이 심지어 나는 다른 사람들보다 더 열렬해졌다. 또한 옛날 내 사상의 숲을 비추는 횃불은 사랑의 불꽃에 점화되어 있었기 때문에 더더욱 뜨겁게 타올랐다. 그동안 밤은 더 길어졌고, 매일 밤 예의 그 괴벽스러운 부사제가 논쟁에 마음이 끌려 새로운 신의 배신자에게 자기 식으로 해명을 요구하려고 방문했는데, 특히 이럴 때 나는 이제 반대 입장에서 허풍스럽게 떠들어댔다.

이 사람에게는 주된 특성이 세 가지가 있었다. 첫째, 왕성하게 먹고 마셔대는 사람이었고, 둘째, 위대한 종교적 이상주의자였으며, 마지막으로 그보다 더 위대한 해학가였다. 세 번째 특성은 전적으로, 그가 15분마다 해학이라는 단어를 사용하고 그 단어를 사람들의 모든 행동과 말의 척도와 표지로 삼았다는 의미에서였다. 우선 그는 자기 자신이 행동하고, 말하고, 느끼는 모든 것을 해학적이라고 칭했다. 하지만 그의 말이 실제로 해학적인 경우는 별로 없었고, 대개는 대비와 상징과 비유가 포함된 엄청난 수다와 실떡거리는 잡담 잔치가 더 많았다. 그런데도 그의 이러한 행동은 일종의 해학을 만들어냈다. 특히 우리가 모두 함께 앉아 있을 때, 해학이 무엇이며 우리가 어떻게 이러한 신의 선물을 겨자씨 한 알만큼도 갖고 있지 않은지에 대해 그가 엄청난 말을 쏟아부으며 설명할 때가 그런 경우였다.

그는 해학적인 작품과 해학을 논한 저술을 모두 아주 열심히 읽었다.

그리고 그가 칭한 바에 따르면 습기 있는 것, 유동적인 것, 에테르 같은 것, 세계의 주변에 뚝뚝 물소리를 내는 것[66] 등으로 해학에 관해 정연한 체계를 수립해놓았는데, 이것은 그의 신학의 성격과 상당히 유사했다. 그는 세르반테스라는 이름을 셰익스피어만큼이나 자주 입에 올렸다. 하지만 그가 가장 좋아한 것은 산초와 기사가 당한 무수한 몽둥이질과 사기, 기만과 온갖 종류의 행패였다. 그는 저자가 돌발적인 우행(愚行) 사이에 라 만차의 기사[67] 입을 빌려 전광석화처럼 끼워놓은 금쪽같은 지혜와 고귀한 정신을 깨닫지 못한 것과 마찬가지로, 더 교묘한 조롱을 볼 수도 없었고, 보려고도 하지 않았다. 특히 그 조롱이 마치 자기 자신을 풍자하는 것 같을 때에는 더 말할 나위가 없었거니와, 이러한 것은 자신의 해학을 자화자찬하는 것과 아주 재미나는 대조를 이루었다. 그런 식으로 그는 몬테지노 동굴에서의 모험[68]에서도 오로지 우스꽝스러운 외견상의 익살만을 보았다. 자신을 기만하고 그럼으로써 타인에게 공포심을 주는 인간들이 모두 그러는 것처럼 기사가 처음부터 눈을 감음으로써 아무 소용도 없이 풀어지는 긴 밧줄 속에 담겨 있는 해학과, 동굴에서 본 환영 때문에 기사가 후에 계속해서 처신하는 방식 등을 그는 알아채지 못하거나 그에 대해 은밀하게 코를 찡그렸다.

그는 때로는 자랑 삼아서, 때로는 변명 삼아 자신을 이상주의자로 칭했다. 그의 청중들은 현실에서 생기는 모든 일을, 그것 고유의 성질이 충분하고 완전하게 표현되고 재현되는 한, 이상적인 것으로 간주했다.

---

66) 여기서는 문맥상 유머를 해학으로 번역했는데, 원래 유머는 어떤 체액이 많은 가에 따라 성격을 규정하는 중세 후기의 기질론에서 유래했다.

67) 돈키호테를 지칭한다. 라 만차는 에스파냐 중부 지역의 명칭이다.

68) 『돈키호테』 2부 22, 23장에서는 긴 로프를 타고 동굴 속으로 내려간 돈키호테가 피곤에 지쳐 곧 잠에 곯아떨어지고 나중에 꿈속에서 본 환영을 실제로 여긴다.

반면 그는 청중을 향해 현실에서 발생한 이러한 것은 물질적이고 조잡한 불순물이나 쓰레기라고 비난했다. 그러면서 결코 보이지도 않고 이해할 수도 없으며, 이름도 없고 말로 표현할 수도 없는 모든 것을 이상적이라고 불렀는데, 이것이 바로 그의 이상주의의 요체였다. 이것은 광막한 하늘의 일각을 포어폼메른[69]이라고 부르려는 것과 마찬가지였다. 그래서 그는 아무런 효과도 낼 수 없는 딜레탕트적이고 서투른 활동도, 그것이 아무리 터무니없고 뻔뻔한 짓이라 해도, 이상적인 노력이라고 불렀다. 그에 반해 학문과 예술분야에서의 헌신적이고 진지한 작업은, 그것이 성공하는 경우, 현세에 집착하여 성공과 명예와 부를 갈망하는 것에 지나지 않았다. 어떤 건축가가 지은 교회의 탑이 무너져내리면 그 건축가를 비극적인 처지의 이상주의자로 격찬했고, 탑이 무너지지 않으면 그 건축가는 행복을 좇는 유물론자였다.

그는 가톨릭 사제로서는 관용이 있었고, 그의 종파보다 앞서 있었다. 그는 이 점에 대해서는 겸손하게 침묵할 뿐 뽐내지 않았다. 그 대신 일반적인 성직자가 교리를 준수하는 것보다 더 광신적으로 자신이 신봉하는 개화된 이신론(理神論)을 옹호했다. 그는 이상적이고 해학이 넘치는 말투로 사람들에게 지옥의 형벌을 행사하고자 했다. 또한 대구(對句)와 적절치 못한 비유 그리고 억지스러운 기지(機智)로 이루어진 화형 장작 위에 반대론자의 오성과 선의 그리고 심지어 양심까지도 쌓아놓고 불태우려 했는데, 그의 의견으로는 이러한 것이 즐거운 번제(燔祭)였다.

그가 자주 백작의 성에 얼굴을 내미는 이유는 백작의 환대 외에도 이렇게 용감무쌍한 활약을 좋아해서였다. 그뿐만 아니라 그는 자선사업을 하는 데에서 훌륭한 동료이자 정직한 조수였기 때문에, 이 집안에 유익

69) 독일 동북부 지방의 이름.

한 인물이었으며 또한 이 집안의 명랑한 기분을 지속하는 역할을 했다. 특히 도로테아는 아주 경쾌하고 우아하게 그를 그 자신의 광신적인 해학의 미로 속으로 꾀어들여 이리저리 끌고 다니다가, 약을 올리면서 그의 눈앞에서 재빨리 모습을 감추고 관목 숲처럼 얽히고설킨 그의 기지를 뚫고 나가는 방법을 알고 있었다. 나는 이러한 행동이 명랑한 호의에서 나오는지 아니면 수상쩍은 장난기에서 나오는지 밝혀낼 수 없었다. 그도 그럴 것이 그녀는 부사제에게 찬연한 광휘를 발할 기회를 주는 만큼이나 자주 그의 허영심을 얼음 위로 유혹하여 기지의 다리를 부러뜨렸던 것이다.

　새로운 내 무기를 시험해보는 데에는 이런 부류의 사람이 적격이었다. 나는 나 자신이 몇 가지 점에서 이미 노예가 되어 있었던 나쁜 습벽과 싸우지 않으면 안 되었던 때보다 한층 더 무자비하게 이 기회를 이용했다. 처음에는 내 변절에 슬퍼하며 놀라움을 표시하던 그는 곧이어 나를 때려눕히려고 두 배의 힘으로 무장한 채 손을 높이 쳐들었다. 하지만 나는 예의가 없어서라기보다는 오히려 신참 개종자로서 투지에 불타올라 그가 평소 베풀던 관용의 한도를 뛰어넘었다.

　요컨대 그의 공상적이고 해학적인 찌르기 공격에 대해 눈에는 눈, 이에는 이로 대갚음했던 것이다. 그는 기분이 상했고, 며칠 동안 미사를 올리고 복사(服事) 역할을 수행한 다음에 기대했던 사교모임에서 기분전환을 망치게 된 것이 한 번에 그치지 않았다. 이로써 나도 당황스러워졌다. 나는 리스와 있었던 사건을 상기해보며 사람이 변할 수 있다는 사실에 깜짝 놀랐다. 그 당시 나는 못된 행동으로 죄를 범했고, 손에 검을 들고 현재와는 반대의 입장, 즉 현재 부사제의 입장에 서 있었다. 분수를 지키고 행동을 개선하고자 굳게 결심했지만 나는 또다시 옛날의 과오를 저질렀다. 이같이 나는 평화의 교란자가 되어 나 스스로 사람들의 관용을 필요로 했다. 실제로 나는 이러한 것을 느끼면서 우울해졌다.

그러나 곤경에 처한 부사제에게 뜻하지 않은 원조가 준비되어 있었다. 어느 날 둔중한 농가의 말 한 마리가 끄는 덮개 없는 마차가 덜커덕거리는 소리를 내며 성 앞으로 다가왔다. 마부석에는 시골사람인 마부가 파이프를 물고 앉아 있었고, 그와는 대조적으로 대야 모양의 좌석에는 테가 넓은 펠트 모자를 쓴 이상한 남자가 역시 입에 파이프를 문 채 마치 비너스의 조개[70] 속에 들어 있는 것처럼 앉아 있었다. 그 남자 옆에는 사람 키만큼 큰 곡식자루가 기대어져 있었는데, 자루 속은 크고 작은 물건들과 각이 졌거나 둥근 물건들로 가득 차 있는 것 같았다. 위쪽은 끈으로 간신히 묶여 있어서 자루 머리는 높이가 낮은 왕관 모양새를 하고 있었다. 마차의 승객은 한 손으로 자루를 똑바로 붙잡고 있었는데, 자루를 내릴 때 조심하도록 특히 신경을 썼다. 자루가 무사히 내려지자 즉시 뒤따라 뛰어내린 그는 자루를 수직으로 유지하면서 그 옆에 서 있었다. 무슨 일이 있어도 자루가 약간 젖어 있는 땅에 넘어지는 일은 막으려 했던 것이다.

그런데 이것은 뒤이어 벌어진 마부와의 입씨름에서 그를 곤란하게 만들었다. 말하자면 운임을 받을 때까지 기다려야 했던 마부로서는 지체되는 것을 원치 않았던 반면, 이 여행자는 청구된 돈이 너무 많다고 트집을 잡았을 뿐만 아니라 자기 편지를 건넨 다음 예법에 맞게 백작 저택으로 맞아들여질 때까지 기다리라고 요구함으로써 승강이가 벌어졌던 것이다. 그는 시종일관 파이프 옆의 입아귀에서 거품을 내뿜으며 말을 하면서 마부를 이해시키려고 애썼다. 하지만 손을 떼면 자루가 넘어질

---

70) 미와 사랑의 여신인 비너스는 커다란 조개를 타고 키테라 섬에 표착했다가 키프로스에 도착했다고 전해진다. 이런 이유에서 비너스는 보티첼리의 「비너스의 탄생」에서처럼 커다란 조개껍질 위에 서 있는 모습으로 묘사되곤 한다.

것이기 때문에 아무래도 필요한 몸짓을 할 수도 없었고 편지를 꺼낼 수도 없었다. 그러던 차에 집 안의 하인이 나타나 그에게 용건을 물었다.

"이건 내 짐이오!" 그 남자가 말했다. "이걸 잠깐 잡고 있으시오. 그래야 백작님께 드릴 소개장을 찾을 수 있겠소. 편지를 전해드리고 그분을 좀 불러주시오!"

하인은 자루를 붙잡았고, 여행자는 두툼한 지갑에서 두어 통의 편지를 꺼내어 하인에게 주었다. 하인은 바로 집으로 들어갔고, 여행자는 다시 자루를 붙들었다. 잠시 후 편지 가운데 하나를 손에 든 백작이 도착한 사람을 보려고 나타났다. 이 남자는 기둥 같은 자루 곁에 서서 사용치 않던 손을 백작을 향해 뻗으며 큰 소리로 말했다.

"처음 뵙겠습니다. 동지이자 고귀하신 백작님! 후텐의 말을 인용하자면 사는 것은 기쁨이 아닌가요?"[71]

"뵙게 되어 영광이오. 내 친구들이 추천한 페터 길구스 씨가 맞지요?" 디트리히 백작이 대답했다.

"맞습니다! 사는 것은 기쁨이 아닌가요?"

"물론이오! 하지만 좀더 편해지셔야 하겠소이다! 짐을 넘겨주고 집으로 들어가시지 않으려오?"

"한 말씀 드리기 전에는 그럴 수가 없습니다."

백작은 그 남자에게 다가갔다. 그는 백작에게 뭔가를 은밀하게 말했다. 그러자 백작은 마부에게 만족스럽게 해줄 터이니 우선 마차를 끌고 농장 관리실로 가서 요기를 하고 말에게도 먹을 것을 주라고 일렀다.

곧이어 자루는 두 사람의 하인이 무사히 집 안으로 운반했고, 백작은

---

71) 종교개혁자 후텐(Ulrich von Hutten, 1488~1523)이 피르크하이머(W. Pirckheimer)에게 쓴 유명한 편지는 다음과 같이 끝난다: "오, 세기(世紀)여, 오, 학문이여. 아직 평온 속에서 사는 것은 아니지만 사는 것은 기쁨이라오."

손님을 거실로 안내한 후 그와 함께 계속 이야기를 나누었다.

중부 독일에서 도망쳐 나온 교사인 페터 길구스 씨는 무신론의 사도였는데, 신이 추방된 이후 세상을 구경하고 즐기기 위해 말 그대로 재산을 정리한 후 여행을 떠난 사람이었다. 그는 신이 추방된 것을 예측할 수 없었던 요행으로 생각했다. 그래서 그는 그 철학자의 저서를 읽은 후로는 실제로 세계가 아주 대단한 적과 압제자에게서 이제 막 해방되기나 한 것처럼 가는 곳에서마다 끊임없이 "사는 것은 기쁨이다!"라고 외쳐댔다. 따라서 그는 마치 세상에서 언제나 일요일이 계속되고 1년 내내 고기구이가 꼬챙이에 꽂혀 있는 것처럼 행동했다. 아니면 폭군이 도망친 소공국의 백성이나 고양이가 집을 비웠을 때 천장 속에 모여든 쥐 같았다고도 할 수 있었다.

아마도 그는 학교 교사로서 교회의 호된 박해를 받았는지 모른다. 그렇다고 하더라도 그가 신의 추방을 기뻐하는 정도는 정당한 수준을 넘어섰다. 그리고 신에 대한 불길한 개념에서 해방되었을 뿐만 아니라 다소의 차이에도 어떤 식으로든 그 개념에 의존해 있던 상태에서 벗어났다는 생각의 훌륭함에 대해 끊임없이 새롭게 경탄해 마지않았다. 또한 몇 번이고 되풀이해서 신인동형동성설의 신들[72]로 충만한 길고 긴 과거 시대를 향하여 불끈 쥔 주먹을 들어올렸다. 조그만 언덕이 있으면 언제든지 그 위로 올라가서 손을 내뻗고 초록빛 세상의 아름다움을 찬양했고, 신을 추방한 하늘의 구름 한 점 없는 짙푸름에 환호했으며, 샘과 시냇가에서 배를 대고 납죽 엎드린 채 여태껏 그렇게 깨끗하고 신선한 맛이 난 적이 없었을 물을 마셔댔다. 그렇지만 그는 추위가 계속되거나 비가 많은 계절이 시작되면 매우 언짢아했다. 그러면서 오직 이런 불쾌한

---

72) 우선적으로는 고대 신화의 신들을 의미하지만 기독교에서도 신은 인간의 형상으로 소개된다.

현상을 일으킨, 인간과 동일한 형태로 존재한다고 생각되는 종류의 인간에게 사용하는, 예로부터 전해 내려온 저주의 말로 자신의 분노를 드러냈다.

고향에서 도망쳐 나온 후 그는 가장 먼저 이 학설의 주창자인 그 철학자를 찾아가 일주일 동안 경의를 표한 다음, 그에게서 약간의 현금을 여행경비로 빌렸다. 그 돈은 자진해서 청빈과 무욕 속에서 사는 그 철학자가 공교롭게도 그때 마침 갖고 있던 것이었다. 철학자는 자신을 숭배하는 유복한 사람들에게 소개장을 몇 장 써주었고, 이 사람들은 그를 다시 다른 친구들에게 소개했다. 그는 이런 식으로 1년 전부터 이 도시에서 저 도시로, 이 영지에서 저 영지로 옮겨다녔고, 근사하고 즐거운 생활을 영위하면서 밝아오는 새 시대를 찬미했다. 그러다가 마침내 디트리히 백작에게까지 왔는데, 백작은 이미 이 남자에 대해서 알고 있는 것 같았다. 새로 온 손님과 식탁에 나타난 백작은 이 손님의 시끌벅적한 대화와 부르짖음으로 벌써 약간 피곤해져 있었다. 하지만 손님은 그에 아랑곳하지 않고 훌륭한 수프에 숟가락을 담그면서도 두꺼운 입술 사이로 침을 튀기며 "사는 것은 기쁨입니다!"라고 외쳐댔다.

그는 즉석에서 내가 자기와 같은 손님으로서 이 집 신세를 지고 있는 사람이라는 것을 눈치 챘다. 식사가 끝나자 내게로 다가온 그는 자기가 쓰게 될 방으로 가자면서 억지로 나를 이끌었다. 그는 내게 수천 가지 질문을 쏟아부으면서 여행용 트렁크 대용으로 쓰이는 자루를 풀기 시작했다. 서로 전혀 어울리지 않는 상당량의 옷가지 외에도 아주 진기한 여러 가지 물건이 쏟아져나왔는데, 그는 이 물건 하나하나에 강한 애착을 갖고 있었다. 붉은 가죽 표지를 입힌 대철학자의 책은 각기 별도로 특별한 천으로 싸여 있었다. 그는 이것을 꺼낸 후 방에 있던 책상 위에 엄숙하게 세워놓았다. 그런 다음 꺼낸 것은 표백하지 않은 두꺼운 삼베 뭉치였는데, 상당히 길었다. 그는 여름에 이것으로 독일식 체조복을 맞춰 입을 예정이었다. 그다음에는 다른 책들이 나왔다. 또 그다음에는 몇 되 분량의 보어스도르프의 예쁜 사과[73]가 굴러나왔다.

그의 말에 따르면 어떤 아름다운 여자 지주가 선물한 것이었다. 뒤이어 종이에 싼 소금에 절인 고기 한 조각이 나왔다. 이것에 이어 접힌 푸른색 누비이불이 나왔는데, 그 속에는 새 양말을 뜨기 위한 뜨개실 한 타래가 있었다. 이 모든 물건을 보면 이 남자가 신의 섭리의 자리를 어떻게 메워야 하는지 잘 알고 있으며, 언젠가는 필요할 수도 있을 모든 것을 잘 고려해둘 정도의 머리가 있다는 것을 인정할 수밖에 없었다. 그는 자루 깊은 곳에서 몇몇 개의 물건을 더 꺼냈다. 그 가운데에는 조그만 뻐꾸기시계도 포함되어 있었다. 그런 다음 그는 머리를 들이대고 자루 속으로 기어들어가 맨 아래 바닥에서 둥글게 말아져 있는 붉은 꽃무늬 실내복을 꺼냈다. 이것을 펼치자 보통 크기의 상자가 나타났는데, 상자 속에는 어린아이 머리만 한 안구 모형이 들어 있었다.

길구스는 상자 뚜껑을 열고 손상된 곳이 없는지 살펴보려고 눈을 조심스럽게 꺼내들었다. 이것은 밀랍과 유리로 만들어져 있었는데, 인간의 눈 구조를 가르치려는 목적에서 분해할 수 있게끔 장치되어 있었다. 그는 떠나올 때에 이 눈을 학교의 많지 않은 박물표본 중에서 훔쳐왔다. 이런 이유로 어디서든 그가 체류하고 있다는 것이 알려지면 그때마다 관청의 조사가 뒤따랐다. 하지만 그는 그것을 다시 돌려주지 않았다.

이제 그는 모형 눈 위의 먼지를 입으로 불어낸 다음, 눈을 엄숙하게 책상 위에 놓으며 외쳤다. "이것이야말로 진짜 신의 눈이야!"

이 신의 눈은 물론 아주 조잡한 장치에 지나지 않았다. 그래서 길구스

---

73) 맛이 좋기로 잘 알려진 사과의 한 종(種)이다.

의 지식도 그것을 넘어서지 못했다. 그런데도 이것은 그가 자신의 복음을 자연과학의 외투로 포장하는 데에 이용되어야 했다. 자연과학은 일련의 새로운 발견을 개시하면서 매번 무한한 신을 향해 "이보시오! 이것이 어떻게 만들어졌는지 이제 우리는 알고 있소"라고 부르짖는데, 말하자면 그는 이와 같은 경우에 대한 상징으로서 이 눈을 가지고 다녔다.

그밖에도 이 눈은 그의 비밀문서고와 보물창고 역할을 했다. 그는 안구를 열고 내부의 우묵한 공간을 비웠는데, 그 안에 들어 있던 것들은 마차여행으로 흔들린 탓에 모두 뒤섞여 있었다. 그는 커다란 솜뭉치에서 금 브로치와 은 시곗줄 그리고 두세 개의 반지를 꺼낸 후 득의의 표정을 지으며 이 보물들을 내게 보여주었다. 또한 한 묶음의 계산서와 펀치 음료 조리법을 적은 한 장의 종이 그리고 그가 방문했던 집의 하녀들에게 받은 조그만 연애편지 묶음은 은근슬쩍 멋을 내며 설명해준 반면, 복권을 펼칠 때는 마치 그것이 국채(國債)이기나 한 것처럼 진지한 표정을 지었다. 물론 그 위에는 크고 작은 항목에 수십만의 금액이 인쇄되어 있었다. 그는 종이로 싼 약간의 현금을 예비비라고 불렀는데, 어떤 경우에도 손을 대지 않으려고 이곳에 보관한다고 말했다. 말라비틀어진 작은 꽃다발 하나가 이 소장품의 마지막을 장식했다. 이것은 이 물건 전체에 인간미 있는 사랑스러운 색채를 부여하여 보는 사람의 마음을 어느 정도 달래주었다.

눈 속에는 이렇게 여러 가지 것들이 들어 있었다. 그는 눈을 가득 채우고 있던 것들을 빈 상자 속에 놓고 이 상자를 서랍 속에 넣었다. 장차 교훈적인 대화를 나눌 경우 이 해부학적 모형을 보여줄 심산이었던 것이다.

바로 첫날 저녁에 부사제가 우리 회합에 참석했는데, 그는 자신의 사도적인 열정의 주목표로 부사제를 선택했다. 순식간에 떠들썩한 논쟁이 개시되었다. 결국 이 손님이 희화(戱畵) 같은 인물이라는 것을 깨달은 성직자는 갑자기 만족스러운 눈짓과 함께 전법을 바꾸더니, 대담무쌍하게 신성모독적인 말을 내뱉으며 사방팔방으로 덤벼드는 페터 길구스를 추어주기 시작했다. 부사제는 이렇게 특별하고 완벽한 인물을 만나 고견을 듣게 되어 기쁘다고 말했다. 또한 정반대에 있는 것들이 어설프게 중도에 있는 것들보다 분명 서로 끌어당기는 힘이 더 강하기 때문에, 종국에는 더 높은 차원에서 결합될 수밖에 없을 거라고 덧붙였다.

또한 열렬하게 신을 사랑하는 사람과 열렬하게 신을 부정하는 사람은 근본적으로는 똑같은 마차를 끌고 있는 거나 마찬가지여서, 마차에서 벗어날 수 없다는 점에서는 양자가 동일하므로 자신은 충실한 동반자로서 기꺼이 길구스 씨에게 우정을 바치겠다는 것이었다. 또 부사제는 아주 집요하게 신을 부정하는 것은 원래 신에 대한 은밀한 외경심이 다른 방식으로 나타난 것에 지나지 않는다고 하면서, 이러한 사실은 초기 기독교 시대에 커다란 악덕을 가장하여 세상의 경멸을 받았지만 그럴수록 더 방해받지 않고 신성한 열정에 전념했던 성인들이 있었다는 것과 같은 이치라고 덧붙였다.

어리둥절해진 길구스는 그에게 무슨 일이 일어나고 있는지 알 수 없어서 입에 거품을 물고 폭언을 퍼부으며 궁지에서 빠져나가려고 했다. 하지만 명랑한 부사제는 애정어린 농담을 수도 없이 해대며 그를 아주 바싹 옭아맸고, 하느님께서 이미 오래전부터 그를 굽어보고 계시니 만사가 잘될 것이라며 그를 위로했다. 그 덕에 길구스는 어느 정도 우쭐한 기분이 들었고, 다음 날 아침 부사제 집에서 성직자의 맛있는 조찬을 함께 들자는 초대도 받아들였다. 사제관에서 다시 만난 그들이 가장 먼저 벌인 일은 말싸움이었다. 그런 다음 술잔치를 벌이고 우정을 맺은 그들은 서로 손을 잡고 들판을 지나다니며 술집들을 순례했는데, 술집에 들어가서도 부사제는 계속해서 새로운 농담으로 그의 친구를 놀렸다. 그도 그럴 것이 부사제는 항상 정신을 놓지 않고 짓궂게 굴었던 반면, 길구스는 취하게 된 즉시 사려분별력을 잃었고, 자신의 운명의 위대함과 살아 있는 것이 기쁨인 시대의 장엄함을 말하는 중에 점차 눈물을 흘리기 시작했던 것이다. 그를 이렇게 엉망인 상태로 밤이나 대낮에 성으로 데려올 수 있게 되면, 부사제의 만족감은 최고조에 달했다. 백작은 기분 좋은 미소를 짓기도 했지만, 어떤 때에는 유쾌하지 않은 미소를 지었다. 이와는 달리 취한 사람을 한 번도 본 적이 없는 도로테아는 신기해하면서 즐겁게 웃어댔다. 그가 그녀 앞에 무릎을 꿇고 울면서 그녀의 옷자락에 키스할 때는 더 말할 나위가 없었다. 길구스는 처음에는 정원사의 딸에게 추파를 던졌는데, 도로트헨이 백작의 영양이 아니라 두려움을 모르는 자유사상가라는 이야기를 들은 즉시 정원사의 딸을 팽개친 바 있었기 때문이다. 분명한 것은, 그가 도로테아야말로 운명적으로 현재의 위대한 순간에 대한 기쁨과 살아 있는 기쁨을 그와 함께 나누게 될 여자로 간주했다는 것이다.

그와 같은 추태를 여러 차례 연출한 후 술이 깨어 제정신으로 돌아오면 그는 음울한 슬픔에 빠졌다. 그러고는 과실을 보상하려고 온갖 허세를 부리며 좌충우돌했다. 추운 계절이었는데도 연못이나 물방앗간 도랑으로 뛰어들어 목욕했기 때문에, 사람들은 원근에서 뜻하지 않게 그의 나체가 떠오르거나 잠기는 것을 목격했다. 그는 얼굴은 새파래지고 머리에서는 물방울이 떨어지는 모습으로 자신이 새로운 사람으로 다시 태어났다고 공언했다. 그래서 부사제와 도르트헨, 심지어 경망스러운 장난꾸러기 뢰스헨까지도 날마다 그의 행동을 보며 즐거워했다. 농부들 사이에서는 기회를 보아 이 이교도 물의 정령을 낚아올려 지푸라기로 몸을 손질해주자는 얘기가 있었거니와, 이미 이러한 계획을 알고 있는 부사제는 미리부터 이 일을 학수고대하고 있었다.

하지만 나는 이 모든 일을 계기로 내 투쟁욕을 억제하고 심지어는 침묵할 수밖에 없었다. 그뿐만 아니라 나 스스로도 이 기인과 별반 차이 없는 괴짜 손님으로 생각되어 그와 함께 있다는 사실이 창피스러웠다. 이 작자가 이 집의 아름다운 영양에게 눈을 떼지 않는 것을 보면 나 스스로도 똑같은 식으로 그랬고 지금도 그렇게 하고 있다는 생각이 떠올랐다. 다만 나로서는 그것을 조금이라도 드러냈거나 그때까지도 드러내고 싶은 뜻이 없었다는 점만 달랐다. 도로테아가 예의를 벗어나지 않을 정도로 종종 터뜨리는 폭소를 들으면 마치 내 가슴속 깊은 곳을 꿰뚫어 본 그녀가 나를 비웃는 것처럼 생각되었다. 솔직히 말하면 내가 아직껏 머무르고 있는 이유는 도로테아 때문이라는 것을 자인해야 했다. 다만 나는 그것을 드러내 보이거나 어떤 기대를 품을 용기가 없었다. 요컨대 나는 이 페터 길구스보다 더 바보 같았다고 할 수 있었다.

이렇게 모순적인 감정과 생각으로 나는 일종의 진퇴양난의 상태에 빠졌고, 더 이상 논쟁에 참여하는 일 없이 내 일에 몰두하며 조용히 철학책을 읽었다. 그러는 가운데서도 연모의 정은 사라질 줄 몰랐는데, 이것은 초봄의 추위가 엄습하면 식물들이 꽃받침을 반쯤 열어놓은 채 이러지도 저러지도 못하고 얼마 동안 개화를 멈추는 것과 같은 상태였다. 경쟁관계에 대한 경멸적인 기분은 시종일관 변하지 않았다. 새로운 세계관의 측면에서뿐만 아니라 여성에 대한 행동에서도 나는 길구스의 태도를 경쟁자의 심리 상태에 바탕을 둔 것으로 간주했는데, 이러한 생각은 물론 시의에도 맞지 않았고 그다지 인간적이라고 할 수도 없었다.

어느 날 오전 페터 길구스가 내게 부리나케 달려왔다. 성장을 한 그는 흥분되어 있었다. 그때 나는 정신을 상당히 집중하긴 했지만 마치 늙은 처녀처럼 시무룩한 기분으로 일하고 있었다. 그는 금 단추가 달린 갈색 연미복을 입고 있었고, 겨울이었는데도 머리에는 밝은 색 사냥 모자를 쓰고 있었다. 그는 도로테아와 관련된 일이 결말나야 한다고 소리쳤다. 자기 같은 남자와 도로테아 같은 여자의 결혼은 세계 최고의 결합이니, 이러한 결혼이 성사되지 않으면 안 된다는 것이었다. 또한 신의 이념에서 세계를 해방하는 것은 자유로운 남녀 대표자의 결혼을 통해서만 제대로 완성될 수 있기 때문에 이 결혼은 철학사적 의무라는 등의 이야기를 늘어놓았다. 나는 내 애정 문제에 이렇게 비열한 인간이 관계되어 있다는 것이 너무나 부끄럽고 슬픈 느낌이 들어서 이 우행을 비웃을 수조차 없었다. 우선은, 이 일이 구김살 없는 도르트헨에게 일말의 어두운 그림자를 던지는 것처럼 생각되어 나는 이 사건을 한갓 우스갯거리로 넘기고 싶은 기분이 아니었다.

그래서 나는 그에게 연미복을 입은 걸 보니 구혼하러 가는 길이냐고 퉁명스럽게 물었다.

"아니요." 그가 대답했다. "오늘은 아니요! 우선 며칠 동안은 구혼자답게 신중하게 행동하려 하오. 이 연미복이 잘 어울리지 않소? 무신론자인 어떤 은행가가 선물한 것이오. 우리 결사(結社)의 큰 후원자인데, 일요일이면 여전히 교회에 나가는 분이라오. 그와 같은 분에게는 세상 체면이라는 것이 있기 때문이지요. 아, 불쌍한 어머님께서 내가 누리게 될 행복을 보셨더라면 좋았을 것을!"

"어머니라고요? 돌아가셨나요?"

"벌써 2년 되었소! 인류의 해방을 보지 못했지요! 신의 눈 속에 보관되어 있는 마른 꽃들은 그분이 살아계실 때 내 마지막 생일을 축하하려고 선물한 것이오! 시장에서 1크로이처를 주고 샀다오."

나는 다시 가슴이 찔리는 것 같았다. 이 바보 같은 인간도 자신의 사랑하는 어머니에 대해서 말할 때는 긍지를 가질 자격이 있었던 것이다. 결국, 어머니가 기다리고 있다는 것을 알면서도 여기에 앉아 어머니를 잊고 있는 거나 매한가지인 나보다 그가 더 훌륭한 아들이었던 것이다. 우리 삶은 이렇게 얽혀 있어서, 우리가 가까운 사람에게 어떤 비난을 할라손치면, 그것이 그 사람의 귀에 들어가기도 전에, 우리 자신에게 튀길 수 있다.

길구스가 급히 방에서 뛰어나간 지 몇 분 후에 이번에는 도로테아가 탐스러운 포도와 배가 가득 들어 있는 조그만 바구니를 들고 들어왔다.

"정말 열심이시군요. 아주 칩거하신 것 같아요." 그녀가 말했다. "원기를 회복할 음식을 갖다드려야 할 정도로요. 이 과일들을 좀 드세요. 그렇지 않으면 박정한 분이라고 생각할 거예요. 대신 좋은 충고 좀 해주세요! 그림은 계속 그리세요. 당신의 그런 모습이 보기 좋으니까요!"

그녀는 의자를 끌어 당겨 내 옆에 앉았다.

"아버님께서는 편지를 쓰고 계세요." 그녀가 말을 계속했다. "길구스 씨가 떠날 때 갖고 가게 하려고요. 아버님은 그 사람이 여기서 지내는 걸 더 이상 좋아하지 않아요. 그가 오늘 아침에는 밭을 가는 농부들에게 요나[74]가 니네베 사람들에게 그랬던 것처럼, 눈물로 회개하고 이교의 신에 대한 신앙을 버리라고 설교했대요. 그런 일이 또 생기면 안 되겠죠. 아버님께선 오늘 중으로 그를 상당히 멀리 떨어진 곳으로 보내려고 해요. 앞으로도 그가 도움을 받으며 어떤 분별 있는 일을 하도록 알선하려고 우리아의 편지[75]를 쓰는 거예요. 물론 호의적인 내용이지요."

---

74) 히브리의 예언자. 『구약성서』, 「요나」, 3장 4절 이하를 참조하시오.

75) 다윗이 우리아의 아내와 결혼하려고 욥 앞으로 편지를 써서 우리아에게 전하게 했다. 『구약성서』, 「사무엘」, 11장 15절: "다윗은 그 편지에 이렇게 썼다. '우리아를 가장 전투가 심한 곳에 앞세워 내보내고 너희는 뒤로 물러나서 그를 맞아 죽게 하여라.'"

"그런데 내가 어떤 충고를 할 수 있다는 거지요?" 내가 물었다.

"충고보다는 도움이 필요해요. 만약 그가 가지 않겠다고 하면 그 여행이 필요할 뿐만 아니라 즐거울 거라고 그를 설득해주세요. 그런 다음에는 트렁크가 몇 개 준비될 거예요. 그의 자루에 있는 흉물스러운 물건들을 담기에는 충분할 거예요. 그리고 그분이 일어설 때 당신이 그를 거들게 될 테니, 그때 자루가 불편하고 사람들의 의심을 받을 수 있다는 것과 트렁크가 우연히 생긴 것처럼 설득시키셔야 해요. 고집을 부리며 트렁크를 거절하는 일이 발생할 수도 있으니까요. 아버님께서는 그 사람이 곡식자루를 갖고 당신 집에서 떠나는 것을 보고 싶어하지 않으세요."

사실 나는 길구스가 트렁크를 거절하리라고 걱정하지는 않았지만 최선을 다하겠노라고 약속했다. 그러자 그녀는 "괜찮다면 조금 더 구경하고 싶어요"라고 말했다. 그녀는 팔짱을 끼고 15분가량 내 곁에 앉아 있었는데, 그동안 그녀나 나나 별다른 얘기를 나누지 않았다.

마침내 내가 그림의 전경에 놓여 있던, 잘못 그려진 돌을 주걱으로 제거하는 것을 본 그녀는 "자, 사라져라!"라고 말하며 일어섰다. 그런 다음 친절하게 얘기를 들어주어서 고맙다는 말과 함께, 지금 이 문제가 어떻게 진행되는지 듣고 싶으면 식사시간 전에 찾아오라고 하면서 돌아갔다.

만사는 바라던 대로 순조롭게 진행되었다. 길구스는 깔끔하게 꾸려진 짐을 마차에 싣고 말없이 얌전하게 가장 가까운 우편마차 역으로 떠났다. 다음 날 아침 일찍 그곳에서 마차를 타기 위해서였다. 저녁에 차를 마시는 시간에 나타난 부사제는 집 안이 마치 물방아가 멈춘 것처럼 아주 조용하고 평화롭다고 말했다. 최근에 그는 가끔 옛날 독일 신비주의자들의 저서를 가지고 나타나곤 했다. 심각하고 대담한 이러한 신비주의자들의 사상을, 길구스를 통해 우스꽝스럽게 왜곡된 표현에서도 역시 심오함과 대담함이 나타나는 최근의 철학자의 학설과 비교해 보려는 속셈에서였다. 그의 흥미를 끄는 것은 평소의 바람대로 주로 상상력을 제공하는 것과 비유적인 것이었다. 그 결과는 때로는 그에게 유리한 것도 있었고, 때로는 적에게 유리해지는 일도 있었다. 오늘 저녁에는 앙겔루스[76]의 『방랑의 천사』[77]를 가져온 그는 길구스가 떠났다는 것을 알고는 매우 애석해했다. 길구스에게 색다른 풍의 운문을 낭독해줌으로써 그를 고무하면서도 그의 혼을 빼앗는 동시에, 다른 한편으로는 우리를 재미있으면서도 당혹스럽게 하려고 획책했기 때문이다.

우리는 그래도 낭독해달라고 청했다. 몇 안 되는 우리 청중은 열렬한 견신자(見神者)와 그의 자극적인 언어 그리고 시적 정열에 큰 기쁨을 느꼈다. 그러나 이것은 그의 계획과는 정반대 결과였다. 그는 점점 더 열심히, 점점 더 목청을 높여 읽기 시작했는데, 그가 한 페이지씩 넘길 때마다 즐거운 정신현상에 대한 우리의 감흥은 더 커졌던 것이다. 마침내 그는 다소 언짢고 지친 상태에서 이 작은 책을 내려놓았다.

그러자 백작이 이것을 손에 들고 뒤적여본 다음 말했다.

"이건 정말 아주 멋지고 특색 있는 책이오! 처음부터 다음과 같은 2행의 각운으로 시작하다니, 얼마나 완벽하고 절묘하오. 들어보시구려.

마음은 황금처럼 순수하고, 바위처럼 굳건하여라,
마음은 수정처럼 순결하여라.

긍정적이든 부정적이든 간에 이러한 모든 수양과 사고방식의 토대를 이만큼 훌륭하게 표현할 수 있겠소? 그뿐만 아니라 이러한 일이 중요시

---

76) 독일의 신비주의 종교시인인 그의 시민식 이름은 셰플러(Johann Scheffler)다.
77) 앙겔루스의 대표작으로, 2행으로 된 경구시다.

되어야 한다고 할 때, 우리가 처음부터 부여해야 하는 가치가 잘 표현되어 있소. 하지만 계속 더 읽어나가면 양극단이 서로 만나고, 한쪽 끝을 뒤집으면 졸지에 다른 것으로 변한다는 사실은 참으로 재미있소. 다음과 같은 시구를 읽으면 우리의 철학자 포이어바흐의 말을 듣는 것 같은 생각이 드는구려.

> 나와 신은 서로 크고 작음이 없도다.
> 신과 나는 서로 상하의 차이가 없도다.

나아가서 이런 구절도 있구려.

> 내가 없으면 신도 없도다.
> 내가 멸하면 신도 멸하도다.

또 이것도 있소.

> 나와 신은 서로 도우노라,
> 행복하여 부족함이 없노라.

아니면 이런 부분도 있소이다.

> 나는 신처럼 부유하노라,
> 부족함이 전혀 없구나.

이제 이런 구절까지 있소.

신이 가진 모든 것은 나의 구함에 미치지 않거늘.
신을 초월하는 것은 나의 생명이자 불이거늘.
어디로 갈 거나?
신을 넘어 황야로 갈거나.

'초월해야 하리'라는 경구에는 이 시대의 본질이 실로 단순하고 진실
하게 노래되어 있소.

그대의 정신이 시공을 초월하여라.
그리하여 매 순간 영원 속에 존재하여라.

그다음은 '인간은 영원이다'요.

시간을 떠나면, 나는 영원이리니.
신과 나는 하나가 되리.

또 '시간은 영원'이라는 경구는 다음과 같소이다.

시간은 영원과 같고, 영원은 시간과 같도다.
그대가 구분하지 않는다면.

이런 시들을 읽자니 몇몇 외면적인 운명만 다를 뿐, 훌륭한 앙겔루스
가 거의 이 시대에 살고 있는 것 같은 인상을 받게 되는구려. 마치 이 강
인한 견신자가 마찬가지로 강인하고 일세를 풍미하는 우리 시대의 철학
자가 된 것 같소이다!"

"글쎄요. 제게는 너무 지나친 말씀으로 들립니다만." 부사제가 큰 소리로 말했다. "당신께서는 셰플러의 시대에도 이미 사상가와 철학자, 특히 종교개혁가들까지 있었다는 것을 잊고 계십니다. 그에게 신을 부정하는 정신이 아주 조금이라도 있었다면 이 정신을 개화할 수 있는 실로 완벽한 기회였을 거라는 말씀입니다."

"옳으신 말씀입니다!" 나는 대답했다. "하지만 당신 말씀과는 반대 의미에서지요. 그가 신을 부정하지 않았다고 할 수도 있겠고, 어쩌면 오늘날까지도 그런 사람으로 여겨지지 않을 수도 있어요. 그것은 그의 허황함과 기지 때문입니다. 사상이 아무리 강렬하다고 해도 이와 같은 요소들이 조금이라도 들어 있는 이상, 그는 지금까지도 여전히 비법 전수적인 진영에 붙들려 있을 수밖에 없을 겁니다."

"허황하다고!" 부사제가 큰 소리로 말했다. "갈수록 견강부회로군. 도대체 어떤 의미에서 그렇게 말하는 거요?"

"제목에 보면," 나는 덧붙였다. "이 경건한 시인은 자기 책에 '기지가 풍부한 경구시'라는 별도의 부제를 달아놓고 있습니다. 물론 '기지가 풍부한'이라는 단어가 그 당시에는 지금의 의미와 전혀 다르게 쓰였지요. 하지만 좀더 자세히 조사해보면 이 책이 실제로 오늘날의 의미에서도 기지가 약간 지나치고 소박함이 너무 모자란다는 것을 알 수 있습니다. 그러므로 그 부제는 오늘날의 시각으로 보아도 반어적인 예언으로 생각됩니다. 다음에는 헌사라는 말을 생각해보십시오. 이 사람이 하느님에게 자신의 시를 바친다고 적은 헌사 말입니다. 그는 완전히 활자의 배열까지도 그 당시에 군주들에게 책을 바칠 때 사용하던 방식을 그대로 모방하고 있습니다. 또 '언제나 죽음에 가까이 다가가는 그의 종 요하네스 안젤루스'라는 서명도 마찬가지입니다.

가혹할 정도로 근엄했던 신앙가 성 아우구스티누스를 보십시오. 솔직하게 말씀해보세요. 그가 종교적인 심혈을 기울인 책에 그와 같이 기지를 뽐내는 것 같은 헌사를 적어놓았을 것 같습니까? 도대체 그분이 이 책과 같이 교태를 부리듯이 익살스러운 책을 쓸 수 있었을까요? 그는 다른 사람과 마찬가지로 재기를 지니고 있었지만, 신과 관계가 있을 때는 이것을 엄격하게 억눌렀습니다. 그의 『참회록』을 읽어보십시오. 그가 얼마나 마음을 졸이며 감각적이고 기지가 넘치는 모든 화려한 비유를 피하는지, 또 감각적인 말을 피함으로써 자신과 신에 대한 기만을 미연에 방지하는지를 보면 참으로 감동적이고 교화적입니다. 또한 부적당한 수식이나 환영 그리고 불순한 교태 등이 자신의 참회 속으로 스며들지 않도록 엄격하고 솔직한 언어 하나하나를 직접 신을 향해 말하고, 신의 눈을 의식하며 글을 쓰고 있다는 것을 볼 때도 마찬가지입니다.

제가 이러한 예언자나 교부(敎父)의 축에 들려고 한다면 물론 어불성설입니다. 하지만 저는 진지하게 생각되는 이 완전한 신을 공감할 수 있습니다. 그리고 신을 잃어버린 지금에야 비로소, 제가 소년시절에 신앙심이라고 자처하면서 신과 관련된 문제를 얼마나 자의적이고 익살스러운 방식으로 다루곤 했는지 깨닫게 됩니다. 그래서 그러한 비유적이고 재미있는 태도가 실은 제가 마침내 도달한 완전한 정신적 자유의 외피에 지나지 않았다고 생각하는 것이 불가능하다면 저는 뒤늦게나마 허황된 제 결점을 인정해야만 할 것 같습니다."

"하하!" 부사제는 이제 목청껏 웃어댔다. "또 그 말이군! 정신적 자유! 허황함! 긴 낚싯줄에 걸려 버둥거리면서도 자기가 공중을 나는 곡예사라고 생각하는 물고기가 있는 법이오! 곧 숨이 차서 죽게 될 거면서! 그런데도 당신은 '악마고 뭐고 다 모른다!'라고 말하고 싶을 거요. 이것이 신의 문제라는 것도 모르면서 말이오. 신이시여, 제 죄를 사하여주옵소서!"

또다시 파리를 잡기 위해 쳐놓은 익살스러운 끈끈이에 걸려들었다는 사실에 화가 난 나는 대화에서 빠져나와 말없이 창가로 걸어가서 북두칠성이 조용히 그들의 길을 가고 있는 것을 보았다. 그사이에 그 책을 집어들었던 도로테아가 갑자기 외쳤다.

"어머, 지금까지 읽어본 것 가운데 가장 멋진 봄노래가 여기 있어요! 들어보세요.

피어나라, 얼어붙은 기독교도여!
5월이 가까이 와 있거늘,
그대는 영원히 죽은 채로,
지금 여기서 피어나지 않네!"

급히 피아노 있는 곳으로 간 그녀는 피아노를 연주하면서 황홀한 경지로 끌어들이는 고풍스러운 찬송가 음조로 이 시구를 불렀다. 그러나 교회음악의 형식이었는데도 그녀의 목소리는 사랑에 빠져 떨고 있는 세속적 울림을 갖고 있었다.

제13장 쇳덩이 같은 이미지

　아직 성탄절도 되지 않았지만 실제로는 자연의 질서를 파괴하며 봄이 오려는 것처럼 생각되었다. 귓속에서는 도로테아가 부른 봄노래의 가사와 곡조가 울려 퍼지는 가운데, 그날 밤 내내 나는 남풍이 부는 소리와 지붕에 엷게 깔려 있던 눈이 녹아서 떨어지는 소리를 들었다. 다음 날 아침에는 부자연스러울 정도로 따뜻한 햇살이 건조한 들판을 비추었고, 물이 불어난 개울은 졸졸 소리를 내며 힘차게 흘렀다. 다만 꽃들과 데이지[78] 그리고 갈란투스만 빠져 있을 뿐이었다. 그런데도 내 귀에서는 끊임없이 퍼져 나오는 울림이 있었다. '5월이 가까이 와 있거늘, 그대는 영원히 죽은 채로, 지금 여기서 피어나지 않네!'

　어제까지만 해도 나는 가슴에 숨겨놓은 연모의 정이 지금까지 사랑에 대해 생각하고 느꼈던 것보다 훨씬 높은 곳에 있다고 믿었다. 그런데 지금은 때 아닌 봄 같았던 지난밤 동안 생긴 변화를 꿈에도 예상하지 못했다는 것을 인정해야 했다.

　내 가슴속에서는 원래의 인간적인 본능이 아주 강한 기세로 깨어났다. 인생의 아름다움과 무상함에 대한 느낌이 두 배가 되었고, 그와 동

---

78) 갈란투스와 마찬가지로 봄에 일찍 피는 꽃들 가운데 하나다.

시에 지상에서 누리는 일체의 행복이 오직 이 아름다운 두 눈 위에 놓여 있는 것 같았다. 나는 그녀가 단순히 존재하는 것만으로도 감사하는 마음에서 그녀를 사랑하고 존경한 반면에, 나 때문에 그녀를 부담스럽게 만들 생각은 추호도 없었는데, 그것은 순전히 겸양과 두려움에서였다. 실은 두려움과 겸양 때문이라는 말은 거짓이었다. 그것들은, 현명하게 이 상태에서 빠져나오겠다는 결심으로 이끄는 대신 열두 번도 넘게 행복과 기쁨에 대한 상상이나 막연한 희망으로 바뀌었기 때문이다.

이제는 일도 마음의 평화도 지난 일이 되었다. 뭔가를 손에 들려고 할 때마다 내 눈은 멍하니 먼 곳에서 헤맸고, 생각이라는 생각은 모두 사랑하는 여인의 모습을 쫓아 날아가버렸다. 그녀의 자태는 단 한순간도 내 마음을 떠나지 않고 언제나 내 주위를 떠다녔으며, 동시에 쇠로 만들어진 상(像)처럼, 아름답긴 했지만 가혹할 정도로 무겁게 내 가슴을 짓눌렀다. 나는 오직 도로테아가 앞에 있을 때만 매우 낯설고 무자비하게 여겨지는 이러한 쇳덩이 같은 압박에서 벗어났다. 이 압박은 그녀의 모습이나 목소리가 사라지기가 무섭게 다시 생겨났다. 내가 이것을 정신적인 병뿐만 아니라 육체적인 고통으로 간주한 것은 너무나 당연했다.

이러한 고통스러운 상태는 얼마 전에 쫓겨난 페터 길구스도 나와 같은 종류의 우스꽝스러운 인간이었다는 수치스러운 위안을 통해서도 조금도 완화되지 않았다. 우선 나는 육체적 고통이나 정신적 고통을 다른 사람과 함께 나누면 더 쉽게 견뎌낼 수 있다는 의견에 동의하지 않는다. 길구스의 경우와 내 경우는 서로 성질이 달랐다고는 해도 처량한 피난민 신세로 이 집에 왔고, 결국은 영양을 연모했다는 점에서는 전혀 다를 바 없었다.

때 이른 봄은 몇 주 동안 계속되었다. 숲에는 벌써 서향(瑞香)의 꽃이 피어 있었다. 그래서 나는 크리스마스 전야가 되었을 때 다른 것은 아무것도 없어서 향기 좋은 붉은 꽃이 달린 잔가지 한 다발을 크리스마스 선물 탁자 위에 올려놓을 수 있었다. 선물은 오직 고용인과 하인들만 받았으며, 파티도 열리지 않았다. 백작의 설명에 따르면 즐거운 일이 있을 때만 종교를 내세우고 종교적인 고행과 예배를 함께 나누지 않는 것은 어울리지 않는다는 것이었다. 탁자 위의 선물들이 다 치워지고 하인들이 돌아갔을 때까지 내 꽃다발은 그곳에 놓여 있었다. 도로테아는 그것을 들고 말했다. "도대체 이 아름다운 다프네79)는 누구에게 주는 선물이죠? 분명 제 것이겠죠. 보면 알 수 있어요!"

"날씨가 이상하게 변했다는 것을 감안해서," 나는 말했다. "너무 빨리 도착한 이 사자를 가엾게 여겨주십시오."

"그야 물론이에요. 좋은 것은 언제 오든 좋은 거죠. 고마워요. 이 가지들을 즉시 물속에 꽂아야겠어요. 집에 온통 향기가 퍼지게요!"

도로테아는 이날 밤뿐만 아니라 크리스마스 축제 기간 내내 아주 최고 기분이었는데, 내가 이 집에 온 이래 처음으로 상당히 많은 사람이 향연에 초대된 새해 첫날에는 특히 그랬다. 부사제뿐만 아니라 사제, 의사, 군수 그리고 백작의 옛 동료인 귀족 몇 사람이 참석했다. 이 귀족들은 백작이 금기시되는 신조를 지니고 있는데도 그에게 호의를 품고 있었다. 또한 원기가 넘치는 두어 명의 중년 귀부인들까지 마차를 타고 당도하여 순식간에 고상하고 자유로운 분위기를 조성했다. 아니면 자유롭고 고상한 분위기라고 해도 좋았다. 옛 시대를 자신의 눈으로 보아온 터라 마음속에 이미 두려움도 희망도 갖고 있지 않을 것 같은 노부인들의 태도만이 종종 이러한 분위기를 연출할 수 있었다. 이 자리에서는 참석

---

79) 서향나무의 라틴어 이름. 달콤한 향기를 풍기는 진홍색의 서향나무꽃은 껍질, 이파리, 열매와 마찬가지로 다프닌 성분이 있어서 독성이 있다. 다프닌은 최음제로 쓰이기도 한다.

자 가운데 한 사람이라도 들어서는 안 될 성싶은 대화는 화제에 올려지지 않았지만, 호의적인 명랑한 기분에서 말할 수 있는 화제를 일부러 숨기는 사람도 없었다. 누구나 할 것 없이 한마디 할 수 있는 기회를 찾았고, 이 기회를 남용하는 사람은 아무도 없었다. 더 적절하고 따라서 외견상 금시초문으로 들리는 말을 하고 싶어도 이미 누군가 말한 다음이었기 때문이다. 부사제까지도 예의바르게 절도를 지키며 화술을 발휘했다. 정통파이면서도 사람들을 백안시하지 않는 가톨릭교도인 사제는 태연자약한 인품을 가진 인물이어서, 부득이한 경우를 제외하고는 어느 경우든 허용될 만큼 관대한 선을 그어놓았다. 따라서 이 국경선을 넘어가려는 사람은 아무도 없었을 뿐만 아니라 이 선 쪽으로 접근하려는 사람도 없었다.

이렇게 허물없는 모임이었지만 나는 물러날 기회를 엿보고 있었다. 사람들의 주의를 끌거나 감흥을 방해하고 싶지 않았던 것이다. 대화가 잠시 잠잠해진 틈을 타서 저택의 오래된 예배실로 들어간 나는 페인트가 반쯤 말라 있던 그림 두 점을 손질했다.

그렇게 조용한 곳에서 혼자 있게 되자 불현듯 어머니 생각이 떠올랐다. 나는 여기서 잘 지내고 있지만 먼 고향에 있는 어머니는 내가 어디에 있는지도 모를 것이었다. 사정이 당분간 호전되었기 때문에 오래전에 어머니에게 소식을 보낼 수도 있었고 또 그래야 마땅했을 것이다. 그런데도 편지를 계속 미루었던 것은 분명하게 구별될 수 없는 이유들 때문이었다. 우선 나는 내가 곤궁에서 구원된 다음부터 내 문제가 그렇게 중요하다거나 논의할 가치가 있다고 생각하지 않았다. 둘째로, 나는 불시에 돌아가서 어머니를 기쁘게 함으로써 모든 것을 보상할 수 있으리라고 생각했고, 그때까지의 짧은 기간은 지금까지의 긴 세월에 비하면 문제될 것이 없을 것 같았다. 마지막으로 나는 확실하게 의식한 것은 아니었지만, 현재의 마음 상태에 대해 한마디라도 꺼내는 것이 두려웠다. 더욱이 여러 가지 반대의 경우를 생각해보고 반대의 결심을 해보아도 마음속의 은밀한 자애심은 어느 쪽으로든 결정하는 것이 불가능하다는 것을 인정하려 들지 않았다. 마음이 어느 정도 가라앉아 이러한 혼란 상태를 골똘히 생각하던 중에, 나는 이 조용한 시간을 이용하여 내가 어디에서 어떻게 지내는지 어머니에게 편지를 쓰려고 결심했다. 또한 곧 귀국하리라는 것을 알리고 싶었다. 그래서 나는 두어 권의 책과 필기도구를 보관해두고 있던 정자로 가려고 밖으로 나왔다. 도중에 나는 봄빛 속에서 쉬는 듯이 보이는 정원에서 손님들이 거니는 것을 보았다.

나는 내가 체류하는 집의 새해 첫날의 진기한 광경을 편지의 서두에 이용할 수 있겠다고 생각했다. 하지만 조그만 침실이라고 부르는 것이 더 어울려 보이는 내 방에 들어서자마자 문을 두드리는 소리가 났다. 정원사의 딸인 뢰스헨이었는데, 아주 예쁘장한 이 지방 특유의 나들이옷을 차려입고 있었다. 바깥 공기가 따뜻해서 가장자리가 모피로 장식된 모직 겉옷은 팔에 걸치고 있었다. 그래서 조그만 은제 걸쇠와 단추가 달린 초록색 비단 보디스는 예쁜 소녀의 몸매를 한층 더 섬세하게 드러내고 있었다. 머리에는 검은 벨벳과 레이스로 만든 조그만 모자를 쓰고 있었고, 땋아 내린 금발머리 가운데 한 갈래는 흥겨움을 드러내듯이 어깨 앞쪽으로 미끄러져 나와 상의와 함께 팔 위에 올려져 있었다.

영양의 심부름을 온 뢰스헨은 그녀의 부탁을 내게 전했다. 내가 이 심부름꾼과 함께 즉시 자기에게로 와서 꽃이 핀 서향나무를 발견한 장소를 알려달라는 것이었다. 뢰스헨은 자기의 멋있는 외모를 충분히 의식한 듯 용건을 전하면서 귀여우면서도 짓궂은 미소를 지었다. 내 시선은 이 아름다운 모습에 사로잡혔지만, 나는 이 아름다운 모습이 그녀의 여주인을 돋보이게 하는 역할을 할 뿐이며, 그것도 오로지 영양이 아름다운 덕분이라고 생각했다. 계획했던 일을 내버려두고 나는 당장 이 소녀와 함께 나무와 손님들 사이를 뚫고 서둘러 도로테아가 기다리고 있는 묘지로 갔다.

"도대체 어디에 계셨어요?" 그녀가 나를 향해 외쳤다. "우리는 꽃이 핀 서향나무를 좀더 찾고 싶었어요. 신년 때마다 항상 할 수 있는 일은 아니잖아요. 게다가 여기서 젊은 사람들이라곤 우리밖에 없으니 우리도 나름대로 인생의 기쁨을 즐겨도 되지 않겠어요!"

이 말과 함께 그녀는 내 팔을 잡았다. 우리는 뢰스헨을 데리고 너도밤나무 숲으로 갔다. 그곳까지는 8분이나 10분쯤 걸렸다. 숲의 지면은 여름처럼 말라 있었다. 숲에 들어서자마자 도르트헨이 노래를 부르기 시작했다. 그것도 이번에는 진짜 민요를 농민들처럼 소박한 투로 불렀으며, 그들이 보통 덧붙이곤 하는 짧은 장식악구까지 곁들였다. 뢰스헨이 즉시 약간 낮고 거친 음조로 제2부의 선율을 부르며 합세하자 흡사 두 명의 건강한 시골처녀가 일요일에 숲을 지나며 부르는 것 같은 노래가 울려 퍼졌다. 물론 그 민요는 애처로운 사랑의 이야기를 담고 있어서 그들은 하나씩 차례로 선창하면서 엄숙하게 끝을 맺었다.

그러는 중에도 도르트헨은 앞쪽의 불그스레한 빛이 우리가 찾고 있는 식물 몇 그루가 눈앞에 있다는 것을 알려줄 때까지 내 팔을 놓지 않았다. 지고 있는 태양빛이 너도밤나무 줄기 사이로 스며들어 꽃이 피어 있는 다프네의 잔가지들을 비추는데, 도로테아의 입에서 나온 다프네라는 말이 서향나무의 학명(學名)이라는 것을 나는 그때까지 모르고 있었다. 그녀는 기쁜 나머지 환성을 터뜨렸다. 두 소녀는 마취성 향기를 풍기는 가지들 가운데 가장 아름다운 것을 꺾으려고 즉시 그쪽으로 달려갔다. 그동안 나는 쓰러진 나무 줄기에 앉아 즐거운 마음으로 그들의 동작 하나하나를 눈으로 뒤쫓으며 바라보았다.

가지들을 꺾어서 손에 든 다음, 뢰스헨은 서향나무를 더 찾으려고 계속 앞으로 걸어가 점차 나무들 뒤로 모습을 감추었고, 도로테아는 반대로 내게 돌아와 꽃다발을 내 코 밑에 들이대며 내 곁에 나란히 앉았다.

　　"이곳에 있으니 기분이 좋지 않아요?" 그녀가 말했다. "당신을 당신의 은신처에서 불러낸 것이 기쁘지 않아요?"

　　"어머니에게 편지를 쓰려고 했어요." 나는 대답했다.

　　"오늘 받으실 수 있게끔 이미 연하장을 보내지 않았다는 건가요?"

　　"이곳에 온 이후로 아직 편지를 쓰지 못했어요. 그래서 어머니는 내가 어디에 살고 있는지도 모르십니다."

　　"그걸 전혀 모르신다고요? 어떻게 이런 일이 있을 수 있죠?"

　　나는 얼굴을 옆으로 돌리며 은회색 나무껍질에서 자라고 있던 조그만 이끼들의 정원을 손가락으로 긁어냈다. 그런 다음 내가 이렇게 오래 머물러 있을 줄은 꿈에도 생각하지 못했다는 것과, 마침내 내가 돌아가면 결국은 어머니가 한층 더 기뻐하면서 놀랄 것이라는 생각이 들었다고 말했다.

　　"분명히 말씀드려야 하겠군요." 그녀가 큰 소리로 말했다. "내일 편지를 쓰셔야 해요. 더 이상 말없이 지켜보고만 있을 수는 없어요! 그런 어머니가 있는 사람은 당연히 조물주에게 감사드려야 옳아요! 당신의 책이 마치 식물 표본집처럼 보인다는 사실을 알고 계세요? 나를 조금이나마 기쁘게 했거나 내 마음에 들지 않았던 부분에는 모두 책갈피에 초록색 나뭇잎이나 풀잎을 끼워놓았답니다. 당신의 책은 내 책상 속에 보관되어 있어요. 당신 어머니의 이야기를 읽으며, '비록 어머니가 무엇인지 모르지만 이런 어머니 품에서 안식처를 찾을 수 있다면 얼마나 좋을까'라고 생각했던 적이 한두 번이 아니었어요. 내일은 정말 편지를 쓰겠지요! 제 방에서 쓰셔야 해요. 편지를 다 쓰고 봉인할 때까지는 당신 곁에서 떠나지 않을 거예요. 만약 당신이 제 말을 잘 듣는다면 나도 짧은 인사 말씀을 적겠어요."

"그건 아무래도 곤란하군요!" 내가 말했다.

"뭐가 곤란하다는 거죠? 오, 얼어붙은 기독교도! 도대체 왜 안 된다는 거예요? 당신 어머님께 인사드리면 안 되나요? 편지를 쓰지 않으실 거예요?"

대답하는 대신 나는 계속해서 이끼 뙈기를 파 헤집는 일에 열중했다. 당사자가 내 옆에 앉아 있는 동안에도 도르트헨의 쇳덩이 같은 이미지가 여느 때와는 달리 내 가슴속에서 이리저리 돌고 있었기 때문이다. 마치 쇠로 된 무거운 손이 어두운 벽을 맹렬하게 찔러대며 반항하는 것 같은 느낌이 들었다. 그러는 동안 그녀는 내 손을 잡으며 나지막한 목소리로 재차 물었다.

"왜 쓰지 않으려는 거죠? 아니면 내가 대신 써 드릴까요? 마치 당신의 부탁을 받은 것처럼 말이죠. 아니에요, 그것도 역시 안 되겠어요! 당신 어머님을 즐겁게 해드릴 만한 것을 내가 불러주고 당신이 받아쓰면 어때요. 그러면 당신은 그저 적기만 하면 되죠! 괜찮겠어요?"

그러나 미처 대답도 하기 전에 뢰스헨이 앞치마에 갈란투스를 가득 담은 채 이쪽으로 뛰어왔다. 이제 성으로 돌아갈 시간이었다. 도르트헨은 대화를 중단했다. 그녀는 돌아가는 길에 내 팔을 다시 잡지는 않았지만 내 곁에 바싹 붙어 걸었다. 갑자기 그녀가 말했다.

"뢰스헨, 필요 없으면 네 겉옷을 빌려줘! 한기가 들기 시작하거든!"

뢰스헨은 그녀에게 옷을 건넸다. 하지만 그 옷은 몸집이 더 큰 도로테아에게는 너무 작고 조여서 입을 수가 없었다.

"내 코트를 입지 않겠어요?" 나는 어색하게 농담하듯이 물었다. 그러자 그녀가 대답했다. "싫어요. 당신의 감촉을 느끼고 싶지 않아요. 당신은 차가운 물고기 같은 사람이니까요!"

그녀는 성으로 돌아와서는 손님들에게 차를 대접해야 했고, 그런 후 손님들이 돌아갈 때는 배웅을 해야 했다. 내가 백작과 부사제와 함께 앉아 펀치를 마시고 있을 때 그녀가 취침 인사를 하러 왔다. 그녀는 백작의 어깨를 팔로 감싸고 장난으로 우는 흉내를 내며 말했다.

"양녀는 정말 비참해요! 잠자기 전에 아버지에게 키스조차 못하니까 말이에요!"

"무슨 말을 하는 건가, 이 바보 아가씨가?" 백작이 웃으면서 말했다. "물론 그래서는 안 되지. 예법에도 맞지 않을 테고!"

그러자 내 가슴속에서는 쇳덩어리가 다시 방향을 바꾸었고 온밤 내내 지독하게 내 가슴을 압박했다. 게다가 내 목이 졸리기 시작했다. 나는 눈물을 쏟으며 가련하게 흐느껴 우는 소리를 내지 않고는 달리 숨을 쉴 도리가 없었다. 사랑 때문에 운 것은 내 인생에서 처음이었다. 이러한 나약함에 대한 분노는 가슴속의 고통을 증가시켰다. 나는 이 일이 진정한 정열에서 비롯된 것으로 믿었거니와, 이 열정으로 인격의 자유와 사려 깊은 자주적인 힘을 잃게 된다는 달갑지 않은 깨달음도 나를 비참하게 만들었다.

마침내 날이 밝았을 때 때 이른 봄 날씨는 사라지고 진눈깨비가 내리고 있었다. 성에 갔을 때 도르트헨은 편지에 대해서는 일언반구도 하지 않았다. 나 스스로도 편지를 쓰고 싶은 기분이 들지 않았다. 나는 또 하나의 새로운 경험을 했는데, 그것은 음식에 대한 혐오감이었다. 그런 이유에서 음식을 역겨워하리라고는 꿈에도 생각하지 못했다. 이런 기분으로 안색이 우울하게 보일 수도 있기 때문에 나는 이 혐오감을 알아채지 못하게 숨기려고 무지무지하게 노력했다. 더 이상 견진성사를 받는 소년이 아닌 바에야 나이에 맞는 행동을 해야 했던 것이다.[80] 나는 또한 음식을 절약하는 역할을 해주었을 이런 아름다운 이변이 내가 굶주림으로 고통을 겪을 당시에 생기지 않았다는 것을 애석하게 생각했다. 그때 이러한 현상이 있었다면 최고의 도움이 되었을 것이다. 경제를 이렇게 현실적으로 관찰한 얘기를 들려주면 도로테아가 흥겨워할 터인데도, 차마 그렇게 할 수는 없어서 내 가슴은 또다시 깨질 듯이 아팠다.

이와는 반대로 도르트헨은 나쁜 기분은 아닌 것 같았으며 심지어는 나에 대해 크게 신경쓰는 법이 없이 날마다 기분이 더 나아지는 것 같았다. 그녀는 식탁 위에서 동전을 팽이처럼 돌렸고, 아이들을 데려와 종이 모자를 씌워주었다. 또 정원에서 개에게 물건을 물어오는 훈련을 시키는가 하면, 그와 같은 종류의 천진난만한 장난을 몇 가지 더 했는데, 무슨 짓이든 헤아릴 수 없을 만큼 유별나고 매력적으로 보였던지라 나는 마음을 빼앗기지 않을 수 없었다. 악마처럼 나를 유혹하는 이 모든 사소한 소행은 그녀의 성정이 본래 고상하고 활발하다는 것을 날마다 더 분명하게 보여주었다. 또한 깃처럼 가볍게 기분이 변하는 것은 그녀의 고수머리 아래에 천 가지 변덕이 들어 있다는 증거였다.

무엇보다도 먼저 우리를 사로잡는 것은 여성의 매력으로 칭해지는 솔직하고 밝은 우아한 마음이다. 하지만 얼마 지나지 않아 단순한 우리가 연인이 아름답고 착할 뿐만 아니라 총명하고 발랄하다는 것을 알게 될 때는, 어린아이같이 쾌활한 마음이 저지르는 심술궂은 장난은 완전히 우리 마음의 평화와 분별력을 빼앗아간다. 그에 걸맞게 내 마음에서도 새로운 빛이 떠올랐으며, 이렇게 즐겁게 사는 여인의 삶을 결코 내 것이라고 부를 수는 없는 노릇이어서 두 번 다시 마음의 평화를 찾지 못할

---

80) 신교의 견진성사는 구교의 성체성사와 마찬가지로 성찬식에 참석하는 것을 엄숙하게 허락하는 의식을 의미하며, 이 성찬식에 참석함으로써 교구의 일원으로 인정된다. 대략 14세가량의 소년들에게 행해진다.

것 같은 격렬한 두려움이 엄습했다. 요컨대 사랑이 아름답고 심오할 뿐만 아니라 실제로 즐거운 것이라면, 짧은 생애 내내 매 순간 새로 태어날 것이고 삶의 가치를 배가할 터이니, 그러한 생활이 가능하다는 것을 알면서도 그것을 얻지 못하는 것보다 더 슬픈 일은 없기 때문이다. 정말이지 누구보다도 가장 슬픈 사람은 자신이 충분히 쾌활한 소질이 있어도 훌륭한 동반자가 없어서 슬퍼할 수밖에 없는 사람들이다. 그 당시 나는 그러한 청춘의 즐거움보다 더 중대하고 더 영속적인 일들이 세상에 있다는 것을 몰랐기 때문에 이렇게 생각하고 느꼈다.

아름다운 여인의 태도에는 조금도 변화가 없었지만 나에게는 날마다 변하는 것 같았고 그래서 점점 더 이해할 수 없는 것처럼 생각되었다. 결국 나는 마음의 얽매임 때문에 자연스러운 교제를 계속할 수 없었다. 나는 내 병을 치료해보려는 생각에서 은둔자처럼 황야로 물러났다. 말하자면 이 지방과 이 나라와 이곳 주민들을 자세히 관찰하겠다는 구실로 날씨가 좋든 나쁘든 구애받지 않고 낮 시간을 야외에서 보내기 시작했던 것이다. 하지만 대개는 나무가 우거진 언덕이나 오래된 전나무 숲 그리고 사람이 살지 않는 숯 굽는 오두막에서 지냈다. 나는 자제력을 잃고 언제나 단 하나의 일에 몰두하여 생각을 소리 내어 말하기 시작했고, 특히 이해할 수 없는 병처럼 나를 덮친, 수백 번이나 문질러 없애려 한 치욕스러운 가슴의 통증을 한탄할 때는 더 그랬기 때문에 이곳에 틀어박혀 지내는 것이 나쁘지는 않았다.

"이 악마 같은 소행이 진정한 사랑일까?" 어느 날 나는 나무 아래에 홀로 쭈그리고 앉아 들녘 너머로 시선을 던지며 소리 내어 말했다. "안나가 아팠을 적에 내가 빵 한 조각이라도 덜 먹었던가? 그러지 않았지! 그랬더라도 마음에 거짓은 없었어. 죽은 그녀에게 영원히 충절을 맹세했으니까. 하지만 살아 있는 도로테아에게 충절을 맹세하는 것은 꿈도 꿀 수 없어. 그건 너무 자명하고 달리 생각할 수 없는 일이니까. 만약 도로테아가 중병에 걸리거나 죽는다면, 그 일을 주의 깊게 관찰하고 나아가서 글로 기록할 수 있을까? 그렇게 하지는 못할 거야. 그런 일이 생기면 나는 살아갈 수 있는 힘을 잃고 세상은 온통 암흑천지가 될 것 같으니까! 그런데도 철부지[81] 주제에 그렇게 플라토닉하게, 완전히 정해진 틀에 따라 연애를 했다니 나는 정말 타산적인 인간이었어! 그때는 아침 식사 때나 저녁식사 때 어린 안나와 나이 든 유디트에게 뻔뻔스럽게 키스도 잘했지! 그런데 이렇게 나이도 더 들고 세상 경험도 한 지금, 언제가 될지 모르지만 예쁘고 착한 이 여자에게 키스할 기회가 생길 거라는 생각만 해도 두려워지다니!"

그런 다음 나는 다시 허공을 응시했다. 나는 구름이나 지평선에 있는 어떤 물체나 내 발치 아래서 흔들거리는 잔가지를 이상한 듯이 눈여겨보았다. 그러나 그렇게 채 2, 3분도 지나기 전에 내 생각은 다시 가슴을 압박하는 원래의 괴로움으로 되돌아왔다. 쇳덩이처럼 짓누르는 그녀의 이미지는 내 생각이 다른 어떤 곳으로도 나아가는 것을 허락하지 않았다. 어느 날 저녁, 가파른 바위 길을 내려오던 나는 울적한 생각에 마음을 빼앗긴 나머지 발을 헛디뎌서 정신을 잃은 사람처럼 바위에서 굴러떨어졌다. 나는 어떻게 내려왔는지도, 왜 이렇게 상당히 심하게 다치게 되었는지도 몰라서 화가 나고 수치스러웠다. 다른 한번은 들녘의 갈지 않은 밭이랑에 버려져 있던 쟁기 위에 앉아 있었는데, 다분히 매우 침울하게 바보 같은 표정을 짓고 있었을 것이다. 등에는 탄산수를 담는 조그만 단지를 매달고 기분이 좋은 듯 히죽거리면서 어슬렁어슬렁 다가온

---

81) 철부지 또는 풋내기라는 독일어에는 이 작품의 제목이기도 한 '초록'이라는 의미가 들어 있다. 영어 'greenhorn'에도 마찬가지로 '초록'의 뜻이 들어가 있다.

한 촌뜨기가 내 앞에 멈춰 서서 나를 뚫어지게 바라보더니, 소맷자락으로 입과 코를 훔치며 터무니없이 큰 소리로 웃어댔다. 나는 이 녀석의 어깨에서 아주 만족스러운 듯이 뻔뻔스럽게 깐닥거리는, 아마 저녁 반주로 마실 술이 들어 있을 궁상맞은 술병단지를 바라보는 것조차도 고통스러웠다. 이 세상에 마치 도르트헨 같은 사람이 존재하지 않는 양 어떻게 저런 단지 따위를 들고 다닐 수 있단 말인가?

이 무례한 작자는 계속 우두커니 서서 내 얼굴을 바라보며 웃어댔다. 자리에서 일어난 나는 고통스러운 기분으로 눈물을 흘리며 그에게 다가가서 이 불쌍한 놈이 비틀거릴 정도로 따귀를 세게 후려쳤다. 나는 그가 제대로 정신을 차리기도 전에 온몸의 슬픔을 얼굴도 모르는 이 남자의 등에 때려 박았고, 손에 피까지 흘려가면서 그의 단지를 박살내버렸다. 그러자 결국 악마가 쫓아오고 있다고 생각한 이 촌뜨기는 있는 힘을 다해 도망쳤고, 상당히 떨어진 곳에 가서야 나를 향해 돌을 던지기 시작했다. 이 남자가 몹시 인간다운 남자다움을 과시하고 난 후에 나는 세상에 이토록 많은 마음의 고통이 존재한다는 사실에 머리를 흔들고 한숨을 내쉬며 천천히 그곳을 떠나왔다.

이러한 행동으로 의기소침해진 나는 이런 일로 정신을 소모하는 대신 미로에서 탈출할 수 있는 길을 찾으려고 생각했다. 요컨대 내가 도르트헨 같은 사람의 애정을 자극할 만한 남자가 아니라는 사실을 입증하려고 모든 사정을 재고하며 비교했다.

'어떤 사람에게는 정당한 일이 다른 사람에게는 값어치가 없는 일이다!'라든지 '네가 내게 하듯이 나도 네게 그렇게 한다'라는 두 속담은 적어도 다른 점에서도 분별 있는 사람의 경우에는 연애문제에서도 훌륭한 지침이다. 그리고 병든 가슴을 위한 최고 치료법은 자신의 고통이 상대방에게는 통하지 않는다는 것을 뼈저리게 확신하는 것이다. 자기 마음에 드는 사람이 자기를 사랑하지 않는 경우 마음의 평정을 잃게 될 위험이 있는데, 이것은 오직 고집스럽고 이기적인 마음을 지닌 사람에게만 해당된다. 그러나 실현될 수 있는 것이 실현되지 않았을 경우 인간은 불행해진다. 세상은 넓고, 산 뒤편에도 사람들이 살고 있다는 위안은 도움이 안 된다. 오직 자기가 알고 있는, 눈앞의 일만 신성하고 위안이 된다.

도르트헨이 나를 생각하지 않는다고 결론을 내린 다음에 어느 정도 마음의 평정을 찾은 나는 그녀의 호의에 보답하기 위해서 그녀에게 이 일을 털어놓아야 할지 자문자답하기 시작했다. 첫 번째 경우는, 떠나기 전에 기회가 닿는 대로 그녀가 내 가슴에 어떤 동요를 일으켰는지 웃으면서 공손하게 고백하고, 이제 모든 것이 다시 예전처럼 회복되어 내 기분도 좋고 명랑하게 되었으니 부디 그것에 신경쓰지 말라고 부탁하자는 것이었다. 하지만 다른 한편으로 이러한 고백이 교활한 구애로 간주될 수도 있을 뿐만 아니라 내가 오해받을 소지도 있었고, 게다가 사랑하는 여인의 일상생활을 해칠 수도 있다는 우려가 제기되었다.

그래서 나는 다시 고백해야 하는지 그렇지 않은지 고민하면서 슬프고 불안한 생각에 빠져들었다. 결국은, 구애됨이 없는 신뢰와 함께 나를 덮쳤던 거센 바람을 농담과 웃음을 섞어가며 털어놓고 이야기함으로써 그녀가 누릴 만한 자격이 있는 작은 즐거움을 제공하는 동시에 나 또한 잃어버렸던 마음의 평화를 되찾는 일이 가능할 것처럼 생각되었다. 나는 곧바로 실행에 옮기기로 결심했다. 마침 그날은 토요일이었고, 다음 날은 날씨가 쾌청할 것 같았다. 따라서 나는 부드러운 햇빛이 충만한 안식일 아침을 이용하여 이 대담무쌍한 담판을 개시하기로 했으며, 새로운 인상을 받음으로써 내 결심이 혼란스럽게 되지 않도록 오늘은 더 이상 다른 사람들 앞에 나타나지 않기로 마음먹었다.

다음 날 아침은 아주 아름다웠다. 창문 바깥에서는 정말 초봄다운 구름 한 점 없는 하늘이 미소를 던지고 있었다. 나는 달콤한 애수를 약간 느끼긴 했지만 기분이 나쁘지는 않았다. 이 치욕적인 가슴의 고통에서여서 빨리 해방되어 자유를 찾고 싶었고, 이러한 희망 외에는 어떤 것도 얻고 싶지 않다고 생각했기 때문이다. 온통 달콤한 흥분 속에서 안식일답게 옷을 차려입는 동안 나는 줄곧 잠시 후의 대화 속에 끼어넣고 싶은 새로운 농담들을 궁리했다. 하지만 사실 이러한 흥분은, 좋은 짓이든 나쁜 짓이든 간에 오직 도로테아와 사랑에 관해 얘기하고 싶은 소망으로 충만한 내 본심을 숨기려는 기만에 토대를 두고 있었다.

그러나 도로테아는 바로 전날 몇 킬로미터나 떨어진 곳에 있는 여자 친구를 방문하려고 떠났고, 그곳에서 또 수도로 갈 것이어서, 약 네댓 주 동안 집을 비울 것이라는 사실이 밝혀졌다. 내 모든 희망은 물거품이 되었다. 나는 눈앞이 깜깜해졌다. 나의 첫 번째 행동은 정자에서 교회묘지까지 길을 족히 스무 번쯤 왕복하면서 도르트헨의 옷자락이 스치곤 했던 오솔길의 가장자리에 붙어서 걸은 것이었다. 하지만 이전의 고통이 더 맹렬하게 찾아왔고, 이성이 바람에 날려가버린 것 같다는 느낌을 빼놓는다면, 내가 이러한 행동에서 얻은 것이라곤 아무것도 없었다. 가슴속의 묵직한 통증도 다시 나타나 끊임없이 가슴을 압박했다.

백작은 내내 그의 유일한 취미인 사냥에 열중했기 때문에 집에 있었던 적이 별로 없었다. 하지만 이제는 사냥에도 싫증이 났던지 다시 나를 찾아오기 시작했다. 나는 더 이상 황야로 달려갈 이유도 없었고 혼자 있기에는 가장 적당해서 저택의 예배실에 있었는데, 백작은 여기까지 나를 찾아왔다.

"그림은 어떻게 되어가오, 하인리히 선생?" 그는 내 어깨를 두드리며 말했다. "진척이 있소?"

"별로 그렇지는 않습니다!" 나는 기운 없이 침울하게 말했다.

"물론 서두를 필요는 없소. 우리 집에 얼마든지 더 계셔도 좋으니 말이오! 그렇긴 해도 당신 얼굴을 보자 하니 조속히 이 일을 명예롭게 마무리 짓는 것이 좋을 것 같구려."

'당신의 그 말씀은 당신이 생각하고 계시는 이상으로 내 급소를 찌르는군요!' 나는 속으로 이렇게 생각했다. 그리고 갑자기 무서울 정도로 결연하게 일을 재개하여 3주가 지나기 전에 그림 두 점을 완성했다. 그림을 말리는 동안 나는 목수에게 이것을 수도로 보내는 데에 필요한 상자를 주문했다. 그런 후 하는 일 없이 가만히 있기가 뭐해서 몇 차례에 걸쳐 멀리 산책을 나갔다. 어느 날 저녁 늦은 시간에 집에 돌아온 나는 정원에서 도로테아의 방에 불이 켜져 있는 것을 보았다. 열심히 일했던 최근에는 잠을 잘 잤다. 하지만 이제는, 그녀가 정말 돌아왔는지 아직 몰랐는데도, 잠을 잘 가망성은 다시 사라져버렸다.

다음 날 아침, 뢰스헨이 나타나 도로테아가 집에 돌아온 것을 환영하는 의미에서 아침식사를 함께 하기로 했다고 전하면서 나를 안내했다. 성에 들어가자 그녀의 목소리가 온 집에 울려 퍼지고 있었다. 그녀는 성령 강림절 아침의 나이팅게일처럼 신이 나서 돌아다니며 노래를 불렀다. 집에는 활력과 기쁨이 충만했다. 오직 나만 슬펐고 말도 많이 하지 않았다. 이제 작별이 코앞에 닥쳤던 것이다.

하지만 그것을 전혀 눈치 채지 못한 것 같은 그녀는 줄곧 나를 자극하고 당혹스럽게 하는 온갖 장난을 해댔다. 그런 일에는 계속해서 다른 사람이 동원되었는데, 대개는 고분고분한 뢰스헨이 그녀가 연출하는 익살극의 조수 겸 상대역으로 이용되었다. 어느 순간 뢰스헨이 은방울 같은 목소리로 웃었을 때, 이 웃음이 내 음울한 기분과 관계가 있다고 여긴 나는 그 소녀에게 달려가서 붙잡은 다음, 한 팔로는 몸을 감싸안고 다른 한 손으로는 조그만 머리를 눌렀다.

"누굴 비웃었지? 그 웃음이 무슨 뜻이야, 이 꼬마야?" 나는 소리쳤다. 생기발랄한 이 소녀는 버둥거리며 반항하면서도 계속 웃어댔다. 그러다 갑자기 웃음을 그치더니 내 귀에 대고 속삭였다.

"우리가 웃게 내버려두세요! 아가씨는 다시 집으로 오게 되어 너무 너무 기쁘고 행복하대요! 왠지 아세요?"

당황하여 얼굴을 붉히고 이 장난꾸러기를 놓아주자 그녀는 내 어깨에 손을 얹고 계속해서 귓속말을 건넸다.

"아가씨는 내내 아주 슬퍼했어요. 사랑에 빠졌거든요. 누구를 사랑하는지 아세요?"

나는 심장이 거의 멈춰서는 것 같았다. 그래서 힘없이 물었다. "도대체 누구지?"

"기병대 대위예요!" 그녀는 아주 나직한 목소리로 속삭였다. "하늘색 제복, 눈처럼 새하얀 망토, 강철 흉갑, 뾰쪽한 은 헬멧, 투구 앞에 꽂는 장식깃털, 모조리 전부 헥토르[82]처럼 아름답다고 아가씨가 말했어요. 비록 우리 검정개 이름이 헥토르지만요!"

이 말과 함께 그녀는 이미 살그머니 빠져나간 여주인을 뒤쫓아 달려갔다. 나는 물론 이것이 농담이라는 것을 알아챘다. 하지만 때가 때인 만큼 아름다운 기병장교의 모습에 대한 설명은 마음에 들지 않았다.

다행스럽게도 그림을 넣을 상자들이 도착하여 그림들은 즉각 포장되었다. 나는 스스로 뚜껑에 못을 박았다. 저택의 예배당은 분노에 찬 망치소리가 메아리쳤다. 망치를 내려칠 때마다 나는 내일 당장 떠나리라는 결심을 더 굳혔다. 동시에 나의 관에 못을 박는 듯한 기분이 들었다.

---

82) 호메로스의 『일리아스』에 등장하는 강한 전사로, 트로이의 왕 프리아모스의 장남이다.

그러나 망치소리의 중간중간마다 회랑과 계단에서는 울림이 큰 높은 웃음소리와 즐거운 전음(顫音)이 들렸고, 소녀들은 여기저기 뛰어다니며 문을 열고 닫았다.

내가 정자의 숙소로 가서 즉시 여행 트렁크를 꾸린 것은 이것의 영향 때문이었다. 이 트렁크는 최근에 백작과 함께 수도를 방문했을 때 새 물건들과 함께 사가지고 온 것이었다. 트렁크를 다 꾸린 후 나는 몹시 우울했지만 마음을 가라앉히고 집밖으로 나가 교회묘지를 찾았다. 그곳에서 나는 도르트헨이 좋아하는 벤치에 앉아, 그녀가 혹 이곳으로 오지 않을까라는 희망을 품고 있었다.

만약 그렇게 되면 최소한 2~3분만이라도 그녀 곁에 앉아 어떤 악의나 사심 없이 그녀의 얼굴을 다시 한 번 제대로 바라보고 싶었다. 그런데 15분 후에 그녀가 정말 옷자락 스치는 소리를 내며 급히 다가왔다. 하지만 정원사의 딸과 검은 개 헥토르도 함께 따라오고 있었다. 나는 그녀가 나를 보지 못했을 걸로 믿고 급히 그곳을 떠나 교회 뒤로 달려갔다. 그곳에서도 소녀들의 말소리와 웃음소리가 들렸기 때문에 나는 마음이 혼란스러워 마을로 가서 사제관으로 들어섰다. 실은 부사제에게서 피난처를 찾으려 한 것이지만 명목상으로는 내 여행을 알린다는 구실을 앞세웠다.

그는 식탁에 앉아 식사를 하고 있었다. 식탁 위로는 오후의 햇살이 비쳤다.

"간식을 먹고 있는 중이오." 그가 말했다. "함께 들지 않겠소?"

"괜찮습니다." 나는 대답했다. "방해가 되지 않는다면 잠시 말동무가 되고 싶은데요!"

"요즘 젊은이들과 똑같구려." 부사제가 말했다. "젊은 친구들은 정통 독일식 입맛을 깡그리 잃었다니까! 생각도 입맛을 따라가는 법이오. 그러니 어떤 것을 생각하든 쓸데없는 것을 덧칠하는 것에 지나지 않아요. 늘 쓸데없는 것에 지나지 않아."

"부사제님께서 언제부터 유물론자가 되었죠?"

"딱한 학자 선생, 신이 창조한 것과 그렇지 않은 것을 혼동하지 마시오. 자, 어서 앉으시오! 맥주 한 잔 정도는 부담이 되지 않겠지!"

그러면서 그는 계속해서 앞에 있는 커다란 접시의 음식을 왕성하게 먹어댔다. 이 접시에는 막 도살된 돼지의 온갖 부속물과 머리의 일부분인 귀와 코 그리고 꼬불꼬불한 꼬리가 들어 있었는데, 모두 방금 요리되어 부사제의 코에 군침이 도는 냄새를 풍기고 있었다. 그는 연하고 담백한 면에서는 여기에 고봉으로 담겨 있는 이런 음식과 비할 만한 것이 없다고 격찬했고, 음식과 함께 커다란 맥주 조끼에 담긴 금색이 나는 갈색 맥주를 벌컥벌컥 마셨다.

대략 10분쯤 그렇게 앉아 있는데 문을 두드리는 소리가 났다. 이번에는 도로테아가 예쁜 개만 데리고 기품 있고 정중한 태도로 들어섰다. 하지만 약간 거리끼는 기색이 있었다.

"여러분을 방해하고 싶지는 않아요." 그녀가 말했다. "레 씨가 내일 떠난다니까 부사제님께 오늘 저녁에 우리 집으로 오시라고 부탁하려던 것뿐이에요. 다른 계획이 있는 건 아니겠죠?"

"당연히 가야지요!" 부사제가 대답했다. 이미 그는 다시 자리에 앉아 유쾌한 일을 계속하고 있었다. "미안하지만 당신이 영양에게 의자 하나 갖다주시겠소?"

나는 열의를 다해서 의자를 가져다가 정확히 나의 맞은편 탁자에 의자를 놓았다. 도로테아는 친근한 미소로 고마움을 표했고, 의자에 앉으면서 조신하게 눈길을 내려뜨렸다. 햇볕이 잘 들고 지내기가 편안한 부사제의 방에서 그녀의 맞은편에 앉아 아주 온순하고 조용한 그녀의 거동을 보고 있자니 나는 무한히 행복한 느낌이 들었다. 부사제는 음식을 먹으면서 계속 혼자만 이야기했다. 우리는 그의 말을 듣기만 하면 되었다. 그러는 동안 개는 입을 벌리고 눈을 번뜩이며 접시와 부사제의 손과 입을 뚫어지게 노려보고 있었다.

"오, 가엾은 개, 얼마나 먹고 싶을까!" 도르트헨이 말했다. "이것도 드시나요, 부사제님? 이것을 개에게 줘도 괜찮겠어요?"

그녀는 점잖게 접시의 가장자리를 장식하고 있던 꾸불꾸불하고 조그만 꼬리를 가리켰다.

"이 돼지 꼬리를?" 부사제가 말했다. "안 돼요, 아가씨. 그것을 개에게 줄 수는 없소이다. 그건 내가 먹는 거예요. 잠깐, 여기 개에게 줄 게 있군요!" 그는 온갖 뼈와 연골을 던져놓은 접시를 애타게 기다리던 개 앞에 내려놓았다. 도르트헨과 나는 부지불식간에 서로 마주 바라보며 미소 짓지 않을 수 없었다. 시시한 음식에 대한 부사제의 순수한 기쁨이 우리를 재미나게 했던 것이다. 게걸스럽게 접시에 몰두하면서 기분 좋게 즐기고 있는 개의 모습도 분위기를 고조시켰다. 도르트헨은 개의 머리를 쓰다듬었는데, 그때 막 내 손도 윤기가 흐르는 개의 등을 어루만지고 있었다. 그녀가 방심하여 손을 조금만 더 내밀었어도 내 손을 건드릴수도 있는 상황에서 나는 공손하게 내 손을 빼냈다. 이 모습을 본 그녀는 반쯤 미소를 지어 보이며 내 얼굴을 흘끗 바라보았다.

열려진 창문에서는 커튼이 바람에 흔들리며 부드럽게 펄럭이고 있었다. 창문 밖에서는 하나씩 분간할 수 없는 조그만 날벌레 무리가 햇빛 속에서 빤짝거리며 춤을 추고 있었다. 수명이 짧고, 이것조차 반시간 후면 끝날지도 모른다는 것을 알고 있는 것처럼 그것들의 춤은 조급하고 열정적이었다.

이 순간에 가정부가 부사제를 부르러 왔다. 전에 싸움이 끊이지 않는 부부를 소환했는데, 사제가 부재중이니 대신 접견해야 한다는 것이었다.

"보나마나 또 싸웠겠지. 이 부부는 정말 끔찍해!" 방해를 받아 기분이 상한 독신자가 외쳤다. "식탁을 치워, 테레제. 그만 먹겠어!"

이 말과 함께 그는 우리에게 작별인사도 하지 않고 사제의 서재를 향해 달려갔다. 우리는 하얀 식탁보가 덮인 식탁에 남아 있게 되었다. 가정부는 접시와 그릇만 가져갔을 뿐 식탁보는 남겨두었던 것이다. 나는 봄날의 햇빛을 받으며 우리 사이에서 빛나고 있는 둥글고 하얀 표면을 말없이 응시했다. 누구도 말이 없었기 때문에 부사제가 마지막으로 내뱉은 '부부'라는 단어가 아직도 공중에서 울리고 있는 것 같았다. 도로트헨은 음식을 먹어 치운 개의 머리에 손을 얹어놓았을 뿐, 아무 말이 없이 앉아 있었다. 그 음험한 단어는 부사제가 사용했던 의미를 잃었고, 두 사람이 행복하게 집 안에 틀어박혀 서로 마주보며 식탁에 앉아 있는 장면을 연상케 했다. 하얗고 둥근 식탁보 표면에는 마치 행복을 나타내는 여러 가지 물건의 형태가 늘어선 것 같은 느낌이 들었다.

도르트헨이 내 곁이 아닌 다른 곳에서 만족스럽고 행복하게 늙어가는 일은 맹세코 불가능하다고 생각한 나는 그녀에 대한 연민의 정 때문에 마음이 몹시 아팠다. 한숨을 쉬면서 축축해지는 눈을 쳐든 나는, 의외로 그녀가 동정이 담긴 시선으로 나를 물끄러미 바라보는 것 같아서 깜짝 놀랐다. 온화하고 부드러운 진지함이 일자로 다문 그녀의 입술에 아주 아름다운 표정을 띠게 했고, 깊은 생각에 잠겨 머리는 옆으로 가볍게 기울어져 있었다. 내가 눈을 든 후에도 그녀는 자세와 표정을 바꾸지 않았다. 그녀의 눈에도 더 촉촉한 빛이 떠오르게 된 다음에야 그녀는 점차 정신을 가다듬었다. 나에게는 이 순간의 이미지가, 유별나게 맑은 하늘에서 빛나는 것을 봄으로써 평생 동안 잊히지 않는 어떤 별의 조용한 광휘처럼 남았다.

나는 침묵을 깨기 위해 적당한 말을 찾으려고 고심했다. 똑같은 노력을 더 빨리 끝마친 도르트헨이 막 입을 열려고 했을 때 사제관의 가정부가 다시 들어오는데, 젊은 귀부인을 환대하는 것이 자신의 의무라고 생각했는지 자리를 잡고 앉아 도무지 나갈 생각을 하지 않았다. 얼마 지나지 않아 자신이 예상했던 것보다 더 빨리 일을 끝마친 부사제도 돌아왔다. 이제는 집안 살림에 대한 대화가 끊임없이 이어졌다. 나는 충만하게 벅차 오른 가슴을 지니고 빠져나가기 위해 이 기회를 이용하여 작별인사를 한 다음 사제관에서 나왔다. 도르트헨은 내 뒷모습을 바라보며 너무 늦게 오면 안 된다고 말했다.

나는 약간 배회한 후, 내가 처음 이곳에 왔을 때 숲에서 빠져나와 영지와 오래된 교회가 있는 이곳의 비 내리는 저녁 풍경을 바라보았던 장소에 도착했다. 나는 교회로 다가가서 안으로 들어갔다. 어떤 노파가 무릎을 꿇고 기도를 중얼거리고 있어서, 나는 그녀의 뒤쪽을 통해 지하 납골당으로 내려갔다. 이곳은 이 건물의 가장 오래된 부분으로 어둠침침한 방이었는데, 로마네스크 양식의 창문들은 절반 정도가 벽으로 막혀 있었다. 긴 세월이 지나는 동안 많은 물품을 이곳에 가져다놓은 탓에 공간은 비좁았다.

이곳이 협소한 이유는 특히 검은 석회암으로 만든 묘비 때문이었다. 묘비 위에는 양손을 가슴 위에 모은 장신의 기사상이 길게 놓여 있었다. 이 상과 나란히 있는 석관 가장자리에는 단단하게 잠그고 납으로 땜질된 조그만 납골 항아리 모양의 청동 상자가 있었다. 주조와 조각이 모두 아름다웠고, 같은 종류의 금속으로 만든 가는 사슬에 의해 석조 기사의 흉갑에 고정되어 있었다. 전해 내려온 바에 따르면 이 상자 속에는 이곳에 묻힌 남자의 건조된 미라 심장이 들어 있었다. 상자도, 사슬도 완전히 녹청이 슬어서 납골당의 박명 속에서 초록 색조를 띠며 아른거렸다.

이 묘비의 주인은 거칠고 불안정했으나 정직하고 성실한 부르군트 기사였다. 그는 15세기 말엽 온갖 불운과 더불어 여성을 괴롭히다가 추방당한 후 여러 나라를 유랑했고, 결국에는 이곳의 백작의 선조에게 숨어 살았는데, 여기서 마침내 최후의 배신에 의해 목숨을 잃었다고 한다.

이 묘비를 자기 손으로 만든 그 기사는 이것을 안치할 한적한 장소를 달라고 청했다고 한다. 마침 그 당시에 백작 가문의 납골실은 이미 큰 교회로 옮겨져 있었다. 상자 안에 들어 있는 심장과 관련해서 회자되는 여러 가지 전설이 있었다. 그 가운데 한 가지 예를 들면, "사랑에 빠진 이 부르군트 사람"이 살아 있는 사람이든 죽은 사람이든 간에 어떤 귀부인이 와서 자신의 심장을 고국으로 가져갈 때까지 심장이 묘에 묶여 있어야 한다고 유언했다는 것이었다. 만약 그 부인이 이것을 실행하지 않으면 그 여자는 그와 마찬가지로 영원한 안식을 찾을 수 없다는 거였다. 하지만 대담하게도 심장이 든 상자를 손에 들려는 다른 여자들은 필히 이 상자에 세 번 키스하고 주기도문을 세 번 외워야, 그렇지 않으면 애인에게 버림받은 이 부르군트 사람이 그 여자의 손을 마비시키거나 무릎을 부러뜨리는 등의 짓을 하리라는 거였다. 그러한 구전 덕택에 이 상자와 사슬이 그토록 오랫동안 이 장소에 보존될 수 있었을 것이다.

나는 이 환상적인 기념비 맞은편의, 못 쓰게 된 성궤(聖櫃)와 행렬용 도구 사이의 어두운 구석에 앉아 눈앞에 다가오는 이별 생각에 빠져 있었다. 현재의 체험이 아무리 예상 밖의 일이었다고 하더라도, 내 머릿속에서 맴도는 이토록 찬연한 정복이 성공할 정도의 행복은 불가능하다는 것을 이 최후의 순간에 스스로 인정해야 했으므로 이별은 더더욱 비통한 느낌으로 다가왔다. 결정적인 시간이 임박함에 따라 궁지에 몰린 나는 어쩔 수 없이 이렇게 평범한 판단에 이를 수밖에 없었다. 또한 찬연하게 빛나는 대상을 즉시 정복하고자 했던 유치한 내 태도에 대한 부끄러움도 여기에 한몫 거들었다. 이와 같은 감정과 싸우는 동안, 내 가슴속에서는 나 자신을 위해서는 아무것도 기대하지 않고 오직 연인을 위해 헌신하고 싶은 유화적인 애정이 싹트려고 했다. 다만 그러한 애정이 또다시 가면을 쓴 욕망이어서는 안 될 터였다. 요컨대 나는 이와 같은 식으로 납골당의 어둠 속에서 시간을 보내고 있었다. 그러고 있는데 나는 위쪽 교회에서 가벼운 총총걸음 소리와 여자들의 목소리를 들었다. 귀를 기울여보니 도로테아와 뢰스헨의 목소리였다. 소녀들은 이번에는 웃는 소리를 내지 않았다. 어떤 중요한 일을 숙의하는 것 같았다. 하지만 그 진지함은 오래가지 않았다. 그들은 납골당으로 통하는 계단 몇 개를 빠른 걸음으로 내려왔고, 도로테아는 다음과 같이 외쳤다. "뢰스헨, 사랑에 빠진 기사를 구경하러 가자구나!"

그들은 묘비 앞에 서서 석상의 검고 단정한 얼굴을 신기한 듯이 바라보았다.

"오오, 무서워." 뢰스헨은 이렇게 속삭이며 도망치려고 했다. 하지만 도르트헨은 뢰스헨을 꽉 붙들며 큰 소리로 말했다. "도대체 왜 그래, 이 바보야! 이 사람은 누구도 해치지 않아! 봐, 얼마나 착한 사람인지!"

그녀는 청동 상자를 손에 들고 조심스럽게 무게를 재어보았다. 그러다 갑자기 있는 힘을 다해 그것을 아래로 흔들었다. 그러자 400년 전부터 그 속에 들어 있던 어떤 말라빠진 것의 소리가 분명하게 들렸고, 쇠사슬도 울렸다. 도르트헨은 거칠게 숨을 쉬었다. 한 줄기 햇빛이 그녀의 얼굴을 비췄기 때문에 나는 장미처럼 불그스레한 그녀의 안색이 대리석처럼 창백해지는 것을 보았다.

"자, 딸랑거리는 소리를 들어봐!" 그녀가 말했다. "자, 너도 소리 나게 해봐!"

그녀는 떨고 있는 뢰스헨의 손에 상자를 쥐어주었다. 뢰스헨은 비명을 지르며 심장을 떨어뜨렸다. 그러자 아주 민첩하게 그것을 받은 도르트헨은 또다시 딸랑거리는 소리를 냈다.

그들 몰래 그곳에 있던 나는 이러한 장난을 지켜보며 망연자실했다.

'기다려, 이 장난꾸러기야!' 나는 생각했다. '너를 본때 있게 놀라게 해주지!'

나는 급히 젖은 눈을 닦고 낮은 한숨을 내쉬었다. 그러고는 꾸밀 필요가 전혀 없는 슬픈 목소리로 고풍의 프랑스어를 사용하여 "Dame, s'il vous plaist, laissez cestuy cueur en repos!"(아가씨, 원컨대 이 심상을 가만히 내버려두시오!)라고 말했다.

소녀들은 일제히 비명을 내지르며 미친 듯이 납골당과 교회 밖으로 도망쳤다. 앞장 선 도르트헨은 힘찬 동작으로 계단과 교회의 문턱을 뛰어나갔다. 얼굴은 눈처럼 하얗게 되었지만 의연하게 계속 웃음을 터뜨리고 있었다. 그녀는 스커트를 들어올린 채 교회묘지를 급히 지나 마침내 그녀가 좋아하는 벤치에 도착하자 그 위에 주저앉았다. 급히 창문으로 기어 올라간 나는 이 모든 것을 창문 밖으로 관찰할 수 있었다.

얼굴색이 거의 그녀의 뽀얀 치아처럼 하얗게 된 도르트헨은 손으로 무릎을 감싸며 몸을 뒤로 기댔다. 뢰스헨은 소리쳤다. "아이고 무서워, 유령이 나왔어!"

"맞아, 유령이야, 유령!" 도르트헨은 이렇게 말하며 미친 사람처럼 웃어댔다.

"넌 정말 신심(信心)이 없어! 전혀 무섭지도 않아? 네 심장은 죽은 심장이 달각거렸던 때보다 더 무섭게 뛰지 않아?"

"내 심장이?" 도르트헨이 대답했다. "기분만 좋은걸?"

"도대체 뭐라고 말했지?" 계속해서 두 손을 가슴 위에 얹고 교대로

심장의 고동을 확인하던 뢰스헨이 물었다. "그 프랑스 유령이 뭐라고
말했어?"

"'아가씨, 좋으시다면 이 심장을 가져다가 그대의 바늘꽂이로 쓰시구
려!' 이렇게 말했어. 네가 다시 그곳으로 가서 생각해보겠노라고 전해!
가, 가봐, 가라니까!"

그녀는 이 귀여운 하녀를 정말 교회 쪽으로 쫓아 보내려는 듯이 벌떡
일어났지만 뜻밖에도 하녀의 목을 껴안고 두 뺨에 격렬한 키스를 퍼부
었다. 그런 후 두 사람은 나무 사이로 사라졌다.

한참 후에 나도 아직 남은 마지막 일들을 처리하기 위해 숨어 있던 곳
에서 밖으로 나왔다. 나는 정자로 들어가서 여행 준비를 완벽하게 마쳤
다. 점검을 해보니 트렁크를 꾸리면서 두개골을 잊었기 때문에 나는 다
시 공간을 마련해야만 했다. 마침내 두개골도 가방 안으로 들어갔다. 사
실상 이것은 옛날에 고향에서 이역 땅으로 떠날 때 가지고 갔던 물건 가
운데 유일하게 남은 것이었다. 그래서 곰곰 생각해보니, 이 초라한 잡동
사니가 처음으로 귀중하게 여겨졌다. 이미 오랜 세월 동안 고향의 땅속
에 묻혀 있다가 다음에는 나와 방을 함께 썼던 이것은 비록 말없는 비품
에 지나지 않았을지라도 내 과거 생활을 보아왔던 것이다. 또한 이것이
있어서 최소한 원래 가지고 갔던 물건을 전부 잃어버리지 않았다고 말
할 수 있었다.

이 일을 마친 다음 나는 백작에게로 갔다. 백작과 이야기를 나누기 위
해서였다. 여기에 머무르게 될 시간도 몇 시간 남지 않은데다 당연히 그
에게 감사해야 할 의무가 있었다. 하지만 백작은 그러한 이야기에 귀를
기울이는 대신, 나를 데리고 다시 한 번 수도로 가서 내 그림과 내 장래
가 어떻게 될지 자신의 눈으로 보아야 한다고 고집했다.

그는 내가 새 출발을 한 이상 다시 고물상 상인을 찾아가서는 안 된다

고 말했다. 나는 지금 돈이 충분하여 그 그림을 당분간 가지고 있다가 집으로 가져가도 무방하니 걱정하실 필요가 없다고 대답했다. 게다가 집으로 가져가면 그 그림들은 내가 긴 세월을 어떻게 보냈는지에 대한 증거가 될 수 있을 거라고 덧붙였다. 그러자 그는, 그런 것이 아니라 그 그림들이 예술의 도시에서 반향을 얻어야 하며 그렇지 않으면 현재 내 결심은 정당한 근거를 갖지 못한다는 취지에서 한 말이라고 했다.

백작과 헤어진 후 나는 테라스로 갔다. 얼마 남지 않은 저녁모임 시간까지 그곳에서 보내려고 생각했던 것이다. 그곳으로 통하는 큰 방의 탁자 위에는 고급 과자가 담긴 접시가 있었다. 종종 갖가지 금언(金言)이나 이른바 격언이 적힌 화려한 색상의 종이로 과자를 포장하곤 하는데, 바로 그런 종류의 과자였다. 도로테아는 이런 달콤한 군것질거리를 스스로 포장했으며, 평범하고 진부한 시 대신에 온갖 시인들과 다양한 언어에서 골라낸 훌륭한 경구와 이행시 그리고 노래 가사를 적어넣는 습관이 있었다. 그녀는 그러한 우아한 문구를 모두 필요에 따라 잘라낼 수 있게끔 커다란 종이 위에 인쇄하게 했다. 더구나 필요할 때마다 그와 같이 골라낸 좋은 문구들을 잘 짜맞추는 재주가 있었다.

그래서 명랑하고 재치 있는 우아한 문구나 빈정대는 문구를 통해서, 아니면 이 두 가지를 번갈아가며, 후식을 들며 모여 있던 사람들의 분위기에 흥을 돋우는 경우가 드물지 않았다. 종종 서로 다른 두 명의 시인들에게서 시행을 하나씩 골라 짜맞춤으로써 갖가지 장난을 쳤다. 그럴 경우 손님들은 잘 아는 문구를 읽고 있다고 생각하지만, 알 듯 모를 듯 아리송한 문구에서 나타나는 새로운 표현과 반대 의미는 독자들을 헷갈리게 했다. 그녀는 이런 식으로 준비한 달콤한 과자를 은줄로 만든 조그만 바구니에 항상 비축해놓았다가 적당한 기회가 오면 그것들을 제 손으로 사람들에게 나누어주었다. 이 바구니를 사용할 경우에는 꽃으로까지 치장했다. 사실 나는 이 놀이가 마음에 들지 않았다. 그렇지만 사랑에 빠진 나는 그녀의 신봉자였다. 그래서 이 놀이가 훌륭하다고 생각하지는 않았지만 최소한 너그럽게 봐줄 만하고 애교 있다고 간주했다. 사람들이 연인의 행동에서 사소한 결점을 보더라도 지체 없이 용서하고 심지어는 사랑하면서 기뻐하는 것과 마찬가지였다.

그때 도르트헨은 분명 그러한 바구니에 과자를 채우고 있다가 불시에 불려 나가는 바람에 중단한 것 같았다. 납골당에서의 일과 임박한 작별 때문에 나는 평소 때보다 더 자유스러운 기분이 들었다. 그래서 도로테아가 돌아오면 낭패를 볼 수 있다는 것도 개의치 않고 그녀가 앉았던 곳에 앉아 오늘 그녀가 무슨 일을 했는지 조사해 보았다. 실제로 그녀는 달콤하고 두껍지 않은 상당량의 사각과자를 반짝반짝 빛나는 종이로 포장한 후 바구니에 넣어둔 상태였다. 그녀가 어떤 종류의 시와 경구를 준비했는지 확인하면서 나는 얇은 초록색 종이에 인쇄된 조그만 쪽지 뭉치를 보았는데, 쪽지에는 하나같이 똑같이 짧은 시가 적혀 있었다.

희망은 그대를 속이리라,
그대가 흔들린다면.
희망은 그대를 위로하리라,
그대가 진실하다면.
희망의 토대는 어디인가.
입이 아니라 마음속에 있도다!

이 조그만 종이묶음을 천천히 침착하게 열어젖힐 때마다(이것은 가느다란 초록색 비단 끈으로 묶여 있었다) 예외없이 나는 이 단순하고 진실한, 그러면서도 아주 마음을 자극하는 문구를 볼 수 있었다. 이미 포장된 조그만 과자들을 바구니에서 조심스럽게 하나씩 꺼낸 다음 약간씩 펼쳐 보았는데, 이 포장지에도 모두 똑같은 초록색의 짧은 노래가 적혀 있었다. 이것을 읽으며 나는 마치 적막한 들판에서 마음을 위로하는 메추라기의 울음소리를 듣거나, 깊은 숲 속에서 부드럽게 높아졌다가 아늑하게 사라져가는 지빠귀의 낮은 노랫소리를 듣는 느낌이 들었다.

내가 알기로 이날은 후식이 필요할 만큼 손님이 많이 모이지 않기 때문에, 도르트헨의 이번 착상은 나에게는 비밀인 미래의 어떤 기회를 준비하려는 목적을 갖고 있음이 분명했다. 돌연 나는 이것을 그대로 두고 테라스로 나가서 의자에 몸을 던졌고, 깊은 생각에 빠져 한숨을 내쉬면서 남아 있는 시간을 보냈다. 그로부터 얼마 지나지 않아 분명 온실에서 가져왔을 갓 피어난 연한 빨간색 장미 몇 송이를 든 도르트헨이 나타났다. 황혼이 어둠으로 변하기 시작해서 그녀의 손에는 불이 붙여진 양초가 들려 있었다. 그녀는 태평하게 일을 계속했는데 시가 적혀 있는 종이로 사탕과 바닐라 과자 등을 여섯 개 정도 쌌다. 그러는 동안 낮은 목소리로 몇 차례에 걸쳐

희망은 그대를 속이리라,
그대가 흔들린다면.

처음 두 행을 흥얼거린 다음, 마지막 과자를 포장할 때는 납하게 마시막 두 행으로 뛰어넘었다.

희망의 토대는 어디인가,
입이 아니라 마음속에 있도다!

그녀는 이 부분을 뭐라고 표현할 수 없을 만큼 기가 막힌 선율과 자신의 목소리가 소화할 수 있는 가장 낮은 음조로 약간 소리를 높여 여운이 남게 불렀다. 그녀는 아름다운 종이쪽지들 중에서 사용하지 않은 것을 재빨리 주머니에 넣고 작은 바구니를 장미로 장식했다. 그런 후 촛대를 손에 들고 화려하게 꾸며진 준비물을 가지고 서둘러 홀에서 나갔다. 나는 이 사랑스러운 행동을 높은 창문들 가운데 하나를 통해 바라보았는데, 물론 이 창문에 커튼이 드리워져 있어 내 몸은 반쯤 가려 있었다.

부사제의 기분 좋은 목소리가 들렸다. 나는 지체 없이 테라스 계단을 내려가 그를 맞이한 다음 그와 함께 다시 집으로 들어와 저녁시간을 보내기로 되어 있는 방으로 들어갔다. 이렇게 교묘한 우회로를 선택함으로써 내가 바구니의 야릇한 비밀을 알고 있다는 것을 도로테아가 조금이라도 눈치 채지 않게 조심했다. 넷이서 식탁에 앉았을 때, 내게는 시간이 너무도 빨리 흘러갔다. 그도 그럴 것이 내 자애심은 나를 마지막 화제로 삼은 사람들의 호의를 즐기고 있었고, 도르트헨이 앞에 있는 것을 즐기는 것도 이번이 정말 마지막이라는 확신이 시간을 두 배나 빨리 지나가게 했기 때문이다. 백작은, 나와 함께 지내는 것에 익숙해진 만큼, 만약 자기 마음대로 할 수만 있다면 나를 더 오래 붙잡아둘 거라고 말했다. 하지만 부사제는 안 된다고 외치며 내가 떠나야 한다고 말했다. 그래야만 내가, 내가 바라는 대로 공기가 다른 내 아름다운 모국에서 잃어버린 이상을 찾을 수 있다는 거였다.

내 꿈속에서의 계시에 따르면 여하튼 어떤 새로운 사상을 갖게 될 거라고 나는 웃으면서 말했다. 또한 나는 작은 여자들 모습의 사상들이 잠자고 있던 수정 계단에 대해서도 이야기했다. 부사제는 이 이야기를 놀라워하며 들었다. 그리고 불행했던 시절에 꾼 꿈을 계속 이야기하자 점점 더 어이없어하면서 나를 바라보았다. 왜냐하면 나는 이 이야기를 통하여, 잠을 잘 때의 내가 깨어 있을 때의 그보다 더 황당무계하다는 것을, 그의 개념에 따르면 더 이상주의적일 수 있다는 것을 그에게 증명했기 때문이다. 나는 동질성의 다리에 대해, 내가 공중을 날아가면서 뿌렸던 금비에 대해 얘기했다. 또한 내가 교회지붕 위로 곤두박질쳤다는 것과, 결국 놀라운 빛으로 내 눈을 비추던 어머니의 집 앞에 의기소침한 기분으로 서게 되었다는 것도 덧붙였다.

나는 특별히 빚은 독한 포도주에 취하여 방약무인한 기분이 들었던지라, 이 일들을 과장과 머릿속에서 꾸며낸 장식으로 치장했으며, 결국은 사람들을 홀리는 동화 이야기꾼처럼 끝을 맺었다.

"이 양반 정말 수다쟁이군!" 부사제는 대언장담(大言壯談)에 정신을 못 차리고 백성들의 거친 표현을 사용했다. 꿈에 지나지 않는 아무것도 아닌 것을 실제로 체험한 것처럼 묘사한 내가 그의 눈에는 악의적으로 자신의 영역을 침범한 것으로 비쳤기 때문이다. 그러자 백작이 말했다.

"우리 친구가 이렇게 능변인 줄은 정말 몰랐소이다. 하지만 이제 알게 된 이상, 장차 진지한 문제에 이런 재주가 사용되리라고 생각하지 않을 수 없소. 우리 모두 미래의 행복을 위해 건배합시다!"

그는 잔을 채웠고, 우리는 잔을 부딪쳤다. 하지만 나는 그의 말의 분명한 의미가 무엇인지 생각할 겨를이 없었다. 갑자기 도로테아가 장미로 치장된 작은 바구니를 가지고 다가오는 것을 보았기 때문이다.

"나도 신탁을 내리겠어요." 내 곁에 다가와 서서 그녀는 이렇게 말했다. "하지만 신탁 문구는 잘 알고 계시는 이 신탁 바구니의 운에 맡기겠어요. 자 사탕 하나를 꺼내세요. 하나만요. 하지만 주의해서 신중하게 고르세요!"

나는 놀랍기도 하고 미심쩍기도 해서 그녀를 올려다보았다. 아름다운 포장지에는 모두 똑같은 격언이 씌어 있다는 것을 잘 알고 있었기 때문이다.

"어떤 것을 권하겠어요?" 나는 가슴을 두근거리며 물었다. 하지만 그녀는 태연하게 대답했다.

"신탁이 효력을 발휘하려면 내가 간섭해서는 안 돼요!"

"이걸 고를까요?"

"난 몰라요!"

"아니면 이것?"

"아무 말도 하지 않겠어요. 긍정도 부정도!"

"그럼 이걸 고르지요. 무궁히 감사드리옵니다!" 나는 이렇게 말하며 작은 종이껍질을 펼쳤고, 도르트헨은 급히 바구니를 뒤로 뺐다.

"자, 뭐라고 씌어 있소?" 부사제가 이렇게 말했는데, 나는 나를 구원해주는 이 질문이 기뻤다. 요컨대 나는 이 시 구절을 들릴 수 있을 만큼 큰 소리로 읽을 수 없었다. 읽어달라는 부탁과 함께 나는 쪽지를 그에게 넘겼다. 그는 솜씨 있게 억양을 표현하며 그것을 읽었다.

"아주 아름다운 격언이오!" 그가 말했다. "당신은 만족할 수 있겠소. 이 격언은 경건하고 성실한 세계관에 근거를 두고 있는데, 이러한 것이 요즘에는 더 이상 흔하지 않소! 그것은 그렇다치고, 존경하옵는 아가씨! 내게도 바구니를 내밀어 주시구려. 여기에 남게 될 나는 무엇을 받게 될지 보여주시오!"

그는 바구니를 잡으려고 간절하게 손을 뻗었다. 하지만 그녀는 말했다. "여기에 남아 있는 분이니 이번 일요일에 고르셔도 돼요, 부사제님! 오늘은 떠나는 사람만 받아야 하거든요!" 이 말과 함께 서둘러 자리를 뜬 그녀는 바구니를 조심스럽게 찬장 안에 넣고 자물쇠로 잠갔다.

다음 날 오전 백작과 내가 이미 안락한 여행마차에 앉아 있을 때 우리

두 사람과 벌써 악수를 나누었던 도로테아가 갑자기 다시 마차로 다가와 말했다. "잊고 있었던 게 있어요! 당신의 초록색 책 말이에요, 하인리히 씨! 내가 보관하고 있답니다! 얼른 가져올까요?"

"그냥 둬라!" 나의 동반자가 말했다. "너무 오래 기다려야 하니까. 그렇게 되기를 바라지만, 이분이 바로 편지를 보내면 안전하게 보내드릴 수 있으니까. 그렇지 않소?"

나는 즐거운 기분으로 안도의 숨을 내쉬며 고개를 끄덕이는 것으로 동의를 표시했다. 책이 남아 있게 됨으로써 나 자신의 일부가 도르트헨의 아주 가까이에 남아 있는 거나 마찬가지였기 때문이나.

"잘 보관하겠어요. 아무 일도 없을 거예요!" 그녀가 말했다. 그녀는 우리가 떠나가는 동안 멀어져 가는 나를 향해 상냥함이 가득 찬 눈빛으로 전송했다. 그러나 내 인생에서 이 아름다운 사람을 본 것은 이때가 마지막이었다.

제14장 귀향과 황제 폐하 만세[83]

우리가 함께 두 번째로 방문하게 된 수도에 도착했을 때 미리 주문했던 폭이 넓은 두 개의 금박 액자는 완성되어 있었다. 내 후원자는 즉시 영향력을 발휘하기 시작했다. 작위뿐만 아니라 인품의 덕으로 위험한 입장에 처할 우려가 없는 일에서 그의 영향력은 줄어들지 않은 상태였다. 그 덕에 내 그림들은 며칠 지나지 않아 전람회장에서 가장 좋은 위치에 진열되었다. 언젠가 내가 아주 서투르고 불확실하게 데뷔했던 바로 그곳이었다. 물론 이 그림들이 걸작은 아니었지만 함량 미달도 아니었다. 말하자면 어느 정도 발전의 흔적과 한정된 능력의 답보상태를 동시에 보여주고 있었다. 이를테면 이것은 달리기 경주를 시작한 사람이 명상에 빠진 나머지 중용의 도(道)로 불리는, 사람들의 통행이 빈번한 길의 가장자리에 주저앉아 영원히 쉬고 있는 형국이었다.

놀랍게도 재단사이자 미술상인 유대인에게 양복 한 벌의 대가로 넘겨주었던 조그만 그림 두 점까지도 그 옆에 걸려 있었다. 그 일에 대해 알

---

83) '황제 폐하 만세'라는 제목은 주인공 하인리히가 귀향하여 국민(내지는 진정한 의미의 주권자)과 만난다는 것과 연관될 수 있다. 또한 로마의 원형경기장에서 검투사들이 결투를 벌이기 전에 동석한 황제에게 보내는 인사 '황제 폐하 만세!'를 연상할 수 있다.

고 있던 백작이 그림을 수소문한 끝에 제3자에게서 입수했던 것이다. 이제 그 그림에는 '매각'이라는 당당한 단어가 적힌 표찰이 붙어 있었다. 이러한 백작의 책략은 네 점의 그림 모두에 대해서 유리한 선입견을 불러일으켰다. 그리고 독자층이 넓은 큰 신문의 다음 호 예술란에는, 비록 매우 적확한 비평은 아니었을지라도 이것에 대한 고무적인 글이 몇 줄로 기사화되었다. 결국 며칠 지나지 않아 독일의 미술학교를 참관하고 다니던 유명한 미술상이 멀리 떨어진 오지로 가져가겠다고 하면서 내 그림을 전부 구입하겠다고 나섰다. 싼 가격으로 내 그림들을 사고 싶어한 이 매수인을 통해 여하튼 내 이름 앞에 '보(謀) 파(派)의 회원'이라는 직함을 얻게 될 것이었는데, 이것은 내가 꿈도 꿀 수 없었던 명예였다. 하지만 백작은 그림들이 상인에게가 아니라 애호가에게 팔려야 하며, 그는 이미 그러한 사람을 알아보는 중이라고 말했다.

또다시 며칠이 지난 어느 날 전람회의 전문 직원이 북쪽 나라에서 내 앞으로 온 편지 한 통을 건넸다. 그것은 에릭슨에게서 온 것이었다. 내용은 다음과 같았다.

"친애하는 하인리히, 나는 지금 아내를 위해 구독하는 그 지역 신문에서 자네가 아직 그곳에 있으며, 작은 그림 두 점과 큰 그림 두 점 도합 네 점의 작품을 출품 중이라는 것을 읽었다네. 만일 어떻게 처분할지 결정되지 않았다면 그 둘 가운데 한 쌍을 내게 넘겨주게. 부쳐주면 되니까. 기대하고 있겠네! 가격은 사양치 말고 높이 책정하게. 자네도 알다시피 나는 형편이 좋지 않은가. 나는 아내의 돈을 쓰지 않고도 우리 집안을 다시 일으켜세울 수 있었다네. 게다가 여분의 재산까지 얻었지. 어린 두 아들 말일세. 얼마 전에 벌써 큰 아이는 그런 일을 해서는 안 된다는 엄마의 말을 들으면서도 벽에다 악마를 그려놓았지. 그것도 버찌잼으로. 정말 사랑스러운 개구쟁이야. 아직 세 살도 안 됐어! 내가 그림을 받을 수 있다면 편지해주게. 상세한 근황도 알고 싶네!"

나는 주저 없이 친구의 제안을 받아들였다. 이것이 그림을 포기하려는 내 결심을 흔들림 없이 실행하는 가장 쉬운 방법이었다. 친구의 호의에서 비롯된 그러한 구매는 물론 진정한 직업화가의 증거라고 말할 수는 없었기 때문이다. 백작은 어쩔 수 없이 내 결심에 동의했다. 나는 이른바 그림의 판로를 넓혀보려는 백작의 목적도 실은 이것과 크게 다른 성질의 것은 아닐 거라는 의심을 품고 있던 터였다.

그림들은 에릭슨에게 보내졌다. 가슴이 너무 벅차서 그가 원한 만큼 상세하게 쓰지 못한 편지에서 나는 내가 곧 고향으로 떠나려고 하니 돈을 그쪽으로 보내주었으면 좋겠다고 부탁했다. 이렇게 해서 나는 지금까지 내 처지로 보면 상당히 많은 현금뿐만 아니라 미수금까지 집으로 가져가게 되었다. 내가 현금을 가지고 무사히 귀가하면 놀라움을 일으킬 것이고, 이 놀라움이 시들해진 후 먼 나라에서 돈이 도착하면 어머니는 분명 아주 기뻐하실 것이다.

하지만 황금과 부에 대한 불행했던 꿈이 소규모로라도 실현된 것인지를 이것으로 판단하기에는 아직 충분치 않았다. 금번의 체류를 관청에 신고한 후 마침 그 체류허가 기한이 슬슬 끝나갈 무렵 나는 어떤 유언장의 개봉에 입회하라는 재판소의 통지를 받았다. 이 일이 있기 전에 나는 친절했던 고물상 요셉 슈말회퍼 노인을 방문하러 갔다. 하지만 어두운 가게는 닫혀 있었고, 사람들 애기로는 그 외톨이 노인이 몇 주 전에 죽었다는 것이었다. 재판소 서기과에 간 나는 상속인이 없는 그 노인이 적지 않은 재산을 어떤 자선단체에 기증했고 유언을 통해 나에게도 4,000굴덴을 유증(遺贈)했다는 통보를 받고 무척 놀랐다. 지금까지 백방으로 조사해 보았지만 증여받을 사람을 찾지 못했는데, 내가 정말 유증자에 의해 지정된 당사자라는 것을 입증할 수 있다면 그 돈을 넘겨줄 용의가 있다는 것이었다. 요컨대 내가 고인에게 상당수의 스케치 등을 팔았고 황태자의 결혼 축제 때 깃발용 막대기에 페인트칠을 했던 사람과 동일 인물인지가 문제라는 것이었다.

백작은 그림에 관해서는 단 두 마디 말로 가장 결정적인 증거를 댈 수 있었다. 남아 있는 문제에 대해서도 그는 그 막대기를 색칠한 사람은 내가 아닌 어떤 다른 사람일 수가 없다고 단언했는데, 그의 지위는 재판관에게 신빙성을 주기에 충분했다.

이렇게 해서 1,000굴덴짜리 채권 네 장이 내게 교부되었다. 백작은 이것을 팔아서 그 돈을 신용이 좋은 어음으로 바꿔주었다. 그 결과 나는 현금, 미수금, 어음 세 가지 종류의 재산을 소유했다.

"이제 화살을 가진 뚱뚱한 텔과 교회 지붕만 나타나지 않으면 되겠어요!" 이제 그럴 필요가 없었음에도 백작의 초대까지 받아 여관 식당에서 점심식사를 할 때 나는 이렇게 말했다. "이번에는 정말 떠나야겠습니다. 그렇지 않으면, 이런 부자연스러운 수많은 행운이 결국은 꿈이 되어 사라질 것 같습니다."

나는 실제로 상당히 답답한 느낌이었고, 이 운명의 변화를 제대로 믿을 수가 없었다.

"무슨 당치 않은 생각을 하는 거요!" 백작이 말했다. "당신이 지금 소유하고 있는, 당신에게는 아주 거액으로 보이는 모든 것은 단 한 푼도 예외 없이 당신이 정당하게 일구어낸 것이오. 아름다운 세월을 잃어버린 대가로 얼마 안 되는 굴덴을 얻었기로서니 어떻게 꿈과 요행에 대해서 말할 수 있단 말이오?"

"그러나 유산을 상속받은 것은 분명히 순전한 요행입니다!"

"그것도 그렇지 않소! 이 일의 근원도 당신 자신에게 있소! 당신에게 편지를 전해주는 것을 잊었구려. 내가 채권을 은행가에게 가져갔을 때

접혀 있던 차용증 속에서 나온 거외다. 이게 그 쪽지요. 그 노인이 당신에게 남긴 것이라오."

백작은 나에게 찢어진 종이쪽지 하나를 주었다. 쪽지에는 내가 익히 알고 있는 고물상 노인의 어색한 필체로 다음과 같이 적혀 있었는데, 신체적 쇠약으로 글씨가 더 서툴러진 것 같았다.

"다시는 나를 찾아오지 않는군. 자네의 거처도 알 길이 없는데. 며칠 안에 죽음의 신이 내 가게를 찾아올 것 같은 생각이 든다네. 그러니 유감스럽긴 하지만 죽은 후에는 더 이상 쓸 일이 없는 것을 자네에게 주고 싶으이. 자네는 언제고 그림값에 대해 불평이 없었어. 특히 내 집에서는 아주 조용하게 열심히 일했지. 그래서 내가 이렇게 하는 거라네. 오랜 세월 동안 인내하며 신중하게 모았던 것을 이제 자네에게 선물하니, 이것이 자네의 수중에 들어가면 건강하게 살면서 즐기며 사용하게. 불행하게도 나는 그것과 헤어지지 않으면 안 되니까. 이만 줄이네, 젊은 친구여! 자네에게 신의 가호가 있기를!"

"정말 좋은 일이군요." 나는 또다시 놀라며 말했다. "모든 행동에 대해 두 종류의 재판관이 존재하다니! 다른 사람들이 타락이라고까지는 말하지 않아도 경솔하다고 생각하는 제 행동에 대해 이 순직한 노인께서는 표창까지 수여하니 말입니다."

"그러니 아주 올바르게 심판을 내린 그 노인의 명복을 위해 건배하십시다!" 백작은 쾌활하게 대답했다. "그리고 당신이 괜찮다면 이제 우리의 영원한 우정과 형제의 잔을 듭시다!" 그는 잔을 새로 채우면서 이렇게 계속했다.

나는 잔을 맞부딪히고 단숨에 들이켰다. 나이나 신분의 차이 때문에 이와 같은 일은 전혀 예상할 수 없었던 터여서 나는 아주 놀라고 겁먹은 표정을 지었고, 내 손을 잡고 흔들던 백작은 이러한 내 기분을 눈치 챘다.

"곤혹스러워하지 말게. 이제부터는 딱딱한 존칭 대신 말을 편하게 하세!" 그는 즐거워하며 말했다. "나는 정체(政體)가 다른 나라에서 온, 나보다 젊은 나이의 동족과 친밀한 우정을 맺는 것을 이익이라고 생각하거든. 당연히 자네도 훌륭한 독일 풍습을 따라도 되네. 여기서는 목적이 같으면 때때로 청년과 장년과 노인들이 의형제를 맺는다네. 하지만 이제 자네 문제를 얘기해보세! 자네 나라로 돌아가서 무슨 일을 할 생각인가?"

"중단되었던 보르게제의 검투사에 대한 공부를 다시 착수하려고 합니다!" 나는 대답했다. 그게 누슨 뜻이냐는 질문에 대해 나는 그렇게 불리는 조각상을 보고 나서 인체를 연구했는데, 이제는 인간의 외형이 아니라 인간의 살아 있는 조직과 공존 문제를 내 직업으로 선택하고 싶다고 짤막하게 얘기했다. 또한 운 좋게도 시간과 돈이 주어져 있는 만큼 신속하고 목적에 타당한 방식으로 필요한 지식을 보충하여 공적인 일에 헌신하고 싶다고 말했다.

"나도 그런 어떤 것일 거라고 생각했지." 형이 된 백작이 말했다. "하지만 현재와 같은 상황에서 나 같으면 특별한 공부에 시간을 낭비하지 않겠네. 게다가 자네 나라에는 복종을 강요하는 계급제도도 없지 않은가. 내가 자네라면 우선 잠시 주변의 정세를 편안하게 둘러보고, 필요하다면 자원하여 하급관리직을 맡겠네. 즉각 물속에 뛰어들어 수영법을 배우겠다는 말이지. 날마다 규칙적으로 두세 시간씩 국가의 문제들에 대해 읽고 숙고한다면 단시일 안에 충분한 실제적 지식을 겸비한 공무원이 될 걸세. 지식의 차이는 세월이 지남에 따라 완전히 해소되는 반면, 진정한 남자로서 실력은 서로 차이가 나기 시작하지. 나라면 물론 사법제도와 그것과 연관된 문제는 철저하게 학교교육을 받은 법률가들 손에 맡길 테고, 다른 사람들도 나를 본받도록 권장할 걸세. 가장 중요한 점은 자네가 훗날 입법자의 입장에 설 경우 그러한 법률가가 속하는 범위와 그들에게 주어지는 발언권의 범위를 알아야 한다는 거야. 또 그들이 법에 생명을 불어넣고, 법을 말살하거나 국민을 해치지 않는 한, 그들을 존중해야 한다는 것도 역시 중요해. 그렇더라도 최소한 비겁한 재판관을 방치해서는 안 되네! 그러한 인간은 지위를 뺏고 경멸을 받게 만들게."

"백작님, 잠깐만요!" 나는 외쳤다. 그가 흥분하여 큰 목소리로 열중하기 시작하자 나의 당면문제를 잊었던 것이다. "저는 집정관도 호민관도 아닙니다!"

"상관없어!" 그는 이제 더 목청을 높였다. "만약 자네에게 비겁한 재판관과 부정한 재판관을 동시에 다룰 일이 생긴다면 두 사람의 목을 자르도록 한 다음, 부정한 자의 몸통에는 비겁한 자의 머리를, 비겁한 자의 몸통에는 부정한 자의 머리를 올려놓게! 그렇게 한다면 그들도 힘 닿는 대로 훌륭한 재판을 하겠지."

그는 여기까지 말한 후에야 잠시 중단하더니 술을 한 모금 마신 후 다시 계속했다. "대충 이것이 내가 말하고자 한 것이네. 자네는 나를 잘 이해하게 될 거야!"

나는 평상시에는 아주 조용한 이 사람이 이토록 흥분한 것을 한 번도 본 적이 없었다. 단순히 내가 곧 공화국으로 귀국하여 공적인 삶에 관여하리라는 상상만으로도 그에게는 유사한 다른 생각과 불만스러웠던 옛날의 고통이 되살아난 것 같았다.

그사이에 결국 이별의 시간이 다가왔고, 여행을 연기할 이유도 더 이상 없었다. 내 일이 정리되고 여행준비가 끝난 것을 본 백작은 당일에 영지에 도착하기 위해 식사를 끝마친 후 곧장 길을 떠났다. 나는 그 당시에 처음 개설한 역으로 갔다. 미완성으로 남아 있던 남부 독일의 몇몇 철도 구간들이 부설되어 연결되었던 것이다. 그래서 나는 비록 직선 노선은 아니었지만 이 새로운 길을 통해 스위스 국경에 더 빨리 도착할 수 있었다. 이러한 변화에서 나는 내가 집을 떠나 있던 시간이 얼마나 길었는지 어림잡을 수 있었다.

라인 강을 건너 조국 땅을 밟았을 때 이 나라는 마침 500년 동안의 주(州)동맹이 연방국가로 바뀌는 것으로 끝을 맺은 저 정치운동의 소음으로 가득 차 있었다.[84] 이러한 유기적 과정은 그것의 에너지와 다양성으로 이 나라가 작은 국가에 지나지 않는다는 생각을 잊게 만들었다. 어떠한 것도 그 자체로는 대소를 구별할 수 없기 때문이다. 봉방(蜂房)이 많고 충분히 무장된 소란스러운 벌집이 거대한 모래 더미보다 더 의미가 있는 법이다. 나는 아주 아름답기 그지없는 봄날 거리와 음식점에 사람들이 가득 차 있는 것을 보았으며, 성공했거나 실패한 무력행동에 대한 격앙된 고함을 들었다. 사람들은 매일매일 일련의 유혈, 무혈의 혁신운동과 선거운동 그리고 헌법개정운동의 와중에서 살고 있었으며, 이것을 푸취[85]라고 불렀다. 스위스라는 이상한 체스판 위에서는 장기의 말이 너무도 많이 움직이고 있었다. 이 체스판의 하나하나의 칸은 크고 작은 국민주권이었다. 사람들은 제각기 대표제, 민주제를 지지했다.

어떤 사람들은 거부권 제도를, 다른 사람들은 거부권이 없는 제도를 지지했고, 어떤 사람들은 도시적 성격의 제도를, 또 다른 사람들은 시골에 유리한 제도를 원했다. 다른 어떤 사람들은 신권정치라는 성유(聖

---

84) 1830년부터 취리히와 같이 진보적인 몇몇 칸톤에서 시작된 격렬한 정치적 변혁은 1840년부터는 전체 스위스로 확산되어 1870년까지 계속 진행되었다. 이러한 변혁 과정을 통하여 스위스는 오늘날과 같은 연방국가 형태의 자유주의적 공화국으로 변모했다.

85) 오늘날의 사전적 의미로는 '쿠데타'이지만, 여기서는 정치적 실험실과 같았던 스위스에서 행해진 모든 운동에 대한 총칭이다.

油)[86]가 발라져 있어서, 얼핏 본 것만으로는 그 정체를 알 수 없었다.

나는 짐을 우체국을 위탁했고, 나머지 여행은 걸어서 가기로 결심했다. 더 이상 미룰 것도 없이 일단 내 눈으로 현재의 정세에 관한 지식을 얻기 위해서였다. 바로 내가 통과하게 될 꽤 많은 지역에서 정치적 화염이 연기를 피워내고 있었다.

그런데도 이 국토에는 어디서나 온통 푸른 안개가 자욱했다. 이 안개 사이로 산맥과 호수와 강의 은빛 광휘가 반짝였고, 태양은 이슬을 머금은 어린 초목 위에서 춤추고 있었다. 나는 변화무쌍한 고향 지형을 바라보았다. 평지와 수역은 조용히 수평으로 가로놓여 있었고, 산들은 가파르고 대담하게 솟아 있었다. 발아래로는 꽃이 피어나는 대지가, 하늘 가까이에는 동화에서나 나올 법한 설원이 있었다. 이 모든 것은 끊임없이 번갈아가며 사람들이 사는 수많은 계곡과 선거구를 도처에 품고 있었다. 청년이라고는 해도 아직 어린애 같은 연령이었던 나는 어리석게도 이 국토의 아름다움을 역사적이고 정치적인 공적, 이를테면 국민의 애국적인 행동 덕택이라고 여겼고, 그래서 자유와 같은 의미로 생각했다. 나는 힘차게 걸으면서 가톨릭 지역과 개혁파 지역을, 개화된 지역과 고집스럽게 개화를 거부한 채로 남아 있는 지역을 통과했다. 그러는 가운데 나에게는 헌법, 종파, 당파, 주권 그리고 시민들로 가득 찬 커다란 체가 머릿속에 떠올랐다. 이 모든 것을 체로 거르면 결국은 확실하고 분명한 권리를 가진 다수(多數)가 남을 것이고, 이 다수는 계속 살아갈 자격이 있는 힘과 심성과 정신을 가진 다수일 거라는 생각이 들었다. 이런 생각을 하며 걷는 동안 나는, 하나의 독립된 인간이자 전체를 반영하는 부분으로서 투쟁에 참가하고 이 투쟁의 한가운데서 불굴의 힘으로 나 자신을 유

---

86) 지배자가 등극하는 의식에서 성유로 축성하는 전통이 있었다.

능하고 활기찬 개체로 연마하고 싶은 열망에 사로잡혔다. 또한 독립된 개체로서 나 자신에게 발언과 행동의 권리를 부여함으로써 다수라고 불리는 고귀한 야수를 포획하는 엽사의 한 사람으로 용감하게 돌진할 수 있을 것 같았다. 물론 이때의 개체는 이 다수의 일부다. 그렇다고 다수가 자신이 정복한 소수보다 더 소중한 것은 아니다. 소수로 불리든, 다수로 불리든 간에 둘 다 똑같은 피와 살을 갖고 있는 인간이기 때문이다.

"하지만 다수는," 나는 혼잣말로 외쳤다. "이 나라에 있는 단 하나의 실제적이고 필수적인 힘이야. 우리를 구속하고 있는 육제와 마찬가지로 잡을 수도 있고 느낄 수도 있지. 다수는 우리를 속이지 않는 단 하나의 지주야. 또한 언제나 젊고 언제나 변하지 않는 힘을 가지고 있어. 그러니 만약 다수가 이성적이고 투명하지 않은 경우에는 다시 그렇게 만들어야 하는 거야. 이것이야말로 가장 고귀하고 아름다운 목표니까. 다수는 꼭 필요하고 무시할 수 없는 것인 만큼 대체로 성미가 꼬인 극단주의자들은 다수를 눈엣가시처럼 여기지만, 다수는 언제나 화해하면서 굴복한 자조차도 안심시켜주지.

그러나 한편으로 다수의 영원히 젊은 매력은 굴복한 자를 유인하여 새로운 싸움을 기도함으로써 굴복한 자의 정신생활을 유지하게 하면서 영양을 공급하는 거야. 다수는 언제나 사랑스럽고 바람직스러워. 설사 다수가 과오를 범하는 경우에도 공동으로 책임을 짐으로서 손해를 감내할 수 있어. 다수가 자신의 실수를 인식할 때, 그 실수에서 눈을 뜰 때에는 5월 아침같이 신선해서, 세상에 존재하는 것 가운데 가장 쾌적한 일과 같지. 다수는 결코 깊이 부끄러워할 생각을 하지 않지. 일반적으로 명랑한 기분이 퍼져 있어서, 자신이 저지른 과실을 차라리 없던 일로 바라게끔 만들지 않지. 그 실수는 다수의 경험을 풍요롭게 하고 개선 욕구를 불러일으킬 뿐만 아니라, 어둠을 걷어내며 광명이 비치게 하거든.

다수는 개개인이 자신의 역량을 재어볼 수 있도록 자극하는 시금석이야. 개개인은 이렇게 함으로써 비로소 완전한 인간이 되는 거고. 그래서 전체와 전체의 살아 있는 부분 사이에 놀라운 상호작용이 생기는 법이지.

대중은 일단 자기들에게 무엇인가를 배려하려는 개개인을 눈을 동그랗게 뜨고 빤히 바라보면서 탐색하려 들지. 이 개인은 용감하게 그 시선을 견디며 자신의 최상의 측면을 드러냄으로써 승리를 얻고. 그러나 개인이 결코 대중의 지배자라는 생각을 하게 해서는 안 돼. 그 사람 이전에는 다른 개인이 있었고, 그 사람 이후에도 다른 개인이 나타날 테니까. 어떤 개인이든 모두 대중 속에서 태어나는 법. 개인은 대중의 일부야. 대중은 그들 스스로를 개인과 대립시키지. 그들의 아들이자 소유물인 그 개인을 상대로 혼잣말을 나누려고 말이지. 진정한 국민의 목소리는 모두 국민 스스로 행하는 독백일 뿐이야. 자신의 나라에서 국민의 거울이 되어 국민의 모습을 반영하는 사람은 행복하겠지. 반면 국민 자신은 살아 있는 넓은 세계의 조그만 거울이고 또 그런 거울이 되어야 마땅해."

하늘이 더 푸르게 반짝이고 고향이 점점 더 가까워지는 동안 나는 이런 식으로 말하면서 커다란 감격에 빠져들었다.

나는 물론 시간과 경험이 쌓임에 따라 정치적 다수에 대한 목가적 묘사가 흐려지게 되리라는 것을 예측하지 못했다. 하물며 자주적인 입장을 취하리라고 생각했던 바로 그 순간에, 요컨대 이것을 실행하기 위한 첫발도 내딛기도 전에 벌써 역사의 가르침을 잊고 있었다는 것은 더더욱 알아차릴 수 없었다. 위대한 다수가 단 한 사람에게 망쳐져 파멸될 수 있고, 그에 대한 보복으로 공명정대한 개개인이 다수에게 망쳐지고 파멸될 수 있다는 사실. 한 번 속은 다수는 영구히 속기를 원하며, 그런 다수는 마치 자신들이 악을 의식하고 단호하게 악을 밀어붙이는 단 한 사람의 악인이기라도 한 것처럼 새로운 사기꾼들을 지도자로 삼는다는 사실. 시민과 농부가 다수의 과실 때문에 손해를 보았어도 불이익을 당할까 두려워하는 한, 이 다수의 과실에 대한 그들의 각성을 기대할 수 없다는 사실. 이 모든 것을 나는 고려하지도 않았고, 알지도 못했다.

다수는 필요하고 무시할 수 없으며, 망쳐지지 않은 경우 순수하고 위대하다. 다수의 동의를 얻지 못하면 아주 강력한 독재자도 연기처럼 사라진다. 말하자면 앞서 상술한 어두운 면들에도 불구하고 다수는 내 계획을 떠받치고, 새로운 삶에 대한 갈증을 해소할 만한 힘을 가지고 있었다. 그래서 나는 점점 더 대담하고 의기왕성하게 걸음을 내디뎠다. 그러던 가운데 마침내 발아래로 고향 도시의 포석을 느꼈고, 이제는 고동치는 가슴과 함께 이곳에 살고 있는 어머니만을 생각했다.

내 짐은 틀림없이 그사이에 우체국에 도착했을 것이다. 나는 걸음을 우선 그쪽으로 돌렸다. 어머니에게 드릴 조촐한 선물들이 들어 있는 상자를 찾기 위해서였다. 상자에는 나들이옷을 만들기 위한 옷감과 외국 과자가 들어 있었다. 나는 어머니를 설득해서 이 옷을 입히고 싶었으며, 과자는 고상한 향이 있고 말랑말랑해서 어머니 입맛에 맞을 터였다.

나는 이 상자를 손에 들고 집 방향의 오래된 거리를 따라 걸었다. 아직 밝은 오후였다. 거리에는 몇 년 전보다 사람의 왕래가 더 많은 것 같았다. 여러 개의 가게가 신축되어 있었고, 낡고 그을린 공장들은 사라지고 없었다. 많은 집이 개축되었고 다른 집들은 최소한 칠이라도 다시 한 것 같았다. 우리 집에 가까이 다가가 창문을 올려다보았을 때, 이전에는 깨끗한 집들 가운데 하나였던 우리 집만 시커멓게 그을려 보인다는 것을 알게 되었다. 열려진 창문에는 화분이 나란히 놓여 있었다. 낯선 아이들이 얼굴을 내밀더니 다시 사라졌다. 내가 낯익은 현관으로 들어가는 동안 나를 알아차리거나 알아보는 사람은 아무도 없었다. 그때 한 남자가 손에 자와 연필을 들고 골목을 지나 서둘러 나에게 다가왔다. 그는 언젠가 자신의 신혼여행 때 나를 방문했던 수공업 장인이었다.

"언제 오셨소, 혹 지금 오는 길인가요?" 그는 급히 내게 손을 내밀며 말했다.

"막 도착했습니다." 나는 말했다. 그러자 그는 집으로 올라가지 말고 잠시만 자기 집으로 건너가자고 청했다.

나는 긴장되고 불안한 마음으로 그를 따라가 예쁘장한 가게에 들어섰는데, 가게 뒤편으로는 그의 젊은 부인이 책상에 앉아 있었다. 즉각 내게 다가온 그녀가 말했다. "대체 왜 이렇게 늦게 오셨어요?"

이 사람들을 이토록 안절부절못하게 만든 것이 무엇인지 짐작할 수 없었던 나는 그저 어안이 벙벙한 채로 서 있었다. 하지만 이웃 남자는 지체 없이 궁금증을 풀어주었다.

"당신의 모친께서 병이 드셨습니다. 미리 알리지 않고 당신이 갑자기 들이닥치는 것이 괜찮을까 싶을 정도로 상태가 심각합니다. 오늘 아침 이후로는 아무 소식도 듣지 못했어요. 그러니 아내가 얼른 건너가서 상황이 어떤지 살펴보는 것이 최선일 것 같습니다. 그동안 여기서 기다리세요!"

일이 이런 식으로 슬프게 방향이 바뀐 것을 믿고 싶지 않았지만 좌우지간 근심으로 마음이 혼란스러워진 나는 아무 말 없이 의자에 주저앉았고, 상자는 무릎 위에 올려놓았다. 부인은 골목길을 뛰어가, 내가 마치 낯선 사람인 양 내 앞에서 굳게 닫혀 있던 현관문 속으로 사라졌다. 부인은 눈물을 가득 머금고 뒤돌아와 잠긴 목소리로 말했다.

"어서 가보세요. 오래 버티지 못할 거 같아요. 목사님도 와 계세요. 가엾은 부인이 의식이 없는 것 같아요!"

그녀는 필요할 경우 도와줄 작정으로 다시 내 앞쪽으로 급히 다가왔다. 그녀를 따라가는 내 무릎은 후들거리고 있었다. 그녀는 걸음을 재촉하여 가볍게 계단을 올라갔다. 각 층마다 숙연한 표정을 한 사람들이 자기 집 문 앞에 서서 마치 상가에서처럼 나직하게 말을 나누고 있었다. 원래 우리가 살았던 집 문 앞에도 내가 알지 못하는 사람들이 서 있었다. 내 생가를 안내하는 이웃집 부인이 서둘러 이 사람들 곁을 지나갔고, 나는 그녀를 따라 다락방으로 올라갔다.

어머니는 아주 작은 방에서 살고 있었다. 주위에는 우리 집의 가재도구가 촘촘히 포개진 채 쌓여 있었다. 이웃집 부인이 이 방의 문을 조용히 열었다. 어머니는 임종의 침상에 누워 있었다. 양팔은 이불 위로 뻗어 나와 있었고, 죽은 사람처럼 창백한 얼굴을 오른쪽으로도 왼쪽으로도 돌리지 못하고 느릿하게 숨을 쉬고 있었다. 뼈만 앙상한 얼굴에서는 이제 깊은 슬픔이 사라지면서 편안한 체념의 표정으로 바뀌는 것 같았다. 아니면 무기력한 표정일 수도 있었다. 침대 앞에서는 교구 부목사가 앉아 임종 기도를 읽고 있었다. 소리 없이 들어가 있던 나는 그가 기도를 끝마칠 때까지 조용히 기다렸다. 부목사가 책을 조심스럽게 덮자 이웃집 부인이 그에게 다가가 아들이 도착했노라고 속삭였다.

"그렇다면 나는 가도 되겠군요." 이렇게 말하며 한순간 나를 주의 깊게 바라본 그는 인사를 건네고 밖으로 나갔다.

이웃집 부인은 침대로 다가가 조그만 수건으로 병자의 축축한 이마와 입술을 부드럽게 닦았다. 내가 상자를 발치에 내려놓고 손에 모자를 든 채 마치 법정에 소환된 사람처럼 우두커니 서 있는 동안, 그녀는 몸을 굽히고 병자가 놀라지 않을 만한 부드러운 목소리로 말했다. "레 부인, 하인리히가 왔어요!"

소리를 낮추어 한 말이었지만 열려진 문 앞에 모여 있던 부인들도 들을 수 있을 정도였다. 그런데도 어머니는 말하는 사람 쪽으로 눈을 살며시 돌린 것을 빼놓고는 어떤 다른 반응도 보이지 않았다. 슬픔은 그렇다 쳐도 이 작은 방의 공기가 어둡고 답답해서 나는 숨을 쉴 수도 없었다. 구석에 쭈그리고 앉아 있는 시중드는 여자가 어리석게도 작은 창을 닫았을 뿐만 아니라, 초록색 커튼까지 쳐놓았기 때문이다. 이것을 보건대, 오늘 의사가 오지 않았다는 것은 분명했다.

나는 무의식적으로 커튼을 젖히고 창문을 열었다. 밀려들어온 맑은 봄 공기와 햇빛이 굳어가는 근엄한 얼굴에 생명의 섬광을 떠오르게 했다. 야위어서 튀어나온 뺨의 피부가 가볍게 떨렸던 것이다. 내가 어머니의 두 손을 잡으며 몸을 구부리자, 어머니는 필사적으로 눈을 움직이며 묻는 것 같은 시선을 오랫동안 보냈다. 또한 어머니는 입술을 떨면서 움직였지만 말을 하지 못했다.

이웃집 부인은 시중드는 여자를 데리고 밖으로 나가 조용히 문을 닫았다. 나는 "어머니! 어머니!"라고 절규하며 침대 곁에 엎드렸고, 머리를 이불에 대고 흐느껴 울었다. 그르렁거리는 강한 숨소리를 듣고 재빨리 얼굴을 든 나는 정겨운 눈빛이 흐려지는 것을 보았다. 나는 생명이 빠져나간 머리를 두 손으로 들어올렸다. 내 기억으로는 내가 어머니의 머리를 이렇게 안고 있기는 평생 처음 있는 일이었다. 그렇지만 이제는 모든 것이 끝났다.

나는 어머니의 눈을 감겨주어야 할 것 같은 생각이 들었다. 또한 내가 이 일을 위해 여기에 있으며 만약 하지 않으면 어머니가 이것을 느낄지도 모른다고 생각했다. 나는 이런 가혹한 일은 해본 적이 없어서 서툴렀기 때문에 이 일을 하는 내 손은 겁을 먹고 움츠러들 수밖에 없었다.

잠시 후 부인들이 들어왔다. 어머니가 돌아가신 것을 본 그들은 필요한 일을 돕겠으며, 입관하기 위해 수의를 입히겠노라고 자청했다. 그들은 또한, 이제는 내가 온 이상 수의도 나보고 정하라고 말했다. 나는 다락방에 있는 장들 가운데 하나를 열었다. 그 속에는 몇 년 전부터 소중하게 아껴두었던, 그래서 이제는 유행이 지난 좋은 옷들이 가득 걸려 있었다. 시중드는 여자는 고인이 말했던 수의가 틀림없이 그 안에 있을 거라고 말했다. 실제로 그것은 하얀 천에 싸여 옷장 바닥에 놓여 있었다. 어머니가 이것을 언제 맞추어놓았는지 나로서는 알 수 없었다.

　부인들은 또한 고인이 병중에 조금도 수고를 끼치지 않았으며, 누워서 말없이 참으며 한 번도 어떤 부탁을 한 적이 없었다고 말했다.

제15장 세상의 행로

　부인들이 침대와 시신을 필요한 상태로 정돈하는 동안 나는 이웃집 부인의 권유를 받아들여, 그녀 집으로 건너가서 휴식을 취했다. 그녀의 남편은 대화를 계속하기 전에 조심스럽게 내 상황과 체험을 듣고자 했다. 나는 그가 그 도시에 왔을 적에 형편이 썩 좋지 않았다는 것을 털어놓았다. 하지만 다음에는 운명이 호전되었다는 것을 알려주었고, 연애 문제만을 제외하고는 모든 것을 얘기해주었다. 또한 변명하는 의미에서 내가 가지고 온 재산을 눈물을 흘리며 보여주었다. 나는 현금과 어음을 옆으로 밀쳐내고 또다시 눈물을 쏟으며 내가 잘 알지도 못하는 이 남자의 탁자에 머리를 묻었다.

　말없이 망연히 앉아 있던 그는 내가 어느 정도 진정되자 일이 이렇게 어긋난 것에 대해 분개하며, 참을 수 없었던지 나에게 다음과 같은 이야기를 털어놓았다. 어느 날 어머니가 경찰서에 출두하라는 통지를 받았을 때는 이미 건강도 악화된 상태에서 꽤 오래전부터 나의 귀향을, 아니면 최소한 편지라도 기다리던 때였다. 나중에야 밝혀진 사실이지만 그것은 요셉 슈말회퍼의 유증 때문에 독일 재판소가 나에 대해 조회했기 때문이었다. 하지만 그 당시에는 이러한 조사 이유가 통지되지 않았다. 이런 멍청한 짓의 일차적 책임이 그 재판소에 있건 그렇지 않건 간에,

경찰서에서 내 주소지에 대해 질문을 받고 대답을 할 수 없었던 어머니가 깜짝 놀라 우두커니 서서 도대체 무슨 일이 일어났는지 부들부들 떨면서 물어본 것은 당연했다. 경찰은 그들도 알지 못하며, 다만 재판소가 나를 소환했을 뿐이라고 말했다. 아마도 빚이나 유사한 어떤 이유로 내가 도주했을지도 모른다는 것이었다. 이러한 설명은 널리 소문이 났으며, 어머니는 갖가지 빈정대는 말을 듣고서 내가 빚을 지고 가진 것 없이 유랑하고 있으리라는 생각을 굳혔다.

어머니는 집을 저당 잡혀 빌려 쓴 원금에 대한 이자를 근근이 갚고 있었는데, 경찰에서 이 일을 겪고 난 얼마 후에 원금을 상환하라는 통지를 받았다. 그렇지 않아도 비통한 심정이었지만 다시 돈을 빌리기 위해 동분서주하지 않으면 안 되었다. 하지만 어머니는 돈을 마련하지 못했다. 그녀에게서 집을 빼앗으려는 음모 때문이었는데, 배후에는 이익을 챙기려는 일당이 도사리고 있었다. 예로부터 우리 집에 살고 있던 함석장이가 그동안 돈을 좀 벌게 되어 우리 집을 매입하려고 이 사람들과 작당하고 있었다. 또한 이곳에 철도 부설이 확정되었고 우리 집이 있는 골목에서 멀지 않은 곳에 정거장이 들어설 계획이었다. 그래서 땅값이 거의 날마다 오르기 시작했는데, 집에만 들어박혀 살던 어머니는 이러한 일들을 알지 못했다.

이중, 삼중의 근심은 의심할 여지없이 어머니의 수명을 단축시켰다. 원금 상환 시한이 한 주 한 주 다가왔던 것이다.

"내가 만약 이러한 사정을 알았더라면," 이웃집 남자가 말했다. "그분에게 충고해드릴 수 있었을 겁니다. 하지만 당신 모친의 과묵함은 이 거래를 비밀리에 추진하려고 했던 투기꾼들을 도와주는 꼴이 되었어요. 나는 며칠 전에야 우연히 이 일을 들었어요. 그 일당들이 이미 노획물을 틀림없이 손에 넣었다고 생각한 다음의 일이었지요. 이제 당신이 돌아왔으니 빚을 청산하고 저당을 다시 풀어야지요. 당신 앞에 놓여 있는 돈의 10분의 1도 들지 않을 겁니다. 내가 알기로는 저당액도 그렇게 많지 않아요. 그것은 그렇다손치고 당신이 집을 팔면 상당한 이익을 볼 겁니다. 비록 집이 낡았고 볼품없어 보이지만 튼튼하게 지어졌거든요. 게다가 지금까지 사용하지 않았던 방도 많기 때문에 살기 좋게 개조하기에도 어렵지 않습니다. 그랬는데 일이 이렇게 되어버리다니!"

불행한 우연과 탐욕스러운 인간의 간계가 하나의 역할을 했다고 생각해도 갑작스럽게 내 양심 위에 떨어진 부담은 결코 가벼워지지 않았다. 이 부담의 무게에 비한다면 도로테아의 쇳덩어리 같은 이미지가 주었던 압박은 마치 깃털처럼 가볍게 생각되었다. 아니면 반대로 말할 수도 있을 것이다. 마치 극단적인 차가움이 타는 것 같은 느낌을 주는 것과 마찬가지로, 무거움이 공허한 느낌으로 변했다고 말하고 싶다. 마치 나에게서 나 자신이 빠져나간 것 같았다.

나는 친절한 부부가 자고 가라고 권유하는 것을 사양했다. 어머니를 홀로 내버려두어서는 안 될 것 같았기 때문이다. 낙조가 드리워지기 시작할 때 나는 우리 집으로 돌아왔다. 이번에는 피부가 가무잡잡한 함석장이도 자기 방 입구에 서 있었다. 나는 그에게 인사했고, 그는 탐색하는 눈길로 나를 바라보며 자기 집으로 들어오라고 청했다. 나는 이것을 사양하고, 다만 불을 하나 달라고 부탁했다. 불을 들고 다락방으로 올라간 나는 조그만 방으로 들어가 낡고 작은 놋쇠 램프에 불을 붙였다. 어머니는 십 몇 년 동안 긴긴 겨울밤 내내 이 빛 속에 앉아 있었을 것이었다. 램프는 닦이지 않아서 옛날처럼 반짝이지 않았지만 기름은 가득 채워져 있었다. 어머니는 이제 평화스럽게 누워 있었고, 그렇게도 분별없이 귀향을 머뭇거렸던 나는 이제 말없는 어머니 곁에서만 어느 정도 위안을 느낄 수 있었다. 이렇게 어머니 곁에 있는 것조차 그만두어야 한다는 것은 감히 생각조차 할 수 없었다. 나는 불운한 상자를 가져다가 뚜껑을 연 다음 어머니에게 옷을 만들어드리려고 했던 고급 모직 옷감을 꺼냈다. 나는 어떻게든 이 옷감을 어머니 곁에 가까이 두고 싶어서, 옷감을 펼쳐서 이것을 가벼운 덮개로 사용하려고 침대와 시신 위에 펼쳐놓으려고 했다. 하지만 나는 이렇게 엄숙한 순간에 이런 식의 가식적인 행동은 쓸데없는 짓이라는 것을 깨닫고, 옷감을 다시 말아서 상자 속에 넣었다. 며칠에 걸친 도보여행으로 지쳐 있었지만 나는 창가의 밀짚 안락의자에 똑바로 앉아 밤을 보내며 가끔 졸기도 했다. 하지만 잠에서 깨는 것은 매번 두 배로 고통스러웠다. 또다시 말없이 누워 있는 어머니의 모습을 확인해야 했기 때문이다.

다음 날, 아버지가 설립을 도왔던 장례협회에서 심부름꾼이 와서 모든 일을 처리했다. 나는 아무 일도 할 필요가 없었다. 어머니가 꼬박꼬박 보험료를 냈기 때문에 장례비도 전액 불입되어 있었다. 나중에는 약간의 돈을 되돌려받기까지 했다. 어머니는 이 점에서도 다른 사람들을 고생시키지 않고 세상을 떠났다.

나는 어머니의 유품 가운데 장례와 관련된 서류를 찾기 위해 우선 장과 책상을 열어 보아야 했다. 그런데 그곳에서 내가 한 번도 본 적이 없는 은밀한 물건들을 발견했다. 주석으로 장식된 조그만 나무상자에는 조화(造花), 하얀 공단 신발, 많은 리본 등, 세월로 빛이 바랜 어머니의 젊은 시절의 장식품들이 빽빽하게 눌려 있었는데, 어쩌다 한 번 사용했거나 한 번도 사용하지 않은 것들이었다. 그 옆에는 옛날의 금문자(金文字)가 들어 있는 달력이 두어 개 있었다. 한참 오래전에 선물로 받은 것 같았다. 나를 가장 놀라게 한 것은 한 권의 책이었다. 그 책에는 어머니가 처녀 시절에 좋아했던 것 같은 약간의 시와 노래가 적혀 있었다. 책장 사이에는 찢겨진 종이 한 장이 접혀서 끼워져 있었는데, 마찬가지로 희미해진 그 당시의 어머니 필체로 다음과 같이 적혀 있었다.

정의도 사라지고 행복도 사라졌네.

행복한 정의는 황금빛 운명이어라.

그대야말로 국가와 국민을 위대하게 하리!

정의롭고 행복하다면 온몸에 기쁨이 넘치리.

정의롭고 행복한 자여, 원기가 넘치는구나!

불행한 정의는

사나운 바다에 다름 아니리!

바다는 절벽으로 밀려오고,

모래 위에 진주를 내던진다!

나는 보았노라, 늙은 뱃사공이

물결 위에 떠가는 것을,

메두사의 방패[87]처럼

놀라고 불안한 모습으로.

---

87) 그리스신화에 따르면 메두사는 아테나 여신과 아름다움을 겨루려다 아테나 여신의 노여움으로 머리카락이 모두 뱀으로 변한 괴물이다. 메두사를 처치하라는 임무를 부여받은 페르세우스는 아테나에게서 방패를, 헤르메스에게서 날개 달린 신발을 빌려 메두사가 잠자고 있는 동굴로 숨어들어가, 방패에 비치는 메두사의 모습을 보고 목을 자른다. 페르세우스는 메두사를 죽여 그 머리를 아테나 여신에게 바쳤으며, 아테나는 이 메두사의 머리를 자신의 방패에 박아 넣었다.

그는 노래한다. "수천 번이나

파도의 계곡으로 미끄러졌지,

파도의 물마루로 솟아올랐지,

잠잠한 바다 위에서 쉬었다네!

파도는 나의 노예였다네,

정의로웠던 옛날에는.

어제만 해도 정의로웠는데 ——

그 보물은 이제 저 물속 깊은 곳에 있네!

깊고 어두운 먼 바다 속에서

떨어진 별처럼 어렴풋이 빛날 뿐.

한때 나는 정의로웠거늘,

이제 벌써 천 년은 된 일 같다네!

바다가 다시 사납게 날뛰면,

누구도 나를 찬양하지 않으리.

행복이 와도 나는 얻지 못하네,

행복도 불행도 내 가슴을 아프게 할 뿐!

　나이 어린 아가씨가 옛날에 이렇게 희한한 시를 베끼고 보관한 이유는 대체 이 시의 무엇이 마음에 들었기 때문이었을까?

　나는 어머니가 남긴 또 다른 글을 발견했다. 최근의 것이 아니라 지난 몇 년 동안 쓴 것이었다. 약간의 편지지가 남아 있는 조그만 서류꽂이에는 글이 왼쪽 상단 귀퉁이에서 시작된 걸로 보아 분명 어떤 편지의 일부로 보이는 종이 한 장이 있었다. 이것은 다음과 같았다.

"제 아들이 불행에 빠져 유랑 생활을 한답니다. 그것이 진정 신의 뜻이라면 어머니인 나에게 그 죄가 있을 것 같습니다. 무식해서 제 아들을 확실히 교육시키는 것을 게을리하고 무제한의 자유와 제멋대로의 자의에 빠지게 했다는 점에서 말입니다. 세상을 몰랐던 제 아들이 목적도 없이 돈이나 낭비하는 부당한 도락에 빠지게 하는 대신, 경험 많은 분의 협력을 받아 약간 강제력을 사용해서라도 확실하게 먹고살 수 있는 직업을 찾도록 했어야 옳았겠죠. 훌륭한 지위에 있는 아버지들이 종종 스무 살도 안 된 아들들에게 벌써 돈을 벌게 하고 그것이 그 아들들에게 도움이 되는 경우를 보면, 어머니를 책망하는 예로부터 전해 내려온 슬픈 이야기가 두 배로 가슴을 짓누르는군요. 세상 물정을 몰랐던 탓에 언젠가는 저에게도 이런 일이 닥칠 수 있으리라는 것을 단 한 번도 생각해 보지 않았답니다. 물론 그 당시에 제가 의견을 구했던 것도 사실이지요. 하지만 제 아들의 희망에 찬동하는 의견을 듣지 못하게 되자, 저는 의견을 구하는 것을 그만두고 아들이 하고 싶은 대로 내버려두었지요. 결국 주제 넘는 짓을 한 셈이지요. 제 딴에는 천재를 낳은 듯이 우쭐해하면서 겸양의 덕을 해쳤고, 아들에게는 결코 회복될 수 없을지도 모르는 상처를 입혔답니다. 이제 어디서 도움을 찾아야 할까요?"

글은 여기서 중단되었다. 다음 단어는 첫 자만 적혀 있었다. 이 편지를 누구에게 쓴 것인지, 지금 이 내용을 빼고 다른 내용만 보냈는지 또는 전혀 발송하지도 않았는지 나로서는 알 수 없었다. 보관되어 있던 편지 중에는 답장도 없었다. 아마 어머니는 이 문제를 결국 덮어두었을 것이다. 한편으로 잃어버린 행복에 대한 시에 씌어 있는 기묘한 옳고 그름의 문제가 이 편지 속에서 제기된 옳고 그름의 문제와 뒤섞여, 죄에 책임을 져야 할 유일한 당사자인 나를 무거운 돌처럼 압박했다.

국민의 삶을 반영해야 했던 거울은 이처럼 깨어져버렸고, 국민의 다수에게 큰 희망을 걸고 성장하려던 뜻을 품었던 한 개인은 자신의 권리를 잃어버렸다. 국민과 나를 연결해준 직접적인 삶의 근원을 파괴했기 때문이다. 따라서 세계의 개선에 일조하려는 자는 먼저 자기 집 문간부터 청소해야 한다는 말에 따르자면 나는 국민과 협력하여 일할 수 있는 어떠한 권리도 없었다.

가엾기 그지없는 어머니의 장례를 치른 후, 나는 잠시 동안 어머니가 돌아가신 작은 방에서 살았다. 그런 다음 이웃 남자의 충고대로 이 집을 팔았는데, 실제로 이 시세에서 수천 금을 벌었다. 그 결과 가져온 돈과 벌어들인 돈을 합해서 어느 정도 재산을 소유하게 되었고, 그 돈으로 조용히 집에 틀어박혀 검소하게 살 수 있었다. 하지만 이 하찮은 부를 가져다준 것은 전적으로 우연이었다는 기분을 떨칠 수 없어서 마냥 기뻐할 수 없었으며, 하물며 이 재산을 기반으로 유유자적 살 수는 없었다. 또한 인간의 삶이라는 것은 육체적인 자기보존의 본능뿐만 아니라 도덕적인 자기보존의 욕망에 따라 충족되기 때문에 나는 백작이 권했던 몇 가지 공부를 시작했다. 입신출세가 목적이 아니었던 만큼 공부는 변변찮은 공직이라도 맡게 되는 경우에 대비하고, 그 공직을 둘러싸고 있는 정치조직을 조금이라도 이해하는 데에 필요한 범위에 한정되었다.

말이 나왔으니 말이지만 때에 따라서는 더 난해하거나 더 흥미로운 일반 서적을 읽기도 했다. 나를 압박하며 사로잡고 있는 생각에서 벗어나 자유를 느끼며 기분전환을 하고 싶었던 것이다. 게다가 어머니로 인한 회한의 괴로움이 음울하지만 한결같이 잔잔하고 고요한 배경으로 물러남으로써 점차 잿빛의 무미건조함으로 변하는 동안 도로테아의 이미지는 더 생생하게 꿈틀거리기 시작했다. 그렇다고 어둠 속에 빛을 가져다준 것은 아니었다.

나는 여전히 초록색 종이에 인쇄된 희망에 관한 격언을 지갑에 넣어 가슴 부위의 주머니에 지니고 다녔으며, 때때로 한숨을 내쉬고 머리를 가로저으며 그것을 읽었다. 그 격언이 소박한 언어로 예언하고 있는 행운을 가정한다고 해도 나는 이제 그 행운을 두려워하지 않으면 안 될 처지였다. 나는 먼 곳에서 눈부시게 빛나는 미인의 마음을 사로잡았지만, 자기가 살고 있는 초라한 오두막집을 그 여자에게 보여주어서는 안 되는 허풍선이의 기분이 들었다. 심지어 지금으로서는 넓은 세계와 친하게 교제하는 것도 못 할 것 같았다. 내 상황의 진상을 고백하는 것이 두렵기도 했거니와 그렇다고 거짓말을 하고 싶지도 않았기 때문이다. 비록 악의에서 그랬던 것은 아니었지만 이제는 우스꽝스럽게 허풍을 늘어놓거나 공상과 유희하던 시기는 영원히 지나갔다.

대략 열 달이 지난 후에야 나는 거짓말을 하거나 나를 너무 비참하게 드러내지 않고 백작에게 내 근황을 써 보낼 수 있었다.

백작은 내 게으름을 대갚음하지 않았다. 그래서 얼마 지나지 않아 꽤 긴 답장을 받을 수 있었다. 백작은 자신이 이해하는 범위 내에서 나를 위로했으며, 내가 처한 상황이라는 것도 사실은 금전옥루(金殿玉樓)와 오두막집, 올바른 자와 부정한 자를 가리지 않고 찾아와 속성상 끊임없이 변하는 세상의 행로라는 것이었다.

"우리의 도르트헨은 어떤가 하면," 그는 계속해서 다음과 같이 썼다. "그 아이도 충분할 정도로 자신의 몫을 경험하고 있다네. 그건 우리도 마찬가지이지만. 자네가 떠난 뒤로 기상천외한 일이 생겼지. 그 아이는 나와 혈연관계였네. 다름 아닌 조카딸이었다네. 상세하게 자초지종을 얘기하자면 번거로우니, 간단하게 말함세. 내 형님이 남아메리카에서 싸우다가 목숨을 잃은 후 곧이어 미망인도 세상을 떠났지. 그 부인은 그들 사이에서 태어난 아이를 믿을 만한 사람들에게 맡겨 독일의 친척에게 보내달라고 유언을 남겼다네. 하지만 이 자들은 약속을 지키지 않았어. 미망인은 경솔하게도 아이를 맡기면서 약간의 재산(실상 몇 푼 되지도 않았지)을 함께 맡겼다네. 이 자들은 이 돈을 차지하려고 아이를 버리는 방법으로 아이를 내 손에 넘겨준 걸세. 그들이 남부러시아로 가던 이주자들과 함께 있었거나, 아니면 도중에 도나우 지방에서 이민자 틈에 끼어든 후 이 문제를 매우 교묘하게 처리했겠지. 그전에 아이를 보냈다는 전언도 어머니가 죽었다는 소식도 없던데다, 그 이후에도 아이가 잘 도착했는지 확인하는 문의도 없었기 때문에 이런 일이 생길 수 있었던 게야.

그런데 최근에야 아이를 버린 죄를 지은 부부가 연락을 해왔더군. 이제는 나이도 많이 들었던데, 양심의 가책으로 괴로웠던 게지. 어쩌면 후한 사례금을 받고 싶은 욕심도 작용했을지 모르지. 어쨌거나 이러한 재회 이야기에서 흔히 그렇듯이 모든 증거를 용의주도하게 보관하고 있더군. 이렇게 해서 조국 독일은 또 한 명의 백작의 영양을 갖게 되었다네! 언젠가는 도르트헨이 하나 또는 여러 편의 소설의 소재가 될지도 모르겠네. 그것은 모르겠지만 나도 도르트헨을 위해 통속극과 멜로드라마를 몇 편 준비해두었지. 그런데도 도통 눈길을 주지 않는군. 이미 혼신을 다해 소설 2부를 쓰기 시작했기 때문이야. 한 달 전에 백작의 영양 도로테아 브……베르크(원래 세례명은 이자벨이라네)는 젊은 남작 테오도르 폰 브……베르크와 약혼했다네. 우리 가문과는 몇 세기 동안 관계가 없었지만 성(姓)이 같은 가문 출신의 잘생기고 정직한 친구라네.

그는 백작 작위를 계승할 것이고, 나도 그에게 장자상속권을 주는 데에 동의할 작정이야. 내 가문의 이름이 존속되는 것을 희망할 이유가 없는 것처럼 그것을 훼방할 이유도 없으니까. 이러한 일이 어떻게 되든 간에 현재로서는 나와는 전혀 관계가 없는 문제라네. 다만 약혼자에게 호의를 보임으로써 그 아이에게 기쁨을 주는 것만 제외한다면 말이야.

친애하는 친구 하인리히여! 이제 우리 두 사람의 일과 관련하여 한 마디 적겠네. 나는 자네가 도르트헨에게 사랑의 감정을 느끼고 있다는 것을 아주 잘 알고 있었네. 당사자들이 스스로 방법을 강구할 수 있고, 무엇을 해야 할지 잘 알고 있는 문제에 참견하는 것은 내 원칙과 어긋나기 때문에 보고도 못 본 체했을 따름이야. 특히 머리카락이 긴 족속들[88]의 마음은 어림잡을 수 없어서 불필요한 조언을 하는 것은 전혀 무익한 일이지. 그 아이도 자네에게 결코 관심이 없지는 않았네. 지금도 여전히 호감을 갖고 있지. 그간의 사정은 대충 이렇다네. 자네는 자제력이 있어서 조심했지만, 만약 자네가 여기에 머물렀던 동안 시간과 자네의 장점을 이용했더라면, 또는 귀국 직후에 소식을 보냈더라면, 지금 이 순간까지 도로테아는 자네의 여자로 남았을 거라고 믿어 의심치 않네. 하지만 자네는 긴 시간 동안 수수께끼 같은 침묵을 지켰지. 그럴 즈음 그 아이를 다시 세상의 질서 속으로 아주 행복하게 이끌어주는 결연한 구혼자가 나타났고, 그 아이는 이 공백을 단숨에 뛰어넘었던 거야.

하지만 이런 일이 있다고 하더라도 우리는 그 아이의 변절을 가혹하게 판단해서는 안 되네. 만약 변절이라는 것이 존재한다면 말이지. 선량한 여자들은 이를테면 자기 말고는 다른 사람에게 의지하지 않는다네. 그래서 결국은 온갖 번민과 고통과 싸우면서 스스로 뿌린 씨앗을 완전히 혼자서 수확하는 방법 말고는 다른 도리가 없다네. 이 점을 생각해보면 여자들의 본능이 때때로 급변하는 것을 이해할 수 있겠지. 여자들의 전성기는 순식간에 지나가는 법이라네. 그래서 여자들은 결정적인 말을

---

88) 여자를 말한다.

듣지 못하는 한, 언제까지 기다려야 할지 모르는 약속 같은 것에는 희망을 두지 않고, 남몰래 마음을 결정할 시기가 오기를 기다린다네. 게다가 여자 편에서 희망을 주었는데도 그 희망에 책임을 지지 않는다면 여자들은 포기하는 법이지. 여자들은 젊었을 때 자식을 낳고 기르려고 하지, 중년이 되어 그러고 싶어하지 않으니 말일세. 가장 아름답고 건강한 아가씨들이 그들의 천직을 향해 매진한다네. 만약 이런 여자들이 적령기를 놓치면 결혼을 냉소적으로 거부하는 경우도 자주 있지.

나 자신의 결혼은 일종의 유일무이한 본보기였네. 세상사람들은 유일무이한 두 사람이 결혼한 만큼 낭연히 그럴 수밖에 없다고 말했지. 나에 관한 한 그 말은 물론 편견에 사로잡히지 않은 나를 조롱하는 말이었겠지. 하지만 내 아내의 경우 그 말은 최상의 의미로 적절하게 사용된 것이었네. 하마터면 그녀가 다른 남자의 아내가 되었을지도 모르니까 말일세.

그것도 세상의 행로의 한 본보기라네."

나의 마음속에 둥지를 틀고 있던 열정의 망령을 몰아내는 데에는 이 연상의 친구의 친근한 위로까지도 필요없었다. 왜냐하면 도로테아가 약혼했고, 백작 영양 이자벨 브…… 베르크로 불린다는 단순한 사실은, 그녀의 신분이 계속 버려진 아이로 남아 있는 상황에서 내가 더 적극성을 보여 우리가 결혼했을 경우, 내가 그녀를 어떤 형편에 처하게 했을지 상상하기에 충분했기 때문이다. 그러한 것은 커다란 나비를 조그만 귀뚜라미 조롱 속에 가두고 싶어하는 것과 같다는 생각이 들었다. 가장 아름다운 행복을 손에 넣음으로써 이러한 수치심을 품고 살지도 모른다는 은밀한 근심이 사라지면서, 내 가슴에서는 무거운 돌이 떨어져나간 것 같았다. 그리고 그 가슴속에는 어머니를 잃어버린 슬픔과 잃어버린 여인에 대한 말없는 동경만 남았다. 사실을 말하자면 이러한 세상의 운행

법칙 때문에 나는 값비싼 대가를 치렀다. 백작의 성에 들르게 됨으로써 어머니를 잃었고, 어머니와 재회하리라는 신념과 신에 대한 믿음까지 잃었던 것이다. 그럼에도 불구하고 이 모든 것들은 그 가치가 세상에서 결코 사라지지 않고 언제나 다시 나타나는 것들이다.

제16장 신의 제단

약 1년쯤 지나 나는 옛 고향마을에 인접한 조그만 지역의 관공서 일을 맡아보게 되었다. 여기서 나는 사소하지만 잡다한 사무를 보면서 조용히 살 수 있었다. 내 위치는 지역공동체와 국가 행정 사이의 중간이어서 아래 세계와 위 세계를 동시에 이해할 수 있었으며, 일들이 어떻게 진행되는지를 배웠다. 하지만 그 일들은 황폐해진 내 영혼에 드리워진 그림자에 빛을 던져줄 수 없었다. 내 눈에 띄는 것들은 모두 나자신의 음울함으로 채색되었기 때문에 이 새로운 영역에서 경험한 인간성도 내게는 실제 이상으로 어둡게 보였다. 여기서도 태만하고 의무를 망각하는 경향이 있었고, 누구나 다 자신의 이익을 추구하려 했다. 또한 아주 사소한 직무상의 일에서도 시샘과 질투가 둥지를 틀고 방해했다.

예전에 먼 이국땅에서는 국가와 국민이 비할 데 없이 내 마음을 유혹했지만, 나는 이러한 일들을 보면서 해악의 원인이 결국은 국민 전체와국가의 성격 때문이라고 생각했다. 하지만 나 또한 과오를 저지른 사람이라는 것을 의식할 때마다 나는 적당한 기회에 내 의견을 솔직하게 말하는 대신 침묵으로 일관했다. 나는 그저 가능한 한 내 의무를 말없이충실하게 처리하며 시간을 보내는 것으로 만족했다. 불안도 없었지만 그렇다고 좀더 자극적인 삶에 대한 희망도 없었다. 사람들은 이것을 올바른 직무 수행의 귀감으로 여겼다. 그들은 내가 상상했던 것보다 더 선량하고 호의적이어서 2, 3년이 지난 후 나를 이 지역의 군수(郡守)로 추대했다. 물론 내가 관여한 것도 아니었고 오히려 내 희망에 거슬리는 일이었다. 직책상 어쩔 수 없이 더 자주 사람들과 접촉하고 여러 회합에 참석해야 했지만, 나는 언제나 다름없이 우울하고 과묵한 관료였다.

나는 이제 정치 운동을 더 가까이서 포괄적으로 볼 수 있었기 때문에 그 해악을 잘 알게 되었다. 다행스럽게도 정치 운동의 중요한 부분들까지 이 해악으로 물들어 있지는 않았지만, 내게는 정말이지 새로운 것이었다. 내가 사랑하는 공화국에는 공화국이라는 단어를 공허한 상투어로 만들며 이 말을 늘 달고 다니는 인간들이 있었다. 그들은 마치 빈 바구니를 들고 대목장에 가는 하녀들 같았다. 한편으로는 공화국, 자유, 조국 같은 개념을 세 마리 염소로 간주하는 사람들도 있었다. 그들은 끊임없이 우유를 짜서 그 우유로 가지각색의 작은 염소 치즈를 만들었다.

반면 이 사람들은 꼭 바리새인들이나 타르튀프[89]처럼 이 말들을 위선적으로 사용했다. 또 다른 한편으로 자신의 열정의 노예가 되어 세상이 온통 노예근성과 배신으로 가득 차 있다고 떠들어대는 인간들이 있었다. 그들은 코끝에 응유(凝乳) 치즈가 발라져 있어서 세상을 전부 응유 치즈로 생각하는 불쌍한 개와 다를 바 없었다. 이렇게 노예근성을 찾아내는 역할도 어느 정도는 현재적 가치가 있었지만 그들은 언제나 애국적인 자화자찬을 더 선호했다. 이러한 것들은 모두 만일 너무 무성하게 자라면 국가를 파괴할 위험이 있는 유해한 곰팡이였다. 하지만 대다수 사람들은 건전한 상태여서, 그들이 진지하게 움직이면 곰팡이는 저절로

---

89) 몰리에르의 희극 『타르튀프 또는 위선자』에서 겉으로만 경건한 척하는 위선적인 주인공의 이름이다.

떨어져나갔다. 그에 비해 병적인 기분에 사로잡혀 있던 나는 불순물의 해독을 실제보다 열 배나 크게 보았으며, 그릇된 말을 떠들어대는 수다쟁이를 훈계하는 대신 입을 다물었다. 그와 동시에 나는 내가 말하면 실제적인 효과가 생길 수 있는 많은 일에 대해서도 역시 침묵을 지켰다.

나는 이와 같은 삶을 삶이라고 말할 수 없으며 이런 식으로 계속 살 수는 없다는 것을 느끼고, 어떻게 하면 이러한 새로운 정신의 감옥에서 탈출할 수 있을지 숙고하기 시작했다. 때때로 더 이상 살고 싶지 않다는 생각이 들었는데, 이러한 생각은 점점 더 분명해졌다.

어느 날 나는 기사를 대동하고 국도 상태를 살펴보기 위해 내 행정구역의 거리에서 몇 시간을 보냈다. 일이 끝난 후 나는 혼자서 조금 더 걷고 싶어서 기사와 헤어졌다. 나는 푸른 산비탈 사이에 있는 외딴 작은 계곡에 이르렀다. 그곳은 너무도 고요해서 멀리 떨어진 나무 우듬지에서 바람이 살랑거리는 소리를 들을 수 있을 정도였다. 형태가 너무 평범하여 어느 곳에도 특징적인 모양이 없었지만 나는 불현듯이 이 계곡이 고향 지역의 계곡이라는 것을 깨달았다. 그 부근에는 사람들의 집 같은 것은 보이지 않았다.

나는 이 조그만 계곡을 지나가는 길의 중간쯤에서 푸른 풀이 돋아난 약간 높은 장소에 앉아 내가 바랐으나 잃어버렸던 것과 잘못 생각하여 놓쳤던 모든 것에 대한 고통스러운 회상에 잠겼다. 또한 나는 언제나 지갑에 넣고 다니는 도르트헨의 초록색 쪽지를 꺼냈다. '그대가 진실하다면 희망은 그대를 위로하리라.' 나는 이 구절을 읽으며 내가 아직도 가짜 약속어음을 지니고 있다는 것에 대해 놀랐다. 그때 마침 여름날의 따뜻한 지면 위로 바람이 불어와서 나는 그 쪽지를 날려보냈다. 쪽지는 풀과 에리카꽃 위로 팔랑거리며 날아갔다. 나는 그것을 더 이상 바라보지 않았다.

'이 부드러운 대지의 품에서 잠들면,' 나는 생각했다. '아무것도 모르겠지. 그게 가장 행복할 거야. 여기에 묻히면 조용하고 편안할 텐데!'

조금도 새로울 것 없는 이런 한숨을 내쉰 나는 무심코 맞은편 산비탈을 바라보았다. 그 산비탈의 중간쯤에는 회색의 역암이 띠 모양으로 드러나 있었다. 바위와 마찬가지로 회색으로 보이는 가붓한 형체가 마치 공중에서 떠다니듯이 그 바위 띠를 따라 다른 방향으로 미끄러져가는 모습을 본 것도 역시 우연이었다. 산비탈은 석양빛을 받아 밝게 비춰지고 있었기 때문에 벼랑을 따라 움직이는 그 형체의 그림자도 볼 수 있었다. 나는 바위 띠를 따라 그곳에 좁은 길이 나 있다는 것을 알고 있었다. 내 눈은 어딘가에서 본 것 같은 어떤 분명한 리듬으로 걷고 있는 그 모습을 계속 쫓고 있었다. 여자임이 분명한 그 사람은 암벽의 끝에 이르자 몸을 돌려 똑같은 길을 다시 뒤돌아갔다. 그것은 마치 산의 요정이 바위 속에서 빠져나와 석양빛 속에서 어슬렁거리는 것처럼 보였다.

무거운 생각을 조금이나마 떨쳐낸 것을 기뻐하며 몸을 일으킨 나는 길을 가로지른 후 덤불숲을 헤치며 걸어갔다. 산비탈은 바위층 아래까지 덤불숲으로 덮여 있었는데, 이 바위층에는 앞서 말한 대로 작은 길이 나 있었다. 나는 몇 분 지나지 않아 그 길에 도착했다. 그곳에서는 계곡 바깥이 보였고, 멀리 한쪽에서는 내 사무실이 있는 읍이 석양빛 속에 놓여 있는 모습을 볼 수 있었다. 이러한 경치를 바라보는 내 시야에 바위 길의 건너편 끝에 서서 나와 똑같은 방향을 바라보고 있는 여인의 모습이 들어왔다. 다시 몸을 돌린 그녀는 길을 되돌아왔는데, 바로 내가 서 있는 쪽이었다. 꽤 가까이 다가왔을 때 나는 그녀가 비록 외국풍 옷을 입었지만 10년 동안 단 한마디의 소식도 듣지 못했던 유디트라는 것을 즉시 알아볼 수 있었다. 마지막으로 보았을 때 입고 있었던 반 시골풍 옷 대신에 그녀는 회색의 가벼운 천으로 된 부인복을 입고 있었고, 모자와 목 주위에는 회색 베일이 감겨 있었다.

하지만 모든 것이 아주 자연스럽고 정말 편안하게 보였고, 신체의 동작이 활기차서 주름이 넓고 많은 치마가 부풀려진 것처럼 보였는데, 그렇다고 조금이라도 헐렁하거나 어색한 느낌을 주지 않았다. 그 순간에는 물론 나도 이런 식으로 관찰하지 못했다. 다만 생각지 못했던 사람이 나타났을 때 내가 받은 인상을 설명했을 따름이다.

10년의 세월이 흘렀지만 그녀의 얼굴은 조금도 변한 것이 없었다. 다만 더 자신만만하게 보였고, 신비스러운 기운으로 홍해졌다기보다는 오히려 기품 있게 보인다는 짐만 달랐다. 이마와 입술 주변에는 경험을 쌓아 세상을 볼 수 있는 사람의 표정이 깃들어 있었다. 하지만 눈에서는 지금까지도 자연의 아이 같은 천진난만함이 빛나고 있었다.

나는 놀라서 눈을 그녀에게 고정한 채 그녀가 가까이 다가오다가 내 모습을 보고 걸음을 늦추는 것을 보았다. 내 얼굴이 그녀의 얼굴보다 더 달라져 있었음이 틀림없었다. 망설이는 것 같던 그녀가 이번에는 좀더 빠른 걸음으로 다가와 내 곁을 지나치려고 하다가 다시 멈춰 섰던 것이다. 이러한 그녀의 행동 때문에 나도 거의 확신을 잃어버릴 뻔했다. 좁은 길 위에서 그녀 앞에 아주 가까이 섰을 때야 비로소 나는 의심을 떨쳐내고 "유디트!"라고 외칠 수 있었다.

그와 동시에 꾸밈없는, 하지만 말로 표현하기 어려운 부드러운 기쁨의 표정이 그녀의 아름다운 얼굴을 스치고 지나갔다. 내 손은 그녀의 따뜻하고 단단한 손에 쥐어져 있었다. 그녀는 시골사람이었던 옛날과 마찬가지로 잡은 손을 쉽게 놓아주지 않았다.

"당신이었어요?" 그녀는 내 이름을 부르지 않고 이렇게 말했다. 나 또한 유디트라는 그녀의 이름을 다시 부를 수 없었다. 당연하지만 그녀와 같은 여자가 아직도 독신이라는 것은 전혀 가능한 일로 생각되지 않아서 도대체 그녀를 어떻게 불러야 할지 알 수 없었던 것이다. 그래서 나는 어색하게 어디서 오는 길이냐고 물었을 따름이었다.

"미국에서," 그녀가 대답했다. "여기 온 지 2주일 되었어요!"

"어디, 여기 말인가요? 우리 마을요?"

"그렇지 않다면 도대체 어디로 가겠어요? 지금 여관에서 살고 있어요. 아는 사람이 아무도 없으니까요!"

"거기서 혼자 지낸다는 말인가요?"

"그래요. 같이 있어줄 사람이 어디 있겠어요?"

이것에 대해 더 이상 생각하지 않았지만, 이 대답은 나를 기쁘게 했다. 젊은 시절의 행복, 고향, 만족감 등 모든 것이 희한하게도 유디트와 함께 돌아온 것 같았다. 아니 오히려 산에서 튀어나온 것같이 생각되었다. 그러는 동안 우리는 길의 폭에 따라 나란히 서거나 앞뒤로 서서 뚜렷한 목적도 없이 좁은 길을 계속 걷고 있었다.

"내가 당신을 마지막으로 본 게 언제인지 알아요?" 그녀는 나에게로 몸을 돌리면서 이렇게 말했다. "내가 마차를 타고 이 나라를 떠날 때 군인이 된 당신은 훈련장의 작은 대열에 끼어 있었어요. 그때 당신들은 모두 마치 끈에 끌리기라도 한 것처럼 갑자기 방향을 바꾸었죠. 그래서 나는 '이 사람을 두 번 다시 볼 수 없을 거야!'라고 생각했어요."

잠시 동안 우리는 말없이 걸었다. 그런 후 나는 그녀가 어디로 가려는지, 내가 바래다주어도 괜찮은지 물었다.

"그냥 산책 나왔어요." 그녀가 말했다. "하지만 이제 집에 가야겠어요. 나와 함께 마을까지 가면 너무 수고스럽지 않을까요?"

"기꺼이 같이 가지요. 그리고 당신의 여관에서 저녁식사를 하고 싶군요." 나는 대답했다. "그다음에는 여관 주인의 작은 마차를 빌려 돌아가지요. 걸어가면 족히 세 시간은 걸리니까요."

"오, 고마우셔라! 아침 일찍부터 뭔가 좋은 일이 있을 것 같은 예감이 있었어요. 그래서 사촌이자 군수인 하인리히 레를 보게 된 거겠죠!"

곧 넓은 길로 나온 우리는 정답게 이야기를 나누며 마을을 향해 걸었다. 하지만 마을에 도착하기도 전에 부지불식간에 격의 없이 말을 놓기 시작했는데, 친척관계에 있는 우리로서는 그렇게 해도 당연히 괜찮았다. 우리가 가장 먼저 지나가게 된 집은 작고하신 외삼촌의 집이었다. 하지만 그곳에는 낯선 사람들이 있었다. 외삼촌의 자식들은 뿔뿔이 흩어졌다. 처음 보는 꼬마들이 우리를 뒤따라오며 "아메리카 부인이다!" 라고 외쳤다. 몇몇 아이들은 그녀에게 공손히 악수를 청했고, 그녀는 그 아이들에게 작은 액수의 동전을 주었다. 그녀의 집을 지나갈 때 우리는 말없이 한순간 걸음을 멈췄다. 집은 현재 소유자가 개축했지만, 그녀가 옛날에 사과를 따던 아름다운 과수원은 변하지 않고 그대로 있었다. 그녀는 곁눈질로 나를 흘끗 바라보더니 곧 눈을 내리떴다. 서둘러 다시 걷기 시작하는 그녀의 볼은 살포시 붉어지고 있었다. 이때 나는, 바다를 건너가 발달하는 신세계에서 10년의 세월을 보낸 사람이 조용한 고향에서 살던 젊었을 때보다 한층 더 다소곳하고 착해졌다고 생각했다.

"예의 없는 스포츠맨들은 '이런 것을 서러브레드[90]라고 하지'라고 말하겠군!" 나는 사랑스러운 그녀의 모습을 보며 이렇게 생각했다.

여관에 도착한 다음 그녀는 말이라고는 단 몇 마디밖에 하지 않으면서도 주의 깊고 면밀하게 나를 대접했으며, 노련한 주부처럼 아주 세심하게 나를 보살폈다. 나는 이러한 훌륭한 행동을 보고 매우 놀랐으며 그녀가 아메리카의 도시에 살며 훌륭한 집안에서 10년 세월을 보냈을 거

---

90) 영국 재래종과 아랍종을 교잡하여 개량한 승마·경마용 말을 뜻한다. 뜻이 변하여 혈통과 가문이 좋은 사람(엘리트)을 일컫기도 한다.

라고 추측했다. 저녁식사를 하는 동안 그녀는 지금껏 살아온 이야기를 애교스럽게 하면서 나뿐만 아니라 몰래 엿듣던 여관 주인 부부를 즐겁게 해주었다. 내 추측과는 반대로 그녀가 살아온 이야기는, 함께 이주한 동료들이 궁핍과 싸울 때 그녀가 이 사람들을 직접적으로 가르치고 결속시키면서 부득이 스스로 교양을 쌓고 고상한 인간이 되었다는 것을 암시하고 있었다.

사실 그녀가 동향인들과 함께 정해진 이주지에 도착하고 다른 사람들도 이곳에 도착하여 합류했을 때, 이 단체에 속하는 사람들은 성가신 일 앞에서는 하나같이 끈기도 없고 무능한 것으로 드러났다. 마찬가지로 그들에게 고향을 버리고 이민을 떠나게 만든 다른 성질도 결코 하루아침에 개선되지 않았다. 유디트는 자본을 가장 많이 가지고 있어서 토지의 대부분을 사들였다. 그런데도 그녀는 다른 사람들에게 그녀의 땅을 이용하게 해주었다. 그녀 스스로는 조그만 이주민 지역에 필요한 여러 가지 물품들을 공급하기 위해 일종의 상점을 관리하는 것으로 만족했다. 하지만 동료들이 자신들의 이익을 위해 그녀에게 해를 끼침으로써 그녀 자신의 재산을 손해 볼 위험이 있다는 것을 알게 되자 그녀는 방침을 바꾸었다. 땅을 다시 넘겨받은 그녀는 자기 책임 하에 일하기에는 너무 게으른 사람들에게 일당을 주면서 땅을 경작하게 했다. 이렇게 함으로써 그녀는 그들이 일치단결하여 일을 하도록 분발시켰던 것이다. 그녀는 여자들을 정신차리게 만들었으며, 병든 아이들을 간호하며 건강한 아이로 키웠다. 요컨대 그녀에게는 자기보존 본능과 커다란 희생정신이 아주 훌륭하게 섞여 있었기 때문에, 사람들과 그녀 자신을 그렇게 오랫동안 지켜낼 수 있었다. 그러던 중 이주민 지역 부근에 중요한 연결도로가 개통되었고, 이와 동시에 그동안 이미 훈련이 된 더 나은 이주민들의 숫자가 점차 증가함으로써 모든 사람의 사정도 눈에 띄게 호전되었다. 이 기간에 내내 그녀는 구혼을 물리쳐야 했다. 그녀는 이 이 야기를 진지하게 언급하는 대신 오히려 농담 중에 넌지시 암시했다. 때 때로 위험한 바람둥이가 접근하여 그녀의 안전을 위협하곤 하여 그녀는 심지어 호신용 무기를 들고 자신을 지켰으며, 결코 다른 사람에게 의존 하지 않았다.

하지만 어려움이 극복되어 이주 지역의 번영의 기초가 닦이고, 이 지 역에 기원전 구대륙의 어떤 유명한 도시의 이름이 붙게 되었을 때 그녀 는 일선에서 물러나 조용하게 살았다. 직업적인 교육자도, 확고한 계획 이 있는 행동가도 아니었기 때문이나. 나른 한편으로 그녀는 토시를 매 각함으로써 원래 재산을 몇 배나 늘렸고, 기회가 닿는 대로 2~3주일씩 이 주(州)의 수도나 다른 대도시를 방문하여 그곳의 생활을 관찰했다. 함께 갈 사람이 있을 때에는 커다란 강을 타고 내륙으로 들어가 미개한 인디언을 보기도 했다.

그녀는 우리가 싫증나지 않을 정도로 이 모든 일을 포괄적이고 단편 적으로 재미있게 이야기했다. 더욱이 말 한마디 한마디가 실제로 겪은 진실인 바에야 더 말할 나위가 없었다. 몇 년 만에 처음으로 이렇게 즐 겁고 행복한 마음으로 식탁에 앉게 된 나에게는 이 시간이 마치 한순간 처럼 흘러갔다. 밖에는 내가 집까지 타고 갈 말 한 필이 끄는 주인의 마 차가 이미 준비되어 있었다. 다음 날 아침 일찍 여러 가지 공무를 처리 해야 했던 것이다.

나는 작별하면서 유디트의 환대에 감사했다. 또한 내가 가정 살림을 꾸리지 않고 있어서 비록 또 요리점에서 식사를 할 수밖에 없을지라도 조만간 내게로 건너와 내 보답을 받으라며 그녀를 초대했다.

"며칠 내로 갈 거야." 그녀가 말했다. "똑같이 이 개선마차를 타고 가 서 오늘 내가 낸 마차 삯을 받아야지!"

내가 마차에 자리를 잡고 앉자 그녀는 어둠 속에서 말없이 내 손을 쥐었고, 마차가 떠날 때까지 말없이 서 있었다.

그러나 내 온몸을 채운 새로운 행복은 바로 다음 날 아침에 벌써 울적한 기분으로 바뀌었다. 그녀에게 내 양심의 비밀과 어머니의 운명을 털어놓아야만 한다는 것에 생각이 미쳤던 것이다. 지금 내가 두려워하는 하나의 심판이 존재한다면 그것은 단순하면서도 놀랄 만한 이 여자의 심판이었다. 그녀에게 모든 것을 고백하지 않는다면 그녀와 나 사이에는 우정도 애정도 생길 수 없었다.

이런 연유로 나는 그녀의 방문을 기다리며 초조한 만큼이나 두려웠다. 그녀는 두 번째 날 오전에 왔다. 재회의 기쁨 속으로 어떤 의기소침한 기분이 섞여 있었는데, 그것은 나뿐만 아니라 그녀도 마찬가지였다. 내가 살고 있는 곳을 잠시 둘러본 다음, 그녀는 모자와 외투를 내려놓으면서 말했다.

"이 큰 군 소재지에 오게 되니 도시에 있는 것처럼 정말 기분이 좋아. 이리로 이사 와서 당신 곁에 더 가까이 있으면 좋겠어. 만약……"

그녀는 꼭 어린 소녀처럼 수줍어하며 말을 멈추더니 계속해서 다음과 같이 말했다. "하인리히. 도착한 후 나는 우리가 만났던 산길에 벌써 여러 차례 갔어. 찾아올 용기가 없어서 멀리서나마 이쪽을 바라보려고!"

"용기가 없었다고? 당신처럼 용감한 사람이!"

"사연을 들어봐. 당신하고 나하고는 끊고 싶어도 끊을 수 없는 관계야. 나는 당신을 한 번도 잊은 적이 없어. 인간은 누구나 진지하게 매달리고 싶은 어떤 것이 필요하니까. 때마침 얼마 전에 우리 이주자 지역에 이 마을 출신의 동향인이 새로 나타났어. 하지만 벌써 2~3년 동안이나 그곳에서 떠돌아다닌 사람이었어. 고향마을에 대한 얘기가 나온 김에 나는 당신이 어떻게 지내는지, 마을에서 당신에 대해 알고 있는 것이 있는지 물었지. 하지만 뭔가를 들을 수 있으리라는 희망도 없었어. 소식을 듣지 못하고 사는 일에 익숙해져 있었으니까. 그 남자는 잠시 생각하더니 말했어. '잠깐만요, 그것이 어떻더라? 그 얘기를 들었어요'라고. 그러고는 그가 얘기해주었지."

"뭐라고 했는데?" 나는 슬픔에 잠겨 물었다.

"당신이 가난뱅이가 되어 외국에서 떠돌아다니고, 어머니를 빚지게 만들어서 그것 때문에 어머니를 돌아가시게 했다는 얘기를 들었다는 거야. 또 당신이 비참한 상태로 귀향한 후 서기가 되어 어딘가에서 목숨을 연명하고 있다는 서였어. 당신의 불행한 이야기를 듣고 나는 당장 짐을 쌌지. 당신에게 돌아와서 곁에 있으려고!"

"유디트, 당신이 그랬단 말이야?" 나는 외쳤다.

"그렇지 않았다면 무엇 때문이라고 생각해? 나는 당신이 철부지 어린 아이였을 때부터 정말 진심으로 당신을 사랑했고 귀여워했어. 그런 내가 당신이 곤궁과 슬픔에 빠져 있다는 소식을 듣고 당신에게 돌아오지 않을 수 있다고 생각해? 하지만 돌아와 보니 모든 것이 진실이 아니었어! 어머님이 돌아가시긴 했지만 당신은 외국에서 훌륭한 결실을 가지고 돌아왔어. 그리고 지금은 정부 일을 보고 있고. 사람들이 당신이 약간 거만하고 불친절하다고 말하지만 내가 보기엔 명예와 인망을 누리고 있어. 사람들의 평가도 물론 사실이 아니야!"

"그러니까 당신은 나를 나쁘게 생각하고도 나 때문에 아메리카를 떠났단 말이지?"

"누가 그렇게 말했어? 나는 당신을 나쁘게 생각하지 않았어. 불행하다고 생각했을 뿐이야!"

"그렇지만 불행 중에서도 최악의 불행은 사실이야. 그건 내 실수야! 실제로 어머니를 슬픔과 근심에 빠지게 했고, 어머니가 그것 때문에 죽어가고 있을 때 겨우 도착해서 기껏 눈을 감겨드렸을 뿐이니까!"

"어떻게 그런 일이 생겼지? 모두 얘기해줘. 하지만 내가 당신을 싫어 하리라고는 생각하지 마!"

"그렇다면 당신의 심판도 하등 가치가 없어. 처음부터 당신의 호의적 인 애정을 전제로 한다면!"

"바로 이러한 애착이 훌륭한 심판을 내릴 수 있는 거야. 그러니 당신 도 이것을 인정해야 해! 자, 어서 얘기해줘!"

나는 상세하게 이야기했다. 너무도 상세하게 얘기해서인지 끝 무렵에 는 집중력을 잃고 오락가락했다. 나는 이야기하는 동안 영혼을 짓누르 던 오래된 압박감이 사라지는 것을 느꼈고, 내가 자유롭고 건강한 사람 이라는 것을 알게 되었다. 갑자기 나는 이야기를 중단하며 말했다.

"더 이상 떠들어봐야 아무 소용없어! 당신은 나를 구해냈어, 유디트. 내가 다시 활기를 찾을 수 있다면 그건 당신 덕분이야. 그러니 내가 살 아 있는 한 나는 당신 거야!"

"듣기 싫지는 않군!" 그녀가 대답했다. 그녀의 눈은 반짝거렸고 아름 다운 얼굴에는 흡족한 표정이 떠올랐다. 이러한 그녀의 모습은 항상 나 자신의 기억을 의심쩍게 만들었다. 그도 그럴 것이 나는 사물이라는 것 은 아름다움만으로는 아무것도 될 수 없기 때문에 사물의 아름다움을 일방적으로 숭상하는 것은 다른 위선과 마찬가지로 그것도 하나의 위선 이라는 것을 오랜 세월 동안 깊이 생각해왔기 때문이다. 정말 그랬다. 이러한 유디트의 모습은 부사제의 식탁에 앉아 있던 도르트헨의 얼굴에 대한 기억과 나란히 마치 쌍둥이별처럼 언제나 내 앞에 빛을 던져주었 다. 두 별은 똑같이 아름다웠지만 본성에서는 서로 달랐다.

"이제 배가 고픈데. 먹을 것이 있으면 뭐든 좀 줘!" 유디트가 말했다. "하지만 남은 시간은 나와 함께 야외에서 보낼 수 있게 준비해. 자유롭게 펼쳐진 신의 하늘 아래서 우리 얘기를 마저 끝내게!"

식사 후에는 내가 그녀를 바래다주기로 결정했다. 하지만 우리가 처음 만났던 계곡 입구에서 마차를 먼저 보내고 역암 층이 있는 산을 올라가기로 했다.

우리는 금성여관의 남자 전용 방에서 즐겁고 만족스러운 기분으로 함께 식사했다. 창문들 가운데 하나에는 200년 된 스테인드글라스가 있었는데, 지금은 흙으로 돌아간 어떤 부부의 문장이 그려져 있었다. 두 개의 문장 위에는 "촌장이자 금성여관의 주인인 안드레아스 마이어와 홀렌베르크 출신의 에메렌지아 유티타가 1650년 5월 1일 혼인을 맺다"라고 씌어 있었다. 두 문장의 배경은 넓은 정원이었는데, 조그만 천사들이 장미덤불 사이에 모여 술을 마시고 있었다. 성장을 한 부부는 손에 장갑을 들고서 술을 마시는 작은 천사들을 기분 좋은 표정으로 바라보고 있었다. 맨 아래의 창유리를 가로지른 넓은 리본 위에는 다음과 같은 격언이 씌어 있었다.

희망은 그대를 속이리라,
그대가 흔들린다면.
희망은 그대를 위로하리라,
그대가 진실하다면.
희망의 토대는 어디인가,
입이 아니라 마음속에 있도다!

이 격언을 적은 두 인물, 즉 옛날의 스테인드글라스 화가와 백작의 성의 아가씨는 시기적으로 아주 멀리 떨어져 있었는데도 이 경구를 똑같은 원전에서 뽑아냈을 터인데, 이 원전은 분명 매우 오래된 책이었을 것이다.

하지만 시 전체에서 번쩍이는 우연의 부담스러움은 나를 기쁘게 했다기보다는 오히려 불안하고 답답하게 했다. 왜냐하면 지배력을 가진 이 우연이 정식으로 내 지도자로 자처하려는 것처럼 생각되었기 때문이다. 이 격언은 새로운 환멸에 대한 예고일 수도 있었다. 유디트는 그림에는 주의를 기울이지 않고 이 시구를 읽고는 미소 지으며 말했다. "얼마나 아름다운 시야. 물론 진실하기도 하고. 의미를 달리 이해하지 않는다면 말이야!"

길을 떠난 우리는 산기슭에서 마차를 보내고 그다지 높지 않은 산꼭대기까지 천천히 걸어 올라갔다. 정상에는 아주 오래된 거대한 떡갈나무 두 그루가 먼 들판을 노려보며 서 있었고, 그 아래에는 의자 하나와 완전히 이끼로 뒤덮인 돌 탁자가 있었다. 기독교 이전 시대에는 여기서 신들에 대한 예배가 행해졌고 훗날 게르만시대에는 재판 장소로 쓰였다고 전해지는데, 탁자는 재판 때 사용한 것으로 추측되었다.

울창한 가지의 그늘 아래 있는 의자에 앉아 우리는 손을 맞잡고 푸르스름한 먼 곳의 경치를 바라보았다. 유디트는 모자와 양산을 탁자 위에 내려놓았다. 잠시 후, 탁자를 자세히 눈여겨보고 나에게 이것의 유래를 듣고 난 다음 그녀는 감동되어 조심스럽게 물었다.

"왕국에서는 왕이 왕관을 받을 때 제단 앞에 서는데, 이것을 무엇이라고 부르지?"

나는 그녀의 질문의 의미를 즉각 알아차릴 수 없어서 곰곰 생각했다. 그녀는 꼼짝하지 않고 고대의 석재 탁자를 뚫어지게 바라보았고, 자신이 한 말의 의미를 명백하게 밝히려는 것처럼 심지어 모자와 양산을 탁자에서 들어올리고 있었다. 이 모습을 보며 나도 차차 생각이 떠올라 다음과 같이 말했다.

"신의 제단에서 왕관을 받는다고 해!"

그러자 그녀는 애정이 넘치는 눈으로 나를 바라보며 속삭였다.

"그래, 그렇게 부르지. 지금 우리도 여기 신의 제단에서 세상에서 흔히 행복이라고 부르는 그런 행복을 받을 수 있어. 남편과 아내가 될 수 있을지도 몰라! 하지만 우리 왕관을 받지 않기로 해. 우리 그런 왕관은 포기해. 그 대신 지금 이 순간에 우리에게 넘쳐흐르는 이 행복을 확실하게 붙잡기로 해. 내가 느끼기에는 당신은 지금도 행복하고 만족스러운 것 같아!"

나는 깊이 감동되어 응당 해야 할 말을 찾지 못했다. 그녀는 계속해서 말했다.

"들어봐, 나는 이미 이것을 생각했어. 바다에서였지. 돛대 주위에서 번개가 번쩍이고, 파도가 갑판 위로 밀려 들어오는 폭풍이 치는 동안 이제 죽었구나 생각하며 당신 이름을 외쳐 부를 때 말이야. 최근 며칠 동안 나는 밤마다 이리저리 다시 생각했어. 그리고 맹세했지. 아니야, 넌 네 행복을 위해 그의 삶을 희생시킬 순 없어. 그 사람은 자유로워야 해. 지금도 이미 그런 상태인데, 그보다 더 어둡고 우울한 생활을 하게 해서는 안 된다고 말이야."

그렇지만 나는 머리를 흔들면서 허둥지둥 말했다. "내가 신중하지 않다고 생각하지 말아줘, 유디트. 하지만 나는 그렇게 생각하지 않았어. 당신이 진정으로 나를 좋아한다면 늘 그렇게 쓸쓸하게, 그렇게 외톨이로 이 세상을 살아가는 것보다 차라리 내 옆에서 지내고 싶은 생각이 들지 않아?"

"당신이 어디로 가더라도 나는 당신을 따라 함께 갈 거야. 당신이 혼자 있다면 말이야. 당신은 아직 젊어, 하인리히. 게다가 당신 자신을 알지 못해. 하지만 그것은 별개로 치더라도, 믿어줘. 잘 알잖아, 우리가 지금 이 시간처럼 이렇게 함께 있는 한 우리는 서로 좋아하는 사람을 갖고 있고 또 행복하다는 걸! 그 이상 뭘 바라겠어?"

나는 그녀의 생각을 느끼고 이해하기 시작했다. 그녀는 완전하고 충만한 행복을 믿기에는 세상의 너무 많은 것을 보고 너무 많은 것을 맛보았는지도 모른다. 나는 그녀의 얼굴을 바라보며 부드러운 갈색 머리를 뒤로 젖혀 넘기면서 외쳤다.

"나는 분명히 말했어. 나는 당신 것이라고. 당신이 원하는 방식이 뭐든 간에 그 모습대로 당신 것이 될 거야."

그녀는 격렬하게 나를 양팔로 붙잡아 그녀의 아름다운 가슴에 안고, 내 입술에 애정을 듬뿍 담은 키스를 하면서 나직하게 말했다. "이제 계약이 맺어진 거야. 하지만 당신의 경우에는 단지 때가 될 때까지 기다리는 거야. 당신은 어떤 의미에서건 자유롭고 또 자유로워야 하니까!"

우리의 관계는 이런 식으로 지속되었다. 그녀는 20년을 더 살았다. 나는 분발하여 더 이상 침묵하지 않았으며, 힘이 닿는 대로 이런저런 일들을 완수해냈다. 무슨 일을 하든 그녀는 내 곁에 있었다. 임지가 바뀌면 그녀가 따라오기도 했고, 따라오지 않을 때도 있었다. 하지만 원하기만 하면 우리는 언제든 만났다. 우리는 세상의 운행이 시키는 대로 날마다 만나기도 했고 일주일에 한 번 만나는 경우도 있었으며, 어느 때는 1년에 단 한 번 본 적도 있었다. 하지만 날마다 보든 1년에 단 한 차례 보든 간에 우리 만남은 언제나 축제였다. 의혹과 갈등에 빠질 때마다 그녀의 목소리를 듣기만 하면 되었고, 나는 자연 그 자체의 목소리를 듣는다고 생각했다.

그녀는 치명적인 소아 유행병이 창궐할 때 죽었다. 병든 아이들이 가득했기 때문에 의사의 지시로 격리된 채 어쩔 줄 몰라하던 가난한 사람들의 집에 자진해서 뛰어들어 도움의 손길을 내밀었던 것이다. 그렇지 않았더라면 그녀는 어렵지 않게 20년은 더 살 수 있었을 것이고, 또 그 시간 동안 나의 위안과 기쁨이 될 수 있었을 것이다.

언젠가 나는 그녀에게 내 청년시절을 기록한 책을 선물했고 그녀는 크게 기뻐했다. 그녀의 뜻에 따라 나는 그녀의 유품에서 이것을 다시 가져왔으며, 다시 한 번 기억의 푸른 옛 오솔길을 걷기 위해 두 번째 부분을 여기에 덧붙였다.

* 끝

지은이 고트프리트 켈러

고트프리트 켈러(Gottfried Keller, 1819~90)는 스위스의 소설가로, 19세기 중반 이후 독일어권 리얼리즘 문학의 가장 위대한 작가 가운데 한 사람이다. 선반공이었던 아버지는 켈러가 다섯 살 때 죽었으나 강한 의지의 소유자인 어머니가 그를 헌신적으로 교육시켰다. 그렇지만 사소한 장난 때문에 열다섯 살에 공업학교에서 쫓겨나 이것으로 그의 정규교육은 끝이 났다. 이후 화가가 되기로 결심하고 그림 공부를 하던 중 1840~42년에는 예술의 도시인 독일의 뮌헨에서 체류했다. 하지만 화가로 입신하지 못한 채 취리히로 돌아와 작가의 길을 걷는다. 주로 자연시·정치적 소네트·연애시 등 다양한 장르의 시를 썼는데, 시인으로서의 데뷔는 그다지 성공적이지 못했다. 1848~50년 스위스의 정부 장학금으로 하이델베르크 대학에서 공부했으며, 여기서 철학자 포이어바흐의 영향을 깊이 받았다. 1850년부터는 베를린에서 살았는데 1855년까지 계속된 베를린 체류기 동안 『초록의 하인리히』 초판이 총 4권이라는 방대한 분량으로 출판되었다. 그러나 시장의 반응은 냉담해 그는 빈곤에서 벗어날 수 없었다. 그는 작품이 실패하자 곧장 고향 취리히로 돌아왔고, 1861년 마흔두 살의 나이로 취리히의 수상청 총서기로 선출됨으로써 뒤늦게나마 안정된 직업을 갖게 되었다. 그때까지 그는 실패한 화가이자 경제적인 무능력에 허덕이던 전업작가로서 평탄치 못한 삶을 살았다. 공직에 몸담고 있던 15년 동안에는 거의 글을 쓸 시간이 없었고 말년이 가까워서야 다시 작가로 활동할 수 있었다. 은퇴 이후인 1879년부터 『초록의 하인리히』의 개정판을 출판하여 마침내 이듬해 마침표를 찍는다. 이 개정판이 30년 동안 작가의 업보였던 작품이지만, 오늘날 '스위스의 괴테'로 추앙받게 만든 대작이 된 것이다. 한 젊은이의 성장과정을 그린 이 소설은 괴테의 교양소설 『빌헬름 마이스터의 수업시대』의 전통선상에 있다. 반면 작품의 기본구조가 일인칭 서술자에 의한 연대기 회상의 형식이라는 점을 고려한다면, 이 작품은 전기적 또는 자서전적 소설의 특징을 내포하고 있다. '초록의 하인리히'라는 별명은 절약가였던 어머니가 아들의 옷을 전부 죽은 아버지의 유품인 초록색 옷으로 고쳐 만들어주었기 때문에 주인공 하인리히가 늘 초록색 옷을 입고 다닌 데서 생겨난 것이다. 한편 켈러는 노벨레 작가로도 유명한데, 특히 10편의 노벨레 연작집 『젤트빌라 사람들 1·2부』(1856/74)와 『일곱 개의 전설』(1872)은 독일 노벨레 문학의 백미로 꼽힌다.

옮긴이 고규진

고규진(高圭進)은 1983년 연세대학교 독문과를 졸업하고 같은 대학 대학원에서
문학 석사학위를 받았다. 독일 보쿰대학교에서 수학한 뒤, 1989년 연세대학교에서
문학 박사학위를 받았다. 독일 보쿰대학교 독일연구소의 객원교수를 지냈으며,
지금은 전북대학교 인문대학 독문과 교수로 있으면서 (사)호남사회연구회 회장과
전북대학교 인문학연구소장을 맡고 있다. 저서로는『유럽의 파시즘. 이데올로기와 문화』(공저),
『담론분석의 이론과 실제』(공저),『기억과 망각. 문예학과 문화학의 교차점』(공저)
등이 있다. 역서로는 한길사에서 펴낸 고트프리트 켈러의『초록의 하인리히 1·2』를
비롯하여, 위르겐 링크의『기호와 문학. 문학의 기본개념과 구조』(공역),
클라우스 미하엘 보그달의『새로운 문학이론의 흐름』(공역) 등이 있다.
이밖에 고트프리트 켈러의 작품을 비롯한 독일소설과 문화학 관련 논문이 다수 있다.

한국학술진흥재단 학술명저번역총서

서양편 ● 60 ●

'한국학술진흥재단 학술명저번역총서'는
우리 시대 기초학문의 부흥을 위해
한국학술진흥재단과 한길사가 공동으로 펼치는
서양고전 번역간행사업입니다.

초록의 하인리히 2

지은이 · 고트프리트 켈러
옮긴이 · 고규진
펴낸이 · 김언호
펴낸곳 · (주)도서출판 한길사
등록 · 1976년 12월 24일 제74호
주소 · 413-756 경기도 파주시 교하읍 문발리 520-11
www.hangilsa.co.kr
E-mail: hangilsa@hangilsa.co.kr
전화 · 031-955-2000~3
팩스 · 031-955-2005

상무이사 · 박관순
영업이사 · 곽명호
편집 · 배경진 서상미 신민희 백은숙
전산 · 한향림 노승우
마케팅 및 제작 · 이경호 이연실
관리 · 이중환 문주상 장비연 김선희

출력 · 지에스테크 | 인쇄 · 현문인쇄 | 제본 · 경일제책

제1판 제1쇄 2009년 5월 30일

값 28,000원
ISBN 978-89-356-6105-3 94850
ISBN 978-89-356-5291-4 (세트)

* 잘못 만들어진 책은 구입하신 서점에서 바꿔드립니다.